当代文学的现场

时代的声音

尚书房

名流相馆

此情可待

当代文化名流的传奇与轶事

野　莽◎著

地震出版社
Seismological Press

图书在版编目（CIP）数据

此情可待／野莽著．—北京：地震出版社，2014.3
（名流相馆）
ISBN 978-7-5028-4366-3

Ⅰ.①此… Ⅱ.①野… Ⅲ.①随笔－作品集－中国－当代
Ⅳ.①I267.1

中国版本图书馆 CIP 数据核字（2013）第 284141 号

地震版 XM3013

此情可待

野 莽 著
责任编辑：赵月华
责任校对：孔景宽 凌 樱

出版发行：地震出版社

北京民族学院南路 9 号 邮编：100081
发行部：68423031 68467993 传真：88421706
门市部：68467991 传真：68467991
总编室：68462709 68721982 传真：68455221
E-mail：seis@mailbox.rol.cn.net
http：//www.dzpress.com.cn

经销：全国各地新华书店
印刷：北京振兴源印务有限公司

版（印）次：2014 年 3 月第一版 2014 年 3 月第一次印刷
开本：710×1000 1/16
字数：458 千字
印张：34
书号：ISBN 978-7-5028-4366-3/I（5056）
定价：68.00 元

目　录

译来译去的《西风颂》

公元1988年，中国文学出版社翻译出版了英文版的冰心作品集《相片》，作为熊猫丛书之一种，责任编辑是老诗人徐慎贵，我们都叫他阿贵，译者有外国专家，也有国内翻译。样书送去没过几天，我的大学同学洪琼到北京来，为搞一个有关少年儿童的征文活动，想请几位文坛泰斗题词。因为是关于儿童的，她首先想到了冰心，因为是湖北组织的，接着她还想到了严文井、叶君健、邹荻帆。后者都是湖北籍的老作家和老诗人，而且严文井写童话，叶君健翻译童话，邹荻帆的一颗诗人的心就像儿童的一样。

她想当然地认为我应该熟悉这些前辈，要我带着她一个一个地去上门拜访。事实上我比她想象的熟悉还要应该，叶君健曾经担任英文版《中国文学》的副主编，只不过那时是杂志，尚未扩展为出版社。编辑部分给我的一张比别人都宽大的、实木的、上下分离的、总共有十一个抽屉的编辑桌，就是叶君健用过的那一张。而严文井，后来我才知道，他的儿子居然是我的同事严新强，也曾经是中国文学出版社的美术编辑。同时还有一层关系，严新强又曾是中国文学出版社前总编辑杨宪益的女婿，严、杨两家算是世交，由于婚姻解体，在双重领导下的严新强不愿再接受前岳父的工作安排，就调到同属于外文局的另一个单位，新世界出版社。

对于冰心和邹荻帆，此前我只是读过他们的散文和诗，与邹荻帆的儿子邹海岗成为朋友，是很多年后的一次相遇，那时候他的父亲邹荻帆已不在了。

我带洪琼拜访的第一个就是冰心，当时冰心住在中央民族学院，她的女儿家中，地址在海淀区魏公村，从我单位门前步行五分钟到甘家口商场，乘坐320路公共汽车可以直达。因为行走不便，她连深居简出都做不到，基本上是深居不出，会客也极其的少，但是听她女婿陈恕转告了我的电话，却答应明天上午在家等候我们。我向诗人阿贵要了陈恕的住区和房号，阿贵听说我要去冰心家，顺便就请我代问一下，给她寄去的样书收到没有，作者还打算买多少本，以便他按照规定的折扣，在稿费中扣除书款。

第二天上午我们来到冰心的女儿家，冰心已提前端坐在她的写字台后，静候我们的光临。她的身子不能够动，家里来了客人她都这样提前等着，这自然比健康的主人更为艰苦，幸好我们没有迟到，那时候北京堵车还不十分严重，若像后来那样老人家可就要吃苦了。一进门我看见她的写字台上正好放着一本刚出版的英文版《相片》，心里记着阿贵嘱托，不等坐下我就急着问了买书的事。

冰心问我，这本书的译者是谁，是中国的还是外国的？我说有好几位，中国的，外国的，都有，每篇后面都注有他们的英文名字。冰心又问，他们的英文水平如何？我自以为很聪明，也想当然地回答她说，翻译她的作品肯定得是英文部最高水平的翻译。我却没有想到，这恰好是一句天下最蠢的蠢话，冰心听了我的话立刻就问，那么高的水平，怎么会连雪莱的《西风颂》原诗都不会处理呢？

原来冰心一收到样书就打开来看，看到书中引用《西风颂》中的几句诗，跟雪莱的原文有些出入。雪莱的原诗曾经被中国译者翻译成几个中文版本，用得最多的版本中有这么几句："让预言的号角奏鸣，哦，风啊，如果冬天来了，春天还会远吗？"冰心二十年代赴美留学，获威祺利女子大学文学硕士学位，读雪莱的诗是英文原版，一下就认出《相片》中的引诗，是译者把由英文翻译成中文的《西风颂》，反过去又翻译成了英文，自然就不再是雪莱的原诗了。

诗歌是翻译界最难处理的一种文体，美文不可译中所指的美文首推诗歌，尤其是把诗歌翻译成另外一种文字之后还是诗歌，无论是中翻外还是外翻中。我看过我社的前任总编辑，《红楼梦》的英文译者杨宪益翻译的荷马史诗《伊利亚特》和《奥德修纪》，翻译出来就成了两部长篇散文。因此，《西风颂》经这么翻来覆去的一倒腾，肯定是还不了原的。翻译界遇上这类情况，通常的做法是查出所引诗句的原本出处，然后把英文直接照搬过来，可惜这位翻译没有这么做。碰上其他不懂英文的作家也就罢了，不幸遇到留学美国的冰心，于是露出的马脚就被她捉了个正着。

译者要么是我的中国同事，要么是我社请来的外国专家，不管其人是谁，其事都是我单位的，我就自发地替译者向冰心道歉，并且答应回去以后告诉总编辑，然后进行处理。我说的处理是对书，而不是对人，冰心知道，但她对处理的认识比我的预计要严重很多，譬如把书销毁重印，因为她这样问："这样一来是不是损失很大呀？"

我说不会，让本书译者找到雪莱的英文原句，把译错了诗的这一页从书中切下来，另印一页正确的重新装订进去就行了。用同样的纸张，同样的墨色，过几天再把修订好的样书送来。我曾亲眼见过本社同仁的这种做法，所以说得胸有成竹，行云流水，冰心这才放心，让她的女婿陈恕洗砚磨墨，提笔给我的同学洪琼题词。

那一年，冰心毕竟也是八十多岁的老人，手有些抖，写得极其的慢，所题的一句话里还掉了一个字，洪琼发现了却不忍心指出来，担心冰心会废了重写，因此又得费一次劲。后来还是我给她出了个主意，让她回去请人模仿冰心的字体，另写一个小字嵌进去，正好掉了字的那个地方有点儿空隙。回去她按我说的做了，写信告诉我说天衣无缝，可能连冰心都认不出来。

临走的时候冰心的女婿陈恕为我们拍照留念，我想的是拍一张一字形的，也就是冰心坐在中间，我和洪琼坐在她的两边，男左女右，或者倒三角形的，她坐在前面，我们并立在她的身后，也男左女右。按说原本也应该是这两种格局，别人照片都这样的，我们把椅子都摆好了，我就要抢先坐下来了，陈恕已经在做拍的准备了，说时迟，那时快，冰心一把拉着洪琼的手，一双眼睛斜过来瞪着我说：“不行，到我这里来的人从来都是女尊男卑，我们两个人坐在前面，你一个人站在后面！”

我忘记当时她是不是还推了我一下，反正我乖乖地从椅子上起来，极没面子地走到她的身后。洪琼高兴坏了，但强忍着，还假装扭捏了一会儿，最后万分情愿地坐到了冰心旁边，那是一个夏天，北京那么高的气温，她还把身子紧贴着冰心。我们照了一张正三角形的合影相片，她们坐在前面简直就是一对祖孙女，我站在后面像一个没有持枪的卫兵。

从冰心女儿家里出来，洪琼浑身上下都露出前所未有的得意，一路上小母鸡下蛋似的笑个不停。她说过去我在班上一直专横跋扈，甚嚣尘上，这下可算是把我的气焰打下去了，照了一张老老实实站在她后面的相片不说，还替人挨了冰心奶奶一顿批评。我说幸亏我今天带你来，机智灵活地把译诗的事给化解了，不然冰心奶奶心里生气，一个电话打到社里，我的那位同事还不给吓死了？

这天晚上我请洪琼看了一场折子戏，是文化部机关工会送的戏票。公元1987年我一到单位，就被选为单位工会三人领导小组的宣传委员，好处是手上总是掌握着来自各个有关方面赠送的戏票、电影票、画展以及各种艺术展览的票，那些票要从影剧院和展览馆的窗口买很贵，但我从来不花一分钱。那么好的戏，那么好的座位，我还专门买了两瓶饮料，但是洪琼，她根本就没有看进去，她的脸上还像白天从冰心女儿家出来那样灿烂地笑着。她还沉浸在照相时她和冰心两人坐在前面，我一人站在后面的巨大的幸福之中。

次日一早我回到社里，把《相片》的事告诉了责任编辑阿贵，阿贵告诉了分管中文的副总编辑吴旸，吴旸又告诉了分管英文的总编辑殷书训。殷书训找到那本书的责任翻译，如何追究，如何批评，我统统不得而知，但是在如何处理的问题上，却和我对冰心说的一模一样。

不过我的好心没得好报，中午吃饭的时候我端着饭盆到食堂去，在走廊里遇到一位英文部的翻译，我跟他打招呼他不理我，敲着饭盆昂首挺肚从我面前走了过去。这位翻译过去和我一起打球，下棋，开玩笑，我带队去太原采访山西的三位作家，还把火车下铺给他我自己睡中铺，这是怎么回事呢？我只想不通了一会儿后来就想通了，他这样做等于暴露了谁是让冰心生气的那个人。

接着我又陪洪琼去见了严文井、叶君健、邹荻帆，圆满完成任务的洪琼在打道回汉之前，请我在一个小馆子里吃了一餐。我很想告诉她，为了她的事我得罪了本单位的一位翻译，但我忍了又忍，终于把话忍回去了，我害怕又不得好报，她反而会以我替那位翻译向冰心道歉为素材，对我进行嘲笑，笑得也像小母鸡下蛋一样。

外宾争访金丝巷

我刚去中国文学出版社的时候，听说这里有位大名人，杨老先生杨宪益。在编辑部里查阅典籍，又每见一些国内的大作家，在自己著作的扉页上规规矩矩写着“宪益兄、乃迭嫂教正，弟某某敬赠”一类的字样，私下便打听“乃迭嫂”是谁，人告诉我是杨宪益的夫人，英国人，英国专家，多少年来他们夫唱妇随，共同把中国的方块字翻译成人家的洋字母，手段堪称是中国第一。《红楼梦》全书、《离骚》、《史记》、《汉魏六朝小说》、《唐代传奇》、《关汉卿杂剧》、《宋明平话》的选本乃至鲁迅的《阿Q正传》、沈从文的《边城》，都是杨宪益与他的英国夫人戴乃迭合作翻译出去的。

于是总想一见。可惜这时杨宪益已退了休，只是偶尔来取一次信，这便终于被我见着。瘦而中的身子，略弓着背，斯斯文文地走来又走去，一双平底鞋在水泥地上没有一丝儿声响，一脑袋整整齐齐往后梳着的白头发，在走廊里摇晃如一盏银灯，很像是丁聪笔下的人物。与人相遇，人不喊他，他便踽踽地继续前进，人一喊他，他便慢慢慢慢把脚收住，慢慢慢慢侧过脸来，用眼睛笑着。人喊他是这么喊的，老杨来了？最近还好？老杨就笑得满脸开花，伸出两只手去与人摇着，末了摇出一个字说，好！

他家住在外文局的后院，我去单位食堂吃饭，来回都要路过他家。第一次到他家去，我有一种新鲜感，老杨以酒代茶，用一只高脚的玻璃杯，斟上半杯白葡萄酒，举到我的面前叫我喝了。我接了杯举目张望，发现屋里四面八方都是酒，左边的书橱上放着酒具，右边的矮柜上放着酒瓶，身后的墙上还是酒——挂着一只镜框，框内有丁聪的一幅画，画中一人宽衣仰卧，怀中抱酒一瓶，酒瓶之大，大于人体，原来是老杨。正面墙上也是酒，两边悬了一副长联，上联是元稹的一句诗：“毕竟百年都是梦”，下联是吴祖光的一句补诗：“何如一醉便成仙”。

老杨的酒量，我在写他的酒友段连城时曾经提到过，公元1982年，因为胡娜事件，在回国的飞机上，两人喝光了所剩的二十美元路费。与喝二块八毛钱一瓶二锅头的前任局长段连城相比，老杨喝酒是很有讲究的，外国酒有外国的亲戚朋友送，国内茅台五粮液掺假的多，他就喝四川和贵州的大曲。有时家里积酒太多，喝不完时他还会想到我们，来社里取信，就手里提着两瓶酒到编辑部里，赐给我们尝尝。我们不仅喝他的酒，而且还吃他让人送来的橘子，一边吃，一边生出三点感想，第一是老杨有钱，第二是老杨大方，第三是希望有钱而又大方的老杨今后继续保持这种优良作风。

老杨真正独到的理论不在喝酒，而在吸烟。他吸烟不认什么牌子，只认有没有过滤嘴儿。人家有钱人不吸没有过滤嘴儿的烟，他却是不吸有过滤嘴儿的烟，人问这是为什么呢？老杨回答说，这过滤嘴儿要是滤得掉，那么这烟还是烟吗？这过滤嘴儿要是滤不掉，那么要它有什么用？让它挡在人的嘴巴和烟中间，就好比是隔离审查！

我们听了就笑起来，他是又想起“文化大革命”，想起他先后两次坐牢，夫人也被当作外国女特务关起来的事了，他最瞧不起的是搞隔离工作的过滤嘴儿。公元1989年，差点儿三进宫的杨宪益写了一首打油诗，诗中有两句是“有酒有烟吾愿足，无党无官一身轻”。后来被人误传成了“有酒有肉吾愿足”，他听了很生气，说肉算个什么东西？真是的！但他嘱咐自己喝酒以后，多写诗而少说话，“寒士修成不坏身，管他金箔自浮沉。从今酒罢终缄口，免教言多得罪人。”

打油诗是他的第三之爱，喝酒以后，出口成章，写得意事，倒霉事却写得更有哲理。他写乌龟：“冬龟不动不鸣呼，免触霉头体自舒。唯恐被人当废物，一朝扫尽化灰炉。”写蚊子：“经冬蚊子尚嗡嗡，不识时宜笑小虫。非是讨嫌多讲话，只缘一动便招风。”写冬虫夏草：“冬作昆虫夏长草，随机应变有高招。老夫若会观风向，四十年前早跳槽。”某年不利，他又拔牙，又切胆，饮罢寿酒又有戏作：“今年生日触霉头，我比耶稣晚两周。未得易牙宜罢宴，虽清积石莫吹牛。”……

哼京戏不知道数爱之第几了，某次酒后乘兴击板：“我本是卧龙岗散淡的人……”女作家谌容那次在场，全都给听了去，后来写成中篇小说《散淡的人》。发表出来，谌容把刊物拿给老杨看了。老杨说，我哪里是散淡的人？连诸葛亮都不是散淡的人，诸葛亮本是卧龙岗散淡的人，后来跟了刘备，他就不是散淡的人了。

以为老杨散淡的人，除了听他唱京戏外，多半是从他家墙上寻找的佐证。他家墙上不仅有吴祖光的“何如一醉便成仙”，丁聪的“醉翁抱樽图”，还有黄永玉的诗画配，画中一个老翁仰面朝天，枕臂而望，诗曰：“老僧闲来无它事，清早起来就看山。笑笑。”既是笑笑，证明这是老友之间的开玩笑，如果老杨这辈子每天都是这样睡着看山，《红楼梦》他是怎么翻译出去的呢？黄永玉诗画的一侧，尚有黄苗子的对联一副，是龚自珍的句子：“十万狂花成旧梦，九州生气恃风雷。”

这一下子就露出了天机，原来这个貌似散淡的人，眼底还开过十万狂花，胸中还滚过九州风雷，那是说他二十世纪四十年代，在英国牛津大学任中国留学生会主席的时候，与英国小姐戴乃迭小姐订婚，并且把她带回中国，双双投身于抗日战争。

老杨嫌谌容写他写得不好，就自己来写自己，他用英文写了一本自传，英国还没出版，却首先被人翻译成意大利文出版了，黄颜色的封面，很豪华的精装本。他去意大利参加此书的首发式，意大利与中国合拍的电影《末代皇帝》得了奥斯卡金像奖，译者因袭此片的英译名字《从皇帝到公民》，将老杨的自传翻译成《从士大夫到同志》，让他老人家的前半生仅次于爱新觉罗·溥仪。一个翻译《红楼梦》的大翻译家，他自己的书自己没顾得翻译，多年以后才被他的妹妹翻译成中文，在自己的本国出版。

在中国翻译界，老杨有很多神奇的故事。比方说上世纪六十年代批三家村，邓拓的《燕山夜话》曾经由老杨翻译成英文，发表在英文版的《中国文学》杂志上，外文局的红卫兵要批邓拓，找不到邓拓的中文原作，就把老杨翻译的英文找来，命令他再翻译成中文，吓唬他说要是搞鬼，故意翻错，连他一道批判。老杨就只好把他翻译成英文的《燕山夜话》又翻译回来，红卫兵不相信他有这样的本事，找到邓拓的原作对照着一看，居然错不了几个字。

在外文局后院的简易楼里，老杨夫妇住了好几十年。去看他们的人都觉得这套房子与老杨的大翻译家的名气不配，与他的英国专家夫人的身份也不配，但是他们自己却住得挺舒服的。直到公元1995年，简易楼要拆了重盖，又没有新房分给他们，八十一岁的老杨挽着七十六岁的爱妻搬进了公寓。这晚酒后，朋友散去，他提起笔来，写了一首自嘲的打油诗，题名《住公寓有感》：

一生漂泊等盲流，到处行吟乱打油。
无产难求四合院，余财只够二锅头。
人间虽少黄金屋，天上修成白玉楼。
堪笑时人置家业，故居留得几春秋。

四年之后，戴乃迭病逝于这所公寓。老杨形单影只，感物伤情，这次他才主动想换个地方住一住了。单位觉得一个八十五岁的老人，孤苦伶仃，去日不多，的确应该有一套自己的房子了，往后雇个保姆，请个特护，都得有独立的空间，便给他分了房子在五路居，后又改到什刹海，问老杨愿去哪儿，老杨说哪儿都一样。二十世纪的最后一年，八十六岁的老杨孑然一身，住进了新居。

这里居然是一个好地方，从前是，现在也是。路北是宋庆龄的故居，路西是恭亲王的旧府，北京人都说恭王府就是大观园的遗址。老杨由此想起了曹雪芹，酒后又写诗两首，题名《迁居什刹海》：

来时仓促别匆匆，五路郊居一梦中。
宾馆去春辞旧宅，小楼昨夜又东风。
独身宛转随娇女，丧偶飘零似断蓬。
莫道巷深难觅迹，人间何处不相逢。

青史青山可并抛，结庐人境暂逍遥。
外宾争访金丝巷，游客群来银锭桥。
路北故居今姓宋，街西王府改名曹。
自惭不是风筝匠，莫与天公试比高。

曹雪芹晚年日餐暮霞，举家食粥，曾经做风筝卖钱糊口。最后一句，老杨把毛泽东气吞万物的“欲与天公试比高”改了一字，他认为有些人物，有些神物，是不可比的。

老杨有成千上万的打油诗，基本上没有公开发表。中国外文局的几个老顽童，拿自己的工资办了一份内部刊物，取名叫作《青山在》，七旬主编陈有昇是我的忘年之交，新刊一旦出来，都要赠我一册。《青山在》中有一个《青山诗苑》，苑里全是名流之间信口唱和之作，作者如吕剑、艾青、李荒芜、冯亦代、毛大凤、毕朔望、李凤白、吴寿松、陈次园、黄永玉、黄苗子、启功诸君，还间或配上丁聪的漫画。老杨是打油诗翁中最勤奋高产的主力，期期都有杨诗，期期都是头条。

上面有不少诗比《诗刊》上的诗好多了。刊名也好，留得青山在，不怕没诗读。我说的是不为发表或者不便发表以及不能发表的真性情的好诗。

英国传教士之女

戴乃迭是她的中国名字，戴乐仁是她父亲的中国名字，他们父女是英国人，但是父亲在中国度过了大半生，女儿在中国几乎度过了一生。戴乃迭是公元1919年生在北京，公元1999年死在北京，芳龄十八在英国牛津大学读书的时候，邂逅了中国留学生会的主席，银行家的少爷杨宪益。因为喜欢中国也喜欢中国才子，始而做他的秘书，继而做他的未婚妻，最后于公元1941年中日战争爆发的第四年，又随他跨海越洋奔回硝烟弥漫中的中国，在山城重庆举行了订婚礼。

南开大学校长张伯苓，中央大学校长罗家伦，两位先生为他们证婚，政府大员和社会名流一百多位光临祝贺，其中有财政部长孔祥熙和夫人宋蔼龄，军政部长何应钦。这些人是杨宪益的银行家父亲的朋友，同时也对戴乃迭的传教士父亲心存敬重。

《论语》说仁者乐山，智者乐水，从名字上看这位英国传教士戴乐仁似乎偏于前者。终身不婚的新西兰诗人和基督教徒路易·艾黎，在中国的甘肃山丹创办了一个名叫“工合”的扶贫工程，戴乐仁追随路易，就像二十年后他的女儿追随杨宪益，摘心取肝，义无反顾。当时在牛津大学，还有一个名叫伯尼·梅洛的英国青年也爱上了戴乃迭，得知戴乃迭与中国青年回国举行了订婚礼，他也离开英国去了香港，后来娶了一位瑞士姑娘。再后来，伯尼·海洛夫妇竟然又成了杨宪益夫妇的朋友。

二十世纪五十年代初，外文局长洪深提议，文化部长周扬支持，作协主席茅盾担任主编，中国诞生了英文版的《中国文学》。从英国归来的叶君健负责筹办，杨宪益是英文翻译，戴乃迭是英籍专家。杨宪益翻译的作品从《红楼梦》、《离骚》、《史记》，到《阿Q正传》、《中国小说史略》、《边城》，都要经过戴乃迭核稿修订。这很像是一个夫妻作坊，从古至今大量的中国文学名著，经过他们这个夫妻作坊重新运作一遍，然后细水长流地流向世界。从这时起，更多的国家，更多的人，才知道中国的曹雪芹、屈原、司马迁、鲁迅、沈从文，知道这个古老的东方国家还有这么多的作家和作品。

这是一份中国独一无二的外文杂志，最开始只有一个英文版，当年10月的创刊号上，发表了两部重要作品，一部是美籍专家沙博理翻译的长篇小说《新儿女英雄传》节选，一部就是杨宪益与戴乃迭翻译的长诗《王贵与李香香》。此后基本上以每年一辑的周期，陆续出版了第二辑和第三辑，主要内容有杨戴合译的《阿Q正传》，戴乃迭独译的长篇小说《太阳照在桑乾河上》。

杂志渐成规模，广有影响，由不定期到定期，一年到半年，半年到一季。后又增加了法文版，再后又增加了单行本的图书，由杂志社升格为出版社。但是它只管翻译，不管发行，对外发行交给国际书店，也就是后来的中国国际图书贸易总公司。当时中国对外的出版物分为两类，一类是赠送的，对象以各国大使馆为主，一类是卖钱的，对象是各国自己的书店，一本书刊坐飞机，乘海轮，辛苦辗转，远涉重洋，其发行费用数倍于订价本身，稿、译、排、校以及印制等成本则更不容计算，总而言之是赔本的买卖。赔本的买卖为什么要做？乃是为了国家的宣传。

公元1958年是中国的“大跃进”之年，《中国文学》的编译者们手无缚鸡之力，不能大炼钢铁，只能在本职工作上努力跟上“跃进”的步伐，把季刊改为双月刊。翌年举国饥荒，路有饿殍，该刊同仁勒紧瘦腰，夜以继日，又把双月刊改为月刊。三年“自然”灾害过去不过四年，公元1966年中国爆发了伟大的无产阶级“文化大革命”，这本被陈毅比作首都最高建筑七层大楼北京饭店的杂志，脱胎换骨，洗心革面，居然由外文变成了中文，统统刊登大批判的文章，与走资派作斗争的小说，小靳庄诗歌，八个革命样板戏。造反有理的红卫兵是这么想的，英国、美国、法国等等都是资本主义国家，我们却是社会主义国家，社会主义国家的文学作品不能让资本主义国家的人去欣赏。虽然我们过去的那些东西都是封资修的，可这并不等于可以把它们翻译出去，跟对面的那个阵营同流合污。

外籍翻译家被遣送回国，国内翻译家被批斗游街，送五七干校劳动改造，一些人精神失常，一些人跳楼自杀。红卫兵来到杨宪益和戴乃迭的夫妻作坊，先是审问杨宪益，放弃英国那么优越的生活回到穷中国，是不是有不可告人的企图？接着又审戴乃迭，你这个洋婆娘尤其可疑，是不是英国派来的女特务？夫妇二人惊慌地用英语交谈，红卫兵一句也听不懂，更加认为他们要搞阴谋破坏，就把他们都抓起来，分别关进了两个牢里。

公元1999年，八十岁的戴乃迭去世之后，八十五岁的杨宪益在她的遗物里找到了一份英文讲稿，他回忆起那是七年以前，他们访问澳大利亚的时候戴乃迭写的，但她写了并没有讲，回到国内就把它收藏起来。最后翻译这篇讲稿的不是杨宪益，而是他们的朋友李辉。戴乃迭在讲稿里这样写道：

> 从1968年到1972年，我们是在监狱里度过的，尽管没有人对我提出任何指控。在“文革”爆发后的局势下，我们的被捕并不让人很吃惊。当时正流行的毛泽东语录是“造反有理”。这鼓励红卫兵向所有权力、所有党的组织、地方领导人挑战。毛的夫人江青也对青年人煽风点火，她提醒他们注意那些在中国工作的名为外国友人，实际上却是间谍的人。结果，许多与红卫兵一派的或者也在闹革命的激进的外国人，也被关进监狱，或者被软禁，像爱泼斯

坦、沙博理、柯鲁克等。我们还没有造反的资格。杨宪益一直被打成“反革命修正主义分子”，这样，我们就非常孤立。1968年4月的一个深夜，我们坐在家里喝酒，希望过一个平安的五一节，随后我去睡觉，留下杨宪益一个人接着喝。还不等他喝完，他就被捕了。接着，两个公安，一男一女，把我弄醒，命令我起床，搜查房间，把我铐上。问他们为什么抓我，他们说：“你自己清楚。”“我不清楚。”我回答。他们押着我拿上洗脸盆、洗漱用品、换洗衣服，用吉普车把我送进监狱，到那里我马上就又睡着了。

……

后面是她在牢里的生活，有些细节她居然写得很幽默，说因为她是外国人，比一天只有两顿窝窝头和菜汤的杨宪益他们那些犯人伙食要好，出狱时体重都增加了。她说监狱看守叫她读小红本毛主席语录，还有英文版的《资本论》。冬天在窗户破了的牢房里她的耳朵长了冻疮，后来把她换到朝南的房间，这里的窗户用纸糊上了。她在牢里自言自语，或者背诗，后悔早知道坐牢，该多带些诗来背好了。

她说有一个精神不正常的姑娘声称是来监视她的：“对你这种反革命分子，这是学习时间，对我是休息时间。”疯姑娘的声音很动听，说完又唱起来，看守就用布把她的头给捂住。有一个小号房里关着一个白俄人，她用中国古代的文言文与看守说话：“报纸来否？”还有一个是美国人，她拼命地大喊：“我要死了，快叫医生来！”她说最让她难过的一件事是，被捕前她经常去看望的一个村庄，那里的警察来看到她时异常的愤怒。

公元1972年5月，杨宪益的两个同事把她接出监狱，回到家里，她看见比她早几天出狱的杨宪益已经整理好了房间，桌子上放着一瓶白兰地。她说，好久不见，没想到你还没改变过去的臭毛病。

杨宪益说，是支部书记指示我这样做的。

到底是翻译《红楼梦》的英文专家，她把牢里的生活写得像一篇小说。

在坐牢的四年时间里，戴乃迭与英国的亲人和朋友全部断绝了音讯，这使他们万分担心。史蒂芬·道纳斯在英国报纸上发表题为《英国女士的突然沉默》的文章，报道戴乃迭的姐姐希尔达·G. 布朗夫人和她的哥哥通过英国办事处，委托他们的议员代表约翰·高斯特和马克·伍德纳，写了一封由近两万人签名的请愿书，送交伦敦的中国事务处，请转交到中国总理周恩来的手里，请求解救他们的妹妹。

布朗夫人是英国汉顿技术学院的社会学讲师，她在请愿书上写道："我完全想不通，他们为什么要逮捕她，她虽然不是共产党员，对政治也从来都不积极，可是她对中国共产党 1949 年革命之后的进步一直是支持的。她选择了在中国生活，我相信她从未做过危害那个国家的事情。"

他们兄妹依靠传教士父亲的中国背景，用中文给北京政府写了一封信，没有答复。最后，他们的母亲又用中文给毛泽东写了一封信，也没答复。不久母亲去世，至死也没有收到女儿的一个字。

公元 1976 年后，中国的形势出现了转机，杨宪益和戴乃迭重新捡起了中断已久的翻译工作。大难过后的杨宪益身体依然硬朗，戴乃迭却远远不如从前，八十年代末期，她因跌了一跤，此后简直不能动了。杨宪益强颜欢笑，经常做一些自嘲的打油诗给她解闷：

迁居赴港两蹉跎，缺乏人情可奈何。
家有仙妻常卧病，身无神术起沉疴。
衰年懒伴追星族，迟暮空挥止日戈。
未若闭门谢酬酢，雅人今比俗人多。

在单位里，我们对杨宪益实行的是俗称，叫他老杨，对戴乃迭实行的是昵称，叫她乃迭。其实她已是七十多岁的老人，家里雇了一个与她同龄的保姆，老家在安徽。传教士的女儿视这个保姆为自己的姐妹，拿自己的钱给她看病，给她过生日，安徽遭了水灾给她家里寄钱寄物，给她路费让她回家看看。与她同龄的安徽保姆感动得哭了，说是没遇上过这样好心肠的，还是个外国人。

乃迭八十岁的生日，社长凌原让我执笔写一篇贺词，我一口气写了一千多字，凌原说是写得漂亮极了。他们拿到印刷厂去制成一幅精美的册页，覆上亮膜，红光闪闪，酷似一张奖状，由英文部的翻译们举着，前往她和老杨住的公寓为她祝寿。那天晚上我没有去，次日祝寿的代表告诉我说，老杨对我的贺词大加赞赏，连声追问是谁写的。

这是她的最后一个生日，过罢这个生日之后不久，这位六十年前青春美貌的英国少女，永远地倒在了她丈夫的中国。

回忆他们以沫相濡的恩爱一生，老杨写了一首悲痛欲绝的悼亡诗：

早期比翼赴幽冥，不料中途失健翎。
结发糟糠贫贱惯，陷身囹圄死生轻。
青春作伴多成鬼，白首同归我负卿。
天若有情天亦老，从来银汉隔双星。

中国小院里的丹麦国旗

那些年我伏案工作的桌子，是由三个部分组合成的，左下方是四只抽屉，右下方是一只竖柜，上边是一张整木的台面，台面的下部还有三个抽屉，一个宽，两个窄，中间一个宽的还带着锁。不过这锁既没有钥匙，也没有锁上，抽屉照常可以拉开，就跟没锁一样。

有一天我突发奇想，试着看能不能用别的钥匙把这屉锁打开。公元 1985 年，我在武大上学时女友用外汇券给我买了一辆凤凰牌的自行车，不久被一名哲学系的大学生偷走，卖了钱下馆子买酒喝了，这位未来的哲学家自杀之后，老师和同学们都对他表示哀悼与惋惜，我却称他是陀思妥耶夫斯基笔下的那个灵魂受到惩罚的拉斯可尼科夫。为了纪念那段复杂的历史，被盗自行车的钥匙一直穿在我的钥匙链上，从武汉带到北京。

这天我就拿出这把没有锁的钥匙，来开这把没有钥匙的锁，真是不可思议，它居然插了进去，轻轻一转，锁竟开了，再一转，复又锁上。我感到惊异莫名，从此便利用上了这只可以上锁的抽屉，把工资、饭票、书信和日记本都放在里面。我想这张桌子的旧主人即便拿着钥匙，他也不大可能来拿我的这些东西。

这张桌子的台面很宽大，比周围所有的桌子都要大出一圈儿，只是中间裂了道缝，我在维修窗户的师傅那里找了一块玻璃板压在上面，又从地下室里搬来一只别人扔掉的书架，把它放在桌面靠墙的一方，书架上摆放着书和饭盆，就这样桌面还有别人的大。我喜欢上了这张桌子，因为那张宽大的可以放上书架的台面，尤其还因为那把无意中被我打开的神秘的锁。过了一年，一家公司来给大楼里的旧的桌椅刷漆，我把这张桌子推到走廊让他们刷，一位老同志看见了说，这是叶君健的一张桌子，是实木的，而且是整面，现在买不到这样的桌子了！

我才知道这是老前辈叶君健用过的桌子，他曾经趴在这张桌子上用中文、英文、世界语这三种文字从事写作，而且还跟钱锺书一起，坐在这里英译毛泽东的诗词。我便更加重视这张桌子，也更加放心这只抽屉了，知道他忙着翻译安徒生的童话，创作自己的小说，稿费多的是，不会来拿我的饭票。

叶君健离开我所在的单位以后，就从没见他再到这里来过，倒是在公元 1988 年，我带洪琼去民族学院看望了冰心，又带她去看望叶君健。叶君健与他的学生和夫人苑茵住在他自家的一个四合院里，院子里种了一些花卉和青藤，但也摆了不少的杂物，显得狭小而又拥挤。院子里挤，房子里更挤，一个四方相合的小院，属于他们的不到一方，其他的全都住着他们的儿女。儿女们都为父亲和他们自己感到委屈，叶君健就劝他们，要向《海的女儿》中的那条小人鱼学习，心灵纯洁一些，崇高一些，生活会变得美好起来。

叶君健听说我是湖北人，又在外文局工作，就对我说，现在有谁还像《皇帝的新装》里那个小孩一样说真话呢？苑茵说是她就敢说，于是他们夫妇二人他一句，她一句地说了起来。个子跟他一样高，却只有他一半粗的苑茵说话比他多，也比他快，尤其是比他有感情和力量，说到关键时候气愤愤的。

我问这个四合院是外文局分给他的吗，苑茵说，哪里是的，他们向外文局要房，外文局让他们向中央要，说外文局是局级机关，而叶君健是部级干部，局级机关哪有权力给部级干部分房子呢？他们向中央要房，中央说叶君健是外文局的人，中央怎么能直接给下属单位的人分房子呢？这样一来，就把他们上不沾天下不沾地悬起来了。我问他们的儿女为什么也没有分房子呢，苑茵说，他们的单位都说他们父亲是大翻译家，大官儿，有钱，有房子，要住就住他们父亲的房子。

在他那间小得转不过身来的小卧室里，我看见了一枚漂亮的丹麦国旗勋章。苑茵说这是公元 1988 年，世界童话大王安徒生的故乡，丹麦国的女王玛格丽特二世派使臣送给叶君健的。丹麦女王深深感谢他翻译了丹麦之子安徒生的全部童话，使它“比安徒生的原著更易于今天的阅读和欣赏”。

当年中美两国搞乒乓外交，丹中两国搞的却是童话外交，安徒生和叶君健，用两支五彩的笔搭起一座桥梁，丹麦的使臣双手托着玛格丽特女王送给他的丹麦国旗勋章，首先从这座桥上走了过来。不是在钓鱼台国宾馆，而是在这个狭小拥挤的私家小院里，叶君健以个人的身份设下国宴，朴素地接待了友邦的使臣。

很多人只知道叶君健是翻译家，却不知道他被打成“反动学术权威”的十年“文革”期间，挨完批斗，扫完厕所，还躲在牛棚里写了一百万字的长篇小说《土地》三部曲，接着又整理了过去写的长篇小说《寂静的群山》三部曲。为了不被监视他们的工作队认出他在写些什么，他全部是用英文写的。“文革”结束以后，两个三部曲先后都在英国一家著名的出版社出版。上世纪末的最后八年，前列腺癌逼得他离开了单位，从此他坐在家里，用他自嘲的话说当上了专业作家，规定自己每天必须写一千字，八年又写了七本书。

那一年海军医院来人为我们体检的时候，我第二次看见了叶君健，他已经八十多岁了，身子还是魁梧依旧，只是脸上比小院见面那次老得多了。我们单位是两年一次例行体检，过去每次体检都没有看见他，我还以为他跟杨宪益一样抱着小病何必要检，大病检有何益的玩世态度不屑于来，又怀疑是否像苑茵说的那样，外文局把他连同房子一起划到中央去了。直到这次看见了他，才知道他的身体还是外文局的，还要回到这里来检。

穿过游鱼一样流动的人群，我过去跟他打了一个招呼。

但是下次体检的时候，我就又没看到他了。大约过了一年，我在外文局大厅的左侧墙上，突然看到了一张讣告，左上方贴着他的黑白照片。

叶君健在苑茵为他朗读他熟悉的唐诗宋词声中，静静地离开了这个世界。他走以后，苑茵还继续住在那个小院里，替他守护着那枚丹麦国旗勋章。

愤怒的小老头儿

见徐迟的第一面，我以为是但丁来了，只不过换了一身西装行头。当然我没见过但丁，是《神曲》的作者肖像给我种下了如此清晰的印象，很瘦很弱的一个小老头儿，颧骨高出去，下巴尖下来，嘴是瘪的，面若桃花，一双眼梢悲哀地向着两边下垂，眼睛却湿汪汪的好像马上就要涌出一部分泪水。

时间是公元1983年3月，春节过去不久，湖北省作家协会精选了二十个年轻的作者，在武昌的阅马场进行集训。那地方是辛亥革命誓师的故址，顾名即可思义，当时的革命军没有想到，七十二年之后，这里又会诞生一个新的组织，名字叫文讲所。这个名字确定了我们这支新军此次的使命不是练武，我们的誓师口号乃是，读大作家的书，听老作家的课，争取成为有出息的青年作家。

徐迟位于即将为我们授课的老作家之首，而且，他的签字印在我们入学通知书的所长位置。不过他这所长只在我们开学和毕业的紧要日子，才来上两个半天的班，其余是作为教授身份登台数次，便而已了。每天兢兢业业上班的是一个姓黄的代理所长，来历不明，有人背后介绍说在部队搞过戏剧，普通话倒是说得字正腔圆，适合宣布开学典礼和朗读一些文件章程。我们心里却还指望着，那个写《哥德巴赫猜想》的小老头儿每晚能跟我们住在一起，近朱者赤，以便窥视他的写作，猜想他的猜想，他日也能修成正果。

我们的书单自然是徐迟开的，从古至今，由中而外，打印了好几页子白纸，夹在通知书里一并寄给我们。入学当日，一人便发一个借书证，贴上照片，持证验明正身可在省城图书馆里借书。我记得我不幸还被罚过一次款的，因为偷懒，一次借得太多读不过来，误了还期。后来我赌气地觉得与其罚款和跑路，还不如索性花钱跑路自己去买，买的书是属于私人财产，按照愚公移山的逻辑，今年读不完还有明年，老子读不完还有儿子。于是当我七个月的学习期满，回家的行李当中，除了几件换洗衣服全都是书。

这些书里有一部分相当的晦涩难读，硬同嚼铁，但是既然徐迟开了，那就非读不可。我有些迷信这个浪漫主义诗人，读过他翻译梭罗的《瓦尔登湖》，读过他写的《哥德巴赫猜想》和《生命之树常绿》，一些漂亮的句子让我反复眼亮，比方说那个一心想摘下数学皇冠顶上明珠的数学家，说他要骑着自行车登上月球，想到这里我就咯儿的一声笑了起来。登上月球是嫦娥的事，那个时候，我只想骑着书登上文坛。

二十年后，记忆中有声有色的授课者，一个是讲屈原的石国瑞，他的形容已然就是一个汨罗江边的落魄大夫，白须向天，浊泪盈面，以濒临失传的楚调无限悲怆地唱着《离骚》，据说现世能唱此调的举国只有两三个人了。一个是讲弗洛伊德的杨江柱，那一年精神分析学刚被译到中国，杨教授讲起弗氏的本我、力比多和潜意识，讲到少女杜拉偷偷爱上她的姐夫不能表达最后压抑而成精神病的时候，兴奋得眉直飞兮色直舞，举出武汉歌舞团的沈虹光来做例子，说她的《美人儿》写得好，就因为潜意识里她就是一个美人儿。接下来又夸正在准备出名的池莉同学，也是一个小美人儿，夸得前排的同学的脑袋像申公豹一样反扭过去，课堂上就发出一片本我的笑声。

诗人徐迟讲的是西方现代派诗，叶芝艾略特波特莱尔之类，同学们都担心他要把我们培养成十七朵恶之花。当初全班号称的二十个人，一开学就因故减去三个，而这十七个人中只有两个是写诗的，一个是武汉的董宏量，一个是英山的熊召政，事实上召政同学自从号召别人举起森林般的手后，一进文讲所自己就开始学着写小说了，目前依然坚守在分行岗位上的唯有一个老实巴交的宏量同学。

徐迟送了我们一人一本关于弗洛伊德的小书，红色的封面，至今我已忘了是介绍弗氏的书还是弗氏本人著作的缩写本，扉页上有着徐迟当场的签字。那本小书我没有保存，因为很快，武汉三镇的大小书店陆陆续续都摆上了弗洛伊德的各种著作，我们发现一本，就买一本。买完弗洛伊德，接着又买他的学生荣格，然后奔走相告，同学在厕所里就追进厕所，同学在澡堂就追进澡堂，犹似得了集体潜意识精神病，不知道年轻的身体里面究竟有多少力比多。

学习弗洛伊德期间，文讲所发生了几件不愉快的事，那是距今二十四年前，放在今天，男女同学发生一点爱情算什么呢？然而当时，代理所长职务的黄干部感到不愉快，他就要让大家都不愉快了。起因是临近毕业的时候，所里决定组织一次旅行，目的是不仅要读万卷书，并且还要行万里路，有人把这次旅行归纳为野人—美人—诗人—猿人之旅，路线是从武汉乘车出发，经野人故乡神农架，昭君故乡兴山，屈原故乡秭归，至葛洲坝乘船，经“两岸猿声啼不住”的三峡，刘备托孤的白帝城，江姐丈夫牺牲的奉节，至四川巫山县城，略作整顿，然后重新登船返回武汉。所谓野人、美人、诗人都是说得上的，后边跟的那个猿人有点牵强，李白说的猿声是指猴子的声音，不是指类人猿。

后来我才听说，事情发生在神农架的红花朵，应该说像这样一个美丽的地名，不发生一点爱情倒是对它不起。那年我的三弟出了事故，父母在家心甚不安，队伍到达十堰以后，我请假回去看望父母，看罢火速赶往神农架与队伍会合。但是等我赶到神农架时队伍已经到了兴山，赶到兴山队伍到了秭归，赶到秭归队伍到了宜昌，我就这么一路追赶过去，终于在一座宾馆找到队伍的时候，这里异常严峻的气氛把我给惊呆了。我们的黄所长正在上纲上线，对几组陷入爱情的同学进行批判，威胁说是不发给他们毕业证书。

翌日我们登船激流勇进，进入三峡，浪花飞溅，一江两岸的壮丽景色惊心动魄，同船的董宏猷叫嚷谁来做诗，我便逞才信手写了四句打油。船上人都传看笑闹，不幸又惊动了黄所长，他要过诗去摘镜细读，从他异常的神情我便觉出情况的不妙。果不其然船到奉节，当晚他又宣布开会，说是红花朵的案子还没了结，今天又有一位同学写了淫诗，其中两句“浪去裙未湿，浊水望空排”真是下流之极。我据理说不是，是隔船看见女生恐水，他决不信，要把这首诗拿回武汉交给徐迟。我巴不得他说话算话，心想大诗人徐迟才不会像你一样文盲，最好请杨江柱也给分析一下，是不是批评者的潜意识里有那个东西。

二十世纪八十年代伊始，关于检验真理的标准是实践还是什么思想的讨论刚刚落下帷幕，关于文学作品是歌德还是缺德的讨论正在进行。每一股三峡风来，都要卷起滚滚长江之浪，每一次潮涨潮落，都有一批王八鱼虾在混沌的沙滩摸爬滚打，挣扎跳跃。而中国文坛宛如一片尚未退潮的沙滩，一些不会捕鱼的渔人为了糊口，就艰苦地撅着屁股在滩上猎奇，希望从一只贝壳的花纹上辨认出淫词或反标，拿回去跟东家兑换口粮以及更多的好东西。

我不知道，最终他把我的这只贝壳交给徐迟没有，包括红花朵案，事情竟像船从险恶的三峡驶入库区，风平浪静，谁也没受任何处分。队伍返回武汉以后，我们的住处从阅马场转移到傅家坡，又过一月就圆满毕业，红色毕业证上印的是文学讲习所首届学员。但是从此再也没有第二届了，可谓前无古人后无来者，大家各自打道回府，作鸟兽散。几年过后，十七个人陆续销声匿迹，有的用文学之砖敲了一个市县级的小官当着，有的做生意发了几笔中财，有的最大成就是把糟糠老妻换成了小太太，然后提起文学便卖老说，我们当年……

想不到的是公元 1985 年，所长徐迟又成了我们的院长，省作协创办了一个文学院，又是首届，又选出二十人做合同制作家，三人因故空缺，十七人里又有我一名。同期还有我的文创所同学董宏量和熊召政，通知书上又是院长徐迟的亲笔签名。问题是几乎就在同时，我也收到武汉大学的入学通知书，也是首届作家插班生班，两相权衡我选择了武大。好事很快就变成了坏事，原单位坚决不许我去上学，扣了我的工资、档案和户口关系，使得我在武大的食堂里没钱买饭。万般无奈之际，我想起了通知我去做合同制作家的徐迟，就骑车赶到作协，向院长要求上学的同时兼做合同制作家，每月到这里来拿工资。

徐迟用一双眼梢朝下的眼睛悲哀地看着我，看出我是想用文学院的工资养活自己去武大上学。他担心我学也上不好，作也写不好，说是合同制作家得签合同，每年要在省市全国刊物发表十万字的作品，一边上学一边还能写这么多吗？为求生存，以及发展，我厚着脸皮对我敬爱的徐迟吹了一个牛说，试一试吧，如果不行，年底我把工资都还给你。

这样我就签了合同，这样我就有了工资。不过我讲信用，决不骗他，第一年我发表了十七万字，作品上了一个选刊，得了一个刊物奖，在十七人里名列二茅，头茅是一个专职写作的全国获奖者。可爱的小老头儿高兴得眼梢直往上翘，泪汪汪的眼睛藏在眼缝里看不见了，第二年的工资继续给我往下发着，一直发到武大毕业，人到北京有了新的单位。

我回忆起了一件怪事，现在想来有些不可思议。在文学院拿工资的那两年里，我遇上徐迟发了一次很大的脾气：那天十七个合同制作家正开着会，听老头儿讲话，讲着讲着，只见他粉脸发红，身子发抖，突然一掌拍在桌子上道，写出这样的作品，还有脸来见我！我们都吓一大跳，互相观看，判断挨骂者是何人，因为他平日说话都吐词不清，愤怒时语速再一加快，继而再一结巴，声音越高效果越差。直到散了会我向人一打听，才弄明白，是我们中间有一位他曾经作过指望的作家，早期写过很有诗意的探索小说，后来转向通俗文学，最近出版了一部发行量很大的破案长篇，高高兴兴地给老头儿送一本来，亿万没有想到，反倒把老头儿气成了这个样子。

从那以后，通俗刊物给再高的稿费，我们都不敢写了，想起那一掌来就心惊胆颤。

到了北京新的单位，又得知一件更加想不到的事，巧得出奇，我现在的单位居然正好是徐迟过去的单位。二十世纪六十年代，徐迟是中国外文局的一名新闻记者，湖北丹江要修水库，他随北京新闻文化界的人士下去支援三线建设，水库修成他就留在了湖北。单位里的老同志说，徐迟写的新闻稿子不行，领导那里老通不过，后来他就到你老家丹江去了。

我想起当年参加丹江水库建设的，还有湖北另一个老作家碧野，据此他写了一部很厚的长篇小说，名字叫作《丹凤朝阳》，那个时候在全国影响颇大。上世纪末，湖北文坛有三老之说，即指徐迟、姚雪垠、碧野三位八十以上高龄老者，一位诗人，一位小说家，一位散文家。徐迟和姚雪垠相继辞世，来自延安鲁艺的骆文和七月派诗人曾卓补入三老，不久也辞世了，本世纪就只剩下了碧老一人。

徐迟的死是二十世纪末中国文坛的一声绝唱，同时也是一道令人惑然难解之谜，八十二岁老翁非病非厄，非为债逼，却于江城高楼纵身一跃，在古今中外非正常死亡史上鲜有二例。他死之后，许多哥德巴赫式的猜想从他生前走过的小道，向他生前熟识的朋友传来，不仅疑点多多，而且矛盾重重。

说他精通外文，崇尚科学，力主西方现代派文学与艺术，是湖北文坛包括学院派和青春写作者中第一个使用电脑的先驱，却坚决不看电视，声称现代人类须臾不可离开的那个家庭成员，是罪恶的释放魔鬼的潘多拉匣子。

说他春心不老，爱泉未竭，文君新倚司马，却又劳燕分飞。说他在北京见到赵丹孀妻黄宗英，与新君冯亦代来看他时，忽然感到心灵可怖的孤独。

说他把《生命之树常绿》献给那些热爱生命的人，说他最喜欢念诵雪莱的诗句：冬天来了，春天还会远吗？这样念着，却在一个即将结束的冬天，把自己这棵枝叶未黄的老树自伐于春天快要来临的时辰。

说他说他……

公元 1996 年的最后一月，八十二岁的徐迟自杀的消息传到北京，我站在窗前默然无语，眼前出现了同样八十二岁雪夜不归的老托尔斯泰，接着又出现了一个瘦小的但丁。

试问而今安在哉

我到姚雪垠家去过两次，他跟冯牧只相隔一幢楼，都在木樨地的一个小区。我记得好像一个是 20 号，一个是 22 号，在北京属于特别好找的地方，一找就找到了。

第一次去是公元 1987 年的元月。北京召开全国第三届青创会，每个省选派十位青年作家代表参加，我是湖北省的代表之一。那次还有方方、叶梅、熊召政、董宏量、王家新、姜天民等，其中四个是我文讲所的同学，四个是我武汉大学的校友。浑身干瘦却又蹦又跳，喉咙沙哑却又说又笑的姜天民，开完青创会就上北大了，上完北大就去世了，死的时候只有三十九岁，写这篇文章的时候我又想起了他。

因为姚雪垠是湖北的老作家，会议期间，湖北的青年作家就集体来到他北京的家里，算是看望我们的前辈。那时候他已经写完了《李自成》第五卷，正计划回过去写第四卷，他写《李自成》不是按卷序写的，而是要看准备的历史资料，要看宫廷生活还是野外战争，可以倒着写，也可以插着写。这种搞法有点像导演拍戏，往往打乱时间顺序，根据场景先拍后面，后拍前面。

他有一个秘书，把一只黑色的小录音机放在他的面前，让他想好一段话后，就一按键对着它念出来，念满一盘磁带之后，秘书就倒回去一边放音，一边用一架小型打字机把它打印在纸上，请他在上面进行修改增删。这是他发明的办法，应该说在二十世纪八十年代中期，语音电脑还没有诞生之前，这个办法还是比较先进的。

姚雪垠把我们迎进客厅，然后就仰靠在一张太师椅上了。用满面红光、双目炯炯来形容别人的脸色和眼光也许是个俗套，但要准确表达姚雪垠的脸色和眼光，我想了又想却非要用这二词不可。特别是他那一对见之难忘的眼睛，硕大，滚圆，明亮，有一点往外突出，还有一个词我有点不忍心使用，叫作凶猛，可这的确又是事实，从那眼中发出的两道熠熠光芒像是猛虎一样，七十七岁的老人长有这样的眼睛我还没有见过。覆盖着猛虎双目的是两束浓密的白眉，他用他的河南话说，不光是他的眉毛是白的，连他浑身上下的汗毛都是白的，但是他还要写，不写不中啊，写完《李自成》后，接着还要写下一部农民起义的长篇小说，《天京悲歌》。

关于《李自成》，那一阶段国内非议甚多，文坛倒还客气一些，圈外读者尤其激烈。最尖刻的是有一张大报登出一幅漫画，画上的李自成头戴毡帽，身披战袍，单手握着一卷毛选，做灯下阅读状。不知道这幅漫画姚雪垠究竟看到没有，许多批评文章他却是看见了的，老作家义愤填膺了，何况这是一位罕见于七旬老人中的猛虎一样的老作家，他披挂上马，拔笔应战。人家应战是兵来将挡，水来土掩，姚雪垠不同于人，他手持一柄宝刀杀出城去，杀进院校，杀上讲台，谈笑间竟然变应战为挑战，几分轻蔑，几分狂傲，用他抑扬顿挫的河南土语激怒敌手，他说那些不学无术，那些一孔之见，那些雕虫小技，那些小聪明小伶俐者曾几何时暂据文坛，幸领风骚，而大浪淘后，而今安在哉？

曾几何时，而今安在，这样令人激愤恼怒的话我已听他说过数次，在文讲所里，在作代会上。他的讲话不像徐迟引用西典，不像碧野赞美生活，不像骆文深含哲意和曾卓充满诗情，他的讲话句句都是檄文，字字都是战表，这位老人，他是因为屡得别人的宣战，所以要向别人宣战了。当他说到而今安在哉的时候，他会有意识地把语速放慢，把语气加强，把一口的河南语调弄得高低有致，轻重有别，抑扬顿挫，余音袅袅。这时他的满面是红光的，双目是炯炯的，而且频频地环顾左右，希望给人以泰山压顶无地自容的感觉，承认如他所言那些红极一时的诗书无非都是过眼云烟，速朽之作，千百年后，文史可以留下的唯有他的《李自成》。

对于这个问题，我的看法跟谁都不一样，包括作者和他的敌人。首先我们得看他这部巨著最初诞生的时代背景，那是一个全中国的作家都不许再写，不敢再写，不能按照自己所想再写的黑暗年代。姚雪垠趴在牛棚的稻草铺上给伟大领袖毛主席写信，请求让他写一部中国农民革命的书，毛主席慎重地批准了他，英明地期待着他，于是他不能让毛主席失望，更不能让毛主席生气。他不这样写是不行的，他不这样写不仅他的李自成没有了，只怕连他本人都没有了，当然他就只好把李自成往漫画上的样子一路写去。

公元1976年毛主席死了，书中的李自成还活着，正与崇祯皇帝的官兵英勇作战，主要英雄人物的形象已经突出，也只能按既定方针往下办了。七十多岁的高龄，毕生心血尽在此书，这部书早已成了他的命，他总不能不要命地把过去的文字全部推倒，另起炉灶，脱胎换骨，从头再写一个李自成吧。

下面他还要写天京悲歌，李自成进北京何尝不是悲歌，他以有限的生命换来有限的《李自成》，这事的本身又何尝不是一曲无奈的悲歌?

第二次我去他家，是同一年的秋天，我替我老家湖北郧阳文联给他送去一把武当剑。

老家文联创办一家刊物，岳啸主席托我请几位在京的文坛名流，为刊物题词以壮声色，当时我请了冯牧、汪曾祺、刘绍棠、邓友梅，也请了姚雪垠。刊物印出来后，岳啸问我如何支付他们报酬，我说付得太少不好意思，太多则恐你们无力，倒不如买几把武当剑以作谢酬，让他们晚年也练一练剑，剑上正好就有这个刊名，他们个个都是有钱的人，我替他们做一个主，你就不必给钱了吧。

刘绍棠和邓友梅的两把剑是我托同事代我送的，汪曾祺的一把我送两次才送成功。冯牧和姚雪垠的两把最顺利，他们住在木樨地一个小区，交通便利，我身背二剑，酷似一位江湖大侠，一次就送到了。

竹溪行

碧野到竹溪的那一年，我都快三十岁了，还没看见过一个像样的作家。此前因为在《长江文艺》上发表多篇小说，有的还被转载和受高评，该刊通知我去省城参加学习，我所在的金融单位首长偏不同意，那次要是去了，可以把本省的作家挨个儿地看上一遍，没去当然就一个也没看成。所以听说碧野要来，我头天晚上就把呢子制服准备好了，以便第二天穿上跟老作家合一个影。

二十世纪八十年代初，中国从大到小的城市，主流服装已经由平板、斜纹、卡叽布做的，上面有两个暗兜的黄色战士军装，由的确良和的确卡做的，上下有四个暗兜的蓝色干部服，进化到藏蓝色或黑色的，上下有四个明兜的呢子中山服了。我的那件呢子制服就是藏蓝色的，总共有九颗胶木扣子，全部呈现在衣服的平面，准备穿着跟碧野合影的就是这件拿手中山装。其实在此之前，我并没有读过碧野的书，甚至一篇短文也没看过，只知道他写过一部长篇小说，名字叫作《丹凤朝阳》，是写十万英雄会战丹江的史诗。

果不其然，第二天听说碧野来到了我们身边，但他虽然到我们身边来了，我们却还不能立刻见到他。在县委的统一安排下，他得先跟县委县政府的领导，县委宣传部的领导，县文化局的领导，县文化馆的小领导，县创作组的微型领导，从上到下统统都见了面后，这个时候才临到我们这些作者。当时地市县还没有成立文联，不然的话作者还得往后排。那个年代中国人民对作家是很崇拜的，尤其是中国山里人民，包括上述那些委、府、部、局、馆、组的基层干部，印象中全中国只有几十个作家，分到省里不过才三五个，不像现在这样有几十万大军，把写博客的也算在内，恐达半亿。

按照顺序都见过面后，基干们围绕着碧野的名字展开了讨论，想不通这个老作家为什么姓碧，百家姓里有这个姓吗？后来还数管文化的文化馆的馆长有文化，判断说很可能这是他的笔名，那个写骆驼和祥子的老舍难道姓老吗？我们这儿的小彭还叫野莽呢！这么一说基干们都明白过来了，紧接着又开始打听碧野的真姓到底是什么，打听来打听去都没个线索，最后宣传部的刘部长鼓起勇气，直接向碧野提问道，碧野老师您的真姓是什么呀？碧野说，我姓黄。刘部长觉得问成功了，得意地扫了大家一眼，然后又问，那我们就叫您黄老好吗？碧野说，怎么都行。刘部长觉得这个建议也提成功了，又扫大家一眼，意思是定下来以后就这么叫，碧野是省里下来的老作家，没大没小地直呼其名是不礼貌的。接下来他还想问碧野真名叫什么，这时候碧野的眼睛转开了，问卫生间在哪里，基干们多数没有反应过来，其中有一个前不久去省里开过会的，哦地叫了一声道，黄老是要上厕所吧？我陪您去！

碧野那年就有糖尿病了，坐久了熬不过这些千锤百炼的基层干部，说老舍写过骆驼和祥子的那个馆长，一顿能喝十瓶啤酒，喝完了坐着打牌，滴水不漏。碧野不行，别看他胖，其实在湖北三老中，他的身体还比不上大他两岁的徐迟，也比不上大他六岁的姚雪垠。

终于见到碧野，却惊讶地发现碧野穿得还比不上我，这把我惭愧得直想把呢子中山服脱了，重新找一件当知青时的破衣服穿上。碧野穿的是一件早就过了时的，有四个暗兜的蓝色干部服，此服又叫解放服，就是解放以后国家干部一直穿的那种制服。我的“右派”父亲当年就是穿着那种制服去搞的“土改”，打成“右派”不得已换上贫下中农穿的布袢对襟衫，平了反才把那种久违的制服捡起来，后来与时俱进，又改穿中山服、西服，再后来返璞归真，回到中式便衣了。

我发现碧野的裤子系得很上，使得他的裤脚高出鞋面有一寸许，样子略微有点滑稽，原因立刻就被我分析出了两条。第一他知道竹溪山大路陡，这样穿是摆脱路上石头、土块、杂草、刺藤对裤脚的纠缠，不至于影响行走的速度，同时也保护了裤脚；第二他的腹部很大，担心系得下了会产生滑坡，目前皮带的位置可能定在双肋，我在画报上见过一些大肚子人物，裤子都是这种系法。

他的头也很大，上面覆盖着一顶蓝色的遮檐帽，跟下面的衣服裤子形成配套。遮阳帽的戴法有两种，一种是把帽檐翻上去，这样的好处是视野相对开阔；另一种是把帽檐耷下来，这样遮阳的效果更好。碧野选择的是后一种戴法，多少年后我在电视里看见了赵本山，当时我就想起了碧野的帽子。

那次碧野的竹溪之行，无意中帮了我一个很大的忙。头一年的冬天，我通过爱好文学的县委书记陈永贵，刚从人民银行调到创作组，创作组属于宣传部管辖下的文化局下的文化馆下的一个三人组织，级别相当于部队的排，机关的股，工厂的车间。这个三人组织没有自己的财务部门，也没有自己的伙食单位，食堂和厕所都挂靠在文化馆。负责群众文化的文化馆主打业务是组织业余宣传队，下乡慰演，上县汇演，去省市调演，平时不演就把人员解散到各乡镇村户，一到元旦春节就紧急集合，龙灯狮子蚌壳彩船一齐上阵，喜连天笑连天的拜年歌从腊月三十唱到正月十五。

这些玩意儿我一样都不会，我到创作组的唯一目的就是创作，早知道还要我搞这些玩意儿打死我也不会来，留在银行早晚我也是个行长，而且上级银行已经点名要调我了。但是现在我端了人家碗，就得受人家管，文化馆给我派的活儿有点像是随军慰安，玩蚌壳彩船的女演员上场之前，从身上脱下棉衣和棉裤，全都由我抱在怀里，玩罢又从我的怀里拿去穿上。我认为这个工作太不适合我了，坚决不干，他们一怒之下停了我的伙食，我比他们更怒，于是发生了震惊全城的打人事件。

被打的人抱头跑到医院，开了一个脑震荡的假证明，要求公安局将我依法拘留，有人乘机拿我创作做文章，说我打人是为了体验生活。因为我是县委书记陈永贵调去的，此案报到他那里，经过调查，永贵书记做出两条批示，一是不许我以后再打人了，二是食堂要给我饭吃。他说这人是我调来搞创作的，人是铁饭是钢，不吃饭人不就饿死了吗，还能创个什么作哇！给演员抱棉裤棉袄有时间就抱，没时间就算了，创作组的任务主要是创作出好作品！

这番话把我感动得热泪盈眶，我觉得完全符合小平同志关于白猫黑猫，关于发展才是硬道理的先进思想。迄今二十多年过去，一想起这件旧事，我就会满怀深情地怀念小平同志，怀念永贵书记。

当然也会怀念碧野。碧野在竹溪听说了这件事情以后，用他铿锵有力的广东口音，激情澎湃的散文语言，赞扬了永贵书记对青年作者的关心和爱护。他说，有了这样的县委书记，这个县还能不出作家，还能不出作品吗？

不久我读到他的散文《竹溪行》。这是古往今来，第一个外地作家写我家乡的文章。

这一年的春节，永贵书记为了扫除我身边的反对势力，给我营造好的环境，大年初一从县委大院直奔我的住处，一路别人问他到哪里去，他就大声地回答说是去给我拜年。一时间我在全县人民心中的地位，几乎要赶上县委副书记了。新年过罢，省作协通知我去武汉开会，这次的形势不再像我在银行那样，部局馆组四级领导谁也不敢阻挡，纷纷对我进行支持，还请我见到黄老，代他们向黄老问一个好。

那是我第一次参加省作协的代表大会，我看见了碧野，他穿的是一件西装，把头上的遮檐帽也摘了，一颗巨大而光秃的头颅在大厅的水晶灯下闪闪发亮，给人的感觉是位得道的高僧。我替请我代问黄老好的人问了他好，他见我来参加作代会非常地高兴，也要我回去代他向永贵书记们问好。这次会上，省城的新闻媒体采访了我们几位年轻的作者，《长江日报》的记者从中选出六人，一人约写一篇文章发表在副刊上。我的文章是趴在床上写的，现已忘了当时都胡说了一些什么。

闭幕式上有碧野的讲话，我忽然听他讲到了他去年的竹溪之行，讲到了我，讲到了永贵书记。当然他没讲我打人的事，这件事讲起来比较复杂，作家要做适当的剪裁，他只讲永贵如何地关心我和爱护我。碧野依然用他铿锵有力的广东口音，激情澎湃的散文语言，这样地介绍陈永贵说，这个陈永贵，是竹溪的陈永贵，不是大寨的陈永贵……

公元 1987 年 7 月我离开了武汉，迄今整整二十多年没有见到碧野。2006 年 11 月，中国作协第七届代表大会在京召开，各地代表住在北京饭店，中央直属和北京代表住在鸿坤国际大酒店，我一拿到代表的花名册首先就翻开湖北的那一页，当我看见碧野的名字，心里一阵喜悦。我记得那年他到竹溪是七十六岁，那么这年就是九十二岁，这次会上有一个九十六岁的季羡林，还有一个九十三岁的王稼穑的夫人朱仲琳，他应该是五虎老将之一，老英雄排座次他得排在第三位吧。接着又想，他这次是穿解放服还是穿西装，是戴帽子还是光着头呢?

我打湖北作家朋友的手机，问询碧野的房间，会议期间想去看一看他。不料得到的消息是他这次没来，有病在身，行动已经很不便了。我的心里有了一种失落的感觉，因为毕竟，他是中国当代唯一走进我的家乡那座大山的老作家，只有他的脚上才曾经沾上过我的家乡的泥土，屈指文坛有名的老作家中，除了碧野，别无二人。

从前没有，现在没有，那么往后，在机场和铁路未能伸进大山腹地的时候，还有没有像碧野一样的作家戴着遮檐帽，穿着解放服，把裤子系得那么高，到竹溪来写《竹溪行》呢?

严氏父子

公元2005年7月，我们打着红色旅游的旗号，去了绿色的青海湖，途经甘肃、内蒙古和宁夏，第一夜在已故西夏国的都城银川下榻，我跟瘦得像个唐吉诃德的严新强住在一房。晚上新强洗完了澡，光着身子告诉我说，老爷子前几天过世了，临走前对他说，记住，任何时候都不要离开集体！新强是个听话的儿子，老父的告别仪式定在七天以后，他没有在家守孝，却跟着集体一道远游至此。

我想起十八年前，我带着武汉的同学洪琼，到红庙去看望老家的前辈严文井，此前打电话咨询路线，严文井的夫人，严新强的继母，我们的康阿姨说，你们在什么地方坐车，在什么地方下车，然后走哇走，绕开一个什么地方，然后再走哇走，经过一个什么地方，然后再走哇走，就走到了，我们在家等着哦。严文井是中国著名的童话作家，康阿姨在他身边耳濡目染，潜移默化，渐渐地，练习得为人指路也像对小朋友讲童话了。

严文井先生听说我搞写作，又搞出版，高兴得说是他的小老乡加小同行。二十世纪中期，他曾经是人民文学出版社的总编、社长和党组书记，三顶帽子摞在头上，白天戴着，晚上摘下，趴在自家的桌子上搞自己的写作。六十年代，他还任过中国作家协会的秘书长。有一年，亚非拉作家代表团来华访问，严文井先生负责接待。毛泽东主席前来看望大家，见了脸皮黑的就猜是古巴的作家，递一块西瓜；见了脸皮黄的就猜是朝鲜越南的作家，又递一块西瓜；见了严文井，毛泽东递给他一块西瓜，拿不准他是哪国的作家，就问他问，你是哪一国的呀？严文井说，毛主席不认识我了？我是我们国家的严文井哪！毛泽东哈哈大笑说，哦，原来你是严文井！

他要我回去以后，寄一篇自己满意的作品给他看，不要长的，只要短篇，不要多的，只要一篇。我很激动，知道严文井先生要培养我了，回来以后我就开始翻我发表的作品，用康阿姨具有童话风格的话说，找哇找，找哇找，居然没有找出一篇自己满意的作品，心想连自己都不满意，严文井先生还能满意吗？别让他看了我的作品不仅不打算培养我，反而把我批评得一塌糊涂，批得我再也写不下去，于是一生气，决定不找了，只把我们合影的照片寄给他，附了一页信说："严文井先生：我实在没有自己满意的作品，等我有了以后再寄给你，请您指教吧！"

说是以后寄，但是以后也没给他寄过，我心里想的是等我某一天写出一篇惊世骇俗的作品，全世界都知道了，因此他老先生也知道了，找来一看，啊呀呀，不得了，原来是他那个小老乡和小同行写的，忍不住主动给我写信，约我过去谈一谈。我承认在我年轻的时候，我是一个虚荣的人。毛泽东说虚心使人进步，可是一字之差，虚荣却使人落后，它使我跟大师失之交臂，错过了很多耳提面命的好机会。现在想起，悔之晚矣。

认识严新强，是在认识他的父亲严文井之后七年。公元1994年，我们在原本有英、法两个文版的《中国文学》以外，又增加了一个中文版的同名选刊，主编傅活要我请一个摄影师，拍几张英、法文版《中国文学》的图片，印在创刊号的封二上。有人向我推荐了严新强，说时迟，那时快，摄影师严新强扛着相机就来了，他要我选择一块阳光充足的地面，铺上红色绒布，把选好的拍摄物在红布上参差摆好，然后他高高地站在一把高脚椅子上，举起相机，闭上左眼，咔嚓咔嚓，横的竖的，连着拍了好几张，最后从高脚椅子上跳下来说，好了！

这位摄影师前脚一走，后脚就有人考问我说，这个人的父亲你知道是谁吗？我问，是谁？那人说，写童话的严文井哪！我说了个哦，由此方知严文井的儿子跟周海婴一样，并没有子承父业。那人为了显示自己的博大精深，无所不知，又考问我，这个人的岳父你知道是谁吗？我问，是谁？那人说，翻译《红楼梦》的杨宪益呀！我又说了个哦，那人又说，不过早就不是了！

往事如烟，今事如戏，又过了十一年，我跟严新强成了同事，又成了同室。忽然想起当年那人对我披露的轶事，我问严新强说，你离婚了以后，他们两个亲家的关系怎么样？我指的是严文井和杨宪益。新强说，他们两个照样的好，有时还在一起喝酒。

那次在青海，看了塔儿寺，严新强在寺门外的小贩手里买了四把刀，分别藏在衣服和裤子的四个兜中，晚上他找到我，把门一插，把刀子从兜里一把一把地拿出来，要我从中挑选一把，说这是英吉沙的名刀，北京买不到的，回京上火车时一定不要放进旅行包里，而要贴身藏好，以防进站被人检查出来，不仅没收，还要罚款，因为当地明令禁止携刀而行。说着他给我做了一个示范动作，把一把英吉沙名刀卷在挨肉的裤腰里面，放下衣服，果不其然，外面就一点儿痕迹也看不出了。

邹氏父子

公元1987年，我陪洪琼到邹荻帆家的时候，他的脸色是粉红的，还浮着一层透明的光泽，笑得像一朵盛开的桃花。这几乎使我立刻打破了对诗人的概念，此前我一直片面地认为除了少数的几个人外，真正的诗人一般都活得苦巴巴的，古代的除了李白，现代的除了郭沫若，当代的除了叶文福。但是叶文福在狂欢疯癫手舞足蹈之后也有痛苦，而且痛苦起来比那几个自杀的青年诗人有过之而无不及。诞生于二十世纪四十年代烈火与战斗中的中国诗人，在我的印象和想象和希望中，不应该是一个居家过日清闲安逸的北方小老头儿，然而晚年的邹荻帆恰恰就是。

很快我就觉得这样是真实的，邹荻帆是一个真实的人，从诗内，到诗外。他给我们沏茶，削苹果，俯着身子，支着下巴，桃花般地笑着跟我们说话，话里还夹着抹不掉的湖北口音。

那么好的脸色，怎么忽然就去世了呢?

这个谜语很久以后我才解开，是他的儿子邹海岗告诉我的。几年以后，因为跟一位名叫何首乌的诗人的交往，我跟他的老师邹海岗成了朋友，当时邹海岗是鲁迅文学院的教务处主任，我并不知道他的父亲就是我早已认识的邹荻帆。我有一件事要请邹海岗帮忙，在我老家湖北郧阳，有几个从事写作的朋友想到鲁迅文学院来进修，我答应了他们，托何首乌给邹海岗带个口信过去，请他给我留两个进修的指标，我原以为这么重要的事情，他至少要打一半折扣，我要两个他只给一个，却不料只过了两天，我真的收到他寄来的报名表，我要两个他就真的给我两个。

非常可惜，我把两张表挂号寄回老家，最后只有一个朋友来了鲁院，我去南苑机场进行迎接，这位朋友名叫刘书平，鲁院毕业以后，回去当了县文联主席，接着又当了市文联主席。另一个珍贵的指标，不幸白白地浪费了，要不然至少也是一个副主席吧。

后来有人发现了上鲁院的好处，纷纷也想来上鲁院，又托我帮忙，然而这个时候，教务处的主任已经不是邹海岗了。邹海岗的岗位调到了北京出版社，他成了《十月》杂志的副主编。邹海岗一到新的岗位，就在《人民文学》上看到我的一篇小说，名叫《合同公园》，小说里除了一个听人说书的疯子，所有的人包括情人、夫妻和母女，统统都在这个公园里谈着合同的事，邹海岗喜欢得很，他给我打电话，要我也给他写那样一个，只能更好，不能略差。我就给他写了一个《防盗门》，说是一对家中安防盗门的贵族夫妇，当他们的防盗门安好之后，他们看中了安门小伙子裤腰上系着的一个本命年避邪的小猴儿，于是把它盗了去。这篇小说一发表，《小说月报》就转载了，邹海岗觉得我没蒙他，对得起他，我们的友情因此更深。以后我又给他写了《鱼祸》和《领掌者》，两篇小说都反响不错，后者还收进了当年的《短篇小说排行榜》，南京一家发行量很大的报纸也转载了。

邹海岗跟我一样，一边编着别人的小说，一边写着自己的小说。不过他写的都是大部头，“错”字打头的长篇小说，他一写就是三大部。他连编带写，日夜作战，终于出问题了。那段时间我们经常要打电话，差不多每周都打，一般都是他打给我。有一次连着三周没有接到他的电话，我以为他出国了，给他家里打了一个过去，想问他何时归来。接电话的是一个女声，声音异常的低沉，问我是谁。我说我是海岗的好朋友野莽，对方说了个哦，接着又说你还不知道吧，他已经第二次下病危通知单了！我吓一跳，判断她是海岗的妻子，追问是什么病，她说心脏，遗传性的，跟他爸爸一样，我又问他爸爸是谁，她说邹荻帆呀！

我这才知道我这位多年的朋友，原来是我曾登门看望的邹荻帆的儿子，十多年前的那一天去他父亲家里，他要是正好带着妻子回家看看，我们就会更早认识。我顾不得想那么多，电话里问海岗的妻子说，嫂子，你们去阜外医院了吗？阜外医院是北京也是全国最好的治疗心血管疾病的专科医院，正好我有一个朋友是那里的门诊部主任。海岗的妻子低沉地说，没有熟人，住不进去，我说怎么不告诉我啊，你等我信！

我的朋友叫袁贤奇，我立刻打电话找到了他，请他尽快安排邹海岗住院治疗。他问是我什么人，我说是最好的朋友，他问是什么级别，我说是司局级，准备升副部。其实海岗当时只是正处，我怕说低了不够入院的资格。果不其然，袁贤奇说，刚把李鹏的表哥送出院，正好空出个高干床位，明早八点你带他来。

次日清早八点，是我们这对老朋友的首次见面，此前多少年里，我们只是在电话里，在书信中，在刊物上，包括刊物上发表的照片，彼此认识对方的声音、相貌、文字和心灵，如果不是这次上帝的安排，我们的见面不知道会在何年何月。我发现海岗的个子比他父亲要大，脸色却没有他父亲好，头发稀落，皮肤浮肿，他告诉我，他是在给作者修改一部等着要发的报告文学，突然倒下的。我带他见了袁大夫，袁大夫又带他做了各项检查，问他做大手术还是做小手术，邹海岗竟然自己不能做主，妻子刘群英也不能做主，问我做哪一种好，我说那就听大夫的吧，最后是袁贤奇替他决定暂不开胸，先做一个小型的基因搭桥。

下了两次病危通知的邹海岗，于是又活了下来。

活了下来以后，邹海岗不敢再玩儿命了，他离开了他热爱的编辑桌，也暂别了他醉心的写字台，他得继续地活下去，理解生命，尊重生命，思考一些比文学更加重要的问题。

笔尖对外的老兵

辛未年夏，外宣研修班二期开学大典，主席台上就座的诸位元老一字儿排开，其中一位似觉面熟。面熟却又未谋过面，大约便是在电视机里，《铡美案》中的包拯包大人，头上取了乌纱帽，脸上油彩却未褪。当然也不至于那么黑，只不过是不算太白。师生一场，说个比较美观些的，不像包公而像关公，面若重枣吧。立于一侧的校长于先生一一通报姓名，点到那位，其音色、眼神以及脸上的肌肉，统统都加了一把油：段——连——城。

我是搞文学的，新闻界的段连城声名何以如此显赫，所知甚少。当过官，又没当了；出过国，又回来了；写过文章著过书——《对外传播学初探》，很朴素的封面，英汉对照本，本学期的教材，不读是不行的。便从那灰紫两色的封面读起，仅书名就读了好几遍，“传播”一词似觉新鲜，后来才知是他的首创，此前就是人人嘴里的“宣传”。段先生在书中解释独创的起因，原是外国人不喜欢听那“宣传”二字，一听便洋脸作色，以为要硬性灌给他们某种观念。过去某些年代中国新闻界确曾弄坏了这个好词的名誉，至今元气还恢复不了，为对外宣传工作造成难度。“传播”则相对柔和得多，尤其译成英文之后。况且后面还一个“初探”兜底，不合适时还可再探。

本届学生戏称此班为“黄埔”二期，日日听课不止。听段先生讲课应该有一个较好的课堂环境，以及较好的接受心态。因为他说得快，且目不斜视，头不抬起，不肯用丰富的表情和你交流。你可能怀疑他在看什么讲义，其实不然，摊在他面前的无非是几句提纲，他不过是爱好这个姿势，这姿势也许便于回忆和总结，便于捕捉一串一串恰到好处的表述语言。这时候，那荒唐旧事，海外奇闻，大陆沧桑，阳光阴影，就以他粗而低沉的喉音哗哗滚出。他自谓是传播者，与人说话一般从容自然，何必大声八气，讲得激动处方才抬一次头，两只环眼直视台下，显出他对此事的态度。

教室的环境对他是不利的，西窗之外，从事基本建设的机器吱吱嘎嘎发出怪音，连频频出外视察的于先生也止它不住，归来倚杖自叹息。段先生的讲风于是露出弊端，身边有人埋怨为何这样的快，好歹也是当过局长的人，莫非怕人赶他下课不成？我便替他圆说，人家在美国念惯了英文，大家应该用耳朵迎上去听。

一课讲罢，机器声止，上课又讲，机声再起。窗外的哪位师傅好像立志要和段先生开国际玩笑。段先生倒并不怎么在乎，课间大家出外呼吸，四尺来宽的黑走廊里只剩下他一个人，低着头，撒着手，将一件白衬衣扎在系背带的正宗西裤中，急行军似的一趟走过去，以为是上厕所，却又急行军似的一趟走回来，这样一趟复一趟，如入无人之境，看得久了方知是在散步。世上竟有这样抓紧时间锻炼身体的，不知道可不可以对外传播。

听课要做作业，段先生出题题如其人，咕的一响就出来了，叫作《听课有感》，限期交卷。我是第一个交卷的，一心不和老先生顺着来，洋洋洒洒，吊儿郎当，作雄辩家状，从战国时齐相邹忌说到古希腊美少年纳喀索斯，从弗洛伊德的自恋情结说到伪宣传，从国门大开说到家丑不可外扬，虽不是怨气冲天，也算是牢骚满腹，末句还来一句“段先生以为然否？”稿纸也比段先生要求的每页多出二百个字，交去看面若重枣的前任局长如何处置。批示果然迟迟不得下来，据说是段先生去了黄山，却等来校长于先生一个庄严的宣告：作业统统进入档案，封送单位，作为原始材料以备查考。于是吃了一惊，历史的教训使我们变得比较地聪明起来了，若干年后再来运动，档案里面可不能有如山的铁证！

然而却已收不回来。不料结业之后，忽由社办公室转来一个牛皮纸袋，内装红色的结业证书一本，又有白色的文稿一份，上附段先生电脑打印的一页短笺，写道：

兴国同志：

大作是班上最有文采的一篇，它把“照镜子”的思想作了淋漓尽致的发挥，说今道古，引经据典……好的文学作品是贴近生活、忠于生活的，所以我认为文学往往是很好的宣传。希望你能在自己的岗位上为反映当代中国的真实形象做出贡献。“水仙花情结”实际上仍是对外传播领域中的一个常见病，我们一时无力改变这种状态，但却可以在自己的狭小范围内首先做起。拙作《11 亿中国人》预计将在 10 月出版，届时也许你能看到。这就是我个人在力所能及的范围内，“道实情，叙家常”的一次努力。

段连城

看罢心中立刻释然，暗想装入档案也好，将来论起功来，这白纸黑字谁也抹不煞的。

据《昆明日报》记载，段先生生于云南昆明黑龙潭龙泉村，半个世纪以前，中国边境的一个不大的村子里出了个志气不小的少年。但也调皮，在和尚庙的佛像后和光屁股的小伙伴捉迷藏，口唱苏武牧羊曲，雪地又冰天，牧羊十五年，在炮声中遥望省主席上班的八抬大轿，心想轿夫是何许的滋味，怯望着家父悬于墙上的戒尺，考上了全市中学会试的第一名。此后在日本飞机的轰炸下逃离昆明，奔西南，上联大，赴美国，回大连，以中国新闻官的身份伴随周恩来几番出国，参加世界的和平谈判……

然而只要正直，当官和实事求是，和“道实情，叙家常”，是不矛盾的。

秋去冬来，大雪纷飞。为了这个专栏的开辟，英勇的执行编辑刘义森宁可冒犯自行车的交通规则，也要用后架把我驮到段先生家。清晨8点半，按铃而入，小客厅内段先生正与一位老者共进早餐。一肥一瘦，一长一短，一黑一白，天然成趣。笑问起来，原来是他的常年酒友，英语教授尹先生，两人昨夜喝得忘了时间，大门上锁尹先生回不去了，被他夫妇留居客厅，今朝酒醒方可放行。白发苍苍的尹先生也是“黄埔二期”的执鞭教官，虽已年过古稀，却对少他十岁的段先生心怀敬重，讲课间时而“段先生这样认为”，时而“段先生那样认为”，七十而从心所欲，不逾矩。

喝酒于是成为开门话题。夫人王作民女士趁着来客，谅他不好抵赖，解放思想大谈他的饮酒轶事。如每日三两，几十年如一日，可以用乘法乘出一辈子究竟喝了多少酒啦；受邀讲学怀里也要备上一瓶，饮具是一个大搪瓷缸，服务员差点儿往里面注了开水啦；某年赴呼伦贝尔大草原访问，上台讲话还被蒙古族同胞闻出一股酒味啦；公元1982年因胡娜事件与美国官员闹翻，拂袖而归，一路上与酒仙杨宪益将二十美元喝了个精光啦……

段先生涵养极好，听王作民女士控诉完毕，方才一句顶一万句说：是啊，喝了好写文章。

然后便大谈酒的妙处，舒筋活脑，启发灵感，催动激情，增进勇气。说他的文章竟然都是在酒后一气呵成，包括那篇在他挂冠之后，千里漫游，有感而发被日本人称为中国最好新闻的《南游百日记——阳光、阴影》。一番奇谈，将夫人的滔滔不绝说了个前功尽弃。

道罢酒史，王作民女士又说他的烟史，怨他不像人家一样养花种草。最后她有两件事情相托于我，一件是帮她买一本京味小说。段先生补充，言归正传，这下子说到你们文学上面去了。我说文学比新闻好办，西四书店就有一种《京味小说八家》，哪天我去买了送来。

另一件是帮他揽点儿抄稿的活儿。段先生又补充，三块钱一千字。我愕然，问谁想抄稿。段先生回答，我哇，我用电脑一天能抄一万字。王作民女士注解，主要是想把他的手占住，脑子就可以休息了，不然他一会儿没事做，急得直哼，在屋子里团团转。

大家都笑。我说我也留着点心，在东单我看见一家电脑打字的广告，说是千字十元，段先生每天打一万字就能挣一百元了。不过我觉得，当然还是自己著书划算一些。

儒雅的君子兰

坐在那一排元老席上，与段先生翘然比肩，西装笔挺。笔挺是因为质料好，式样好，而且里面的肩膀也好，有一种叫作风度的东西撑着，不是刚刚发财的土老冒仗着票子多，在西单购物中心抢购一件紧紧张张蒙在身上。那西服可以让人一眼看出老先生的穿西服史。校长于先生的手优雅地摊过去，这位是沈苏儒，同样作金石掷地之声，请沈先生讲几句吧。沈先生耸一耸肩，出语奇峭，过几天不仅要讲，而且要大讲，特讲，一直讲到大家讨厌为止。

他并不笑，两眼平视，像是目空一切，老先生有幽默感。过几天果然开始大讲而特讲，不过不讨厌，却讨人喜欢。谈古论今，时有妙语，并从喉咙里冒出一串叽哩咕噜的洋文，说不定忽然还离开宝座，手之舞之，足之不能蹈——因为讲坛太小了，且毕竟已是七十二岁的人，今年是本命年。回首所谓的无冕之王在某个年代的新闻追求，口中“得儿”的一响，作以手抹脖状。此时无声胜有声，在座众生莫不咂口舌，原来腋夹采访包，脖挂照相机，风流又倜傥的新闻记者并不是那么好当的呵！

沈先生的生活习性与段先生迥然相异，偏不抽烟，偏不喝酒，偏要养花和种草。讲课风格也大为不同，首先是把一口南方人的普通话说得抑扬顿挫，还可以紧跟时代的步伐，装备先进的武器，起用通俗歌星毛阿敏，让人家悲痛欲绝地唱开了局面，然后他老人家坐下来慢慢地讲。而且就住在段先生的对面，形成分庭抗礼之势。

不过他不抽烟并不是本来就不抽烟，他本来是抽烟的，四十年代任美国新闻处的记者，他也是个二十岁的小烟鬼，不抽不行，沈先生说。赶写急稿连夜发报，烟能提神；交际应酬礼尚往来，烟能结友；寻访名人大门未开，烟能耗时。那时候上海三报以鼎足之势垄断了全国的新闻，三报者，《申报》、《新闻报》、《大公报》也。记者们既各为其主，又互相团结，既有独家新闻，有功可立，又不遗漏大事，丢了饭碗，还要不伤和气，够哥们儿。沈先生是《新闻报》的，于朝不保夕的竞争年代手中的饭碗居然始终端着，凭良心说应该有烟的一份功劳。

只是后来，当医生的贤惠夫人以健康学的理论，持久战的方法，在家里大搞禁烟运动，月月讲，天天讲，不惜口干舌燥，沈先生顶不住了，某一日痛下了自禁令。当年林则徐虎门销烟，鸦片尚能禁掉，而况这灭蟑螂药似的小玩意儿乎。岂止烟，索性连酒也不喝了。戒烟戒酒是一项非凡的事业，一边戒一边还得努力抵御从对面段先生家门缝中飘散出来的一阵阵诱人的烟酒之香，足见沈先生之毅力尤其非凡。

所余雅趣，便是养花种草。室内有名草数盆，地上是君子兰、龟背竹，窗台是紫罗兰、虎皮蕉，花儿上的我叫不出名字，只觉得怪好看的，青枝绿叶曲扭拐弯地往下爬着，书柜顶上还有一盆。目前奇花异草生于温室已成社会的一个时尚，但我却见多了工艺品，沈先生却不玩儿假。地上那盆君子兰长得尤其的好，碧叶如剑，向天而立，全然不把冬天放在眼里。墙上也有一株——友人赠他的国画，几匹青茅，一抹鹅黄，题为：冷香傲骨。这位画家大约是他的知音，所赠兰草，而非牡丹。沈先生没有当过众香国里的国王，无须那般灿烂和荣华，只要有冷香溢出，证明生命尚是开放着的，也便足了。

他原本学的外文，志在出国，却在叽哩咕噜之余，手中常持报纸若干种，看着看着，渐觉上面一版一版的文字极有意思，不妨自己也去写写。于是毕业后一举背叛了外语学位，经七君子之一的堂兄沈钧儒先生引荐，进了美国新闻处。处长刘尊棋，乃最早的共产党人，以新闻而发言，对国民党大施挞伐。此后又入全国三大报纸之一的《上海新闻报》。该报总编辑赵敏恒，早年留美，任英国路透社中国分社社长，复旦大学新闻系教授，在当时的中国和国际新闻界算得上一个人物。赵敏恒先生用人自然讲究，将二十多岁的沈苏儒粗粗望上一眼，命题一道，采访昨天发生在本市的德国侨民自杀一案。仅此一句，也不讲什么新闻五要素，也不办什么记者研修班。青年沈先生为那个德国死人一连跑了三趟。首访回来，赵总编说少个细节；二访回来，赵总编又说要补句话；三访回来，可以了。拍拍肩膀，发稿吧，小伙子，大记者就是这样跑出来的。赵总编心中窃喜，七君子的堂弟，将来不会名列第八。于是成为驻南京办事处特派记者，采访国共两党谈判，美国人马歇尔、司徒雷登，国民党蒋介石、邵力子、张治中，共产党周恩来、董必武等，沈先生一一采而访之。

与战争年代的大人物打交道，据说很不容易，我们在描写当年时代风云的黑白故事片中看过不少，谈判桌上唇枪舌剑，步出会场八方包围。沈先生想起守株待兔这个成语，他的战术便是在诸公的门口静候。大人物再大，总要回家睡觉，那可能是采访的最佳时辰。今冬七十二岁的老沈先生，遥想当年二十七岁的小沈先生，直说很苦，很累，很不因地制宜，采访大多是在门口进行。条件最好的也不过一方客厅，可以坐着说话、写字，只是没有熊猫牌的录音机。

精通英文的记者，供职于对外杂志，自然是天空海阔。沈先生在《人民中国》和《中国建设》任职期间，又采，又写，又编，如三合一的混凝土，把一桩事业铸得结结实实，并且还改稿，讲课，普度众生。他杂取百家，博古通今，书柜中珍藏的是伴他余生的莎翁全集、古典名著、精装画册、原版外文。其中一套十六卷本的《鲁迅全集》夹在书海之中甚为别致，书皮纸色不同，开本尺寸不等，趁他为客人冲茶之机，我上前细辨版本，果然发现至少三种，便问是否经历了一场“文革”，然后补齐的？一股苍声在客厅外面回答，可能是吧！

看不见他的脸上有没有苦笑，声音却分明溢出凄凉。看到鲁迅先生的书，遂联想沈先生的讲课，便觉他对吹牛撒谎、欲盖弥彰的新闻的无情讽刺，对千人一面、千部一腔的报道的尖刻嘲笑，原是来自鲁迅先生那爱得心疼的根，方有所悟，怪不得红卫兵要抄他家鲁迅的书。

沈先生喜欢历史，在他的书柜中有一本商务印书馆印的书，书名是《争夺欧洲霸权的斗争》，素色的封面上排列着两个人的名字，英国的著者叫A·J·P·泰勒，中国的译者叫沈苏儒。书案的左边一堆英文打字纸，中间一堆中文稿纸，爱泼斯坦先生用英文撰写《宋庆龄传》，写完一章，他译一章，世界翻译史上独开先例。沈先生任《中国建设》副总编时，爱泼斯坦乃是总编，二人搭档多年，配合默契，因此《宋庆龄传》虽然早已有多种版本率先行销于中国图书市场，爱氏却仍牢记宋庆龄先生生前嘱咐，立志要向全世界捧出一部最真实、最权威的《宋庆龄传》，并且争取以中、英、日三种文字同时出版，中文翻译大事，自然非中英文皆好的沈先生莫属。译者沈先生一边译，一边还帮作者爱泼斯坦核对资料，查明出处。这种翻译实际上已经远远超越了翻译的职责。

不料老天没长眼睛，译到中途风云突变，一场悲剧突然发生在爱泼斯坦的电脑之中，写好的几章竟如洗扑克牌一般打乱了顺序，支离破碎，回春无术，一切还得从头写起。沈先生不得不停下笔来待命，至此方才痛切地感到，同步速成著译法好则好矣，只是电脑千万莫出问题。而且作者要对所拥有的全部材料烂熟于心，埋好伏笔，可别学曹雪芹增删五次，不然沈先生有得苦吃。当然此事已成过去，五十万言的《宋庆龄传》历时一年有半，终于大功告成。

我和沈先生直到今夏方才相识，同样是在“黄埔二期”。但是沈先生此前却在一个对外宣传的选本上看了我的一篇文章，那一双极其犀利的眼，那一张极其吝啬的口，居然破例在“黄埔一期”的课堂上把我好好作了一番表彰，此期学员刘义森传我喜讯，我竟受宠若惊，私心曾暗中画下先生老伯乐一般的肖像。半年以后真的见了，想不到竟有几分相似。沈先生手持花名册，低头念一个名字，抬头看一下学员，嘴里念一句真言，根据各自的特点。念到我时，颔首二下：“《羞于提起》给我留下了深刻的印象。”

我说：“羞于提起。”沈先生就笑，一脸的欣赏和期待，希望继续写出这样文章的意思。便又命题作文，并且比段先生还多一篇，第一篇让谈《渴望》，第二篇让写“垃圾”。这真是苦了我，轰动全国的《渴望》我居然没有看过，知道说出来别人也不信，索性就不说罢了。事实是我看电视本来就少，手上又正写一部长篇，此剧初放时我听说一共有六十集，吓得一集也不敢看了。以后轰动起来，街谈巷议，上班也听人说，乘车也听人说，就想补看一下，等到北京台重播《渴望》，中央台却同时播起了《围城》，两相比较，我又选了后者。因为早年就迷过钱锺书先生那妙不可言的小说，已想不可言的，可不可演，倒要看看编导演员的手段。于是《渴望》再一次没有看成。不想沈先生专点此剧，不写又是不行的，只好将头皮硬着，写了篇《中国男人的择偶模式》，在刘慧芳的身上虚晃一枪，便去大谈择偶。沈先生收去读罢，几日后上课谈稿，说是这个偷换概念的搞法不对。又写第二篇，名叫《北京垃圾琐谈》，沈先生越发不满意了，说是不该人本位。一来二往，连《羞于提起》的好印象也遭到破坏。

如今回忆起来，文章没有写好，既不能怪沈先生，也不能怪我，因我本是写小说的，自由散漫惯了，题目都是自己给自己出，从没做过命题作文。不过从此总觉得有点儿对不起沈先生，幸好沈先生对我不再强求，从讲坛上将一双慈悲为怀的目光遥遥向我射来，长叹一声：“看来你是本性难改！既然难改，那就不要改了吧。”让我想起鲁迅先生的话，关于后悔莫及，说是既然莫及，他也就不悔了。

沈先生在我的作业上写了一句话，建议我不妨写点报告文学之类，把小说和新闻结合起来的意思。我很难过，至今也没有写出令沈先生期待的报告文学。包括这篇奉命而写的文章，写得单薄、轻漂、平面，全无历史的纵深之感。怨我四十年代未临人世，八十年代迟来此局，相见恨晚，少了一些亲身的闻见。而且，几日前随义森去到他家，记着记着的几件事情，匆匆走时又都忘了，其中很要紧的一件，是请他拿出影集中的老照片让我看看，看他担任美国新闻记者的时候是个什么派头。

汪老在 1997

1

汪曾祺于公元 1997 年离开了中国文坛，时年七十七岁。在北京的老作家中，他跟林斤澜是天生的一对儿，老哥俩儿都是享名文坛的短篇圣手，林斤澜已经八十二岁了，今年还给《山花》杂志写了一个短篇小说，他们这一对儿老鸟应该比翼双飞，差池颉颃在中国当代文坛的上空，那景色是多么的好看啊。可是汪老走了，如今只剩下一个林老了。

那年 3 月，我为长江文艺出版社主编了一套中国当代才子书，选了四位诗文书画俱全的当代作家，汪曾祺先生是其中的第一位。年轻的作家苏北受我之托，把将要入书的字画取走装裱，并拍了片，我却按照此书的规范取走他的六卷选集和十幅照片。那天我看汪老的背都弯成了一张弓，在影集中艰难地寻找半个世纪以前的旧照，把与沈从文先生五十年代的合影错说成是“解放”前，又把与老伯母的婚后照记成了恋爱期，上气不接下气地喘着，回头对我说，我那时也是一个小帅哥呵！

说这话时，汪老眼里闪闪地亮着，分明是无限怀恋纸上的岁月。老伯母在隔壁一次次呼唤他的名字，他便踽踽地走过去，嘴里唠叨着。我从他弯成一张弓的背后，看那一头飘散的灰发，步态迟缓，时而还踉跄一下，发现他确实老了。过去叫他汪老，那本是缘于学问和辈分，他谈吐的幽默和机智，他对文学的一些非常年轻新鲜的主张，还有他直着的腰板和灵活的步伐，都没能让我想到他老。然而这次，在我眼里他却是一下子很老了。

那天他说了很多的话，他给我看黄永玉送他的两册书，开本很怪，里面的画和话更怪，其中有一幅是画耶稣和另一个大人物的。他说黄永玉在香港开了一家出版社，只给自己一个人出书，当然是写得精彩也出得漂亮。他精选着历史上与人的合影，对我讲某张照片拍自哪里，身边的又是一个什么样人。走时他送我一张装裱好了的画，画的是他在果园种过四年的葡萄，藤下有一只灰皮小鼠，回家后我才发现画的卷轴背后用钢笔题着《松鼠蒲桃》。

也是那天，说起文坛的官司，我说我狗年遭到两条恶棍的敲诈。汪老听得紧张肃穆，两眼向上将我看着，一脸的悲哀，过了一会儿挪过纸笔，将林则徐的“制怒”二字写了赠我。其实这个时候，一场官司也缠到了他的身上，由于把三十多年前改编的京剧《沙家浜》收入文集，报纸上已经开始发表关于汪老侵权的文章。汪老说：“那个戏是江青要我改的，我又没拿一分钱的稿费，也没署一次名，‘文化大革命’把我的什么权都侵了，三十年后江苏同乡陆建华编我文集，我才得了二十四块钱的稿费。人家打我官司，我的官司又找谁打？是找江青，还是找‘文化大革命’？”

汪老劝我制怒，他的心里何尝能够平静，他说最近他常常是望着窗外，提起笔来又放下去。我安慰他，近年文坛时兴打官司，小报也时兴炒爆，律师个体户希望多提几个成，好奇的小报记者做梦都在写豆腐块大的文章，告者开始总指望很大，十万八万地要，或者怀着一夜成名的激动，最终免不了要露出真相，狗年告我的那两条恶棍后来就被人家当成笑话来说。不过我对汪老说了，我说法院如果真的判他赔偿，我就去找个爱好文学的企业家赞助一下，不会让他卖家当的。汪老两眼向上把我望着，见我说的是真话，就也没有当假的听。

他把那场全世界只有我们中国才有，何时不能署名何时才能署名的官司看得很大，他想跟告他的人私了，把那二十四块钱稿费都给人家，再添一点也行，人都老了，只图过几天安宁的日子。这样的一位好老头，在他生命的最后居然也会惹上官司，面对那么多喜欢听他讲故事的读者，心中讲不完的故事却被逼得没有工夫讲出来了。

汪老一生都是布衣，不帮不派，无官无权，也不用文学去敲哪里的门。他的家里设备朴旧，除了半壁书橱，一方写字画画兼写文章的案台，再有就是一对腿子有毛病的木头沙发，胖点的客人坐上去得小心别塌了，汪老自己坐着没有问题，因为他是个瘦老头。他自己买菜，自己做饭，出门坐公共汽车，回家用钢笔在稿纸上写字。但他也奢侈，他的奢侈在烟酒茶上，柜子里总是装着别人送来的名烟名酒，还有绝对上品的名茶。送的人全无行贿之嫌，无非都是他的学生，崇拜他的学问，敬重他的人品，读他小说有味，听他聊天快活得很。

认识汪老是在十多年前，我老家的郧阳文联创办一份名叫《武当》的刊物，请我在北京请几个文坛泰斗题几句词，我请了我所敬重的汪曾祺先生，此外还有冯牧、姚雪垠、刘绍棠、邓友梅等。创刊号印出以后，文联主席专程来京，买了几把青龙宝剑作为谢礼，请我代送各位。冯牧和姚雪垠都住在木樨地，十分好找，邓友梅的我托同事转交，唯有汪老住在虎坊桥，道路复杂，向人打听，一会儿往南一会儿往北，我实在是搞不清楚，就请一位去过他家的诗人做我向导。两人骑两辆自行车，一个在前一个在后。不料自行车走到半路，横着开来一辆汽车，把向导与我从中切断，等着汽车开过之后，前面的人已不见了踪影，我就只好半途而返。当天诗人回来我抱怨他，向他要了汪老的住址，下一次我索性改坐车去。

汪老收下青龙宝剑，听我讲了上次的事，又听说我不认识东西南北，就笑我说："一听你就是个南方的人，人家北方的人方位感多强哪，老两口儿上床睡觉，老头儿对老太太说，劳驾您往南边儿睡点儿！老太太说，您不能往北边儿睡点儿？”

我的第一本短篇小说集，是请汪老写的序，汪老的序名叫作《野人的执着》，他说了很多好话之后，觉得不说一句坏话对不起我，就说我的小说缺少一点悲凉感。他的原话是：“嘲谑语言篇篇都是，即恐流于游戏了。”这句话我记在心里了，且长想着，世事如此，我为什么就没有悲凉感，为什么还有心游戏呢？

这篇文章《文艺报》通知要发表了，汪老突然给我写来急信，开头说了几句天气，然后要我把稿子要回来，寄给东北的阿成在《小说林》上发表。当时我真莫名其妙，事后我才知道内情，原来此前汪老有一篇关于主旋律的文章，正被一些革命同志激烈地批评着，而他在为我的小说集写的序中，却再一次坚持了这个观点，他是怕给我招来不利，扼杀他说好的作品和作者。

我主编的中国当代才子书《汪曾祺卷》，不幸成了汪老生前签约的最后一本书。为了按照我的要求，提供这本书里的诗文书画以及照片，那一阶段他的文章写得少了，书房里却堆积了许多宣纸，他要画十幅他最满意的画给我。那套书定在当年出版，跟长江文艺出版社的周百义签合同时，提到再版事宜，汪老摇头说，那时人都死了，你们怎么办都行。

他说这句话时我们都笑了，觉得死是一个遥远的字。谁都没有想到，他竟连这本书的初版也没看到，事后想起，他真不该说出那个字来！就是这样一个好老头，在他生命的最后却陷入了一场官司，我没有说是这场官司提前送走了他，我是想说天下的官司应该与这样的好老头无缘。

不过汪老一直到死，仍然跟他生前的作品一样是幽默的。公元1997年在他之前，中国已有王小波等三位作家相继死去，他被送进医院以后，睡在床上对人笑道：“正好一桌。”他说的是打牌，他把自己算进去了。

2

何香久寄来的报纸上有何立伟写汪曾祺的十周年祭，这令我很容易地忆起以上三人，以及与这三人有关的事。都是小事，小似芝麻和绿豆，然而长久憋在喉咙，唯恐它会长出庄稼，那就还是都说了吧。

公元1997年汪老猝逝，国内第一个发表哀悼文章的是我。悼文刚一落笔，本来要给《北京晚报》，长江文艺出版社的周百义来把它要走，回去发表于《当代作家》辟出的专栏，为此十万火急抽下别人的文章。我的悼文中说，汪老逝前我最后一次去蒲黄榆看他，他很悲凉，言及有人告他将沪剧《芦荡火种》改成京剧《沙家浜》，并将剧本收入四卷五册的江苏版《汪曾祺文集》，以侵权罪向他索赔，要他道歉，此讯已轰轰烈烈地登在了报纸上。

汪老颇想不通，他说此剧是江青叫他改的，剧名是毛泽东叫他改的。毛泽东说："芦荡里都是水，革命火种怎么能燎原呢？再说，那时抗日革命形势已经不是火种，而是火焰了嘛。故事发生在沙家浜，中国有许多戏用地方为戏名，这出戏就叫《沙家浜》吧。"于是后来，我们看到的八个革命样板戏中，最好看的一个就叫《沙家浜》。剧中阿庆嫂所唱"垒起七星灶，铜壶煮三江，摆起八仙桌，招待十六方"等精彩唱段，尽皆出自汪老椽笔。汪老是个清高且有名誉的人，这事对他的杀伤很大，我以玩笑为他释怀，说是法院真要判他侵权，我去找个青年时曾做过文学梦的老板替他买单。汪老就笑，立刻又像一个稚童。

时隔不久，突然他就走了，便是何立伟在祭文中写的那样："这么一个人，就这么样地走了。"这个"这么样地走了"的人究竟是怎么样地走了呢？且让我来补述一笔，应该说他走向死神的姿势依然是潇洒而独特的，一如他向文坛潇洒而独特地来，他的临终语录简直就像是他的短篇小说，平平的，淡淡的，简简的，单单的，含一点调皮的小声的笑，绝无煽动人心的凄惨与壮烈。他说：“正好一桌。”这桌可能是阿庆嫂的八仙桌，四人围桌打牌，因为此年的元至五月上旬，中国已经死了包括王小波在内的三位作家。

这十年来，我偶尔会想起他的遗言，掺杂着也会想起金圣叹，那位评过梁山一百零八条好汉的好汉，在刑场上没喊“二十年之后又是一条好汉”，他说的却是“豆腐干与花生米同嚼，火腿味”。还有那个古希腊的苏格拉底，老头儿临死还记着买邻居家的一只鸡没有给钱。这些人死得都很生活，汪老也是一位很生活的死者，最后的话依然是他每天的话。有一天我构思了这样一幅图画，汪老坐在一张八仙桌的上席，嘴里嚼着豆腐干和花生米，一边出牌，一边给王小波们讲着他做小萝卜给美国的聂华苓吃，听得他们三位的口水滴在牌上。

汪老走后的第四个月，他生前签约的最后一本书，由我主编的《中国当代才子书·汪曾祺卷》才由长江文艺出版社出版。如果五月份他不去那个有五粮液喝的天府之国，可能他会看到这一本书。这是他品种最齐全也最好看的一本书，诗文书画以及档案照片熔于一炉，为出版此书他写了一大堆字，画了一大堆画，单等着我去他家悉心挑选。

今年的端午节，一位远方的朋友打电话问我吃没吃粽子，又问我看没看到有人在网上发表的文章，说汪老生前不赞成我出版这一本书，说后来因为有了他的帮助组稿汪老方才赞成。电话说文章的寓意有三，一是汪老高蹈，二是野莽霸道，三是作者与汪老有秘密交往而又比野莽有面子得多，抑或索性，本人便是汪家的亲戚。我不明白此公何苦要出此言，出此言后又该如何自讨其苦。首先得说此书为四卷一套，而非一本，汪老入选，曾经谦虚是真，调侃也是真，但他在他的一卷，我的总序之后他的自序中，分明是这样地写着：“野莽的主意已定，不想更改，只好由他摆布，即便引起某些人的侧目，也只好不说什么。”

但凡会读书的，应能读出此语的讥讽，不是对野莽，而是对“某些人”。四年前因他写过一篇纵谈主旋律的文章，“某些人”对他侧目已久。此番做了中国当代才子，斜眼们大有可能再侧一次，而况我的总序宛如战书，乃是存心写给那些斜眼看的：“此风延及当代，文坛上亦保留着这样一些有着民族特色的才子作家，他们的作品或许远离了社会的功利，或许任何时候都没有成为主旋律，或许一直以超然的风度保持着艺术的真气，因而他们如画的诗和如诗的画，如诗如画的小说和散文，竟能得到读者由衷的喜爱。……这是那些以媚上而投机，以媚俗而取巧，因题材的中标而一夜辉煌，把文学作为政治的敲门砖的作家，怎么也不能达到的一种境界。”

汪老不可能不赞成我的主张，他对此书的赞成可见下斑：“这套书的编法有点特别，是除了文学作品外，还收入了作者的字画，而作者又大都无官职。‘三绝诗书画，一官归去来。’从这一点说，叫作‘当代才子书’亦无不可。”

这套书的成员除了汪老，另有天津的冯骥才，西安的贾平凹，南京的忆明珠，如汪老所言，的确没有实质性的官员。至于在文联作协混个主席副主席的当当，跟市长书记之类人物同桌吃饭，那是断然不够坐上席的资格。汪老将才子与官宦对立，又将才子的检验标准理解为有三绝的诗书画，所以他最终认为亦无不可。这种理解，完全符合我最初的设定。

不仅汪老赞成，平凹亦然，天津大冯更是喜形于色于声。大冯从台湾回，深夜给我打来电话，直说这个想法妙极，大陆出版已经走在了台湾的前面。又问入选才子书的另外几位，我说了汪曾祺，他说汪老没说的；我说了贾平凹，他说平凹行；我说了何立伟，他问湖南的何立伟吗，我说是，他说可以；我说这不过是第一辑，第二辑拟将再选四位，这个身长一百九十多厘米的天津巨人从遥远的夜空向我发出不满的嚷叫，他说哪有那么多的才子，孙子吧！他一边叫着，一边却逆着我的思路另辟蹊径，将我策划的诗文为主书画辅之，变为书画为主配以诗文，选了黄永玉、黄苗子、吴冠中、范增四人，紧随于我这套作家的才子书后，又出版了另一套画家的才子书。

3

才子书出版于公元1997年，而早在公元1987年我就与汪老往来不绝。首次拜谒，汪府尚在虎坊桥，我随一位诗人骑车去往他家，骑至一个红绿灯路口，一辆电车将我与诗人隔断，绿灯亮后重新上路，已前不见向导，后不识南北，无奈返回。择日再去我便配备上地理熟稔的北京新妻子，免得一错再错。

汪老从我的名字断定是一野性男人，且是单骑，便穿一件跨栏背心，握一柄大蒲扇在家守候，门开时蓦然见我身后的女士，慌得转身逃进卧室。俄顷复出，微驼的上身就披挂了黑色的丝绸衬衣，嘴里说着失敬失敬。听我说因不谙南北，前次没能成功到达，他就当了我妻子的面，以北京的老头儿老太太为参照，对我进行好一番嘲笑。他说北京的老两口儿夏夜睡在一张很窄的床上，老头儿说，劳驾你往南边去一点，老太太生气了，说你不能往北边去一点？汪老说我，你怎么连个南北都分不清呢？

公元1993年，我出版了五本自己的书，其中的短篇小说集是汪老为我写序，他的序以《野人的执着》为名，表扬了我写的野人，也没批评我这写野人的野人。他说：“为什么野莽要写这些野人，写这些野人的真实、高尚和执着，写他们身上的原始、粗糙的美？我想这是对于浮躁扰攘的现世中行将失去的先民的道德标准、价值观念回归的呼唤。……至于它是不是属于‘主旋律’，那另说。”最后一句，当然又是讽刺，典出以上我说过的那篇他谈主旋律的文章，该文发表于《四川文学》，一时哗然，侧目者众。

《文艺报》准备发表《野人的执着》，是年手机尚未行世，我打电话告诉汪老，汪老出门买菜，师母答应转告。三天后汪老赐我一函，先说了一通北京的天气，渐入正题，叫我把那篇文章要回来，寄给阿成主编的《小说林》。此阿成为东北张广才岭的王阿成，同是汪老喜欢并为之作序的弟子，喜欢如钟惦棐之子远赴美国的钟阿城，如贾平凹，如何立伟。当时我误以为阿成弟子约稿甚切，汪老情急，遂以此文搪塞。我遵意将文章寄了阿成，《小说林》不日发表出来，阿成顺便要去我的一本拙著，从此我们成为朋友。

然而下次再见汪老，方知他是担心此文若刊于皇城根下的《文艺报》，他对野人胜于主旋律的赞美必将刺激到某些人，以防覆巢之下，对方反伤于报纸的编辑，我这个野人自然也无洞穴匿身，焉有完卵。而东北路远，黑江流长，又是个窝藏小说家的树林子，令主旋者或难以律治。我方恍然，回忆他上次信中先说的天气，原来还是一句杨子荣式的暗语。鲁迅状聪明的中国人面临表态，大抵会说“今天天气哈哈哈”。汪老没有，老人家不会对我这个晚生打哈哈的，天气不好，他就说天气不好，他怕我冒失出门，会遭雷殛。

有汪老作序的我的短篇集出来，我率先寄他一册。他见印数只有三千，居然为我打抱不平，写信来说，“客大欺店，店大欺客”，觉得出版社欺负了野人。我心暗思，我又何尝不想印上三百万册，然而这也不是做官指南和高考卷子，若非半痴半疯的文学青年，正常人买它何益？此后我出版第一部长篇，再次送给汪老，告诉他这本书首印九万，随后又加印了八万，他用一双睁大的亮眼久久地将我望着。我想这次，大店可没欺客，客也不复是个小客，老前辈不必再为我打抱不平了。说来也怪，从他嘴里只轻轻发出一个“噢”，之后什么都没有了。

我认为这是个谜，十多年后这个谜被我破译，我认为。公元1995年的年底，他送我一套四卷五册的《汪曾祺文集》，陆建华主编，江苏文艺出版社出版。我发现卷中最长的小说，是不足两万字的《大淖纪事》，我的脸无端地红了，在汪老面前，我从此知道我是没有权力写长篇的，我重新研究他嘴里发出的那个短音，当初曾得意听成的一声惊叹，现在我却怀疑那是惋惜与责问，你写那长干什么呢？

他最喜欢的现当代作家，除却贾平凹是个特例，果然都是写短篇的，而他开始喜欢贾平凹的时节，贾平凹也只以短篇名世。沈从文最长的是中篇《边城》，废名把《莫须有先生传》与《莫须有先生坐飞机之后》加在一起，勉强只够一个伪长篇。钟惦棐之子写罢三王和《遍地风流》，翩然远遁。我的脸无端地红了，我从此知道在汪老面前，我是没有资格写长篇的，我把他十多年前的那一个“噢”字拎将出来，重新再听，听出的便是“干什么呢”？

别人都知道汪老为我写序，赞美我的野人写得好，是作家的，就纷纷请我代为引荐，指望着耳提面命，回家也写出一个恋爱的小和尚；是编辑的，就纷纷请我代为约稿，将他下一个恋爱的小和尚捉到手里，使得自己杂志的发行量得以大幅度的飙升。汪老在电话里向我叫苦，他说哪有那么多的小说呀，又不是母鸡下蛋，一天一个，一天一个！说是这么说，最终还是都给人家写了，童叟无欺。最见效的是派女孩儿登门，怀里抱一瓶酒，手中又持了我的介绍信，小嘴巴说出一些好听的甜言蜜语，那一趟当然是不会白跑的。

如此繁复的师徒来往，几年后为编一套才子书，将长江社的社长编辑一干人马带去汪府，签罢合同，订毕诸事，一人白得一幅亲笔丹青，缘何还要一位未名青年的帮助组稿，这事实在有些蹊跷。我倒是慢慢地想出一个人来，公元 1996 年，我编《中国文学选刊》，有位作者自荐其作，我选用之，以后视为朋友，汪老的书中需附印象记一篇，我遂请他代作，需附字画各十，汪老才子没有相机，野人无才亦无相机，我又邀他身挎此物替我拍摄。此人聪明非凡，他的办法是将汪老字画如数带走，改日给我送来二十幅各自四寸的图片。我还想起，带走的那批画中有一幅是装裱过的，画的麻雀开会，一雀叽喳，众雀瞌睡以及张望，汪老题款曰“一言堂”，很快便要去世的汪老，那一刻心疼得嘴都张开了百分之七十。

我本是为了鼓舞青年，请他写记，附他照片，总序里还特别写进他的名字，极尽所能地给他名誉。其实我的手里已有了描绘汪老的最好文章。何立伟送我的散文集中，有一篇就是《关于汪先生》，他在印象记中以印象派与感觉派的诗性文字如此记着：“汪先生的文章行云流水，恬淡温馨，读它有如月下轻嗅着一朵淡紫的花，幽香沁人心脾。汪先生的文章除尽了火气，以极平静的心态面对广大世事，故一切纷扰经了他的文学过滤，皆成了仿佛草原的边缘渺渺飘来的一缕笛音，叫人也就安静下来，参悟着人生更深处的意味。但这并不意味着汪先生没有怒，没有愤……”

最后一笔，他真是将汪先生看透了。一个沈从文的学生，依然生活在尊师七十年前“照目前的风气说来，文学理论家、批评家及大多数读者，对于这种作品是极容易引起不愉快的感情的”（《〈边城〉题记》）的文学环境里，他不可能没有何立伟所看出的那种心情。汪老送过我一幅《兰草图》，一幅《松鼠蒲桃》，此外还给我写过一张字，那是一场风暴过后的公元1990年，他写的是林则徐写过的两个字：“制怒”。他劝我制怒，他一定也是这样制着怒的。

如此美妙的文字，如此入髓的洞察，更何况何立伟本身便是集诗文书画于一身蜚声文坛的湘楚才子，他又是我十年前的朋友，我何苦还要另请人写呢？那位青年！目前也该是中年了罢！

八十二岁的小说家

汪曾祺辞世八年之后，林斤澜还在继续战斗着，这位坚强的老人，是年已经八十二岁了，发表在《山花》杂志上的小说，却像是出于二十八岁的作家之手。

夏秋之际，《山花》的主编何锐来京，打电话要我到一家东北人开的菜馆见面，我问有谁，他念了几个青年作家的名字，听我的态度有些犹豫，接着他就又说了林斤澜。我说你定几点，我一定来。我希望见到林斤澜先生的原因有如下几种：

一、上个世纪的九十年代，我去北京作协做合同制的专业作家，林老是我的资格认证评委之一，我获全票通过，其中肯定有林老的青睐；

二、林老是汪老的好友，汪老是我的恩师，我愿意在酒席上跟林老一起怀念汪老；

三、去年河南文艺出版社要出版一套“中国当代名家小小说自选集”，其中有林老一本，出版社请我代为联系，我跟林老以及他的助手陈少国通了手机，当时他们正在温州，这事本已敲定，后来王蒙、冯骥才等人的书都出了，林老的书却没有出，我想得悉此中原委；

四、刚看到刘庆邦写的《鹤发童颜道骨仙风的林斤澜》一文，私心想向八十二岁的老神仙讨一句汤头歌诀；

五、……

我特意带上奥林帕斯相机，如期赶到东北人开的菜馆，进门见一桌子人已坐定，年龄最长者也不过五十多岁，既不见主人何锐，也不见嘉宾林斤澜。我就左右环顾，大声发问，林老呢？林老呢？不说林斤澜也来了吗？

在座者都笑，都不说话，这时候何锐一边打着手机，一边从收银台走了过来。我把刚才的问题对他再问一遍，何锐朝我对面那位五十多岁的人一指说，那不是林斤澜？

我大吃了一惊，刘庆邦笔下的林斤澜鹤发童颜，童颜是真，鹤发却假，但也不是染过的黑发，他的头发无非是有些花白，远看的确还不足六十岁。我抱歉地跟他握手，我说，林老，我是野莽，去年三月我们通过电话，您那本书后来怎么没有出呢？

林老的两只眼睛闪闪发亮，一副口齿清清楚楚地回答我说："他们的合同寄来了，只说版税是百分之多少，不说印数是多少，光有版税，没有印数，那不也是空头支票？所以，我没有签。"

这个八十二岁的老头儿，居然是如此的精明。这一点他跟汪老不同，公元 1997 年，汪老七十七岁，比今天的林老小五岁，我主编的一套中国当代才子书中有他一本，长江文艺出版社的周百义带人去跟他签订合同，提到再版事宜，汪老摇头说："那时人都死了，你们怎么办都行。"

汪老是江苏高邮人，林老是浙江温州人，这是他们的区别之一。去年三月林老跟我通手机时，就是在他助手陈少国的陪同下，回到了他那商人辈出的家乡温州。

林老以骄傲的姿态，向我讲述温州人的经济头脑。他说温州当年有一个商界巨子，是卖火柴起的家。这位未来的富翁有一天在一个香烟摊前，看见有人买了香烟，想抽一根却没有带火柴，他就灵机一动，在旁边摆了一个火柴摊，他一次不卖一盒，只卖一根，把整包整盒的火柴打零了论根来卖，后来他就卖成了一个小富翁。成了小富翁后他再接再厉，又在香烟和火柴里装上奖券，吸引顾客争相来买，后来他又卖成了一个大富翁。

我不知道他是虚构还是纪实，还是虚虚实实半虚半实，反正听他讲得像小说一样引人入胜。说到小说，我忽然想起阿成对我讲过的一件林老的事，阿成说上世纪的九十年代，在他任总编辑的《小说林》上，发表了一个林老的短篇小说，名字叫作《枪声》。发表以后可了不得，有人检举他是影射刚刚平息的那个政治事件，上面派人封存刊物，勒令检查，并且还要追究作者的责任。阿成说，可把《小说林》的编辑给吓坏了。我问林老，有这回事儿吗？林老点头说，有这回事儿，他们要往那儿联想，我也是没有办法的！

那一次又是何锐从贵州带来的茅台，林老年纪最大，喝得最多，喝了酒的林老一张红红的脸上就更是童颜了。我建议把喝空的茅台酒瓶在地上砸碎，以防有人捡去制造假酒。林老看中了盒子里的一只酒杯，他一把就抓了过去，说是这个不要砸了，我要拿回去用它装酒来喝。

我让林老跟何锐坐近一些，我给他们照张合影，毕竟是八十二岁的老人了，照一张，是一张，这都是活着的文物啊。可是我打开相机，镜头却迟迟地不出来，反复地试，才发现是电池没电了。林老忍不住笑着，高风亮节地替我下台说，没事儿，这次照不成，下次再照，反正日子还长得很！

他跟汪老不一样，他可没说不吉利的丧气话。在生命的问题上，林老是乐观而又自负的。

尴尬然而风流

我在中国文学出版社任职的时候，王蒙做过我们几年的总编，是名誉的。那时我们的单位归文化部管，王蒙是文化部的部长，这个名誉总编跟着部长走，意思就是谁当部长谁就顺便也当总编，有点儿像如今有些商场实行的买一送一。茅盾在世，他是文化部长兼我们总编，王蒙当权，也是这样。公元1989年王蒙下野，部长换了贺敬之，我以为局面立刻会变成另外的买一送一，然而奇迹发生了，因为上级只下达部长任免的通知，没下达名誉总编任免的通知，我们的英文版和法文版的《中国文学》杂志上，名誉总编一栏，还是印着这个当年文化界的第一号敏感人物。

我认为问题出在有关领导不认识外文，从没看过我们的出版物，不知道还有一个名誉总编以及其人是谁，以至于就造成了他们的重大失误。而我们的人呢，一来认为王蒙还行，二来不高兴这么变来变去，三来也是偷懒，心想你不是没通知吗？你不通知谁个知啊？就这么印，就这么印！

就这么又印了一阵子王蒙的名誉总编。后来我们的上级单位由文化部改为中央对外宣传办公室和国务院新闻办公室，名誉总编的事不好再麻烦中宣部长和总理，于是不再请谁来当了。肥水不流外人田，自己当家做主人，所有的职务都由社内人士来担任吧。

王蒙在当我们名誉总编期间，自始至终只做了一件事，那就是从上海请了一个李子云来，代替他做名誉总编的工作。当然做这份工作的人不能叫名誉副总编，得取另外一个名字，叫作顾问。李子云在当我们顾问期间，自始至终也只做了一件事，那就是从上海坐飞机到北京，坐在我们的沙发上开了一个会。那个年代，散会以后，并不像现在的文坛这样饮酒作乐，她连工作餐也不吃，就由我代表全社人民送她回去。

我们的司机姓常，常常开车运载一些大人物，属于那种“没吃过肥猪肉，却看见肥猪走过路”的皇城根下的老北京混混儿，听说有个上海女人要来当他的首长，常司机故意把自己的儿子装在车子里，呜儿的一声开到动物园去看猴子去了。这样一来，我只好打一辆出租车，把李子云送到夏衍的旧居，因为她曾任过夏衍的秘书。

从此李顾问再也没来，也再也没有顾得问了。不过凭良心说，这里的原因不在于她，也不在于王蒙，而在于形势变了。国内国外的形势都变了，诸多想法都不能实现了，即便王蒙还在当着文化部长，他也没有能力扭转这些形势。

那次会议我们决定，在英、法文版的《中国文学》杂志上辟出专栏，一次性向世界推出四个北京的青年作家，王朔、莫言、刘恒，第四个候选人在朱晓平与另外几个之间徘徊，我却提了我的朋友刘毅然。当时有一个热爱中国文学的外国人，自发地用英文翻译了他后来被田壮壮拍成电影的《摇滚青年》，如果选他，五万字的译文是现成的，这对我们的翻译是个便宜。社里同意了我的意见，后面还确定了地方部队，如陕西的贾平凹、山西的李锐、山东的张炜，以及随时冒头的谁谁谁。

由于中美断交，我给莫言已经编好也请加拿大人关大维译好，与莫言签好合同也与美国斯托克出版签好合同的莫言小说集《红高粱》，先在美国出版精装本后在中国出版口袋本的美好计划，一夜之间就泡了汤，由此误了莫言的好事。很久以后，我们收到了两本美国那家出版社出版的英文版《老井》，也是我的选题，为此我还带了两名翻译去过一趟山西。然而此时的作者郑义，已经跟他的女朋友北鸣先后流亡到了国外，他们兴许至今都没看到这一本书，更别提当初说好的美金了。

回忆王蒙，一直是开放的、先锋的、提拔年轻人的。二十多岁就出版了长篇小说《青春万岁》这个神童，在伊犁度过漫长的“右派”生涯，复出后视青年作家如自己的当年。王朔以顽主身份横闯文坛，出口伤人，见谁都要用北京土话骂一嘴子，很多生气的前辈先生都寄希望老将王蒙出战，一棒打王朔于马下。然而令希望者失望得很，王蒙不仅不棒，反而大力捧之。青春是万岁的，黄秋和黑冬们去日不多，看不惯恣肆狂乱的春天是不对的啊！

卸任文化部长和名誉总编的王蒙，作为中国作家和作者朋友，让他的儿子兼秘书王山给我送来一篇文章，是应韩少功之请，为其法文版小说集《空屋的秘密》写的序言。韩少功的法文版小说集即将出版，我问序言准备请谁个写，韩少功理所当然地说王蒙啊，说他没事干，我要给他找点事干！其实我们都知道，王蒙永远都是有事干的，那些年，他写了多少多好的作品！

他用人民文学出版社给他的十万元稿费，顺手设了一个春天文学奖，专门奖给那些二十郎当岁的文学小青年，每次奖那么一两个，鼓励他们好好地长大成人，长到秋天的时候也能像他一样结出金灿灿的玉米棒子。甚至还多，还大，还金还灿。

然而并不排斥，他这根风吹雨打的老玉米棒子还在努力往好处长着，它的理想是做种，或者制作标本。在北京作协的一次颁奖会上，我又看见他了，那一次总共颁三个奖，一个是王蒙的终身成就奖，一个是白先勇的最受大陆读者喜欢奖，一个是刘恒的创新奖。当那位国民党名将白崇禧之子，以令大陆作家吃惊的儒雅，以梅兰芳式的体态和发音，表达了获奖感受之后，王蒙则雄性十足地登上台去，扭着脖子，朗诵了一篇关于珍珠和鱼目的寓言。然后他昂起头说，他会在七十岁后，再给文坛一个惊喜。

我给这颗闪闪发亮的老珠子鼓了掌，并且等待着他七十岁后。

他的七十岁，是中国作家代表大会的第七岁。七次大会的代表们中有很大一部分，老的，中的，青的，都希望和预测王蒙要当主席，坚定分子并且认为非他莫属。但是最后一天，那个黑箱子里的东西掏出来了，不是他，是铁凝。其实还不等黑箱子打开，知情的代表就知道主席没有他的份儿了，因为上届一百岁的主席去世以后，上面订了一个规矩，这届主席不许超过七十岁。掐指一算，王蒙不多不少，正好卡在这个节骨眼上。

大会揭盅的那一天，七十岁的王蒙表现得好极了，西装，领带，眼镜，笑容，随心所欲而不逾矩地坐在人民大会堂的第三排，来者不拒地接受着作家们的亲切问候和记者们的热情采访。我从第二十二排站起身来，排开众人，挤上前去，请他的随从替我们合拍了一张照片。这是我们十八年后的第二次合影，我对着他的一只大耳朵说，你还是我的上级。

大山深处的我家老爹是个“右派”，阶级立场使然，最喜欢三个“右派”作家，一个是刘宾雁，一个是张贤亮，一个是王蒙。刘宾雁死了，张贤亮转业于影视城，只有王蒙还活着、写着。右派老爹在报纸上看到新的主席团名单，忍不住从老家给我打来一个电话，长长地叹了一口气说，唉，事情怎么就这么巧，王蒙要是小一岁多好哇！

我回答这位天真活泼的老“右派”说，事情就这么巧，他要是小一岁，中国作协主席的年龄就得降到六十九啦！远方的老“右派”听不懂我的黑话，他要是听得懂，大约半个世纪以前，他就不会跟王蒙一样是个青年“右派”了。

刚才，河北沧州王蒙的老家，我十六年前的朋友何香久打电话来，告诉我一个文坛简讯，他们要把沧州文学院改名为王蒙文学院，邀请我带着妻儿去看一看。听了这事，我很高兴，立刻回答我的朋友说，我迫切希望，尽快接到你们的请柬！

三支妙笔和一张好嘴

喜欢上百家讲坛，是因为刘心武。喜欢上刘心武，是因为他说易中天讲得比他好。他这么一说，我反而觉得他讲得其实也挺好的，尤其是讲到栊翠庵妙玉论茶，如何地贬黛玉，如何地骂宝玉，春心又是如何动凡念的，把他笑得语不成声，咯咯地响，就仿佛看见电视里站着一个聪明而多嘴的孩子，又可爱又可恨的，把人世间的暗道机关都看破了。看破了不要紧，还拿到外面去动感情地讲给人听，把自己作了怡红公子的替身。这样讲过一阵子之后，他伸一下脖子，咽一泡口水，忽然地庄严起来，那是他要讲别的事了。

我承认我们的中国文化，就是这样的一些怪东西，它谈不上有什么立场，有什么是非和标准，完全是莫名其妙的感情在起作用。同样是电视嘴皮擂台赛，如果是易中天自己说他讲得比刘心武好，那他就完了，当天晚上打开博客，保证有一万八千多个人踩他的脚印，骂他讲得好个屁。

但是还有些地方，刘心武就走火入魔了，比方说王太医为秦可卿诊病，开出的当归、熟地等味中药是暗语黑话，为其废太子生父传自绝令，这便分明是受解放初反特故事片的传染了。别说这不可能，即便是的，蝼蚁尚且偷生，秦可卿也未必会执行那位自己从未见过的父亲的命令。讲者此前是一位优秀的小说家，他当然有大胆想象和创作的权力，以及能力。

一个作家，三十年来，领一次风骚已是不易，刘心武却能三番屡领。一番是小说《班主任》，二番是建筑文化随笔，三番是红楼秦学及其他。这其中还掺杂着四次五次，什么长镜头，什么私人照相簿之类，此人总是不间断地、不简单地折腾出一些同时代人从来没有搞过的新鲜玩意儿，这是一个不安分的人。

他在国内外得过很多的奖，但还有一个应该得的奖他还没有得到，被有关方面忽视了。那就是二十世纪中国新华书店应该颁发的，古典第一名著《红楼梦》普及促销的凭良心奖。其次还有造纸厂、印刷厂、公路铁路运输公司，都应该因为有了充足的图书货源而对他进行奖励。至于以上各条战线在职的职工由此而摆脱了下岗的危机，已经下岗或者离退休的职工由此而摆脱了在家的寂寞，更多的人也因读书丰富了知识，增强了修养，提高了素质，甚或减少了由空虚无聊引起的吃喝嫖赌奸骗打斗乃至杀人，总之，我们还不说什么民族文化和红学热，单说他为我们这个现实社会产生的潜影响，也是非常之广大的了。

这是连他自己也没想到的一种结果。当初他想到的只是在写小说之外，另做一件跟写小说一样有趣的事情。

他们的撤退和转移几乎是不约而同的。二十世纪八十年代，一批由平反“右派”为主力的中年小说家，抢先攻占文坛，各领风骚一二十年后，于上世纪末和本世纪初开始了动摇和彷徨。其间江南老才子高晓声、陆文夫是彻底地告别了文坛和世界，更早的还有方之、周克芹。不老的神童王蒙信马由缰，大墙文学之父张贤亮建影视城，之叔丛维熙偃旗息鼓，女将谌容早已隐入深闺不复露脸，余怒未消的李国文改写锋芒毕露的长篇杂论，何士光在遥远的黔地做了不出家的和尚。

刘心武不是“右派”作家，他只是一个班主任，跟何士光一样执鞭教坛。然而他们将被中国当代文学史家粗糙地、四舍五入地划进重新崛起的“右派”作家一辈，情形又如打篮球的冯骥才，因为他们一出现在文坛就像是重返故地，而且的确要比知青作家年长得多。

同在京城，通过电话以及邮件，我也仅限于在各个时期，把他的各种作品收入我主编的各类书中，譬如他写三钗的小说，写城市的游记，写母亲的散文，写建筑的随笔。有多次我乘坐地铁非常方便地去看望我过去的同事，他现在的同楼傅活，明知道他们就住楼上楼下，彼此熟识，却一次也没有在电梯里与他相遇。

有一件小事，如同鲁迅一篇名作的标题。二十世纪的最后一年，我主编了一套五卷本的“中国当代精品文库”，一卷大约八百万字，共计四千万字，作品者广，作家者众。原本我是根据作者的文坛地位，将这五卷书分别确定为王蒙、刘心武、冯骥才、张洁、路遥等著，路遥代表已逝作家。由于工程浩大，我将这套大书分配给了五个年轻的编辑负责，让他们每人独立完成其一。这套大书的宣传文章已经在《中国图书商报》上发表，外面影响甚广，读者翘首以待。

刘心武领衔的这一卷，责任编辑是个姓张的文学博士。张博士是河南人，特别地热爱家乡，特别地热爱家乡的二月河，加上自从电视里演了二月河写的那个皇帝以后，长城内外，大江南北，做饭的保姆都在好奇地到处打听哪里还有姓二的人，因此顺应民意，他把刘心武等著的字样改成了二月河等著。当时怪我麻痹大意，急于出版的图书有一百多种，又是中文，又是英文，还有一本小说惹出了天大的麻烦，我就忽视了这个小小的细节。书印出来，连我自己都觉得不大合适，试想刘心武看到样书，心里也不会合适到哪里去。加上稿费付得又迟，付得又少，张博士连作者的授权书都没收齐。

接下来又有一件，比上面那件小事还小，书也是一套小书，“走遍中国”丛书里有一本《走遍名城》，其中有篇文章是他发表于《山花》杂志上的。这次倒是署了刘心武等著，但是按照合同，样书和稿费连同其他作者的同类东西一道，本书责任编辑统一寄给了这套书的主编，也是《山花》的主编何锐，由其负责一一转交。不料过了很久，才知刘心武连一样也没收到，直到又有一本书里又收了他的一篇文章，编辑打电话请他授权，他才披露出这件事来。刘老师很生气，年轻的女编辑告诉我说。

后来我在网上写信，替何锐对他作了解释，何锐本人也给他打电话说，出版社的稿费寄出之前，他们已经先让《山花》杂志作了垫付云云。他肯定是搞清这件事的来龙去脉了。下一次，中国建材工业出版社请我主编一本作家谈建筑的书，该社希望我收入刘心武一篇，说他是中国当代作家写建筑的第一人，写得又好，还在该社出版过一本建筑随笔。我便打电话向他约稿，他竟把上次的不悦忘了个干净，也不须他的助手鄂力助他一手，转眼就从电脑里给我发来两个精彩的新章，一个是《玻璃》，一个是《水泥》。

鉴于他的名气和文采，我把它们编入书首，自己再配上一篇序言，几个月后，此书就正式出版了。在电话里，我顺便提了一句他的电视红楼讲坛，他说，献丑了。

从前我认为这个人很“格”，不知是否受过别人的影响，听他自己说丑，我就立刻觉出他的美来，其实他也是个随和的人。

中国作家中的巨人

很多年前的一个冬天，我去天津，在冯骥才的个人博物馆与他合了一个影，照片出来，我很后悔。当时慑于他的身高，虽在室内，我还是把防风与保温的帽子戴在头上，并且又把帽顶往上捏了一把，目的是极尽可能增些高度。然而照片上戴了高帽子的我的头顶依然在他的肩膀之下，这就分明把我这个并不算矮的人完全衬托成了一个矮子。

我后悔当时没有坐下，然而再一回忆，他的博物馆里似乎别说沙发，连长短板凳都没有一条，墙上是他画的画，展柜里是他写的书，地面倒是放着一些东西，但那是商周时代的坛坛罐罐以及秦砖汉瓦唐三彩之类，根本就不能沾人的屁股。这间房子的主人是何等的精明，知道他的博物馆有些看头，来宾参观罢了都要跟主人合一个影，便存心要在照片里展示自己一百九十多厘米的身长，因此做出决定，不设坐具。

这个身长，给小人国的中国作家代表团挣足了面子。他说有一次出国访问，晚上乘坐一列地铁，车厢里所有的乘客只有他跟一个黑人，两人相对而坐，他发现黑人的眼睛里露出一种警惕，他的心中也有一点忐忑不安，因为黑人虽比他矮，却比他壮。

在天津文坛，冯骥才的年龄老不老，小不小，俗话说的比上不足，比下有余，天津的作家和艺术家们就一致将他叫作大冯。叫他的这个大，比叫别人的大又不同，多含有一层高大的意思，一时间大冯先生就名满了津门。冯骥才本人也以此自称，有一年好像是个马年，我有幸收到他的一张贺卡，落款上的大冯两字写得就像大二马。不过他的赠书还是规规矩矩署着冯骥才的，只是末尾那个“才”字一竖写得特别的长，恨不得也要达到一百九十多厘米才好。

传说，冯骥才仗着自己是当今文坛第一巨人，曾经向王蒙提出一个合理化的建议，建议中国作协的主席要轮流着当，按照高矮顺序一人当一届。王蒙听了没有吭气，本想反过来提出按照矮高顺序，转而再一想，反过来后占便宜的是贾平凹，于是这事不了了之。消息传到丁聪耳中，小丁给冯骥才画了一张漫画像，两片厚肥性感的嘴唇里藏着一丝阴阴的坏笑，画像下面附着冯主席的这条语录：依我说哇，中国作协的主席要按高矮顺序轮流着当。

这条建议虽然至今也没得到采纳，但是没当中国作协主席的冯骥才比中国作协主席的派头要大多了，他在天津有一个专职秘书，负责管理他的日常事务，中国作协主席有吗？他在天津还有一个专职主任，负责经营他的著作版权，中国作协主席有吗？

看了他博物馆里的藏品，我始而惊异，复又迷惘，不知道在史无前例的无产阶级“文化大革命”中，这些劳什子是怎么躲过了天津红卫兵们的造反手脚。同时我还替他提心吊胆，风声如果透露出去，故宫博物院要是派人来把它们搬走怎么办？我怀疑他的那些千奇百怪的远古器物，般般件件都是国宝一级，想不通他是费了多少工夫，花了多少银子，用了什么天津绝活，方才把这些宝贝玩意儿弄到这个博物馆里来的。

此馆顺着四方墙壁是一溜转弯抹角的玻璃展柜，柜子里摆满展主的著作，有多少本数一时间统计不过来，只能大体做一个定位，他的各种作品的集子在中国当代作家里不数第一，也会数二数三。翻译成外国文字的集子，他更是比较多的一人，仅《神鞭》和《三寸金莲》以及《高女人和她的矮丈夫》，就难得数清有多少个外国版本。四方墙壁上的挂画也镶嵌在玻璃框里，那是他颇为得意的写意山水，与很多作家的文人画不同，他在担任作家之前曾经是一个职业画家，如同他在担任画家之前曾经是一个职业篮球队员。那个时候，小巨人姚明还没有出世，一百九十多厘米的冯大中锋轻轻一跳，就把一个篮球喂进了篮筐。

不知道他为什么突然不再打球了，要改画画，又为什么突然不再画画了，要写小说。

上世纪末，我给长江文艺出版社主编了一套有些为难作家的书，这套书要求入选的作家又要会写诗，又要会写散文，又要会写小说，还要会画画和会书法，一卷书中要囊括卷主以上所有品类的代表作。我手搭凉篷，举国观瞧，偌大一个中国文坛，第一个回合我只发现了四个人，其中最高的一个就是冯骥才。

他从台湾回来，深夜给我打来电话，说这个创意太好了。

受我这个创意的启发，他也有了一个创意，在国内选了四个又会画画又会写文章的画家，给他们编了一套书，书中收入他们最有代表性的画和文章。

出版这套书的长江文艺出版社，位于滚滚长江之边，江边老城住着一个据说会写也据说会画的老同志，从媒体上得知了这套书的出版预告，左手抱着几张他画的猫，右手提着一叠他写狗的豆腐文章，雄心壮志地找上门去，要求加盟这一套书。编辑正埋头研读冯骥才的档案，听了他的请求抬起头来，红了脸十分为难地告诉他说，周先生，你是不能跟冯先生坐在一桌的，冯先生如果知道还有你这样的人，他一生气退出去了怎么办呢？画猫写狗者想想也是，抱着一堆材料悻悻走了。

宋丹丹在春节晚会上说出那句名言，严格说是应该属于马三立的乡亲天津人的，因为早在这次春晚之前，天津人就说过冯骥才太有才了。他的才是公认的多，而且门门都能养家糊口，不过国人最爱看的还是他《神鞭》式的天津绝活小说。猪年夏月的一个雨天，在云南景东，天津文坛第二巨人肖克凡对我谈起很久不再谈起的文学，不禁感叹，他说冯骥才要是还在写，兴许文坛还能出来一点么子名堂。

不知道他为什么突然不再写小说了，如同此前突然不再打球和画画。

许多的出版社，许多的文化有限公司，许多的个体书商，请我给天津的冯骥才打个电话，要求给他们一本小说出一出，只要是冯骥才的，写的什么玩意儿都行，他们会印多少万册，会给多少版税。我说不打，打也没用，这人已经有相当长的时间不写小说了。还是上世纪末在《收获》上发表了一组《市井人物》，总共不过几千个字，一出来就被选进了各种选刊和选本。正在万众瞩目，欲看续篇的时候，后面的市井人物却又躲进市井，死活也不肯出来了。

他们问我，这人到底在做什么事呢？我说我也弄不的确，大约有比小说更好的事吧。

最后我收到他题赠的一本新书，仍然不是小说，是学术著作，写敦煌的。

卫嘴子身上的肉

中国当代著名卫嘴，林老爷子林希，给《文艺报》写文章，称我是拼命三郎，说我不仅自己拼命，如果看上了谁，还要拉谁跟我一道拼命。他说得对，在这方面他有切肤之痛，公元 1998 年，我在全国挑了五位作家，给我写五个古代的奇女子，一人一部长篇小说，组成一套丛书，名字叫作“重说千古风流”，三个月交稿。

找到林希头上，老爷子说行，但要想想写谁再告诉我。放下电话我又找阿成、聂鑫森、阎连科、星竹。过了三天，林老爷子打电话说，想好了，写赛金花，因为当年赛二爷是在天津挂的牌。我对老爷子说，晚了一步，赛金花已经让中国当代著名快枪手阿成给抢走了，目前可能写了万把字了，您老人家只好另换一个。老爷子嘀咕说这人怎么那快的手脚，这次吸取教训，不敢说让他想想再告诉我了，害怕又被人抢走，立马儿报了一个陈圆圆。

请老爷子写书我放心，他是“运动”中受过整的人，十七岁被打成“胡风分子”，二十二岁又被打成“右派”，这样的人一般都诚实、正直，而且还讲义气。如果没有这些优秀的品质，他就是一个“左派”，就不会吃那么多的亏了。果不其然，期限一到，一个蓝颜色的特快专递，准时把老爷子的长篇小说递到了我的手上，《清风明月》，正是我要求的字数。老爷子笔下的陈圆圆，跟过去所有人写的陈圆圆都不相同，这位让吴三桂总兵冲天一怒然后引清兵入关的风流名妓，身上有一股子天津味。

这套丛书出版的时候，我把五位作家请到北京，在世纪末图书订货会的所在之地，北京农展馆三楼大厅与读者见面。大家一字儿坐在主席台上，面对终于见到作家的读者，演讲时都露出谦虚的模样。老爷子不，老爷子严肃地对读者们说，你们就放心地看好了，保证好看得很！出版社的人听了这话，心里别提多高兴了，飞快地给老爷子的杯里注水，使他的天津嗓子保持应有的湿度，以便继续地讲下去。演讲完毕，售书开始，要求作家在书上签字的读者队伍，从主席台一直排到大厅门口，老爷子是首当其冲的第一个，大冬天的，那张酷似唐杰忠的巨大的白脸，却出现了晶莹的汗珠，吧嗒吧嗒掉在封面的陈圆圆身上。

不久，在我策划与主编的中英对照版的“中国文学宝库”中，又收入了他的一本《林希小说选》，五十本里，还是他的这本最厚，有人提出减去一篇，说是老爷子太冒尖了。我说不行，一篇都不能减，谁减了谁给我写一个，那里面的相士、神偷、混混儿，一个一个都写绝了，减去任何一篇都觉得对不起人家外国读者，人家就爱看中国绝活儿。最后，一个字都没减他的，四百多页啊，稿费都让老爷子领走了。

既然老爷子写得好，读者排长队买他的书，这么好的资源，就得让老爷子接着写啊。第二年我又策划主编了一套“古诗新译”丛书，不仅英汉对照，而且文白对照，诗画对照。我还是选了五个作家，打电话告诉他们，有五部古诗，《诗经》、《楚辞》、《乐府》、《唐诗》、《宋词》，要把它们翻译成白话新诗，要求意思准确，行数相等，还要有韵律，英文翻译是《红楼梦》的译者杨宪益和他的英国夫人戴乃迭，还有一些外国专家，译文已经是现成的了，目前要的是中文白话，诸位一人认领一本吧。

这回老爷子一听，只求我饶了他，为嘛呢？作协刚给他分了一套房子，他正请人装修着，害怕小民工偷工减料，日夜守在那里，不敢打马虎眼。再说旧房都腾空了，电脑又没处放，在哪里给我翻译白话诗呀？我说，这样吧，给你分一本最薄的，《乐府》怎么样？

“唧唧复唧唧，木兰当户织”，花木兰对着哪里织布，你就对着哪里翻诗吧，反正下个月你得给我！老爷子没办法，一边嘀咕着，一边请人把电脑桌搬到走廊上，前面是窗，后面是墙，花木兰织布似的，趴在那里给我翻译起了准确、相等、押韵的《乐府》，有人要从走廊路过，他就麻利地仄一下身子，等人过去以后接着再写。

期限一到，一个蓝颜色的特快专递，准时又把老爷子的白话诗《乐府》递到了我的手上。素来一不怕苦，二不怕累的老爷子，这回忍不住发了个牢骚说，累苦了，累苦了，写了大半辈子，还数这本书写得苦！

本世纪初，老爷子去了美国，我心里就开始打鼓，廉颇也罢，黄忠也罢，少了这么一员老将，往后的大仗快仗我该怎么打呀？公元 2002 年 5 月，我跟雷达共同策划和主编了一套“中国作家档案书系”，计划出十辑，一辑十本，总共一百个人，一百本书，第一辑的十个候选人是有了，不过有的动作太慢，拖拖拉拉，三月交稿，五月出书，达不到我的时间要求。好不容易到了九个，还差一个不能圆满。

我正着急，这个时候，吴秉杰打电话告诉我一个喜讯，林希从美国回来了！我说，好哇，就是他啦！一个电话打到天津，有人接了，还在喘气，问是谁呀，我说还能是谁，还不是你写文章说的那个拼命三郎！我说，时间来不及了，合同以后再补，还是用特快吧，快把我要的东西给我寄来！还有照片，选一张刚刚在美国照的！

三天，蓝颜色的特快专递又到我手里来了，《糊涂巡抚》，其中有一篇还是在美国写的。一个月后，书出版了，老爷子再次来北京参加首发式，我们又见面了，会上演讲，十个人里除阿成去了加拿大，贾平凹、梁晓声等八人都儒雅客套，唯有老爷子是从美国回来，霸主风度，敢说真话，老爷子说，我预计，这套书编到第四辑的时候，就有人要开后门了！语惊四座，神乎其神，表情就跟诸葛亮似的，深知我们中国的国情啊，不说第三，也不说第五，就说三回圆满之后的第四辑。但老爷子说就说了，你敢把他怎么着？演讲完毕，宴会开始，还是要请他坐上席，一个一个敬他的酒，人家是老爷子！

老爷子那天喝得微醺，敞开胸领，露出在美国养出来的一身好白肉。我想起他的老友柳萌写他的轶事，说是老爷子当年被打成“右派”以后，劳改的那个地方，有个贫下中农的女儿看中了他，拉着姐姐悄悄地看他在河里洗澡，妹妹指点说，就是他！姐姐羡慕道，好白的肉哇！吓得他从河里爬起来就跑。汪曾祺听了这个故事，笑着用天津话说他，林希，你真哏儿呵！我问老爷子果有其事。老爷子说，那时候一个贫下中农的女儿看中一个“右派”，觉得只要她愿意，“右派”肯定乐得屁颠，哪会想到把一个小“右派”给吓跑了呢？听者大笑，笑着笑着，忽然笑不出来了。

后来，老爷子把这个故事也写进小说里了。《糊涂巡抚》出版以后，老爷子又去了美国，他在美国的时候，电视剧《买办之家》在国内热播，我又出版了他的原著长篇小说《买办之家》。国内出版界都知道我跟老爷子好，有关他的事都来找我，云南出版社想要版权，群众出版社想出新书，电话都打到我的家里。最后，是我在群众出版社的合同上，代老爷子签的字，并且给他的书取名《家贼》。用老爷子在文章里的话说，卖身契，野莽代我签了。

公元 2004 年 8 月，老爷子前脚刚回国，《家贼》样书后脚就出来了，说实话，因为是好朋友，我才敢这样做。

伏案著书的老白杨

1

当我听到杨书案的历史小说赢得国内外一片赞声的时候，我的欣喜没有亚于作者。我也确切地得知了他的创作高产以及高质的秘密，恰如我此前所闻，在一间被马路上人来车往的噪声包围的，没有空调和电话的二层楼小房里，杨书案雷打不动地坐在一条冷板凳上，面对一张堆满书籍的旧桌每天写上两千个字。若是某日开会耽搁了字数，第二天必须写够四千，总之是一定要把它补回来。他用钢笔在稿纸上一笔一画地写，一旦写了就不再改，大约写得有一尺高时，一本书也就写完了。这是一位不用电脑也不改稿，以新意而写旧史的当代历史小说家，和增删五次的曹雪芹不一样，也不听文章写好了放一放改一改的鲁迅的话。但是他的文字天衣无缝，是在心中改过多遍才下笔的。

杨书案是我的老朋友，十年前他发表了我的一篇短篇小说，因此受到抨击；十年后我编辑了他的四部长篇小说，因此得到赞扬。故事的结尾完全是颠倒的，没有颠倒的是我们之间的友情，这两件事情从表面上看似无关，其实在本质上却关系甚大，因为这其中全都含有他对文学的坚执，他认为好的文学作品不顾风险也要发出来，认为对的创作道路弃官也要走下去。十年前他曾任过一家文学杂志的主编，此后卸任转业，躲进小楼成一统，开始了职业写作的寂寞生涯。趁着告别杂志主编的繁杂和业余作者的艰辛，他索性也告别传统的历史小说创作模式和曾经令他激动不已的帝王题材，重新开辟了一条以古代历史文化人物为主人公的长篇小说系列，《炎黄》、《老子》、《孙子》、《庄子》、《韩非子》，让这些峨冠博带、飘然半仙的神秘人物在他笔下陆续地走向人间烟火。

这十年间，用钢笔写字一个不改的杨书案，他的新历史小说已成为中国文坛的一处幽境，吸引着越来越多的文学游客。它如清溪疏竹，缓流慢动，空谷洞萧，悠扬飘逸，它一反传统历史小说的壮观宏大，密集繁冗，紧张激烈，丝丝入扣，而让人物如鱼在水，自在畅游，穿行于两千年前的风云历史和灿烂文化之间，像一幅写意的丹青，一部美妙的叙事诗，以神似的艺术总结出时代的精神。基于他清风明月、小桥流水的人文气质，杨书案的这一尝试居然符合了厌倦当代紧张生活的读者的审美。而且不仅国内，也远不止侨居东南亚国家的炎黄子孙，当他著作的英、法译本通过国际书店传到欧洲各国，一向轻视中国作家的西方土地上竟也发出了一片赞叹的声音。在当今，一本我们认为好的中国作家的书，英译本在国外的销售一般仅在两千册左右，而杨书案的长篇历史小说《孔子》继日本作家井上靖的同名小说之后，竟能六千印数一销而空，二次再印八千，接着《老子》的英译本又大受欢迎。西方对中国古代哲人的神秘固然是一种因素，但重要的还是作者注入作品本身的魅力。我们喜欢这样的作家，他不仅弘扬了祖国的灿烂文化，还不让我们赔本。

我曾望着他小分头下一双亲善的眼睛，心想他若不写历史小说，会是一个教历史或语文的老师，他的课堂表达未必很好，但是判改学生作业却一定是极认真的。后来看到他的年表，发现他还真是中学教师出身，料不到的却是他上大学本来学的新闻，在全国“反右”的公元1957年，二十二岁的未来党报记者因为言论问题而被开除团籍，毕业后分到党报被退回来，只好便去中学教书。其实他的气质原本是不适合做记者的，温文古典，儒雅羞涩，这样的人写诗文可以，要以激扬的文字去指点江山，抢发头版头条特大字号的政治新闻，可能就会显得斯文有余、气魄不足。

二十世纪六十年代，写历史小说有借古讽今阴谋反党之嫌，而且在他的档案里还留有一份开除团籍的记载，因此最初开始创作的杨书案得先学学丹麦那个名叫安徒生的，试着给儿童写点小东西。他写了一篇《小马驹和小叫驴》，不料小叫驴这一叫声音很响，给他挣了个全国儿童文学奖，中国突然添了一位出手不凡的童话作家。

转为创作历史小说是在七十年代末，他为出版社修改一篇童话《小金鸡的信》的时候受了一位同住招待所里写历史小说的青年作家启示，这使对历史小说一向神秘的杨书案大为惊讶，原来历史小说并非唯有精通古汉语的史学专家方能问鼎。他想起小时听到的不少关于黄巢杀人八百万的传说，《小金鸡的信》出版之时该社约他再报一个选题，他竟大胆地报了一部关于黄巢的长篇历史小说，这就是五年后出版的《九月菊》。由于博考文献，精心结构，如同他的童话处女作一样，这部小说处女作又获得了好评，出版社催写再写一个续篇，他便又写了这支农民起义军以失败告终的《长安恨》。

杨书案以他独有的历史小说美学思想，认为只借一个历史时代作为背景来虚构人物和故事，或者只借一个历史人物作为轴心来虚构背景和事件，这种历史小说所传达的主题往往也是很现代的，它更接近现代主义的主观表现，实际上并不应受历史二字的限制，因此与言必有据、据必可考的严格的现实主义历史小说可以并行的，还应有另一类在史无明载的区域，允许在不违背历史的前提下施以虚构，形神兼备、略带写意的开放的现实主义历史小说。而他所尝试的正是后者。按照他的这一艺术理论，他一鼓作气地写下了一系列以帝王生活为题材的历史小说：写秦始皇嬴政的《秦娥忆》，写隋炀帝杨广的《半江瑟瑟半江红》（又名《隋炀帝遗史》），写唐朝女皇武则天的《风流武媚娘》，写南唐后主李煜的《几曾识干戈》（又名《李后主浮生记》）。这四部表现帝王生活的历史小说和两部描写黄巢起义的历史小说，使童话作家杨书案在历史小说的领域又有了一席之地。

2

第三个创作阶段应是他最辉煌的时期，从写《孔子》开始。孔子其人，众说纷纭，有史实记载，有民间传说，也有根据史实敷衍的演义，更多的则是庙里泥胎金身的庄严偶像，不同时代的人或尊之为神，供在案上，或斥之为妖，踩于脚下，评说者无不打上阶级的烙印。日本作家井上靖先生亲赴中国，沿黄河中游古道孔子当年周游过的村落、城邑、市井的遗址，两上山东，五下河南，写成了世界上第一部作为小说的《孔子》。他的写作材料基本取自司马迁的《史记》中《孔子世家》和《仲尼弟子列传》，以及由孔子弟子收集编撰的《论语》，艺术手法是以一位身份远在子路、颜回、子贡之下的，名叫蔫姜的孔子年轻佣人的自述，反映了追随孔子游说途中的亲身闻见。而杨书案则要拉开历史的实际距离，以今人写古人的真实态度，参考更多的春秋史料，把孔子的思想言行置于时代的大背景中，进行纵横交织游刃有余的描写。这自然是对井上靖同名小说的挑战，也是对自己历史小说理论以及艺术功力的检阅。历史上对孔子的记载除了井上靖先生参考的一书两文，也并无新据可查，唯有精读春秋，博览志文，方能于书有补。此外还得广搜民间，考校野史。《汉书·艺文志》云："小说家者流，盖出于稗官，街谈巷议，道听途说之所造也。"关于孔子的野史不多，偶有所闻，却能大抵吻合正史，或基于其上的夸张延续。如孔子的出生以及父母的身世云云，这便也可适当地取舍入书。

杨著《孔子》出版之后，他马上给井上靖先生寄上一本，并写了一封信，一心想得到异国前辈的教诲。然而此时的井上靖先生已在临终之时，日中友好协会秘书长白土吾夫先生给他回信，说是会长井上靖先生特别委托他代为复书，并回赠一本井著《孔子》。无缘与同代作家井上靖先生有一语的交流，这使杨书案深感遗憾。不过《孔子》的反响令他惊喜，中国文联和中国孔子基金会在京联合召开的《孔子》研讨会上，本书中对孔子儒学思想的艺术阐释和对孔子生平行为的分寸把握，获得了孔学专家的高度承认。艺术上别出心裁的大胆尝试和新颖追求，也获得了文坛评论家和作家同仁的一致赞扬。评论家缪俊杰撰文《孔子：从精神偶像到艺术典型》，为他所取得的成就感慨系之："在长篇小说《孔子》中，我们看到了杨书案的深厚的学识和丰富的艺术想象力，作家把史书上的断简残片和孔子的片言只语，化为有声有色的故事和生动感人的艺术情节。"殊荣伴着喜讯像潮水一样向他涌来，他因此而获得了多种奖励，各种信息告诉他说，杨书案式的开放的现实主义历史小说已经从理论的探讨走向了创作的成功。

杨书案来劲了，又开始写作关于其他圣哲的长篇历史小说。时隔不久，构思略早的另一部长篇历史小说《炎黄》在《人民日报》海外版连载的同时，也由台湾汉艺公司和上海文艺出版社出版了单行本。这是一部更为神奇的小说，它把华夏民族的始祖黄帝轩辕、炎帝石年从几千年前的神话中拉入人间烟火，茹毛饮血，穴居群婚，构木为巢，兽皮遮身，八卦记事，尝草求药，还有嫘祖养蚕植桑，仓颉刻符造字，舞戚的刑天，逐日的夸父，填海的精卫，战败的九黎英雄蚩尤，一桩桩奇事，一个个人神，写得有血有肉，活灵活现。

和述而不著的孔子相比，大道无形的老子为杨书案的小说创作带来了更大的困难。虽有一部五千言的《道德经》，但因他的隐身出世，史书记载绝少。民间百姓对他的印象只是一个骑着青牛，在八卦炉中炼取金丹的太上老君。此外读书人还可以从鲁迅小说《出关》中得知他总是"毫无动静地坐着，好像一段枯木头"。然而杨书案笔下的老子出来之后，他不仅是一位讲经的道家，还是一位磨镜的少年，初恋的处子，主张好友尹喜随缘另娶的开通人，为什么呢？道可道，非常道；名可名，非常名。道法自然，人之生理情性本是天道的内容，不可逆反，不可压抑。杨书案读懂了崇尚自然之境的老子，方有了富有人情之味的《老子》。长篇历史小说《老子》于是又一次获得成功，他的同学和朋友评论家滕云掩饰不住心头的喜悦，挥笔在序中激动地写道："中国古代思想史上大儒大哲代不乏人，群星灿烂，却缺乏古代思想家的历史文学，杨书案填补了空白……"

从人生坎坷中一路走来的杨书案，身负着思想者的重任，在社会众多的职业中选择了作家，又从众多的文学形式中选择了历史小说。他认为唯有历史小说才能"摆脱现实的、功利的束缚，能够较为自由地抒写。他可以指斥最显赫的帝王，可以和圣哲坐而论道"。他的眼光又转向了兵圣孙武、哲人庄周。较之李耳、孔丘两位先哲以及炎、黄二帝有利的是，孙武、庄周的生平在史书中多有记载，不仅有《孙子兵法十三篇》和《庄子内外篇》可资研究，而且前者奇妙的战例和神秘的归隐，后者诡谲的雄辩和异端的行为，在民间广为传颂，有口皆碑。杨书案身居春秋战国时期群雄霸主楚国的土地，如鱼在渊，得天独厚，他以一年一本的速度，先后又写出了《孙子》和《庄子》。两书反响愈佳，《孙子》的中文简体字版在中国文学出版社独家出版之后，很快风靡东南亚各国，而《庄子》书稿未毕，逢台湾实学社设首届罗贯中长篇历史小说公开大奖，向四海征文，得新加坡友人极力怂恿，杨书案决意一试，果中百万头奖。台湾评论家詹宏志在大奖的决审推荐中赞扬它是"一首语言优雅、节奏从容的散文诗，很新的创作形态，很新的阅读经验，用它来取代中国文化基本教材如何？"台湾小说家黄验则索性这样写道："《庄子》这部小说所兼具的故事性及知识性，无疑的将使它成为历史小说中难得一见的巨构！"

人们想象着，沉醉于历史小说中的杨书案，在现实中是否与老子一样超然，孔子一样宽怀，孙子一样诡诈，庄子一样游戏呢？这是不可能的。杨书案的作风恰恰是诚实而又严谨，认真而又细致，他当中学教师，学生成绩优秀，桃李芬芳；他当杂志主编，杂志引人注目，《芳草》萋萋；他当专业作家，一年一部长篇，春种秋收；他当文创所的所长，手下作家八仙过海，一个比一个神通广大。与圣哲坐而论上道的杨书案，他对自己的工作从来都是极其严肃的呵。

3

路透社莫斯科公元2002年11月10日电称，俄罗斯作家德米特里·叶梅茨创作的《丹娘·格勒特尔》系列丛书，被英国出版商指控为剽窃了罗琳的《哈里·波特》，目前正在考虑如何将作者送上法庭。而德米特里·叶梅茨却坦率地告诉路透社记者："这不是剽窃，只是一种模仿。我把这个构思加入俄罗斯文学中，希望告诉世人，俄罗斯文坛也和英国文坛一样能创造出世界上最畅销的文学作品。"并且他很想此书也能翻译成外文，以便让英国以及西方其他国家的批评家对照察看。

两书的共同点是两位小主人公都上魔法学校，他们都在一场对付邪恶巫师的战斗中失去了双亲，这巫师将是他们终生的敌人，不同的只是霍格沃茨魔法学校的英国少年哈里·波特对付的是黑暗巫师伏地魔，而季比多赫斯魔法学校的俄罗斯少女丹娘·格勒特尔对付的则是舒马－杰尔－托尔特。《丹娘·格勒特尔》一书的出版商和书店销售员与作者一样大义凛然，在俄罗斯大大小小的书店里，德氏的系列丛书《魔法低音提琴》、《消失的地面》、《金水蛭》和罗琳的系列丛书摆在一起销售，前者销得更好，因为俄罗斯的小读者们说："丹娘·格勒特尔是我们俄罗斯人。"

正当英、俄两国书商明争暗斗之时，一部名叫《贝璧与荆山石室》的书又在中国悄然出版，此书的开本、版式及装帧、插图的风格与《哈里·波特》无异，书中取材于历史与现实的神奇故事，深厚的文字功力和清丽朴拙充满童趣的语言，却远非《哈》书可比。

尤其难得的是它没有像俄罗斯作家德米特里·叶梅茨那样对《哈》书进行死搬硬套的仿造，而将历史、传奇、神话、童话、魔幻有机地杂糅在一起，创造出了一种纯粹中国式的儿童魔幻小说。

《贝璧与荆山石室》以天上出现一道金色闪电开篇：少女英英突发腹疼，听人指使饮服了恐龙蛋化石研磨的水，由此怀孕并生下了一个名叫贝璧的男孩，贝璧一生下地右臂就带有一条龙形的金色荧光，能天然防范来自外界的一切伤害和消除外部世界的种种障碍。因为没有父亲，他被顾忌流言的生母忍痛漂流到荆山脚下，隐居山中静心修炼的荆山道姑将其收留，教他功法并带他结识了古德大师。在荆山一座修建于战国时期的石头房子里，贝璧与刻在石壁上的卞和老人结下了友谊，这位两千年前因向楚王献玉而失去双足的古人翩然走下石壁，向贝璧讲述当年七国争雄以及和氏璧几易其主的传奇故事。心存邪念的魔法师巴特妄想炸开卞和藏身的这座荆山，以得到埋在山中的绿松宝石，被天生特异功能的贝璧觉察，联合小伙伴牛牛巧用孔明灯向古德大师和荆山道姑送信，同化身大雕的巴特展开了一场惊心动魄的战斗……

杨书案认为，中国有久远的魔幻小说传统，产生过伟大的魔幻小说，古典名著《西游记》实际上就兼有童话和魔幻小说的品质，此外还可以上溯《山海经》，下寻《封神演义》《八仙出处东游记》《南游记》《北游记》，鲁迅先生在《中国小说史略》中最先将它们冠名为神魔小说。只可惜现当代中国再也没有出现过童话和魔幻相融合的伟大作品，《哈里·波特》给了我们有益的启示，我们为什么不打造中国的哈里·波特呢？

罗琳的《哈里·波特》系列丛书已被译成35种文字，全世界总销售3500万册，成了名副其实风靡全球的畅销书，其中有两部被拍成电影。它在中国的战绩是继前四本小说之后的第五本也将在明年出版，继第一部电影之后的第二部也将在春节期间与中国的哈迷们见面。日前据国内报载，剧中扮演哈里·波特的丹尼尔·雷德克里弗将来京参加《哈里·波特与密室》的中国首映式。而此时正值中国的哈里·波特《贝璧与荆山石室》在全国热销，但愿此书的命运不会像俄罗斯的哈里·波特《丹娘·格勒特尔》一样，被英国的出版商指控为剽窃之作。

躲在海南伏案著书的杨书案先生目前著兴正浓，第一部《贝璧与荆山石室》刚刚交付出版，又再接再厉地开始了第二部的续写。因惧于国内猖狂无忌的盗版之风，新的书名暂且保密，故事却已公布于世，贝璧带着他的小伙伴牛牛前往武当山去上魔法学校，在那里他将和孙悟空的后辈小猴子们同窗深造。

新世纪初，据道学专家考证，五岳朝圣的道教圣地武当山即孙悟空的诞生之地，《西游记》中所写的花果山、水帘洞、老君炼丹处等都出自武当山上，旅游者们有迹可寻，中国的哈里·波特明年的功法若有长进，当不亚于昔日的孙悟空了。

中国插班生之父

分别十八年后，我才有缘又见到我们的老校长，在见到他的前十分钟，我先见到他的书。这次老校长来京，是参加他的新书发布会，他坐在台上，我坐在台下，看他的脸，看他的书，我体会着自己的心情，想起一个无数文人用烂的词，叫感慨万千。

夜色的背景，沧桑的面容，凝眉直视着眼前一具无法捕捉的鬼魂，像是悲剧中的英雄，一个伤痕累累的老哈姆雷特。摄像师抓住了他的神髓，这是他刚刚写罢《一个大学校长的自白》，还有更多更深的思考没来得及表达，他拿不准还写不写。时间还有一些，它会追随他多病的生命直到尽头，问题是下一本该怎么写，在哪里出。

读过太多的传记，没有一本读得这般沉重，这般辛酸与悲愤。不是它的文辞经典，故事煽情。自白者是一位化学家，青年时代立志要做诺贝尔式化学家和发明家，后来命运却让他做了教育家的大学校长。一座被公认中国最美丽的名牌大学，曾经的校长，那时年方四十八岁，二十世纪后半叶中国重点大学中最年轻的一位。书中的文字，本色得像他熟悉的化学元素，又诚实如农民土地上的庄稼，但每一粒都丰盈饱满，可见天日。

9月，已经是深秋的季节，应该出版这本书了。

这位二十世纪八十年代中期，以一场高校改革而惊动举国的人，他原本是一个名叫福娃的山坡上的牧童，之所以四十年后乘车三上高教部，情动上苍，建立了始无前例的插班生制度，极有可能是在他弗洛伊德式的潜意识里，存盘着他十岁时曾经由私塾学校插入公办小学的三年级，继而冒名顶替考上初中，继而又以假的文凭进入高中，却始终成绩斐然的骄傲记忆。

他尝到过插班的欢欣，取得了破例的成功，他想把这欢欣与成功让天下有志的学子共享，又不愿后来者再冒非法之名，于是他就要设法打开学府的正门，隆重地迎进门外那些最优秀的中国青年，让他们也像他一样，一步就跨入三年级。

公元 1985 年，中国当代教育史上必须记载的年代，刘道玉的插班生情结成为现实，武汉大学首届插班生和作家班的学子，他们以特殊资格登上了珞珈山。此后全国高校争相仿效，西北大学作家班，北京大学作家班，北师大与鲁迅文学院合办的作家研究生班，以及复旦、南开、南京，凡是中国一流的高校无不奋起追随。二十多年来，这批学者化的优秀作家、编辑家、出版家从四面八方占领着中国当代文坛，至今尚在花期，硕果越结越多。

除了中文系，还有外文系、法律系、哲学系、新闻系、经济管理系、图书情报系，以及几乎全校所有的文理科系和研究生院。这批学生现在都是著名的翻译家、大律师、经济学家、银行家、高级官员、商界大贾、传媒界的翘楚、企业界的精英。

一个早年留苏学生会的主席，未来的外交官和政治家，想不通他为什么没有做官的欲望，却只有教书的痴情。共青团的书记不当，让位给王兆国。武汉市的市长不当，推荐了吴官正。早在二十世纪八十年代初，教育部举行部长换届的民意测验，三年前以患病为由辞去教育部党组成员兼高教司司长双职的刘道玉，在部长候选人中他的票数名列第一。但是他只想当一个大学校长，大学校长不是官，是栽种梅兰桃李的花翁和园叟。仙境一般的珞珈山上应该种满神奇的果子，在别处结果太小，在别处开不了花，在别处被人砍了要当柴烧的朽木，他都要把它们移植到这里，看它们能不能够开出奇葩，长成异树。

贫困的大学生买不起书，用肥皂雕刻书店的公章盖在书上，带回校舍借着月光捧读，系里接到举报要将该生开除，刘道玉说不要，他没说孔乙己的那句“窃书不为偷”，他说的是原因在于家里太穷，以后不偷就是了。这名学生现在是国家机关的一名高官。作家班的学员写了一部中篇小说，小说里写了一些大学校园的阴暗面，其中还写到大学校长，临近毕业，中文系说，这样的人，还能给他毕业证书？刘道玉说，给，只会歌颂的作家未必是好作家，敢于暴露的作家一定不是坏作家。这名学员现在是一个边远省份的作协副主席。因冤案身陷牢狱的插班生，他常去看望，互寄诗文，直到出狱，高兴得又写一首诗。这名学生现在是一名京城著名出版人。研究生把他的住家当作午夜沙龙，热火朝天地讨论罢了，女生睡在他孩子的房间，男生就在客厅里倒满一地。这批学生是他的颜回和子路，为了真理个个都是敢于挺身而斗的正义之才。允许一位图书信息管理学的研究生在校外攻读博士，毕业以后还相互通信达十余年，交流学术，谈论人生，彼此的信函能编一本两地书。

去美国犹他州参加国际合成金属与技术学术会议，飞机飞到太平洋的上空，他做了一个梦：一个名叫于洁的女大学生向他哭诉，因为她谈恋爱，因为她门门功课都只有 60 分，系党总支副书记和政治辅导员要开她的批判会。刘道玉说，我去找系里谈一谈。批判会取消了，太平洋上空的梦醒了，飞机降落在美国的“雪鸟”，一个自由宁静的圣地。

又应验了弗洛伊德“梦是愿望之达成”的心理分析。他希望珞珈山是一个快乐学院，大学里曾经生硬的管理和未来可能的偏激，在他即将与西方教育学家面晤之际，不准恋爱和只看高分，成了他翩然入梦的忧思。

与插班生制同期首创的，还有学分制，双学士制，跨系、跨科、跨校就读制。一名生物系的大学生想当作家，说是听生物课教授讲解剖兔子，觉得自己就是一只被按在砧板上任意宰割的兔子。刘道玉批准他转学到中文系，这只兔子得到了解放，后来果然成了一名知名作家。

恰巧又有一名中文系的大学生想当数学家，刘道玉批准他转到数学系，这名数学爱好者五年拿了数学和物理两个博士，毕业后被美国斯坦福大学聘为副教授。

还有一个历史系的大学生要转到生物系，扬言说校方若不答应，他就到神农架去当野人，刘道玉批准他转到生物系。可他不喜欢在课堂上听课，毕业时两门必修课都不及格，系里不发他毕业证书，他抱着一堆发表在报刊上的学术论文来找校长。刘道玉说，这样的学生都不及格，还有什么样的学生及格呢？不仅给了他毕业证书，还给了他学士学位。十年后，这名考试不及格的学生在美国哥伦比亚大学医学院获得博士学位，又被英国牛津大学脑科学研究所聘为客座教授。

学生不叫他刘校长，也不叫他刘教授，甚至连他正正规规的名字都不叫，他们叫他刘道。叫刘道好，道法自然，大道无名，刘道非常符合刘道玉的教育理念。

一所民主、自由、开拓、创新的大学，在他的眼里渐次有了朦胧的远景。

他又把考场搬到医院，把教授派进病房，让有特殊才能的考生不因重病住院丧失考机；他让中国科技大学生物系的学生转入武汉大学管理学院攻读学位；他让一个安徽巢湖的村姑，一个养鸡专业户，带着一捆铺盖和一身鸡蛋的气息免试走进珞珈山的美丽校府，绕过飘香的桂园，经过秀气的樱园，穿过火红的枫园，在清静的湖滨落下脚来，让大教授们以现代的高科技知识，教给她怎么鸡生蛋、蛋生鸡。

简直是不成体统，简直是乱了套！大学里面吵成一团，攻击他教育改革乱了套的某些学校领导也乱了套，他们向省委书记打报告，不能让他再这么为所欲为了！

其实何须告状。天上九头鸟，地下湖北佬，这个湖北枣阳蔡阳铺大刘坡的牧童，这只九头鸟中的出头之鸟，早已被盯上了。一把锯子，安静地守候在这根伸出房檐的椽子下面，它伸得那么长，不要等到风雨剥蚀，一万年太久，四年也太久。

公元 1988 年，在他以创建插班生制度以及进行一系列高校改革措施，而获得法国密特朗总统授予的法国国家荣誉勋章的第三年，在他以唯一被国外所承认的“中国教育家”的身份，获得日本教育家池田大作先生授予的东洋哲学学术奖章的第二年，在武汉大学领导班子进行调整，他的大学校长任期还差一年的时候，在二十年前老校长李达含冤死去的地方，这位五十四岁的第十九任校长，被莫名地免去了校长的职务。

说是莫名，其中的名堂微妙得很。公元 1986 年的 8 月，上任一年的武汉大学校长刘道玉带着武大空间物理系的五名教授，乘坐火车前往北京，向国家教委、国家科委和国家计委汇报工作，争取在武汉大学建立空间物理重点实验室，他和七十五岁的梁教授分在 4 号软卧车厢，一个是 13 号，一个是 15 号，都是下铺。刚刚放好行李，女列车员请他们把行李搬走，把卧铺让出来，刘道玉手里拿着自己的车票说，这是为什么？年轻的女列车员可怜巴巴，说是你们要是不出来，我的工作就会没了！这时候两个乘警赶来一声怒吼：“少跟他啰唆，搬也得搬，不搬也得搬！”

列车驶离汉口，女列车员给他们安排了厕所旁边的两个铺位。打听赶走他们的到底是谁，才得知是新上位的省长带的随从，他们是去美国访问，他们不喜欢厕所旁边的臭味。被鸠占鹊巢的校长和教授惊讶地发现，在他们让出的那个地方，旧貌已经换了新颜，免费的西瓜和冷饮送个不停。

还不是官，不是省长，是省长的随从，十几个随从中的最小的两个。

民也不纯粹是民，一个名牌大学的校长，一个从心所欲之年的教授，他们并没有逾矩，可是他们却被赶到了。如果是纯粹的市民，农民……

在中国这列奇怪的火车上，除了禁带易燃易爆品，还有不许啰嗦的第二十二条军规，谁碰上了，该谁倒霉。

公元1986年10月9日，一篇题为《官贵民轻》的文章，发表在香港《民报》，报上以讥讽的语气披露了这一丑闻。在那篇文章里还写到同年4月，广州市委书记许士杰从昆明飞往广州，空姐在得知他的身份前后判若两人的喜剧故事。

十一天后，刘道玉从美国和加拿大访问归来，走下舷梯，安全部的一名处长就把从报上剪下来的这则消息交给他说："这是怎么回事?"

立即开始调查，这是政治事件，新上任的省长亲下结论，刘道玉泄露了党的机密，破坏了党的高级干部的公仆形象。这可是在公元1986年，香港还不是今天的香港。8月份被赶出软卧车厢，7月份在香港召开记者招待会，刘道玉对此结论百思不得其解，他怎么变成了妖魔，提前一个月就能预知他要有幸遇上省长的随从?

莫名地被免去校长职务。像一个万众欢呼的足球先生，左冲右突，正要射门，黑哨响了。眼尖的观众此前就已看见，那张红牌在人家的手里都捏了两年，都捏出汗了，此时他还摊着双手，一脸惘然，跟在火车上被赶走的时候一模一样。

省委书记派人来请他去府上谈话。刘道玉对来使傲然说道，跟我谈话理应他亲赴蓬荜，门前路窄，可以下车步行。

为了忘却的纪念，作家班的作家拿出自己的稿费，要在校园为他塑一尊铜像。此议当然地遭到禁止。

罢官第六个月，一蓑烟雨，竹杖芒鞋，在李自成穷途末路的九宫山上，面对落日的余晖和满山的青翠，这位昔日的化学家居然有了诗兴："九宫山上一塞翁，心旷神怡沐清风。平生自想无官乐，潜心著述了初衷。"

夫人高伟突然出现在他的面前，给他带来一个前程未卜的消息，李铁映约他去北京见面。来到北京，李铁映说：“是非将来自有公论，工作实践将说明一切。至于你的工作，你自己可以选择，来北京也可以，去沿海城市也可以，到国外大使馆当参赞也可以。不过希望你来北京，最近准备成立一个教育改革与发展规划小组，在国务院直接领导下，建议你来抓这项工作。”

没有谢主隆恩，他回到了珞珈山。既然已在六月的九宫山上赋诗明志，那么就要履行诗中的诺言，古代的君子就是这样。

海南省筹备委员会委托海南大学党委书记林亚眠，邀请他偕夫人去光临海南省的成立大会。他欣然成行，到了宝岛，才知海南省委有意请他去做海南大学的校长。新上任的省委书记许士杰说：“道玉同志，我们算是熟人了吧？”

刘道玉说：“我们好像是第一次见面。”

许士杰说：“广州市委书记许士杰和武汉大学校长刘道玉，两年前在《官贵民轻》那篇文章里见过一面呀！”

原来如此。但是可惜，刘道玉没有接受宝岛的美意，原因如同谢绝四个月后请他前去任职的厦门大学，以及国家教委推荐的暨南大学和华侨大学。真是不可思议，似乎是一个谜，痴心教育的刘道玉不去大学实现他的教育理念，他究竟要去哪里？他要像当年的孔子一样，带着弟子坐在一辆颠簸的破马车上，去往“三月不知肉味”的蔡国吗？

十七年后，在这本《一个大学校长的自白》中，这位当年威名远扬却又败走麦城的校长，才首次公开他的心灵呓语：“在现有的条件下，官办大学人事关系复杂，国家教委统得过死，办学人没有独立自主办学权。……同为国家教委直属学校，婆婆还是原来的婆婆，既然不能容忍我在武汉大学所作的改革，又如何能允许我在他的另一块‘飞地’进行改革实验呢？孙悟空逃不出如来佛的手掌心！与其将来再一次遭暗算，还不如现在保持自己的尊严！”

还是“潜心著述了初衷”吧。脑梗死留下的后遗症使他右手颤抖，每天只能写一千个字，但他必须写。不是传记，只是自白，或者说是倾诉，一如契诃夫笔下的马车夫。但他不是对老马的倾诉，他自然会有万千的听众，至少是当代教育改革的受益者们，过去、现在和将来的。有良心和良知的生灵，即便在一个世风不良的时代依然会有。

这位当代的孔子，现在又成了武训，癸酉年，本命年，他已经是一位七十二岁的老人，但是忽然，他又要以他的方式集资办学了，成立一个以他名字命名的基金会，办一所非官办的新式学校。他要把他还没有完成的教育改革进行到底。他用坚决的语气念诵了清朝黄遵宪的诗句："杜鹃再拜忧天泪，精卫无穷填海心。"

台下有人泣不成声，是当年获奖小说《女大学生宿舍》和同名电影的作者，二十年后她又见到了作品中学生爱戴的路石校长的原型。岁月使他不再意气风发，挥斥方遒，他已没有了任何的头衔，他唯一的身份是一个老人。沧桑，直视，凝思，跟封面上夜色中的人物一模一样。

女作家哭泣着拥抱了他，哭泣的理由是这世道的无理，一个成功的教育家，背后站着一个失败的命运。

温暖的回忆

在为校长写传的时候，我不时会想起导师。我们班的导师是陈美兰，我几次都要把陈老师的故事写在关于校长的这本书中，但是几次都写了又删。可能我想多了，我是尽量不让行家在结构上作太多的讨论，虽然我已承认自己借此为题，对中国当代的历次政治运动作了不少的发挥，这一点，连文学圈外的传主，一个教育家和化学家都看出来了。整部书中，我只引用了同学宋骥弘对陈老师的一段描写，因为是女生，她知道的自然比我全面，这段文字我把它认作我们全班的发言。

其实还有很多女生不知道的事，其中有两件贯穿于我在武汉大学的始终，一是进校，一是出校。公元 1985 年的春天，当时的武大教务处副处长於可训替我报了名，夏天我趁出差武汉的机会参加了考试，快到秋天的时候我还没有收到通知，我从方方的信中知道陈老师是五人审核小组的成员之一，於可训也是。我就给陈老师写了一封信探听虚实，信上只说想提前知道我考上与否，实际意图想必一位著名批评家的眼睛一下就能识破。我想的是在这个神秘的五人小组中，於可训肯定会投我一票，如果陈老师再投一票，余下三位只要还有一人投我，我的票数不就过半了么？

陈老师回信了，但她的回信只有一句话，这句话是这么写的：“请你相信我们会做出公正的决定。”

我失望了，这封信更像出自于一位哲学系的教授，用词准确，逻辑严密，无懈可击。当然，也无空子可钻，五人小组将做出怎样的决定，有没有我都是公正的。

后来是方方把陈老师以及其他四人全都卖了。方方写信告诉我说，她打入了五人小组内部，可靠消息是不仅有我，而且我还是名列前茅的种子选手。她嘱咐我千万不要告诉别人，不然老师们以后就不再信任她了。

当天晚上我就去买了一根绳子，开始练习打井字形的背包。

不料单位扣住我的档案和户口关系不放，以至于把好事变成坏事，原本应该临行前他们含情相送，却变成两周后我不辞而别，并且后来为我带来了无限的麻烦。直到快要毕业分配的时候这两样东西还不能到手，我也着急，有的同学也为我着急，为了安慰自己和他人，我在班上虚构了一个喜剧性的解决办法，我说下周若再不来，我就让老家的朋友给我另外制造一份档案和户口，用肥皂、萝卜、熏豆腐干之类的原材料刻一个公章盖在上面。这话属于伪科学幻想，无可奈何的黑色幽默或者红色浪漫主义，要笑也只能引发契诃夫式的含泪的苦笑。

公元1987年的春天，於可训告诉我，我的档案和户口终于到了。这是我在参加全国青创会前与原单位文联的主席达成互为利益的协议而争取到的，此时距离毕业分配仅只数月。陈老师让同学龚绍东带信找我谈话，我兴冲冲地直奔她家，这是我第一次去她家里，还是向绍东要的地址。我以为陈老师是因为这事对我表示祝贺，但是错了，她让我坐下，给我倒水，拿苹果，然后一点也不运用文学技巧和艺术手法地问我："你给我说实话，你的档案是真的吗？"

我想都没想立刻回答："是真的。"她也想都没想立刻又问："那你档案里为什么整整十年没有记载？这在档案学里叫作断案现象！"我愣了一下告诉她说："原因可能是这样的，1968年我初中毕业还不满十五岁，母亲说我太小没让我跟知青小组一起插队，让我回到'右派'父亲身边劳动，直到1978年我父亲平反我才离开农村，这十年我连我的档案在学校还是在知青办还是在生产队都不知道，没有记载那就是没有人记！”

陈老师好像是相信了我的话，接着又问：“还有，你的履历表上填了曾经加入共青团，档案里为什么没有入团志愿书，也没有团组织的批准登记呢?”这次我一点都没愣就告诉她说：“因为我根本就没有申请，团组织也根本就没有批准登记！”我听她嘴里“啊”了一声，不等她把心里的疑惑表达出来我就主动对她讲了我入团的经过。

我说我在“右派”父亲身边劳动的时候还当过两年民师，那时全国搞农业学大赛，每年放寒假学校都有组织学生上工地慰问演出的任务，大队党支部副书记兼大队团支部书记听说我会写，就把这个任务安排给我，要我自编自导还带着学生自演，学生中有表现突出的就发展他们为团员。结果那年冬天我一鼓作气发展了好几个，新团员宣誓的时候我又当主持，又作报告，有个担任团宣传干事的女老师就给我提意见，说我本人还是个非团员，怎么有资格发展和领导团员呢？我一想是啊，就以此为由撂挑子不干了，大队党支部副书记兼团支部书记生了气说，我给你搞个团员不就是了？当晚就塞给我一个小红本儿，让我每月交他五分钱的团费。

我回忆说这人叫万孝友，是个复员军人，现年四十岁左右，应该还在当地任职，一定想得起来这件事情，每月五分钱的团费大概都被他买烟抽了。我说我那时候要想入党他都会答应，无非是过不了公社那一关，因为我父亲的缘故。

讲完连我自己都觉得像是一篇小说，而坐在对面听我讲小说的就是著名的小说批评家，我不知死活地笑了起来，心想她如果不信的话，我可以把万孝友的地址写给学校，让学校派外调人员去进行调查。

陈老师听完也笑了，从她眼镜后面那双温和的眼睛来看，她并没有认为这是小说，相反她用同情和遗憾的眼光把我看着，我不知道她为什么会这样信任我。就在此前，就在我们这个班上，就有一位同学被宣布开除，他的年龄比我们都大，他是“文化大革命”中武汉市一个“造反派”的小头目，“文革”结束他的材料被装进个人档案，他想利用上学的机会洗刷历史，就请了两个江湖朋友扮作原单位的政工人员，以重新清理“文革”材料的名义把档案成功地取走，毁掉要毁的东西以后再把档案寄还学校。因为他不仅想重做新人，还想重做新郎，是他没沉住气的梦话惊动了行将被他遗弃的妻子，于是她到学校举报了他。

江湖朋友成功取走档案的介绍信上，盖的公章正是被开除的“造反派”小头目自己刻的，我怀疑他是受了我的黑色幽默和红色浪漫主义以及伪科学幻想的启发。但我是纸上谈兵，他却真刀实枪干了起来。

从陈老师开头问我的一句话中，我感觉班上有人出卖了我，后来真相大白，出卖者正是此人。他想立功赎罪，或者想添加一个有罪的同谋，两人并肩走向刑场，总比只听到一声枪响要感到安慰。

我为陈老师的信任而感动，觉得是那段荒唐的历史坑害了我，而我又拖累了学校和老师，给他们的工作带来不便。陈老师反而为我释怀，不过她告诉我，毕业分配在即，学校根本没有可能派人到几千里外去向那个名叫万孝友的复员军人调查取证我的组织问题，我的分配去向必须更改。分配办原本是要分配我到国防科工委，鉴于那里政治要求很严，现在只好改派文化部属下的一个单位。

陈老师埋怨我当年不该捡那个共青团员的便宜，害得现在吃了那个共青团员的亏。我却反过来安慰她说，可能文化部比国防科工委更要接近文化一些，国防科工委是研究两弹一星的地方，要我一个写小说的去干什么呢？

那年夏天我们全班同学开会，毕业前要给陈老师买一件纪念品。我们在工艺品商店选了很久，选了一个古希腊女神形体的钟表，有人提出反对意见，说“钟”与“终”谐音，中国民间有不能送钟的说法。这话起了很大的破坏作用，大家立刻犹豫起来，最后我说，这不是钟，这是女神，是我们心中的陈老师。那时候我们班上有一笔不小的公款，平时用于文学活动，临毕业了还没用完，就找个地方大吃了一顿，又给每人买了一本影集。因为这笔钱掌握在我手里，所以我说了算，当晚我们就把女神钟表送到陈老师家。

这是我第三次去陈老师家，第二次是她在新华书店门前被一辆拖拉机给撞了，我们去她家里看她。她的先生宗教授温文尔雅的典型知识分子形象让我们在以后的很多年里也无法忘怀，他白皙微胖的身子走到躺在床上的陈老师旁边，力求用准确的语言对我们描述说，可能是软组织遭到车体的撞击而产生了一定程度的损伤。放蜂汉出身的王伟举对此感到不可思议，出来时神情怪异地一边摇头一边感叹，嘴里重复着宗教授“可能是软组织遭到车体的撞击而产生了一定程度的损伤”那句话，然后深情地总结说：“学者啊，就是学者!”

毕业后我只见到陈老师两次，一次是她来北京，一次是我回武汉。她离开北京时我与新婚的妻子一道送她，我提着行李包走在后面，看着她们手挽着手走进候车室，走向检票口，走进她的那节车厢，那样子让我想起舞剧《红色娘子军》，心里好一阵子感动。

回武汉的一次，武汉的同学趁着这个机会约定，某日某时一起去看陈老师，洪琼还说要买一挂鞭炮进门时点燃，后来被人出于校区环境的考虑一票否决。这一天陈老师高兴极了，她用自己的钱为我们办了一桌酒宴，让我们又吃又喝又说又笑。快到八点的时候大家还没有解散的意思，可是我当晚要去十堰，老家一位朋友在武昌车站等我，我的车票在他手里，我还有一台高科技的电子声控灯也在他手里，大家却坚决不许我走，宁可第二天把我送上火车补票。看见双方各执己见，有人就说听陈老师的，陈老师说：“很不容易在一起，你走了大家会扫兴，那就明天再走吧。”

陈老师说了话我只好留下来，因为宾馆的房间已被朋友退掉，晚宴毕了我被周元镐带到他家，还有几个同学自愿陪我一道。人多床小没办法睡，大家就围在一桌打牌，打到半夜肚子饿了，共同推荐简兆麟去给我们煮面条吃。

在车站空等我一个小时的朋友自然生气，对我的报复是没收了我的退票款，还把我那台价值几百元的电子声控灯带回去送了别人。

由故国当年赤壁聊起

易中天的那首《西江月》，写得到底好不好，今天我喝了一点子酒，就来说一句酒话。我说它比不上苏辛，比李后主也差那么一点点，但是，比攻击他连平仄都不懂的那位先生，肯定是要好得多的。那位先生据我估计，从他教给易中天的平仄起句来看，他一生只读过一首《西江月》，那就是四十周岁以上的中国人民当年都读过的，不读不行的，不读也没有别的东西可读的毛泽东的《井冈山》，山下如何，山头如何，敌军如何，我如何。那首词是以仄仄平平仄仄起句，所以，他要求老易也按这个来套。孰料老易也是个呷辣椒的湖南人，扭颈脖子，犟拐拐子，品三国都品得与人不同，只要不越词律便是，凭什么一定要学毛老乡？如今又不是四十年前！鸣儿的一开电脑，偏要以平平仄仄平平起句，看你把我怎么的？这么一来，那位先生就有看法啦。

我有一个朋友名叫郑义，二十世纪八十年代末壮别文坛，去国离乡，目前基本上已被人遗忘，80 后小作家群更不知此公为何人。他最初写作，怎么写人家怎么说不行，后来这厮眼珠一转，把自己的名字由作者变成译者，伪托这篇小说为俄罗斯的神马子诺夫斯基所著，这一下子，不得了啦，隆重发表，好评如潮，称其是一篇典型的社会主义现实主义文学作品，可以开新时期中国文学之先河。从此，作者撩开蹶子向中国文坛大踏步地挺进，一直走到那口《老井》，方才停下狡猾的脚步。这段隐私，他只对我讲过，也是喝了一点子酒，对于发现他的那位编辑伯乐，他始终是守口如瓶。

还有一个人，名叫陈明远，“文化大革命”中写了十多首豪放派诗词，被人当成毛主席的，全国大中学校的红卫兵争相传抄，热烈欢呼，深情朗诵，泪流满面。哇噻，那磅礴的气势，那博大的胸怀，那雄劲的词风，那飞扬的文采，那多么的怎么，那怎么的什么，除了伟大领袖毛主席，天下还有谁能写得出来？真乃是前无古人包括李白苏东坡，后无来者包括去岁狗年横空出世的赵丽华。作者究竟是有心还是无意，只要他跟郑义一样打死都不说，他叫明远，顾名思义，他就可以让人永远都不明白。不过终于有一天，来人把他请走了，不是去中南海跟红墙词主切磋词艺，而是关进一间黑屋子里。好家伙，你算老几，胆敢冒充毛主席，揭开迷雾，重读此诗，简直是狗屁不如，神马玩意儿呀！

陈明远的博客写得好，书也编得好，其中有一本是我三年前的枕边书，书名叫作《假如鲁迅活着》。公元 2003 年 8 月，上海文汇出版社出版，刚一问世，就成禁书，这是为何？盖因书中有一件关于鲁迅和毛泽东的事，规定是不许人讲的，这位坐过牢的老先生，他偏要讲，豁出去了。去年 11 月的全国作代会上，我的内蒙古朋友郭雪波一声大叫，他在上海作家代表团里，发现了一个与我长得一模一样的人，此人恰好就是该社总编，又兼此书责编萧关鸿。顷刻之间我们便成朋友，谈起“假如”，心有万念，觉得中国正在逝去的历史，有着太多仍在包藏的秘密，幸而能窥其一斑者，须得感谢罗稷南们、黄宗英们、陈明远们，当然还有萧关鸿们。

言归正传，这又回到易中天，这位喜欢调皮捣蛋的顽童老夫子，他要是跟以上二公一样，再调一个小皮皮，捣一个小蛋蛋，托名某公逝后三十年新被发现的佚词，那位说他不懂平仄的先生，哪里还敢好为人师，恐怕早已手捧墨宝，泪飞顿作倾盆雨了。

我们灿烂中华的文人，有三千年抚摸马臀的美德，这一点外邦无人能及。斯大林也是一位诗人，帕斯捷尔纳克也是一位诗人，斯诗人的诗曾经还选进苏联的中学生课本，相当于中国的中学生课本里的《念奴娇·鸟儿问答》。不过他在帕诗人的面前底气不足，派人把自己的诗作拿给帕诗人看，羞羞答答，半遮琵琶，谎称是他朋友的习作。帕诗人的鹰钩鼻子一耸，就一举闻出作者的味道，打电话告诉斯诗人：你的这位朋友，诗写得不怎么的，你劝他该干什么还是去干什么！于是从此以后，斯大林同志淡出诗坛，全心全意镇压“反革命”了，因此我们在斯大林全集的中译本中，只能读到他的政府工作报告，却无缘读到一首诗。

我们中国的国情就不一样啦，毛泽东也是一位诗人，郭沫若也是一位诗人，毛诗人写了一首词，词牌叫《清平乐》，词名叫《蒋桂战争》，其词曰：“风云突变，军阀重开战。洒向人间都是怨，一枕黄梁再现。红旗跃过汀江，直下龙龙岩上杭。收拾金瓯一片，分田分地真忙。”请注意了，上阕第四句有一个错别字，高粱的“粱”写成了栋梁的“梁”；下阕第二句有两个“龙”字，毛主席是真龙天子，他喜欢龙，多写了一个。

凭良心说，这首词比不上易中天的“故国当年赤壁，小楼昨夜秋风。一江春水任西东，总是南柯一梦。”如果是斯诗人派使臣送给帕诗人看，百分之千，帕诗人又会给他打电话：你劝你的朋友分田分地去吧！然而，三十三年以后，郭诗人拿到毛诗人的手稿，激动得浑身发抖，酷似得了禽流感，拔笔就给《人民文学》写评论，速度比当今拿人红包和力挺美女作家的评坛油条还要快，题目叫作《红旗跃过汀江》。

其文曰：“主席并无心成为诗家或词家，但他的诗词却成了诗词的顶峰。主席更无心成为书家，但他的墨迹却成了书法的顶峰。例如这首《清平乐》的墨迹而论，‘黄粱’写作‘黄梁’，无心中把‘粱’字简化了。‘龙岩’多写了一个‘龙’字。‘分田分地真忙’下没有句点。这就是随意挥洒的证据。然而这幅字写得多么生动，多么潇洒，多么磊落。每一个字和整个篇幅都充满了豪放不羁的革命气韵。在这里给我们从事文学艺术工作的人，乃至从事任何工作的人，一个深刻的启示：那就是人的因素第一，政治工作第一，思想工作第一，抓活的思想第一，‘四个第一’的原则，极其灵活地、极其具体地呈现在了我们的眼前。”

郭诗人与帕诗人，果然不是一类的诗人，怪不得鲁作家见不得他，送他流氓加才子两个别号。不过话说回来，国情不同，人情也不同，郭诗人若是傻啦吧唧，学习帕氏好榜样，当面来把实话讲，建议毛诗人与斯诗人一样别当诗人，该干什么还是去干什么，恐怕他得提前一步不当诗人，而当死人去了。《红旗跃过汀江》的结果，是在举国功高盖世的众文臣武将纷纷落马的二十世纪中叶，郭诗人却奇迹般地享官大学士，副宰相，伴君看戏，诗词唱和。公元1958年，在帕斯捷尔纳克的长篇小说《日瓦戈医生》荣获诺奖的同时，郭沫若与周扬合编的“大跃进”民歌《红旗歌谣》也赢得了毛泽东的青睐，这玩意儿可比诺贝尔要重要得多。而曾经劝领袖别写诗的帕诗人呢，终究还是吃亏啦，自己惨死，妻女判刑，到手的诺贝尔奖也不许他到瑞典去领。

再次回到易中天的“故国当年赤壁”，窃以为他百思不得其解的，“我不管说什么，做什么，总会有人来挑毛病”，原因并非出于“故国”本身，如陆放翁所言，功夫在诗外也。大抵有二，其一，管你教授也罢，博导也罢，毕竟是个教书匠子，手中未有杀人刀，毛主席我不敢说，你我还不敢说了？况且便是有刀，你敢杀么？学《水浒传》里的大虫牛二，一头撞在青面兽杨志的怀里说，你杀呀？不杀你就是……其二，中国目前有十四亿人口，百家讲坛只有一个，讲坛者乃百家之讲坛，非一人之讲坛，××的，凭什么你一个南腔北调的人老是站在里面瞎白话，一讲就是一个把星期，手之舞之，足之蹈之，时而还五音不全地唱几句小调，从春秋孔子以来，有谁这样讲过课么？再说了，如上所言，和尚摸得，我为什么摸不得？坛上不能讲，坛下还不能讲？我叫你如日中天，我叫你红得发紫，我给你脸上抹一块黑泥巴，把你变成一个二皮脸！你要想顾住自己脸面，辩解你的脸不是黑的，那么精力一分散，你的讲义就背不成了，下次中央电视台再请你去，你提着裤子仓皇登坛，一开口把关公说成秦琼，哇噻，这下子可就有好戏看啦！

二十年前的易老夫子，虽没有羽扇纶巾，却也是雄姿英发。备受争议的第十九任武大校长刘道玉，当年以五个本科学生换来的这个备受争议的留校讲师，笔溜直地站在珞珈山上，樱花树旁，口灿莲花，如珠妙语，比起今日在百家讲坛王顾左右，还要受王志之类刁难的样子，自然是要风流得多啦。但是，这个品三国的老顽童，有陈琳之才，孔明之舌，周瑜之倜傥，杨修之聪明绝顶，张松之过目不忘的好记性，可惜仍比不上老奸巨猾的司马懿。

蜀军六出祁山，兵囤五丈原，司马懿高挂免战牌，魏延派兵把他的金盔当足球射门，他却能像球迷一样作壁上观；诸葛亮遣使送他一件女人的裙子，他居然嬉皮笑脸地穿在身上，在两个愤怒的儿子面前走着猫步，心里就坚持一条，打死都不出去应战。双方较量到决胜局，卧龙先生的身体扛不住了，肺病发作，咳喘不止，口吐鲜血，杜甫诗曰，“出师未捷身先死”了。

而要把司马懿换了我们的易老师，恐怕不等蜀军主帅露面，刚发现一个埋锅造饭的火头军，就等不及地拍马应战，结果，哈，把自己的正事耽误了不是？

搞个好稿子

公元2000年，中国文学出版社解体前的最后一套书，是由我策划、何锐主编的黄果树丛书。那是二十世纪的最后一年，何锐执编的名刊《山花》又没钱了，半夜12点许，他一个电话打了过来，忧心忡忡地说明年怎么办呢？我给他出了个主意，让他把几年来的《山花》整理一下，根据栏目，编成十本书，取名就叫黄果树丛书，我给他出版，我再找个人给他投资印制发行，他的任务是写个总序，感谢一下黄果树集团，把这套丛书献给他们，明年办刊的钱就找他们要。何锐说，好嘛好嘛。就把电话挂了。

何锐打电话不同于全世界任何一个人，主要有两点，第一，开头没有问候语，结尾没有客气话，直接说事，妈的给我搞个稿子，搞个好稿子。或者就是，这期某某某有个稿子，妈的是个好稿子。然后就讲这个好稿子写的什么，为什么好，讲完就挂了，给人的感觉，他一天到晚，一年四季，一生一世都在外面搞好稿子，而不搞别的事情。第二，搞好稿子没有时间约束，半夜就半夜，凌晨就凌晨，什么时候想起来什么时候搞，声音低沉而又短促，给人一种神秘虚幻的感觉。有次我妻子一觉醒来，忽听我在客厅跟人说话，她问，谁呀？我说，贵州的何锐。她说，就是上次你俩在黄果树瀑布下面合影，长得像小泉纯一郎的那个老爷子？我放下电话说，下巴没小田尖，像《渡江侦察记》里的陈述。

我要黄果树丛书的投资人无论如何，赶在年底之前印出此书，以便何锐新年向人献礼。紧锣密鼓，这套丛书如期印了出来，但是给我惹了一个不小的麻烦，投资人为了节省成本，离开北京，在河北高碑店的印刷厂进行印刷，因为没开出境准印证，版权页上的印制单位，就随便安了一个人民印刷厂。

谁知人民印刷厂是专门印人民币的，从不印书，黄果树丛书刚一问世，立刻有人揭发检举，新闻出版局就派人找我来了，气冲冲的，一人扛着摄像机，一个举着话筒。我请他们坐下，关上门说，你们别搞这个，要搞这个我就走，看样子你们都是读书读刊的人，你们知道出书办刊有多么难吗？你们知道中国期刊界有个名叫何锐的工作狂吗？他自风华正茂的青年时代离开可爱的家乡天府之国，去到多民族的边远贵州扎根落户，如今都白了少年头，为了给你们弄点儿精神食粮吃一吃，儿女没有工作他也不管，老婆生病他也不顾，到处求人赞助，出书向人献礼，北京的价太高，印书的钱不够，这才铤而走一次险，我帮这位老爷子跟你们私了，让他以后在刊物里歌颂你们行不行？

但愿这二位青年是文学的爱好者，作家的知心人，未来的编辑家，他们把可怕的行头放了下来，他们起身走了，他们还跟我握手道别。我怀着万般复杂的心情，给何锐打了一个电话，我说十本书出版了，要他马上来一下。很快，何锐乘坐飞机来了，我没对他说这件事，时至今天也没有说，对他说除了让他不安，让他有负疚感，让他用低沉而短促的声音说“妈的”，别的都是枉然。何锐跟投资人见了个面，喝了他带的茅台（他跟茅台酒厂有一种神秘的关系，经常都有茅台酒喝），提了一捆样书，又坐飞机走了。过了几天，依然是半夜12点许，一个熟悉的声音从贵州传来，这次异常的洪亮，妈的，二十五万，分两次给，一年够了！

何锐请我去贵州，参加《山花》、《大家》、《作家》、《钟山》四小名旦联网作品讨论会，以及女性文学研究会的学术报告会。我开会是假，看黄果树瀑布是真，吃花江狗肉是真。贵阳有一座吃城，名叫鼎罐城，为苗人所开，城中全是饭庄酒家，清一色的古式建筑，中心一个露天竞技场，有绝色女子倾情献艺，来此的客官可以吃一吃，喝一喝，出去看一看，听一听，还可以趁着醉意与优伶同台吼唱。

何锐将我等请到这里，刚一入座，两个苗女立刻抱着竹筒碎步跑来，竹筒内是城中自酿的好酒，只供客饮，绝不外销。苗女问过众位客官的尊姓和职位，美目盼兮，巧笑倩兮，即兴编出劝客饮酒歌，又生动，又押韵，赛过中国某个时期的著名诗人，第一个对准的是何士光。

何士光于上世纪末皈依了佛门，不吃生灵身上的肉，仅吃少许清油炒的鸡蛋，酒也尽量喝得斯文。苗女不知就里，尖着嗓子唱："喜盈盈来笑盈盈，何主席来到鼎罐城，阿妹敬酒何主席尝，一筒酒来一筒情。"何士光瞪着海碗粗细、一尺多长的竹筒，苦巴着脸不敢下口，苗女便一个揪住他的耳朵，一个把竹筒往他嘴里灌。临到何锐，苗女问过姓氏身份，齐声又唱："喜连天来笑连天，鼎罐城来了何主编，阿妹敬酒何主编尝，筒如海来情如山。"何锐害怕揪耳朵，赶快就喝，小宝宝似的听阿姨话。

当晚何锐喝得性起，不回府了，陪我睡在一个房间，大谈如何地搞稿子，谈到半夜方才睡下。刚刚入梦，突然电话铃声大作，只见何锐一个鲤鱼打挺，从床上纵身而起，摸着话筒，问了几句川黔混语，面皮紧张起来，说声好嘛好嘛，挂了电话，对我说，妈的，家里发现了老鼠，要我回去打。我说，嫂夫人是用隐语，不要你钻到别人洞里去了，半夜三更回去打什么老鼠！何锐立志要走，我只好为他放行，趴在窗口，目送着一位夜不归宿的老主编，弓着个背，一边慌乱地扣着扣子，一边快步奔向夜色下的街头。贵阳十月的午夜不像通宵达旦车水马龙的北京，出租车很少出没，老主编步行往家奔去，去给夫人打老鼠，宁可自己不睡，也要让她放心地睡个好觉。

何锐到北京来，晚上可以尽情地睡觉，养足精神，翌日凌晨起来去逛书店。何锐来北京的第一件事，上世纪是到王府井新华书店，本世纪是到西单北京图书大厦，直奔一层大厅的西方哲学专架，一去两眼贼亮，双腿不移，用老舍的话说，种在那里了。

我们每次都在那里约会，整整一个上午，一人怀里抱一摞书出来，去旁边的火锅店里吃自助火锅。坐在桌边，他迫不及待地看他买来的书，努力睁大一双近视的眼睛，像做面膜一样，把书贴着脸皮，一行一行地看，也不夹菜在锅里煮。说是自助，还是要让小姐一样一样地侍候，羊肉都涮黑了，汤底都煮干了，蜡烛都烧熄了，他还在看书，需要大声地催促他吃，他才说好嘛好嘛，把书换成筷子。

其实何锐并非不懂美食，毕竟是从贵阳的鼎罐城里培养出来的刁钻角色，有一次只有我们两人，他拎着自带的茅台酒，找到一个去处，把菜谱像做面膜一样贴着脸皮，挪上挪下好一阵子，最后点了一个鱼头。放下菜谱，他对我说，这是蝶鱼，有脸，脸最好吃。我听着一愣，可叹我今生吃了无数条鱼，还没有尝过鱼脸的味道。

到了新的世纪，我们再度合作，经我策划，他任主编，出版了一套“走遍中国丛书”，其中一卷《走遍名城》，全是曾在《山花》发表的名城游记。这是在我新的单位，“文革”遗风依在，想着是走遍中国的名城，而《山花》上还没有一篇记述国民党领导之下的台北，缘于过去的荒诞岁月，记忆沉痛，若是又有人在卫生间里张弓搭箭，说我们的这套丛书在搞两个中国，不仅是我，恐怕暗箭穿过我微厚的躯体，余力还会伤及身后的何锐，于是我用颤抖的双手，保护着头部和胸部，替他请我台湾的朋友杨耐冬老先生，赶写了一篇描写台北的散文。

然而智者千虑，必有一失，想不到我们中国的事情像水缸里的葫芦，这里按下去，那里冒起来。书出来后，按照合同，样书与稿酬由主编统一寄付作者，有作者却说没收到书，也没收到稿费。出版社得知此情，紧急追究，一时间又像来了“文化大革命”。我认为这件事情不告诉何锐不行，就打电话告诉了他。何锐大惊，觉得十分对不起我，说，还有这事？让我问他！俄顷，何锐电话打过来道，说清楚了，样书是什么时间寄的，稿费是什么时候寄的，他听着不回答，默认了！

说完这事，三句话不离本行，他又开始说稿子。他说，搞个稿子，要好稿子，短一点的。

本世纪初，何锐终于到了耳顺之年，终于要离开他的那朵用好稿子扎成的山花了。但他好像是在做垂死的挣扎，在离开前的最后一年越发疯狂地抓了一批好稿子，其中有江苏女作家范小青的《城市简史》，这个短稿子获得了本届鲁迅文学奖。

颁奖会在鲁迅的故乡绍兴举行，何锐应邀而去，就在这次颁奖会上，看稿子要把眼睛贴在纸上的何锐，夜色中在返回宾馆的小路边一脚踩空，瘦骨嶙峋的身子摔到坎下，多皱的前额摔掉了一块颅骨，佝偻着的后背骨头也摔断了。当我在北京得到这一噩耗的时候，他的手机响了很久没有人接，后来是一个年轻人的声音问我是哪里，我说我是北京的野莽，年轻人“哦”了一下，说他是何锐的学生，知道我也知道我与何老师的关系。我就抓紧时间了解情况，何锐的学生告诉我说，鲁迅故乡的医生已经把他垂危的生命抢救过来了，并且还把那块颅骨保留好了，放在一瓶药水里泡着，计划在危险期过了以后安回原处。

但是等他的危险期过了以后，第二年要实施安回颅骨的手术，那块药水里的颅骨已收缩变形，不能圆满地盖回去了，最后医生在他的前额装进了一块从美国进口的钛，那东西据说比钢板还结实，还能透气。我想起在他年轻时中国流行的一首歌，是歌唱革命者的：“这力量是铁，这力量是钢，比铁还硬，比钢还强”，我想这比钢铁还要强硬的东西，不就是钛，不就是何锐吗？

脑袋里安装了钛的何锐半夜里又给我打电话了，还是要给他一个稿子，一个好稿子，他说他就编这一期就不再编了。我说你的脑袋都摔成那样了还要看稿子，还能看稿子吗？他说妈的，比原来还管用，稿子只看一遍就能记住里面的人物和故事，清醒得很，夜里一点瞌睡也没有了。这话让我听着害怕，想起上个世纪曾经使用的电灯泡，里面的钨丝被烧断以后，通过摇晃搭接起来，重新装上去比过去更亮。

我给了他一篇稿子，是个好稿子。不过不算短，有两万多字，名叫《枪毙》。这个稿子直到他退休也没有发出来。我以为他那摔破以后用钛补起来的脑袋并不像他自己说的那么好使，不是记忆力摔弱了，就是鉴赏力摔差了，一定是把我的好稿子《枪毙》给枪毙了。

没有想到，几个月后，我收到一本《山花》杂志，《枪毙》二字赫然排在小说栏目的头题。接着，他培养的接班人冉正万从网上给我发来一封信，问我：野莽老师，杂志收到了吗？我立即回信说收到了，请正万代我向老爷子请安。

捉拿盗版者

难忘的二十世纪八十年代，中国出了两个晓声，一个是写《这是一片神奇的土地》的梁晓声，一个是写《陈奂生上城》的高晓声。两个晓声的人气都是比较旺的，到底哪个更旺一点呢，这个问题此一时彼一时，要看当时哪个又出了新作，又出了什么样的新作。比方说高晓声接着又写了一个《陈奂生转业》，人气刚要超过梁晓声了，不料梁晓声也接着又写了一个《今夜有暴风雪》，把人气反超过去。高晓声接着再写了一个《陈奂生出国》，人气向上飙升一截，梁晓声也接着再写了一个《雪城》，一时人气居高不下。

两个晓声就这么地参差上升着，旗鼓相当着。再往后去，“右派”作家高晓声毕竟老迈年高，体力渐渐不支；知青作家梁晓声毕竟血气方刚，余勇仍然可贾。当陈奂生出国再也没有消息，高晓声也因力尽而永远地倒在了文坛之后，梁晓声却接二连三地又写了长篇《年轮》和一大堆小说散文以及其他，把常青树中的轮印一圈一圈地展现给了热爱他的读者们。

但是这个时候，梁晓声忽然发现，他也老了。

发现老了是有一次乘坐公共汽车，有人很礼貌地起身给他让座，他措手不及地道谢坐下，心里直犯嘀咕。当日回家对着镜子一看，可不是吗，连胡茬子都是白的了，这些东西他平时并没怎么注意，或者注意了并没怎么在意，都是趁他写小说时偷偷摸摸搞的名堂。但是现在，已经没有办法消灭它们了，时光真是无情得很哪，想起跟战友们在北大荒鬼沼垦荒的日子，简直就像是昨天的事情！

是那个昨天成就了他，那片神奇的土地使他响当当地登上了中国文坛。

过了些年，当知青文学热让位于新写实主义以后，评论界对当年曾经紫红的梁晓声就开始有了两种态度，梁晓声也在这个阶段开始转向，不是胡传魁自嘲的那个晕头转向，而是非常自觉、非常自如地转向了现实。甚至连文体都变得不伦不类，不小说也不散文，索性就是大白话，直接指向现实中的那些最敏感最尖锐的话题，最初还有那么一点点的浪漫主义此时一丝一毫都没有了。这个时期的梁晓声有点不像一个小说家了，他像一个观察家、批判家，一个关心百姓为民请命的人大代表。

我认为这没什么不好，就好比是包子铺，有的包子做得漂亮极了，每一个皱褶都十分精致，面也白得晃眼，但咬到第三口还没尝着馅儿，可能它本身就没打算安排这个东西。再好比马路边一些人明明在欺负另一些人，瞎子阿炳却只顾着吱扭吱扭拉他的《二泉映月》，调子实在是美妙动听，这时候有人走过来指着欺负人的人说，你们怎么能够这样坏呢？转过脸又对被人欺负的人说，你们怎么这样老好？

虽然他的发言是那样的无力，虽然他的样子是那样的可笑，但我尊敬的宁可是这个人，而不是瞎子和他好听的二胡。好人都被坏人欺负死了，要那好听有什么用？

同居京城，却直到本世纪初我们才有两次正式晤面，此前都是电话与书信往来。首次相见在外文局，中国作家档案书系的新闻发布会上，他给我的印象是比神奇土地上英勇垦荒的青年要老，比公共汽车上被人让座的老人要小，按照联合国的标准还应是个中年作家。二次在王府井新华书店，是依然这套书的签字售卖，此番他的脖子表现得比所有的人都要活跃，面对排队买书的读者，他的脑袋顺时针方向旋转，接着又逆时针方向旋转，转得井然有序，旁若无人。读者们不知道他们尊敬的梁老师出了什么问题，我一时也陷入迷惘，小声问他，怎么回事？梁晓声从旋转的脑袋里发出一个痛苦的声音说，颈椎病发了！

尽管文学越来越走向多元化，梁晓声的书还是好卖，包括他的小说，也包括他的大白话。新书刚一问世，立刻就有了盗版本，盗版本比正版本便宜，梁晓声自己买书送人，为图便宜居然买了盗版本，这事说来真是荒唐。就说在王府井书店签字售卖的这一本书，编辑时他给我寄来的作品有一半是从盗版里撕下来的，错字连篇，颠三倒四，把我给坑苦了。我打电话责备他说，用盗版书做正版书的模本，不等于让坏人做好人的榜样吗？电话里的梁晓声感到万分的惊讶，啊？是盗版吗？那是我五折在书市上买的呀！

所谓盗版，是说出版社本来有正版，不法书商模仿正版印的假版。盗版书与时俱进，后来连正版也不必模仿，自己随心所欲地造起书来。有一年，甘肃文化出版社出版了一本《俗世奇人》，主编天成子，责编陈殿英，书中有我十个短篇小说，还有冯骥才、聂鑫森、孙方友、谈歌，一人也有好多篇数，样书不寄，稿费也不寄。作家们联名写信去问，社长主编也联名回信，盖着红堂堂的公章，说是盗版。又有一年，时代文艺出版社出版了一套《官道》，还是上下册，没有主编，责编叫李杰，书中有我一个中篇，石钟山一个中篇，梁晓声一个中篇，样书和稿费同样不寄。与此同时石钟山也发现这套书，电话和我沟通，分别写信去问，这个李杰实在是杰，连红堂堂的公章回信都不寄一个来，连盗版都不说。

我给梁晓声打了电话，心想他是北大荒的人，时代文艺出版社就在他们那片神奇的土地上，要他出面跟社方交涉。硬汉梁晓声电话里的声音像个女士，温柔地说，喂，我是晓声，野莽你好吗？我对他说了盗版的事，我说还有你的。他温柔的声音稍微大了一点，哦，又是盗版？我要给他们写封信去。原来他的方案一点也不比我和石钟山先进，还是写信。

过一阵子，梁晓声的电话打过来了，温柔地说，信寄出去有很多天了，他们怎么没给我回信呢？我说那就通过作协版权代理中心起诉出版社，他一听反倒替出版社着起急来，好像那里有他的亲戚，劝我，干吗要那样呢？人家也不容易的，我们自己去买本样书就是了，你在哪个书店买到的？几折？

接着他温柔地告诉我说，有一年在北京的图书订货会上，也是这个时代文艺出版社，展台上摆着一本他的书，编辑正在向读者介绍本书的作者和内容。他走过去对编辑说，我就是梁晓声，我怎么不知道你们出我这样一本书呢？

编辑怎么回答你的？我问他说。

一个男孩儿，一个女孩儿，他们说，梁老师，你的书写得就是好，好多人都抢着订你的货呢，多谢了啊！梁晓声轻言细语，温柔地回答着我，口气中一点生气的迹象都没有，完全沉醉在被盗版的幸福中了。

盗版问题过去不久，一天晚上他忽然打电话来，告诉我他已经离开北京电影制片厂，调到一所语言大学去任教了，主讲写作，每周只两节课。他的声音依然是温柔的，只是多了一点激动，又有一点事后无效的犹豫和动摇，问我说，你觉得划得来吗？

我说当然划得来哪，万一没东西可讲的时候，还可以讲讲盗版的事，说不定大学生也喜欢听。

慈父、爱妻和好汉

史铁生如果不失去双腿，他会是一条壮汉。即便他失去了双腿，他也仍然是一条坐在轮椅上的壮汉。他魁梧的样子有些像邓朴方，我认为他们的命运也像，他们两人的那四条一定也很魁梧的腿同样是断送于无产阶级“文化大革命”的，要说不同，无非是形式的不同。

不过史铁生从来也没有像我这样认为，至少没有在他的小说中表示过这样的认为，这使我有的时候会隐隐地感到有些好奇和不可理解。在他早期以清平湾为首的小说中，受害者只会用朦胧闪烁平静无怨的文字，让阅读者替他在陕北的土壤、气候、穴居、放牛的工作以及医疗卫生条件中去进行多余的分析，而他本人则把这种悲剧完完全全地归结于生命的自身，或者他什么也不说。他用这样有些不负责任的语言，含含糊糊地向人们作着交代：“那年冬天我的腿忽然用不上劲儿了，回到北京不久，两条腿都开始萎缩。”

他心里可能是这么想的，假若没有知识青年上山下乡的运动，在北京我的双腿也会瘫痪。这就比方有人这么想邓朴方，“文革”结束三十年后，每年不还有跳楼的青年吗？在这个问题上，我敬重史铁生思想与文字的大度，然而我做不到。当我有一次看见史铁生写的《原罪》和《宿命》，看见他把一个断腿者的悲剧归结为骑自行车时不幸辗上了一只滚动的茄子，我的心里难受极了。因为生命的弱小，他放过了政治和社会，走进了哲学和宗教。

除了史铁生外，我还认识天津一个双腿瘫痪的知青作家，他叫孙力，他跟他在《小说月报》做过编辑的妻子余小惠都是我的朋友，我去天津不住宾馆，就住在他的家里。他讲他不足二十岁时在内蒙古插队水中打草的悲惨往事，我才得知他的双腿同样是做了知青运动的殉葬。有一天我打开电视，看见一群后来做了人大代表的北大荒知青，大会期间驱车回到梁晓声笔下的那片神奇土地，号啕大哭地呼喊着他们死去的战友的名字，这时候我又想起了史铁生。

在史铁生的所有作品里，我没有看见他走以后清平湾的知青是何时离开清平湾的，只是在知青下乡四十周年的前夕，我从一篇落户陕北的知青大寻踪中，看见了至今还重病在窑洞没钱治疗只有等死的北京姑娘。我下乡的湖北老家，不止一个十五六岁的知青在开山放炮中死于非命，而更多十七八岁的女知青被大队书记、生产队长、民兵连长等基层干部奸污之后才能在月经来时派上轻活，才能被推荐上工农兵大学。如果知识青年不学知识而要下乡进行无知的劳改并没有错的话，那么现在这一代的年轻人上大学，读硕博，出国深造，学成报国倒是大错而特错了。

史铁生没有像北大荒的知青那样号啕大哭过，在我的印象里他一直是宽宏大量地微笑着，他是一个坐在轮椅上大肚能容的笑傲者。逝去的那段历史他已认了，并不追究，追也追不回来他的青春和双腿。早在伤痕文学时期他就没有哀怨、悲凄、愤怒和谴责，后来他的文字天空里始终跳荡着明媚的阳光，那是他只有坐上轮椅被人推到公园才有资格享受的财富。在他最著名的小说或散文《我与地坛》中，那个命中永远不能及第的长跑者还在乐此不疲地跑着，代表着宿命却又乐观的作者本人。

二十年前，他还住在北京一个自家小院的时候，我先后到他家里去过两次。小院的门框上安了一个红色的小电铃，只按一响，便有一位年纪很老的老人踽踽走来，把门打开，领客人进到一间小客厅里坐下，自己却将头探入另一间小屋说一句话，一阵响动过后，史铁生在小屋里喊一声道：“请进来吧！”

小屋是他的起居室，老人是他的父亲，刚才的一阵响动是他在艰苦地整理着自己的服装和姿势。除开身边最亲的亲人，我们永远无法知道他如何整理的过程，此前他可能是午睡未起，现在他却尊严地端坐在他的轮椅上了，身上穿着一件漂亮的毛衣，后来才听说是王安忆给他织的。我首先问起他父亲的高龄，问起家中还有谁人，他笑着叹一口气，说这正是老爷子的心病，害怕不能把儿子服侍到底。

这心病史铁生又何尝没有，他是反过去同情他年迈的父亲，于是在下一次的电话里，我听到了一个轻声秀气的女音，我问：您是？她说我是铁生的妻子，我叫陈希米。我立刻想起上次为我打开院门的很老的老人，我庆幸老人的心病终于可以放下，可以把儿子交给这个轻声秀气的女音了，同时这庆幸也是对轮椅上的史铁生。

再下一次，陈希米就来到了我的面前，她在一家神学院的图书馆里找了一份工作，那家学院离我所在的单位不远，她乘车略绕几站路，替史铁生给我送来一篇稿子。好像是他给他的英文版的小说集写的一个后记，他的字是中国作家中罕见的一笔一画，一不小心会被误认成小学生的作业，写在没有方格的白纸上，像一块大理石上泼撒了几百粒饱满的蚕豆。我想起他小说的语言，他小说的语言就是这样，干净，实在，沉重，光亮，一个字不多，一个字不少，行间若有一点多余的杂质，他就会用笔墨把它圈去。

神学院的名字叫作歌德，教师大都是外国人，图书管理员的工作是需要讲外语的，这说明陈希米的外语不差，一问果然，她果然就是学的英文。我就又想起一件事来，上次去史铁生家，他笑着向我提出一个问题，他说他的小说里有一句“二老归西”，翻译成英文之后他自然是读不懂了，但他有个能读得懂的朋友告诉他说，那句话被翻译成了“父母大人往西边去了”。我答应替他问问他的英文翻译，一个名叫斯蒂芬的英国人，问过之后我给他打了电话，说英文里的“往西边去”与中文里的“归西”大抵同义，因为前去西部大峡谷的探险者几无生还，西边也是一片死地。

我笑对陈希米说，从此有了你后，史铁生可以放心地让“二老归西”了，无论是小说的英文还是中文，还是现实的生活中。

泽国里的童话

我们还记得沈从文因写《边城》曾经遭到的微词。而在《割草的小梅》中，叶蔚林又为我们重塑了一片边城式的湖畔沼泽，重塑了一个翠翠式的割草女子。那本是一个阶级斗争的伟大年代，但丝毫不闻人喊马嘶，不见刀光剑影。泱泱的湖水，茫茫的沼泽，柔绵的丝草，善良的人家，它们天人合一，和平共处。它们退避了五十年代末特殊的政治大背景，在那个绝对属于例外的泽国里，隐藏着一个美丽的童话。

这是一个奇迹。地主成分的沈同生和他的女儿小梅，居然与他家过去的长年旺古恩重情长，相濡以沫。旺古离不开小梅，小梅亦离不开旺古。十多年的日子无风的湖水一般波澜不兴，突然一天，旺古背上的小梅长大了。她柔嫩饱满的少女的胸乳灼伤了这位一辈子没有碰触过女人的哑巴汉子的肉体，唤醒了他的人之本能，他的心燃烧了。从此叔辈的旺古开始偷偷窥视脱光衣服洗澡的小梅的秘密。小梅知道吗？小梅知道。小梅躲避吗？小梅不躲避。旺古会难过的，小梅说。那有什么呢？旺古从小看着我长大的，再说我只给他看后背，再说他现在已经不看了。

多么善良的少女！在这片宁静的沼泽里，天性的同情战胜了羞涩，人心的体谅更使尊严屈服。当旺古因为渴望而病倒，而濒临死亡的时候，小梅蓦然醒悟了，旺古眼中的渴望，是男人对女人的渴望，渴望男人对女人必须做的事情。旺古是哑巴，但是旺古是男人，为压抑渴望而饱受折磨的男人。小梅后悔自己醒悟来得太迟，否则她会心甘情愿满足旺古的渴望，去做某种女人必须对男人做的事情。

哑巴旺古偷看小梅洗澡，沈同生知道吗？沈同生也知道。这位地主只是用一捆杂草悄悄挡住竹篱墙缝，作为暗示。甚而至于，一个宿命的、报应的、关于缘的意念在沈同生的心中萌生，当年麻脸姑娘比曾祖父年长十八岁，如今聋哑的旺古也比小梅年长十八岁，这种巧合，莫非天意？沈同生这么思量的时候，觉得就是将小梅许配给旺古，也没有什么不可以的。麻脸姑娘本是旺古的祖姑奶，沈家的祖上本是旺古家的长工，小长工与老富婆的勾搭私奔，致使两家人的身份正好来了一个戏剧性的调换。人世沧桑，贵贱翻复，旺古本应是小梅的主人呢，沈同生也许是这么想的。

说沈同生的爱女之情，令人想到《边城》里摆渡老人对他相依为命的孙女翠翠，那么旺古爱小梅呢，也令人想到《巴黎圣母院》里教堂敲钟人加西莫多对他护之如珠的艾丝米拉达。所不同的是，《割草的小梅》不是悲剧，它是一支曲终未散的动人的牧歌，一个皆大欢喜的美妙的童话。旺古决不离开沈家，为渴望而险死的旺古又为小梅活过来了。三位主人公的善良心地，使作者不忍对他们下此毒手。

《割草的小梅》在叙述上看似平淡无奇，实则恰恰颇费了匠心。它用一种叙述者身临其间的微妙结构，让一位改造中的“右派”分子进入这片和平的净土，形成与某个时代某个运动的强烈的反差，从而唤起人们的比照和思索。“右派”分子“我”与这一家人的若即若离，时即时离，打破了情调极其接近的《边城》的结构模式。它的散文诗一般美丽的情致和优雅的语言，将这个童话讲述得娓娓动听。如同小说的开头和结尾所刻意添加的一笔那样，喧嚣的当代都市，每日享受着高分贝的人们，一旦发现了这片宁静神奇的沼泽地，发现了隐身于茅草中的小梅和旺古，发现了他们的那颗善良、纯朴、晶莹剔透的心，便不可能不油然生出神往之情。

叶蔚林是老于此道的。他似乎是专写与时代不甚同流，与主调不甚合拍的遥远的往事。美的风情和美的人性是他永恒的主题，无论是悲壮的美还是凄凉的美。在他的笔下曾经淌过那条著名的没有航标的河流，他也曾用一根绳子将五个苦难而天真的女子送上天国，他在热烈地诅咒着人间丑恶的同时，更加热烈地歌颂着人性的善美。小梅似的美，沈同生似的美，旺古似的美，整个一个童话般的泽国的美。

那真是一个纯美的理想奇境。假使一定要说出它的美中不足的话，我只是以为小说中三者之外的一个人物——小梅深深暗恋的小陈，他的血肉情性还显平白。他应当与《边城》中的大老和傩送一样有声有色，可惜的是，叶蔚林洒在小陈身上的笔墨太轻太淡，精心营造三位一体和谐氛围的作者，似乎粗疏了对这个人物心灵的剖析和行为的摹画。

几年前，作为震撼新时期中国文坛的湘军头目之一，叶蔚林飘然失踪，几年后人们在天涯海角发现了他的脚迹。七年不鸣，鸡年之尾的这一声动人的鸣叫果然惊人。当一批又一批文坛壮士前仆后继奋勇下海的时候，这位最早的下海人却携着一位因可爱而美丽，因善良而可爱的割草少女返回了文坛。我们应当对他表示欢迎，热烈的。

列车上的相遇

公元2004年的4月，一列从北京开往贵阳的火车，夜晚时分路过长沙，我的手机响了，是湖南的聂夫子打过来的，说是著名的古诗词批评家李元洛先生中途上车，准备前来跟我会晤，让我坐在铺上，千万别动。接到通知，我咬咬牙，把亟待上厕所的念头一举打消，坐在铺上等候着那一时刻的到来。

李元洛的大名我曾有耳闻，南李北谢，谢是谢冕，李侧重古，谢偏于今，心中便窃思着这位未曾谋面的老先生，几十年来在古诗词里寻寻觅觅，冷冷清清，应该是个“为伊消得人憔悴”的瘦老头儿吧。却不料眼前光线一暗，蓦然走来一员武夫，眉毛是竖着的，身板是挺着的，声音是亮着的，嘴里以湘音国语呼唤着我的名字，一只温暖的大手就伸将过来。我立刻明白，敬爱的李元洛先生已经来到了我的身边。

我们的第一次亲密接触，居然是从争论开始，甚至不是争论，而是他对我的无情批评。很久以后回忆起来，事件原来是这样发生的，火车经过长沙，我们由长沙橘子洲头的橘子说到《橘颂》，由《橘颂》说到屈原，由屈原说到鲁迅对焦大的另一句评价。我真是罪该万死，竟忘了坐在我身边的是一位著名的《楚辞》专家和屈原的膜拜者，一位热爱楚国的楚人后裔和典型的性情中人，我说，鲁迅除了说焦大不爱林妹妹以外，还说焦大是贾府的屈原。

接下来我在这句话上作了发挥，再接下来形势急转直下，我的后背忽然长出一只手来，连续地拍了三下之后，老先生忿然地说，你也是一个楚人呐，屈原是你的老乡呐，说他有奴性是不对的呐，他是一位忧国忧民的大诗人呐！“长太息以掩涕兮，哀民生之多艰！”你听听呐！

然后他笔直地站起身子，朝着他的卧铺车厢走过去了。

我简直是后悔莫及，虽然我又想起一句鲁迅先生的话，他说既然莫及也就不悔了，但我还是忍不住要悔呀，多么正直的一位老先生，我怎么一见面就因为屈原的事儿把他给得罪了呢？我很想假装打一下自己这张讨厌的嘴，给他看看，以便挽救我们刚刚开始就要结束的关系，然而他高大魁梧的身子此时已经消失在我睡的这节卧铺车厢，即便打了他也看不见的，我就在心里叹了口气，上个厕所，回来睡觉。

次日车到贵阳，诗人李发模的弟弟李发标热烈欢迎，带我们参观了他的博雅陈列馆，又驱车去花溪游赏。又是一个居然，李元洛先生居然忘了昨晚在火车上的事，丢下他的夫人段女士不顾，用他那只曾经拍过我的后背的手，挽着我的胳膊缓缓而行。我们一下子又成了好朋友，谁也不再提屈原和鲁迅了，这里指指，那里望望，时不时地还扎下一会儿阵脚，在美丽的花溪之畔拍照留念。

贵阳的名字出自以阳为贵，意思是阴多阳少，气温端的比北京要冷得多。出发之时，我只贴身穿了一件圆领短袖衫，外罩一件麻布长袖衬衣，大天白日尚能招架，一近黄昏就有些招架不住。晚膳用毕，我耸着一根脖子去夜市购衣，老先生又要陪我，我们步行到了服装一条街，左看右看，选去选来，没有一件衣服合我的意。眼看着最后一家店子也没了指望，这时候老先生一把抓住我，拽到一件T恤衫的前面说，牛仔领呐，样式好呐，北京是见不到的呐！

这是一件加厚的全棉针织衫，跟我身上的麻布衬衣差不多厚，果不其然是石磨蓝的牛仔领，套在麻布衬衣的圆领衫之间肯定是不冷了，但问题是红格子，粉底色，我觉得穿在身上太花哨，还有一点儿风流倜傥的嫌疑。我把它取下来，看了看又挂回去，老先生以为我是觉得它贵，当着老板娘的面公然给我算起稿费账，才一百多块钱呐，千把个字呐，穿暖和了一个小时就写了呐！

我转过身去看他的脸，发现他的那张脸上已经痛苦得变了形状，他要么是嫌我小气，要么是嫌我不识货，为了让我相信他的审美水准和价值判断，他动用了语言、音调、表情、动作等等一切的艺术手段，时而大声地叹气，时而用力地跺脚，并且把手往自己的兜子里掏，像是要帮我出钱把它买下来。总而言之，他把我当作古诗一样进行多角度、多层次、全方位地剖析，不惜对我构成有力的激将、威胁和蔑视。老板娘受到他的煽动，立刻积极地配合着，夸奖老先生真是有眼力，动手把我身上的衬衣扒下来，把她那件 T 恤往上套，又把我死拉活扯，扯到镜子前面要我亲眼看一看，穿上这件衣服帅呆到了什么程度！在他们的内外夹攻之下，终于，我买了这件花哨风流的 T 恤衫。

事实证明老先生对服装的鉴赏，以及老板娘对老先生的赞美，都一样是可靠的，那件衣服的确不错，在以后的夏秋季节里，它几乎成了我的主打服装。尤其是在贵州那段有限的日子，它像阳光一样给了我可贵的温暖。我认为这份温暖是初次相识的老先生送给我的，这温暖伴随着我渡乌江，过赤水，赴沙滩，访夜郎国，上海龙囤，越娄山关，然后让我毫发未损地回到北京。猴年过去，鸡年到来，转眼又是去年的这个时候，我首先想到了这件 T 恤衫，想到那个难忘的贵阳之夜，想到在小店里急得跺脚的李元洛先生。

公元 2005 年 11 月，一个历史的巧合，我和李元洛的作品同时发表在《文学界》杂志上。那一期上除了他的头题散文，还有一篇是写他的印象记，题目叫作《李迷糊》，作者署名段缇萦，文中用了欲褒故贬之高级手段，语气非至爱亲人而不可发，我始得知出自李夫人的妙笔，所讲几则迷糊故事，令我独自在无人处大笑不止。我的那篇小说名为《祖国》，写的又是屈原热爱楚国、楚民、楚王的故事。

老先生必然也看到了，他从遥远的长沙给我打来一个电话，这一次他鞭长莫及，拍不着我的后背，也不忿然地批评我了，他说，莽哥啊，你的照片好大呐！

三耳大夫

1

聂老夫子挂号寄给我一本书，打开一看，原本是我策划编辑的，《红楼梦性爱解码》。为什么我策划编辑的书不是我寄给他，而是他寄给我呢？因为这本书畅销以后，连我的样书都没有了，市面上已经出现了盗版，聂老夫子怕我破费买书，更怕我买的是盗版书，所以从他的可数的几本原版样书里省出一本，反过来挂号寄给了我。由此看来，聂老夫子是个什么样的人物，大家可想而知，不是迂腐，而是关心他人比自己为重，跟当年“老三篇”里说的那种好人一样。

我曾经在一套古诗新译丛书的总序里面吹过大牛，我说我有几个朋友，除了研究原子弹的书不会写，其余都会，湘人聂鑫森是其中之一。他写新诗，写旧体诗词，写散文，写短、中、长篇小说，写美术文章，写民间风物，写历史掌故，写建筑随笔，写古诗词及古文的考校文字，写姓文化、性文化的专著，还会书法、绘画，涉猎金石篆刻。就这么一个人，才华太多了，肉就很少了，瘦骨伶仃地在前面走着，冷不防唐诗宋词专家李元洛先生追将上去，用手“当”的一敲他身上历历可数的排骨，引用李贺的诗说：“向前敲瘦骨，犹自作铜声。”

这部《红楼梦性爱解码》，我本是想让一家名字很大的出版社出版，然而人家一看是性爱，并且还要解码，吓得死活也不敢出，后来就让盲文出版社出了。我觉得这是一件非常具有幽默意味的事情，名字叫盲的出版社，恰恰很有眼力，而名字不盲的出版社，眼睛却是盲的。此事按下不表，言归正传，话说这本书一出版，不得了，首先在网上闹翻了天，有人猜作者是红学家，还有人猜作者是性学家，不然他何以能解人家的码呢？岂不料作者既不是红学家，也不是性学家，他只是一个瘦得敲之作铜声的小说家，见世人都谈《红楼梦》，写罢小说，自己也来谈一谈，偶或为之，几个性爱的码子就解出来了。

如果是在读线装书的古代，或者，如果聂老夫子是个矮子，就能对他使用著作等身这个词儿了。目前的客观情况，只能说是著作等臀，原因乃是他虽瘦犹高，一本书的字数又相当于古代的若干本。聂老夫子以文学为主，伙同各类杂著有几十本之多，闲着没事我算了一下，经我一人之手就出了十多本，而这些书只是他全部著作的一小部分。中国当代有许多所谓著名的作家，据说作也著了，名也著了，却从没看见有像样的书问世，石破天惊地终于弄出一本，不是求爱好文学的企业家朋友赞助，便是偷老婆的存款折子，买出版社的书号自费印刷。聂老夫子可不是这样，他是出了书后，把书送给朋友，把钱送给夫人，自己画几张画聊作歇息，然后接着又写。

我为什么要编聂老夫子这么多的书呢？这是因为，编他的书是一种享受，他的书不仅好看，而且还使人长见识，我从他的书中长了不少的见识，比方说玩票，比方说玩鸟，比方说玩古，京剧、书画和中医，更是他的书中反复咏叹的国粹，这些都是国人应该知道的东西。多少个岁月，我把聂老夫子作为电子音像版的教材来读，自以为上了几年函授，受益匪浅。但是人无完人，聂老夫子也有不行的方面，他说普通话就不行得很，仗着是毛泽东的老乡，他那一口浓重的湘音屡教不改，吃饭说“呷换”，肥肉说“回又”。

公元2003年的冬天，我们受东北的《章回小说》之邀去哈尔滨看冰雕，嫂夫人怕他冻坏了宝蹄，专门去买了一双带毛的新牛皮靴，让他穿着踏上北去的列车。不料一到哈尔滨的冰雪世界，头戴棉帽子，耳戴笼套子，身穿两层防寒衣，脚蹬崭新牛皮靴的聂老夫子，没走几步，“扑通”就是一跤，被人拉起，“扑通”又是一跤，一鼓作气摔了四跤之后，我突然感到大事不妙，再这样摔下去，他那“犹自作铜声”的瘦骨非被摔成数截不可，便去搀扶了他缓缓而行。后来聂老夫子写了一首《满江红》，如实地记载下了这件事情，词中“步步赖扶搀”的典故，即源于此，他把它进行了一番艺术的升华，引申到写作上了。

当晚回到宾馆，我正洗澡，隐约听得外屋的聂老夫子在打手机，一口一个“牛逼”，我就觉得纳闷儿，白天摔了四跤，怎么还说“牛逼”，一个在雪地里连路都走不稳的人，有什么值得“牛逼”的呢？我火速擦干身子，出来看他如何吹牛，但见聂老夫子一手揉着细腰，一手举着手机，还在说着“牛逼”，近距离地一听，蓦然明白过来，原来他是在抱怨妻子，不该给他买那双新牛皮靴，新牛皮靴的底子是光的，没有牙口，在冰雪中一走就摔，湘人把牛皮叫作“牛逼”，所以聂老夫子一口一个“牛逼”。

聂老夫子却有真牛逼的，写小说的本事我就不说了，长篇历史小说《霜天梅影》《诗鬼画神》也是两个月一本，比阿成略晚几天交卷，但人家不是用电脑写，人家是用钢笔写在稿纸上，一个小方格里装一个字，这玩意儿已经被贵州的博雅文学陈列馆收藏了，将来是文物啊。我要说他画画的本事，过去我搬新居他画野莽入林，儿子上学他画老鸡将雏，“非典”时期他画竹报平安，都是画好了给我寄来。

今年四月，诗人李发模请我们去红色遵义采风，我才知道聂老夫子每次出外不似我们。我们赤手空拳，吊儿郎当，他却要在瘦肩上背着一副行头，小口袋里装着名章闲章、八宝印泥，我们吃饱喝足，出去闲庭信步，主人则把他请到大厅，端砚宣纸湖笔徽墨的侍候。聂老夫子便用毛泽东那样的湘音自语着，发（画）个么事好呢？然后他提笔轻轻一抹，纸上有了一枝墨荷，换了笔又轻轻一点，荷侧有了一朵未开的粉莲，最后他在荷与莲下画了一只水鸟。

开车接我们的女司机看得呆了，问，聂老师，您画的是鸳鸯吗？聂老夫子在画上题着款识说，你说是什么，它就是什么。女司机说，鸳鸯是红的，这只白的是鸭子，聂老师给我画只红的吧。聂老夫子知道了她不懂得中国画的似与不似，就给她画了一只红的。女司机说，还是鸭子，像只烤鸭，聂老师您不能给我画只鸳鸯吗？聂老夫子笑道，鸳鸯都是成双成对的，哪里见过一只的鸳鸯？边说边又抹了几笔，纸上就多了一只风流花哨的公鸟，女司机高兴地取走了，说她要的就是这个东西。

除了画画，聂老夫子还极能嚼槟榔，喝白酒。那年冬天从哈尔滨回来，我跟聂老夫子、孙方友、石钟山、孙春平同乘一车，在列车上结识了一位名叫刘凤国的文学痴迷者乘警。刘乘警在餐厢里为我们隆重设宴，抬来啤酒一箱，白酒数瓶，纪律在身，自己不喝，看着我们饱吃痛饮。聂老夫子喝得最多，把刘乘警送的酒都喝完了，又喝阿成送的一瓶茅台，终于大醉。

聂老夫子醉得壮怀激烈，惊心动魄，我和孙方友、石钟山三人倾全力将他抬上中铺，他屁股朝上，脑袋朝下，嘴里一边吐着，一边说个不停。我怕我们一走，他一个倒栽葱掉下来，这就不是扑通的问题了，一脑袋的短篇小说连同脑袋一道，恐怕全都完蛋了。承蒙刘乘警的关照，我去列车长席加钱给他换了一个下铺，又跟孙、石二位将他抬下来睡着，万一他还要掉下来，就没有了性命之忧，顶多屁股受点儿轻伤。

然而就在这个时候，奇迹发生了，聂老夫子突然一头昂起，圆睁怪眼，大声喊道，有这么多的好朋友，就是醉死，又有何惜！

喊罢之后，聂老夫子闭上眼睛，又倒了下去。

2

读书人说，读书是一件快乐的事。那么读朋友的书，是不是尤其的快乐呢？当然是的。因为手里面捧着这一本书，读着读着，冷不丁儿，字缝里就会冒出一个熟得不能再熟的人的影子，却是一脸的严肃，说起话来字斟句酌，跟前不久两人在馆子里喝酒时的嘻哈态度很不相同。于是你就会快乐得不同凡响，合上书页，立起身来，说声好你个某某某，你还有这样的一手，你的这些东西都是从哪里弄来的？

这五本书的作者，曾经被我戏称为三耳先生，他的文章却一如他的品性，诚实本分得很。南方古楚之地有一条灵秀的湘水，自娥皇女英开始，流至今日，流出过无数的风流人物，三耳先生乃在其中。此老夫子姓聂，名鑫森，又是三两黄金，三棵嘉木，仰仗着比常人多长了一只耳朵，常人中有聪者可以耳听八方，若用数学演算，他则以一点五倍的功能可以听到一十二方，随风入耳，所得故事于是比常人要多得多。他会写字，会作画，会下棋，会鉴宝，会做诗词散文和古色古香的小说，还会等等。所会的东西大约是很有些超标了，身上的肉便正了反比，瘦壳壳的一个架子，俗话说的满肚子学问，他却连肚子都是瘪的，学问都潜藏在骨头缝里。

猪年将临，聂老夫子又喝了一点子酒，心血来潮，一揽子献上五只可爱的小猪崽，如同奥运会上的五个小福娃，听我召唤，聚成一丛，赐它们一个名字叫“老夫说老”。在这斑斓新潮的年代，这五本书居然固执地不赶时尚，书中内容与目前的高科技全不搭界，说的都是老话、老古董、老房子、老行当、老书画、老节庆，倒是跟那些子怀旧的人，有考据癖的人，兴趣广泛的人，喜欢打破砂锅问到底的人，热爱中国传统文化的人，有事没事都要到潘家园和琉璃厂逛一逛的人，人说是游手好闲其实是手在游而心不闲的人——跟他们的精神生活联系在一起。

改称聂老夫子，最初并不是我，而是他同饮一江湘水的乡党，同样能写会画的何立伟，人称伟哥，做了长沙市的文联主席，手下又唤何大官人。何大官人状其聂老夫子的勤劳与智慧与惊世的才华，不屑用比兴的手法，却只讲他年轻时的一条事迹，闻者无不咧嘴。说是二十世纪八十年代，有两个人在橘子洲头打赌，一个说，中国的文学刊物上每月都有聂老夫子——那时候还是聂小伙子——的名字，另一个不相信，说实践是检验真理的唯一标准，二人便搬来一堆杂志进行检验，结果发现有一个月，那堆印刷品里终于没有了他的名字，后者正要取胜，前者指着下期的预告说，这不是聂鑫森这是哪个？

这是一位贯穿中国新时期文学始终的湘军老将，上世纪末，称雄文坛的湘军将领有的战死沙场，有的远赴美国，有的流落到了祖国的天涯海角，只有这个聂老夫子举着一柄永不卷口的宝刀，呷辣椒，嚼槟榔，死守湘土，贫贱不移。做了湖南省作协的副主席，也不到省府长沙报到，却在湘潭与株洲之间来回地徜徉，交了一个个江湖的艺人，淘得一桩桩尘封的往事，然后躲进无暇居里，一手抚着紫砂壶，一手以炉火纯青之笔，做出一篇篇稀奇古怪的文章，让天下人来共赏。

读书是人生的一大快事，这个快并不是要读得快。享用好的东西必得慢条斯理，悉心领会，譬如美食、美色、美音、美景，又特别是美文，只有方便面和感冒胶囊的说明书上，才教给客户速战速决。聂老夫子的笔下，自然都是绝美的文字，用语清丽而雅趣，状物别致且从容。它令人想起在肥猪全羊的邻桌，另还有几碟子熊掌、蟹黄、鱼脸、凤爪，与油汪汪的大肉们扯开了距离，三几好友，对座小酌，行毕了酒令才轻轻举箸，耐烦地捕捉，细腻地品咂，关键时半闭上一对眼睛，体会那妙不可言的滋味。能够读入这样的境界，这书才算是没有枉读。

然而，这样的好书却不能复习了去高考，所谓玉颜金屋，粟米车马，书中一概是没有的，这就又达不到古人好心的担保。不过再然而，假若是一个读过这类书话的年轻人，约了漂亮的女孩子去听戏，除了一个劲儿地把饮料往嘴巴里灌，还会说出生旦净末丑以及他们的唱腔韵白，伊将成为他的堂客的可能性，就会翻上几个跟头。凭着所学的博识再去应聘，胜出聘友的几率也会更高一些，往后想过食有鱼、出有车的小康日子，就不用弹铗而歌了。还往好里头说，万一能在文化、艺术、建筑、博物之类的馆舍谋上一个官职，读了这五本书后，讲起话来不失其格，做起事来略懂常识，未来的发展道路，必定不是很狭窄的。

聂老夫子之子，名叫聂耶，比他三只耳朵的博古老爹又多了两只耳朵，被我叫作五耳公子，今夏虽然以头名考中武职，却仍要继承文的衣钵，目前的佳作已经满天飞，能够为野莽叔叔写评论了。文武双全，端的是风云三尺剑，花鸟一床书，个中成才的道理，自然与其父不无渊源，家风熏染，根正苗直，小时候才会没有泡网吧打游戏机的雄心壮志。要说读书有用，这至少不能算是无用的罢。

说到三尺剑，七届全国作代会上，聂老夫子果然背了一把青锋宝剑，远渡湘水，来到京城，受西子湖畔一位朋友之托，转交于我。与会代表分中央与地方，隔区住在两家饭店，我却为了听他面授葵花宝典，当夜违规与其同居一室，不料在宾馆服务生送来的京报上，他的贺会丹青被我看个正着。聚而复散，谈兴未已，别后不过十数日，又收到从南方飞来的《紫萝燕子图》，诗画书印，堪称四绝！忽然屈了手指在暗中数着，当代活着的中国作家里，似这样博艺多才的人，已经是凤之毛，麟之角了！

所以便成了稀物，所以要挑灯夜读，所以，我写了以上的几句话，是谓发乎真情。

3

二十世纪七十年代末，随着一场政治运动的结束，寂寞二十多年的中国文坛一夜复苏。在国内纷纷创办或恢复的文学期刊上，大致活跃着两类撰稿人，其一类是二十多年前被迫掷笔的一代风云作家，而今复出已当老壮之年，一类则是大抵出生于五十年代，刚刚举笔问路的文学新人。骤然转变的历史，亟待改革的现实，使空前繁荣的文坛一时涌出大量展示伤痕的文学作品，作家们缘于身临其境的阅历和思考，开始诉说已经过去的苦难，揭露现实存在的问题，热烈地呼唤着社会的改革，以至于中国文坛在短短的十年之中，相继而产生了后来被冠以伤痕、反思、寻根、改革、新写实，以及其他各种“新”字的文学现象，此起而彼伏，时时响起轰动的声音。作家们感受到了春天的气息，奇思异想，才华横溢，中国文学迅速弥合着时代的断裂，走向艺术的成熟和形式的多元。

这时候，年轻的作家队伍中出现了一个怪异的名字，它不断地刊登在国内大大小小的各种文学杂志上，甚至同时在多家刊物占领头题，它像一只精力充沛对一切都想探索的跳蚤，时而出现在诗刊，时而出现在散文专栏，接着则更多地出现在短篇小说的标题之后，那样频繁，那样醒目，因此不能不引起文坛的关注、读者的好奇。这个名字中的每一个字，分别是由三个相同的字组成的，连在一起是“聂鑫森”。

他写的作品有一种与众不同的风格气韵，它不属于任何一个派别，不追随任何一种潮流，不能为任何一个主义纳入其中。这个名字怪异的人似乎是有心回避着喧嚣和时髦，有心退居一座稍许古旧的小城，用淡淡笔墨去写那里的淡淡风情，淡淡人物和故事。他的文字清奇典雅，秀美飘逸，似牡丹园侧的一枝水芙蓉，独自开放着一分别样的风流。

这个名叫聂鑫森的人，二十年后怀抱着他几百个短篇，几十个中篇，几个长篇，还有大量的诗歌散文和评论随笔，成为中国当代文坛的一道好看的风景。他的中短篇小说因其经典的语言，隽永的故事，古雅的情调，活脱的人物，不仅为有眼力的编辑家和评论家所交口称道，同时也大受有鉴赏力的读者的青睐，成了国内各家杂志争相猎取的对象，一旦问世又多为选家看上。迄今他已有几百篇作品被选入各种选刊和选本，几十篇作品荣获各个级别的各种奖励。负责将中国当代作家的优秀作品译介国外的英、法文版的《中国文学》杂志，连续选译了他的中短篇小说《脑髓卷》、《沈家灯》、《残阳》、《雨谷》、《贤人图》、《塑料人》、《蟋蟀》、《镖头杨三》。其中《雨谷》等小说被联合国教科文组织资办，美国人主编的《国际短篇小说选》杂志选载，这些作品漂洋过海，很快又受到西方读者的喜爱。欧洲的读者从大洋彼岸寄来信函，称“聂鑫森先生的小说《雨谷》把一个没有发展为爱情的现代男女的传奇故事，安排在一片如诗如画的天然山水之中，意境极美，他是一个追求东方古典美的中国现代作家”。

试图以小说的形式建筑现代诗体神话的《雨谷》的作者，同时却在更加刻意地用小说重塑一座人间的古城。在这座历史悠久的城堡里，曲折着一条条诗情画意的街巷，贤德街、梧桐街、太平街、灯笼街；埋藏着一个个百回千转的秘密，深闺女子的春情，官宦少奶的幽怨，民间艺人的苦难，江湖术士的艰辛，乡绅土豪的强霸，墨客士子的闲逸，商场官道的凶险，名门世家的恩仇。作者貌似逃离了现实，其实却是把他所观察到的现实中的真善美及其对立面，以及他对它们的思考和态度，借助于一个个虚构的过去人物的形象，让其带着各自的情性、故事和命运，还魂在历史的躯壳里，复活在古典的情境中。这种小说是现实的也是浪漫的，是写真的也是写意的，是传统的也是创新的，它是小说林中一只只有点自由散漫的鸟，始终在几个群体之外跳跃低飞。

在当时以现实主义为主流，以反思与改革为使命的文坛，它的出现只能引起国内文坛有限的关注。这恰是作者自己意想之中的效应，因为他曾断言自己的小说“是一种寂寞静夜中的产物，隽永而难以轰动”。他宁可选择寂寞，放弃轰动而追求隽永，决意独享这分静夜中的艺术感受。也只有懂得他的朋友才会明白，他在小说创作上的独特的美学思想和艺术追求，不仅取决于作者自身的精神气质，而且更多的是在潜意识里，传奇的家族历史和听书的童年生活给了他最初的文学熏蒸。

作为文坛湘军中重要一员的聂鑫森，其祖籍原在江西新干县，祖父是一位清末秀才，落第举人，早年加入共产党，曾任新干县商会会长，在此身份的掩护下从事革命，为井冈山上的红军募集粮草。因叛徒出卖，被捕罹难，其时已故的第二房太太所生的儿子年方十一岁，为逃白色政权的诛杀，祖父的第三房太太暗中派人把他送到在湖南湘潭开药行的他大哥处，这就是二十二年后生于湖南湘潭的聂鑫森的父亲。而祖父的第六个儿子即父亲的胞兄，黄埔军校第二十四期毕业的士官生，则当了国民党军队的中校督察。母亲是新干县一户地主的小姐，远逃他乡的父亲十年后潜回老家，娶了她带到湘潭。父亲在大哥开的一家药行当了徒弟，学医之余，喜读文章，练得一手好毛笔字，且会做旧体诗词，家中常常聚会一些能写擅画的文人朋友，高谈阔论，饮酒唱和。

一个男孩子降生在这样一个极具传奇色彩的书香门第，因此在他有了记忆的年代，复杂的家世，曲折的传说，动听的故事，丰富的闻见，自然而然就种进了童年的心中，为他将来走上文学创作的道路储备了一大笔难得的财富。

4

湘潭是一座文化古城，始建于后汉时代。这里自古以来名人辈出，高士如云，无处不留下历史的遗迹，从各朝大吏何腾蛟、曾国藩、王闿运、黎锦明、杨度、沈醉，到现代国画大师齐白石，受这方水土的滋养，他们为家乡古城增添了辉煌的史料和神奇的传闻。湘潭还出过一个通晓诗文的著名和尚，出家前放牧于山野，一日见桃花纷落，慧心顿悟，皈依佛门，取名八指桃陀。浸泡着历史的文化，唱诵着古老的歌谣，聂鑫森在湘潭度过了他少年时代难忘的生活。他喜欢听大人们讲述古城的故事和前朝的历史，也喜欢独自一人静静地读书。上完小学升上初中，他已在暗中学习写作，散文《锄草》在报刊上的公开发表，使这位欣喜若狂的中学生正式做起了作家之梦，初中毕业，十六岁就告别父母，怀揣梦想去了距家三十公里的另一座小城株洲，在一家木材加工厂里当了一名磨刀钳工。

十三年里，小钳工天天与木头和刀为伴，夜晚则在灯下大量读书，无论中国古典文学和现当代名著，还是西方文艺复兴时期批判现实主义作品和现代各流派文学名著，也无论宗教、哲学、美学、艺术，他都广泛涉猎，抓住就读，最喜欢读的还是中国古代的笔记小品。他认为这些活泼精短的文字最少做作，最具灵性。因为有了文学梦，手中的木头和刀总能让他编排出梦中的人物，多少年后，全国多家杂志先后出现了一系列名为《古城旧事》的笔记体小说，那里面一些擅长木雕泥刻的能工巧匠，他们的悲凉故事许多便是从那木头和刀下产生。

发表了大量作品已经初有名气的聂鑫森放下磨刀，调到《株洲日报》做了一名副刊编辑。这自然离文学更近了，但离他的古城却远了一些，为了濡湿童年的记忆，他必须每月两次回到湘潭，看望旧时的文朋艺友，寻访陈年的酒楼花街，泡茶馆，游雨湖，看风物，听故事，享受一番古城文化的滋养。城中有一条平政街，街上住着一位名叫郭文蔚的八十五岁老汉，其祖父郭松林是曾国藩手下大将，官居一品京堂，其父世袭三品顶戴。纨绔子弟郭老汉玩了一辈子，杂闻博记，会唱一口正宗的京剧，有文化部颁发的票友证书。聂鑫森为了掏取他肚子里八十余年的积存，和郭老汉结成了忘年之交，每次回到古城必去拜会，听他谈古论今，说书唱戏。在中篇名作《蟋蟀》中，名宦世家戈长生一生痴迷于听戏唱戏，为了筹建票友团惹下了大祸，卖了祖传的宅院去了却官司的故事，以及系列小说《古城旧事》中一些关于京剧和杂艺术的篇章，很多便是得助于这位忘的老友。

为了成为学者化的作家，他从湖南株洲来到中国文化中心北京，在当代最高的文学殿堂鲁迅文学院进行深造。接着又进入北京大学首届作家班进行系统的学习，两年以后，重返《株洲日报》，依然一边做他的副刊编辑，一边继续进行写作。这时候各省的作家协会纷纷成立文学院，把一部分卓有成就并且前途无量的业余作家调离单位，驻院从事专业写作，聂鑫森是其中的一人。但是他没有去，编刊的工作量不是很大，完全可以给他留下时间读书写作，而且利用这份工作，还可以广得信息博取素材，和社会各层人物发生交往，为他的文学创作提供专业作家没有的条件。

生于二十世纪中叶的聂鑫森，研读孔孟也崇尚老庄，常站在古人的面前作深长思状，春秋战国时期的仁人义士，那种不唯名利的隐士节操，重情重义的君子风度，总成为他比照现实的标本。当世人的道德水准和时代的进步成着反比，礼失而求诸野，求诸历史和虚构，他便在他的短篇小说《贤人图》中，热烈地赞颂着人间的真情，也寄托着他对理想人格的期盼。陆小知和覃怡斋，两个以沫相濡的卖画先生，彼此敬重，从不妒忌。有人要画梅花、蝴蝶兰、墨蟹，陆先生说："画这些玩意儿，覃先生有好手笔，请找他。"有人要画桃花、牡丹、水仙，覃先生说："我不及陆先生，他有高招儿，我领你去。"直到陆先生临终之时，覃先生开匣拿出他的画谱，方知陆先生的蟹和梅花画得比自己好。

短篇小说《塑料人》的背景虽从作者一贯钟情的过去的古城移到了当代都市，但是它的情调和韵味仍然是古典的。老单身汉竺根爱上服装店女经理花蕊，以他的艺术天分把她店里的塑料模特儿摆弄得千姿百态，但当他得知她对他的暧昧只是一种商业的艺术，这个默默等了五年的老实人疯狂了，他摸着黑把塑料人身上的衣服剥了个精光，要她跪在他的床前，解下腰间的皮带对她进行审讯。第二天，花蕊走到竺根的床前，发现他抱着一个塑料人已经死去。古典式的庄严爱情势必遭到现代钱商的轻蔑和嘲弄，这正是早已隐伏在小说人物身上的悲剧之源，作者写着塑料人，却向活人发出了道德的呼唤。

与写古城旧事的《贤人图》和写现代古人的《塑料人》相比，中篇小说《蟋蟀》打通了历史和现代的界限，把小说中戈、季、周三个家族近一个世纪的荣辱兴衰，与蟋蟀仇斗的强弱输赢互为影射，一代一代冤冤相报，费尽心机，而其结局是虫死人亡，无一胜者。他一方面用超然的老庄哲学劝解着世间的残忍争斗，让名宦子弟戈长生终于悟出人生的真谛，一方面对无法留住的有古典气息的宅院，通过雨梅这个古典美人的形象发出绝望的挽叹。在丈夫的眼中憔悴如古典木偶的雨梅宁死也不搬入洋楼，于黄梅雨季和燕子斜飞的旧梦中合上了眼睛，而在此时，蟋蟀的斗胜者季城正带着已长丰满的小保姆，在他的仇家周戟的巧妙安排下，搬到那座别墅里过起了洋日子。聂鑫森在小说的篇尾这样讽喻地写道："大门紧闭，窗帘低垂，季城和小保姆坐在客厅里，喝着一瓶人头马，脸上焕发着一派春情。"

自他从事创作三十年来，文坛几度风云，潮涨潮落，但他始终独守一角，不舍自己的艺术初衷，实践自己的审美追求，以漫长的时间和大量的篇章，塑造了一大批具有古典崇高精神的人物形象，让他们以动人的品格情操展现人世间的真善美，表达出作者所理想的世风和人格。他善于在浓郁的古典文化氛围中，对风物情境略事渲染，却以人物的生活命运作为至关重大的核心，赋予他们富有传奇的生平，起伏跌宕的故事，出人意料的结局。他坚持以中国古典小说式的严谨的结构和完整的叙述，努力善始善终地处理好读者关注的每一个人物。

他的语言风格受影响于中国古代才子小说的优雅秀丽，徐缓从容，中国古典笔记小说的珠玑灵动，凝字练句，同时又融入现代小说的技巧，使之散发出一种清新独特的艺术芬芳。

汨罗江边的隐士

这一辑的中国作家档案，第一个是韩少功，第二个是史铁生，云南人民出版社出版。九个人都到齐了，唯有韩少功下落不明。责任老编辑刘存沛，从春城打来紧急电话，怎么办哪？怎么办哪？我说别急，我就不信找不到他。拿起电话，打给长沙的酒鬼作家姜贻斌，不在家，打手机，果不其然又在馆子喝酒。我说请你暂且歇盅，排除万难，立马去把韩少功找到，他在汨罗江，你找到汨罗江，他在海南岛，你找到海南岛，找到以后，把入选档案的事告诉他，往返机票，云南人民给你报销。姜酒鬼兴奋地问，少功要是在法国呢？他知道韩少功前些年最喜欢往法国飞，想乘机去法国出一趟差。我说要在法国你就只负责弄个准确寓馆，责任编辑自己去找。

我跟韩少功十年没通音讯，倒数第二次见面，是中国作家代表团去法国访问，团长陆文夫率队来中国文学出版社，开了一个临行前的小会。倒数第一次见面，是代表团访法归来，副团长吴阳叫苦不迭，抱怨作家真不好带，我心想要让韩少功带，你看好不好带，当年他把那支湘军带得多好，带罢又去海南重建一支琼军，虽然遗憾地没有带出一个吴琼花，却也把小岛从南霸天手里夺了过来。接着，代表团的秘书长，为他们做口语翻译的楚人燕汉生，对我唏嘘大叹，说中国作家的双翼断了一只，此行只有韩少功能懂几句法语，余者都是文盲。我知道他叹的是一心要走向世界去摘取诺奖的中国作家只会一门国语，亦小叹曰，并非双翼断了一只，而是本身只长了一翼。

韩少功是五十年代出生的知青作家中，极少懂得外文且能翻译的人。此代作家大抵只在中学期间学过俄文，“文革”未始，中国老二哥又跟苏联老大哥闹翻了脸，于是跟俄文也“达斯尼达亚”了，一意只学“造反”的反文。韩少功却鬼使神差，前往武汉大学研习德文，我上武大之前，得知他已从珞珈山上学成归去，满以为他会重译歌德的《浮士德》，不料几年之后，看到他翻译的是《生命中不能承受之轻》，米兰·昆德拉著。

此人儒雅、谦逊，往往最得前辈作家的青睐。读了他的《爸爸爸》后，我们的爸爸一辈的严文井老先生，情不自禁地称他为少功兄。上世纪末我去红庙严府拜谒，提起韩少功，老人家依然相称如故。“右派”作家应是知青作家的叔辈，韩少功与王蒙恰似弟兄。公元 1989 后，王蒙辞去或者叫作跌下文化部长宝座，前程似蒙，举国作家额手观之，韩少功未曾这样。这一年，我选了他一篇名叫《鼻血》的新作，加上《爸爸爸》、《归去来》、《蓝盖子》等，打算出一本法文版的小说集，书名译作《空屋的秘密》。征求他的意见请谁作序，韩少功说，王蒙。王蒙者原本我们的名誉总编也，而此时的总编之职已经连同文化部长一道，易位于与他观点大为不同的人，社里有人翼翼问我，王蒙写序？行吗？我说不是我请的，是作者自己请的，行与不行，写了再说。

王蒙有名将之风，挂帅不亢，挂印不卑，不日便以他很不好看的钢笔字，写好序言，派他的儿子兼秘书王山给我送来。居然无事，就那么翻译了，就那么出版了。这就是空屋的秘密，其实空屋本无秘密，国人自扰之。

翌日姜酒鬼兴冲冲给我打电话来，在长沙高呼，说是到汨罗江把韩少功找到了，正在菜园子里种萝卜，告诉了他云南要出版他的档案，请他的老朋友野莽做主编。韩少功放下锄头，说一声好，让云南先把合同给他寄去。我从话筒里没有闻到熏天的酒气，相信这件事已经落到实处，便要了种萝卜的韩少功的电话和邮址，转手告知刘存沛，以为问题被解决了。

二十世纪八十年代，韩少功与郑义与郑万隆等一干文学先行，于“伤痕”后，号召“寻根”，在中国文坛成为事件。随后与叶蔚林带一彪湘军离沙去岛，又成为文坛一事。写出《马桥词典》受人攻讦，诉诸公堂，乃由事件升为案件。忽然间扔下好端端的海南文联主席、作协主席，《天涯》社长不做，拨转马头，回归湘地，在屈原自沉的汨罗江畔，造屋隐居，简直成为中国文坛又一件大大的新闻。由此韩少功给人造下的印象，是一个白脸无须的书生，穿一双布鞋悄然走在万军之首，行至一片开阔之地，他人忙着扎营竖旗，铺草下蛋，他却起身又去另辟一条冒险的蹊径，筚路蓝缕，艰苦卓绝，干下了一件又一件大事、新事和怪事。

公元 1993 年，他从法国回来，因为出版法文版《空屋的秘密》，写信顺便告诉我说，他正在尝试写一部用词条结构的长篇小说，当时我想要来，他说已经许给作家出版社了。这部以词条组成的长篇，就是以后居然引起一场官司的《马桥词典》。公元 1995 年，此书由作家出版社如约出版，国内文坛因其前所未见的别致形式而发出一片惊呼，认为这本全新的词典已步入当代文学的经典。

这时候有一名年轻的文学博士，化名在报纸上发表文章，指出《马桥词典》与《哈扎尔词典》何其相似。随后张颐武与王干就有了惊人的发现，说是这本词典完全抄袭了那本词典，两边于是发生论战。作为韩少功的朋友和知情人，我当时非常着急，鉴于韩少功的人品、学养和才华，相信抄袭二字与他此生无缘，但是我得为他找出辩诬的证据。我找到译发《哈》作的杂志，得知其首次译介中国是在 1994 年，《马》作却分明是写于一年前，如说形式一样，倒极有可能是两位跨国作者在不同时代不同地域，同样受到一位西方大师的理论启发，先后写出了两部词典。

更何况说，词典无非是一种载体，如同小说的书信体、日记体，六十年来没人会揭发鲁迅的《狂人日记》，丁玲的《莎菲女士日记》

抄袭了戈果理的《狂人日记》，冰心的《寄小读者》抄袭了茨威格的《一个陌生女人的来信》。更更何况，即令韩少功真要抄袭，他为何不把书名改为《马桥故事》，以避抄袭嫌疑而忌天下之讳？文学作品的本质意义乃在于它所承载的思想，这一点无论博士、教授、评家还是围观起哄的外行、闲汉以及各种各样的用心者，是首先要明白的，至少要在心里明白。至于嘴上糊涂，笔下歪曲，另有深谋远思，那是没人能够管得住的。

然而我把抽屉翻了个仰面朝天，也翻不出韩少功公元1993年写给我的那一封信，自思是否把此信给了总编，意在商量以我们能够将其译成外文的优势，从作家社的手中夺来那部词典。于是我想写篇文章，附上韩的原始信件在报纸发表的想法，无法实现，后悔之中，马桥之战早已升级，书生韩少功将此事诉诸了法庭。

公元2006年，一位名叫曹鹏的博士突然来到我家，随行还有一位名叫黑丰的青年作家，二人是为他们主编的《主流》杂志因故停刊找我，希望我帮助他们另寻复刊的机会。曹鹏任此刊的总编，黑丰乃是《主流》的主力，我答应了他们，事实上以别样形式恢复此刊在我一语。谈起他们特别喜欢，同时也愿支持他们的作家，韩少功的名字被说出来，曹鹏承认了他是十一年前马桥之战的始作俑者，那位化名发表第一篇倒韩文章的博士就是他。他说之后张颐武打电话把他请去，鼓励他宜将剩勇追韩王的时候，他却为自己的贸然感到了自责。

曹鹏佩服韩少功的非凡气度，他任《主流》总编向韩少功约稿，近年写得极少的韩少功不计前嫌，竟真的给他写了一篇，这使他对当年那位无辜受伤的马桥人益发地心存歉意。长大了的曹博士与我相约，下次韩少功再来北京，最好我们三人坐在一起，细说这段如烟往事，他要重写一篇大的文章，再说马桥。

以韩少功为先锋的这套档案，与此前任何一种文学选本大不同处，是设定有从处女作、成名作、代表作、最有影响和最有争议之作，以至新世纪的最新之作等诸块栏板。韩少功余者都已收拾齐整，只差一篇处女作，他从屈原投江处给我打电话来，说他的小说处女作名字是《一条胖鲤鱼》，刊物是《湘江文艺》，发表时间是公元1974年，三十多年了，如今到哪里去找公元1974年的《湘江文艺》呢？能不能不要呢？或者是换一篇呢？我说不能，换一篇哪怕是换上第二篇，都非处女而是新妇，失却读者最好奇与文坛最需要的，档案最宝贵的最原始一页了。韩少功默然不再抗议，如前所说，他儒雅、谦逊，原本就不是一个抗议的人。

然而如同《湖南文学》是《母语》的前身，《湘江文艺》又是《湖南文学》的前身，上世纪末，《母语》从长沙移师北京，死在异乡，连骨灰也没有运回故土。现在的汨罗江边，没有两千多年前屈原含愤遗下的《离骚》，也没有三十多年前韩少功发表小说的《湘江文艺》，要找那条胖鲤鱼，还得去到省城的图书馆，连作者本人恐怕都没有了那个能力。我又打电话委托长沙的另一位女作家，韩少功发表处女作时她尚不足十岁的薛媛媛。她有奔赴图书馆的热情和条件，负责寻找韩少功的酒鬼姜贻斌，估计没有毅力再去寻找这本可能绝灭的刊物，图书馆里又不许喝酒。

勤劳的薛姑娘找了三天，在省图书馆找到了她所崇拜的韩哥的处女作，兴奋之极，在电话里她用柔软的湘音为我念起小说的开头："太阳落山了，满山雪白的茶子花，悄悄融进了蓝灰色的雾霭之中。十岁的牛牛赶着大摇大摆的胖黑牯，唱着歌从禾场那边走过来。"我说太好了，三十多年前，毛主席还活着，太阳还没落山呢，他就能大摇大摆写出这样的文字，真是应该记入档案。我请薛姑娘上邮局挂一个号，先把杂志寄给汨罗的韩少功，待韩少功看过之后，由他转寄给昆明的刘存沛，我就不用再看了吧。

公元2004年的第一个月，这套档案的新闻发布会在社长欧阳常贵的主持下于京召开，十七位作家、批评家入会发言。有人对书中收入的处女作提出质问，不是对韩少功，是对苏童，认为印象中似乎并不是那一篇。我替他们释疑，文坛通常所指的处女作是作者第一次发表的作品，然而全世界只有作者本人或至亲才有资格知道，真正第一篇作品的发表往往还在其后，甚至死后也没有发表出来，这是永远没有出嫁的处女之作，而后写先发的作品只能叫处女发。比方以《变形记》名世的弗兰茨·卡夫卡，不妨请他的朋友布罗德说，他的处女作到底是《观察》，还是《一场斗争的描写》?

耿耿于怀喋喋不休

说起何立伟，他原本在我最初确定的四才子中。自二十世纪八十年代，我对异军突起的何立伟的文字心仪久矣，窃以为偌大中国文坛，文字美好如其人者寥寥。我曾对人戏说，何氏小说应该享受诗的待遇，以行数来统计稿酬，这样方不至于造成亏待。后又见他漫画机智，板书笨拙，在文坛上独开一股风气，与我鱼雁往复，信上也是连写带画，好玩得很。因此明知与汪的水墨花草，贾的文人小品，冯的写意山水不为大类，缘于偏爱，仍将纳入。可恼的是出版社断不听我使唤，以极狭隘的审美斥漫画于画外，几经周折换成金陵名士忆老明珠。其实易主之后，忆老并未达到我所要求的品类健全，小说他是一个字也不会写的，与前列三位仍存差异。

我却不想为此与社方吵架，私心考虑从长计议，以后尚可另改江山，重出一辑。中国文坛诗文书画之全才者流，尚有我的好友湖南的聂鑫森，军队的韩静霆，而且还能推出能写会画的才女，如河北的铁凝，上海的王小鹰。汪老也曾对我提起过二位才女的画，说王小鹰出自世家，铁凝则是一个精灵。我记得在他喜欢的青年女作家中，除了铁凝还有他的学生曾明了，还有一个名字叫黑孩的，在《青年文学》做编辑时曾编发过我的小说，长得像个日本美女，以后真的去了日本。但是汪老最喜欢的还是铁凝，铁姑娘雪白整齐的牙齿和明媚的笑脸，镶嵌在他一本相册的头版头条，后来在他的才子书中，他也给了我这幅照片。

汪老说何立伟的小说有唐人绝句的感觉与意境，甚而至于接近五古，那是九分的表扬。说他的小说有废名的哀愁，这便又藏了一分的批评。废名好议论，何立伟则只描写，这一点与其说似废名，还不如说似沈从文。他在《纪念汪先生》中写下的这个句子：“清峻奇崛如夔门吹来的风，氤氲了一脉天真同一脉淡淡的惘然”，这便完全是沈从文式的，《边城》的结尾说，“可是那个在月下唱歌，使翠翠在睡梦里为歌声把灵魂轻轻浮起的年轻人，还不曾回到茶峒来。”他们都是湖南人，氤氲着一脉湘水的灵秀，这一条，洞庭湖北的废名是没有的。

我在十几岁的时候读鲁迅，读到鲁迅批评五位被枪杀的青年作家之一，说他的作品“有废名气”，少年的我对这四字的误解，是鲁迅说他这样写将会废掉自己的名气。多年以后我才知道废名是一个人，本名叫冯文炳，《天仙配》中孝子董永的老乡，文章有一种特殊的韵致。我就去读废名的作品，不料读出一个惊人的发现，发现正如鲁迅说别人的作品有废名气，废名的作品竟有鲁迅气。他的《莫须有先生传》，他的《莫须有先生坐飞机以后》，两篇开头的那种调侃，那种讲究，那种转弯抹角曲径通幽，都与《阿Q正传》何其相似乃尔。细微处竟至于用语都像，鲁迅蛮不讲理，把几乎硬要说成几几乎，废名也把几乎硬要说成几几乎，鲁迅爱说然而，因为爱说然而受到青年作家的攻击与嘲笑，他便反击与反笑：“然而呀然而，我这里要说然而了”，废名也爱说然而，然而比鲁迅说得略少便是。

有人在尝试写中国现当代文学史，画了一条诗意小说的路线图请我参观：废名——沈从文——汪曾祺——阿城、贾平凹、何立伟，主线旁还有几条放射性的辅线，如前期的郁达夫，中期的孙犁，后期的被瑞典人马悦然捧为极品的曹乃谦。参过观后，我不同意，窃以为喜欢归喜欢，类似归类似，脉承归脉承，他们的辈分实在太乱。废名与沈从文原本是一辈人，汪曾祺要晚沈从文一辈，论齿序应是阿、贾、何的文叔，但因政治故，二十世纪四十年代的解放区文学，五十年代的打“右派”文学，六十年代的批“走资派”文学，七十年代的“文化大革命”文学，令这位天不时地不利人更不和的沈式作家屡次没有出头之日，写出了革命样板戏，也只能集体署名。直到八十年代，六十周岁，才由《受戒》而一夜蜚声，此时的侄儿们都已长大成形，只有影响，且无渊源。若说是中国当代文坛的掌门人，那是人们后来的追认。

似乎人们已经习惯把鲁迅的形象定为战士，不情愿承认他是白话新文学中多种流派的宗师。盖因毛泽东对他冠以革命的高评，人们的眼前总是浮现出一具手握匕首和投枪的狰狞的硬骨头，偏不肯细看他的小说和散文是多么的柔软和缠绵。纵然战斗，他叫阵的语言也是调皮的、俏皮的，幽默得让人一边恨着骂着，一边还要笑着，这跟如今一些见人就咬的疯狗简直不可同日而语。若论风格，废名的调皮与俏皮最像鲁迅，沈从文的唯美却不像废名，汪曾祺那炉火纯青的白话口语与沈从文毫不相干。而何立伟，他的语言的精致与考究，则有些类乎鲁迅的《伤逝》和《野草》。好像从来没人这么说过，包括汪老，但它却不幸被我看个正着。

汪老是沈从文的学生，那是因为西南联大，因为神韵，因为淡泊，因为超凡与脱俗，但在文风上他们真是风马牛不相及。汪老写《詹大胖子》，他故意地翻来覆去，颠三倒四，啰哩啰嗦，反葫芦倒水：“詹大胖子是个大胖子。很胖，而且很白。是个大白胖子。尤其是夏天，他穿了白夏布的背心，露出胸脯的肚子，浑身的肉一走一哆嗦，就显得更白，更胖。他偶尔喝一点酒，生一点气，脸色就变成粉红的，成了一个粉红脸的大白胖子。”诸君请看，不仅重复，不仅颠倒，不仅啰嗦，而且矛盾，还有粉红脸的大白胖子，沈从文会这么写么？

但他就这样地重复颠倒啰嗦和矛盾着，别人偏生爱听和爱看，你把他怎么着？沈从文的小说是用涓涓湘水写出来的，汪曾祺的小说则是信口说出来的。他的《陈小手》：“陈小手出了天王庙，跨上马。团长掏出枪来，从后面，一枪就把他打下来了。”这真是一个不得了的说家子，每一个文字，每一个语气，每一个标点符号表示的停顿，都不得了。不得了在那个“从后面”，不得了在那个“从后面”的后面的逗号，若是不然，味道乃失。

因为是潜心打磨的绝句和五古，何立伟对他的文字是能背诵的，至少能从浩渺文海中一眼认出。后来他的小说由短而中，由精致考究而潇洒幽默，但它的风格依然独具。而他的乡党和战友，写罢了《爸爸爸》的韩少功，甚至试图从现代汉语的修辞上进行革命，有一次他兴冲冲地向一个量词开刀，他提出人的脑袋如果太小，可以称粒，扁平的则应叫片。多有意思，这才是真正的文化大革命。甚至革命尚可继续，那种脑子的载体到底应该称袋还是称壳，抑或还有更好的命名，这都是有待商量的事。这类革命从前有过，老舍把身子种在耍把戏场上，鲁迅用胖子胖开人群，看小说的群众的眼睛曾经一度雪亮。

新世纪初，我与雷达策划了一个百人大系，主编一套“中国作家档案”，共分十辑，每辑十人，每人一卷，但有一条残酷的原则，必须是活着的作家，又必须是活着且红着的作家。在天国的汪曾祺和王小波是不能进入了，在美国金盆洗手的钟惦斐之子阿城是不能进入了，红活于废都西安的贾平凹遂成了我们首辑的首选。我特别地诚愿湖南进入我最喜欢的三位当年的骁将今日的元老：韩少功、何立伟、聂鑫森，我又特别地诚恐韩作好而不新，何作新而不多，聂作多、新、好而不为主旋律们斜眼所识。阿弥陀佛，何、聂二位湘君整冠入闱，唯有去官海南归隐汨罗的韩少功，又让我翘着一座脑袋以待了两年。

负责终校这套档案的先生，实在是太有才了，他想以他的校对之才指出我的编辑之错，决然将何立伟戏谑股市的“跌跌不休”，改成状其唠叨的“喋喋不休”。书印出来，何立伟的脑袋几几乎痛苦得变了量词，他爱他的文字如同娇儿，有人却要用狸猫换走太子，他的感情可想而知。当今文坛有些作家，你在他的文中加上“毛主席万岁”，他是一无知觉，两厢情愿，三番涕零，因为加了可以发表领钱，并得五个一工程奖。而另有那么一撮小资产阶级，动他一个标点就像剜他一只眼珠，何立伟即典型地属于这一小撮，他的绝句与五古不可乱动，谁个动了他的奶酪他会找谁拼命，那次没有喋喋不休，完全是看在我的面上。

还有一位著名才女，在小说里说了这么一句话：“这一天我新血来潮，不能跟他做水下的游戏。”我们优秀的校对扳开沉重的《辞海》，替她改成心血来潮。才女勃然大怒曰：“新血来潮是说我的月经来了，如果我是心血来潮，不正好跟他去水下玩乐吗?”与没有文化的高玉宝式作家相比，这类编辑和校对所没有的恰是另一种文化，幽默、智慧、创新与反叛的艺术，而何立伟，在他的语言中这类来潮的新血是太多了。

有时我在想着，设若不是二十世纪八十年代，不是三十年代的中国新文学被掐死五十年后又像耶稣一样复活于一天清晨，它的身上还幸存有鲁迅、废名、沈从文等文体派作家的美妙余温，而是像今天一样让高奏主旋律的故事大王纵缰文坛，探囊取奖，重复、颠倒、啰唆、矛盾的，用中国的小萝卜来宴请美国的聂华苓的汪曾祺，从裤子里掏出一线尿来的阿城，小城无故事只有石匠留下的歌的何立伟们，他们那些吊儿二郎当的文字会有人埋单吗？何立伟的晚期改弦漫画，易辙中篇，为汪老所称道的绝句与五古不复再现，这究竟又是缘何来哉？

用鸡蛋计算稿费的艺术

彭见明没有当过编辑，但是我认为，全世界的编辑都应该向他学习。为什么呢，他会约稿，他在《新东方报》寄来的约稿信上，批了这么一句话：“作家是当大了，小文章还是要写，稿费是不多的，鸡蛋还是能买不少。”

我一算账，目前北京的鸡蛋是二块四角钱一斤，一斤平均六个，一个合四角钱，一篇小文章一千个字，按邓小红信上的标准，能买三百多个鸡蛋。此时一位营养学家正在电视里唠叨，说鸡蛋的最合理吃法，是一周三个，吃多了得胆固醇。我拿计算器一按，一千个字管吃两年的鸡蛋，可怜的小母鸡一晚上才下一个，挣得脸红脖子粗的，下罢了还个大个大地叫，而我一晚上坐在那里不声不响，下出好几百来，跟鸡相比实在是太划算了。

于是我在网上对邓小红表了个态说，写。想想看，要是碰上一个傻不啦叽的编辑，约稿时问你想在长沙的橘子洲头买一幢小别墅吗，想的话就给我写文章，我肯定会扑哧一下信心顿失。

我的办法跟他不同，约稿子根本不提什么鸡蛋的事，都是朋友，不给就翻脸。今年春上，东北一家杂志想搞出点名堂来，主编写信请我主持一个栏目，把全国的好作家都弄来会一会师。我答应了，但是有个条件，写了得把大家请去玩儿。我给这家杂志主持栏目的搞法，是以省市自治区为单位，每期出三个人，都得是壮劳力，一人一篇小说，组成一个代表队，像参加全运会一样，年终评比。

初步决定由北京部队打头炮，有石钟山、星竹、温亚军，第二炮是湘军，有彭见明、聂鑫森、姜贻斌，轮到天津就不一个一个点了，任务下给肖克凡，让他领军就是。我让邓小红给彭见明传话，这些年当个作协破主席人都荒废了，今年是鸡年，应该鸣儿嗓子，这个稿子必须要写，四月上旬得交到我的手里。四月四号，彭见明给我打电话，说是写好了，给我发伊妹儿，这是他鸡年写的第一篇小说，也可能是他很久以来写的第一篇小说。

公元1988年，我跟彭见明第一次握手，地点在他的家乡岳阳。他把我安置在他家对面的一座宾馆里，白天陪我游洞庭湖，登了范仲淹登的那个岳阳楼，又游了李白和刘禹锡游过的那个君山，玩儿够了回家，让老婆给我做岳阳第一名吃红辣椒爆五香螺蛳肉，教我两手逮住一个小螺蛳，嘴巴撮紧，对准那个螺蛳口，滋儿滋儿地吸。味道是好极了，却辣出一身的汗。

那年的彭见明英姿勃发，二目炯炯，一张大脸苹果似的放着红光。而给我最深刻的印象，还是他从两耳到下巴一线儿贯穿下去的络腮胡子，在阴历三月的春风里一飘一飘的，个子虽说是矮了点儿，重枣脸和一部美髯却颇似关公，引人入胜。我跟彭见明序齿，知他大我半岁，就设想自己半年以后，也能长出这么一脸胡子，回到北京就把剃须刀废置了。但是不行，我的胡子长出来呈放射状，一月不剃形似张飞，单位的同志很有意见，害怕客人来了会把出版社当成肉铺，策略地建议我把它剃去，又威胁说这样影响谈女朋友。我只好忍痛割爱，心里越发地羡慕彭见明。

然而十七年后，彭见明到北京来，给我打电话，我问他的胡子近来好吗，他说，妈的，剃了。我大惊失色，痛心疾首，问为什么，他说，妈的，白了。

二十世纪八九十年代，先是彭见明红，接着他的弟弟彭东明也红，紧接着还有一个彭学明也红起来了。彭见明的《那山，那人，那狗》得了全国奖，改编的同名电影又在日本东京得了国际大奖，湖南作协自己还设了一个青年作家奖，一年评一位青年作家，这三个姓彭的叫明的，居然在三年之内，一人夺得一个。湖南就有人编了一副对联，上联是“那山，那人，那狗”，下联是“见明，东明，学明”。

消息传到北京，有人骇然，我对北京不知其所以然的作家点评说，文求对仗，词不甚工。彭东明是彭见明的亲弟弟，岳阳市文联主席；彭学明却不是彭见明的弟弟。彭学明也是我的好朋友，好兄弟，在北京客串两年，常来我家。有一次路上突遭大雨，到家我让夫人翻箱倒柜，找了一套我在身材苗条时代的衣服给他换上，他用极其浓重的湘音感动地说，穿老哥儿的衣服我的身上好温暖哦！但他是正宗的土家族，张家界市文联主席，乡情文章写得美绝，且是数届全国人大代表，不应该与那狗相对。

但是，这副貌似戏谑的对联，透露出一丝隐隐的妒忌，举世闻名的长沙岳麓书院的正门，左半边写的是“惟楚有材”，右半边写的是“于斯为盛”，而在这兴盛的楚材之中，一下子就占了三个彭，三个明，三个文联主席，三个名作家，妈的，那山那人，也是太那个了！

第二次是上个世纪的最后一年，公元1999年，我去长沙想跟彭见明第二次握手，但因故没有握上。原因是每年一度的全国书市，东道主轮到长沙，两千件脊背心上写着“无湘不成书”的红马甲，把偌大一个书市闹得倒海翻江，所有人的手机全部失灵，用东北笑星的话说，“大哥大扰乱了天空”，彭见明把酒席都安排好了，打手机通知我就是怎么也接不到。

直到三年以后，全国作协开会我们才在北京见面，那次我也不管他饭，他也不管我饭，《啄木鸟》的张小红请我张罗，把七八个人召集在一起吃，有阿成、聂鑫森、石钟山、姜贻赋。席上一人讲一个段子，彭见明用湖南话讲的一个，他的两个乡党听懂了，北方两个听不甚懂，但能跟着一道配合地笑。

彭见明的哈哈打得最响，笑罢了操起筷子，开始呷回锅又（肉）。

潇湘才女的教育诗

唐朝有个才女名叫薛媛，能诗会画，发现丈夫南楚材要弃她另娶颍州牧的女儿，对着镜子画了一幅自己的肖像，配诗一首寄给楚材道：“欲下丹青笔，告拈宝镜端。已经颜索寞，渐觉鬓凋残。泪眼描将易，愁肠写出难。悲君浑忘却，时展画图看。”于是“楚材得诗感悟，罢别娶之议，夫妇遂偕老焉。”这应该是我国古代的一首教育诗，与马卡连柯的长篇小说《教育诗》异曲同工，而马氏的小说是教育孩子们的，薛媛的诗则是教育老公的，因此马卡连柯最终遭到了乌克兰教育人民委员部的攻击，才女薛媛却以动情的呼唤成功地夺回了自己的丈夫。

所以当我一边读着薛媛媛的长篇小说《我是你老师》的时候，一边就想到了以上这两个人。可疑的是薛媛媛一天老师也没有当过，她没当过老师为什么要写老师，为了写老师她情愿到一个名叫梧桐中学的学校去挂职呢？这里的秘密在本书的后记被她自己说了出来，原因是有一次她听朋友讲了两个故事，一个是在贺龙家乡的一所学校里，工作队员送给学生一粒水果糖，那学生竟连糖纸一道吃进嘴里；一个是老师犯了心脏病，挣扎着掏出一只救心葫芦，学生们却没有一个懂得如何打开，眼看着老师就这样地痛苦地死去。薛媛媛把这个细节写进了她的长篇，并且安排给她最喜欢的女主人公向灵芝的阿妈，打不开救心葫芦的是洪水过后阿妈背着过河的一个山村的学生。

朋友无心地讲完这个故事就走了，但是这个故事却由此种进了薛媛媛的骨髓，成为后来长出这部长篇小说的种子。并且她还在继续深入地往下想着，她认为随着医学知识的普及和教育程度的提高，学生打开老师救心葫芦的问题尚是好解决的，不好解决的问题是老师如何才能打开学生的葫芦。当代教育越来越多的滑铁卢向社会心理学演示的战例失策，是老师很难探囊取物地得知学生的葫芦里究竟装的是什么药，那些莫名其妙的药会在什么时候，以什么方式引爆自己理当精彩灿烂的一生。二十一世纪的薛媛媛比唐朝的薛媛多一个字，因此她的教育选择了比南楚材更多也更复杂的对象，形形色色的中学生，还有他们的父母，甚至他们的老师，以及主宰着他们老师的教育的体制和理念。

向灵芝所去的梧桐中学的高一年级，很像是《教育诗》中马卡连柯受命执教的高尔基工学团，后者的组成是一批流浪儿和少年违法者，他们喝酒、偷盗、欺侮女孩子，持枪抢劫，而前者却是当代贵族的儿子，婚变者的女儿，偷看后母洗澡并要与之接吻的小嬉皮士，画男性裸体同时自己也做被人画的绘画课女模特。相比代表着当代主流教育理念的梧桐中学的校长以及教界精英，如状元老师曾世和，资深老师顾建军，漂亮而凌厉的女老师爱爱等，向灵芝与其说是一个新来的班主任老师，倒不如说是一个善解人意的大姐姐。

她不仅化解了她班学生公然写在黑板上的对爱爱老师的恨，而且对另一个全班最优秀的学生绿茵帅哥欧阳昊向自己发起的爱情攻势，她也只是小心守门，却不像爱爱一样以自古至今的师道尊严愤怒出击。讨人厌的混世魔王金果转学英伦，爱打扮的才女兼美人儿徐开颜遭人强暴，尤其是小小年纪就想皈依空门的胡丽颓然弃世，使向灵芝的善良心灵在极短的时间里走过了由感伤到悲伤以至于伤心欲绝的苦难历程。

这还没完，还有另外一个巨大的伤害蹲在前方的十字路口等待着她，自弃者胡丽的舅舅把这些都归结于她对学生思想与行为的放纵，亦即她以个人化和先行者的姿势率领着她的学生走出课本和分数线，带到月亮桠去试图进行当代中学教育模式的改革。

看得出薛媛媛在她的这本书中进行着一个大的思考，或许她在这样的大思考中自己是朦胧而缺乏理论的，但是这个思考本身足以大得她手下的键盘无力承载。年长一些的读者读到这部长篇小说，极有可能会以复杂的心情和切身的经历追忆起二十世纪六七十年代，在那长达十余年的所谓的教育革命中，举国上下的热血少年都穿着黄色的衣裤，打着红色的旗子，喊着金色的口号，冲出校园去学工学农和学军，甚而至于把自己的名字也改成了如此这般。

不过他们学习的全部功课无非是两个阶级、两条路线、两条道路的斗争，白卷英雄张铁生和造反小将黄帅以最高的分数一夜登上教育革命的巅峰。向灵芝率领的班级却不是这样，他们是去领略自然科学，地域文化，民族的风俗和人间的亲情，向王天子的壮烈神话和西兰卡普的美丽传说。在月亮桠他们吃惊地睁大摄满城市景观的瞳孔，骇然发现了他们认知世界的盲点，这里教育环境的落后和学龄孩子的贫苦，震撼了这些仿若来自别一星球的奢侈放荡的少年，他们终于读懂了坐在都市中学的梧桐树下永远也不会读懂的词汇：同情和珍惜。

向灵芝的身世直到阿妈的辞世，直到小说的结尾也依然是一个谜，薛媛媛之所以如此设局，乃是认为对于这个死谜大可不必进行无谓的追究，她只希望读者能够记住她的名字，记住她的像灵芝一样美好珍稀的品质。在这部长篇小说中，除了向灵芝的母亲以外她最崇敬也最惋惜的一个人物，那个梧桐中学的文科状元老师，那个把生命和家庭都献给了高考分数的曾世和，作者赋予他的名字令人想到他真是何必，真是何苦，真是何须这样煞费苦心！留守梧桐中学与这些问题少年一道爱恨烦恼的代价，是向灵芝既忍心告别了她家恩人德山伯的爱子泉保，也饮憾失去了一心要渡她出无边苦海的伟业。

她的两个大学同窗，不甘任教的曾有雄回头是岸，雄心勃勃地改做了政府的公务员；扔下教鞭的伟业更是将他文化传播公司的宏伟实业开展到了英伦。填补向灵芝的爱情位置的恰是她的知心女友爱爱老师，爱爱老师相伴着伟业总裁旅英归来，以法国香水和贵夫人套裙和萝卜丝碎发和车号525252（吾爱吾爱吾爱）的别克牌小香车，以及英中合办的雅思学校女校长的珠光宝气的万般殊荣，与解除高中毕业班老师资格的向灵芝之间划出了一条寒光闪烁的银河。

这样的结尾真像银河一般的冷清，凄凉，浩瀚，悠远。三年前向灵芝的阿妈因为无力打开救心的葫芦而倒在了一条河边，如今的向灵芝却站在另一条河边苦苦地思索着。《教育诗》的最后一个诗章，是马卡连柯离开了自己亲手培植的高尔基工学团，转到捷尔任斯基公社去继续进行创造性的教育活动，而《我是你老师》却并非如此。

在小说的最后，薛媛媛这样写道："她经过一场思索后，决定哪里也不去，就在这里继续实行向灵芝的教学理念。"这不啻是一个冒险的抉择，如同这部长篇小说本身所面临的世界，好在它们都是真诚而无悔的，这样就行了。

赛金花是否坐过汽车

阿成与林希争写赛金花，老爷子动作一慢，一部重说千古风流的长篇小说，阿成一个月就写出来了，取名叫作《绝世风姿》。不仅写完了正文，一看还有时间，又写了一个后记，后记里说，他是白天在大堤上抗罢了洪，晚上回来写这本书的。

东北好汉阿成没想到，写这行字得罪了重说千古风流丛书的总校对王慎五，这位老先生一个字一个符号地校对着这套书，差不多也用了写一本书的时间。校到阿成的后记，老先生愤怒了，说是一个月写一部长篇，而且还要抗洪救险，世上有这么快的作家吗？肯定是错误百出！于是就在字里行间找错，找哇找哇，找着了一个，赛金花去见八国联军总司令瓦德西，坐的是汽车。老先生说，胡说八道，如果清朝有汽车，为什么连慈禧太后都没坐过汽车呢？

我告诉他说，我看过清朝女官德龄写的《清宫写真记》，慈禧太后拥有汽车多辆，都是驻外大臣回国送给她的，她从来不坐，是因为她认为堂堂皇太后不应该坐在司机后面，而且那司机开着开着，万一噗的放一个屁，不是还要她闻司机的臭屁吗？所以当乘客在前司机在后的汽车没有问世之前，慈禧太后的确没有坐过汽车，但这并不等于她的那个时代没有汽车可坐。

老先生人如其名，宁左亦慎，再三再五，又把问题往上反映，最后硬将赛金花坐的汽车改成马车。我心里又气又笑，同时又有点儿幸灾乐祸，心想谁要你阿成日试万言，倚马可待，还要在后记里面都说出来，害得这位赛名妓的娇嫩屁股，只好坐在颠簸的马车上了不是？

上世纪末，我所在的文化单位，其实更像官府衙门，所谓机关，便是暗道，有可怕的“文革”遗风。为着一篇文学作品、一个学术观点，动辄有人告状，遇上外行上司，一告还一个响，立刻得到表扬，很快得到提拔，终于得到重用，于是告者愈多。我在一篇名叫《死去活来的草原牧羊女》的文章里写了，迟子建的小说《原野上的羊群》，已经翻译成了英文，被人告状说是在一片美丽的草原上，一个十四岁的花季少女居然这样悲惨地死去，外国人读了这篇小说，不是要攻击我们伟大的社会主义祖国么？译者被迫加工改造，冒着侵犯作家著作权的危险，最终让少女活了过来。这事迟子建都不知道，连我也没有告诉她，告诉她除了惹她生气，别的没用，反正迟子建心中的那个小姑娘已经死了。

这是题外话，与阿成无关，我们还是回到绝世风姿的大清名妓上来。

重说千古风流丛书第一辑五本出版之后，全国各大报纸刊登文章，轰动国内，海外也来人洽谈版权。我打电话给阿成与聂鑫森，要他们一人再写一本。那晚阿成喝了酒，据他自己后来说是满嘴跑舌头，一口就答应了，人物已经想好，是怒沉百宝箱的杜十娘。时过一个月，书稿又写完了，名字叫《魂断瓜洲》，与一时名士推盟主的冯梦龙先生不一样，阿成对明朝的社会风习进行了大笔渲染。

这时候，国内媒体有人对我进行尖锐的批评，说野莽在搞逐美运动，号召中国作家都写妓女。我一生气，就跟五位作家商量，第二辑改写五个男人，如果男人的生活里也有女人，第三辑就写五个和尚，而且是真正不爱好性交的高僧。鉴于快枪手阿成已经写完，我建议他将人物稍稍一扭，变成以抛弃杜十娘的负心公子李甲为主，书名改为《遗恨瓜洲》。

正好在阿成的小说中，他重点描写了李甲在北京上大学时不好好学习、天天向上，却把学费拿去嫖妓的故事，跟前年那位拿着老母亲卖血的钱，在网吧里日夜上网，不回校听课的清华大学的学生一样。阿成稍事修订，依然还是第一个交卷。这次我没敢请上次的那位老先生担任校对，我怕他说明朝没有画舫，杜十娘应该坐在羊皮划子上，嘴里唱着“张老三，我问你”，然后把百宝箱扑通扑通地扔进黄河。

从此，快枪手阿成更加闻名遐迩。然而人们只知道阿成枪快，却不知道他快到什么程度。一日，武汉某杂志来一编辑小姐，芳名叶子，电话找我，听说我写得快，请我两天之内给她写篇急稿，刊物等着发表。我说我不算快，还有一个比我更快的，一天写一篇小说，中午还正常地午睡，此人便是著名的快枪手阿成。叶子小姐一听，扔下我去找快枪手，不过心里还半信半疑，担心有失。我就让她跟我打赌，今天打电话约稿，明天如果稿子不到，我就请她吃饭；如果稿子到了，她就请我吃饭。

叶子小姐又想索稿，又想吃我的饭，就当着我面给阿成打了电话，说是我都替他答应了。阿成说好吧，明天寄来。次日下午 4 时许，阿成的电话打过来了，我问，你答应给人家写的文章写好了没有？他说，早已经从网上发过去了，如果长了可以删点儿。叶子小姐打开电脑一看，果不其然，当晚只好请我吃饭。我觉得一人吃没什么意思，也花不了多少钱，又叫了刘庆邦、刘恪、马力等一帮子男人一道来吃，前来赴宴的还有一位名叫崔岫闻的剃着光头的抽烟的年轻的行为艺术家，一年后以极前卫的艺术摄影作品《洗手间》轰动全国的可爱女孩儿。

我嘴里一边吃着喝着，心里一边想着，吃水不忘挖井人，喝酒感谢快枪手，这都是托阿成的福啊！如果没有他呼噜呼噜地写，哪里会有我们吧唧吧唧地吃呢？不为别的，就为与人打赌吃饭，我也衷心地祝愿他越写越快！同时我又有些想不通，全国有几万同胞在进行写作，为什么他写得这么快呢？形容别人写作的象声词，一般都是吭哧吭哧，形容他却要用呼噜呼噜，跟陈佩斯吃面条是一个声音。

后来我结合他这个人，总算是搞明白了，所谓勤奋啊，敏捷啊，横溢啊，统统都不在点子上，当作家的谁不勤奋，谁不敏捷，谁不横着往出溢？只有《增广贤文》里的一句贤文，解释阿成现象才叫透彻，十四个字：世事洞明皆学问，人情练达即文章。世事洞明，最隐蔽的，最复杂的，最具有中国国情的事，阿成一眼睛看个洞穿，一句话说个明白，总结得极为精辟，洋洋洒洒，浩浩荡荡，出手就是一篇能上选刊的小说；最卑微的、最简单的、最不起眼别人都看不中的芝麻绿豆大的事，他却能发出人生巨大的叹息。而人情练达，当然，他只限于表现在文章中，现实生活中的阿成，却是清高的、潇洒的、有真正文人气节的，有些事情，我们以后再说。

阿成是国内目前最好的小说家之一，也是国内目前最好的父亲之一，在他的精心哺育与英明领导下，两个女儿，王威和楠楠，顺利地成长、成才，成为继承父亲衣钵的优秀的文艺工作者。楠楠把阿成不叫爸爸，也不叫阿爸，叫王老师，古往今来。这是一个女儿对亲爹的空前尊称，多么令同时代的广大父亲们羡慕与感动哦，唯有为女师表的父亲，才配享有这样的学生。

这个称呼几乎成了楠楠的专有，阿成出家之后（应该叫走出家门之后），四海遨游，各地的文学青年都叫他阿老师，有的想套近乎，叫得更亲切些，就叫阿哥，我跟阿哥喝一个！阿成一看是男的，就跟他说笑喝酒，是女的，光喝酒，不怎么说笑。

合同中的美元和法郎

1

那一年贾平凹一连发表了几个写土匪的中篇小说，有位青年编辑提出要编一本贾平凹的英、法文版小说集，选出一批作品送我复审，我看过后建议与其编一本大杂烩的，还不如把他几个土匪小说编在一起，构成一部有着某种精神联系的伪长篇，这个意见得到终审的认可，后来在这本书快出版时，我才知道作家出版社给他出版的一套六卷本的自选集中，他正是把那几个中篇组合起来作为一部长篇的，取名为《逛山》。这本择取其中一篇《五魁》为书名的伪长篇小说，法文版比英文版影响要大得多，因为是跟法国的斯托克出版社合作，他们先出十六开的豪华本，我们再出三十六开的口袋本。

斯托克出版社还要译者吕华继续推荐贾平凹的其他作品。恰好在这一年，贾平凹的长篇小说《废都》给他一举带来巨大的声誉和骂名，出版此书中文版的十月出版社尚且身受重创，作为在中央对外宣传小组和国务院新闻办公室双重领导下的中国文学出版社，自然是更不可能出版它的外文版了，吕华就把它私下推荐给了法国的斯托克出版社。

汉学家、翻译家、出版家安博兰女士决定亲自翻译这本书，她向吕华要了贾平凹的地址和电话，要跟他立即签订出版合同。安博兰的中国普通话说得没有问题，问题却在于她听不懂贾平凹的陕西话，不知道“饿统一”就是“我同意”，双方在国际长途中不能沟通，实在没有办法，安博兰还得找吕华，请吕华与贾平凹取得联系。

斯托克出版社很快和贾平凹签订了出版合同，确定《废都》的稿费是一万美金，出书后通过中国银行一次性支付。与中国国内一式二份的出版合同不同，这个出版合同文字分为中、英两种，共有二式四份，甲乙双方一人一份英文合同，一份中文合同。贾平凹不认识英文，只看见中文合同上写着一万美金，想必英文合同上也是这个数目。

差不多时隔一年，公元 1998 年 10 月，我和吕华去西安参加一年一度的全国书市，贾平凹来宾馆看望我们，吕华忽然提出要看看他的出版合同，贾平凹让他的司机开车取来给他看了，吕华发现英文版的合同上不是一万美金，而是一万法郎，并且两种文字的合同上都清楚写着合同的最终裁决权在法国的法院。贾平凹连呼上当，饿伤裆了！饿伤裆了！吕华说不要怕，法国有我的朋友，我一定帮你把一万美金的稿费追回来。贾平凹很感激吕华，全国书市结束我们离开西安，他送我们一人一副自撰的对联，吕华的一副是“格超梅以上，品在竹之间”，字写得很结实，是下力气写的。

《废都》的法文版出版之后，在法国文坛引起一场大的震动，翌年即荣获了法兰西三大文学奖之一，仅次于龚古尔文学奖的费米娜文学奖。法国文坛评奖既秘密又迅捷，不像我们中国捣鼓一个什么破奖都要作者请客拉票，评委收礼许愿，帮派势力，哥们义气，个人癖好，利益交换，获奖作品既要关系到政治性、主旋律，还要照顾女人、老人、新人和少数民族人的比例各占多少，你戳我的眼睛，我指你的鼻子，互相打架骂人，闹得一塌糊涂，一个奖半年也揭不了晓。法国的女评委们认都不认识中国陕西的贾平凹，却把费米娜奖扑哧一下子评给了他，而且向全世界发布消息，要作者前往法国领奖。

电话打到北京法国驻华大使馆，找不到这个人，又打给吕华请他去找，还请吕华把法国文化部部长对贾平凹的贺词翻译出来，颁奖会上部长要念。吕华把电话打到西安市的文联、作协、《美文》杂志社，还是找不到这个人，这一头又急着要给法国部长翻译贺词，最后要我帮他想个办法。我忽然想起我们在陕西的时候贾平凹请我们吃饭，顿顿少不了他的长安死党孙见喜、穆涛、方英文，就把电话打到太白文艺出版社，找到那个为贾平凹写传的孙见喜，要他火速转告贾平凹坐飞机去法国领费米娜奖，去晚一步就没有了，到时可别后悔。

这一招还真管用，孙见喜很快就打回一个电话，说是他把贾平凹找到了，贾平凹到乡下去买一个破罐子，正在跟罐主讨价还价，一听这事罐子也不要了，立刻回来准备西装。

“非典”之后，《废都》的译者安博兰女士来到北京，因为她在法国出版了我三本书，有一本是她特别喜欢的《开电梯的女人》，约我和译者吕华在一座王府改造的宾馆里见面。那天在宾馆门口还遇见了刘庆邦，安博兰女士翻译了他的《神木》。吃饭的时候我们说到了贾平凹，安博兰女士说她喜欢他的《五魁》和《废都》，却不喜欢他的《病相报告》和《怀念狼》，我说最近他又写了一篇你可能喜欢的小说，名字叫作《艺术家韩起祥》，从里面可以看出半个世纪以来的中国，从事文学和艺术的人是怎么回事。

不过这篇小说有点儿不好翻译，里面有很多中国当代政治运动的术语和典故，还有很多中国民间艺人韩起祥的唱词，那玩意儿都是韵文，如果翻成法文不能押韵，作品的艺术性就会大受影响。我说我们中国把《红楼梦》翻译成英文的杨宪益，就是不能以诗的形式翻译荷马史诗，最后才把它翻译成散文的。

安博兰女士觉得我是吊她胃口，坚决要看《艺术家韩起祥》，我把贾平凹的手机号码告诉了她，让她直接向他要这篇小说，就说是北京的野莽介绍的。安博兰女士次日一早就回法国，当天晚上打贾平凹的手机，却说对不起没有这个号码，原来找贾平凹的人太多，他把号码换了。我对安博兰女士说你先回去，我再想办法给你找他。通过《美文》杂志，我找到贾平凹新的手机号，我让他把作品寄给安博兰女士，并且不要经常去农民家买人家的罐子了，防止下次再得了费米娜奖，不能及时得到情报，贻误了前去领奖的战机。

贾平凹说，饿指刀了！

这些年贾平凹被人骗得怕了，外国人骗他，中国人也骗他，骗得他杯弓蛇影，草木皆兵，都不知道谁是我们的敌人，谁是我们的朋友，这个革命的首要问题了。他为这个首要的问题而苦恼着，后来他想了一个办法，不在外面随便交朋友了，只认准几个多年来的真正知己。他给我写信说，在北京你是我的知己啊！

这么一来，很多想找而找不着贾平凹的人，就转着圈儿地找我，约稿，出书，采访。最近，从武汉又来了一个叶子小姐，点名要我写他的爱情，他的婚姻，他的家庭，这个我不能写，因为是隐私，属于街头小报记者干的事情，作家不为，何况是好朋友，我得替他小心地保护着。我知道他的前妻仍在他的杂志社里工作，他的女儿从小身体不好，他带着女儿全世界地寻找名医，他还算是一个有良心重亲情的人，一个好人，不仅大智若愚，而且大爱无言。

何况三句话不离本行，所以，我只能写写他关于书的一些事情。

2

也有关于人的。因为他名气大，稿费多，便有很多同志，不管认识不认识的，纷纷都提他的意见，做他的总结。下餐馆吃饭，也听见邻桌人酒嗝连天，嘴里贾平凹长贾平凹短，上厕所解手，靠墙的位置站了一排，讨论得热火朝天，脸都挣红了，细听是在讨论《废都》。这些人都未必认识贾平凹，抵了面说不定拿他当乡下农民，说这个矮人进城来做什么。人们对他的意见和总结无非有以下三点，一是小气，舍不得把稿费拨一些给别人花。二是好色，小说里的那些女人他都搞过，不然怎么写得跟活的一样？三是会算卦，某年某月某日对某人说在某地会出车祸，人不相信，结果车一开到那里就翻了，过几天那人头上缠了一圈儿纱布来见他，见面就喊神仙。

说贾平凹小气的人，举出一个最经典的例子，说是客人在他家解了小便，正要冲水，贾平凹扑了过来，说不要冲，要等他解一个后再统一冲。这事肯定是杜撰的，不是出于孙见喜的笔，就是出于穆涛的嘴，看他稿费来得太猛，经常想吃他的大户，有的时候吃着了，有的时候没有吃着，吃不着时便作践他不许冲厕所。其实在城市生活，若干人撒尿，一次性地冲水，节省能源有什么不好？

我觉得跟好朋友在一起，贾平凹还是舍得花钱的。公元 1998 年秋天，我和翻译家吕华在西安的那一阵子，他就一连管了我们好几顿饭。新书出版了，不管是狼来了也好，人来了也好，也总是买了送我，一本书也是一二十块钱。他到北京，我没东西送他，他反过来还送我两罐好茶叶。

说到吃饭，又跟第二条好色连在了一起。人们说他好色，根据无非在他的小说里，主人公搞了那么多个女人，具体怎么个搞法，写得活灵活现的，那不是他那是谁呀？真是好记性，连当场说的话做的动作都能背得。其实这又是活天地冤枉他了，也不冷静想想，一个一门心思搞女人的男人，哪里有时间搞写作，刚写一句，女人来了，还不又得把笔放下？而贾平凹著作都等身了，那得花他多少夜晚的工夫，人的精力是有限的，总不能双管齐下，一边做那事一边做这事吧？你们看商纣王搞不搞写作？西门庆搞不搞写作？胡长清他们那些贪官污吏搞不搞写作？他们一个也不搞，不仅自己不搞写作反而对搞写作的人一肚子的不满意，说是利用小说怎么怎么，这就很能够说明问题了。

俗话说得好，闷头鸡子啄白米，嘴巴子响的人往往不真做。贾平凹写《废都》的时候恰恰是最寂寞、最孤独、最苦闷的，躲在一个破学校里，连个搭伴儿的人都没有，要不他怎么怀念狼呢？在西安他请我们吃饭，在一间有花格窗子的小阁楼上，我亲眼看见一个挺性感的小姐叮儿叮儿地跑过来，坚决要跟平凹老师喝一杯酒。大家都起哄说，亲一个嘴，喝一杯酒。小姐一听高兴极了，脸蛋儿红丢丢的，把小嘴巴都准备好了，幸福地递到平凹老师面前。平凹老师起身试了几试，其间还咳了声嗽，给自己打气，然而到底还是打了退堂鼓，端起杯子，望着地说："人多亲不成的，饿喝一口算咧！"

人们都传说他的聪明，都传神了，快成精了，却不知道他是个最老实巴交的人，世上少有那样的老实，老实到了家。公元 1987 年元旦，中国作协召集我们在京丰宾馆开全国第三次青创会，他是陕西代表，我是湖北代表。那几天北京下大雪，自然界的气候不错，挺清新，挺圣洁的，社会气候却正相反，因此会开得不怎么成功。代表们龟缩在自己的房间里，看的看手相，讲的讲荤段子。巾帼女作家一点儿也不肯让给须眉，她们把会议上的花名册子翻开，一个一个地给男作家打电话，声音甜蜜蜜的，软绵绵的，柔乎乎的，先说几句久仰之类的话，然后提出在哪里见一个面。

贾平凹那时的名气就不小了，于是成了首批中弹的人物，苏州来了五个女作家，号称五朵金花，经研究推选出一位声音柔媚的做代表，专门给贾平凹拨电话，约他吃了晚饭，8 点钟在大门口的第三根柱子下边等着，双方互相认识一下。贾平凹答应说，好嘛好嘛，饿一定来！心里装着这事，晚饭只吃了个半饱，忙着回屋把新买的衣服穿上，照好了镜子，就坐在床上眼巴巴地看钟，时间一到赶紧往第三根柱子跑。

可是一等也不来人，两等也不来人，等到 10 点多了还不来人，外面北风那个吹雪花那个飘，冷得他像杨白劳一样受不住了，只好先撤回去。第二天同屋的人替贾平凹请假，说他昨晚被子没有盖好，冻感冒了出不了席，五朵金花听到这个消息，暗地里乐不可支。这种宁人负我我不负人的美好情操，在文坛被歌颂了好一阵子。

而且别看他那么大的名气，却老实得连电梯也不会开，本来要下到一层去吃饭，不知道按哪个键，研究来研究去按了一个，电梯一个劲儿地往上飙，想刹都刹不住，他生气了，说这电梯不科学，应该有个说明才对。但是他写字作画，收集古董，学问一套又一套的，屋子里堆满了经他考证的宝贝，据说其中有秦砖汉瓦和唐三彩，若是莽汉进去，一不小心就要绊个跟头。

他给自己的字画开价，多少块钱一个斗方，把价格表用糨糊贴在墙上，用这个击退来人的干扰，一来图了清静，二来如果真有高官大款索取，顺便也赚点子利润，反正用老百姓的话说，钱又不是扎手的东西。这是对付生人，好朋友则一文不取，他赠我一副联，文曰：“相期在千年事，要须读万卷书。”

字写得极拙，与为文者共勉。其实即便读万卷书也不够用，古时的书一卷才万把几千字，几十卷不过目前的一卷，学富五车，汗牛充栋实际上也没有多少。他这字我还没有裱挂出来，想等有了大的书斋，能藏万卷书了以后再说，不然对不起贾平凹。

从上一个世纪的八十年代开始，就常常有争论伴随着贾平凹，从他的作品争论到他的生活，从他的生活争论到他的名字。直到这个世纪的第二年3月，《北京文学》寄来有我书评的杂志，翻开第一页我就忍不住独自笑了起来，湖南常德师范学院，有个名叫邓春其的未来教师苦恼地提问道：“昨晚我们寝室讨论贾平凹，有人说是贾平凹（ao），有人说是贾平凹（wa），到底哪个才算正确呢？我希望得到贾平凹老师的回答。”贾平凹老师就老实巴交地回答说：“我名字上的凹准确发音应为（wa 洼）。”此字的由来，是他的小名叫平娃子，上学后改的谐音，想不到却让许多热爱他的人犯了错误。

3

二十世纪七十年代末，即把那四个坏家伙打倒以后，这个名字一出现在刚刚恢复的文学期刊上，人们看他文笔老练，都以为是位长者，后来刊物实行作者简介，才知此人是个二十几岁的娃子。新时期第一届短篇小说评奖，获奖者中有两个姓贾的，有人模仿《红楼梦》说，贾不假，文坛一下冒出俩。这文坛二贾一个是河北贾大山，一个是陕西贾平凹，一个名字是凸出去的，一个名字是凹进来的，一个写的是《取经》，一个写的是《满月儿》。

贾平凹写的满月儿是一个婴宁似的山里女孩儿，总喜欢咯儿咯儿地笑，那笑声让人二十多年以后还在耳朵眼里存着。可惜贾大山在上个世纪之末离开了我们，只有贾平凹还在写。那时候贾平凹简直疯了，短篇写得又多又快又好又省，号称多快好省，省是省纸，根本不按稿纸的格子写。《人民文学》杂志的向前告诉我，有天晚上他写了四个短篇小说，肚子写饿了，就把稿子往衣服兜里一装，出门去买肉夹馍吃，不幸遇到一个贼娃子，看他衣服兜子鼓堆堆的，以为是钱，给偷走了。于是他现在不怎么写短篇了，差不多一年一部长篇，长篇字多，衣服兜子装不下，贼娃子是偷不走的。

国内国外，研究平凹和他作品的人，可以成立一个学会，听说有资深的研究家，根据他的创作历程，研究出了他的五部曲，第一部是好人好事，如《满月儿》；第二部是坏人坏事，如《好了歌》；第三部是骚人骚事，如《黑氏》；第四部是怪人怪事，如《太白山记》；第五部是鬼人鬼事，如《白夜》。这些研究有是有一定的道理，但是也不尽然，照这样子研究下去，他莫不是还有第六部，人跟豺狼啊，人跟狗熊啊，这不是兽人兽事吗？

最近刚写了一篇《猎人》，一发表又被人家争论上了，有人气忿忿的，说那只狗熊不该一会儿在戚处长的屁眼里干一下，一会儿又在戚处长的屁眼里干一下，总共干了三次，把戚处长的屁眼都干疼了，还问他是想死还是想活，人家好歹是个领导，怎么能那样对待他呢？可是又有人拍手称快，说那只狗熊干得好，就允许戚处长干漂亮女人，就不允许狗熊干戚处长吗？干死这些当官儿的才好呢，干死了免得他们为了吃熊掌，破坏自然界的生态平衡。两方争论得棋逢对手，难分难解，官司又打到贾平凹这里，贾平凹说，我的用意就是通过一个极简单的故事来对社会进行讽刺和鞭挞。气忿忿的人就跟戚处长一道更生气了，拍手称快者则像狗熊一样高兴起来，等着看他下一步还写什么。

如果说官儿，贾平凹也是个官儿，算起来比戚处长还高一级，又是省的又是市的，又是文联又是作协，又是主席又是副主席，还当着一个杂志的主编。但是他素来不把自己当官儿看，也不上山去打狗熊，自然也没有被狗熊干一下的风险。他跟他的下级都是朋友，包括他的司机。司机是个很帅的小伙子，因为给他开车，耳濡目染，被他传染得也懂文学了，对贾平凹极其的忠诚，极其的崇拜，暗自里悄悄地写着贾氏风格的作品，知识也丰富得很，并且有一定的思想性。

还是那年秋天我在西安，小伙子开车陪我们去看兵马俑，看武后墓，看大雁塔，看华清池，一路看一路讲，兴致正勃勃的。回来时途经全国图书订货会主会场的前门，瞧见一条红色巨幅上面写着一行大字："中国的巴尔扎克×××新书隆重出版"，小伙子一下子生气了，在驾驶室里嚷叫起来，中国的巴尔扎克是谁呀？中国的巴尔扎克是谁呀？

他分明是不服气，居然有人凌驾于贾平凹之上，这还得了，真是反了天了！其实他哪里会想到，他崇拜贾平凹，贾平凹还崇拜他呢。那晚孙见喜和穆涛讲了贾平凹一个段子，把我笑得不行，笑过之后就喟然长叹了。这个段子不适合在这里发表，是个荤段子，大致是某天清早，贾平凹看见了司机仰面睡觉的样子，感慨万千地说，饿看还是年轻好哇！

4

那年秋天在西安古城，与贾平凹和他的文友们相聚几日，感慨颇多。自古文人相轻，贾平凹他们却是相亲，大家去一处吃饭，其中一人环顾左右，发现少了一个，便掏出手机嘟嘟地拨号，通了就说，你咋不来？说罢关机。果然眨眼工夫，那人就风尘仆仆地来了。

呼的人多半是穆涛，被呼的多半是孙见喜。还有一个方英文，和贾平凹一起凑成四个，吃饭一桌，打牌也一桌，创作是不谈的，与文学崇拜者们的设想简直大相径庭。见面却都攻击贾平凹的新作，你那里头的那个球人，不是去年一起喝酒的×××和×××合成的么？贾平凹说，你咋知道？穆涛、孙见喜、方英文说，我们咋不知道？看把人家作践的！四人便大笑，贾平凹默着，想那人是怎么进小说的。

毫无疑问，幸运的贾平凹在中国拥有最多的读者群，从中央领导到地方百姓，从女大学生到男打工仔，北京人爱看贾平凹的新作，陕西人则爱讲贾平凹的闲话。我住在西安的城市饭店，晚上出去逛街，进一面馆。老板娘是一老一少，似是婆媳模样，墙上挂着当地名人所赠的字画，字画下有各样面食的品牌和定价，其中有一样臊子面。我便问，贾平凹写的王观我喜欢吃哨子面，是不是这个？少的老板娘说，平娃子写错了，面里要是有哨子，吃起来不是呜呜地响么？又问，应该是臊吧，如果是潲，那不是喂猪的？老的老板娘说，你吃一碗，看是不是喂猪的！少的老板娘应声就端上一碗，看我边吃，她边诉说贾平凹离婚的事，说得气忿忿的。

翌日我给贾平凹打传呼，呼台小姐问，先生请留言。我就留言：请贾平凹回话。小姐忽然锐叫一声，呼贾平凹？又惊又愣还有点吓，好像西安谁都能呼，唯有此人是不能呼的。我说，要他速即回话。小姐只好乖乖地给我呼了。这类趣事，于我是一个偶尔，于贾平凹身边的文友们，则是朝朝暮暮。每从贾平凹的新作中读到一个故事、一个人物，相聚时必能找到出处，大家快活一通，平凹默坐着，一一认账。

贾平凹的研究者虽不如普通的读者那么多，却是专家学者、博士教授者流，甚至还有外国的汉学家，以一当百，一言九鼎，论述贾平凹的文章从主义，从流派，从情结，从意蕴入手，最后得出它的复杂、精深、玄奥和神秘。想起从贾平凹文友们嘴里出来的好听的掌故，于是在西安的时候，我有了一个即兴的构想，让贾平凹的文友们用知根知底的凭据和有别于人的见地，各自点评一番他的小说，以聪明、灵秀、妙趣、凝练的文字。在贾氏的小说林中，充任一次义务的导游，这里有什么，这里又有什么，此人从何处来，此事又在何地发生。步入一片神奇的山地的人，当务之急是要找到一个土著，这样才会有不犯迷糊的保证。

下次再聚，我把此想告知依然在座的诸位，席间除贾平凹本人面带几分娇娘似的羞涩，孙见喜啊，穆涛啊，方英文啊，还有把贾氏的《废都》介绍到法国并促其获得女评委奖的吕华啊，以及中央电视台专程去拍摄大西北的童宁啊，大家都表示了衷心的拥护。一件新鲜事情的开头，就这样产生在西安城中一家秋风入窗的小酒店里。

说是新鲜，却是古老，因为天才的金圣叹们早就这样做过了，而且创下一门学派，留下千古妙语，珠玑灿烂，魅力四射，以至文坛出现了无书不评的蔚然奇观。

不过后来，此风渐绝，二十世纪的新文学，在借鉴西方的创作的同时，也借鉴了西方的评论，文章书籍刊印出来，要评就是鸿篇大论，洋洋万言，独立发表在报刊上，与中国古之特有的，只言片语的，发表在书眉页侧的评点模式大异。时有读过古书的文士，偶见奇书，喜之不禁，也曾仿效旧例，点而评之，却是孤芳自赏，至多供友人饭后传阅，酒间谈论，仅仅是一种个人主义的小行为，将时光倒流到以手传抄的年代，并没有引起出版家们的注目和支持。

智者说，读奇书是人生的一大享受。智者又说，读妙评是人生的一大快事。奇书能引人入胜，妙评则是借票入门。“借彼舌根，通人慧性；假彼手腕，开人心胸。”这是袁宏道对于评点的评点。既然有这诸多的好处，点评这种令读书人愉快的形式何以断送在了今代，这是一个有待考证的问题。不过那并不是我们的事情，我们的事情是如何将金圣叹们早已尝试过的文法，今天再来尝试一遍。

经过选择和自愿，参加第一批贾书点评的人中除了两位著名的美文家，孙见喜和穆涛，还有两位著名的学者，肖云儒和费秉勋，他们都是贾平凹最好的朋友，眼看着贾平凹一步一步从丹凤走到西安，又从西安走向世界的知情人。对照最初的策划，可惜少了一个出口成趣、妙笔生花的方英文，此人一定是不幸陷入了一项无法脱身的事。四位评点者以一流文采，四样风格，分别在四部长篇的右侧，胸有成竹地道出了一般读者此前绝难知晓的秘密。

曾经读过贾平凹原作的读者朋友，请打开本书，沿着他们文字的指引，你会走进一个新的妙境。

《红高粱》与中美断交

1

莫言的《红高粱》在国内发表之后，我把它连同作者的《高粱酒》和略早一点发表的《透明的红萝卜》一道，推荐给我所在的中国文学出版社，建议把这三个中篇小说合在一起，翻译成英、法两种文字，介绍给欧美等国的读者。因为自公元1981年起，《中国文学》杂志社派生出了一套单行本的文学丛书，依然是英、法两种文版，依然是以古典、现代和当代作家文学作品为主，三十六开的纸皮本，与国外流行的口袋本相似，每本书的封面上印有一个熊猫的标记。这套丛书的名字就叫熊猫丛书，因为熊猫是我们的国宝，能够进入这套丛书的作家就是最好的作家，作品就是最好的作品。

此前这套丛书陆续出版的古典部分有三大名著的节选本、《聊斋故事选》、《老残游记》、《汉魏六朝诗文选》、《唐宋诗文选》、《唐宋传奇选》、《明清诗文选》、《诗经选》、《王维诗选》。现代部分的作家有鲁迅、郭沫若、茅盾、巴金、老舍、曹禺、郁达夫、沈从文、叶圣陶、戴望舒、艾青、萧红、萧乾、吴组缃、端木蕻良、茹志鹃、丁玲、冰心等人的作品，当代部分有王蒙、刘绍棠、陆文夫、张贤亮、古华、冯骥才、张洁、谌容、蒋子龙、张辛欣等，正在考虑的还有汪曾祺、阿城、贾平凹、王安忆等。选题连同作品送审上去，我就回老家过年了，过罢了年回到单位，总编辑告诉我说这个选题已经通过，英文译者都找好了，是当时在北京外国语学院教书的加拿大人关大维，而且这次本社想与美国的一家名叫阿塞克的出版社合作出版，由阿塞克出版社先出十六开的豪华本，然后我们再出三十六开的口袋本。需要我做的工作是与莫言联系，双方签订一个出版合同。

我通过刘毅然打电话找到莫言，莫言那年正在鲁迅文学院读学期两年的研究生班，对我自嘲说这两年恐怕什么都研究不出来了，我们约好见面的时间，地点是朝阳区十里堡的鲁迅文学院。他们这个班上有我不少的相识，如后来成了画家的何首乌，后来成了导演的刘毅然，后来有人不许他成为诗人不许他发表诗歌的叶文福，还有鲁迅文学院的教务主任后来成了《十月》杂志副主编的邹海岗等。莫言与余华住一间房，房中好像是自己隔了一道板壁，莫言在里面写，余华在外面写。莫言靠床的一方墙上贴满了英语单词，那是他夜里睡在床上要读的功课，当时王蒙号召作家要学者化，不懂英语算什么学者，高粱再红也是个农民作家，所以莫言要学英语。在乱七八糟的英语单词中间，墙上还贴了一条醒目的标语，说是目前外面怪病流行，不要到处乱窜云云，意思自然是怕有人打扰他的写作。

莫言痛痛快快地签了合同，并送我一本台湾刚出的中文繁体字版的《红高粱家族》。我说按照惯例，英文版的《红高粱》应该有人写一个序，莫言说你是读过这三篇小说的，你写一个就是。回来后我就给这本书写了一个序，名字叫作《血与火的燃烧》，因为这本书中三篇小说的篇名都是红颜色的，一篇是《透明的红萝卜》，一篇是《红高粱》，还有一篇用张艺谋的话说，叫作红红儿的《高粱酒》。

这期间我又选了几篇莫言的短篇小说，如《白狗秋千架》等，译成英、法两个文种发表在《中国文学》杂志上面，并配上刘毅然介绍莫言的文章。那一年的法兰克福国际书展上，我们的人带上了我撰写的关于《红高粱》的推广材料前去参展。莫言听说台湾作家龙应台也要去法兰克福，打电话请我帮他带一张地毯给龙应台，我答应了他，但是我不能去，我把这事委托给我社参展代表英文副总编王明杰。王明杰提着莫言的皮箱赶到机场，检查时发现里面还有一些瓷器，仅这一件就有好几十斤，再加上自己的行李就会超重，没办法只好扔下自己的行李。从法兰克福国际书展回来以后，王明杰见了我把我好好地抱怨了一通。

关大维是位很好的英文翻译，活儿也干得很快，只花了几个月的时间就翻译好了两篇，其间遇有疑难问题就打电话向编者咨询，譬如一些富有地域文化色彩的语言。因为要回加拿大，剩下一篇小说他带上了回国的飞机，计划翻译好了再寄过来，让我们的中国翻译再审校一遍，翻译界的专业术语叫作核稿，核完了稿再寄到美国的阿赛克出版社。谁也没有想到关大维这一走情况发生了变化，公元 1989 年 6 月北京发生了那个政治事件，美国宣布跟中国断交，关大维也不回来了，《红高粱》一书竟是泥牛入海，一去再也没有了消息。眼看着我们与莫言的合同快要到期，出版社的人都很着急，但是干急不能出汗，着急的事情多着呢。

那场政治事件过去之后，我社曾经想跟美国阿赛克出版社打官司，此时却收到莫言的信，说是美国一家出版社已另外跟他签订合同，原来如此。译者似乎仍然是关大维，然而关大维的翻译费是由我社支付的，不知道美国方面又付给他了没有。我一直没有见到这本书的英文版，见过的人告诉我说书的序言作者变成了关大维。后来我听说莫言赔付了某某几百美金，也不知道对方是关大维还是阿赛克，只觉得他的这笔钱赔得有点冤枉，因为莫言没有责任，责任应该是中美断交，具体地说责任应该在跟我社签合同的那一方。

中国青年出版社组织的一次茶话会，让我们继鲁院之后第二次见面。莫言跟刘毅然坐在一桌，我坐在另一桌，我们互相打了招呼，然后我走过去对莫言解释了这件事。莫言记着当年我找人帮他把地毯和瓷器带到德国的事，并没把有关合同的不快转嫁于我，他只是说，你别参与就是了。

2

公元1988年，经我提议，中国文学出版社决定出版一部莫言的英文版小说集。正在物色译者的时候，刚来中国的加拿大翻译家关大维恰有此意，关大维在加拿大时对莫言的名字曾有耳闻，主要是通过在西柏林荣获金熊奖的电影《红高粱》。他相信把莫言的同名小说以及其他优秀作品译介到国外，定会受到对中国文学好奇而陌生的国外读者的欢迎。

在中国作家协会开办的鲁迅文学院研究生班里，我把这件正在进行的事情告诉了莫言，并要他准备一篇英文版小说集的序言。莫言自然是高兴的，因忙于应付各刊的约稿，还有包括英语在内的各门功课，他说序言他就不写了，请我作为编者随便写几句吧。

写几句什么呢？我想不如先从名字写起。我没问过莫言，不知他取此名何意，从中文看这二字是不要说的意思。莫言是山东高密县人，原名管谟业，莫言与谟业在他的老家是一个读音，这可能是一个因素。另一个因素极有可能是，他认为作家是靠作品而存在，并不是靠到处发表演说，或者说作家应该用笔说话，而不应该以嘴发言。

用笔说话的莫言就开始率领着他的浩浩荡荡的红高粱家族，球形闪电式地爆炸在二十世纪八十年代的中国文坛上了。这个从山东来的莫言岂止能言，他简直江河滔滔，一发而不可收，三十三岁的年龄，已经写下了三百多万字的有影响的作品。

古代农民起义军揭竿啸聚的山东，现代爱国勇士血战日本侵略军的山东，使得在它的怀抱中长大的农民的儿子莫言，童年的生命里就潜伏了雄性的热血，脑子里充满了奇诡的想象。这简直成了一种基因，成全了长大后写小说的莫言可以用独具的视线、特异的感觉，从那片别人见惯不惊的古老田土和陈年史迹中，能够翻耕出最神奇的一层，以至于一下子就语惊了四座。

同时也是血性使然，面对宇宙的五颜六色，他一次又一次地独独爱上了最富生命力的红色。透明的萝卜是红的，高粱是红的，高粱做的烈酒自然也是红的。亮晶晶的红，鲜艳艳的红，血淋淋的红，如残阳，如鲜血，如烈火。

一大片熊熊燃烧的颜色漫卷着莫言的稿纸，潜伏在童年期的欲望不安地躁动着，继而就汹涌地爆发了。他高唱酒神之歌，以山东醉汉的姿势从前人未曾走过，或者未曾走出来的文学高粱地里，一步一步地走了出来，自第一步短篇《民间音乐》，到长篇《第十三步》，一步一个脚窝，走得踏实而不乱套。

国外的读者多少应该知道莫言了。早在这三部红颜色的中篇小说翻译结集之前，他的《民间音乐》《白狗秋千架》《大风》等精致短篇，已经陆陆续续在英文版和法文版的《中国文学》上译介过了，且配有他的同窗好友刘毅然对他生活印象的精彩描写。由收入此书的小说《红高粱》改编的同名电影，在公元 1988 年的国际电影节上，以东方民间式的野性震撼了西柏林，因而一举获得了金熊奖。

无论如何，莫言应该是中国当代文坛最有才气、最有成就的青年作家之一，他所给予二十世纪八十年代中国新时期文学的杰出贡献，与其说是纯熟的技巧，不如说是赤诚的颜色。这个爱吃大蒜，曾经在农村缺粮时期以蒜代饭，被烈性的大蒜刺激得胃出血，却依然要喝红红的高粱酒的山东汉子，这个离经叛道的文坛鬼才，他成功的奥秘乃在于他是在用一颗红堂堂的心去引爆生活，从而撞击出璀璨绚丽的耀眼火花。

这三部中篇，作为迄今为止莫言小说中的上乘之作，其艺术特色较之前次译介出去的几个短篇尤为突出和鲜明。它凭借着一股粗野狂放的西北风，一幕血红的背景，将几个中华民族的精魂显影得更加清晰和明亮，因此就具有了格外迷人的光芒。黑孩、余九鳌、九儿，他们性格各异，命运不同，但是那一团团阴魂不散的血肉，实在是不能够让人忘怀。

相信英语国家的读者会正视这一本书，如同正视燃烧的血与火。

文学翻译转业记

公元 1987 年的冬天，一位白皙秀气的法文翻译从巴黎留学回来，我们在《中国文学》英、法文版的编刊会上首次见面。当时我们都很年轻，又都是南方人，血气方刚，锋芒毕露，对一些准备选译出来走向世界的，庸俗政治化而缺乏艺术性的文学作品表示不满。吕华发表意见的时候情绪激动，以至于有时影响了词语的正常表达，也就是说有些口吃。但他跟法国人或比利时人讲法语，无论多么激动都流利得很，如果不看那张白皙秀气的中国脸，听声音他活脱就是一个外国人。

隔行如隔山，这话说得对，虽然我们的身体朝夕相处，我们的精神却隔着一座陌生的大山，彼此见面点头一笑，保持着绅士的礼貌与自尊，绝不进入对方的心灵世界。除了知道他文章翻译得好，我就知道他康乐棋打得好，这种棋的打法，是敌我双方各自手握一根木杆，在四周有着围栏的象棋盘上，看谁先把对方的棋子全部打进一个洞中，规矩法则与台球相似，优越在于比台球占地面积小，适合在办公室内举行小规模的短暂赛事。在我的印象中，全社所有的人都打不过吕华，对手纷纷败下阵来，怀疑他在法国受过严格的训练。我是工会的宣传委员，在我组织的一次全社职工十项体育大奖赛上，吕华从我手里领去了一个康乐棋的单项冠军奖。

在文学翻译界，有两个最基本的术语，一个叫外翻中，一个叫中翻外。外翻中就是把外国的文学作品翻译成中文，把法文翻译成中文的专家，其代表人物是傅雷等人；中翻外就是把中国的文学作品翻译成外文，把中文翻译成法文的专家，其代表人物就应该是吕华等人了。中翻外比外翻中通常要难得多，原因乃是，译者要把自己的母语，翻译成读者的母语，让熟悉本国语言的读者通过翻译进行阅读。吕华对他翻译的作品，认真到与自己为难、也与别人为难的程度，为了一个词汇、一句语法，琢磨再三睡不好觉。中国有不少当红的作家，语法经常是不通的，中国人读可以打马虎眼，翻译起来就漏洞百出，刻薄的外国专家评论中国现代作家，赵树理的作品水平太低，丁玲连一个通顺的句子也写不出来，沈从文小说写得好可惜解放后一篇没有，中国当代工农兵出身的作家就更不用说了。

《中国文学》的英、法两个文版，出现了一种奇怪的现象，是一位不认识外文的作家偶尔发现的，写信问编辑部，同样一篇文学作品，同时译成两种文字，同期登在两本刊物，为什么英文少几个页码，法文多几个页码，这是怎么回事呢？经过我们调查，原来是这么回事，文学作品里的引经据典、方言土话、地域文化、政治术语，但凡译者功力不逮的地方，最好的办法是切掉一截，然后缝上，好比一条长裤，剪去大腿和膝盖，把裤脚和裤裆连起来，变成一条大裤衩子。

有一位年轻的英国翻译，名字叫作斯蒂芬，是个同性恋者。英文部把一位盛名之下的当代作家描写一条西部河流的五万多字的中篇小说，分给他来翻译，斯蒂芬作为读者读不下去，作为译者却又要译，恨得将它摔在地上，踩了一脚，接着又捡起来，咬着牙译下去，这里砍一刀，那里切一块，最后只剩下二万多字。而吕华领导的一支法文翻译队伍，却没有一个人敢这样做，因为他要对照原著，进行复核，裤子有多长就是多长，短一寸都要补起来。所以一个作家写的一篇作品，译成两种文字发在两本刊物，篇幅页码就相差甚多。

年轻的吕华是法文部的副主任，主任燕汉生是他的前辈、我的老乡，一位同样出色的法文翻译家。公元 1987 年我来到中国文学出版社，我的手相术在我所在的这座德国古堡式建筑里颇负盛名，燕翻译家慕名请我看手相。我说，你的爱情线上显示，在遥远的大洋彼岸，有一位至今思念着你的红颜知己。燕翻译家大惊失色，原来在二十世纪六十年代，法国女作家苏珊娜来到中国，担任《中国文学》杂志社的法文专家，看中了他的才华，继而又爱上了他的人。

但是两个阶级、两条路线、两条道路、两个不同社会性质的国家的矛盾和斗争，以及同一单位娶了英国夫人的大翻译家杨宪益的锒铛入狱，使燕翻译家再也不敢里通外国，他及时地向党组织汇报了这件事，得到的指示是坚持党的立场，抵制糖衣炮弹。热烈而又浪漫的金发女郎苏珊娜不可理解，含怨而去。全社的人目睹了我一眼看出他人手掌上的密码，都用惊佩的眼光把我看着，唯有从法国回来的吕华，他一口咬定我早就听说了这个故事，却在这里故弄玄虚，妖言惑众。

可能我们两人都没想到，十年以后，我们成了真正的朋友。或者可以说，直到十年以后，我们才成为真正的朋友。正好是十年以后，公元 1988 到 1998。后来我仔细地想了一下，这个时间是命中注定的，早了不行，早了我们只能是同事，晚了也不行，晚了他就走了，而他一走，我自然也走了。

公元 1997 年，我决定离开中国文学出版社，到北京作家协会去做签约作家，合同都已寄来了。这时候，吕华再一次从法国回来，此时他已做过了法文部的主任和总编助理，告诉我说他将出任出版社的副总编辑，总编社长缺席，副社长是英文翻译家凌原，他们都希望有一个中文方面的人支持他们的工作，这个人就是我。我对吕华说了将去北京作协的事，吕华转告凌原，凌原使出绝招，从我手里要去北京作协秘书长李青的电话，请她暂不与我签订合同，缓期两年再说。

吕华知道我的最终留下，是他与凌原的真诚所至，私心觉得我在写作上受到的损失，理应在他的翻译上得到弥补。白天做罢了副总编辑，夜晚便于灯下读我小说，一本一本地读，从长篇读到中篇，又从中篇读到短篇。到底是多年翻译小说的高手，掂得出轻重，也认得出好坏，居然一鼓作气，将我的小说翻译出了三本，寄到法国，陆续地都得到出版。

与国内人云亦云的评论工作者和评奖工作者的作风不同，吕华认为好的小说，完全仰仗自己的眼力，而不借助它发表于国内的何种刊物。他翻译我的《开电梯的女人》和《杀出重围》，固然是从上海的《收获》和《上海文学》，但他翻译我的《启蒙》，却是从洛阳的《牡丹》。《牡丹》的主编通过我的朋友阎连科，约我写的中篇《启蒙》，吕华认为是我最好的小说。他给法国的出版家安博兰女士写信，说是作者利用几个刚刚入学的六岁小孩儿，写出了中国成人的复杂世界。

当时的中国文学出版社因为转型体制，中央断奶，可以说是危机四伏，濒临绝境。面对这个极具中国国情的乱摊子和烂摊子，白面书生吕华想以西方世界管理方法和中国古典英雄主义，挽大厦之将倾，开新风于未来。但是来自各个方面的压力太大，障碍重重，改革遭到了悲剧性的失败。吕华提出辞职，但辞不掉，眼睁睁地看着解体，带着愤怒，他断然告别了他曾经视为最神圣的文学翻译事业，而去了中央编译局，转而给中国最大的领导翻译讲话。

非常遗憾，中国多了一位优秀的御用翻译官，少了一位更加优秀的文学翻译家。

趴在西安的病床上

1

与阎连科的初见是十八年前，他的老师刘毅然是我朋友，他的同学陈怀国是我老乡，他是解放军艺术学院非常有指望的学员，因此我们相识乃是必然。首次他来是陈怀国的引见，那时候我已经开始关注他的作品，觉得很乡，很土，很能够引起人的感动，向陈怀国问起这位作者，热心快肠的陈怀国瞅个空子，就把自己同学带过来了。

军艺毕业，他回部队，他们的部队驻在开封，是保密的。我为他的瑶沟系列小说中一个咬了苹果重又合上的农村少女的命运而叹息不已，把这篇小说挑选出来，要翻译成英、法两种文字推向世界。这是4月，百花盛开，我从报纸上看到洛阳有一个牡丹花节，便向单位建议，去找一找瑶沟小说的作者，顺便写篇文章，把他介绍给国外的读者。改造一句钱锺书的话说，让外国人吃了中国蛋后，再参观一下中国瑶沟里的这只会打鸣的土母鸡。其实，找作者是个幌子，心里就想去看洛阳的牡丹。

那次河南之旅终生难忘。离京之前，我与阎连科电话约定，某日某时我乘某次火车到郑州下，他带一辆军车在出站口迎接，接到开封，稍事停顿，再到洛阳，一路由他陪同。他说只要踏上河南的土地，到处都是他的兄弟，这句话使我想到游击队员之歌，竟连身份证都不带就出发了。想不到会出如下的问题，郑州车站有两个出站口，我们两人竟至于阴差阳错，连面都没有碰上。那个时候又没有手机，久等不来，我以为他那边因故发生变化，一问当晚没有去往开封的火车，便提了行李去自寻宾馆，计划明天一早启程。

这天晚上，我尝够了出门不带身份证的滋味，进了几家宾馆，都不容我栖身。夜幕来临，一个河南小妞儿在灯影下发现了我，走过来动员我交她两元钱的押金，她给我一个带线绳儿的木牌牌，让我持这牌牌去车站拐角处等车，车子将把我带到一个去处，到那里给服务员说几句好话，她们一看你不像一个坏人，就可以不要你的身份证了。

我已经太累了，直想睡觉，决定冒一次险，就交钱取牌上车。我怀疑停在车站拐角处的那辆小客车是拖拉机改装的，上车后突突突突一路狂颠，中途多次把乘客的屁股颠离座位。一个多小时以后，车子开到一家地下旅店，按照河南小妞儿教给我的，我准备好了一腔好话去向服务员诉说，不料对方嘴里却只说了一个钱数，根本不提身份证的事，就把我安排进了一间房子，而且还是一个单间。顺利睡了一夜，次日清早我又坐上这辆拖拉机改装的小客车，突突突突颠到车站，买票到了开封，出站问路，找到阎连科所在的部队。

两人见面，问明真相，互相埋怨一阵，他让媳妇儿赶紧做饭给我吃。休息一日，阎连科带我去看了包公的祠堂，李师师的妓楼，等等一些开封的古迹，然后驱车前往洛阳。又没想到，路上这么一折腾，洛阳的牡丹花节已经过罢，牡丹也开败了，我找到一片芍药园，拍了几张照片冒充牡丹，权作纪念。当地的报纸约我写稿，回京后我写了一篇《洛阳花憾》寄给他们，如实记下我的遭遇。

几年后阎连科调到二炮，见面的次数自然就多了，有一次我到他的清河家中，喝得太晚，回不来城，还在他们二炮宾馆住过一宿。我把他列入可亲近的文坛朋友，有了急事就请他相助。上世纪末，由于中央断奶，我所在的中国文学出版社从面向世界，不得已转入国内，为了挽大厦之将倾，单位希望我暂时放下自己的写作，组织出版一批好书投入市场。我便披挂上马，策划了几个选题，其中有一套丛书名叫“重说千古风流”，从我最好的朋友中挑了五人，请大家一人写一个历史上有争议的女性，两个月内完成，四个月内出版。这五个人里，阎连科是一个。

赶巧正在这个时候，阎连科腰椎疼的老毛病复发了，北京的各大医院都治不好，听贾平凹说西安有一家骨科医院，有专治这个毛病的绝招，他便满怀希望赶奔过去。人在西安，心里却想着给我写书的事，他从医院给我打来一个电话，问我能不能另找一人，我说不行，换人根本来不及了；又问我能不能晚些交稿，我说不行，成书必须赶在元旦订货会上；他就无可奈何地叹了一口气说，野莽啊，我这是在为你卖命啊！

最终他趴在西安骨科医院的白色病床上，写了一本潘金莲与武松的故事，按时寄到了我的手中。元旦图书订货会如期召开，阎连科的腰椎治得好了一些，回到北京，光荣地参加了这套新书的首发式。会上临到他的发言，他把上次对我说过的话又重复了一遍，这次是当着全国广大的读者。

这么悠久的历史，这么卖命的关系，随着新世纪的到来，我们却意外地吵了一架，原因仍然是书。

新世纪初，我和雷达策划了一套中国作家档案，让中国作协创研部组稿，我们共同确定人选，第一辑的十个作家以贾平凹为首，其中理所当然是有阎连科的。创研部把五个研究员和十个作家分成五组，一个研究员负责研究两个作家，军队作家阎连科和周大新，由一个名叫林为进的负责，他们把作品寄给林为进，林为进整理好后再交给我。

这套书的时间要求仍然很紧，我们双方签了合同，按照截稿日期，雷达、吴秉杰、牛玉秋、季红真负责的八位作家，除林希一人刚从美国回来，给我打电话说略迟几日，从天津直接特快寄我之外，其余七位的书稿已到，唯有阎连科与周大新二位的不来。我打林的电话，没人接听，再打手机，林在一家酒馆接了，正在喝着，背景声音乱七八糟。我问他今天是几月几日，书稿为什么现在还没交来？

林回答说他正在审读，下周才能给我，反问我说又不是杀人，为什么一定要几时几刻？我说下周你就违背合同了，审读是我的事，不是你的事，他们的作品我都烂熟于心，两人又都是我的朋友，完全可以不经你手直接给我，目前这样安排无非是履行一种程序。因为酒店闹杂，我的声音很大，林就火了，当着他的同桌酒友骂起人来，我说你想违约是不是，那我就另换两人，或者只要八人。然后，挂了电话。

我让自己休息一会儿，给周大新和阎连科分别打了电话，希望他们从林的手里要回书稿，直接寄我，以防林真的与我僵持，影响工作的进展，同时也影响我们的友情。军人周大新是个典型的中国式的和事佬，嘴里唏唏溜溜直是劝架，阎连科却反而替喝酒误事的林说话，说自己退出来不参加了。这个态度令我意外，我想这个开始蹿红的阎连科，已经不是当年陪我去看洛阳牡丹的阎连科，也不是趴在西安的病床上给我卖命的阎连科了，也就狠了一个心说，好吧。

放下电话我又休息了一会儿，这时电话响了，不是阎连科，也不是林为进，是雷达。原来阎连科给他打了电话，雷达责备我怎么能够擅自表态，定好的作家怎么能够随便退出呢？我说阎连科与我十多年的朋友，你以为我舍得他吗？但他要这么说，我当然就得这么答应。我说事情都是你们那个违期不交书稿还喝酒骂人的林为进给搞坏的。雷达改以兄长的口气劝我息怒，他说他要批评林，让林对我赔礼道歉，把两人的书稿马上给我送来。

第二天我收到一个特快专递，交件人的名字是林为进，他决定不审读了。这么一来，我的怒火也就熄了下来。事后我才得知内情，十个作家的书稿交给五个研究员，出书以后是要按人给审读费的，这笔费用从我付给他们的编辑费中分配。林担心别人说他没有审读书稿，以后会影响他的收入，就装模作样地在桌上多放了几天，以作证明。不想遇上我这个急性子，嫌他误事，两人的矛盾就爆发了。

其实他完全可以放下包袱，轻装上阵，他的同事都是收到书稿象征性地翻上一翻，就及时转给我的，其中梁晓声的一本翻都没翻，连他一些小说是从错字连篇的盗版本上撕下来的也没发现，就原封不动地转到我的手里。还有我的老朋友林希，他索性省去中间环节，利利索索，把书稿从天津直接寄给了我。这样做我反而高兴，我情愿他们白拿钱，只要不阻挡我的出书进度。

林至死也没有向我赔礼道歉，这套书问世不久他就突然死了。我认为他的死与喝酒有关，与他的狭隘和凶恶有关，与多年以来培养了他这些不良品质的现行官僚体制有关。这次合作使我感到后怕和后悔，硬着头皮，这套书接着又出版了第二辑，以王安忆和铁凝为首的十个女作家的，其间过程，同样的麻烦，同样的累。而且出版社付出的代价太大，影响效益，拖欠稿费，我居然是三方都不落好。

为了说明事情应该怎么做才能够多、快、好、省，而且轻松而又愉快，我决定独自一人，用十天的时间另外编出一辑。依然是三百万字，依然是十个作家，以韩少功和史铁生为首，他们都是我早年的朋友，无须我出示某个机关的证明。这一辑我另换了一家出版社，以更大更好更为新颖的版本，在新的一年推向了市场，主编费自然都是我的。

新书出版之后，雷达非常生气，当晚打电话来，质问我为什么要甩开他们。我说：我就是要惹你生气，你一生气我就高兴了，我的目的是想让你们那个文化官僚机构的同志们心里彻底明白一个道理，做这件事没有你们行不行？我说：如果我不来这一手，你们永远都会认为，应该的是我感谢你们，而不是你们感谢我。

阎连科很快就跟我重归于好，看到漂亮的新书出版，他对着封面看了又看，一口咬定上面的作者签名是我写的。我说你只说对了三分之二，因为封面设计者要你笔迹，一时半会儿又找不到，我就把你送我的那本《坚硬如水》给她，她复印了你书上的签字，扫描进电脑里，最后还差一个“阎”字，没办法，才请我给补写了。

我说我的字比你好看，这个字我是故意往坏处写，不然就不像你的笔迹。

2

时隔多年，至今我还记得初读这部小说的感觉。小说的名字很土气，叫《瑶沟的日头》，语言也很土气，让人闻到春天的泥巴和秋天的庄稼。我一口气读下去，读到小说中的“连科哥”接过他的高中女同学雯淑送他的一个大苹果，这个十六年来吃惯了生红薯，见也没有见过苹果的乡下少年，举起苹果对着日头望了望，狠狠地咬了一大口，但这瞬间他想到了病在医院的大姐，于是又把咬了一口的苹果重新合上，我的心战栗了。

小说描写的是二十世纪七十年代的中国农村，一个考上高中的少年负着全家乃至全村人的希望，受着全家乃至全村人的资助，为了改变村子未来面貌而去读书的故事。他爱亲人，一颗早熟的童心不堪忍受姐姐们为他而付出牺牲，宁可失去梦寐以求的读书机会。我记住了这位作者的名字，他的名字和小说中的那位少年“连科哥”一样，叫阎连科。

从此但凡有署着这个名字的小说我都要找来看，我分明是有些喜欢他了，喜欢他讲故事，喜欢他讲故事时的那种笨拙但是感人的声音。于是我又读了他继续描写瑶沟的《瑶沟人的梦》，描写来自农村的军人复又回到农村的《中士还乡》，描写两位历史名人家乡现实生活的《两程故里》，描写此地四十年代抗日斗争的《乡难》和《故乡的叹息》，以及把笔触伸得更远，描写中国古代历史文化和地域风情的系列小说《东京九流人物志》等等。这些小说讲手法，有变化，一篇和一篇不一样，但是万变不离其宗，它们都是寓情于事、以情动人的。我开始打听这位作者，希望和他认识，我固执地认定他就是那个“连科哥”，老实得可爱，真诚得可信，我信赖我的感觉，知道我是受了弥漫在整部小说中的那份罕见的真情的影响，因为据说文如其人，言为心声。

我的感觉是对的，当这位正在首都解放军艺术学院学习的某军政部宣传处的年轻干事，这位矮个子的农民儿子和我第一次见面的时候，我立刻透过他黝黑而结实的脸，看到了他心底泥土般的质朴。他不善交际，言辞木讷，站在或坐在面前的时候甚至有几分拘泥的样子，有时一段话好歹说完了，下一段话很久也想不起来再从哪里说起。整整一年之后，在今年的阳春四月，我们决定要把他的这部小说译介国外，我才专程乘火车去河南开封找到了他，他给我的再一次印象依然如故。

从某种程度上讲，我们可以将《瑶沟的日头》当作是他的自传体小说，作者阎连科还真的是一个孝子，在他对刚刚结识的朋友的真情叙述中，永远都会有一双贫苦劳累的爹娘，两个懂事早熟的姐姐，一个未长成熟的自己，真的有一个姐弟两人同考高中，姐姐没去而让弟弟去了的故事。因为缺少学费和劳力，懂得了用自己的牺牲来掩护弟弟的二姐比他只大两岁，而他的爹，五十八岁的副村支书，一生没有看过一场电影。那时候已经有电影看了，他也已经有钱了，秋天里的他揣着家里省给他的十元钱当兵入伍，直到过年他还一分没花，他把三个月的津贴添在那原数不动的十元钱一起，将总共二十八元寄回家中，希望爹在村子里包一场电影看。他记得只花十元钱就可以包一场《少林寺》，但是爹舍不得，爹到底因为过重的劳累而染下了不治之症，当他闻讯从部队赶回家中，奄奄一息的爹对他说的最后一句话是：“去吃饭吧……”可见度过饥饿岁月的爹把吃看得是何等的重要！爹死在他的怀里，连科至今记起，仍然泪湿眼眶。

和很多作家一样，连科的文学之路是从听故事、看小说开始，为了听人讲《三侠五义》，他宁可一夜又一夜地守在人家的火炉边，边听边帮人家掰玉米棒子。因为点灯费油，家境贫寒的连科在灯下看书，不知挨了会过日子的娘多少埋怨。他记得他读的第一本小说是从他的大姐那里偷来的，是一个英国人写的爱情小说，名字叫《水上的磨坊》，那本小说居然被他给弄丢了，一向待他温善体贴的大姐为此大发脾气。三天以后，娘从家里养的一头母猪的草窝里发现了一堆碎纸，母猪正下猪崽，它要为它的孩子们考虑落生的床褥，全然顾不得爱书如命的这对小姐弟了。连科贪婪地阅读着一本又一本古今中外长长短短的小说，为了得到大姐以信任为基础的不断供给，他学会了对书的精心保护，母猪窃书做窝的悲剧此后再也没有发生过了。

书给祖祖辈辈住在山沟里的连科展开了一片又一片新奇的世界，他开始幻想，假如有一位作家，把他的家乡，一个名叫嵩县的山沟沟里发生的故事也写进书里，别人看了没准儿也会感到新奇呢！接下来又想，他可以写吗？他怎么不可以写呢？只是他整天耕种在家乡的土地上没有时间伏案而已。不过时间终于会有的，那年他一双好好的腿上忽然长出一个肉瘤，乡下的赤脚医生不给他打麻药针，却主张硬割，挤出脓血，然后缝上，连科的爹娘一听吓坏了。但连科却想起《三国演义》中关云长刮骨疗毒的英雄壮举，竟咬牙让乡下医生从腿上割下了肉瘤，为此他两个月不得出门，他将此不幸当作大幸，出不得门不是正好可以在家写小说吗？真是天赐良机！他的写作生涯于是从此开始。

写了两个年头，用的是收工后的每一个晚上，大年三十，家人在鞭炮声中团圆守岁，喝罢几杯酒的连科却一头扎进迷人的幻想世界，仗着明天是大年初一不必出工，痛快淋漓地写了一个通宵。从十九岁到二十岁，写下洋洋三十万字，写的是爹和娘在旧社会受的苦难，写到动情处，泪洒柴桌。当然，这位雄心虽大、根基却浅的二十岁的农民作者，他那含辛茹苦的三十万字最后只能作为山沟沟里大胆孩子的惊人之举，传诵于乡邻们鼓舞自家后代儿孙的口中，他就带着这样一本书稿参军入伍。在老家邮局干事的哥哥，仍一如既往地为他订购书刊，按时寄到他的住地；一位爱写诗词的营教导员，将他要去做了本部的文书，继而又通过军部，保举他去军区办的创作学习班上进行正规的创作训练。在那里，连科写出了第一篇短篇小说，四千字的《天麻的故事》，后来发表在军区《战斗报》的副刊上，得了十八元的稿费，应该说这就是他的处女作了。

阎连科开始出名了，被调到军文工团演出队，专门写话剧、曲艺和歌词。以后军区为了普及文化，又把他下派到师部电影队当图书室的保管员。这里比演出队更加理想，两万册图书的清净世界，一任他白天黑夜地遨游。他有了更加自由的创作条件。《小村小河》是他的第一部中篇小说，他哭着写完了它，那是一个年轻战士在前线的遭遇。这部有争议的小说几经周折，后来发表在解放军的大型文艺刊物《昆仑》上，发表前责任编辑海波给他打来一个长途电话："你打过仗?"不会撒谎的连科答得耿直："没打仗就不能写打仗?"呛得海波半晌无言，后来又说："告诉你吧，我看书是从来不掉泪的，可是这回给你弄掉泪了，我们马上发头条!"

此后他的作品一发而不可收。他的小说不断出现在全国各地的重要刊物，并且不断获奖。他给他的乡情系列小说中的那片永恒的土地，取名叫作瑶沟。这个名字象征着他记忆中生死难忘的故乡，生活在这个名字中的人们都是他魂牵梦绕的乡亲、他的父老弟兄、姐妹姨娘，还有他自己，那个名叫"连科哥"的过早懂事的乡下少年。连科反复地、津津有味地写着他的家乡瑶沟，像威廉·福克纳的那个"邮票一样大小的家乡"奥古斯福镇，像加西亚·马尔克斯的那个百年孤独的马贡多镇。阎连科的瑶沟系列小说不仅得到文坛的赞赏，尤其还得到读者的拥护，1991 年，他的另一部中篇小说《瑶沟人的梦》以一万多张群众的投票，荣获了百花文艺奖的桂冠。

就像深情呼唤“连科哥”的那些善良的村姑，阎连科有一个体贴丈夫的妻子，除了上班，她把家里的事务都包下来，让连科一门心思藏进他的书房。他还有一个聪明调皮的儿子，和父亲一样爱看书，爱听故事，爱得连午睡也不愿睡，差不多每天午饭过后都要装出一副可怜巴巴的样子哀求他再饶一次，明天保证午睡。但是到了明天，儿子依然还是这个哀求。在他家客厅一张靠墙的饭桌上，压着一块同样面积的玻璃板，儿子把一家三人的名字嵌在三方玻璃板下，另一方嵌的是一张放大若干倍数的钞票，指定那是爸爸的位置。

我对连科开玩笑说，儿子是要你多挣稿费，连科居然笑着承认。他说别人都以为他写了很多的书，一定有很多的钱，其实他的稿费一多半是寄给了他乡下老家。母亲要盖房子，姐姐家有困难，外甥女儿想考大学，他都要尽责任，他是一个有情有义的人，要亏待宁可亏待自己，他小说中的瑶沟人大概都是如此。常常会有一些认识和不认识的家乡人找上他的门来，求他在老家的县长、乡长面前说一说情，帮他们解决一些面临的问题。乡亲们认为自己看着长大的这个连科娃子如今成了大作家，县长和乡长都听他的话，连科明知遭了天大的误解，但又不忍让他们失望而归，他就只好厚着脸，用稿费买了礼品，真的坐上回乡的汽车。

连科生于公元 1958 年，生肖是狗，人们说属狗的人忠诚、老实、重感情、讲义气。我不知道是否所有属狗的人都是这样，只觉得他好像是这样的，也应该是这样的。我把这个属狗的作家的小说介绍到国外，希望国外的读者能够读出小说中的诚实。

河南人的形象大使

有一年，全国都流传着董存瑞炸碉堡的故事新编，说是董存瑞的一个河南战友，教董存瑞把炸药包子举着，自己去帮他找根棍儿来支撑，说完迅速地跑到安全地带趴倒。董存瑞一等也不来人，两等也不来人，炸药包子的导火线呼呼地燃烧，眼看着要爆炸了，董存瑞最后高呼了一句口号：千万不要相信河南人！然后轰的一声，前进道路上的障碍扫除了，董存瑞与桥上的敌人同归于尽。

另外，攻击河南人的手机段子、网上文章、口头传说，实在是精彩极了，这些现象引起了河南政府的愤怒和重视。他们采取多种有效措施，对河南人的名声进行修复，比方说打假、防骗、抗暴、惩凶，农民进京打工要开展思想教育，女孩儿给城里人做保姆也要进行素质培训，所有出境人员都要打预防针，等等。还有一招涉及了文学，政府组织河南的文化人写了一本书，名字叫《河南人怎么了?》书中分了若干章节，从历史到地理，从文化到风情，举出大批河南籍的名人，对歧视河南人的人进行质问和批判。

有一天我逛旧书摊，无意中发现了这本书，停下脚来翻开一看，竟然是周大新写的序。心想这个政府真是好眼力，不找张三李四，不找王二麻子，而专门来京找周大新写，这才叫作找对了人头。周大新这个严肃正派而又文明礼貌的样子，一旦出现在读者面前，别说是河南人的形象，就是上海人的形象，在人们的心里已经定格了，他也能一下子扭转过来。中国人民要是都能达到周大新的这个标准，不用说，走到天南地北，都会受到别人的尊重。

并不是说他细细长长的身材和方方正正的脸盘，而是说他脸盘上的笑，说他用笑表达的温和与谦虚。至于被这些好看的表情掩藏在下面的壮志和野心，那是另外的一码事，文学男人几乎个个都有，不是他一个人。

周大新在文坛的口碑是最好的，没有绯闻，没有恶闻，没有丑闻，没有文坛易见的争杀打斗，因此男女都跟他玩儿，老少都在背后说他的好话。他的做人与他的作文是一样风格，非常古典，决不标新，托尔斯泰主张和平，反对战争，他也主张和平，反对战争。不像有些要向人类和历史一切传统观念宣战的青年作家，床头放着萨达姆的遗像和希特勒的《我的奋斗》，心里只佩服这些杀人的英雄。

读了他的《旧世纪的疯癫》，我忍不住地对人说了，我说周大新有可能得不了诺贝尔文学奖，但他如果用小说的疼痛来警醒现实的麻醉，他是应该得诺贝尔和平奖的提名奖的。我不是跟他开玩笑，我也知道他是一个不大跟人开玩笑的严肃的军人，他对战争的正儿八经的批判，和对和平的老实巴交的设想，使我对他生出敬重。虽然这是老话，如同这种疯癫是旧世纪的，但是老话还得重提，因为旧病还会复发。

在挥师京城的豫军中，只有周大新一人说话还坚持用豫剧的念白，一个字一个字地往出吐着，比那些老北京油子炸酱面式的呜哩呜噜好听得多，清清楚楚实实在在，如黄河岸边一颗颗小鹅卵石。这个为《河南人怎么了?》写序的河南军人，想用他的发音让人认出他是河南的驻京大使，然后在心里反思：河南人怎么了？

他做善事，由爱人类衍生到爱一切动物，由个人博爱影响到全家如此，这个军人快要接近宗教的境界了。几年前我主编了一本与小说无关的书，书名叫作《中国作家教子报告》，三十三位男女作家竞相发言，其中也收入了周大新的一篇极短文章，是他记录他的儿子如何放生的故事。儿子在自己生日的那一天淋着小雨，把朋友赠送的一只元鱼放入了诸葛亮茅庐前的卧龙湖中，看着那只元鱼回头望了他们一眼，然后慢慢游走，慢慢消失，父子二人都享受到了佛教中的放生的大欢喜。

这本书出版以后，门铃响了，中央电视台实话实说栏目组的两个年轻记者来到我的家中，那时崔永元已经离开了那里，和晶接替他主持这个著名栏目。记者到家动员我说，能不能组织几个作家到实话实说现场做客，对全国大中小学的学生家长说句实话，我们到底是怎么教育孩子的。当时我想到了四个在京的作家，两个做娘的是毕淑敏、韩小蕙，两个做爹的是梁晓声、周大新，因为从他们的教子文章里，流露出的是一种真正焦灼的思考。当然我也得去，我要去揭露一下那些宣传自己只做孩子的朋友，不做孩子向导、教练、监护以及家长全部本职的假冒伪劣的教育学家，用锐利的语言指出他们的表演作秀和居心不良，警告他们如此宣传的严重危害，并要他们出示每天二十四小时做朋友的原始录像。

但我最终还是拒绝了实话实说栏目组的记者，我对他们说，作家教育孩子的方法就像他们作品的风格，多姿多彩，各式各样，未必正确，也许不妥，说了实话会误导全国的电视观众，不说实话又对不起你们这个栏目。为了断绝他们的念头，我故意打了一个特别不像教育学家的比方，我说比方杀猪，杀屁股杀脑袋只要杀死了就是好经验。我说周大新讲了儿子放生，全国的孩子都不上学去抢了鱼贩子的鱼扑扑通通往河里扔，毕淑敏讲了孩子生病她让他自己挂号找医生，要是有的孩子得了急性脑膜炎也这么自力更生，出了人命会不会起诉毕妈妈呢?

记者听我打出这样生动的比方，就失望地告辞了。这样一来，我也就不用打电话组织这个放生的父亲，让他好好地写小说吧，哪怕他说写中短篇已经写不过年轻人，但写长篇还行。那就再写几个长篇好了。

劳模是怎么过年的

大年初一，凌晨6点，劳动模范刘庆邦同志按时从床上爬起来，出恭，洗漱，早膳，然后坐在他的桌子前面开始写小说了。不仅狗年是这样，以往的鸡年猪年以及牛马龙蛇之年都是这样，无论任何一种动物值班，在这一个普国同庆的日子里，别人都去吃喝打牌会亲戚，唯有刘庆邦还坐在桌子前面写小说，他真是个好屁股，坐得住。

除了过年，平时怎么过呢？平时当然就更不用说了。比方说去年他的小说又得了百花奖，坐火车到天津去领钱，《小说月报》留住管吃管喝，规定要玩三天，别人都非常地乐意，又唯有刘庆邦犯了劳模病，他酒也喝了，饭也吃了，钱也领了，却急得在屋子里一趟子走过来，一趟子走过去，暗中在裤子兜里扳着手指头算账，嘴里牙疼似的直唏溜，这要少写好多字呀？这要少写好多字呀？

只看见全国都是他的名字，不晓得他一年究竟写了多少字。

刘庆邦是有牙疼的毛病，那是他把短篇小说当骨头啃，年复一年，日复一日啃出来的。鸡年元月，《都市小说》有一个漂亮的女总编，叫芦伶俐，请我召集一伙子北京的作家，在全聚德的玉泉路分店去吃烤鸭，聪明而又伶俐地向一人订下一个短篇小说。我开的黑名单上有刘庆邦的名字，可是正好他又牙疼了。刘庆邦想除恶务尽，以绝后患，跟医院的大夫预约好这天上午去拔牙。他在电话里吸吸溜溜地向我请假，说是来了吃不能吃，说不能说，坐在那里捂着个嘴巴，像什么话呀，有任务完成不就是了。

到底是个明白人，不等我安排他就晓得有任务。我说人家不就是要你的短篇小说吗，等你牙齿拔了写一个吧，酒我替你喝了。刘庆邦说等他长篇写完以后，第一个短篇就给那家杂志。

不仅是劳模当得好，爹也当得不错，刘庆邦在家里作风基本是民主的，大凡小事都要开一个会儿。他有一篇写儿子的文章，我认为写得有意思，准备把它收入《中国作家教子报告》里，打电话要刘庆邦授权。刘庆邦说好，等我跟儿子商量一下吧。晚上他就跟儿子商量了一下，然而答复我的口气有些沉重，他说哎呀，儿子他不同意呀！我问为什么，他说因为文章写的都是儿子小时候的可笑之事，比方说有一次父子两个冒雨回家，做父亲的说，咱是男子汉，咱不怕，做儿子的说，对，女子汉才怕呢！又比方说还有一回，儿子不好好学习，屁股上还挨过他娘两下子打。儿子现在已长成一个公民了，考虑到个人的尊严，懂得保护自己的隐私了。

我动员他说服儿子，鲁迅先生劝人不必悔其少作的时候说了，大抵每个人的儿时都会衔手指戳屁股的。刘庆邦想了想，可能怕得罪我，说是你等我再做一做儿子的工作，把文章好好儿地修改一下，争取征得他的同意吧。

最后他把文章好好儿地修改了一下，得到儿子的批准以后，给我挂号寄过来了。遵照我的要求，随函还附了一张照片，照片上一个比他足足高出半个头的雄壮青年，在内蒙古大草原上身穿长袍，雄赳赳气昂昂地耸立在他的身边。于是我蓦然地明白过来，刘庆邦在儿子面前如此谨慎，他不是没有道理的呀。

除了儿子，对待别的年轻人，特别是对待年轻的女子，刘庆邦也是极其的尊重。有一年武汉来了一个叶子小姐，是《知音》杂志《好日子》副刊的编辑，请我召集人马在金筷子饭店吃饭，当然也是要约稿的。谢天谢地，那一次刘庆邦没有牙疼，他骑了一辆破自行车前去赴宴。席上的嘉宾中还有一个女孩儿名叫崔岫闻，剃着一颗光头，穿着一条麻裙，从兜子里掏出一盒烟来请我们几个大老爷们儿抽。我们一个一个都摇手谢绝了，光头女孩儿的小脸蛋上陡然露出无限的惊讶，看形势她有些下不来台，一双眼睛四处求救。这时候，一件惊天动地的事情发生了，善良而又贤惠的刘庆邦同志望着光头女孩儿，主动地伸出一只手说，给我一根！

剃光头的崔岫闻小姐灿烂地笑了，在满满一席的大老爷们儿当中她终于找到了一位稀有的知音，今天真是个好日子呀。他们两人就面对面地抽了起来，尽管刘庆邦捏烟的姿势非常别扭，人也被呛得直咳嗽，脸上泛出粉红的颜色，使人联想到舍命陪君子的古训，但他毕竟给对方带来了莫大的安慰。

那次宴会已毕，崔小姐跟我们一一握手告别，握到刘庆邦的时候，时间是我们的两至三倍，我知道刘庆邦在她的心目中的地位，已经超过全世界所有的人了。一年以后，我从何锐先生寄赠我的《山花》杂志上，才得知崔岫闻是一位年轻的行为艺术家，她有一幅名叫《洗手间》的作品在全国引起了强烈的反响。

我认为这件作品跟刘庆邦有着一定的关系，假若他那次也跟我们一样，不愿陪同行为艺术家抽烟，行为艺术家一生气没有了灵感，她可以进洗手间去洗手，但她也许就不会产生《洗手间》了。

如此看来，是劳动模范刘庆邦同志给了一位行为艺术家应有的自信，从而使她的行为艺术能够在世俗者的争鸣声中进行下去。

刘庆邦目前是北京作家协会的副主席，但他说我是他的领导，让人误以为我是正主席。他这么说的原因，是天南地北的刊物到北京来，都喜欢请我召集作家吃一顿饭，而每次的名单上面都必定有刘庆邦，说是刊物要在全国打响，没有刘庆邦的小说怎么行呢？他们认为我掌握有他各个公馆私宅的电话和随身手机以及电脑伊妹儿，这个大忙非帮不可，我就只好出面召集。刘庆邦心疼时间，开始嘴里还唏唏溜溜地响着，给自己编个故事证明不能光临，后来发现这些伎俩在我面前根本不起任何作用，他就不再编了，按照时间地点，乖乖儿地骑着自行车去报到。

有一次，外地一个聪明的女编辑，打着我的幌子向他要走了一篇小说，事后他才知道上了个当。从此刘庆邦同志学贼了，有人再打我的幌子向他要稿，他就先把对方稳住，然后问我有没有这个事。就这样也不行，往往人家给他打过电话之后，火速又给我打一个来，求我承认有这个事。我心肠软，只好答应，等着刘庆邦向我落实此事的时候，真的帮着人家劝他给一篇，于是他就一边叫苦，一边吭哧吭哧地去给人家写了。

东北有一家文学月刊，近年一直请我做栏目主持，狗年的政策是每期打头一篇名家小说，一篇朋友印象记。于是鸡年之尾，我坐在家里打了十二个订货电话，把全年的货都备齐了，一下子发到人家的伊妹儿里，其中当然有刘庆邦的。但是这么多的好东西，刊物一个月只能展出一件，多么让读者望眼欲穿啊，我正要建议他们改变政策，每期加量早日推出，这时候《文学界》的小弟弟梦天岚，请我无论如何替他要一组刘庆邦的作品，我想了一个应急的办法，把给东北的那篇小说要过来，先给这边，下半年再补那边一个。

我打电话告诉刘庆邦，善良的刘庆邦同志一听牙又疼起来了，唏唏溜溜地说，唉呀，给了人家的又要回来，那样有点儿对不住人家吧？我说你要觉得对不住，那就再给人家另写一篇就是了。

刘庆邦同志的牙齿还在疼着，我就开始给梦天岚发短信了。我的眼前浮现出了刘庆邦两头为难的样子，他可能联想到了一个老家农村的女孩儿，已经给了一个婆家，另一家却要来人娶她，她要是跟人到这一家去了，怎么对得起那一家呢？接着再往下想，他应该又高兴了，这个两头为难的女孩儿，正好又是一篇小说，写出来给那家刊物，问题不就解决了吗？

作家窝子

我一直都对文坛上的家族作家充满着羡慕之情，如外国的仲马父子、勃朗特姐妹，中国古代的曹氏父子、苏氏父子、白氏兄弟、袁氏兄弟，现代的周氏兄弟。当代也曾出过几对兄弟作家，在新时期伤痕与反思文学中出尽风头的白桦和叶楠，此后还有湖南的彭见明和彭东明。要是把现当代贯穿起来，还有母女作家如茹志鹃和王安忆，母子作家如杨沫和老鬼，父子作家如巴金和李晓，父女作家如曹禺和万方，祖孙作家如叶圣陶与叶兆言，还有等等。

很久以前，我并不知道孙方友和墨白是一对兄弟，这事不能怪我，要怪只能怪他们的名字，如果墨白的名字叫孙方爱，我会把他们往兄弟关系上想；如果孙方友的名字叫墨红，我也会把他们往兄弟关系上想。然而问题恰恰出在他们一个行要更名，一个坐不改姓，而且写出来的小说也驴头不对马嘴，这就不免造成了我的忽视，直到上个世纪过完之后，我才听说他们是兄弟作家。

去年春天，有一家与时俱进的杂志社，搞了一个别具匠心的擂台赛，每期选一位短篇高手做擂主，号召全国作家登台打擂，规则是擂主写得好，算是守擂成功，打擂者写得更好，擂主就得滚下台去。其性质之残忍，类似于《水浒传》里燕小乙血战擎天柱。我是擂台赛的五位评委之一，新年第一期的第一位擂主，该杂志选中了河南的孙方友。

孙方友披挂上马，写了一个《贾知县》，打擂者云集，然而都没有打下擂主的趋势，看到最后一篇署名墨白的《寻找》，眼睛陡然发亮，似觉篇中那个失踪的老汉略胜贾知县一筹，于是我把墨白排在第一，心想萝卜白菜，各有所爱，余下四位评委未必与我相投。孰料揭榜之际，组委会给我打来一个电话，说是不好了，五个评委排名结果，孙方友两个第一，墨白三个第一，其他打擂者全都在第三以后，根据规则，孙方友就被他的同胞兄弟墨白打下了擂台。

我在电话里说，这么好的作家不能下台，反正他们兄弟二人都是我的好朋友，我承认我酒后眼睛发花，准头不好，像阿Q一样，明明是想挽哥哥一个圈儿，笔头一抖挽到了弟弟身上，劳驾你们给我纠正过来，好歹要把孙方友保住。这事墨白至今还蒙在鼓里，本来我并不打算告诉他，骨肉同胞，吃个哑巴亏也就算了。然而那次河南代表队做客辽河，冲锋陷阵的又是孙氏伯仲，我心里这一高兴，忍不住就把实话说了出来。从这里可以说明一个问题，说明这兄弟二人的短篇小说都写得精妙绝伦，全国有那么多武艺高强的打擂者，为什么打到最后，进入决战的恰恰就是他们两个呢？

这些年来，豫军哗哗啦啦地转战京城，周大新、阎连科、刘庆邦、刘震云，还有一些快要形成气候的第二梯队，另外一些则还留守在郑州的大本营里。这个大本营的名字叫作河南省文学院，文学院要招募一批在全国都有名气的作家，第一批的名单报上来了，十几个人里就有两个姓孙，一个是方友，一个是墨白，而且是一对亲兄弟。这个院的院长孙荪本来也姓孙，孙院长的麾下一下子又要引进两个姓孙的，公然地内不避亲，这事儿在院子里爆发了争论。有人提出两丁抽一，孙方友进墨白就不进，墨白进孙方友就不进，兄弟两个双双入选，那不显得中原大地没有更加广泛的人才吗？

但是研究的结果，两丁抽一是当年国民党抓壮丁的做法，这个做法不适合用于孙氏兄弟，孙方友的陈州笔记已走进世界的五个语种，墨白的淮河流域小说在国内也掀起了大的波涛，兄弟两丁都应该抽进去。这事儿并不是没有先例，同样是他们孙家，三打祝家庄的孙立和孙新，不就是两个亲兄弟吗？

这兄弟二人迄今我只见着一个，是公元2003年一个冰天雪地的日子里，到冰城哈尔滨去看冰雕，邂逅了其兄孙方友。那次相逢我有两个意外，一个是黄河岸边那么一条魁梧的汉子，却原来滴酒不沾；另一个是他能通过人的牙齿看出对方的种族和身份，这个手艺使人油然想到兽医和巫师。黑龙江省文联谭副主席，是一位漂亮修长的女性，脸蛋和身段都无可挑剔，只是妩媚一笑牙齿稍微有一点儿黑，我的分析是她小时候吃多了糖，而在座的孙方友先生，这个在他的《陈州笔记》和《小镇人物》中写尽了绝人绝活儿的笔记小说家，他出奇的考证语惊四座，他说，闺女，您的祖上是皇室贵族吧？

皇室贵族的后裔始而愕然，继而钦佩，问他是何以知道的，又端起杯子要敬他一个酒。孙方友一脸的悬念，操起筷子大口吃着东北小鸡炖蘑菇，酒他是一点都不喝的。

还有一个迄今没有见着。倒是迄今没有见着的一个，电话反而比孙方友要多得多。每一次打电话来，人都已经到了北京，大抵是为着两件事，一件是跟某影视文化公司签订某部电视剧的写作合同，一个是某部电视剧获得了某种奖。不久前的一个晚上，墨白的电话又打来了，说他来京参加今晚8点的颁奖晚会，不能到家来看我了。我火速地打开电视，按照孙方友的形象搜索墨白，总算是对上了号，身材比他哥哥要小一点儿，气魄却是一样的大，雄赳赳地走上台去，一把就将那个奖品拿到手了。

不仅这兄弟二人是大作家，而且这兄弟二人的家里各自又出了一个小作家。公元2004年的4月，新世界出版社出版了《中国作家教子报告》，书里收有几封墨白和孙柯二位同志的通信，那位孙柯不是别人，他乃墨白的儿子，已在国内发表了不少作品，书中的每一封信简直都是一篇美文，谈文学，谈艺术，谈社会，谈人生，口气是个小孩子，文字却像个老作家。公元2005年的元月，云南人民出版社又出版了一套名叫《中国作家档案书系》的书。忽然有一天，我收到一张从郑州寄来的《大河报》，头版头条是一篇评论文章，作者署名青瑜，文章以深厚的感情着重表扬了这套书中的三位作家，其中一位是我，一位是孙方友。我当然是很高兴的，向人一打听，作者原来是孙方友的女儿，真名叫作海霞，那个一接到我的电话，就甜蜜蜜地喊我野叔叔的可爱的女孩儿。

好墨无论黑与白

文坛上有不少好玩儿的事，比方说两个多年的朋友，互相读作品、通信、赠书、发电子邮件，夜晚在电话里热火朝天地聊天儿，可就是一直没见过面，两人有时就不免在心里嘀咕着，这家伙长的到底是什么模型呢？潇湘奇女残雪，除了会做服装和写现代派小说，还有一项特异功能，能从电话里听出未曾谋面的对方是胖子还是瘦子，这事要让某院士听说了，又会写文章登报纸说是伪科学，然而她又说得对得不得了，她听我的声音说我不胖又不瘦，后来见面，她说果不其然。

言归正传，我跟墨白就是这个样子，差不多已经是铁哥们儿了，还只在电话和网上演着三岔口。当有一年的秋天我在北京和平门的烤鸭店，终于见到他的胞兄以后，又过了几年还没有见到他。我想起常常被人批评的虚拟世界，决定把态度放积极些，经过再三要求，他才下决心现一个身，趁他去年冬天上京领奖的工夫，打车到我家来看了一看我。

因此他的出场有点儿像京剧里的重要人物，开场锣鼓一阵紧似一阵，然后在喇叭声中，一个头戴大花冠的人闪现在布幕一侧，双手端着玉带，高一脚低一脚地迈着方步出来，屁股往椅子上一坐，开口说韵白了。墨白当然是不说韵白的，京白也不说，要说也是豫剧和河南梆子腔，我们见面他说的首句台词是标准的河南话，他说中，你这个地方好找得很，咱一找就找到了！

我发现这人跟电话里基本上吻合，如果穿的是白大褂而不是一身牛仔装，那就更神了。原因是我从他的文字里感觉他是个医生，并且是手术科的，摘了胶皮手套晚上回家，没事做才写点子小说。他的小说的语言冷静、清晰、准确，如同医生在病历上慢条斯理做出的记录，刻画人物也像用手术刀切开皮肤，对里面的脏器进行清理盘查。此外他还像一个有点儿偏色的画家，忌讳用热烈喧闹的调子，喜欢冷色，一不留神月光和黑夜就来临了，这使他笔下的景物显得有些神秘莫测。

并不是说我也有什么特异功能，得承认每一件作品都有它的暗示性，透过字里行间它能放射出一种幽微的信息，只要是心细的人就可以慢慢地感觉出来。多年以后，我从安徽绕道回湖北老家，再从湖北老家返回北京，中途专门在郑州停了一站，为的是叩访孙氏二府。在墨白家的一方硕大的书墙前面，我注意到了其中的一只柜子，这不禁使我大为惊讶，那里面有一长列关于世界美术流派和大师的书，达·芬奇、米开朗琪罗、拉斐尔、凡·高、莫奈、高更、毕加索，黑色的封面透出一派庄严和神秘，河北教育出版社出版。这位房主果然与美术结缘，他给人的关于色调的想象原来是出于此。回京以后我正好接到该社女副总编辑谭湘的电话，无意间她谈及出版的事，我却有意间告诉她说，我在郑州墨白家里看到你们的美术出版物了，非常的出色，特别是出黑色。

文如其人是一句古言，今人多理解为两者的风格和习好相近相似，好比其人夸夸其谈，其文就滔滔不绝，再好比其人爱吃鸡腿，其文中的少年就老去光顾肯德基和麦当劳。但是此语更深刻的密码乃一般局外人所不能破解，它总共分为两组，一半在字缝里，另一半在骨髓中。文字冷峻，还有点儿现代主义倾向的墨白偏生却又真诚豪侠，重情重义，与某些有鲜卑血统的同籍文人大相径庭。我的一本书马上就要开印了，编辑还没跟我签合同，从郑州到北京，挂号寄来寄去最短得花半个月，万一积压或者万二丢失了，事情可就耽误了。墨白说，我去代你签了吧，他就去代我签了，也没要我的委任状以作未来法庭判案的依据，而且签的是我的名。这事只有在我的忘年之交林希老爷子出访美国的时候，万不得已我代他做过一次，当今人心不古亲人反目官司满天飞的新社会，除了墨白谁个还敢做？他真是不想活了！

今夏我去郑州，他问我想见哪些人，我说你、你哥、方亚平女士，还有社科院我一同学龚绍东，就这，没了。他说中，你别管了，下车发个短信我在门口迎你，再把他们全都通知到我这儿来。可是怪我糊涂，把短信里的时间发错了，明明是明晚上车，却写成明晨到站，害得墨白兄弟二人黎明即起，处于一级战备，在家中等到快中午了还不见人影儿，一个咨询电话打过来，此时我还睡在另一座城市的席梦思上。兄弟二人也没有半句怨言，晓得是文人常犯的臭毛病，没有直接坐回北京已经是很不错的了，理解万岁，接着再等一天吧。

我心怀了愧疚，不能一错再错，也不能让别人睡不成囫囵觉。第二天列车真的到站时间，三点有多的四点又不到，白天不是白天夜晚不是夜晚，想到跟国情一样有中国特色的火车，我衷心祝愿它晚点一个小时，晚两个半小时以上更好，那样就可以凑够六点钟，猫头鹰式的作家睡了一个好觉之后已经先后起床，刷牙洗脸上厕所吃早点，诸事做毕，双方对阵，身上穿的都是礼服，神采奕奕得很。然而这列火车的运行质量居然特别的高，五分钟都不晚，嗽的一声就到了郑州，我故意地磨磨蹭蹭，寄存行李，四处溜达，这里瞅一眼睛，那里伸一脖子，还去一家削面馆慢慢吞吞地吃了一碗河南刀削面，好不容易熬到六点，这才打车去投亲靠友。

想不到墨白早已在他的小区门外等着我了，阵阵晨风吹拂着他少年花白的头发，两只眼睛紧张地注视着来自车站方向的出租车，看见有一辆像在减速，腿子一飙就过来了。他说你坐的那个火车早就到站了，你咋这时才来呢？我拍一拍腰上的照相机说，几年没来了，郑州的变化挺大的，我得去多照几张夜景儿。

昨晚坐的是直达京西的车，害怕半夜车到郑州人不能醒，一觉睡回了首都，第二次对不起墨白兄弟，我白买了一个卧铺，自始至终不敢入睡，以至于次日中午接风宴上，我坐在嘉宾座上呵欠连天，差点儿睡着了。离开郑州的时候我听到一个惊人的消息，就在多等我的这一天里，他们的二叔猝然去世，电话从淮阳打到郑州，兄弟二人牢牢把我蒙在鼓里，直到为我接罢了风，这才打马回乡治丧。我的心里万分感慨，忠孝节义，他们一心要把这人生的四项基本原则占全，就像德智体美全面发展，少一条都不行，当今之世，做这样的人是多么不容易呵。

说到墨白写作的主业，我终于可以偷一个懒了，三缄其口，只请诸君看他铺天盖地发在各大名刊上的小说，当然是写得炉火纯青，人也日渐地紫红起来。尤其有意思的是跟自己的胞兄各领风骚，成为中国当代文坛难得的一对儿，名气上也不分伯仲。不分伯仲这词儿用在他们兄弟身上有些欠妥，伯仲叔季，孙氏四兄弟中方友老大，是伯，墨白老三，是叔，应该改做不分伯叔。当年的孔夫子是老二，其父祷于丘尼山而孕，生下他就名丘字仲尼，全国人民都喜欢这个人，只有伟大领袖毛主席不喜欢，发动一个批林批孔运动号召全国人民喊他孔老二。而墨白家的兄弟四个，就好像是站队报数，一二一二，逢单的老大和老三出列，从文写小说去吧，逢双的老二和老四不动，从武去干其他的工作。

河南文艺社的方亚平女士一边吃饭，一边提出一个幼稚的问题，你家老二在哪儿呢？说时迟，那时快，只见墨白用筷子朝我轻轻一戳，二哥在这儿呢！啊呀呀，他把我当作了自家兄长，这真是让我感到莫大的光荣，同时也对自己多了一份要求，做了兄长，往后可要有个兄长的样儿。

不过有读者向我追问三弟墨白名字的起源，为什么叫墨白呢？不是白纸黑字吗？墨还有白的呀？那不成在黑板上写字的粉笔了？真是怪怪的！这是一个哲学的问题，深奥得很，我解答不出也懒得解答，逼急了我也学小平同志说句不争论的话，管他白墨黑墨，写出文章就是好墨。问者一听，是的呀，于是从此就不再问了。

万恶的电脑

1

很早以前，别人都知道我跟一个笔名叫星竹的是朋友，却不知道我们只是喜欢对方写的小说，人并没有见过面。公元1998年的3月，我去北京作协办一件重要的事，副秘书长王升山第一次看见我，他说嘿，你俩长得都一样！我说是吗？王升山说是。从此刻开始，我就迫切地想见星竹了，想见这个跟我长得一样的人。当天晚上，我给星竹打了个电话，我说我们要翻译你两篇小说，给我寄一张照片来吧！几天以后，星竹的照片寄来了，我走到光线明亮的窗户前面瞅了一眼，发现我们的五官至少有四种是不同的，但是粗线条的确差不多。看女人要仔细端详，明察秋毫，而且千万不能看艺术照，一不小心就会吃亏，而看男人，只须大模其形地瞅一眼就行了，这一眼瞅的就是粗线条。

直到这一年的年底，我们还是没有机会正式见面，最后我创造了一个机会，我们终于见面了。

有一个顺口溜儿，说是京油子，卫嘴子，保定府的狗腿子。其中的第一句，意思是说北京人的身上好像抹了一层色拉油，滑啦吧唧的，这句话给人带来的视觉效果，是皇城根儿下、护城河里，有一群见多识广的大鲶鱼，你明明看见它在那儿摆着尾巴，可是你伸手过去一捉，它哧溜一下就不见了。我觉得此言差矣，至少在一部分北京人的身上不能应验，家住北京昌平的星竹，他就不是一个京油子，想要捉他容易得很，手一伸过去就捉住了。

公元1998年，为了振兴我所在的中国文学出版社，我策划了一套长篇历史小说丛书，名字叫作“重说千古风流”，一辑五本，五个作家，一人重说一个中国历史上的风流名女人。第一辑我挑选了五个好朋友，以齿序排列是林希、聂鑫森、阿成、星竹、阎连科，林希写的是陈圆圆，聂鑫森写的是董小婉，阿成写的是赛金花，阎连科写的是潘金莲，星竹跟我把合同都签了，还决不定写哪个女人好。那段日子我们在看电视剧《水浒传》，看到十字坡的孙二娘要把武松杀了做人肉馒头，我嘴里唠叨了一句说，其实这个孙二娘也可以重说的，她也算是个风流的名女人。

听我这么一说，星竹低着头，自言自语道，噢，真是的噢。

第二天他就真的动手，打开电脑来写孙二娘了。前后只花了个把月的工夫，他就把一个跟《水浒传》里形象截然不同的孙二娘写了出来，十多万字。由于施耐庵给她取的绰号是母夜叉，星竹却把她写成一个美女，所以我替他给这本取了个名字，就叫《红颜夜叉》。我请年轻画家吟龙绣像插图，著名设计家康笑予设计封面，我自己则亲自设计版式，撰写总序，把书印得甚是精美，而且开机就是两万册。新年刚过，我在中国国际展览中心举行了一个隆重的新书发布会，把京城的媒体都请了去。

非常的遗憾，这套丛书第一辑的五个作者，林希从天津，阿成从黑龙江，聂鑫森从湖南，阎连科从北京清河，纷纷都赶了来，主席台上唯独还差一个星竹。他早不病，晚不病，就在这个时候生病了，我至今也还没有搞明白，他这病是不是跟孙二娘有关系，如果是累病的，我的心里就更是有愧了，因为阎连科的那个潘金莲，也是去西安治腰时在医院写出来的，一边写一边唉哟连天地给我打电话，野莽啊，我是在给你卖命哪！

那一次几个作家都玩得很快活，白天在会场签名售书，晚上回到宾馆打保龄球、讲段子。贾平凹也来了，数他的段子最多最好听。

我一直是心事重重，觉得星竹吃了亏，想着下一次得找个机会，让他把受到的损失补回来。不料等到下一次，星竹又吃了一个更大的亏，他受到的岂止是损失，简直是一场灾难。原因是我发现星竹写得快，写得好，就又邀他写一本，这本是写恭亲王。

星竹欣然领命，几个月后，书稿又如期地写完了，不过他电话里的声音有些忐忑不安，向我透露了一个问题，说是全书已经到了结尾，字数还不够怎么办呢？我想了想，给他出了一个馊主意，我说，在电脑里好办得很，把长篇从中间撕开，加几万字进去不就够了吗？

跟上次一样，听我这么一说，星竹低着头，自言自语道，噢，真是的噢。

2

第二天他又真的动手，把电脑里的长篇从中撕开，往中间使劲儿塞文字。塞呀塞呀，总共塞了好几万，把恭亲王和慈禧太后的矛盾，写得惊心而又动魄。不料就在这个时候，悲剧发生了，他只顾得塞，忘了备份儿，也忘了文件太长要分开，活生生地把个文本文件撑破了，全部小说乱了码，心里一慌又按错了键，再一折腾，电脑索性黑了屏。十五年前，二十世纪九十年代，我们的电脑以及我们操作电脑的水平，都还是比较落后，估计星竹比我强不到哪里，只停留在会打字和把打出的字存起来，一旦电脑出现问题，唯一的办法就是傻眼。

就这样，星竹万苦千辛即将完成的一部长篇小说，可悲地葬送在我的馊主意中。我的心里非常难过，却又拯救不了我这位可怜的好朋友，我只能劝他趁着记忆中的人物和故事还没来得及全部消失，抓紧时间进行抢救，也就是重写一遍的意思。然而，悲痛欲绝的星竹此时已没有了这个非凡的毅力，他在电话里有气无力地、若断若续地、苦巴巴与哭兮兮地对我说，噢，按说这事儿只能这样儿，可我不能再想了，一想脑袋就要炸！

这件事情已经过去七年了，每当想起，我的脑袋虽然不至于炸，但是里面总是好一阵子不能平静。这事是遇上星竹，要是遇上别人，遇上一个不懂事或者是没出息的小作家，那还不要向我索赔，要我付出约稿和出馊主意的代价呀，因为我是代表出版社向他约的稿。而人家星竹丝毫也不怪我，从来不提出要我请他嘬一顿，相反有一次中国作协召开会议，我在一家酒楼请了几个久不见面的外地作家聚会，想着我跟星竹虽说都在北京，却并不能朝夕相见，我就趁此机会也请了他。宴会吃到尾声，闷声不响的星竹忽然投箸罢饮，扭过脸去东张西望。一位旗袍小姐碎步跑来，问先生有什么吩咐。星竹煞有介事地向她打听说，劳驾，请问洗手间在哪里。小姐挥手对他指引了一个航向，星竹就慢慢儿地起身，慢慢儿地走了过去，好像步子一快身体的某个部位就承受不住了。

全体作家都以为他是啤酒喝多了，坚持不到终局，却没想到最后我来买单时，旗袍小姐冲着星竹一指说，这位先生不是已经买过了吗？

敢情他不是上洗手间，而是去收银台了，这个星竹！于是我又开始想办法，让他多挣一些稿费。这年冬天，北方的一家文学杂志换了一个新主编，要给我开随笔专栏，每期两篇，一年写十二期，按最高的稿费给。约稿的是一位女编辑，我对她开一个专栏没意思，要开就得开两个，星竹的随笔写得比我好多了。女编辑一听星竹喜疯了，立刻又开一个专栏。

后来我才听说，那时星竹正给人写电视剧，忙得连小说也没写了，哪还有工夫写随笔，但是我要他写，他就非写不可。我俩各自放下手里的活儿，给这家杂志写起来，写着写着，发现只来杂志，不来稿费。忽然有一天从北方来了一个声音低沉的电话，说是这个新主编还是不行，又换了一个新主编，当初说好的最高稿酬，连最低也开不出来了。女编辑说咱们是哥们儿，换了主编你和星竹还得支持我，这次我们一定开最高稿酬。

公元2006年的元月，《芙蓉》杂志主编龚湘海前来北京，请我组织在京的著名作家见一个面。那天阎连科有特殊情况请了假，星竹、刘庆邦、周大新、石钟山、温亚军等都到了，还有钟晶晶等三个年轻的女作家。我对星竹说了那家杂志还要给我们开专栏。我以为星竹会说几句讽刺话，然而没有，他说的顶多只能算是一句幽默话。星竹低着头，自言自语道，噢，这倒是一个好办法噢，一年换一个主编，稿费都不用给了噢。

讽刺与幽默往往被人串在一根羊肉串上，但这实在是两种肉，生活与写作中的星竹选择的是后者。

3

有一年星竹大病一场，愈后大彻大悟，将病中对人生的奇思异想，写成一批随笔，发表出来与世人商量。这批随笔后来结集出版，叫作《感觉》，此名甚好。他的感觉不同寻常，文笔亦然。

读友人的著作，常自书中跳出一颗人头，此时耳边就有了画外音，文字变成了嘴唇的运动。星竹本是个慢节奏的说家子，带点嗑巴，而今他却半点儿不磕，行云流水地演说下去，并不是时下流行的北京贫嘴，他说的是人情事理，语言精辟，其心良善，以过来人的身份，把自己的经验和思考主动告诉身后的来者，如何处世，如何做人，哪些事要像防痢疾一样的防备，哪些人要像躲瘟神一样的躲避，更重要的还有，怎样认识和克服浑身上下都是毛病的自己。读者可以将这九十三篇（原本可能是一百篇）随笔的篇名，视作它的内容简介：遇贪者而避，智者不锐，做傻子的好处，缄默的必要，面对复杂，疑心的代价，最好的也是最危险的，别事事不服人，万事不可心重，累不累，等等。他主张藏锋敛锐，顺乎自然，否则人不吃亏，那才是怪。

他认为西服的扣子扣几颗都行，我们从他敞开的西服里看到了两千年前的道家思想。不过他又兼当了心理医生、清官、禅师、政委和辅导员，甚至居委会老爷子的角色。他热情地劝说着一切人，有人特较真，有人死命地赚钱，有人处处要超过对手。他说，你们这是干吗呀？失恋的少女泪流满面走向阳台，他说你慢点儿，那人现在还没出现在你的身边，这就足以证明不是你的心中所爱；报上刊登了一桩杀妻案，他想让那位行将入狱的奥赛罗式的丈夫死个明白，你妻子脚上的袜子脱了又穿，左右两只交换了位置，那是她拔草时害怕刺破了，而不是与人偷情。一个洁癖狂几乎成了精神病患者，他明确地指出，那次你饿坏了，王大妈家的饭你不也一气吃了三大碗吗？

我们崇拜着鲁迅，鲁迅同情着那个无比执着的贺客。人之必然要死是一个真理，颠扑不破，然而颠扑不破的真理一定要在孩子的诞生仪式上，当着众位亲朋的面说出来吗？那几乎不能叫作思想家、哲学家和诚实的君子，用当今人们的话说，那叫二百五。七十年前他要挨打，七十年后他也要挨打，再过七十年他还是要挨打，挨打是这个一张臭嘴的二百五的命，估计在美国也不会有好下场。星竹就不主张当那样的二百五，他是一个厚道的北京人，吃了主人的喜酒，为什么要让主人不高兴呢？主人没问生死，也没问天气，他完全可以实事求是地评论几句胖瘦。在二十世纪的周氏三兄弟中，生性激烈的鲁迅只活了五十六岁，而他的两个同胞则活了八十多，所以说战斗是需要付出牺牲的。垂死的鲁迅在病床上还在与一位姓杨的无名青年英勇战斗。杨青年乘机出招说，我惶恐，我惊讶，我们敬爱的鲁迅先生就要因为生命的缘故而离开我们了！先生吐着鲜血拔笔应战：这实在是使司马懿之流感到庆幸的事，然而我死了也不会把红旗也带进棺材。如杨青年所言，先生不久就离开了他们。

倘若星竹在先生身边，他会说，跟这个无名小卒较什么劲儿呀？

然而我敢打赌，他不可能劝回那员激愤的老将。这是英雄的悲剧。星竹显然不是这样的英雄，他深知生命的局限，承认世界的无序，同时尝够了小人的厉害、人性自身的弱点和心灵之间的隔膜，更使他对人头攒涌的广场望而生畏，于是提出躲避妒忌的活性人生，并且发出疲惫的悲叹：人生一世，不可四面出击。他号召世人也奉劝自己，红尘应该少些纷争，多些和谐，为此毋宁放弃一些看似正确的道理和原则。

这本书是写给中国人的，针对不可逾越的中国国情，星竹给自己造下一座理想的城堡。他认为如此地规范自己，无袭于人，又能挡住世人的枪弹，似乎是人生的最高境界。带着轻松的感觉走进城堡之门，虽然封闭一点儿，淡泊一点儿，但至少有益于安定团结，做一个长乐且又长寿的人，活到八十多岁，大抵是没有问题的。

激情燃烧的红衣少年

1

最初我跟石钟山不是朋友，我跟石钟山的老师刘毅然是朋友。那一年刘毅然写了《摇滚青年》，我准备选在英文版的《中国文学》杂志上，约他来见一位英国的翻译家。我们当然要谈小说，我看见他细皮嫩肉的小白脸上逐渐泛出三月桃花的颜色，对我连着说起他的几个得意弟子，其中有颜回、子路，不对，是石钟山、陈怀国、阎连科，还有等等。当时我没怎么注意听，十八年后回忆起来，当时我没怎么注意听的根本原因，无非有以下两个方面，一是在二十世纪八十年代，这几个名字还没有响彻云霄；二是刘毅然的身边站着一个演电影的沈丹萍。沈丹萍那时候还长得比较可观，况且她还忙着签字送我一本她写的书，是关于爱情的，我的注意力就这么被转移了过去。

那一年石钟山才二十郎当岁，就像是一棵树，如果不善于辨认树种，小的时候没人会知道它将来究竟要长多大。有的树在青春期蹿得倍儿快，比方说是泡桐，但不久就空心了，再比方说是灌木，它几乎一开始就那么高，但到老也还是那么高，这就使得很多有眼无珠的园丁命中注定要担风险。石钟山那时的战略战术可能是这样的：不吱声，不出头，学贼一点儿，努力地往下扎根，吸收肥料和水分，让人无法看出他有参天的迹象，也包括我。他好像是发现了他有一些军旅老前辈，成功地放过一两炮之后，正在高呼口号，由于后面的弹药供应不上，就只好哑火了。

果不其然，时隔不久我就看到，这个名字不断地出现于全国各地大大小小的刊物，又不断地在我耳边回响，他竟然跟我很多的朋友是朋友。首先他跟我的朋友刘耀仑是朋友，接着他又跟我的朋友聂鑫森和阿成是朋友，我开始研究这几位睿智的兄长所结交的朋友，发现他们除去偶因酒后不慎没有看出某个朋友闪烁的面目之外，绝大多数朋友都是货真价实的豪侠汉子。我觉得这个生自东北土匪出没之地的石钟山很有可能也是，如果我们不能成为朋友的话，那就证明我是有问题的。

刘毅然的《摇滚青年》被田壮壮拍成电影，他请我去看了首映式。不幸的是，此片的男主角后来死了，女配角也跟他离了，他本人也不再写小说了，他摇身一变成了导演。然而有幸，他当年对我说起的几个军艺学生都长成了大树，并且陆续都成了我的朋友，其中石钟山是最小的一个。

我又开始研究金庸的小说，在金庸以及其他武侠小说作家的作品中，武功最高的往往就是年龄最小的，即所谓的自古英雄出少年。当所有的江湖大侠都因故倒下之后，这位少年英雄就巍然屹立在昆仑以及其他的山顶上，放眼瞭望足下的苍茫世界。我发现在世界属于谁的问题上，武侠小说作家跟毛泽东的观点基本是一致的，他们都认为世界属于八九点钟的太阳。每当这个时候，我就会情不自禁地想起石钟山，而且从此每看到一位闷声不响的青年作家，他越是闷声不响，我就越是心惊胆战。

时光进入二十一世纪，石钟山迅速蹿红，他的燃烧的激情差不多蔓延到了祖国的每一个角落，接着他又高唱军歌，幸福得像花儿一样。在文学普遍受到冷遇的泡沫文化时代，石钟山莫名其妙地成了例外，他的小说一印就是十几万册，他的被改编的电视剧一播就是好几十集，家家户户的保姆冒着被主人解雇的危险，一到时间连饭都不做了，而被保姆侍候的家庭主妇则做好了也不吃，他们宁可饿着肚子吃石钟山的精神食粮。

有两件事使我惊讶地发现，石钟山不知何时已经成了一颗明星，一件是有天晚上10点钟，我无意中看见他坐在电视里，穿着件红衣服，像余秋雨一样给歌手打分。过几天我又看见了一次，我有点儿难过，我说完了。这天晚上我给石钟山打了个电话，我说刚才我看见你了，你怎么也混到那个地步了呢？石钟山就在那一头大声地叫嚷，他说他的单位是北京市广播电视局，他是在服从行政命令啊。这么一说，此后我再看见那个给歌手打分的电视嘉宾，我就不给他打电话了。

另一件事，是有一年冬天我们从哈尔滨看完冰灯，坐在返程的火车上，一行有湖南的聂鑫森、河南的孙方友、辽宁的孙春平、北京的我和石钟山。乘客中居然有人认出他来，最初是指指戳戳，接着又翻包掏兜。我以为有人怀疑我们其中某个偷了他们的人民币。但是再接着，一位男青年踉踉跄跄地奔到石钟山的面前，红着脸说，石老师给我签个字好吗？原来是追星族，从今年秋天开始流行，网上的名字叫作粉丝。男粉丝把手里预备好的笔和本子用双手递给了石老师。石老师还没签完，又一位女粉丝扑过来，双手捧的是一本书，再接着又拥来一批粉丝，举的举报纸，拿的拿杂志，有一个急得浑身上下地摸，最后从兜里摸出一个烟盒子，他就把烟盒子翻过来，请石老师在上面签一个字。粉丝中年纪最大的一根，据他自己介绍，是一位参加过抗美援朝的老军人。

那是一次愉快的旅行，下一个节目是还有人继续追星，坚决说聂鑫森是《冰山上的来客》中的二排长，那位冻僵在冰山上的英雄。后来我们都否认了，解释说二排长已牺牲了多年，而扮演二排长的人如果健在的话，至少也到了八十高龄，大冷天的到东北去看冰灯，不冻僵也会冻成重感冒。那次我们一行的最大收获，是无意中结识了一位名叫刘凤国的乘警，他阅读中国当代作家作品的大量篇目和认真态度以及深刻见解，绝对超过了专门机构的有关人员、哥们儿评论家、圈子评委、借题发挥的伪导读和以其昏昏使人昭昭的梦呓者。他把每月一千多元的工资，除去吃饭（穿警服不花钱），基本上都花在了新华书店里，他的倒霉的妻子忍无可忍终于离他而去。

刘凤国这天破例从他一千多元的工资中拿出一部分，买了一箱啤酒搬来请我们喝。他一边站着看我们喝酒，一边谈他最喜欢的迟子建，他认为迟子建已经远远超过了她的家乡前辈呼兰河边的萧红。火车到站我们即将分手的时候，他的文学评论还没有发表完毕，他把一只手举到大盖帽的右侧，我以为他会说再见，但是他没有，他说，小说的语言一定要细腻呀！

说跑题了，说到乘警刘凤国了，回头还是说石钟山。他能喝酒，在火车的餐厢里边喝边撸胳膊上的袖子，乘警刘凤国送我们的一箱啤酒，他至少喝了三分之一，此外还有两瓶东北烈酒，还有一瓶阿成送的茅台，都干光了。孙春平的东北脸成了明清家具的颜色，《冰山上的来客》中的二排长倒了下去，年轻的石钟山却没事儿，他帮我把二排长抬到卧铺上躺下，又关心了好一阵子，这才回去睡自己的觉。

想不到这个喝酒撸胳膊的小兄弟，这个生于六十年代，红得发紫，在火车上被人围着签字的石老师，在他的身上还具有关心别人的传统道德。跟那些带着一个目的突然来做朋友，目的一实现就突然消失，有了新的目的又突然出现的，笑傲落后传统，直奔锦绣未来的先锋和另类，品质上是不一样的。

事实上石钟山一出现在我的朋友圈里，就是他在关心着比他年长的朋友。有一次我装修房子，遭到施工队的恶劣欺诈，他说你是个书生，下次你装那一套房子时我给你找人，谁敢这样我就治他。这时候我忽然想了起来，石钟山已经离开了给歌手打分的广播电视局，回到他原本的武警部队了。又有一次，因为作品的问题有人扬言要打我的官司，另一位武警作家温亚军把这事儿告诉了他，立马儿他就一个电话给我打来，怕啥呀？电话里传来东北磨菇屯的嗓门儿，写你的，到时我帮你找最好的律师，打就打！从电话里我听到了撸胳膊的声音，还看见了一个满脸正义的武警军官。官司最终并没有打起来，我的长篇小说在扬言声中顺利地进行着，同时我还有了更大的收成，那就是朋友兄弟的侠肝义胆、深情厚谊。

作品的事情我不说了，让真正的读者去夸，而我最最看中的除了作品，还有人品，包括骨气和尊严、真诚与善良。一个好品质的作家，心里应该装着人民，一个好品质的朋友，心里应该装着朋友。

我认为，这一条尤其尤其，重要得很哪。

2

石钟山的红色三部曲，不仅使他在已经过去的羊年红透了大江南北，几位实力派的演员也借助燃烧的激情，嘹亮的军歌而一举成为影视明星。这位刚刚重新穿上军装的年轻作家，一方面在观众的心中成了家喻户晓的英雄石光荣之子，另一方面也因其一系列描写父亲的长、中、短篇小说，被读者认作是出于童年生活的记忆而擅长追述父辈经历一类作家的代表。

然而在事实上，早在这三朵红色玫瑰绽放之前，他的机关生活的小说也写得同样漂亮和广有影响，只不过未经影视的演绎而仅以纸媒的形式在文坛传播。却不料猴年伊始，一本依然是红色封面的春风社出版的新著，描写的乃是距今六十年前，发生在他的东北老家的一场血腥的战争。这本书会让读者感到惊讶，这位如此出色地塑造了一代英雄父亲的作家，如今又把他的笔触伸向更加遥远的岁月，伸向他的祖父一辈，在那里，在白山黑水和绿色的丛林间，在血雨腥风的村庄和土地上，人们看到了他虚构故事和把握历史的才华。

抗日战争不再是一个新的题材，半个世纪以来从《烈火金钢》到《红高粱》，当代人通过小说和影视已一遍遍地领略了当年日寇铁蹄下的兽行，也熟悉了大刀向鬼子们的头上砍去的中华勇士的愤怒和壮烈，石钟山却敢步人之后，写出了同题材的《遍地鬼子》，他是想以更多的人物，更大的视野，更加复杂的线条来复述这场人类永远都应记取的灾难。传统的抗战小说是以一两位英雄人物为核心，环绕与依附他们而展开全书主要的事件，这种模式在上世纪的六七十年代已被当时的文艺旗手极端化，以至于荒唐地产生了三突出的理论与实践。出生于六十年代以后的年轻的小说家，曾经以另一种极端的手法进行反叛，这种反叛同样遭到文坛与读者的冷落。

石钟山则如同他这本书中首次出场的猎人郑清明，在前后两者之间寻到了一个可行的射点，他的《遍地鬼子》中的人物是离散的，一组一组的，大多以一男一女的爱情或追逐为线索的，他们只能以一种相关的精神弥合在一个重大的历史事件中。这样写其实更加符合生活本身的自然形态，去掉了人为设计的痕迹，因此恰恰是真实的，显示出作者在小说艺术追求上的一种漠视匠心的自然平和之境。同样有别于传统的抗战小说，《遍地鬼子》以貌似随意之笔，把战争从中国东北的一个小小村庄写到了日本的广岛、苏联的莫斯科，以此警示战争要摧毁的不是某个国家、某个民族，而是整个的地球和整个的人类，从而唤起全世界包括侵略者本身国度的所有民众，诅咒、制止和消灭一切的战争。

小说中最为动人也最为残酷的，是一对又一对因为人类的战争，因为生灵的相残而毁灭了美丽爱情的青年男女，他们来自于多个国家和多种民族，长工出身的土匪头子鲁大与他东家的女儿秀，投身革命的少爷杨宗与他叔叔杨老弯的养女菊，猎人郑清明与他的妻子灵枝，曾经被中国农妇所救的日本青年三甫与他干娘的女儿草草，日本军人川雄与沦为军妓的和子，抗联朝鲜支队的战士金光柱与他一直暗恋着的同村少女卜贞，无一不以生离死别的惨烈祭奠着自己的生命之爱。誓死不嫁日本大佐的草草中国式的自尽，使三甫彻底认识到战争的残酷和罪恶，怀抱幼儿的和子泰然走入冰窟，则震惊了所有追杀她的日本军人，促成了三甫与川雄最终的双双叛逃。

正如同金达莱花在浸满鲜血的土地上灿烂开放，石钟山在描写血腥战争的同时，没有忘记美好的人性，除了乡村中那对救助异国青年的善良的东北母女，还有雪林里那户再次救下日本军人的纯朴的鄂伦春人，战争的硝烟没有湮灭人性的光辉，相反，人类和平的理想之火愈加热烈地燃烧在一切被枪声惊醒的人的心上。小说中还有一位无比忠义，以生命保护着他深爱的俄罗斯女人柳金娜，为了她的贞洁而居然自残其身的，加西莫多式的男人谢聋子，虽然他的道德形象或许在现代人的心中显得愚昧以至可笑，但是我们应该把时间和地域推移到半个多世纪之前的北方农村，便依然要为他的忠义行为而深深感动。

柳先生和潘翻译官是石钟山笔下截然不同的两个人物，一个由勇敢投身抗日活动到屈膝变节，一个正好与此相反。比这二位形象尤为鲜明还有一位半仙，作者以抗战最终必将胜利的乐观信念，在他的身上注入了少许喜剧的色调，使这位具有民族气节的乡间神医活得昂扬，死得飘逸，为这部流血的作品喷上了一道浪漫的彩虹。

书中还安排了一只时隐时现的红狐，作为猎人郑清明的生死世仇神秘地潜伏在林海雪原之中，红狐的存在曾经是痛失爱妻的猎人活下去的终极意义，然而郑清明终于要了却自己夙愿的一刻却让它从自己的枪下逃生，这正是石钟山对于战争与和平、生命与人性的思考，也正是这只美丽野狐的象征所在。而同样是一对仇家，郑清明与鲁大面对真正的敌人，最终却戏剧性地成了两个相依为命的战友，为本书完成了一个不能再好的悲壮结局。

石钟山是很会写人物的，在编织故事上他更是一位年轻的大师，《遍地鬼子》能够再次受到读者的青睐，很大程度上得力于他的以上两种非凡的本领。打开本书，你不仅会看到遍地鬼子、遍地英雄，而且会看到遍地故事、遍地小说。好看的，雅俗共赏的，像红色三部曲一样可以改编走红电视的小说，对他而言是俯拾即是，信手拿下。

死去活来的牧羊女

先说中国文学出版社，它的覆灭是必然的，其根本症结在于它旧的体制已遭破坏，新的体制尚未建立，新旧两种体制在过渡与交替中来自各方的巨大矛盾。二十世纪八十年代中期，旧体制下英、法文版的《中国文学》杂志在全世界还发行一百多个国家和地区，高峰期的总印数达六万份，但那是一种蛊惑人心的泡沫假象，半是廉价的甩卖，半是纯粹的馈赠，并且它们的输出口大量是在政治、经济、文化相对落后的非洲国家，美国与法国的订户分别只有一千多份，而这些读者订阅的企图多数乃在文学之外，通过图片和文字来满足对于一个古老落后国家的好奇。

书刊的作者稿费、译者译费、纸厂纸费、印厂印费，尤其是外国专家与中国工作人员的工资，统统都是国家暗中埋单，发行的数量与赔出的血本，势成正比地或升或降。随着世纪末的到来，上面喊出了两句很不适合这本刊物的可笑口号，使年过不惑的出版社首次感到了困惑，这两句口号，第一句是保住发行，第二句是逐渐断奶。

真正意义的发行，应该是让英语和法语国家愿意阅读中国文学的读者，读到彼此都认为有意思的作品。然而这件看似简单的事情，做起来却难于上青天，所有的文学作品都不能以文学的标准为标准，正如所有的人都要以神圣的姿态来亵渎神圣，精心选出的作品恨不得要送给所有不懂文学的当权者装模作样的审判，而有思想的文学编辑则与作品一道往往成为审判的对象。确定了真正的读者，废除了虚浮的赠户之后，杂志的发行数量急速下滑，最低谷时法文版的印数不足千册。

第一句口号是破产了，在第一句口号的威胁下，出版社增办了《中国文学》的第三种文版，以中文的形式转而面向国内，妄图用中国读者的钱，填补为外国读者服务造下的亏空。这个中文版与“文化大革命”中的中文版不同，选登的仍是国内最优秀的作品，思想上和艺术上。然而很快，我们尝到了腹背受敌的滋味，攻击首先来自对所选作品的否认，其间的荒唐故事，使人怀疑“文化大革命”又将到来。

东北的迟子建以其描述人物的独特技法，通过《中国文学》英、法文版的多次译介，在国外已经拥有了一批喜欢她的读者，国内喜欢她的读者当然更多。在我参与编辑的《中国文学》的中文版上，选载了她发表于《大家》杂志上的《原野上的羊群》，副总编辑傅活又顺手将它选入了英、法文版。当中文版的杂志出版之后，本社一位有高度政治觉悟的老同志，对此作产生了异常的愤怒，他所表达的愤怒方式不是与我们辩论，却是以他多年来在运动中培养的有效方式，偷偷地写了一封匿名信，寄给主管局的第一把手。

老同志的信中写道：“作为一个受党教育多年的老同志，我想不通，在社会主义中国的一片美丽的原野上，作者为什么要让一个善良的放羊女孩儿悲惨地死去？这样的小说，一个中国人看了都会感到压抑，而让成千上万的外国人看了，不知道会对我们今天的中国产生什么样的印象!”

对文学狗屁不通的一把手看了这信，立刻派人把迟子建的这篇小说拿去亲自过目，第二天下达紧急指示，把这篇作品撤下来，换上一篇主旋律的。但是中文版的杂志已经出版了，想撤也撤不下来了，他亲自过目的就是中文版，目前能撤的只有英、法文版，其中英文版的作品也翻译好了，正在外文印刷厂里准备开机印刷，撤是可以的，换是不可以的，这是一个四万多字的中篇小说，一下子找不出这么长的主旋律，撤而不换，这期杂志就会少出几十个页码，外国人的印象就更不好了。怎么办呢？最后研究出来一个办法，让那个已经死去的放羊的女孩儿不死，把结尾部分处理过的文字让翻译重新译出来，制成胶片送给工厂，这宗案子方才了结。

因为是匿名信，我至今都不知道告状人是谁，但他肯定就在我的身边，不然不会那么的及时，那么的知根知底。我知道具有这种告状欲望的人很多，这些人基本上可以分为三类，第一类是像屈原大夫一样太爱国了，宁可自己去死，也决不让放羊的女孩儿去死，哪怕在原野以及原野以外的地方经常都有这样的女孩儿死去；第二类是迫切想把社长和总编辑换成自己，或者相当于自己的人，最好是让他们坐牢、杀头；第三类更值得社会和人种学家进行研究，其实这类人什么目的也没有，只是像鲁迅写的那些伸着脑袋爱看热闹的，日夜盼望着身边发生一些事情，他好去向局外人奔走相告，知道吗，东北有一位女作家，写了一篇小说，把原野上放羊的一个女孩儿给整死了，干吗让她死呀？咱是社会主义……

其中有一个在出版社开车的常司机，就是这类典型，他只有小学三年级的文化，换谁当社长，谁当总编辑，也不会临到他的阁下。然而社里一旦出版一本遭到非议的书，他就会开着小车骂遍北京城。这位常司机常常渴望听到这样的消息，每当这样的时刻到来，他的心里都会充满一种不可遏止的快乐，好像过年一样。

未经作者同意擅自修改作者的作品，尤其是大幅度地连同作者的思想与文字一道修改，这是违犯著作权法的野蛮行径，受害人完全可以提出诉讼。原野上的那个放羊女孩儿为什么要死去活来，外国读者是不知道的，迟子建本人也是不知道的，她不会仔细去读她的这篇小说的英文。好几次我跟迟子建在电话里聊起小说，我差点儿把这件事情讲了出来，不过我终于还是忍住没讲。

公元 2003 年的冬天，我应《章回小说》杂志的邀请去哈尔滨，那晚冰天雪地，迟子建大老远地赶来看我，我想这次无论如何，我要把这件事情讲出来，我不能让她永远地蒙在鼓里。我还想到了一个非常严重的国际问题，如果她应邀去美国、去法国、去西方那些英语和法语国家访问的时候，当地的作家问起她的那个牧羊女到底是死是活，她说的跟她写的不一致怎么办呢？因此我更得告诉她。

但是我们只说了三句话，第一句是东北冷，第二句是她漂亮，第三句是我第一次来。正要转入正题，激情燃烧的石钟山来了，胡说八道一通，催我上车，去看冰雕，事情于是又没讲成。不过这样也好，因为这事对我来说是个笑话，而对作者来说却是要气得死去活来，当然她不会起诉我们，她只会加深对我们的同情。

众尸中最年轻的一个

无论如何我得感谢何香久，十六年前于百万庄的唯一谋面，其香乃久，小满日竟想起给我寄来载有何立伟泪祭汪曾祺的《环渤海作家》，令我心头浮起如许的往事。我怀念起了我们的媒体，那个死后我才得知他叫戈麦的诗人，此前我与他同室操笔，我却只管他叫小褚。那次仅有的一见我们喝酒了，总共只三个人，在很快就要拆迁的百万酒家，很快就要死去的戈麦付的酒钱。照例这钱应该我付，这是我的制度，我钱又比他多，为了办一份名叫《厌世者》的地下诗刊，每期他要花去一月的工资。

他的本名叫褚福军，我经常误念成那个全中国最会写女人的江苏作家储福金。他的胞兄黑龙江一所农场的教师名字更像，恰巧又叫褚福金，那次事件发生以后，我对人说起他的哥哥往往引经据典，必要时还得起用纸笔。火化他的那一天恰是我儿子的周岁生日，我怀揣了购买蛋糕和儿童玩具的资金，却临时变卦，全部捐给了一位后来我才得知名叫西渡的诗人。诗人满脸悲壮，独立寒秋，乱发在啸风中作黑色的舞蹈，他要募捐出版戈麦的诗集。我第一个捐钱的想法非但为此，更迫切的心理是要加倍还了戈麦的酒钱，如苏格拉底欠下邻居的鸡。那一天我泪流不止，褚福金错以为我是他弟冤死的知情人，回家后给我写来一封文字密集的信。我回信说，也许不是，杀死他的主要凶手是他自己；我的悲伤，是因为他只有二十四岁。

何香久的态度像其兄长，他从车站给我打来电话，问是怎么回事，归咎于自弃者乏交年长的朋友。于是我在《北京青年报》上发表豆腐文章，责备自己没有帮他度过人生偶或有之的晦暗和绝望。我想起他本是厌世者，却荒唐地成为党派中人，与全部单位的人格格不入，喝了酒只会把无限烦恼诉与我一个局外人听。作家会观察生活，自然也会观察死活，我怎么就没观察出他是一个想死的人?

可是错了，发现错了是我读到他的遗诗，写于一年零四十三天前，在这首名叫《金缕玉衣》的诗中他早已发出了死的宣言，“我要成为众尸中最年轻的一个/但不会是众尸之王/不会在地狱的王位上怀抱上千的儿女/我将成为地狱的火山/回忆着短暂的一生和漫长的遗憾”。他死后的诗集名叫《彗星》，一首同名诗的最后一句他说：“那唯一的目击者熬不过今夜，他合上了双眼。”

他铺天盖地歌唱死亡的遗诗使我的内疚获得解放，知道他是一个必须要死的人了，并且还得抓紧，否则在众尸中就不会年轻于海子。他想象在地狱的诗坛，或许荷马和歌德位居老王，海子是心爱的王子，自己无非是新去的最小的王侄。但他会有诗情的暴发，以独自回忆的方式。他明知死是一件漫长遗憾的事，不过有诗为证，他也得往死山行了。这是一个舍身守信的老实人，驷马难追，一言九鼎。

警察在万泉河边侦察到了一只酒瓶，与一辆倒下的自行车形影相吊，这便愈发可以考证，他的入水之前要战胜犹豫的决心和勇气。而他将一书包诗稿沉入北京大学的粪池，则又令人想到愤然摔琴的伯牙，没有子期，弦断何益？我想他确乎是犹豫过的，九月里的一个只有两人的夜晚，这位狂妄却又羞涩的青年，曾低了头对着玻璃茶几说，他喜欢的女孩儿是我妻子的同校。我动员他喜欢就去把她擒来，他的一双近视眼倏忽抬起，夜灯下发出闪闪的光芒。

第二天他失踪了，单位分鱼，因为十月一日即将到来。分他的六条鱼本是一个吉祥的数字，放在一只用于洒扫庭除的办公脸盆，倒了清水替他养着。几日过去，鱼早死了，臭气熏室，不见人迹。

同志们觉得情况不妙，参照他平时的激愤与诡秘，怀疑他是否偷渡去了台湾。正当此时，警察来了，手持一张被万泉河水泡大一倍的死者的照片，及一个有着正确头像的工作证。

戈麦之死轰动诗坛，使他成为继海子、骆一禾之后的第三位早夭诗人。两年以后，黑色的眼睛顾城加盟于遥远的激流岛，诗人自绝乃成时尚。我以为这种时尚是浅薄的，反宗教与反人类的，但我不能劝说，年轻的众尸会嘲笑我，高呼他们有死的自由。

算上那边的十六年工龄，戈麦今年正好四十，孔子会在那边教他不惑。他的生命不足汪老的三分之一，更不足巴老的四分之一，毕竟那是生命啊，很可惜的。假若不是，他能写多少好诗，读多少好书，哪怕只从某一本的某一页的某一行里，读到某一句真正的哲言，后来的一切，也就全然变了。

村夫惹我一身骚

公元2005年4月，我与聂鑫森和阿成等诸位好友应邀去贵州遵义采风，看乌江，过赤水，上娄山关，登海龙囤，接着又到桐梓，即古时所谓夜郎自大的夜郎国。正吃着鱼，妻子打我手机，说上世纪末任中国文学出版社副总编辑的傅活，打电话问我在哪里，似乎是有事要对我说。

当晚我便给傅活打回一个电话，问有什么好事，果然傅活喜气洋洋，问我看没看到《文艺报》4月17日的一篇文章。我说我在夜郎古都游山玩水，已经有一个星期没看报纸了。傅活就告诉我说，十年前的那本《骚土》又出版了，报上评价颇高。我一听就高兴起来，说我回京以后就找来看看。

将近十二年前，公元1993年10月是我的受难日，因为出版一部描写二十世纪六七十年代西北农村生活，书名叫作《骚土》的长篇小说，在京城引起一场轩然大波。此书作者名叫蔡通海，笔名老村，陕西汉子，复员军人。妻子是当年上山下乡插队陕西的北京知青，粉碎"四人帮"后落实知青政策，回到北京跟丈夫在郊区大兴县租下一间小房，月金一百二十元。妻子以进城经营服装为业。丈夫则发愤著书，面壁数年，写下长篇小说《骚土》，却周游京城几家出版社而不得问世，其间曾求助于以《老棒子酒馆》饮誉文坛的寻根派代表作家郑万隆，亦无能为力。有东北兰姓书商得知此书，愿意投资发行，遂从作者手中买得书稿，送交给我，希望以合作形式出版。

在这部书稿送交给我之前，我曾接到我的老朋友，中国文联出版社副总编辑杨世铎一个电话，说是有位作者生活艰难，目前连房租都交不起了，如能帮他出版这一本书，实在算是做了一件积德的事。中国文联出版社当时是叫出版公司，管理混乱，名气不好，我的心里有些起疑，想起孔子说的己所不予，勿施于人，问他们公司为什么不出，他说他们公司正在停业整顿，三个月内出不了书。我便答应让他派人送来，等我看过以后再说。

放下电话不久，书商小兰就持书稿前来见我，我以为他便是杨世铎刚才介绍的那位生活艰难的作者，收下书稿要他三天后听候消息。因是急件，当晚我就开始审读，读完认为这位陌生作者虽然名不见经传，但颇具才华，功力不凡，人物和故事都写得不错，尤其主人公大害与哑女的生死情爱，令人悲悯感动。我认为这是一本好书，可以出版。我把它呈送给刚从中国作协调来分管中文的副总编辑傅活，傅活看了也有同感，只是谨慎起见，将书中的爱情描写删去了一万多字。

当时我们社里缺少好的中文编辑，我看老村文字不错，又没工作，生活窘迫没有保障，便向社里建议把他调来，在我手下做个编辑。来了跟我一样，白天编人家的，夜晚写自己的，写了好书先由本社挑选，选剩下的再给别家。我社过去对作家编辑存有偏见，但我坚决认为，最好的编辑恰恰是应该又会写又会编的，因此要来这样一个人，不仅是助人为乐，也是人助我乐，既然双方都乐，那么何乐而不为之？社里研究过后，居然就答应了。我打电话把这事告诉了老村，可把他高兴坏了，哪里去找这样的好事，这才真是天上掉下一个大肉馅饼。他没办法对我进行感谢，估计请我吃饭的钱都不充足，就提出跟我合一张影，印在下一本书上。我答应了，但是这个想法还没来得及付诸实施，由于好事来得太猛，跟着就来了一个天大的坏事。

东北书商小兰为了追求畅销，在封面及广告招贴上擅自做了歪曲的宣传，他从人民大学请了一位名叫竹立家的在读文学博士，搜肠刮肚，牵强附会，风马牛不相及地将此书类比金瓶红楼，还说什么“几经周折，终于得出”之类的话，旨在引起读者刮目。因此书一发行，立刻轰动京城，主管中国文学出版社的外行上级根本不读原书，仅看书名一个骚字，就将其定性为情调低下的黄色小说，勒令出版社停业整顿，有关人员检讨认错。

我是本书的责任编辑，傅活是本书的终审人，当然都是要检查认错的有关人员。我对傅活说，这个老左，这个老外，《骚土》之骚乃是屈原离骚之骚，而非男女风骚之骚，凭什么要整顿我们，凭什么要我们认错？傅活说，胳膊拧不过大腿，让写就写，只要能把出版社保住！我说，那你就尽管把责任往我身上推，横竖我又不是共产党员。傅活写的检讨打印出来长达三页，而我的检讨只有四行，二十八个字，是一首打油诗，诗曰：“村夫惹我一身骚，大棒欲将小社抄，秀才不与兵说理，半颗芝麻对天抛。”

作者老村并不知道我们的苦衷，书出版后发现里面的字数不够，大为不满，尤其不满的是兰姓书商的歪曲宣传。接着市面又相继出现了此书的多种盗版，纸张粗劣，错字连篇，其中在河南郑州还有一种换了封面，印着一个丰乳肥臀的裸体女人，作者每见一种都要找出版社一次，要求我们追查盗印，禁止盗卖，还要求我们重新出一种一字不删的全文版。我说再出我们也得去租房住，也得去卖衣服了。

我反复对老村说，我和老傅和出版社都是受害者，我们没有能力去做他要求我们做的工作，新闻出版署局和公安工商等国家机器联合起来，也未必能把非法盗版一举消灭。我分析事情会随着时间慢慢过去，目前这样追逼除了进一步对我造成伤害，达不到其他的任何目的。老村一会儿理解，一会儿又不理解。我暗自苦笑，觉得他很可悲，我也可悲。当他最后一次再找我时，我叹一口气，给了他一个电话号码，要他直接把诉状递到那里。

那是社里总头的电话，过去他干的是新闻翻译，对文学通窍不多，听人说好，他就说好，人说不好，就说不好，《骚土》畅销，他看我的两眼明亮又闪烁，问题一来，立刻脸就黑了。我把电话给了老村之后就坐在沙发上静候佳音，果然过了一刻电话来了，在电话里我们大吵一架，我对他放声大喊，说我早已经把打油诗交给你了，那就是我的态度，君子言而有信，敢作敢当，你撤了我职从此不许再提这事！就这样，第二天，我的半颗芝麻对天抛了。当时我只是个副职，我非常的不把它放在眼里。

撤去我的职务以后，老村没有再给社里打电话了。在以后的四年时间里我清静了不少，我利用这份难得的清静写了大量作品。直到公元 1998 年，出版社被他们搞得要死不活，快断气时，老的社头下台了，新的社头上任了。为了挽大厦之将倾，他们认为我有回天之力，当天宣布恢复我的职务，怕我嫌小，又给我升了半级，说是正处，加入组织以后还能往绿豆上升。我便成了一颗完整的芝麻，而且还带着一些芝麻末，又管总编室又管编辑室，还负责全社中文、英文，中英双语图书的总策划。

那一阵子由我策划兼做主编，社里出版了一大批新书，形势扭转过来了一点。有人想趁势打铁，向我提议，出一个《骚土》的清洁版，一来给社里增加收入，二来完成作者的愿望，三来洗去我的污名。我说我本清洁，为人所污，污而不染，何以要洗？再说那个已经有了一口饭吃的老村，我是亿万不敢再沾的了。我佩服老棒子酒馆的郑万隆，当年没有惹上这股骚气，到底是老棒子，郑重退稿，万年兴隆。北京十月文艺出版社的级别比我们低，他的官比芝麻还小，不然的话，他小于芝麻的芥籽也得对天抛撒了。

过了五年，作家出版社出版了老村的《骚土续篇》，没人让出版社停业整顿，让编辑检讨认错；又过了五年，书海出版社出版了全文的《骚土》，也没人让出版社停业整顿，让编辑检讨认错。我想这件事情的怪异之处，原来就在于不同的人眼里一个相同的“骚”字，一样的天，一样的土，此一时而彼一时，信口雌黄，翻云覆雨，不知中国的出版业何时才有一个法度。

回到北京，我没有去找 4 月 17 日的《文艺报》，却从书店看到了书海版的《骚土》，与十年前为我惹来杀身之祸的那本可怕的书相比，新版《骚土》开本又大，纸页又厚，封面上印着“全文足本”，封底上印着“洗尽屈辱”，想必真的把十年前傅活删去的一万多字又补了进去。我没有看，是不想再看。

十年前，湖南作协的机关刊物《湖南文学》改名《母语》，移师京城，因故停办之后，作协又办了一个刊物，叫《文学界》。此刊仍像过去二刊一样，每月向我寄赠。有一天我收到新刊，无意中在封面上见到老村的头像，比当年胖了一些，也红了一些，想必生活上正在与时俱进。随手打开内页，想看一眼他的文章，恰好就看到他谈那本《骚土》的出版。他说他当年拿到样书的时候，一下子趴倒在了地上，号啕大哭，痛不欲生。我愣住了，经过回忆，觉得当时的情况不是这样。

《骚土》的首发式在亚运村举行，我参加了，还讲了话，高度评价作者纯熟运用秦地语言。有一位勇敢的女记者向我提出不同意见，认为方言土语有碍于都市青年的阅读，我当即以地域文化的理论说服了她。老村在座，默然倾听，我记得他当时手里捧着这一本书，脸上露出比较幸福的笑容，被我称作小兰的那个东北书商，他一口一个兰先生。

替人欠下的稿费

1

公元1994年的春天我到武汉，去珞珈山看望我的老师陈美兰。武汉的同学就着这个机会，到陈老师家去搞了一个同学会，组织者是周百义和洪琼，一个负责男同学，一个负责女同学。我们的班长周元镐也去了，这是我想不到的，在学校的时候我们的关系不是很好，他喜欢以班长的名义在外面举办一些我们没有同意的活动，为此我俩时有争论，甚至还很激烈，他的声音没我洪亮，而且一急起来口吃的现象比较严重，优势往往在我这边，他获胜的机会不多。

他为这事很想不通，曾经私下里跟我交心谈心，说他这个班长可以不管我，可我为什么还要反过来管他？毕业后我们基本上没有往来，听说他现在是湖北省文化厅主办的《文化生活报》的副社长，早已不干写作这一行了。我原以为他会永远地不理我了，想不到他却大老远地赶来与我相聚，我的心里有点感动。一帮子同学也极力地为我们撮合，说其实他这个人有些毛病，但是心肠不坏。于是我们就碰杯喝酒，一笑泯了恩仇，趁着酒兴我们还手挽着手肩并着肩，合唱了一首当年最流行的《潇洒走一回》。大家都热烈地鼓掌，说是我们是两个潇洒的男人。

那晚8点，我本来要乘车回京，白天已经跟老家的好友陈东明约好在车站见面，买好到卧铺车票在他手里，他手里还帮我提着一只高科技的魔幻灯，《长江文艺》杂志社的好友刘耀仑跑到厂里给我买来的。眼看着时间都快7点40分了，周班长坚决不让我走，要我今晚住在他家，明天让他的朋友车站警察蔡兴亲自送我上车，保证也是卧铺。我就只好告诉陈东明今晚我走不成了，让他一个人走，陈东明一气之下，回家把我那只二百多块钱买的魔幻灯送了别人，可惜那灯自刘耀仑帮我从厂里买来，我连看都没有看过一眼。

那晚两个同学陪我一道去了周班长家，他家住在武昌的胭脂路，一个很风流的名字，我们四人都没睡觉，打了一个通宵的牌。次日清早周班长带我们去胭脂路过早（武汉话吃早餐的意思），路上看见一个书摊，他突然说他也想出版一本书，问能不能在我那里出。我说出版可以就是不好发行，我们不同于国内任何一家出版社，我们在国内从来没有发行渠道，我们的外文书刊都是通过中国国际图书贸易总公司发行到世界各国的，如果选择自筹资金，自己发行我能帮忙。周班长说是他能找人卖书，武汉想出书的作家很多，可不可以要出就出一套丛书？我说可以，出丛书比出单本要节省资金，既然都是武汉作家，不妨就叫九头鸟丛书好了，因为人说天上九头鸟，地下湖北佬，给这套丛书设计一个九头鸟的书徽，以后还可以注册成为湖北作家的专利。

这年冬天，周班长冒着凛冽的寒风乘车北上，把九头鸟丛书的十二本书稿给我送来，十二本书稿的作者都是当时湖北文坛最有实力的青年作家：於可训、刘益善、刘醒龙、邓一光、陈应松、叶梅、晓苏、蒋杏、吕幼安、叶大春、李国胜、周元镐。随同书稿一道带来的还有一万八千元的前期投资。第二天我把这套丛书的出版计划连同书稿一起，送交给分管中文的副总编辑傅活。傅活看了眼睛一亮，说是这个办法倒是不错，社里既不投资，又不发行，白捡便宜出了书，而且都是好书，不过既然是九头鸟丛书，为什么没有方方和池莉？她们不也是湖北佬吗？

我蒙他说，这一辑是公鸟，方方和池莉以后再说吧。傅活说不对，叶梅不是女的吗？我一看蒙他不住，只好实话实说，说这二位目前名气冲天，红得发紫，要让她们出书不拿稿费反而自筹资金，这恐怕是不可能的。傅活说那能不能搞个一国两制，你想法把她们两人的书也放进来，另外找人投资发行，不然九头鸟丛书没有她们是说不通的。

我觉得傅活的说法很有道理，但这道理我比他还懂，我恨不得把湖北作家姚雪垠、徐迟、碧野、曾卓、骆文这些老九头鸟，刘富道、鄢国培、映泉、楚良、叶明山这些中年九头鸟全都召唤过来，让他们飞过中国的文坛飞向世界的蓝天才好呢，问题是出版社是这么个一不出钱二不出力的吃奶机关，凭着我一个人怎么去完成这项宏伟的事业？目前我之所以这样做无非只是为了表示一诺千金，在武汉既然已经答应了周班长，武汉最有实力的作家已经响应了他的号召，其中除了全部是我的朋友之外，评论家於可训还是我的朋友和老师，当年我上武大是他替我报的名，三块五毛钱的报名费还是他给我出的，这套书如果半途而废，我会觉得对不起他们。于是我硬着头皮对傅活说，行。

我找到一个书商，请他投资发行这一套书，书商答应核算一下成本再告诉我，第二天他给我打电话说，书是好书，作家也是好作家，就是一下子十几本太多了，能不能先试着出一辑，卖得好再接着一辑一辑地出，另外能不能给出版社一些书，销完之后用书款支付作者的稿费？我把这个方案告诉社里，社里仍是坚持一分钱也不给，一本书也不卖。我又告诉周班长，周班长一听却高兴坏了，催我快些把书发过来，他保证负责找人以六五折卖书，还在武汉、潜江、沔阳等地搞几个签字售书活动，两万多元书款就不用汇到北京的账上，可以就地付了作者的稿费。

不过周班长说，你得把我的一本安排在第一辑里，我说，行。我就把方方、池莉、刘醒龙、周元镐安排在第一辑。周班长的作品都是二十世纪八十年代初发表的一些农村改革题材的短篇小说，我怕书商发行失利，迁怨于我，便在编排上做了一些技术处理，把它变成一部系列作品下的十几个相关章节，心想这个方案如果试行成功，这套丛书作者的自筹资金不仅能够退给他们，还能付给他们一笔卖书得来的稿费，如此我才算把一件好事做到头了，特别是於可训老师，我还欠着他的一份情哪。

然而我真是书生气十足，后来从邮局挂号发给周班长的四千册书，据说一本也没有卖，作者一分钱也没得到，为此我得罪了其中不明真相的朋友。只有一个人发自内心地对我表示感谢，他就是周班长。

2

九头鸟丛书的第一辑里，方方的那本叫《行为艺术》，池莉的那本叫《你是一条河》。周班长收到从北京邮局挂号寄到武汉的四千册书后，据说他找到《今古传奇》杂志的一位朋友，这个朋友又给他介绍了一个书商，他把书都委托给了那人。我催着他早些去跟那人结账，以便早些把稿费付给方方和池莉。周班长却说他一次一次地催要书款，那人一时说书还没卖，一时说卖完再给，后来则找遍武汉也找不到那个书商了。这期间池莉的丈夫效耘去向周班长催要稿费，开始他还叫苦推脱，最后被逼急了索性说应该向出版社要。池莉就打电话把周班长的话告诉了我，我想既然如此，那我按照口头合同只能先从他的手里收回书款，然后再作为稿费付给作者。

从程序上讲这样做本来是对的，可是这个本来对的程序却首先被对方打乱了，我想起一个武汉的朋友曾经得意地讲给我听，考验我听了以后看怎么办的故事。他说有一个聪明人进了一家饭店，先向老板要了两个肉包子，两个肉包子端来他又要换成一碗肉丝面，吃完肉丝面他把嘴巴一抹起身要走。老板说他还没有付钱，他说他的肉丝面是他用肉包子换的。老板又向他要肉包子钱，他说肉包子他一个也没有吃。老板想了想无话可说，就眼睁睁地看着他走了。

这时我才发现我就是那个卖肉包子的老板，我无法收到聪明的武汉人的钱。然而问题是这钱不是我的，它是方方和池莉的稿费。

方方是个厉害女人，出版这套丛书的如果不是我，她可以质询社长总编，还可以起诉出版社。但正因为是我，因为我们是很好的朋友，当年我考武大她还打入内部帮我打探消息，到北京参加青创会我被分个火车上铺她又为我打抱不平，她因为我没有能力对付她身边的聪明的武汉人，只发了一句出版社发行上太没本事的牢骚也就作罢。按照当时千字三十元的稿费标准，这句牢骚的价值应该在完税以后有五千多元，我就越发地觉得对不起她了。

池莉的风格与方方不同，当我在电话里讲完这套书的来龙去脉，池莉非常温柔地表了个态说，算了吧！池莉过去也是我很好的朋友，在湖北省作协办的文创所里我们都是首届学员，后来她在《芳草》做编辑时发表了我一个中篇小说，还跟主编杨书案一道受过上级的批评，因此我对她也是心怀愧意。最后这套书出版社又加印了两千册，每人只付了两千多元钱的印数稿酬，用方方的话说一个字才合一分钱，真是荒唐得很。

我曾经动过念头用我自己的钱补寄她们，又唯恐别人知道了不相信，本人知道了也半信半疑，甚至还会怀疑这钱本身就是她们的，只是被我长期挪用罢了。但说到底是我觉得这样做太窝囊，更何况世事变迁，斗转星移，一本书的稿费已经不是几千元，而应该是一万多元甚至几万元，加上利息和滞纳金，真要认真我的确是付不了的。因此我只能在心里替周班长欠下这两笔债。

不过，我在编辑部负责中国当代作家外文图书选题的时候，让具体分管的编辑给方方、池莉，还有一个刘醒龙，一人选编了一本外文版的小说集，算是中国体内的损失在外国体外补了一些，于心方有小安。当时国内已有很多优秀的小说家，女的如残雪、迟子建、毕淑敏，男的如余华、苏童、阎连科，都还没来得及出版外文版作品集，我们的这项工作就因故而永远地停止了。

公元1998年，老家来了一个名叫周业志的知青朋友，找到我要我给他安排个事做。我记得他是三十年前的初中毕业，编辑和校对是干不了的，想起外面还欠我们一些书款，便开了一张名单数目，附上对方的地址电话，写了一张委任书给他，要他担任我们的专职讨债人，效益工资就从讨回的欠款中按照比例提成。周业志初战告捷，一个星期在北京挣了五千元，接着又转战洛阳，债主却闻讯而逃，他在那里一分钱也没讨到，天热病倒在招待所里，吃住坐车再加看病倒亏了几百元。转身奔到武汉去找周班长，周班长借了一千元给他，他做路费回到北京，债没收到，反要我报销他的出差费和医疗费。我叹一口气，把委任书收回来，点火烧了。

讨债人掏出一封信来，说是周班长托他带给我的。我拆信一看，对周班长的恨意几乎全消，信上说他欠了我的钱，更欠了我的情，这是他今生今世必须要偿还的，他说他的老婆得癌症死了，他写的是你嫂子。我的心里立刻就难过起来，他的老婆我是叫嫂子的，觉得再要逼他反而是我不对了。接着又想，那笔书款莫非他从书商手里收了回来，给嫂子治病吃药和料理丧事了？接着又想，只当是方方和池莉跟我一道，对嫂子尽了一份心吧。

3

九头鸟丛书的第一辑出版失利，后面的两辑就不能再让书商印制发行，更不能让周班长代为卖书了，余下的十位作家出书心切，派邓一光为代表，上京把十本书稿的纸样提回武汉，就地找厂印刷。按照新闻出版署的规定，异地印刷是应该有出境准印证的，或者派人监印，防止偷梁换柱，否则不能给书号手续。我对出版部的主任说，是我老乡，我做保吧。这样邓一光才把书号和纸样一捆提走。

他们为了节省成本，回到武汉找了一家很小的印刷厂，印刷装订的质量非常之差。十位作家的书一本也没有上市销售，基本上是以送人为主，剩下的就放在走廊里，码在阳台上，塞在床底下，成了镇宅之宝。有的作家后悔不该出书，要找周班长追究印制责任，屋漏更遭连阴雨，此时周班长的《文化生活报》因故停办，他和他的部下作鸟兽散，人已不知去了哪里。

公元2002年的春天，突然有个很久没有听到的熟悉声音给我打来一个电话，说他现在北京，在给一家文化公司做事，具体是写一本关于刘晓庆的书，写好了想找一家出版社出版。他说他看见我所在的出版社已经出过一本刘晓庆的书了，不过他的这本当然要好得多，因此希望印到十万册以上，作者能拿很高的版税。我想起若干年前的胭脂路上，觉得他又在向我试探着说出书的事。这次我学贼了，坚决不揽这个破瓷器，只字不提把书稿给我看看，一个劲儿地鼓励他说，好哇，得了版税可要把方方和池莉的稿费付了，都已经八年了，跟抗日战争的时间一样长。

周班长说，对！接着话锋一转，要我教他如何使用笔记本电脑。我让我的儿子教他程序，他却让他的一个女秘书现场实习。我又想起上次我的委托收债人从武汉返京，带回他写的那一封情真意切的信，竟从他的声音里听出了一种终于过上新的生活的幸福和快乐。

此后又没有了消息。公元2003年的冬天，十五年前要我带她去请冰心题词的洪琼再次来到北京，作为《中国故事》的主编来参加国内期刊的发行大会，住在离大观园不远的商务会馆，打手机要我过去见一个面，说是另一个同学曾静平也在往那里赶。当时我正跟三个朋友在一起商量写电视剧的事，他们一个是从日本回来的导演，一个是画家，一个是中央电视台的栏目策划。接到电话我就让电视台的朋友开车送我，一路上车子堵得厉害，这位朋友又拐错了方向，花了不下一个小时才赶到那里。下车一进商务会馆的大厅，我就发现两个身穿皮衣的女士站在柱子旁边等人，我说路上堵车我迟到了，今晚我请你们吃饭。

洪琼说你并不算迟到，还有一个同学说是等会儿要赶过来。我问是谁，她说是周班长，我一听就笑了，她说，如果你不想见他我就让他别来算了。我说，让他来吧，八年没见面了，嫂子死后还不知道他老成什么样子了，可别见面时让我们认不出来了！

因为有了堵车的经验，我们决定边吃边等，晚饭快吃完了还不见周班长的人影，两个女同学猜他只是嘴上说来，心里其实不好意思再来见我，我认为未尝没有这个可能，正要叫小姐来埋单，只见从迎面的旋转门中大步流星走出两个身穿夹克衫的年轻人，身姿矫健，步履轻捷，酷似两个便衣警察，一前一后直奔我们这一桌。我不由得大吃一惊，前面的一个居然是周班长，后面的一个我不认识。周班长走到我们面前谁也不看，只介绍那个年轻人是他的秘书，跟一人握一个手，然后找个空位坐下，匆匆扫了一眼桌上，招手喊小姐把菜谱拿来，他要点菜。点完又要了几瓶啤酒，让秘书打开先给他斟了，再给每人斟上，顺着时针的方向他一个一个地碰杯，碰到谁就跟谁说一句话。碰到我的时候，周班长说，实践证明，你是一个好人，干了！

自始至终，他没再提方方和池莉的稿费，也没再提写刘晓庆的那一本书，我也没问，估计去年打电话对我说后，见我没有约稿他就不再写了。等着他慢慢地吃喝完毕，我埋了单。分手的时候他跟我紧紧地握手，又要求跟两个女同学一人拥抱一下。我们都悲壮地看着他，还有他带来的秘书和送我来的朋友，大家都觉得这么一个活泼可爱永葆青春的人，没法跟他过不去。

4

公元 1996 年，我的法文翻译家朋友吕华到法国去做访问学者，走前问我有没有自认为好的小说，最好是长一点儿的中篇，有就给他带一两个，他将在巴黎度过两年的时光，可以利用这段日子翻译出来，还可以争取在法国出版。吕华要长一点儿的中篇小说，是因为国外对小说的概念只分长篇和短篇，一般把长一点儿的中篇划入长篇，翻译出版就是一个单行本。我回忆了一下，说我近年要么写长篇，要么写短篇，恰恰没有中篇，倒是突然想起方方早年在《钟山》杂志上发表的一个名叫《落日》的大中篇，大约有十万字，我曾经建议她展开成一部长篇在我社出版，如果译成法文岂不正好是一本书，就向吕华推荐了方方的《落日》。

我这样做不仅是因为一直欠着方方的稿酬，这次可以用法郎补偿她人民币，更主要的是觉得方方的中篇小说写得扎实，又有思想，翻译出去法国人应该喜欢。她的中篇小说《风景》经我社翻译出版以后，在国外的反响就很不错。我向方方要来《落日》的中文稿交给吕华，让他去法国实施他的出版计划，吕华赴法之前方方正好来京，我还请方方来我家里跟他见了一面，双方谈了译书的事。

但是差点儿又闹了一个误会，吕华读了《落日》觉得可以，用法文写好推广材料，在法国找好了斯托克出版社，一边把出版合同寄给我让我转交方方，一边准备动笔翻译。不料方方收到我寄她的出版合同之后打电话问我，合同上怎么还有第三方？我说我收到吕华寄来的合同并没有看，而且想看也看不懂，因为合同是外文的，我答应帮她问一下，具体情况再告诉她。我写信问过吕华，吕华回信说合同上面只有甲乙双方，也就是作者和出版者，没有作者的经纪人或出版方的代理人，作为翻译，他的翻译费是由斯托克出版社支付，不会分取作者的稿费。

我把吕华信中关于签订《落日》合同的文字剪下来寄给方方，让她自己分析取舍。事实上此时的吕华正在向斯托克出版社争取中国作家的待遇，提出方方的《落日》稿费应该不低于一万二千法郎，周大新的《向上的台阶》稿费应该不低于八千法郎。斯托克出版社不同意，说贾平凹的《废都》四十多万字才一万法郎，方方的《落日》十万字怎么要一万二千法郎呢？吕华说不对，贾平凹的《废都》是一万美金，而不是一万法郎，斯托克出版社这才没有话说。

《落日》的法文版在法国出版之后，效果比事先预计的要好，对方还要继续翻译出版她的《奔跑的火光》。其实我的心里和方方自己一样清楚，《落日》并不是她最好的作品，它的思想和艺术水平只能代表十年前的作者，法国文坛对这部作品的大加赞赏未尝没有译文的因素。他们认为在中国当代中文翻成法文的领域，吕华是最棒的文学翻译家，于是不断地请他推荐中国作家，翻译他们的作品。

但是由于二十世纪末我们共同的单位中国文学出版社的荒唐解体，使吕华对中国文学走向世界的满腔热情和勃勃雄心大打折扣。有一段日子他心如止水，万念俱灰，新的工作单位虽然也与翻译有关，但与文学断然绝缘，他的角色无非纯粹是一架文字转换器，只是在不多的一点业余时间才能偶尔重操一下旧业。二十一世纪初，吕华一鼓作气地翻译了我三本书，《开电梯的女人》、《打你五十大板》、《玩阿基德飞盘的王永乐师傅》，相继都在法国的中国之蓝出版社顺利出版。

公元 2003 年 8 月，法国汉学家、翻译家和出版家安博兰女士在北京与我见面，说她特别喜欢《开电梯的女人》。她用标准的中国普通话说，太好了！太好了！我知道这很大程度上是译者的功绩，我最喜欢的法国作家是福楼拜，读他的《包法利夫人》我就读李健吾的译本，也许我喜欢福楼拜是因为《包法利夫人》，而喜欢《包法利夫人》又是因为李健吾。

通过上面讲的这些荒唐之事，我想以后我得狡猾些了。我们中国的《增广贤文》里的文，有一些的确不失贤达明哲，譬如说各扫门前雪，休管他人瓦上霜，如果你自己门上积雪成堆，别人喊你上房扫霜你一蹦就过去，有人就会认为你心怀不轨。关于那套九头鸟丛书，十三年来，我替周班长背着黑锅，他却早就一身轻装，喜刷刷喜刷刷地与时俱进了。

人生的烦恼

外国人第一次知道池莉的名字，是在公元1986年。她的一个名叫《月儿好》的短篇小说，被日本人编进了一本中国女作家的作品选。那篇小说的全部故事我已记不大清，大约是写一个乡村姑娘，自小儿许给一个同村少年，后来少年去上海念书，几年后带着城里的妻子回家，乡村中的姑娘还是一个人。她带他参观她办的幼儿园，告诉那些小朋友说，将来长大了也到上海去念大学。好像是这样的，反正与同类题材中被遗弃的女性的怨艾、仇恨，或者男人的自责、忏悔不一样。池莉觉得这个姑娘很好，做法也好，于是就给她取名月好，这篇小说的调子也像一弯淡淡的月儿，照着今晚的村景，迎着明早的希望。

她的早期的作品大多是这样，她喜欢把身边的人物随手拈进小说里来，比方说她的处女作《猫》里的那个柔驯的小姑娘，《新婚夜》中那个嫁了粗暴丈夫的新娘子，《雨中的太阳》中那对被南国微雨打湿春心的年轻人，《少妇的沙滩》中那个在沙滩上寻觅自己已逝足迹的少妇，《青奴》中那个为偏僻部落带去时代信息的聪明女子。这些人物以女性为多，以弱者为多，以小人物为多，她们在她笔下自自然然地说笑着，叹息着，抗争着，一如生活本身。她不喜欢用一些所谓哲理附会在她的小说里，附会在她们身上。

可能这就是她最早的小说美学，因此只要发现身边有心灵为之一动的人，使会随手取下几个片段，然后把它们串起来变成小说。这种技法似乎不太讲究，也有些笨拙，但从读者那里得来的信息，又证明它实在又是一种大巧，沾了大便宜的终归是只顾得热爱生活，顾不得玩弄玄虚的老实人。

湖北沔阳是一个鱼米之乡，也是著名的沔阳花鼓的诞生之地，池莉从小就生长在那里。高中毕业以后，她曾经在武钢防疫站里做过一名小医生，一边看病，一边看书，看着看着自己也想写起来。从公元1980年开始，她已经在国内的文学刊物上发表了不少小说。那个年代，湖北省作协主办的《长江文艺》，喜欢给崭露头角的、有前途的、年轻的女作者发表作品的同时，也刊登出一幅照片。池莉的收益是最大的，她一次就收到了几百封读者来信，读者们都要跟她谈文学，当然有的谈着谈着，就谈到别的方面去了。

时过五年，我又读到了她的《烦恼人生》，感觉突然一变，小说里的喧嚣嘈杂、匆促繁琐、是非曲直、纷争纠葛，让人看见尘世真是复杂，人生真是烦恼，便想她的心绪必然也不是早年如月儿一样安静的了。小说里写了一个名叫印家厚的男人，他的工作、他的家庭、他的爱情、他的婚姻，一切都显得紧张、忙乱、沉重，生活压得他几乎喘不过一口气来。即便这样，如果能够得到相应的报偿也还可以，但他得到的却是那样菲薄，连姑娘给他的爱情也不敢接受，老天实在是对他不起。

这篇小说我们准备选入《中国文学》英、法文版，翻译成两种文字推向世界，因为是一位陌生的作者，刊物还得配上一篇介绍作者生平的文章。编辑部把这篇文章交给我写，倒是正巧，这年10月，湖北作协通知我去武汉参加一个文学院的会议，因为我来北京工作之前，曾经是湖北文学院的首届合同制作家，在这里拿了两年工资，当然也完成任务写了几十万字的作品。当时主任只知道我和池莉是湖北的老乡，还不知道我们是文讲所的同学，早在文学院创办以前，湖北作协还创办了一个文讲所，首届二十个青年作家，我们都是其中之一。当知道了这层关系，这篇文章我就更是义不容辞。

当年的湖北文讲所设在武昌阅马场，那里本是辛亥革命的勇士演武之地，几十年后我们却来习文。七个月里，池莉给我的印象是善感而且善良，端午节回家带来一些煮鸡蛋，大热天上街买回一个西瓜，都要分给同学们吃；同学中有人不幸生病，还可以吃到她专门从防疫站带来的药片。吃吧吃吧，吃了就好了，这个时候的池莉简直就是一个治病救人的医生。有一次坐车出去参观，下车看见一个大脑袋小身子走路两边乱晃的小孩，这个小医生又追上去，抓住他肮脏的小手看了又看，转来以后伤心地说，是克汀病，不好治的，唉。

文讲所毕业我们天各一方，偶有通信，听说她去武汉大学上了夜大。白天上班，夜里上学，小说也没工夫写了，从汉口到武昌，来往穿梭于为江水分隔的武汉三镇，坐轮渡过江水，乘汽车过大桥，每天都要把万里长江横渡两遍。接着又听说她离开武钢，去了一个书刊发行部；再接着又听说，她到武汉市文联的《芳草》编辑部去做编辑了。

公元 1987 年 10 月，我在湖北省作协开完了会，就去《芳草》编辑部找她。人自然是长了几岁，写了《烦恼人生》，却还是《月儿好》的样子，两片嘴唇争分夺秒地说，忽然就笑起来，忽然就转身端橘子请我吃，还请我去看她的新家，语气非常的坚决。我感到她的意思是想让我大开一回眼界，便一口答应。过了一天，按照约定的时间，我带着我的武大同学、长江文艺出版社的周百义去了。果然一进家门，看见她腰上系了一条围裙，从厨房里走出来，让效耘安排我们坐下喝茶，自己返身又进了厨房。

效耘也是我在文讲所的同学，而且我们同室，文讲所是三人一个房间，同室还有一个写诗的熊召政。此前效耘在湖北电影制片厂当文学编辑，我没问他现在是否还在那里，想必还在。当池莉做完了所有的菜，效耘配合着把它们端出来，摆上酒杯，然后我们四人正好分坐四方，池莉就解下围裙，拿起筷子，请我们尝尝她的手艺。想不到这个医生、这个小说家、这个夜大的学生，菜也做得这样的好，色香味形俱佳，就像她读的是烹调系。特别是最后端出来的那一道汤，是叫嚷无汤不成席的武汉人最爱吃的排骨煨藕。

本来不想谈什么创作，但是要写文章，还必须装模作样地谈上几句。她说她因为跟我一样做了编辑，这几年里写得不多，有人认为编辑和作家分成两者可做好友，集于一身便是大敌，看起来这话是有道理的。不过毕竟是写过小说的人，她说看着别人都在写稿发稿，这些稿子从她手里经过，她的手就有些发痒，心想我也会写，我也有这个本事呢。于是她就把这个现成的也会写的本事拿出来，把人生的烦恼写成了一个《烦恼人生》。

她说她没想到这篇小说在《上海文学》杂志一发表，国内几家选刊争相转载，而且都是头条。该刊的主编茹志鹃请她吃饭，鼓动她说，你只管写写写，寄寄寄，我只管发发发！她说她不能让她的前辈期望落空，因此她会接着写下去，好好地写。我说《中国文学》也是这样的期望，还有我，作家同行，也是编辑同行。

这篇文章被翻译成英、法两种文字，发表在《中国文学》公元1988年的春季号上。那一期是特别开辟的当代青年女作家专号，总共四位：池莉、铁凝、张抗抗、刘西鸿，都是女人。后面倒有一个男人名叫野莽，但他写的还是女人。

我同时把这篇文章的复印稿寄给上海的《文学报》，主持文艺版的编辑叫胡良骅，收到以后就写了信来，问我能不能改个简短的题目。我回信说，那就改叫《说说池莉》吧。春节刚过，这篇文章就发出来了，上面还配了一幅池莉的照片，估计是从王安忆的母亲茹志鹃那里要去的，因为《文学报》和《上海文学》都是上海作协的机关报刊。报上登出的那张照片上，池莉扎着一对小辫儿，穿着一件格子衣服，美是美，却不该是朦胧的美，月儿似的，可能是新闻纸的原因。池莉在武汉看见了，写信来找我的麻烦说，太折磨人了，你不是存心要我的命吗？

问题是国内一些朋友也看见了，都说我是不务正业，不好好写小说倒去吹捧年轻的女作家。我说这是遵命文学，编辑部安排给我的职务工作，不写不行。其实我哪想去写人家，我还想人家来写我呢。但是这篇文章被中国外文局一下子看中了，评了中央对外传播优秀作品一等奖，又发奖金，又发奖状，又把它收进《对外传播优秀作品选》里，在对外传播学习班上作为典范之作，让广大学员认真学习，还请我再写一篇文章，介绍我是怎么采访写出那一篇文章的。

我简直有些好笑，说我根本就没采访，我就是到池莉家里吃了一顿饭，吃罢了为了证明不是白吃，抹抹嘴对她说，给你写篇吹捧文章吧？接着把随身带的笔记本掏了出来。池莉看我动真格的，觉得滑稽，笑得快要喘不过气来，说是你别装模作样冒充记者了，饶了我好不好？最后还是我的同学加同室，她的同学加丈夫、满脸胡子的房主人效耘跷起一条毛腿大讲特讲，我才采到了她关于沔阳，关于武钢，关于武大夜读班，关于《芳草》编辑部的，一路走来的艰难历程。

那天在她家吃饱喝足，临走她又送我一大网兜橘子，要我带到火车上吃。我猜这些橘子是她单位分的，因为前天在《芳草》编辑部也吃了不少。回到宾馆休息一夜，次日我提着橘子上了火车，回京我花一个晚上工夫把文章写了出来，一上班就交给主任。老先生吃惊地看着我说，你，就写好啦？

这是我到中国文学出版社以后写的第一篇工作文章，著作权法上的标准说法叫职务作品。从此我差不多成了《中国文学》杂志的专栏作家，一有这类文章都要我写。因为写这样的文章要去采访作家，而作家分布在祖国的天南地北、各大城市，我也就乐意地把工作与旅游结合起来，总是不辞劳苦，欣然领命。公元 1988 年 5 月，我去往湖南，给湖南作家搞了一期专号，作家们陪我玩了长沙、岳阳等地。同年 10 月，我又去往山西，给山西作家搞了一个专辑，作家们陪我玩了太原、大同等地。第二次我还带上了两个翻译，一个是英文翻译李国庆，一个是法文翻译部的主任燕汉生。我是组长，一切行动听我指挥。

在火车上，燕汉生对我说，上次有一篇写池莉的文章，我们部的法国女专家很喜欢，这次你写郑义、李锐、张石山，文章最好能按那个风格，写好了我也让她翻。我说那篇文章就是我写的，不过这两次的情况不同，太行山麓和荆楚大地，黄土地和长江水，农村生活和都市题材，粗犷和秀丽，三个男人和一个女人，两种人文，风格可能不会一样。燕汉生说，啊，池莉是你的同学，她也是一个编辑吗？我说是，为编我的一篇小说，她跟一个名叫杨书案的主编还受过株连。最近她们要设佳作奖，奖金一千元，她还要我给她写一篇最好的小说呢。燕汉生问，给了吗？我说不敢给，因为她信上说“你自然知道什么是好小说，你也是编辑”，只这一句，我就不敢随便给了。

我知道她是一个好编辑，丝毫打不了马虎眼的。那几年《芳草》萋萋，天涯知名，这跟杨书案和池莉这样的好作家在这里当好编辑，有着直接而又重大的关系。我想起上次去史铁生家，史铁生知道我写小说，对我说了一句非常武断的话，他说想当好作家就当不了好编辑，想当好编辑就当不了好作家。这话说得钉子回了头，没有丝毫商量的余地。当时我想，三十年代的鲁迅和茅盾，他们不都是好编辑和好作家吗？现在我想，池莉呢？

《对外传播优秀作品选》编辑部要我写的这篇体会，至此我还没著一字。这并非是我谦虚，心里想写，假装不写；而是没有，真的没有。写什么作品都应有一种特别的心境，作品写时，这个心境破坏不得；作品写罢，心境却又化入作品之中。有的东西天生就能写好，一点都不费劲儿；有的东西天生就写不好，费多大劲儿都不行。比方我又一次出征，去写山西的三位作家，文章也都翻译成英文和法文，发表在《中国文学》杂志上。但是中国的翻译们和外国的专家们见了我，都不怎么开口提起，下一次对外宣传优秀作品的一等奖里，估计也不会有这篇作品的名字。

这倒没什么，有什么的是单位上下认为我没花心思写，心思都花到自己的小说里去了。

人生在世，遇上这样的事也是很烦恼的。

大别山里有条龙

中国人的名字中，叫龙的大多是龙年所生。但是这个刘醒龙却不属龙，他属猴，生于公元 1956 年，猴年生的为什么不叫刘醒猴，而叫刘醒龙，这是一个谜。刘醒龙本人也是喜欢谜的。他出版的第一本小说集《异香》，副标题就叫“大别山之谜”。大别山是他童年成长于斯的英山的山系，半个多世纪以前，我们的红军在这里仗着天险，神出鬼没，屡退白军。发生在这片山区的无数个神奇故事，滋养了儿童时代的刘醒龙，二十年后，这个儿童长大了，会写书了，他就写大别山之谜。

从公元 1979 年写到公元 1992 年，写了十三年，写到三十六岁，刘醒龙写出名堂了。这一年是猴年，是属猴人的本命年，中国人很重视这一年，据说人在本命年里，不是走运，便是背时，此外是没有一条中庸之道可走的。看来醒龙是走运了，仅仅一年，他发表了六部中篇小说，一篇比一篇叫得响。而且他还在趁势写，趁势发。从编辑的来信，家乡朋友的来信，尤其是父亲的来信中，他隐隐地感觉到自己正在走向读者，也正在走向受欢迎的文学。

但是，当《青年文学》杂志把他从湖北黄冈请到北京，在专门为他召开的作品讨论会上，他听到中国作家协会副主席，中国当代首席评论家冯牧先生壮怀激烈，把他的《村支书》和《凤凰琴》评为已经久违的传统现实主义文学在新时期的发扬和发展时，连他自己也暗吃了一惊。

醒龙不大会说话，坐在几十位口若悬河的评论家的面前，他只有洗耳恭听的权利，直到两个月后，他才在《小说月报》的创作谈一栏里老老实实地谈道：“我现在才明白，父亲过去的激烈批评是有道理的。那时，我把自己的位置摆得高了，总以为自己能为穷苦的乡亲指点迷津。现在，我终于懂得，天南地北的乡亲的出路唯有靠他自己去创造，而我唯一能做的一件事，就是献上我的真情。”

和父母是作家的王安忆、李晓不一样，和祖辈是农民的贾平凹、莫言也不一样，醒龙的父亲不是他的导师和引路人，却是他最忠实的读者和最负责的批评家。父亲总是以基层干部的眼睛，审核儿子的生活题材，以读过私塾的文化，评判儿子的写作艺术。父亲曾经在他一篇短短的小说中，毫不客气地打了七十二个问号，表示着自己强烈的不满。《村支书》的发表，使他父亲跑遍了小小县城，在儿子的朋友那里找刊来读。这一回父亲不在小说中打问号了，居然写信大加赞扬：“直到昨晚小刘才将《小说月报》三期送来。晚上光线不好看不清，今早五点半就看起，刚刚看完。我是你爸爸，又是老干部，《村支书》是写得好，好在真实，好在好读。我代表我们家族向你祝贺，并希望你今后写出更多、更好的作品。永远不要忘记，你是老穷人的后代……”

醒龙本是在黄州市的一家招待所里降临人世，周岁以后被父亲带往英山，由于父亲在农村工作，他从小几乎就是一个农村的孩子。农忙时节，生产队长同样派他割谷插秧，寒暑假里，母亲也会让他上山砍柴。村里开会，他常看见方建国那样的村干部，发蒙上学，从读的就是余校长那样的小学校长，邓有梅和孙四海那样的民办老师。县高中毕业，他在水利部门当过施工员，阀门厂当过工人、车间主任、厂办公室主任，在县文化馆当过创作辅导干部。他和父亲一样，生活在中国最基层的社会里，他干过很多种工作，结识了很多人物，那些人基本上都是农村的人。

他对农村人的情感，在他的小说中无处不见，他索性把自己也划入农村人。虽然后来他已进城，但他承认他在城里的朋友不多，作家评论家队伍中也仍寥寥。他不能看城里人那种居高临下的气势。一位城市评论家评论他的小说是乡下孩子写的乡下事，醒龙嘴里不敢反驳，心里却说：你先生以高乡下人一等自居，本身就是落后的农民意识！有一次，几个文学界的人议论一个新闻界的人：一个乡巴佬也想来闯武汉？醒龙听了难受，他想他就是一个乡巴佬，他从乡下到县城，从县城到州府，有一天他也许还要到武汉市的，那时候这些城里人又会怎么说他？

我们相识很早，因为常在省作协里一起开会，还有几次一起写稿，一次是在沙市，二次是在武昌。通过互读作品，以及碰面时偶尔的一句话，也无非只叫得出对方的名字。醒龙出现于文坛的时候，他的家乡英山已有了两位全国获奖的青年作家，一位写诗，一位写小说，都是我的同学和朋友。醒龙比他们略小几岁，个子也成正比地小着，瘦骨伶仃的细身子上端，举着一张白白净净的娃娃脸，大眼睛尖下巴小分头，一副聪明机灵却规矩的模样，像个高中刚刚毕业的三好生，逗人疼爱。但是在他的作品表上，这时已悄然列了一长串儿发表过的小说的题目，那就是他最初写的那个大别山系列。我们真正的相熟，却恰恰是当我们分别几年之后的一个秋天，在桂林的笔会上，醒龙给我的印象跳出纸面，变成一个生动的立体。

醒龙极其的自尊，极其的敏感，与他的小说描写中近乎女性的细腻笔触极其的相符。在他置身人群的时候，他的感官永远高度地警惕着，逃出人群也仍如此。他总是微妙地觉察出一些傻呵呵的粗心男人麻木无知的东西，所以他又总是沉思的。会场上，旅行中，餐桌边，人们容易忽视他的存在。有时他笑，但只有笑容却几乎没有笑声，大约他依然是警惕的。也说，那是在他觉得如鲠在喉非说不可，但说不了几句就没了，声音且小，节奏明显地慢于他人。他是注意着自己发言的质量，希望每一句都能独具见识，无隙可钻，让城里人对他的讲话吹毛而求不到疵。

然而事实上，醒龙对自己乐观自信，雄心百倍。直到又见他发表了一部有影响的作品的时候，身边的人追忆起他当时的沉寂，方才发现原来平静的湖水下面有多少奇怪的东西在不停地搅动着。一位师长辈的作家后来这样说他：“读他的作品，我常常会停顿下来想想刘醒龙其人，迷惑不解地暗自发问：他的这些怪念头是怎么产生的呢？他年纪轻轻的哪来这么多的生活阅历呢？他羸弱的身子怎么容纳得下这么大一个奇异的世界呢？”

他的自信和谨慎，这两种看似矛盾的性格在他的小说中，被化作一种大智若愚的淡淡幽默，让人忍俊不禁，又不至于捧腹。从《村支书》开始，他的小说基本上都是白描，用极其朴拙，近乎乡下口语的简短句子，表现小说中人物的行为，转述他们的对话，一任他们在特定的事态中发展和完成各自的命运。他的小说已经从一度追求的西方式重心理、反时序的意识流，回归到中国传统小说的流畅线条，这种风格越是貌似老实，就越是透出作者的狡猾。《村支书》的出现，立刻博得了国内读者的喜欢，本命年的醒龙更加成熟了，他懂得我们这个民族的文化心理。

醒龙爱他妻子，即便短暂的出外旅行，在山水甲天下的桂林，在风光甲桂林的阳朔，刘三姐和阿牛的爱情传说也能勾起他对妻子的思念。船泊在漓江边，大家闹闹哄哄地抢着去买玉石的乌龟、镇纸、健身球，唯有一个默不作声的醒龙趁大家不注意的时候，偷偷挑了一盒南国相思的红豆，他要揣回去，献给他分别不过十几天的爱妻。

可惜这样懂得爱，懂得尊重女人的醒龙在他目前创造的人物画廊中，至今还没有一个重笔刻画的女人的形象。尽管听说他写过一个总题叫作“女性的战争”的系列，但是在他有影响的作品里，毕竟还是老男人居多，偶有女性也尽是老大妈。不过真正理解他的人，恰恰可以透过这种现象觉出他是太看重女人了，知道女人的世界是很深刻、很复杂的，女人的心又太纤柔，他怕写不好她们，以至于让她们受到误解和伤害。关于这一点，不知道他的父亲以及冯牧先生将作何看待，我则认为，作为作家，这不能说不是一种缺陷。不过同时我又相信，醒龙是胸有成竹的，他早晚会把他所钟爱的女性形象刻画得比村支书还要感人。

醒龙令人企羡的好运在于，正当他在春天未去的人生途中，又一个文艺的春天到来了，他可以倾其才华大干一场。他那张白白净净的娃娃脸上还没长多少胡子，因此他仍然是一个德智体全面发展的三好学生。他把身体看得很重要，这是对的，因为他先天羸弱的缘故，一位同乡作家三十九岁不幸夭折的悲剧给了他太多的深思。同样是在桂林，我们在一家军队疗养所里住着写作的时候，别人大多由于熬夜起得很晚，而天色曦微的花坛前面，早有一个瘦小的影子在骑马蹲裆了。等到别人起来，他已练完一套。人戏问他练的猴拳，醒龙不笑，神情庄严而又肃穆，说出一串气功的名目，俨然已是一位大师。

自公元 1979 年开始，醒龙已在全国各地的杂志上发表了一百多万字的长中短篇小说，其中有的获了刊物奖，有的被更有影响的刊物转载，有的正在改拍电影，更多的得到了专家以及读者的好评。但是他把新的起点客观地定在创作《村支书》的公元 1991 年，这说明他已决定和过去告别。作为醒龙的朋友，我乐意把他介绍给国外的读者。

善哉刘兄

认识刘益善，是上个世纪八十年代之始，我发表了第一篇小说，紧接着又要发表第二篇小说的时候，距今已经三十一年。他是《长江文艺》的诗歌编辑，我是《长江文艺》的小说作者，我被小说编辑刘耀仑引领着，在武昌紫阳路215号编辑部的每间房子里走了一遍，走到诗歌组的门口，刘耀仑把门敲开，对一个毛发卷曲的年轻人说，这就是《这车好炭》的作者！又对我说，这就是刘益善！这个口气，是想让我们从中听出此前我们都是知道对方的，甚至还互相打听过。

于是我们就开始握手，握手时我羡慕地看着他卷曲的毛发，心想诗人就是比小说家勇敢。我这么想是因为那个年代，烫发、留胡子、穿喇叭裤，统统都属于资产阶级自由化，上班时往往有人戴着红袖章把守在路口，发现目标就用剪子进行修改，就像编辑修改作者的文章。因此我们身上都穿着中山装，我是黑呢子的，刘耀仑和刘益善的我已忘了。

后来我才知道他是胎里带的卷发，即所谓的自来卷。

那时候《长江文艺》有三个刘，以年龄排序是刘岱、刘益善、刘耀仑，但在我心里的排序却是刘耀仑、刘岱、刘益善。这是为什么呢？刘耀仑和刘岱是管小说的，前者初审，后者终审，刘岱是副主编，地位仅次于作协主席骆文的夫人，跟随丈夫一道从延安来的王淑芸主编。我的第一篇小说是刘耀仑的责任编辑，我的第二篇和第三篇小说又是刘岱写的评论文章，那时我年方二十多岁，刘岱称我是“有才华的新作者”，十分想用他高大的身材把我捧上天去。而诗歌编辑刘益善与我并不直接发生关系，想必在他的心里我也被排在很多诗人的后面。

我记得在前一年的《长江文艺》上，发表了后来当过我两年领导的李建纲的一篇小说，名字叫《三个李》，我曾想过，何时我也写一篇《三个刘》。

倒是在我离开湖北以后，发现诗人刘益善的小说写得比诗更好，有一篇还选进了我办的选刊，接着又收进了我编的选本。不过我们的关系仍然不即不离，不如我和刘耀仑一样睡在一张行军床上胡说八道到天明。在我的眼里，刘益善温厚、沉稳、谨慎、中庸，或者也可以说是有点儿圆滑世故，言谈声气不大，举止动作也小，似乎从没有过一次高呼和狂笑，即便在讲黄段子的时候也风平浪静，风格与张牙舞爪的刘耀仑形成反差。

在我的潜意识里，我更愿意与率性的人做知心朋友，我假想着在我的身边如果发生一场大是大非，刘耀仑会像李逵一样露着肚皮杀奔而来，而中庸或者也可以说是有点儿圆滑世故的刘益善则会转过身去找黄色的土壤，在脸盆里用水和成糊状，这边抹一下那边也抹一下，轻言细语地说是算了。

这当然是假想，很多年里，我以为刘益善是这样的人。

三年前，我的家乡请我组织一个中国作家采风团前去采风，湖北我的朋友最多，却一个也没被我列进名单，原因是方方、刘益善、刘醒龙、邓一光、陈应松、熊召政、刘继明，以及二董、晓苏、谢克强和梁必文等一干精英，无一不是我早年的朋友和同学，请一个不请一个会得罪人，若是全都请来岂不成了湖北作家采风团？后来在这支小型队伍里出现了刘益善和方方，是因为省文联的老乡单请了刘益善，而我请的韩少功从海南途经武汉，受到女地主方方的接待，韩少功替我做主，封方方为此行的副团长。

这是我与刘益善分别二十年后的第一次重逢，而且是在我的家乡。相聚一周，一起出行，一起饮酒，一起下榻，我终有机会看到他宽衣解带，然后露出白的肌肤和真的性情。

其实在此之前，我已试过了他一次，那年武汉一个未名作家寄我一部书稿，先说自费出版，又说没筹到钱，接着又求我帮他想办法。因是同乡，我被他的执着感动，真的帮他找到一家文化公司。不料书出版后他说不该有两种封面，一意要状告出版人，还不得不把我列为连带被告。为了澄清真相，我将此人写给我的十三封书信复印下来，寄给湖北作协的领导，由于一时想不起主席是鄢国培还是刘富道，就寄给刘益善请他代转其中一位。

信件寄走后我忽然感到后悔，我担心会让这个中庸或者也可以说是有点儿圆滑世故的人从中作难。接着我又假想，如果把这份材料压在堆积如山的作者来稿中，却告诉我已经转交作协，这或许是一个两难人的首选，我将永远也不知道其中的秘密，当今之世，很多自以为聪明的人都是这么做的。秘密解开是在不久，我忠实的朋友欧阳忠打电话来告诉我说，刘富道看了我寄去的十三封信，对他说那个人的起诉不会取胜。我这才知道刘富道是作协的党组书记，他看到的自然是刘益善转交的材料。

刘富道的预见基本上是英明的，那场官司两败俱伤。未名作家付了律师费和诉讼费，最终却撤诉了，不然身子会败，名也会裂。我付出的是车旅费和反诉费，后来也没有精力再打下去。但他至少输掉了人格，而我在此后相当长的一个历史阶段，失去了对湖北文界朋友的判断力和继续助人的勇气与信心。

作家采风活动结束以后，我们聚而又散，其间刘益善来过一次北京，同行的还有十多年不见的刘醒龙。大家在一起研究共同做一件事，中国工人出版社的李阳请我主编一套当代作家长篇小说评点绘画本丛书，规矩是选一位作家的原著，再选一位作家评点，再选一位作家配图，后面这位作家要求是会画画的。

这套丛书已经出版了十部，再往下我选刘醒龙一部长篇，刘益善评点，配图再找湖北某个会画的作家。刘益善二话不说，一口答应，又建议别找人画了，就让刘醒龙的女儿画！我问刘醒龙的女儿是作家还是画家，刘益善说，都不是，才八岁，三年级，叫刘晚，刘醒龙晚年所生。我用眼睛看刘醒龙，寄希望于他谦虚推辞，这事就取消了，但是刘醒龙比他更加坚定地说，她会画！画得好！

两人一唱一和，像是在来京的火车卧铺上研究好了。副总编兼副社长李阳还在犹豫行还是不行，我怕他提出拿到编委会上讨论，立刻代他做了主说，行，父女合作，这个创意不错，只是别把刘晚的稿费寄到学校去了。

都是作家，都写小说，一个要放下自己的小说而去评点另一个的小说，这样的事，一百个作家里有五十个会说很忙，四十九个会说评不好，然后学着孔融的样子让给那些做这事滚瓜烂熟的评论家，二话不说一口答应的只有一个，这一个就是刘益善。他是因为一生都在为人做嫁衣裳，为很多人都做了，其中不乏永远的陌生人，何不再为自己的好朋友做一件呢？所以他不仅本人要做，还主动提出要与八岁的小女孩儿为伍。

说到做嫁，我原以为他在裁缝案前会极其地谨慎，极其地胆小。有一次他对我说，因为喝酒他把胆囊给摘除了，他已经是一个没有胆子的人了。这话曾经被我认为是他对自己编辑作风的隐喻，但是后来，通过我的两篇文章我发现真是小看了他。现在我可以老实坦白，那两篇文章中的一篇《一个老县长的生母和养父》，是别家刊物要删去一段话我没同意才转寄给他，而《一个时代的见证》则是一篇删去十段也没人敢发表的东西。后者是我为杨献珍的秘书萧岛泉老先生新书所作的序言，文中有不少率性的句子，仅有作者的骨气而无编者的勇气，那是不能够作为一个时代的见证幸存于世的。

萧岛泉老先生还乡郧阳，返京时绕道武汉，提出要见见他。终于见了，回来对我大谈感想。老先生说，内在勇敢正直的人不一定是表面血气方刚的人，人的本质往往要经过一件重要的事情才能暴露出来。

这是一位坐过三年监狱的老人，杨献珍哲学思想的追随者，一双鹰隼一样的眼睛阅尽人间，看透万象。这话很快就应验了。

一年前的冬天，我的母亲因患阑尾炎住进家乡医院，做手术前一个名叫甘立群的主任医师居然不按规定给她会诊，手术后也不戴监护仪，当晚零下 4 度的寒天，院里本来有 20 度恒温的监控室，却把我八十高龄的母亲推进一间没有暖气的房间，一个名叫吴旭的非正式护士连空调也不会开，几小时后母亲被冻发心梗，悲惨离世。

我写了长文发表在朋友的博客上，一时被各家网站转帖，引起数十万人的关注和声讨。医院却组织一些人进行反扑，诬蔑我追究罪医罚款救济贫病的行为是想发死人财，一个名叫周子香的女人像白骨精一样变化各种网名骂我流氓，反而要我拿出自己的稿费来从事慈善事业，并且勾结一个名叫杨建国的闲汉说我母亲都八十岁了，死了还想找谁！两人扬言要把我变成十四年前家乡一位被精神病的检举贪官者第二，也送进精神病院去关十四年。

这期间我正写着恩师的传记，按照出版社的约定必须要在年内完稿，翌年出版，悲伤愤怒再加紧张辛劳，我几乎快要按照他们的期望心力交瘁，然后不得不咽下这一口气。但是网上的战斗仍不能停止，有激进的网友警告说我如果妥协，他们就连我一起讨伐，罪名是有被暗中收买的嫌疑。

我特别希望有思想深刻的作家同行能站出来，以理性的文字客观公允地对这一事件进行剖析，我错了就批评我，院方错了就批评院方，然后提出可行的建议。因为我此时的第一身份不是作家，而是受害人家属，无论怎么说都会让罪医和他们的保护者找到反扑的借口。网上已经有人化名留言，说野莽如果是为别人的母亲，就是一位正义的作家；如果是为自己的母亲，就是一个自私的儿子。

还有人把这事与热爱家乡联系起来，骂我是为家乡抹黑。一位过去搞过文学创作，后来当了市卫生局党委书记的朋友用文学的语言教导我说：“母亲死了，另一个母亲还在，她是我们的家乡，儿不嫌母丑，纵然母亲是有过错的。”后一个母亲，指失责杀死我母亲的医院，他教导我要像爱我母亲一样去爱这个杀死我的母亲的母亲。

阅尽人间看透万象的，八十三岁的萧岛泉先生的话开始应验。我的许多作家朋友出于以下考虑保持沉默：

一、担心我是坏人，诬赖好人。

二、担心共产党是坏人，将说真话的人满门抄斩。

三、担心网友是坏人，利用公众人物的言论攻击和谐社会。

四、担心自己是——在做坏事，至少不是好事、正经事、有政治意义的事和有经济效益的事。时间就是生命，鲁迅说：“浪费他人的时间无异于谋财害命，浪费自己的时间无异于慢性自杀。”在政府尚未设立华佗文学奖或白求恩文学奖之前，不能白白地死在他人或自己的手里。

老先生的话继续应验着，到底有作家朋友在沉默中暴发，或者说他们最初就没有沉默，而是仅限于人之常情的慰问、安抚，此时随着网事的发展而变成了讨伐。

湖南的聂鑫森第一个撰文，以怀念我母亲的形式谴责置她于死地的罪医。这个温良恭俭让的老夫子是所有作家中唯一见过我母亲的人，三年前去我家乡采风，身穿红衣与我父母合影，别时相约再会。

公安部的穆玉敏第一个转帖文章，第二个撰文声讨。

河北的谈歌在网上痛骂罪医是“王八蛋”，康志刚换一个骂法叫作“人渣”。

山西的周正旺，北京的蒋泥和黑丰。

河南的孙方友不会上网，他让80后的女儿孙青瑜替父代笔。

杨献珍生前秘书萧岛泉老先生以自己的八十三岁高龄，写信质问罪医和保护他们的贪官，如果零下4度的夜晚手术后把他扔在寒室，冻发心梗而死难道也是活够八十该死了吗？

更多的讨伐者则是网名，便是对我也不现真身。

而在我的家乡湖北，最先说话的恰是这个三十年前曾经被我认为温厚、沉稳、谨慎、中庸，或者也可以说是有点儿圆滑世故的刘益善。他在网上看到我的文章，但他不会把他的文章贴在网上，他一不做二不休，居然选择了全世界公开发行的、1949 年创刊的、被称为新中国第一刊的《长江文艺》。

他的胆囊被摘除了，壁内空空，也就无所谓胆大与胆小，以上四种担心随着他的胆子而去，此时的他已是一个无胆的英雄。

没有了母亲的大年初一，四面八方的贺岁短信却一如往年，欢乐，祝福，吉祥，如意。我收到天下无二的一条，我的眼泪滴在这一条上，刘益善说：兄弟龙年平安，并在令堂大人灵前一叩！

写散文的散人

初夏一日，耀仑偕夫人毛志平来看我父亲，我在去年我种的葫芦上烙打油诗一首赠他，因是伉俪，遂选了一个并蒂的双葫。葫芦诗曰：“三十年前幸逢君，卖炭得钱仍从文。至今犹思紫阳路，欲寻旧梦到翡城。”耀仑主张改成温梦，我说不改，你不是寻来的么？翡翠城香留园是我的城南新居，武昌紫阳路215号则是三十年前《长江文艺》编辑部的旧址，在那里，我的短篇小说处女作《这车好炭》，有幸从一麻袋作者来稿中被耀仑翻检出来，写上一条批示拿去发了表，事后寄给我四十块钱。1980年，这笔横财相当于我一个月零十天的工资，我把它买成文房四宝，接着又写。

我们的友谊从此开始。那时候我只知道自己会写，岂知耀仑也会写，并且早就会写很会写，而我只会写小说，他却小说、散文、诗歌、评论、报告文学样样会，他写的平仄对仗偶尔还用那么两个典的对联，能贴到古汉语学家的大门上没人敢往下扯。据说他还是情书圣手，我问此事确否，读者毛志平含着热泪点头三下。这且不说，耀仑尤其会写稿笺，一日我去紫阳路215号，发现一摞手稿，每篇都用回形针别着一页耀仑吊儿郎当的字，上面的短文放在今天应该叫作微博。那东西非常之重要，写得好面包什么都会有的，说句坏话你可就完蛋了。

很多年后我也做了编辑，曾一度突发奇想，若把一些后来成为名篇的始发稿签回收起来，辑为一书，那当是中国文学史上一个重要的见证，那些年，耀仑势必写了不少。后来我们成了好友我方得知，刘耀仑、刘益善、李传锋，想当年是作为一所高校的三大才子，同时被分配到湖北省作协的机关刊物，从此三仙过海，神通广大得坐火车、汽车、手扶拖拉机到各个基层去培养年轻的业余作者。

在我的诸多朋友之中，有的是一根双节棍独步天下，有的是十八般武艺样样都比较的精通。人们误以为耀仑会是前者，然而错矣，他恰是今朝风流多才人物。他下象棋，每盘都下不过柳大华；打乒乓球，柳大华可就不是他的对手了。唱歌子，跑调的时候不是太多；跳起舞来，搭档会喘着粗气要求暂停，质问他是不是歌舞团的下岗员工。最恼火他翩然一副倜傥的仪表，让我气不打一处来，我将他比作是亡党亡国逃到我华夏之地还想要李铁梅的阑埔寨亲王西哈努克。

耀仑好酒，嗜烟，贪色，逞强，纵身车城文坛擒头牌才女毛志平如探囊取物。二十三年前，我们曾战球于中国外文局二楼大厅，他一球劈过来说是劈着了，我说没劈着，时无裁判，他竟闹得天翻地覆。但这诸多恶习集于一身，又铸他成一个可爱的顽童，于是我们终也没能散伙。他的逞强路人皆知，便是编书，第一本散文集《书之概》寄给我时，吓得我的身子一仰，厚厚然我竟以为是个合订本。越十五年，耀仑乃毕现楚庄王的做派，不出则已，一出五卷，曰小说，曰散文，曰诗歌，曰评论，曰纪实。经我等投票公决，敲定其红楼同窗聂震宁作纵横论，北大园烟枪聂鑫森作小说分序，未名湖酒徒李发模作诗歌分序，余下梁必文、高晓晖者各序一册，我则重点研究他妙不可说的散文随笔。机会难给乎，一卷《静谷幽韵》，让我果不其然开大了眼界。

又且不说自一百年前胡适领导了新文化运动，迄今已难见到的国粹文言，如《述史》，如《炎帝故里赋》，词采华丽，气势磅礴，深得唐宋八大家的章法。高祖以降，刘门衰兴，神农诞地，泽被中华，咬文嚼字的俳句借用楚语以喻，那是鸡子都捣不烂的。他写《我爱黄山》，我却要写我爱此篇，爱他将黄山万千气象都人格化了，这与那些我看厌了的千山一律，千头一尾，明明是还没爬到半山腰就累个小死，偏要说征服大山于脚下的吹牛雄文相比，它让我从字里行间吸到了一口山上带露的清风。

黄山的迎客松，在他笔下是一位老英雄，无情未必真豪杰：“伸出巨手，迎迓来自远方的客人，风来臂摆，频频致意”。送客松则如山姑含情：“颔首垂臂，一副依依惜别之态”。它们因何而来，来自何方？哦，原本是“钟情于悬崖峭壁的险绝处。只要有一粒种子，不管是鸟儿衔来，还是风儿吹来，抑或人儿撒下，有一个岩缝它都要发芽，生根，迎接那风那雨那霜那雪。”（《我爱黄山·黄山松》）这么一写，统统的都如人一般有肉了。

“老汉撑船”是黄山的一尊卧石，他便想着，这人，这船，“是从远古的大海撑到今日的高山之巅吧？船那么的沉重，一定载满沧桑……”而对凡夫俗子眼里的“仙人”，他的目力能透出形体之外：“看似野鹤闲云般逍遥自在，却早把天地翻覆，恩恩怨怨瞅得个明明白白。”（《我爱黄山·黄山石》）这个作者真叫沉得住气，坚持到了最后，才说出一句人世间最有骨气的话，让我顿时对此山充满了敬意：“黄山从内里自信，因而耐得住寂寞，它不稀罕封禅……”（《我爱黄山·我爱黄山》）这么一写，又把五岳之尊的泰山比了下去。

未曾开读《白果树垸的回忆》，我先以为他会学鲁迅，多年来我被这样的散文吓怕了：“我的垸子里有两棵树，一棵是白果树，另一棵……”可惜我真是小看了耀仑，他怎么会这样开篇呢？“1958 年不知怎么刮起了一股狂飙，短短的几天里，一些古树纷纷地轰然倒下，喂了窑，变成白炭，继而填进烈焰熊熊的炼钢炉。那好客的迎客松去了，慷慨的橡子树去了，热情的红枫去了，别具风姿的河柳去了……”但是，“唯一在我心中支撑着的，给我些许安慰的是，白果树垸稻场边还保存有一株擎天的白果树！”

然后从这棵幸存的白果树，写到伟大的七奶奶，关键时觉得散文的章法已不足用，一急眼竟使出写小说的本事。“在一群人砍树砍了五分之一的时候，七奶奶闻声急步赶来，扑上前去，又哭又骂，将别人的斧头扔了。是她领头和另外四位妇女手牵手抱住树脚，不让利斧靠近白果树的身躯。晚上她们也不离去。她们哭喊：‘要砍，就砍我们吧……’”白果树从此凛然不受侵犯，白果树垸从此日日夜夜回响着七奶奶们的呐喊声，到今天，我们的耳边，因了这篇散文的力量。

我喜欢他的《画意》，画里有诗，还有一个神话般的传奇。画家送他一幅画，绿的是芭蕉，紫的是藤萝，奋飞的是麻雀，一家爱之，补壁于客厅。不料年久蒙尘，芭蕉藤萝共麻雀一色，欲擦不能，欲卸不舍。又不料，儿子以水枪演习星球大战，一股水喷在了画面上，刹那间满纸斑驳，这时“我却在画前突然发现，儿子洒上去的斑斑点点的水，都变成了淅淅沥沥的雨水。好大的雨呀，芭蕉、紫藤上有豆大的雨点，芭蕉、紫藤下还有由上至下的流滴，我禁不住惊讶，逼真极了……‘芭蕉得雨便欣然，终夜作声清更妍……’”

《棋圣不胜，圣乎?》与《说狗》，可以看成是两篇杂文，耀仑认为，棋圣聂卫平输给了韩国十五岁的初段，国人可以给他摘下圣冠。这天夜里我没睡着，心想杜甫若是有一首同题诗没有超过李贺，就该揪下他头上的方巾么？不过文章写得让人睡不着觉，总比看罢就能呼噜打鼾的好。令读者惑然不解的是，按照凡写文章都得到水深火热的生活中去进行体验的延安窑洞理论，此文对聂圣的鞭辟入里，倒是得力于作者也会下几盘子围棋。那么，把全世界各种各样的狗都写活了，“见了官人，一副叭儿相；见了百姓，一副狼犬模样”，他又何时跟这吃屎的东西打成了一片呢？不明白，不明白，只能说这人懂的东西太多了。楚人云，认得几个字有个么事了不起的，问题是要认得人。而这个刘耀仑，他不光是认得人，他还连狗都认得，你说他有多么的了不起！

2004 年，我应邀为河北教育出版社主编了一套书，书名《天地父母》，分为两卷，上卷《父亲篇》收了耀仑的《慈父》，下卷《母亲篇》收了耀仑的《严母》，定稿时我疑心篇名有误，致电于他，他说不错，他的双亲恰好是反过来的。写《慈父》时，他的慈父尚在，身为孝子，他觉得父亲的恩情永远也写不完，因此在这本散文卷中，我又读到了8000字的《父亲的魅力》。

读到这一段，我想起我的父亲，还有朱自清的买橘子的父亲。我的电脑屏幕上的字变得模糊，原来天下的父亲都是这样：

> "忘不了我考上中学的那年，父亲为我挑着箱子、被子，一步一步，翻山越岭，汗流浃背，走30多华里到草盘中学。安顿好我以后，他才离开。我送到操场边，站了很久很久，目送他从我视野中缓缓远去。这年我13岁，是第一次比较长时间地离开家，颤颤地走向独立和自主，也是第一次没有流泪的心酸。不是想家，不是惆怅，而是被父亲无言的慈爱、无怨的奉献从心之深处打动。听父亲说，他们带着幼年的我和哥哥到外公家去，也是行走这条绵延起伏弯弯曲曲的山路。父亲用一对箩筐挑着我们兄弟俩，把我放在前头怕冷落了哥哥，把哥哥放在前头又怕冷落了我，于是横挑着我们走……"

一对箩筐横挑着两个儿子，走在绵延弯曲的山路上，这个镜头，是儿子都忘不了。

此卷有很多动人的篇章，都值得我好好学习，天天向上。我对毛志平说，耀仑是个精力不集中的散人，所以会写散文，他若非玩性大，若非集四大恶习于一体，若非急于转业要修成正果，他会写出更多的文字，而且更好。他的学识与修养，功力与悟性，甚至超过好些后来成为著名的小说家、散文家和诗歌家，当初却被他用红笔改过许多错别字的人。耀仑不语，他的情书的读者含着热泪，一如既往地对我点头。

我想起一件事，在《怀念紫阳路215号》中我写过了，他不承认看到。二十三年前的一个雪夜，我们在一家名叫百万庄的小馆子里喝过了酒，睡在一张两尺多宽的钢丝床上，他借酒泄愤，说你这个家伙当时很狂，我到各地去给作者讲课，别人都叫我老师，只有你叫我耀仑。我借酒撒赖，说因为你比我只大七天，所以就免礼了。可是今天，当我读完这部著作，发现书中的历史、文化、技艺、常识，很多都是我此前的未知，我实在是应该叫他老师的，只不过是做了三十一年的好友，突然来这么一下，我怕他肉麻。何况，这次他偕夫人莅临野宅，已正式成为我即将赴美留学的儿子舅舅和舅妈，亲戚之间，就算了吧。

因为在武汉的时候，我曾在他儿子的床上睡过一夜，所以他到北京，也一定要在我儿子的房中睡上一夜。那是第一次来，喝了点酒，我们在院子后面的草坪上叙旧，险些儿为一个观点又争起来，上床时半夜已过。这次来又喝酒了，喝完酒他引着我儿子的新任舅妈，假装视察的样子把我每间屋子都扫了一遍，看罢脸色突变。众皆大惊，只有我知道他的心事，抓紧拉他去一个他的视力所不及的地方，这一下立刻好了。原来那里有一块贝壳镶成的挂匾，是他二十三年前送我的婚礼，专门从武汉背来的，见面时我想起电影里背行军锅过雪山草地的红军炊事班长。

我在北京搬了三次家，搬到哪儿这东西都不能丢，丢了他会跟我翻脸。

总之我与耀仑，此生仿佛有太多的缘。那车好炭，早已化成了灰，然而那个二十七岁的车夫，心中的友谊之火却一直在熊熊地燃烧着。

老太太粽子奖

陈怀国在国内文坛的出现，使我想起一句古诗：忽如一夜春风来，千树万树梨花开。群芳争妍的梨苑，怀国恰似千树万树中开出的一朵，白花花的，突然得几乎只在一夜之间。

最初我是从几位轻易不会夸人的朋友口中知道的这个名字。《神剑》的冯小东，《青年文学》的李师东，他们都先后做过他的小说的责任编辑。尤其李师东的写诗的夫人，更是用洋溢的诗情下力气地向我推荐："那小家伙，写得真棒！"话中存心让我听出一种威胁：若是再不注意这个写得真棒的小家伙，谨防将来会有遗珠之憾！

我立刻开始读他的作品，但凡署有陈怀国名字的刊物都找了来，一篇一篇，从头至尾地看，包括最后一段不是他写的，而是写他的介绍文字。果然是个小家伙，公元1963年出生，果然写得真棒，作品里有一种特殊的味道，一种从雨后的土地中发散出来的可以令人沉醉的气息。看来国内文坛已经在注意他了，1990年中国作协的一份权威刊物《小说选刊》停办之后，唯一的另一份权威刊物，二十年代由茅盾先生创办的《小说月报》，竟在同一年的四期当中，连续而重点地转载了他的四篇小说：发表于《解放军文艺》的《在北纬41°线》，发表于《青年文学》的《荒原》，发表于《人民文学》的《毛雪》，发表于《昆仑》的《农家军歌》，这在过去几乎是不曾有过的现象。同年，他还在《神剑》上发表了引起较大反响的《蓝色黄羊》。这种现象至少可以说，在国内很多中老作家都茫然不知自己的小说该怎样往下写时，年轻的怀国居然幸运地得到那么多刊物的钟爱。

选读了怀国二十多万字的作品，我从中抽出了两条线索，一条牵在魂系梦萦的故乡土地，一条扎于地角天涯的异域军营。前者有自己当兵时的剧照《毛雪》，二哥从军后的悲歌《农家军歌》，后者则有边陲营帐凄寒的《在北纬41°线》，十年老兵独守的《荒原》，千里大漠垂直的《孤烟》。怀国同时在用两支笔写，虚构的一支描摹军营，纪实的一支叙述故乡。情深义重的怀国一心挂着两头，他忘不了朝夕相处的战友，又时刻惦记着倚门相望的父母兄弟和乡亲。他的军歌小说凄清冷峭，无欲则刚，他的乡情小说温柔缠绵，牵肠挂肚。他是在一个天空飞着毛毛细雪的冬天从大山深处一个村庄走进的部队，他之所以这样两手交替地写，原是出于他的良心、记忆和体验。

冬天里的一个中午我正在午睡，《神剑》的冯小东推门进来，说给我带来了一个小老乡，我愣了一下起身相迎，牛高马大的冯小东背后走来一个小个子军人，虽然没戴肩章领衔以及威风的大盖帽，但黑脸浓眉却也显出英武之气。冯小东说这就是陈怀国，为何说是我的小老乡呢，因为他也是一个湖北佬。小东一直侃侃地说，怀国一直嘿嘿地笑，他简直没有说什么话，直到后来我告诉他，他的《毛雪》和《荒原》已决定由我们对外翻译时，他方才忙不迭地摆头说："写得不好！写得不好！"一口浓重的湖北襄阳土话，把我又引进他活蹦乱跳的小说语言。

这之后怀国又来过我们编辑部一次，送一本目前极难看到的书。还有一次是到我家里，用有滋有味的湖北乡音闹着要看嫂夫人和我没满周岁的儿子。我也去过他现在正进修着的中国人民解放军艺术学院，一次陪《长江文艺》的好友刘耀仑去组稿，一次则专去看望一边读书一边写作的陈怀国，以及在校执教的刘毅然和同为学员的阎连科。我走进他们的教室、球场和宿舍，这一群军人作家的生活在我的眼前始而变得浪漫多彩。他们用一张张白色的、浅色的和方格的床单横横直直拼挂起来，把一间间集体宿舍隔成若干方块，一人占据着一个，一床一桌一凳为一单元的全套家当，此外便是水杯和烟盒。就在这人造的独立王国里，他们下课后苦心炮制着各自的小说。每当夜灯亮起，帷幕般的挂单上人影憧憧，百态千姿，或仰天喷烟，或俯首饮茶，或抓耳挠腮，或面壁孤坐，使人生出皮影戏的联想。我笑问始作俑者，学员们回答说已不知专利应归于谁，只知道自军艺文学系第一届学员莫言们开始，便一直这样地遗传下来，是直线加方块的军营，给了军人作家以习惯性的想象，莫言那部蜚声海外的《红高粱》即诞生于这样的白纱帐中。

即将毕业的怀国在这一学期从白纱帐中搬了出来。他那难得享有的的双人间让同学们十分神往，此前常常有人深夜闯入，跟他海聊或者杀棋。怀国天资聪慧，围棋一学即会，从初识黑白二子到独立布阵，一月不足，便和他的先生，此校堪称一流棋手的刘毅然战成平局，令毅然惊异莫名。我想怀国在学棋前却未必没观过棋，观棋不语，悟在心中，此道正如他的创作，公元1990年写出《毛雪》，但那场春寒料峭的毛毛雪丝在他的心里至少纷扬了十个春秋，甚至更早。

怀国的家乡湖北谷城，那座断垣残壁的古城浸透着历史的文化，春秋时期的楚国名臣伍子胥出生于斯，后因楚平王荒淫无道，伍子胥父兄蒙难，他便在此弃子独行，夜度昭关，亡命吴国，借兵复仇。明朝末年的农民起义军将领张献忠和他的同盟军李自成也曾在这里同室操戈，毁约为仇，著名的京剧《双雄会》唱的便是张、李于谷城刀兵相会。而原辖谷城，北去百里的襄阳，更是藏龙卧虎，人才代出，三国时神话般的人物诸葛孔明在此躬耕十载，被蜀主刘备三顾茅庐请出山来。唐朝大名鼎鼎的田园诗人，李白曾翘首高唱“红颜弃轩冕，白首卧松云”的孟浩然，几乎终生隐居在这里。宋代大书法家米芾也在这里挥毫作字，流芳墨林。

在怀国的小说《毛雪》中，他参军时长亭相送的那位父亲，的确是家乡那块古老土地上的务农世家，难得的倒是他的母亲锦心绣口，满腹诗文。母亲的祖父曾是清末的秀才，到外祖父一代已经富甲一方，因无子嗣相继，外祖父将两个爱女视为须眉，请了一位老学究来教私塾。做母亲两姐妹陪读的是一个姨妈的女儿。只因后来外祖父家遭了土匪的打劫，加之连年官司余资耗尽，濒临破产的外祖父将女儿下嫁给牛耕人种的陈家。一身书香的母亲为这户农家生下了四男一女，怀国是其中的第四个。与两个哥哥一个姐姐一样，怀国在锄犁翻飞的庄稼地里和穿针走线的母亲膝前长大，从母亲口中他自然听到了许多许多，许久以后才知道能与文学结缘的东西。孔孟之道的蒙学十篇，古圣劝学的勤奋典故，伍子胥和浣纱女的爱情传奇，张献忠和李自成的战和野史，以及关于谷城的历史兵事，关于自家的不幸遭遇，包括母亲八岁那年家中所受的一场厄难，黑夜里蒙面大盗将母亲一家绑在墙角，掳尽所有之后又将婶娘抢去做了压寨夫人。

读过私塾的母亲寄望斯文，正如没进学门的父亲望子成龙，致使怀国五岁就上了本村一所只有四个年级的民办小学，那个时候国内的教育既穷且左，1975 年，横贯家乡的一条汉江发了洪水，淹地倒房毁物伤人，怀国就读的那所邻村民校也未幸免，从此他们没有了教室，就在露天地里读着太阳和月亮，每逢下雨飞雪只有放假。即便上课，最主要的课程还是下田挑泥巴，拖土坯砌砖墙，把龙王爷冲倒的教室重建起来。初中算是读上去了，高中也算是读上去了，然而尽管怀国肯读、能读和继续想读，大学却无论如何读不上了。从那所没有教室和课本的奇怪的学校里，没有一个农家的孩子走进大学。

一个山村农家的孩子要想看见山外的世界，除了上大学，余下的全部出路恐怕就是当兵。十六岁的怀国那时候还不想当作家，他不敢想也想不到。他只想当兵。那一身被农民娃娃喊作二尺五的黄军装，嘎吱嘎吱的牛皮鞋，挂在屁股上一甩一甩的军用水壶，当然还有枪，它们诱惑着怀国做了多少口水直流的梦！可是力气大得敢和牛打架的大哥，一口气能翻十几个跟头的二哥，他们都当不上兵，他能当上吗？那年头国家讲成分，父亲年轻时被抓去当过两年国民党兵，母亲又生在那个先富后穷说穷还富的破产的娘家，世上的道路千条万条，留给他们的只有一条，三头牛似的三兄弟也只能和牛一样在土地上埋头死做。

事情在怀国的身上有了转机。“四人帮”被粉碎的第三年，出身论也被打倒了，于是在接兵的军官再次来到谷城的那个冬天，修了一年半水库的怀国终于实现了他的大兵梦。献计过关的大哥，十里相送的父亲，洒泪挥别的亲友，欢呼活跃的村邻，这动人的场景在他心中珍藏了十年。十年后在他的小说《毛雪》中他再也抑制不住了。他恣意地写，纵情地写，写得悲从喜来，写得柔肠寸断。他去的是离谷城迢遥万里的新疆罗布泊，那里是典型的塞外边关；地处高寒，荒无人迹。从田园诗人孟浩然的故乡走来的十六岁的怀国，体味着“恙笛何须怨杨柳，春风不度玉门关”的凄凉，饱览了“大漠孤烟直，长河落日圆”的悲壮。没有多姿的风光，唯有单调的帐篷和铁冷的瞭望塔；没有多彩的生命，唯有三万名永远也是草绿色的军人。这怅然若失的地理反差，苍凉孤独的心理感受，十年后他借助于一位塑造的老兵，独自在这里守望了十三年的老万的形象，细腻入微淋漓尽致地写进了小说《荒原》和《孤烟》。

在连队挖了三个月地洞的新兵怀国，因一手秀丽的钢笔字被调到师部当了文书，又因一脸的诚实和憨厚当了保密员，他曾经单枪匹马，坐一辆军用吉普车半夜越过千里荒原到基地去取绝密文件，天亮时交给在门口守候的师长和政委。也就在这个时期，对家乡的遥遥思念和对军营的深深依恋，诱发他尝试着用小说来进行移情。国防基地的一份名叫《春雷文艺》的内部刊物，第一次登出了他写官兵生活的小说《紫罗兰》。这类小说他一鼓作气在《春雷文艺》上发表了四篇，其中《风雪冰大坂》还被收入一本题名《雷火》的解放军丛书。于是又因这会写的名气，他被破格提拔做了宣传干事。宣传干事的具体职业，就是独自一人接办《春雷文艺》，此外还根据上级的指示，去为一些杰出的军人作传。这期间怀国军命不违地写了《大漠的眼睛》《走进荒原》等报告文学。《走进荒原》讲述了一个大学生当上国防兵的故事，它以感人的文笔荣获了神剑文学二等奖。

以后怀国考上了解放军艺术学院，这所曾经由少将级著名作家徐怀中亲执教鞭，栽培了李存葆、莫言、苗长水等一大批优秀青年作家的、功勋卓著的、中国军人唯一的艺术大学，现在又向怀国和他雄心勃勃的战友们敞开了胸怀。从山村小学里走出来的怀国，新奇地睁大了双眼，他准时走进课堂，像军人踏着军号步入方阵。四面八方的知识铺天盖地向他席卷而来，哲学、美学、心理学、现实主义、现代流派，大师们扛着他们的不朽经典，从古代、从西方，破窗而入，令怀国和他的战友们大饱眼福。怀国跨入了一方新的境界，降落在这白纱帐中的《毛雪》调动了他生命之库中储藏得最深最久的记忆和真情，与早年的《紫罗兰》相比，已是不再可以同日而语。

《毛雪》发表于春天，大约两个月后的一天，突然有一位老太太手提一篼粽子来到军艺，点名要见陈怀国。同学们把怀国叫来，他们相见却不相识，经人介绍老太太才一把抓住怀国的手，顺势将粽子塞入他的怀中，说是读了他的小说《毛雪》，那个送子验兵的情节把她感动得夜晚睡不着觉，想着端阳节快到了，远离家乡的作者不能与亲人共度佳节，便提来几个粽子表示心意。怀国收下了，他感谢老太太的最佳方式，是军人宣誓一样表示今后一定写出更好的作品，献给母亲一般的人民。中国作协过去一年一度要给大众承认的优秀小说评奖，那么这篼粽子，算不算大众文学奖的庄严一票呢？

怀国属于活跃在目前文坛上的最年轻的一代，他还是一个“写得真棒”的“小家伙”，文学那无尽的疆域有如人生漫长的路，还得靠他用农家弟子和边塞军人的勤奋去开拓、去追求、去耐心地捕捉那片春种秋收的希望，实证那个金灿灿的梦。

八十年代的晋军三将

二十世纪八十年代的中国文坛群雄倍起，春秋战国多事之地山西，自然也杀出一彪人马，号称晋军，从黄河故道的高粱地里，从太行山麓的玉茭林中，从黄土高坡的土窑洞内，耀武扬威一路奔来，眼看气候将成。

先说虎背熊腰的郑义，这人使的是铜锤，虽不见得频频舞动，一锤下去却有十足的力气，过去我曾以为郑义是山西的山药蛋吃大的，此去太原，方知他竟是正宗的北京人。他曾经是清华附中高材生，一声上山下乡的口号中当了知青，而且一当八年。插队的第九年郑义才得以出头，考中的是一所毕业后注定要做老师的学院，但他的所想不是教书，而是写书。

他要写小说，写一双流落异乡的小姐妹大年三十偷偷去看关押在京的父母，在火车煤厢里活活冻死的故事，冻死在一个美丽的梦中。有点像安徒生的童话，却不是安徒生的结尾。小姑娘死了，小说因而也活不成，起码是不能在官办刊物上进行排版，只可作为一部手抄的孤本，在哥儿们中间传阅，也就是说，郑义的处女作，属于地下文学。

郑义想了一个办法，他伪称作者是苏联的某某斯基，小说发表在《伏尔加晚报》上，是他给翻译过来的。人们想起老三届的郑义学过俄文，听他将那个斯基的名字念得极有俄味，等到后来形势好转，他的另一篇小说《枫》公开发表，拍成电影，差点挣了一个全国奖，某位知情的朋友便建议何不把《伏尔加晚报》上的小说寄给刊物。郑义遂一笔干掉某某斯基，取题为《凝结了的微笑》，果然就发表了。这件事情表明，郑义不仅能作文，还能作恶，大脑壳的郑义是一个狡猾多端的家伙。

寻根的主张并不排斥形式的新异，现实的批判也不湮灭理想的光芒。老井村人世代挖掘的老井，终于流出一股清纯的泉水，流出一线希望。为了这线希望，在他为数不多的几部小说中还出现了一些动物，来协助人类完成某一个命题。如《远村》中献身爱情的牧羊狗，《老井》中渴饮积雨的小狐狸，《晨雾》中壮死海洲的大鲸鱼，这就与他早期作品有了不同。

在他早期的《枫》里，那一对强烈的爱与疯狂的恨交织在一起的男女红卫兵，无限悲壮地死于互相残杀的战场，而到了《老井》，他手下留情，女主人公不仅从干渴中活了下来，而且从大山里走了出去，恰似他的未来夫人北明所评："从郑义笔下显示给我们的那种沉郁、苍凉的太行风格中，我们不时隐约感到作者呼之欲出的火样的激情。"愤怒的写实的郑义，转为忧患的理想的郑义，是因为郑义已到了不惑之年。

旺泉子从日本东京捧回国际大奖，欢迎他的却是所谓爱国之士的团团围攻，指天发誓说中国绝对没有那样一眼贫穷的老井。郑义默然不语，某夜邀请我去他家中，取一盘录像磁带出来，让屏幕重现一座曾为革命老苏区的沂蒙山，那挖过野菜的土地依然缺粮，背过伤员的身体依然缺衣，藏过红军的洞边依然缺房，拜过龙王的井里依然缺水。老井村人某日看见一干人马背着家伙来拍电影，惊头呆脑之余，回忆起有一条大汉徒步走上山来，又徒步走下山去，为他们奋笔疾书，奔走呼号，于是感激得将存在家里舍不得喝的水端出来，给满头大汗的郑义洗一把脸，问他：甚时再派人来给俺们挖口井？作家自然是派不来人，水井也不应当是导演和演员挖的，郑义现在谈创作了，什么是现实主义？什么是深入生活，一句可怕极了的口号！

北明说起他的生性习好，如数家珍。善游泳。二十岁时的郑义能自南京沿江直下，于惊涛骇浪之中搏击数千米。通气功。不知拜在哪位老道门下，得其静功真传，每日瞑目静坐一小时，斋心禁欲，意守丹田，自谓神清气爽。好臂力。某日游太原，见有人设测力器一架于大街上，掷币者可去一扭，他居然花五分钱将其一把扭到极点，观者哑然。会拳击。据说拿过名次。公元 1987 年西影将《老井》改制电影。郑义西安赴宴，与导演吴天明，主演张艺谋豪饮，本地有恶汉欺天明憨，嫌艺谋瘦，意欲抢席夺椅，想不到一位戴金丝眼镜的先生兀自地跳起，抡出一柄钵大拳头，摆个阵势，恶汉认出功夫，夺路逃了。

下面再说李锐，李锐是名副其实的锐，使的应当是一杆漂亮的方天画戟。一嘴潜心修剪的小黑胡，使人联想到硬骨翘然的鲁迅先生。李锐果然是对鲁迅读了又读，他说他把鲁迅从神读成了人，于是就更折腰。人其实比神完善，神总是缺这少那，因为神原是来自人的雕刀，多塑了一些威仪而又阉割了一些俗物。

李锐一生最潇洒的事是智取蒋韵。蒋韵那时已威震三晋，而李锐还文锋未锐。蒋韵的小说《我的两个女儿》和郑义的小说《枫》，简直是晋军的两支响箭，射得国人仰目。李锐很想蒋韵也为他制造两个女儿，于是仗着汾酒之胆，在蒋韵面前口吐狂言：人，往往不相信眼前的奇迹！蒋韵天性聪颖，急忙刮目相看，从他眉宇之间看出一股锐气，觉得奇迹还真有可能在他的身上发生，遂决定以身相许。

现在奇迹到底发生了，李锐在千古荒凉的太行山下掘出了一堆《厚土》，那么的厚，那么的深，那么的肥，那么的散发着骡马牛羊的尿臊味儿，女鬼合坟的腐臭味儿，呛得国人眼泪鼻涕都流了出来，故而中国作协给他发奖，港台各地为他出书。夫人蒋韵说起这事也就韵味十足，她身披一件绿色战袍，一边受用可口可乐，一边评论晋军诸将，最有艺术气质的是李锐！当然此言之前还有最深刻的是成一，最理想的是郑义，最聪明的是钟道新，只是没有说最有战略眼光的是蒋韵。

李锐小时候爱唱歌，爱唱“我们的祖国是花园”，唱着唱着，家被抄了，父亲成了叛徒，母亲成了坏人，先进“五七”干校，继而双双死去。九个同胞一夜之际变成四对半狗崽子，其中五个上山下乡。李锐睁开惺忪睡眼，发现幸福生活并没有一万年长，我们的祖国也不是花园，而是一所巨人的屠宰场，响彻着羔羊的惨叫，狂驰着血腥的马蹄。他的眼梢自那一天开始下垂，从此闪出悲悯之光。

够悲悯的，招不了工，上不了学，参不了军。眼见得吕梁山的知识青年鱼贯而走，小组里仅剩下他和另一个叛徒的儿子，两个狗崽子大有可能要在这里扎成一对树根。李锐突然想写小说雪耻，这动机简直与郑义何其相似，没有稿纸，他用草纸写，写了几大捆洋洋十几万言，最后登出来时却不足四千字。不过那四千字把李锐救出了苦海，一举成为该县的头号文曲星，之后运气来了，钢铁公司做劳工，《汾水》杂志干编辑，开始为晋军作嫁衣裳。

与最理想的打井人郑义所不同的是，最有艺术气质的李锐孤独而悲哀地面对眼前的厚土地，觉得他的文字，他的奋斗，他的遗体，他这悲剧一代的一切，都将如那具合坟的女尸填进这个举世无匹的历史的深谷。他不相信那些大评论家，不相信这是一个出大作家和大作品的时代，用黄金铺路走向世界的时代。但同时又为生命的本能所驱使，他愿意悲壮地走下去，走进最深、最暗，因而压力最重的一层，猝然倒在再也不能前进的生命的死点。

李锐拳头没有郑义大，不胜拳击，却喜射击。他陪我游赏晋祠，见古槐之下有人摆枪设标，百米外悬挂气球一排，李锐捉枪在手，指红打红，指蓝打蓝，打得女老板面如厚土。蒋韵动了观音心肠，连说罪过，不料李锐收枪时说出秘诀：这枪的枪星是歪的，正瞄必然打歪，歪打才能正着。

他好打抱不平，听说昔年插队时老房东的耕地将被村干部占去盖楼，勃然大怒，骂一声王八蛋，从太原乘车而去。村干部说这知青娃儿如今一杆刀笔了得，慌忙赔礼，反请老房东吃了一餐。房东见村干部都怕李锐，问李锐当的是甚官儿。李锐答甚官儿都不是。又问为甚不当官儿。又答要写文章。老房东急得直拍土炕：天天写要写到甚时候咧？还不如当个官儿！你当了官儿就再没人敢欺负俺老汉了！

最后说张石山。山西多山，种玉茭者为土山，开煤矿者为石山，煤矿一般的张石山，十八般兵器遇甚拿甚，写小说，写散文，写评论，写报告文学，若是那滚烫的爱情来了，还顺手拔出金箭射进诗刊，快手捷笔，自称短篇不过夜，中篇不过周。

这是早期的张石山，那时他扛重活，开火车，当侦察兵，擒拿摔跤全连无敌。正往营往团往师里摔时，却和李锐一样，父亲成了叛徒，因此别说全连，就是全军无敌，钢铁长城也不要他了。于是张石山弃枪举笔。公元1973年，居然就把一篇处女作写发了表。这以后短篇小说《镢柄韩宝山》荣获全国镢柄奖，《一百单八磴》一口气磴上了灵山娘娘庙，灵山大菩萨显灵了，张石山，你能干，你去《山西文学》干编辑！

张石山一直干到《山西文学》主编，最有艺术气质的李锐任副主编。此时山西作协又创办了一家大型刊物《黄河》，最深刻的成一任主编，最理想的郑义任副主编。副主编还有另一座兄弟大山，名叫韩石山。整个山西文坛被他们霸了，晋军大营的少年英雄都集合在他们帐下，《山西文学》和《黄河》成了两座练兵的校场。

中国人爱讲级别，省刊主编相当于处级，处级相当于县太爷，扛大包出身的张石山却嫌做官麻烦，心里纵有绝妙的小说也没工夫往出写，于是择一个良日吉辰，与李锐、郑义、成一，以及那一位姓韩的石山兄弟一道辞职去干专业创作。

专了业的张石山还想参加正规训练，他打点行装，赴京进修于鲁迅文学院两载，练了一身鲁迅功夫，嬉笑怒骂，冷嘲热讽，幽默俏皮，尖酸刻薄，反封建之国粹，批民族之劣根。以自己的故乡山西盂县，那个古时唤做仇犹国的地方为基地，写了一批文化系列小说，记录下仇犹国的千年遗风，取题为“仇犹遗风录”。那股子遗风摧折了多少妙龄村姑的青春和爱情：《甜苣儿》《含玉儿》《迎灯儿》，那股子遗风将勇敢追求性爱自由的青年刮进《血泪草台班》，唯独刮不倒阴森恐怖的《神主牌楼》。

现在这三个人，三篇小说，三种风格，张石山的悲愤的《甜苣儿》，李锐的沉凝的《合坟》，郑义的苍凉的《晨雾》，同时被我选了出来，译成英、法两种文字，发表在年满四十周岁的《中国文学》杂志上，让它们走出国门，走向世界。这似乎很能说明山西的西北风是很厉害的，晋军是崛起的，猛将是如云的。

海边都市的风流

公元1989年，南方一家出版社出版了一部描写北方城市生活的长篇小说《都市风流》。这在近年来长篇小说风起云涌的文坛，本是一条寻常不过的文讯，然而这部小说却以它令人振奋的雄伟气势和激越情调，刚一问世便大受青睐。报刊撰发评论，电视台改编电视连续剧，天津鲁迅文学奖、全国茅盾文学奖评委会为之颁奖。一时间，孙力和余小惠的名字和《都市风流》一道注入了人们的心中。

翌年初春一个细雨霏霏的日子，我赴天津去他们家，小惠恰好下了中班回来，这是我们的第一次会面，他们夫妇给我们留下的印象是：余小惠热情、能干，有中国女性的贤惠；孙力豪爽、坦诚，无论体魄还是气质，都像一条北方的男子汉。夫妇二人感谢我将这部长篇小说推荐翻译到国外，同时向我透露另一部同样规模的续篇也正在腹中酝酿。分别之时，小惠只怨我归期匆匆，孙力则用力地和我握手，希望能够早日再见。

想不到我们果然很快又要相见。原因是继《都市风流》之后，我又看中了他们合著的另一部中篇小说《选择》，为此我还得写一篇采访作者的文章配发刊物。临行前我打去他们私宅的电话是孙力姐姐接的，她说孙力在医院里，小惠在他身边护理。我一时愕然，想不到早在五天以前，孙力住进了一间脑神经外科病房，身边忙碌着医院的一级护理。他的姐姐告诉我说，早在十六年前，孙力已经瘫痪过一次。

孙力生于公元1949年，祖籍河北，父母都是南下军人，正如许多战争小说中写的那样，他的父母只能把初生婴儿寄养在当地一位老大娘家，取名孙胜利。共产党胜利后，父亲几经周折，通过当地政府才找到自己的儿子，似乎因为费尽力气，又把他改名孙力。1968 年，孙力高中毕业，随上山下乡的知青队伍加入了内蒙古建设兵团，担任男知青排的排长，在一次男女知青打苇子比赛中，大马车陷入冬天的苇坑，知青们在烂泥中挣扎了半个多小时才爬上岸。女知青排和排长当时就瘫痪了，孙力靠喝烈酒挺了起来，但从此潜下隐患。那年他恰好二十岁，仗着英雄年少，又和内蒙古的牧民学习骑马，一次次栽下马背，外伤内疾已暗伏一身。

知青回城后他考进天津师范大学，同班有一位女同学叫余小惠，能够双手写字画画，老师还爱搬出她的文章，作为全班学习的典范，孙力不服气，一心要与她比个高下，但是他的文章总被批为离经叛道。孙力想出一个怪招，提出要与女才子余小惠共同作文，两人果然珠联璧合，文中既有男性的烈火雄风，又有女性的似水柔情。

小惠也生于公元 1949 年，比炮声中出世的孙力小两个月。她没有孙力那般辉煌的家史和传奇的来历，与戎马一生的孙力父亲相比，她的父亲也只是一位饱读诗书的小知识分子。她在上海出生江苏长大，从小书香环绕，温室幽雅，同样是在高中毕业的十九岁妙龄，奔赴了中国北方的黑龙江建设兵团，即后来用它黑色的处女地养育了一代知青作家的北大荒。

两人在天津师大同窗五载，毕业后各奔前程。孙力作为普通生被分配到天津平山道中学，小惠则作为高材生分配到属于大专院校的天津工艺美术学院，先是讲授文学，不久就荣升为学校副主任。正当小惠宏图大展之时，在平山道中学任教四月的孙力，潜伏有年的腿疾突然发作，送进医院后被诊为外伤和内寒引起的神经性瘫痪。小惠以女性的温柔体贴，唤起了他战胜病魔的乐观信念，这一对在校园花丛中来不及相爱的青年男女终于在医院病床边相爱了。孙力说医生告诉他双腿会高位截瘫，小惠说她愿意用轮椅推他一辈子；

孙力说医生告诉他以后将没有生育能力，小惠说她愿意独自伴他到白头。六个月后，孙力的双腿居然能下地了，小惠扶着他像幼儿一样重学走路。孙力在医院里度过新年，就在出院后的第二年秋天，这一对有情人缔结了良缘。没有四壁辉煌的洞房，是孙力重病在身的老母亲，为他们腾出一间自己的小屋。

孙力的双腿并没有彻底恢复，为了更好地照看他，能写善画的小惠从自己喜爱的美术学院调到陌生的中医学院，去编校刊，教哲学，目的是离家近些，又能间接接触中医界的术士，指望妙手为他回春。这一年，小惠给他生下一个胖儿子，也是这一年，初为人母的小惠开始写小说了。她以知青生活为题材的短篇小说《丑女》《枣花蜜》《红玫瑰》，先后发表在天津的《文艺》，以及后来改名《天津文学》的《新港》，下班后一路风尘回家，不仅带回水果蔬菜，还扛回一个又一个的文学奖。

这让孙力再次眼红，想起死神宣判他双腿死刑时小惠对他以爱相救，他决心将这段永生难忘的故事仍与小惠一起合著小说，名字就叫《真诚》。小惠早就发现他构思奇诡，有心把这列小火车引上创作的轨道，这下自然求之不得。根据他的初步构思，她在百忙之余先写了一万多字的草稿，然后由他全盘接过，一气呵成。不出一月，这部中篇小说就完稿了。《真诚》中那几对生死相恋的男女主人公大大感动了编辑和读者，在《小说家》上一经发表就被《中篇小说选刊》转载，各地读者来信杨花一般纷纷飞来。

夫妻二人大受鼓舞，想起这部中篇由于字数所限割舍了太多，于是索性在此基础上全面展开，重新结构一部长篇，书名引用苏东坡的名句“但愿人长久”。他们坚信，虽然人有悲欢离合，月有阴晴圆缺，但是只要两情久长，自然会千里婵娟。此书出版之后又获得天津市第二届鲁迅文学奖。继而他们又合写了另一部中篇小说《选择》，发表后获得全国优秀广播剧一等奖。《选择》同样是一个人生悲剧，女主人公林小男执着地寻求地学真理，多少险滩荒谷留下她一个孤身女子的纤纤倩影，得到的奖励却是一个又一个男友的绝交……

第四届鲁迅文学奖的获奖作品是他们精心合著的长篇小说《都市风流》。这部长篇以其恢宏而昂扬的气势，庞杂而精致的结构，众多而传神的人物，生动而感人的情节，在文坛上奏起一曲久违的英雄交响曲。从中顾委委员至贫民窟市民，从改革先驱到失足青年，泥沙俱下，鱼龙混杂。披荆斩棘大刀阔斧的新市长阎鸿焕，深深嗟叹昔年不再的老市委书记高伯年，用生命的残烛绘制了光明桥蓝图的女工程师徐力里，英年坎坷妻离子散的城建公司经理杨建华，在升官图前忍辱负重的秘书张义民，浪子回头的青年工人陈宝柱，冒充高干女儿混迹上流社会的歌星罗晓维，往事如烟重新塑造自我的个体户万家福，还有被高伯年遗弃的建华之母杨元贞，与妻子徐力里分庭而居的副市长柳若晨，等等一系列形形色色的人物，活蹦乱跳走出他们饱蘸激情的笔尖，拨动着热切关注现实生活的读者心弦。

读者从书中看见了北方某城市建设改革的缩影，认出了常去他们家海聊的各界哥们儿，那些人的喜怒哀乐、悲欢离合、品格气质、情感命运。有人逮住书中的人物，要他们说出生活的原型，两人同时一笑，他们不能承认。小说有真实也有虚构，有写生也有塑造，阎鸿焕的胆魄固然令许多崇拜者心生寻访，但高伯年的自我对号者愤怒的纠缠却使作家无法接受。他们只向读者透露了一点书后的故事，在本市区进行的环型线和立交桥建设工地上，他们常常一道下去搞系列报道，曾为徐力里式的女性所震撼，也为陈宝柱式的青工而垂泪……

这部三十九万字的鸿篇巨制，不仅调动了孙力浸透在人生记忆中的苦难阅历，由此升华的理想主义人格精神，而且漫洒着小惠东方女性的善良和温情，希望人类互相理解和沟通的真诚得流血的号呼。谁也不会想到，这部感动着成千上万读者的小说，诞生在他们那间唯一的斗室，一张木制的书桌如一架负担过重的机床，夫妻俩在上面轮流操作。孙力这时已调到天津青年报社担任领导，小惠也调到百花文艺出版社从事编辑。孙力忙完社里就一头扎进长篇，从晚饭后写到深夜两点，然后从床上换下小惠，由她再写上两个小时。全世界很难再有这种写作的方式，独特的首创出于逆境的艰难，一页页手稿在他们的接力棒下，夜复一夜山一般地堆积起来。

小说首先在《小说家》上一次性压缩发表，接着在浙江文艺出版社全文出版。刊物和书都很快受到评论界和读者们的赞赏，又获得第四届鲁迅文学奖，同时被江苏电视台改编成二十集电视连续剧。截至目前，天津每年一度的鲁迅文学奖，除第一届他们尚未开始合作，连续三年，他们获得三顶桂冠。但是正当此时，孙力倒下了。

在一间位于九楼的病房里，小惠送走了一拨一拨的慰问者，他们怕孙力寂寞，每天轮流来陪护他。骑着单车提着饭盒匆匆来去的小惠，一边对他们致谢，一边对护士致歉。而事实上，当这所医院的医务人员得知这位两腿瘫痪的患者，就是小说《但愿人长久》和电视剧《都市风流》的作者，也都拥进这间狭小的病房。她们问他，他小说中的那位保尔式的瘫痪的英雄，究竟是不是他本人？

二次见面的翌日清晨，我告别了这对夫妇。在那架白色的铁床边，孙力与我对视良久，忽然背开小惠小声对我说，以后腿瘫了，好多事都干不成了，我就只好从事职业写作了……

他那梦中的香椿树

康志刚的小说，从前我曾零星读过一些，短篇小说集《香椿树》的出版，使我温故知新，并且还能批量地拾得遗珠，感觉自当欣然。情形好比对人的印象，过去只是一张脸，一个坐姿，还有是夜间一闪即逝的侧影，这次终于能够从头看到身材，虽说还不能是全身，他正挥汗向上攀爬的双腿尚未来得及定格，不知他最终将亮相在读者面前的高度究竟几许，但是，对他比较全面的认识却已经是有了。

他的文字轻盈水灵，透出漉漉湿气，具一种泼辣辣的生命活跃的美，是从孙犁的荷花淀中走出来的。且简明干净，像结实的石头落在雨后的土地上，痕印里留下它恰到好处的重量，又随风散发出新鲜庄稼的气息，这一点还像新时期文学之始留下《取经》的贾大山。似乎这正是河北作家的普遍特色，三驾马车的关、谈、何，女性的何玉茹，在更早的探索期，曾经写过《麦秸垛》和《棉花垛》的青年铁凝，他们的作品预告了康志刚以后还要继续开掘的这片领域。

连着三篇写酒的小说，让人看出这个貌似老实的作家也会借酒说事，他可不是李白式的举杯浇愁，他是浇虑，是泄愤，也把一缕想象的阳光照耀在能使生活昂扬起来的烈酒上，以此驱走乡村官场的晦暗。《醉酒》中的秦小毛这个人物，在中国当代社会是典型的、经久的，他的意义甚至会穿越时空，当民主与法制还不能真正取代中国的官本位时，我们今天的农村、城市、机关和各种团体，但凡有人群聚合的地方都能隐约见到相似的影子。他令我想起契诃夫同情的那个小公务员，因喷嚏星子溅在将军的脸上而反复请罪，惶恐至死。

在马路边办了个小门市的村民秦小毛，喝了酒大骂村长：“狗日的王秋福，你再牛逼老子也不尿你！”醒后他就知道自己闯下大祸，于是再三去向村长认错。康志刚写道，村长“一直没有吭声”，后来才脱口问起了他家玉梅。小说接下去是这样写的，玉梅替她丈夫到村长家里去了一趟回来，“笑眯眯地望着他，两只手还用力地一拍，对他说，好了，村长不生你的气了！”

如此一个比小公务员命运更加悲惨的村民，选择了这样一种力挽狂澜的方式，与当下身体写作的潮流不同，篇中没有一个字的两性描写，读者却从玉梅的一笑、一拍、一句如释重负的话中清楚地知道刚才她为可怜的丈夫付出了什么。但问题是，原本这既是秦小毛预料、愿意，甚至希望的事，村长要见玉梅的话是他给带回来的，他应该从玉梅走出家门的那一步起就做好思想准备，然而当玉梅真的为他摆平了村长回来，他赏给女人的却是一个耳光，接着又跺脚大骂：“王秋福，我日你八辈子祖宗！”

这篇基于现实生活，对乡村权力进行无情的批判，同时又深刻揭露了扭曲而复杂的人性的作品，几年前在国内的杂志上引起争鸣，作者也因此歪打正着地受到文坛的关注。我不明白何以要争着鸣它，反方的批评家难道不承认作者只用了九千个字，就活生生地刻画出了三个真实的典型吗？

《敬酒》的权力批判初看是由乡村官场转入了黑社会，作者却断不会如此浅薄。没毛大虫牛二式的地霸大振，他的自身便是社会权势的畸形产物，富农老祥整天挨斗，女人不得已去投靠侄子在村里当支书的瘸三，腹中怀下这个贫农根子的野种，从此男人方才不再遭皮肉之苦。村民畏惧大振的侵害，纷纷对他名义上的老爹施以敬重，害怕大振砸了路边门市的二军要办婚事，决定请老祥做他婚礼的主持，其待遇相当于村干部和德高望重的长辈。

小说中的二军继承了《醉酒》中秦小毛的性格与身份，小说本身也就继承了《醉酒》的权力批判。这篇作品同样引起了争鸣，但我同意争鸣的理由并非怀疑这一事件的真实性，而是善良的康志刚为它抒写了一个诗意的结尾：“东方的天际，一抹蛋青色的光亮已经悄然地出现了，这是一种信号，因为绚烂的霞光很快就会铺展开来，将整个天空烧红……”

我想这是康志刚酒后的幻觉，大振作为阶级斗争的烙印已在老祥心中成为永远的痛，即便一个时代可能结束，不能结束的是当事人刻骨铭心的奇耻大辱，它会伴随着他走到生命的最后一程。然而这篇小说的意外功绩，是让我们记住时代赋予权力的罪恶，它的阴魂附体过《醉酒》中的村长王秋福，如今又出现在《敬酒》中的瘸三和他并未露面的支书侄子身上。

在接下来的《醒酒》中，田芹和她代表的青年村民，是真正的觉醒了。家具厂老板三黑竞选村长，在女工田芹的玩笑中请了一桌，但他酒后的一句话让田芹觉察到了他霸道的本质和未来：“你要是不投我的票，就别想在我这干啦!”于是“她就来到了大街上，扯起嗓子喊起来，满街筒子的人都听到了她那清脆响亮的声音”。她所喊起来的那个声音自然是她的倒黑宣言，始料不及的喜剧发生了，三黑落选，新的村长竟落在从来没想当村长的田芹身上。田芹慌了，是男人白小转告她的一句三黑的威胁，使得她一骨碌坐起来，“就冲你这句话，我这村长也当定了!”康志刚说，“她感觉自己又像是喝醉了酒……如今，酒醒了，她也该为村里做点什么了。”

康志刚如此钟情于酒，许多人生和社会的重大主题，他都要用与血性和真言有缘的酒作道具，借以撬开人性的奥秘。不过我有一点奇怪，这本有着酒话三部曲的书，作者醉心其间读者也为之沉醉的书，它的名字为什么不叫《醉酒》，为什么要叫《香椿树》呢?带着这个问题我又读了一遍，后来我总算是明白了，这棵树是他对人生温馨恬淡、社会和谐安宁的一种理想，他不仅要让妻子美静把这棵理想之树种在都市从前的庭院里，现在的楼群间，而且还要把它种在更多都市居民的心中，提醒他们身处现代文明的高楼大厦，也别忘了这棵有生命的树，别忘了扎根在土地上的精神家园。

为了这棵树，他让一对青年夫妇从农村到城市，从租住到买房，从杂院到独居，从平房到高楼，日子越过越好，钱也越挣越多；他让他们发出内心仍不满足的独白：“看看满世界的人，都在想方设法地挣大钱，人们都在往前走，生怕自己落伍了，让这个时代给淘汰了”；最后又让他们在一个“晴朗而又美丽的黄昏”散步来到十年前他们住过的地方，在一片新近崛起的楼群中，认出了这棵自己亲手栽下的树。“他抱住那棵树，就像抱住了已经逝去的那段岁月”，“他们的嗅觉里，也布满了香椿炒鸡蛋的香味。”这香味会冲淡现代都市人无来由的紧张和焦虑，会让他们空虚的心重新踏实起来，穿过妄想隔断人类与自然也与历史的钢筋水泥建筑，享受原本属于自己的生命的颜色和气息。

除了爱听这个老实人的酒话，我还爱看他的《嫁人》和《偿还》，虽然沉重，虽然篇中的惨淡血色与荷花淀派形成俨然的反差。实指望能够改变贫穷命运的金锁，积极动员女儿小欢去做老板奎山的第三任女人，出嫁那天连村主任刘亮也来登门道喜。几年后，小欢因奎山又有新欢而喝了农药，为向全村证明奎山仍然是他家的女婿，寒风中金锁老两口抱着外孙小虎去给女儿上坟，对人“不说小欢而说小虎妈”。回到村里，一向巴结讨好的刘亮突然变了，“淡淡地问了一句，将牙签扔得老远。”原来，取代小欢的奎山第四任女人名叫大梅，她就是村主任刘亮的女儿。美丽的新疆民歌唱道，“你要是嫁人不要嫁给别人，你就要嫁给我”，可是在现实主义的《嫁人》中，无论道德是否沦丧，有权唱这支歌的多是豪门巨富。

读康志刚的《偿还》，我想起肖洛霍夫的《一个人的遭遇》，李勤民几乎是非战争年代的索科洛夫。他的遭遇怎么这样悲惨，生活中的种种不公为什么都遇在了他的身上。五年前他的女人凤女得下重病，没钱吃药硬撑硬扛，临死前指着儿子大军，乞求他把儿子养大娶个媳妇。但是没等儿子长大他又得了绝症，借钱做手术耽误了女儿上学，女儿二英喝下农药。为了还债同时让女儿重返学校，他隐瞒病情拼命给人干活挣钱，当他终于把债还清，生命只剩下了最后的一个月。李勤民一死，二英不仅退学，还因喝农药残疾了一条腿，自然，大军的媳妇也没娶上，命运逼得他不能完成对凤女的承诺，他死也无颜去见自己的女人。

我怀疑这是一个真实的故事，李勤民是作者老家的村邻抑或现在的街坊，他们一家的遭遇本可以写成一个中篇，康志刚是不忍心再写下去，他匆匆收笔，让二英的父母坟上生出一层鹅黄色的小草，用它象征世上一切弱小的生命，面对劫难仍然做着不屈的抗争。

此外我还喜欢《天文现象》和《惦念》，前者是写两个未成眷属的有情人，多少年后在某地邂逅，此时女的婚姻失败，男的事业失意，两人都急于表达自己的不幸，却无心倾听对方的诉说，终由兴奋激动而失望厌烦，一直埋在心中的美好记忆消散殆尽。我为康志刚敏锐地发现了这一社会和人心的病态，并且为它命名为天文现象感到惊讶，写过小公务员之死的契诃夫还写过一位心灵孤独的马车夫，他比这对男女幸运，因为他的倾诉对象是他的知音，一匹默然聆听的老马。

《惦念》的故事再一次考验了康志刚洞察人物内心世界的能力，一对情同手足的战友转业之后，分别做了省报的领导和种瓜的农民，两人时常怀念当年的友谊，“非典”期间，瓜农到了省城报社的楼下卖瓜，忽然出于自卑，手已伸到电话边又缩了回去；而当“非典”过去，省报领导到瓜农的家乡采访，却以繁忙为由，手机都掏出来了又放进兜里。康志刚认为，这同样是一种病态心理，它并发于那个名叫“非典”的可怕疾病。这种形式主义的惦念只是自身心灵的需求，换句话说它惦念的只是自身，而不属于对现实中他人的关怀。

康志刚是我外地的朋友，他来北京我们匆匆一晤，见面的意义恰似验明正身，本着文如其人的原则，我确认了这位不善言辞的北方汉子正是《香椿树》的作者。我们总在努力地 PK 古人，古人却总是轻易地说服我们，一个诚实的、有着道德良心和社会责任的人，他写小说，会把流派和主义放在其次，不求标新立异和牵强诡辩，而要把每一个浅白朴素的造句拿去比照现实，看是真话还是谎言；他种树，会种一棵香椿树，用它即便弱势的天然清香，不自量力地去熏染现实中的乡村都市，改变弥漫在熙攘人群间的势利、庸俗、冷漠，以及机器和人排出的废气。因为相投，我喜欢他的作品，他这个人。

红楼外二十一年的痴梦

朱浩文先生第一次给我写信，告诉我他正在写这部书的时候，是上个世纪的九十年代。他说他计划写十二卷，每卷十万字，取材《红楼梦》人物十二支曲，金陵十二正副册判词和脂批中的丫头和侍妾，即曹著中的金陵小十二钗。重新演绎她们的生活和命运，除了以自己新的文字再述她们在红楼中已有的表现，而且依据每个角色的地位和性格，远溯她们进入红楼之前的身世，红楼崩塌之后的去向。每卷以一位红楼丫头和侍妾的外传命名，已经写了三卷，其中《鸳鸯外传》已在刊物上发表，并有红学家冯其庸老先生的题字。

我回信到江苏无锡蓓蕾新村，说我会在千里之外的北京睁大双眼，等他把全书写完我给他出版。不过我建议他不必分十二卷，总共三卷最好，书名可叫《红楼外梦》，相对十二本以丫头侍妾命名的外传，这样可以给人以完整的印象。朱浩文再次来信就把书名定了下来，从此我们成了朋友，他记着我，我等着他。然而当他真的按我所说写完一百二十万字的全书之后，我所在的出版社却没有了，我也做起了专业的作家。我觉得自己欺骗了一位未曾谋面的七旬老人，私心每每不安，便努力在全国出版界的朋友中宣讲这一套书，希望借他人之力履行我的世纪诺言。

想不到突然有一天，我收到了他用包裹给我寄来的样书，副书名用了我们定下的《红楼外梦》，却是六卷本，每卷以对两个红楼丫头和侍妾的定义为书名，北京图书馆出版社出版。我为终于圆梦的朱浩文感到高兴，同时又佩服出版人的目光如炬，慧眼识珠，因为目前中国的出版界多以老鼠的目光捕捉立刻就能充腹的速食，只争朝夕地捞取蝇头小利，愿意经营这样一部有着探索精神且又颇具规模的书，实在是一件难得的事。

近些年里，国内一批老作家先后参加了红学的讨论，王蒙的评点，李国文的随笔，刘心武的新解，书店里又上架了红学家俞平伯、周汝昌的重版新书，人称聂老夫子的潇湘才子，我的好友聂鑫森所著《红楼梦性爱揭秘》，一时也在书坛畅销，网上争鸣。另还有我的同事和邻居张晖和他的夫人霍国玲，以及霍女士的姐姐霍力君、弟弟霍纪平，以霍氏家族的群力研究解剖此书已达二十余载，他们从清宫秘史的角度反照风月宝鉴，在赠送我已出版的五卷八册《红楼解梦》中，诸多考证惊世骇俗，譬如黛玉的原型竺香玉在雍正查抄大观园时被掳为妃子，继而又被立为皇后，精通医术的曹雪芹与香玉合谋用丹砂毒死了雍正，顺手又解开了雍正之死的千古奇谜，言之凿凿，字字有据，尤其令我叹为观止。

再往前说，自《红楼梦》问世以来，除去世人所谓高鹗的四十回续书以外，清末民初的各种续书不胜枚举，谁续得好，谁是胡来，红学界里至今还嚷声一片。

但是无论如何，我得放下手上尚未写完的长篇，倾心来读朱浩文的《红楼外梦》，因为这是一个由我为他命名的梦。这个梦他已做了二十一年，青丝渐成白发，信中说他为写此书每年都会大病一场，病愈之后伏案再写，正应了红楼开篇的那一句诗，“都云作者痴”，世间总得有人来解他书中的滋味吧。

首先应解的是这部书的结构，它有别于此前任何一部红楼续书，又不是上世纪末从西方引进的所谓解构主义，而是作者自己创造的一种可以自拆自合的松散体，以十二个红楼丫头、侍妾的生活命运为六条主线，把贾府里的男女主子与重大事件像珠子一样串入线中，没有依照红楼原书的时间顺序，却以各位传主活动的空间，将与她们有直接关联的部分写进六个单元，组合起来便成一个整体。因此，解读的方法可以是读完一本再读下一本，也可以在若干本中交叉串读，既没有第一本和第二本之分，也无须遵从先从某一本开始的戒律。

这种结构的利弊显然，它在割裂了红楼原书网状交织、浑然一体的宏大叙事场面的同时，却能集中展示传主分散于各个时期的、时隐时现的生活轨迹，以作者精心梳理而成的清晰脉络，向中小规模电视电影的改编制作提供了可能与方便。利处是作者随心顺手，读者好读易记，需得注意的却是时时要慢下红楼游园的脚步，眺望和寻觅缺席人物的影踪，她们被分配在别一本书中，无论一桩大事还是一个细节，同期同地却相隔两书，咫尺天涯而不能相逢，以至于无意之中给读者制造了悬念，它貌似一些西方现代小说家较前卫的写法，但事实上对于朱浩文来说，这只是他不得已而为之的一种无奈。譬如在紫鹃雪雁这一卷中，宝玉出家复回，先后重逢了湘云和紫鹃，至于出家前后的一段空白，还需参照袭人晴雯那一卷，从中探听宝钗的态度和消息。

小说结局部分的人物安排，分明是享用了红学研究的早期臆想与最新成果，从荣宁二府被查抄之后贾宝玉曾寄身蒜市口十七间半房子，以及最终著书黄叶村的描写，可以看出朱浩文是以小说形式响应了红楼一书的自传说。并且他认为自有红学以来众说纷纭莫衷一是的神秘人物，即批评红楼一书的脂砚斋者，应该是温文宽厚且最具才情的史湘云，因此才有了宝钗死于难产，湘云绝处逃生，宝湘不期重逢，在未竟的木石前盟，破灭的金玉良缘之外，又异军突起演绎出一场《红楼梦》中曾经点到为止的麒麟之缘，经宝玉的旧时好友公子卫若兰极力撮合，湘云答应嫁给宝玉。

历经悲欢离合、阅尽人间秋色的还俗和尚宝玉，落脚在西山黄叶村后感叹世事如烟，人生若梦，陡然生出著书的念头，遍寻昔日大观园中幸存的女子，德才兼备又终圆了麒麟之缘者唯有史湘云，于是她朝夕相守在他的案边，为他添香，替他批注，以第一读者兼批评家的身份陪伴他完成了前八十回的书稿，自然她就是脂砚斋了。为了吻合曹氏著书的“披阅十载，增删五次”，朱浩文来不及花费过多的笔墨，他只用“过了五年”、“又过了五年”这九个字，就机智地完成了时间的过渡，从这里看，他是赞同《红楼梦》为自传说的。

红书后四十回中的黛玉，对宝玉的情感历程是由爱生怨，由怨生恨，临死时的一句话是“宝玉，你好……”此语同样成为红学家苦苦追求的不解之谜。但是在《红楼外梦》紫鹃雪雁这一卷中，朱浩文却没有让她这么说，他让黛玉以决绝的态度嘱咐紫鹃，去找鸳鸯和大奶奶，请求老太太一定把她送回老家。“未若锦囊收艳骨，一抔净土掩风流”，黛玉在写这首《葬花词》的时候，她初步设想的死后所葬之处，并不排除在大观园中寻一块芳草地，因为“天尽头，何处有芳丘”。然而在朱浩文的《红楼外梦》里，她的态度竟如大骂贾府“只有两个石头狮子是干净的”的柳湘莲，死后葬也要葬回姑苏城中。

与很多的红学家一样，朱浩文也认为红书的后四十回是为高鹗所续，同时对于高氏续书他也是不满的，但他除了不满意外，更多的还是不满足，尤其是在对一批红楼小人物的结局安排上。按照他对曹雪芹的理解以及自己的设想，在他的这部书中，他让鸳鸯逃离贾府之后前往金陵隐居，司棋以经商的方式出外谋生，香菱死于她的主母的迫害，麝月追随惜春走进空门，小红义救宝玉和凤姐，紫鹃陪同黛玉的灵柩回到姑苏为她守墓，而对于他最没有好感的袭人，他就让她在噩梦中受到天神的警告，最终淹死在泥塘里成为一具无名的女尸。

通过宝玉最终与湘云的结合，可以看出本书作者对宝玉婚姻的构想别出心裁，这种构想始自他对阴谋促成金玉良缘的袭人的憎恨，和对取代木石前盟的宝钗的鄙视。原本曹雪芹对这二人的态度和安排是温和的、理解的、宽容而顺其自然的，然而朱浩文的下笔却显得尖刻和残忍，宝钗好不容易为宝玉怀下的胎儿，后来竟在她的腹中与母同亡。但从来无意与钗、黛争玉的湘云却意外得到了玉，最忠诚义气的紫鹃，最后得到了最好的结局。

中国古老的善恶报应观，有情人终成眷属的美好愿望，在本书的紫鹃雪雁这一卷中表现得最为杰出。既然作者无法以魔幻的手段让黛玉起死回生，重结奇缘，那么当湘云也相继辞世之后，为黛玉守墓三年的紫鹃作为女主人留在人间的化身，又成了宝玉最后一位正式的妻子。并且婚后生下一男一女，其子长大后做了长安知府，将父亲深深埋藏在地下的书稿刊印问世。这种人造的、一次又一次的重逢和团圆，虽然会使读者觉得过于离奇，多少含有冯、凌的三言两拍和中国民间故事的喜剧精神，但是作为《红楼梦》之外的一个梦，在学术精神自由平等的今天，没有人不允许，也不可能禁止善意的作者如此去做。

本书最有价值的亮点，乃是作者以平民化的创作思想，把《红楼梦》中服侍公子小姐、老爷太太的奴仆，身居二线的丫头、侍妾一个一个地推向前台，一跃成为书中的主角，而让她们的主子公子小姐、老爷太太退居二线。生活中无足轻重的小人物，并不妨碍她们在各卷小说中分别担任一号主人公，受到作者如此的关怀和呵护，披露自己过去不为人知的身世和来历，在进一步展现性格和行为的同时，也上演了未来可能的命运。这是创举，也是进步，是作者如他笔下的金陵小十二钗一样，应该受到尊重的地方。

《红楼外梦》的语言，看得出是在努力模仿着《红楼梦》，作者自己的叙述尽量口语化，多用短句，采取白描，人物对话则根据其身份、性格与文化程度，随心顺口地表达意思。但是明清小说中说书人的话本语气，在曹雪芹那里本来已有淡化，除了每章结尾象征性地沿用一句“下回分解”之外，通篇基本改造成了真正阅读的文本，在这部书里，作者则反而有意识比较多地用了“看官你道”。《红楼梦》是几乎不用形容词的，对人物的爱恨褒贬全在白描的文字之中，本书在这方面却有些沉不住气。

当然，再要求全书处处都是珠玑口语，那就有些为难作者了，连原籍南方的曹雪芹书中原本的“如何”“若是”“之时”一类，也都是经文字一点儿也不比他差的高鹗之手，转换成的纯粹的带儿化韵的北京话，江苏的朱浩文操作起来当更困难。现代词汇的入侵，还使书中偶尔掺杂了诸如宝钗难产“大出血”的句子，由于作者选择的形式并非戏说，这就不免破坏了小说所处时代的气氛。此外，章中分节的做法逃避了承转起合的功力考验，章回目录的平仄对仗有欠工整，这都是在本书再版的时候，可以考虑修订的部分。

为读这六卷本的《红楼外梦》，我再次翻阅了霍氏姐弟赠我的《红楼解梦》中有关人物的考证，又找出汪原放第二次标点，程伟元第二版刊排，胡适收藏并作序的乾隆壬子（1792 年刊印）本的《红楼梦》，重读了书中的一些章节，主要是读它的语言和语气。这是一个相对严肃的版本，红学中称其为程乙本，书封的著者处没有印上高鹗的名字。胡适在序言中的第一句话是：“《红楼梦》的考证是不容易的，一来因为材料太少，二来因为向来研究这部书的人都走错了道路。”

从目前的研究成果来看，清人戚廖生和紫琅山人的道路并非全然走错，前者是第一个惊叹它是“一声两歌，一手二牍”，并且“字字写来皆是血，十年辛苦不寻常”的人，而后者预言“或数世，或十百世，终会有识者出也”，这话肯定比攻击它“诲淫诲盗”，“较《金瓶梅》尤其造孽”的张新之要说得对。不过在胡适与蔡元培的同时，王梦阮、蔡孑民们的道路好像是走错了，不知道现在朱浩文的路数怎样。所幸朱浩文是有退路的，他的考红思路万一错了，小说的本身还仍有着文学的价值。

越想越觉得鲁迅的论断是最科学的：“《红楼梦》单是命题，就因读者的眼光而有种种，经学家看见《易》，道学家看见淫，才子看见缠绵，革命家看见排满，流言家看见宫闱秘事。”从胡适到俞平伯到周汝昌，以至于到霍氏三姐弟到刘心武，近一个世纪以来所有的研究都互为参照，各有洞见，“大梦谁先觉，平生我最知”，欣喜地发现自己是紫琅山人所谓的识者，找到了那把两百多年以前作者暗藏在字里行间，唯有它才能打开《红楼梦》的神秘的钥匙。

这正是不朽名著的伟大之处，估计“或数世，或十百世”后还会有人这么去想，说梦的都是痴人，异梦的甚至同床，《红楼外梦》的作者也醉卧于当代红学大床，他看见的究竟是什么呢？他看见的也许是红楼女儿的不公平，同样都是水做的骨肉，为什么丫头、侍妾就不能人人都有一本外传？

因此，他不以红学家的身份释梦，而以小说家的身份圆梦，根据他自己的审美愿望，为这十二个身份地位远不如正册金钗的小人物，圆了一个曹雪芹没有做到的梦外之梦。这个梦圆得未必最好，但却最痴，时间最长，曹侯若在，对于这位差不多跟他一样的痴人，他会一边流着辛酸的泪，一边发出友好的微笑吗？

月有阴晴圆缺

在读三十万字的《缺月》之前，我先看到的是穆玉敏一百三十万字的，写了九年的《北京警察百年》。像是一部史录，又像一部辞书，看多了名不副实的大部头，发现这书有些相反，只有它是实过于名。因为这部大书是从夏代写起，那时候中国的首都不在北京，治安的武士也不叫警察，历史的长度更不止百年，换了目前那些擅长忽悠读者的紫红作家，书的名字完全可以取得更加恢宏一些，凶恶一些，这样做的好处是能唬住一批不怎么识货的外行，以期创下市场营销的佳绩。奇怪的是穆玉敏没有，穆玉敏是个警官，头戴着改装后两侧向上翻卷的警帽，诚实与肃穆是她的文风，考虑到该书的重中之重是二十世纪，于是她便为它赋予了此名。也正是有了这个良好的印象，当她长篇小说新作《缺月》问世，在浩如烟海的新版图书中，我才乐意把它挑出来认真阅读。

仰望圆月是长悬于中国百姓心中的一幅美景，没有人不懂得中秋之夜那一轮满月是亲人团圆的象征，多少年来，关于月亮的神话滋养着这个有着非凡想象力的东方民族。但是这部小说却像它的名字一样，描写了三枚残缺的月亮，不在空中，而在地上，它们是三个与警察有关的时代女性。这的确是她的匠心所在，近些年来警察题材的小说和影视剧，层出不穷地刷新着图书大厦的畅销书展台和黄金时段的电视电影频道，枪战、拳击、谋杀、追捕，把一个个警察的破案故事演绎得惊心动魄，险象环生。在这部小说里我们几乎没有看到，它蓄意避开了所有同类题材中的复杂剧情和精彩动作，甚至避开了警察本身，而从几个倒下的警察身后推出了另外几个悄然站立的弱小身影，追光灯下我们认出，她们是警察的母亲和妻子，以及还没来得及走进洞房的爱人。

三个女人的故事如同作者动笔的年代，显然发生在《北京警察百年》之后，考证的根据乃是本书背景被作者设定为新中国成立五十五周年，因此，我认为它应该是作者上述那部史录或者辞书的副产品。我的推理是这样的：关于警察的起源与历史终于写完了，九年的理性总结告一段落，作者忽然还想变换一种手段，用一种相比之下读者要多得多的小说的样式，继续讲述她所热爱的警察。在民间，警察由来只是一个生硬的符号，以巡守国家机器的特殊形象在城市与乡间正步行走，身板直挺，面无表情。但是藏伏于他们的内在，他们的背后，他们的血亲家庭之中的，如常人一样的甜酸苦辣和喜怒哀乐，却不如常人一样为世间知晓。作者觉得，她有双重的资格和责任来完成这样的一件事情，因为她是警察，同时也是警察的家属，在长篇小说的结尾她选择了一位来宾，代表人民在英烈纪念墙下替她说道："说实话，又有多少人真正了解警察?"

对于真正的文学而言，故事的本身从来都不是最重要的，如同主人公们的身世，无非是三个为国捐夫的杨门女将，在永远也不会再圆的月亮下展开各自平静的生活流水。但是作者又要把她们貌似平静的生活卷起波澜，或许是基于生活的思考和设想，或许是从档案卷宗中来，一个警察之母，一个警察之妻，在以后的日子里她没有让这一对婆媳相濡以沫，水乳交融，她却让她们误会、仇恨、厮杀，出于对最亲的亲人的爱而在对方心灵的伤口上大把撒盐。五年过去了，儿子的墓前，烈士之母陈素娥对着烈士之妻韩玉镜，还有她五岁的孙子罗小风恶语诅咒着："儿子，你把咱罗家的好名声都丢尽了！你这个不孝的逆子这么不争气，不但真的和这个女人非法同居，今天又冒出一个孩子来，你这个孽种!"

坟前祭亲这一个细节的设置，给整部长篇小说增加了力量，使之与此前无数同题材作品中的英雄“九泉有知，含笑瞑目”一类话语，成为献给牺牲者的虚假的悼词，从而也拉开了它与它们之间的思想距离。这种力量源自于真正的现实主义，源自于作者多少年来以双重身份对警察和警察家属的深入了解和刻骨体验，它不是一般带着某种创作任务，短期内打进警察内部的域外作家所能写得出的。这样的细节在书中屡屡出现，因此它就能一次又一次地感动读者，并且让他们自觉地陷入对这一陌生人群的深思。人们会以当代人的道德观念和参政意识，重新思考那些所谓名声，所谓非法同居，所谓冒出一个孩子的社会道德谴责本身是否道德，思考是不是必须澄清烈士生前绝对没有非法同居的行为，我们的国家方才给他颁发烈士证书，不然的话不仅是真的有辱门庭，甚至也是真的连血亲也不能相认。一个小小细节所蕴含的另一种力量，真正源于社会现实的文学作品的力量，有时是连创造它的作者自己也意想不到的。这就是它的伟大和迷人之处，也是它之所以在无数新的文学流派的蔑视与攻击中，时至目前依然能够存在并且愈发放出光芒的理由。

书中的第三个女主人公，年轻的女警察董新月的出场，我们一下子就看懂了作者的用心，这是一钩新月，正待圆满的新婚之夜却突然痛失了她的另一半。她的出场，显然肩负着作者的两个沉重使命，第一，她要让警察的母亲、妻子和儿子这祖孙三代，在烈士坟前与墓碑一起围成一轮精神的圆月；第二，她象征着警察这个特殊职业的新的牺牲，也象征着烈士身后又一代警察的新的继承。与此同时，在小说的最后一章作者还有这样的安排，陈素娥之孙韩玉镜之子英雄警察罗继风的血性后代，“身穿警服的罗小风神情庄重，向着英烈纪念墙举起了拳头”，一门忠烈的第三代警察在此诞生。

从调侃中的世界警察到现实里的小区派出所治安民警，在国人的认识中大约还是一个盲点，正如月亮身上被夜色遮去的那一部分。上个世纪，有一些日子中国的确没有警察，红袖章替代了蓝警服，那是有人发动了史无前例的革命，要把历史推回到夏代以前。这本书的中老年读者群里一定有人历经过那些恐怖的岁月，他们知道没有警察的世界是什么样的。《缺月》的作者那时候还很小，不过也应该留下些许朦胧残缺的记忆，长大后她做了警察，抑或这是命运的偶然，但她接着又做了讴歌警察的警察，这便是她心中一个必然的结了。

在《缺月》的作者穆玉敏心里，月亮缺失的那一部分是为了人间的团圆，它原本应该每夜都是圆的，为了人间更多的圆月它使自身变得残缺，因此那一部分才更拥有了连天的价值。那是月之精魂，无声无息，无影无形，其实它一直都存在着，只不过很难被夜空下人们的肉眼发现。穆玉敏为那隐去的月魂抱打不平，她要拨云见月，还月亮一个明净光辉且又完整的形体。为此，她在绘制本书的思想蓝图时首先选择了缺月，然后再决定以自己的理解对它进行修复。而仅就艺术审美而言，缺月的魅力与断臂维纳斯是不同的，它留给人们的是一种生命的壮美，这种美丽不叫残缺，却叫献出，它不属于遗憾，它属于光荣。

最美丽的是最纯情的

罗聪明寄来她的新书，翻开看了，都是近作，心中就有了莫名的喜悦，并想起两个记忆中不能抹去的人。一个是后来坠楼自杀的徐迟，正好是二十年前，我在湖北做着合同制的作家，老诗人徐迟是我们十七个人的院长，我们中有位他曾寄予厚望的作者，送了他一本有很多印数的通俗小说，自以为会得到表彰，这个瘦小的老头儿却在创作会上拍案大怒："做出这样的事来，还敢见我！"另一个是女编辑吴芸贞，二十五年前我的处女作的发现者之一，她的方式是把她喜欢的年轻作者请到家中，命她当官的丈夫系上围裙下厨做菜，自己则抽着女式香烟跟我们谈罗曼·罗兰和契诃夫。有一次，一位在她家中受过礼遇的作者很久不见来稿，托人调查，始知那人做了他所在地市的宣传部长。同样是在创作会上，吴芸贞像少女一样嘤嘤地哭了起来，她哽咽着说："怎么会是这样的呢？"

我怀念那个时代，因为有了他们。这是上个世纪两个纯情的文人，这样的纯情，目前当然是像恐龙一样地绝迹了。他们认为这个世间唯有文学，唯有真正的文学才是最神圣的，全世界所有的东西都不能与之匹敌，为此号召他们所喜欢的人都不许做官，只许做作家，做作家还不许做写了《啼笑因缘》的张恨水。徐迟之死至今是一个无人揭开的谜，他称电视机是潘多拉的匣子拒绝观摩，爱情、婚姻、信念、理想，至少有两种以上的仙境使他那颗不老的童心感到无力登临，他能猜想哥德巴赫，俗人却无法猜想他，他实在是绝望了，于是他选择了告别红尘。

罗聪明的新书叫《纯情你我》，是一本散文集，由我的朋友聂老夫子拨冗做序，书中几乎展示了她青春期的全部才华。除了散文、小说，还有美术、摄影、音乐、歌舞，有她对于师友同志的批评与欣赏，也有师友同志对她的希望与赞叹。书中的文章我都看了，沉思良久，我觉得最令我感动的无非有两条，第一条是她居然还在写，第二条是她写得居然还不错。我想称这本书为本色文字，我看出了这些文字是随心流淌、无意雕饰的，我还认定它的绝多篇幅的构思与下笔，是在火车、机场、会堂、舞厅、宾馆以及其他一些游击阵地。

这是一位马背上的女秀才，她娇小的身姿扬鞭奔驰在官场、商场、交际场，一阵阵的威风锣鼓和冲锋号令使得她日夜不能静坐书斋，她的风风火火，蓬蓬勃勃，命定了它的文风与特色。当然，这没有什么不好，相比那些故弄玄虚、装腔作势的枯涩文本，至少它有一种纯情的可爱与美丽。

无论如何，我是尊敬散文家的。我曾经对小说家说，农民依仗祖居一方土地而拥有的丰富的生活源泉，在政策和编辑的协助下可以写出轰动一时的获奖小说，颠覆前人观念，展览自身隐私的勇敢青年，更容易利用小说的形式取悦成长中的好奇读者。然而，好的散文家不行，他们则必须具备足够的语言素养，训诂、修辞、语法、韵律、节奏等一切具有美学特征的，文字本身的神奇魅力，以此才能与小说家平分文坛。

不要人物，也不要故事，无须借助说书人惊天动地的任何手段，而把自己心中的感觉和情绪平静地流进他人的心中并使之还原，像泉水，像月光，打湿和照亮他人的心灵。好的散文是不必分行的诗篇，可以浅唱的乐章，它优美、雅致、淡远、深长，这种品质是多么走红的农民小说家永远也不可企及的。

在《纯情你我》的有些篇里，它们已经具备了优秀散文的某种品质，如“游子”部分几篇涉猎地域风情的短文，触景思古，怀人伤情，从而生出万般的感慨和玄想，由东京的花伞小雨到和服歌伎到美人烟色，由周庄的小桥流水到佳人才子到凡夫之梦，由大漠的黄沙驼峰到琵琶玉女到千秋浩叹，这应该是本书最富激情幽思的了。

此外在写人上她有一绝，能把一介“乱七八糟”的书生时而写出狂野传奇的杀气腾腾，时而写出婉约清词的鬼气森森：“他的悲悯是怨妇眼角的泪，才被风干，又被雨湿。明明是满纸的幽默，漫天的大笑，却有不散的哀愁如影相随……”自从文中有了这样惊人的句子，贯穿一书的快乐之旅便在京都花雨之后走向沉重，走进深邃。

虽然如此，我仍希望，这位马背上的作者在她稍事安静以后，如再叙事，抑或状人，须得把自己的感觉和情绪处理得更为细腻、微妙、徐缓、内敛。尽可能地摈弃一些类似小说的写法，由表面热闹张扬的场面描写，转为更多内在的思想感悟，发扬光大散文的特质，使纯情中的情重于事，并且更纯，这是你的突破，也是我的期待。

走进迷宫

我认为好的探案小说是可以叫作悬念小说的，因为探案的过程同时也是制造悬念的过程。少年时代我们曾经痴迷过英国的柯南·道尔，回忆起来，完全是因为他所制造的悬念让福尔摩斯吃尽了苦头。及至成年，直正从事文学活动以后，我已把这类小说划归别一区域，阅读的兴趣彻底转入所谓的严肃文学。不过上个世纪七十年代末的文学复苏时期，中国文坛还没有正式出现探案小说，只是偶尔听说“文革”中某人的手抄本涉及这一方面的内容，作者因此曾身遭不测。

然而后来当手抄本成为印刷品公开问世，却仍没有燃起我的阅读的欲望，因为我已从思想上先入为主地将其定性为靠猎奇案情吸引读者的通俗读物，离文学是人学的口号相距甚远。不料近些年来，这类作品突然走红，先是影视，继而是被影视的强大力量推拥出来的原创小说或剧本式小说，几乎已达到家喻户晓路人皆知的程度，电视剧的主题歌唱遍了中华大地，如果继续忽视这类作品的存在，谨防授人以矫情之柄，于是在这时候，我才又开始注意中国的柯南·道尔。

芳菡的《迷情百合》三月份刚刚出版，就有一位朋友指定我在四月份必须读完，说这是一位年轻的女警官写的长篇探案小说，写得很不一般，又说作者原本是写散文的，读小说的同时也可以兼读她的散文集。我向来喜欢读诗人的小说，而好的散文又接近于诗，诗人和好的散文家涉足小说，至少在语言上有一种纯粹的小说家不大具有的韵律之美，然而要写探案，写枪声和尸体和凶手杀人前有些变形的脸，不知道这种优势还是否存在。

就这样我心怀忧虑地打开了《迷情百合》，阅读的过程却越来越让我感到惊讶，作者采取的完全是一种不同于柯南·道尔的探案文体，利用书中的主人公之一，中国警官大学毕业的青年女警官方馨的视觉、感觉、思维，以及其他与案情有关的各类角色的不同叙述，将一桩杀人案分解得支离破碎，然后重新拼接，其间多有歧途，每设误区，好比一座迷宫，让探路者跟随着方馨四处游移的脚步，最终找到本案的真相。

直到读完最后一页，才可以得出这么一个故事：北京夏威夷进出口公司白领，风情万种的美女李漫莉为香港 PPM 公司雇佣，伪装与华氏集团有限公司董事长方清卓相爱，成功地窃取了可令女性青春永驻的保健药品美莉奈尔第二代新配方。但是出人意料的是，在与方清卓的相处中她却真的爱上了这位事业有成的科学家，并且不惜以 28000 元的代价于花样年华国际美容中心修复了处女膜，策划以纯洁之身嫁给方清卓。

就在这个时候，又一件出人意料的事情发生了，已经身患绝症的方清卓发现自己受了欺骗，悲愤交加，在保健品 MER 中放入了金属铊，秘密杀死了李漫莉，自己则假称赴美国做访问学者，却隐居于西山疗养所。这时又发生了第三件出人意料的事，方清卓的亡妻的妹妹张芸，这位因为爱心二十多年来一直以保姆身份留在方家，服侍方家父女的善良女人，为了改造方清卓的杀人现场，暗中用红白两色的玫瑰花瓣撒满了死者的居室，为生前的唯美主义者制造出一个浪漫的自杀假相。最后，在方馨参与的探案中，由于死者李漫莉第一任男友孟辉的初恋女孩儿王佳丽提供知情，张芸操纵黑豹绑架王佳丽，致使本案节外生枝，刑警队又发现了第二具窒息而死的女尸。

这就是探案小说或称悬念小说的写法，如果用传统的社会问题小说的手段平铺直叙，自始至终娓娓道来，自然会大倒读者的胃口。探案或悬念小说的作家必须构思精密，滴水不漏，暗埋伏笔，悬念丛生，特别要把握好探案的进展和节奏，在这之间不断地滋生枝节，播云弄雨，让进入迷宫的读者在她故使的障眼法中晕头转向，却又欲罢不能，直至觉得该到揭谜的时候了，于是一收功法，这才云开雾散，水落石出，谜底是谁也未曾猜出来的。

要达到这样的目的并不是一件简单的事情，作者只会编撰案情故事不行，还必须具有相应的知识，使用专业化的术语将这故事说得圆满，令人信服。在这一点上传统的小说家是望尘莫及的，而本书作者芳菡却做到了。据作者简历透露，芳菡与她笔下的女主人公方馨一样，毕业于中国人民警官大学，以后在公安部某局任职，其间不仅写散文，写小说，同时还写有大量关于刑警生活的纪实文学，由这样的人写出了漂亮的探案小说，会让人心里多少感到有些踏实，不至于怀疑是当下文坛流行的胡编滥造。

在《迷情百合》中，我看到作者把她纪实文学中的大侦探乌国庆也顺手牵羊地写了进来，而且借用方馨的身份，以第一人称参与探案，意在使这桩看起来扑朔迷离的案情以及破案的过程，具有亲历性和真实感。从她的纪实文学集《真心英雄》的自序中我还看出了一个秘密，作者对她这本最能反映自身职业特点，却往往引起文坛误解的书所在乎的程度，丝毫不亚于那些为她赢来美誉的散文。这种感觉是诚实的，一如对书中那些刑警英雄的崇拜和喜爱。接近和赞美这样的英雄看起来毫无功利可言，然而正是这些无功之举给她的长篇探案小说带来了巨大的功利，这些人物没有白写，因为对他们的情感和故事的长期积累，从他们身上所获得的刑侦知识以及对犯罪心理学的研究，使她在结构这部长篇探案小说时，才有了源于这一基础的合理想象。

她为女警官方馨设置的障碍，施加的误导，让方馨终于排除无数疑点，直逼案件的真正杀手之时，面前兀然出现的却是她一生最爱的父亲和二十多年来像爱亲生女儿一样爱她的张姨，这种案情既是虚构的，同时也是现实生活中极有可能会发生的。整个事件充满了戏剧性，但是这幕人生的悲剧在读者的眼里，至少是行家才能写得出来。

除了为描写刑侦人员而应准备的破案知识，描写作案者而应了解的犯罪心理，对于与案情有关的各类社会角色，他们的环境、氛围、性格和习性，作者也都进行了知识性的把握，甚至有些段落的文字写得非常的精彩，譬如谈论男人的香烟，谈论女人的香水，谈论含有无限哲思的鲜花，无论是象征热烈爱情的玫瑰，祝福圆满婚姻的百合，还是暗示妖艳和罪恶的罂粟花，读者是可以当作极有情致的知识随笔来欣赏的。

更精彩的是作者还借用小说中主人公孟辉和李漫莉的对话，吴飞飞和方馨的对话，把关于男女爱情的复杂心理，蕴含在爱情中的哲理以及各自对社会人生的观点，阐释得个性分明，透彻淋漓，读者又可以视此为爱情咨询的信箱，从中探取心理和人性的奥秘。以上这些，似乎是一般的探案小说所没有的。

其实探案或悬念小说的特性不仅为柯南·道尔、希区柯克、爱伦·坡、埃勒里·奎恩等探案小说代表性作家的作品中所独有，西方一些声名显赫的文学巨匠，现代派文学大师如博尔赫斯、马尔克斯、福克纳、卡夫卡、海明威等也曾有过类似的尝试，更早的时候还有梅里美、大仲马和霍桑。日本的芥川龙之介根据十一世纪日本故事改写的短篇小说《罗生门》，竟成了他的充满悬念的代表之作。

而我们的鲁迅先生，在他的故事新编《铸剑》中，同样把那个神秘的黑色人暗中相助眉间尺向楚王复仇的故事，写得悬念四伏，鬼气森森。因此我们是否可以这样认为，在小说中设置悬念的技术，一旦被优秀的非探案小说作家借鉴之后，就有可能上升为一种艺术，为自己的文学作品丰富手法，添加魅力，甚至创造出新的流派。但是，他们毕竟是偶尔为之，具有这种类型的长篇小说，至今我还没有见到。

至于陀思妥耶夫斯基写的《罪与罚》，与探案小说家显然不同的是，他的兴趣并不在于法律系大学生拉斯科尼可夫的犯罪过程和警方的侦破结果，而重心几乎全在心理分析和社会批判上。因此我想，探案或悬念小说如何能够既拥有广大的读者，同时又具有深刻的思想，从而能对社会产生推动的作用，也就是如何利用探案或悬念小说的表现手段，来达到作者真正要研究社会和人生的目的，这将是《迷情百合》以外的话题。

将笔下几乎所有的女人都写得非常美丽，我想要么是作者有意要反衬出社会人生的险恶和商业竞争的残酷，由此渲染美的毁灭带给读者的遗憾和痛苦，要么就是作者的无意识。制造这些美丽的脸谱容易让人觉得是受了取悦观众的视觉作品的蛊惑，但再一想其中也有她的道理所在。

且不说如这部小说中所描写的，花样年华国际美容中心神奇的美容技术可以成就天下爱美且富有的女子，单说这几位美丽女子的招摇过市，的确是因美丽而成为现实。被杀的夏威夷进出口公司白领李漫莉，因为美丽才能完成窃取商业情报的特使；继而被杀的北京外语学院女学生王佳丽，因为美丽而成为中央部委派往香港的青年才俊孟辉的前任女友；华氏集团公司营销部经理吴飞飞，若非美丽不会得到方清卓的破格重用；在四川一座小县城里已为人妻的女教师张兰，恰是美丽使她跟随方清卓来到了京城；而张兰的亲生女儿方馨，不美丽怎么能让总裁父亲的助理暗中爱慕那么多年，同时又是众多刑侦英雄眼里仙女一般的警花呢？

作者认为，美丽是一种财富、一种资格，而这部小说的特点之一，就是将一大批出类拔萃的人物集合在城市浮华之中，像美丽而有个性的鲜花一样竞相开放。

最后我想要说的是，我是带着一种对李漫莉死于玫瑰花丛的强烈的好奇心，一鼓作气地读完这本长篇小说的，这种阅读对于一位当年的福尔摩斯迷来说已经是久违了。读完后的感觉是居然没有令我失望，它告诉我小说的写法应该是，而且从来就是多样化的，只要它写得好，它就自然有了传播的价值和可能。

不过我对这位爱写美女的作者提个意见，在今后的小说中可以适当地写些不是太美的女人，甚至某个部位还有点不好看的女人，因为生活中这样的女人似乎更多，读者通过各种媒体看见的女尸，其实大多数相貌平平，她们是因为各种各样的原因被杀死的。

日出印象

这个专栏已写到今年的最后一篇，写完就算圆满完成了本刊编辑部交给我的光荣任务。这一篇他们确定了一位女士，作为撰写对象，分明有点儿变个花样压台的意思。压台的一般都是好戏，但好戏一般都不好演。我的困难果然来了，两点，第一，前五人中虽然有四人都是当官儿的，不过在我执笔之时，他们一个一个地都不官儿了，而这第六位目前却正官儿着。我有一个弱点，一坐在领导的办公室里，就有一种开会的感觉，哪里还好意思打听人家的过去现在，人家的过去为什么要给你说？人家的现在你没长眼睛？你到底是怀着什么目的呢？嗯？于是直想等到人家退休之后，再自由自在地坐在人家家里的沙发上，聊聊天，访一访，问一问，记一记，就是一篇访问记，这样，茶也喝了，任务也完成了。然而编辑一次一次地催稿，眼看着时辰已到，容不得等到那时。第二，直到打开电脑，我才大吃一惊，电脑的汉字字库里没有那个字，吴旸的“旸”。字典里分明写着，日出的意思，但我用五笔字型去敲键盘，j、n、t、r，第四下却“得儿”的一响，告诉我说这个字它里面没有，可能是发明五笔字型的王永民先生一时疏忽，忘了这个字。据说电脑可以造字，用偏旁部首组合，但是我不会，书到用时方恨少，现在只好一到那里就空上格，然后一个一个地用笔描上。

访问记写不成，只有改写印象记，这样就用不着坐在那里“开会”。印象这东西，谁也管不着，包括被印象的本人。全世界的人，留给别人的印象，很可能是一人一个样子，但是如果高度概括，却能大体分出两类：一类我把他叫作晃动型，即好比水中的人影，有风的时候，或者“一石击破井底天”的时候，那人影受了破坏，有的晃动不已，有的面目全非，直到风静水止，方才现出原形。人们这时发现，某个很庞大的影子，原来是很微小的；某个很狰狞的影子，原来是很和平的。这类人往往会被误解，他给人的先后印象反差很大，而比较接近本质的那个终极印象，往往需要经过几个反复才能形成。这时候人们才会恍悟：原来他还是个好人！或者：原来他还是个坏家伙！一类我把他叫作定格型，即好比摄影上讲的一次性成像。这类人是什么样就是什么样，好便是好，坏便是坏，美中不足便不是完美无缺，只要照相机没有毛病，你可以相信那个原始留影。

吴旸属于第二类人。她在工作上留给我的印象，是认真得有点儿过头。五年过去，还是天津之行的一次性成像。那次是在报纸上偶尔看到一则消息，敦煌的一位作者写了一本《中国佛经故事》，要在百花文艺出版社出版。五十八岁的吴旸，确定次日便去天津，了解此书内容以及出版情况，意在纳入外文版的熊猫丛书。秋深，大风，我随她老人家一同前去，一人一件风衣。我在南方长大，没有去过天津，想的是到那海港好生玩玩儿，吃吃风味儿，旅行包里带了毛巾和牙具，准备住上一两天。我们下了火车便上汽车，直奔百花文艺出版社，找到此书的责任编辑，却不料全然并非报上所说，《中国佛经故事》根本没影儿，只有一本《中国佛经寓言》，还是二校稿样一叠。时间已到中午，我们借了这叠稿样，又借一间屋子，两人分开来读，竟发现书中寓言大多出于印度，不能作为我们国产宗教文学对外翻译。书稿看完已是下午，吴旸说去买车票回京，我说怕是晚了吧。她说就乘七点的最后一趟回京火车。那夜火车到站又辗转回单位住处，几乎坐的全是末班车。我的一根风衣腰带，也不知挤掉在哪路车上。

到天津的收获，是吃了一餐名副其实的狗不理包子，人流如潮，一律站吃，吴旸的工资比我高，自然是她付钱。三大名吃中的桂发祥麻花，时隔两年，再去寻访《都市风流》的作者孙余夫妇时，方才得以补吃。而还有一样耳朵眼炸糕，至今无缘一尝。

问题是我给吴旸留下一个好吃好逛的印象，从此她老大一朵阴影在心头。下一次我与两位翻译到山西采访，临行之际，吴旸反复叮咛，事情办完，不要久待。我们当然没有久待，只出山药蛋子的山西有什么玩头呢？一人吃了几大碗羊汤面。吴旸看书看刊，是绝对叫人受感动的。人家出版社杂志社的总编辑看稿，是在初选作品经复审后，重点看筛过两遍的一小部分，其过程呈金字塔的塔尖儿。吴旸是金字塔的塔底。所有的稿子她都要看，送审的，没送审的；通过的，没通过的；优秀的，不优秀的；文学的，文学外的。天网恢恢，疏而不漏。看她读书，很有意思，上面戴副老花镜，下面握支小铅笔，专心致志像个小同学做作业。她喜欢边看书边打记号，改个错别字，划道横杠，加条注释什么的，好让我们的翻译理解。

这是一个优良的传统，现在我们不少年轻编辑都是这样做的。这样做有几个好处，一是逼得自己进入书中的境界；二是防止走马观花；三是如果定稿之后尚须处理，小处已经作了，大处也已有了记号，翻开进行就是。对于一部十几万字几十万字的小说，此法尤显英明。

刚刚粉碎“四人帮”，作品奇缺，为了从长篇小说《李自成》一二两卷一百余万字中做出节选，以飨国外读者，吴旸用一个月的时间，熟读了《李自成》的前五本，按章做出详细的读书笔记，将一个练习本写得密不透风，并附数张人物表，画一幅李自成南原大战的路线图，以红蓝两色铅笔，描出两方兵马据点。诸事做罢，准备去姚雪垠先生家商定编选事宜，找出北京地图欲查哪里是三里屯时，突然模糊一团，原来眼睛花了，一副老花眼镜从此戴上。

找到姚雪垠先生谈书，又根据作者意见找茅盾先生撰文。姚雪垠先生此时借居北京，由中国青年出版社从湖北作协接来，住在招待所一个单元楼内。老先生性情孤傲，在文学上的严格近乎苛求，对《李自成》的捍卫不惜性命，连对书中未能忠于原著描写的插图也不放过批评，这在文坛已为人尽知。但听了吴旸对其大作几个章节的选译计划，白发皓首的姚雪垠竟点头说，我完全赞成。得知英文译者将是中国首席翻译家杨宪益先生，姚先生于是就更放心。

姚雪垠好找，茅盾难寻。请茅公写评介文章，是作者本人的意见。吴旸与茅公只有过一面之缘，那是六十年代的一次文学研讨会上，茅公的西服礼帽，手杖黑胡，给年轻的吴旸留下了日本绅士的印象，然而是年的茅公已经年届八十，身任中华人民共和国文化部部长、中国文联主席、中国作协主席、《译文》杂志主编、《中国文学》杂志名誉主编等职，已是中国新文学一代活着的宗师，真正是日理万机，且还要挥笔写一些回忆录和文艺评论文章。吴旸心中忐忑，却仍硬了头皮而去。在茅公门口，她写一纸条，请门人传给茅公，纸条说：您的部下求见。

听说部下，茅公立刻请她进去，吴旸万没想到一代宗师，竟是那般和气，从会客厅把她请进写作间，沏茶让座，欣然允诺为《李自成》的译章作评。因发稿日紧，不容更约，怕茅公年迈忘事，吴旸回后又致书一封并赠年历一幅，明为感激，实则敦促，茅公居然以毛笔宣纸回她一笺：

吴旸同志：

年历及大示均悉，关于李自成的文章，日内即写，大约一星期（本月十七、八日）可以写成，特此奉告，尊处电话请示知，以便写成后电告。此致

敬礼！

沈雁冰　十一日

茅公果然不误《李自成》的发稿。一周之后，吴旸如约前去取回，文章是由茅公的孙女儿誊抄的，工整清晰，一笔不苟。文中对历史小说《李自成》的成书目的、著作风格，以及主人公所处的明

代历史，明王朝必然的覆灭和农民军最终的失败，都作了精辟的分析，重点评介了《中国文学》翻译连载的“南原大战”“商洛壮歌”“宫廷斗争”三章的史料价值、虚构艺术，和有悖于古典历史小说塑造英雄的思想与技巧。文末，茅公向国外读者热情地推荐他的同代作家姚雪垠，引作者言志诗一首以作结束，诗曰：

我爱史诗彩色多，缤纷世相入网罗。
英雄痛洒山河泪，儿女悲吟乱离歌。
方看惊涛奔急峡，忽随流水绕芳坡。
丹青欲写风光细，不绘清明上汴河。

为了编好萧红的作品和介绍作者的文章，吴旸访问了萧军，又走访骆宾基，还去《人民日报》资料室把仅藏的孤本《萧红小传》借来阅读。李劼人的《死水微澜》从尘封的现代小说文库中被她打扫出来，译成英文推向世界，受到国外读者的欢迎。

对大师名作如此审慎，对文坛小辈也未敢轻觑。七十年代末和八十年代初，正是开禁之后中国新时期文坛第一批新人破冻土而出幼芽的早春季节，应时代的要求，《中国文学》开始大量介绍当代作品，一批在国内崭露头角的文学新人从这里走出国门，女作家谌容、张洁、张抗抗、王安忆、张辛欣、航鹰；男作家蒋子龙、冯骥才、古华、贾平凹、梁晓声、蔡测海，许多作者感戴于编辑部不唯名的编风，只唯文的慧眼。天津的航鹰与吴旸鸿书不绝，频报近作；湖南三十三岁的蔡测海，因其处女作《远处的伐木声》经《中国文学》译载后，又被美国的《国际短篇小说选 》收入，作者的名字写进了《世界名人录》，该书编委会请他填一张表寄去，蔡测海受宠若惊，给吴旸写信老老实实地描述他的心情：“告诉您这个消息，您一定会高兴。我这个‘名人’，其实就那么一篇《远处的伐木声》，它是您和《中国文学》选译出去的。这样，人就成了‘名人’。”

知青小说《这是一片神奇的土地》经《中国文学》译介后，吴旸作为本刊代表，参加中国作协召开的那个年度全国优秀小说评奖筹备会。会上有人提名梁晓声的另一篇小说《京郊一条街》，吴旸据理力争，说《土地》集现实理想于一体，开积极浪漫主义知青小说之先河，理应授奖此篇。山西还有一个名叫贺小虎的作者，看到吴旸把他的小说《在婚姻介绍所门外》收入《当代优秀小说选》后，也给吴旸写了一封信："看过样书，我发现书中十名作者几乎都是名声显赫的大作家，唯我是无名之辈，这使我很激动。您在成百上千的文学刊物中阅读了我的小说，并将小说及我本人介绍给国外读者，这对我无疑是终生难忘的事，也是对我创作的巨大鼓舞。"

长篇小说《都市风流》和《少年天子》，是在荣获茅盾文学奖前被吴旸拍板译介的。《少年天子》洋洋四十五万字，吴旸在住院部病床上坚持读完。稍后又发生了一件有意思的事情，由我选荐的长篇历史小说《孔子》被吴旸定译后，作者杨书案请我向吴旸转达问好，吴旸方才得知本书作者原是她五十年代北大的同学，几十年互断音讯，想不到今日巧会文坛。处理对外翻译作品的学问颇多，即使一部名篇佳作，也许仍有不适对外译介之处。政治的，宗教的，文化的，生活的。便是四面八方都没有问题，但说不定突然就有一句话能将外国的翻译和读者陷入五里雾中，因为太中国化，或者太中国的某地域化了，书眉之上铅笔作注，并非杞人忧天。吴旸自己作注是很细心的，对别人作的注其心更细。在她担任副总编辑的时候，见案头一部小说中的"地学"一词被改为"地质学"，竟要我到地质部去向专家讨证。

前两天又有一例，责任编辑送来一篇江苏女作家范小青的小说给我，写一位女尼还俗，苏州味儿很浓，其中有个泼辣女子，作者说她有点"十三点"。我没去过苏州，不知其言有典，以为"十三点"比十二点还多一点，大约是有点过午、过头、过分、过火的意思，再分析那个女子的言语举止，确实有失分寸，便替责编加了一

注：过午。此稿交吴旸终审，她却另加一注：江南方言，二百五，傻兮兮。原来对那里的地域文化早有研究。又见“香功”二字下面打了一线，预备作注却又有待查考的样子，回家便请教一位练气功的，得了真传，再加一注道：气功之一种，功发时有香气四溢。

还记得吴旸曾向我们大家请教过何为“丹凤眼”，那是陈建功的小说中某位令煤黑子们垂涎的美人儿的眼睛。大家热闹一阵，有说美若凤目，有说细眼斜挑。吴旸点头说，我感觉就像古装戏里旦角的眼睛。这时候我便恍然记起，似曾听说吴旸是部队的演员出身，她不惜调动行业化的想象，也要把那两只眼睛搞个水落石出。后来向人落实，确知吴旸还真是演员出身。她祖籍湖北黄梅，生于金陵，童年长在上海滩，天府之国八年间，从小学到高中，结束了美丽多梦的青少年时代，高三就学于武昌第一女子中学，毕业又入私立的武昌艺专学画，一年后考进著名的杭州艺专西画系，参加了地下党外围组织的各项活动。公元1949年5月杭州刚刚解放，她便投身解放军，被编入部队文工团。在文工团里扮演《白毛女》中的喜儿、《刘胡兰》中的胡兰子，在部队五次立功，两次受奖。朝鲜战争爆发，吴旸参加志愿军文工团，以后又在《拂晓报》任助理编辑，直至停战回国，方才转业到上海人民艺术剧院，公元1956年被评为上海市文化局先进工作者。

四十多年过去，现任中国文学出版社副总编辑的吴旸，仍隐约露出宣传队员的痕迹，至少她与黑板报的感情，在本局十几个同级社中尚无二例。立于总编室门口的那块老式黑板，常年四季变换着她那坚挺的、有着雄健笔力的两色粉笔字，向全社人员公布，本年和本季度，翻译和出版了哪些书和刊物，哪些书和刊物正在翻译和出版之中，与国外合作出版的是哪一本，哪一本又再版了，美国的《国际短篇小说选》把我们的哪篇小说选了进去，让大家心中有数。

这是一方窗口，明晰地透视着社里出版工作的速度和质量。这样的窗口也许还有一方，那就是编辑们送审各类作品的稿笺，在属于她的那一栏中，她的每一个字都写得慎之又慎，在这方窗口，大家都昂出头来发言，各抒己见，争论不休，往往把一张纸写得水泄不通。吴旸的位置被大家不客气地占领了，她没有什么意见，就随便找个角落说句把话。

其实步入老年的吴旸依然是一个活泼的人。一次服装模特儿表演，原是我任工会干部期间吴旸的倡议，那一天她身着贵州蜡染上装，与穿一领挂穿两用淡雅披肩的英文翻译喻璠琴女士结对，款款出场，一展风采，以从容的步态、和谐的服饰，双双夺得最佳奖。而在我主持的另一次中秋联欢会上，和前任副总编江帆等合唱一曲《解放区的天是明朗的天》，使人不禁联想起四十年前，在解放区那蓝色的天空下面，一群年轻漂亮的女战士，她们腰系红彩绸，脚踩秧歌步，青春是多么的风采。

对吴旸的印象大多都是寻常所得，点滴形成，到此写完，现在要取个名字，我想起国外那位印象派画家的鼻祖，他的开山之作就是《日出印象》，我觉得把这画名拿来安作这篇文章的名字，真是合适不过，因为日出为阳，此文是对吴旸的印象，而非评传。

吴公案

写下这个题目，我先自笑了，因为想起了我国古代的四大公案小说。其实吴公的案乃是他的那张破写字台。他老人家是不会像包公那样破案的。编辑部里有一套《民国艳史演义》，分上中下卷，吴公欲读中卷，岂料上卷却没有了，至今仍留下悬案一桩。此案吴公破了几天，无从破起。孔乙己说，窃书不为偷也，更何况那窃者无非是为的一个“艳”字，应当体谅人家的一颗爱心。如此看来，吴公要是真能破案该有多好，至少编辑部里的书刊可以少丢几本。

我之所以要写吴公案，绝非故作惊人之语。因为吴公的一生，几乎都在案头度过，小学、中学、大学，伏的是教室的课桌；大学毕业到出版社，伏的是编辑部的办公桌，从一位二十三岁翩翩少年伏至如今耳顺之年，雷打不动，稳如泰山。去年冬天是吴公的六十寿辰，同仁们为其庆贺，席间我曾口吟打油诗一首，以数学开头，曰：“三十七年过风雨，良骥未老花正期”，说明他在本局伏案已达三十七载。三十七个春秋，一万多个日出日落，风起风息，在人生路上，文章堆里，循环反复，何其不易！

初识吴公，犯了一个弥天大错，以为他老人家庄严刻板，不苟言笑，终日埋首笔耕，目不斜视，暗忖这老先生真好坐功，得道高僧一般。将此感觉说与同事，同事一笑，那笑有几份诡秘，笑罢告我，在五十年代的外文局后院，有一舞厅，吴公乃是厅中常客，步态潇洒，舞姿翩跹；厅中有一自建乐队，技艺之精，曾使周恩来总理大加赞赏，吴公且是此队一员。于是大惊，方知吴公深不可测，暗中观察，虽再不闻琴声不见舞步，但吴公才思敏捷，时出妙语，使我联想开去，居然坚信对吴公的传言无谬。这里试举一例，本社有一张老翻译，将吴公二字各加一偏旁，重音趋前叫道：“蜈——蚣!”吴公不假思索，随口反击：“蟑——螂!”也是两个虫旁，以害虫而对毒虫，对仗工整，恰为那翻译老先生张郎之谐音也。听者大笑抚掌，叹吴公即兴应对之才，便是会作“门对千根竹，家藏万卷书”的解缙解学士，亦不过如此。

吴公好学问，天晓得在他那颗皮色红红，毛发稀稀，体积不大，分量不轻的脑袋中，究竟装了多少诗书文章。编辑部时有翻译手持书刊，踏门而来请教，或前朝经典，历史掌故，或地域文化，时代术语，开口咨询莫不冲向吴公。好吴公，但见他从容应答，那一口广东普通话，说得像个东南亚国家的华裔老教授。公元 1988 年，《北京日报》开一专栏，号召为各条战线的功臣才士剪影，我多少读过几篇，发现科技人物出尽风头，心中为编辑们大抱不平，我辈为他人作嫁衣者流，难道就不能去剪一个影？便瞒着吴公，以他为例，写了一段拙文，取了一个颇不严肃的题目，叫作《吴善祥——立体声中文大辞典》。辞典者，辞多也；立体声者，琅琅而答受益人众也。文中写了刚自美国留学归来的青年翻译李君，慕吴公之名，发誓要寻一难字将其考倒，却终也未能得逞的一个故事。此文不日发于报眼，黑线镶边，栏内配有漫画一帧，画的是一老者满脑袋都是辞书。吴公一时成为新闻人物，外文局宣传处的记者以狼毫行书，将全文抄于大厅门首的墙报。主人公得其名，作者得其利，一篇几百字的短文，竟反复得钱，始发有稿酬，月末评为好稿，季末又评为好稿，年底又评上奖，累计达数百元，平均一个字合一块多。作者心中有数，不是文章优秀而是文章中的那位老先生优秀，若是换个人写，可能收入还大。

我用此钱与朋友吃餐馆喝啤酒，心想吃的喝的都是吴公呀，有些于心不忍，却又明知吴公断不肯受邀前来分成。谁知事情并没有完，忽一日《北京日报》寄来两份请柬，吴公一份，我一份，请我们某月某日到人民大会堂领取奖品并观赏歌舞。时辰将到，人民大会堂的门口成双成对，搭配齐整，唯我是单身一个，因为吴公没去，他老先生害得人家主持人陈铎白念了一个名字，杭天棋们少了一个懂行道的观众，尤其没让满脸笑开了花的陈希同市长逮住他的手握。偌大一个北京，受奖的编辑唯有两人，两人都姓吴，一个是人民文学出版社的吴光华，一个是中国文学出版社的吴善祥，这事有点儿蹊跷。翌日我向吴公问及可看到昨夜的电视新闻，以及白日为何不肯光临，吴公笑笑摇首："不想动，懒得去凑那个热闹。"

于是"立体声"一度成为吴公的绰号。闲时我曾试问吴公，五十年代毕业于何所大学，似乎有点儿寻根的意思。吴公不解其意，答曰中山。答后方有所悟，笑笑，说是中山大学毕业来到外文局，始在图书室，整了几年资料，那几年埋头读书，不知窗外有事，尔后方到中国文学社，做了编辑。吴公此时脸色神圣，两眼水光点点，分明又要回到当时的幽境。于是我复记起那个"案"字，心想局图书室的那个阅览台，当是何等的辽阔！吴公在他的案头笔耕数十载，心血全浇于别人的大作，那支老笔，以点石成金之术，使几多约写的文章大放珠光，令译者喝彩，读者夸赞，而自身却了无大著，自甘在幕后扮演一个手持刀剪的裁缝老师傅。然而偶有试笔，必成妙文，我曾读过一篇，写李后主的，论词说人，文采飞扬，将一代风流帝王亡国之君的词风人格，描画得如闻其坐井长吟，如见其柔肠寸断。去年十月，中国文学社走完了四十周年的漫漫长途，吴元老挥动大笔，纵论发展，我却以一孔之见，横谈本年的春夏秋冬四期刊物，两篇文章一并由我寄往上海的《文学报》。该报从前发表过我的两篇文章，编辑也算是神交之友，然而过一阵样报给我寄来，上面赫然先登出的却是吴公的那篇。此事让我产生两想，一想这个老吴公居然夺了我的版面，二想原来这个老吴公也是可以成一文章家的。之所以他没有，乃是因为他的文章大多都陷埋在别人的文章行里，不说世人，便是作者自己也未必有知。

吴公好人品，真正的长者之风，在他的身边做活，若有成绩，你不必担心会被埋没；若有苦衷，你不必忧虑未被理解。那一双善良而又慈祥的、老山羊一般的眼光，总能够将你的心望得温暖。由于社里缺房，我婚后一直蜗居夫人家。丰台到西城，郑王坟到百万庄，四年来每日转车六次，往返三小时许，为了驱除旅途的焦躁，我学会了在车上阅读书刊，吴公见我紧张，恐我夭折，竟人道主义地放宽对我的表面政策，且亲自替我尽了多多的职责。

吴公对我不唯形式，只求质量，论功行赏，而今回忆起来，竟正好符合我们国家目下的改革！

作为吴公的部下，你有关于工作的思考，无论是对旧的破坏，无论是对新的设计，不须你吞吞吐吐地试探态度，吴公全能从你的神情中预先测出，主动让你一吐喉鲠。在他的脸上，朝向部下时永远都会有鼓励的微笑，期待的眼神，善良而慈祥的感人的面容。但是吴公又并不是对世上的一切人、世上的一切事情都支持，都宽容和忍让。他和无数活在我们这个世上的正直而弱小的人仍然是一个类型，希望有一个谁都遵守的法度，希望有一个谁都维护的秩序。他可能喜欢读《镜花缘》，或者对古希腊那个名叫柏拉图的人写的《理想国》也有好感。他不是共产党员，平时读的又多是古书，对马克思主义的理论少有研究，当现实生活中可以对人起些约束作用的法度和秩序被人为地打乱时，他只能将之归入人的道德。他有时会突然说一句忿忿的话，同时摇两下头，但更多的时候却只是默默无语。反抗偶尔也会有一次的，不过方式一般都比较天真，像个孩子或者堂吉诃德，比方说在食堂排队买饭，老头儿老太太们尚举着一头斑发在队列里艰难地轻移莲步，却有牛仔装的青年男女趋近窗口，与熟人假装说话，或探头作看菜状，然后突然就伸进一个碗去。吴公受害日久，某一次竟故意要我在他的面前也加一个塞儿，做完这件事情，面含讥色，侧眼看身后几位牛仔，眼里的意思是：请你们也尝尝加塞儿的味道！

吴公出生在一个三十年代的资产阶级家庭，五十年代末步入社会，恰值血统论、成分论、阶级斗争说推广运用之时，“伟大的运动”前仆后继，吴公的免于灾祸，一定是给自己穿上绝缘的衣服逃离火场，一头躲进书的世界，将本来活泼的天性做了牺牲的代价。他原有着幽默智慧的思维，这种压抑太久的可爱品格，近些年在渐渐好起来的空气中，方才时而有一闪烁。于是同仁们忽然发现，这个曾经被划进古板行列的老夫子，原来却是一个多年来隐藏在人们身边的东方朔，同是一条新闻，经吴公造出的句子，便成了令人喷饭的笑话。我们的编辑部里笑语不断，吴公乃是其中的一个主角明星。《编辑部的故事》与我们编辑部的故事相比，小巫见大巫也。

然而这并没有冲淡吴公对于工作的严肃性。在吴公的身边做活，你很可能不好意思玩忽职守，因为你的眼边永远晃动着一个生动的典范，下午下班，他总是走在你的后头，天色晚了的时候，他就揿亮案侧的台灯，戴上老花的眼镜，在他那把梆硬的木质宝座上坚持最后五分钟；而清早上班，他却总是来在你的前面，一辆风雨兼程的破自行车，一只随身携带的老式黑提包，有时外加一领哗啦啦响的塑料雨衣，那证明北京电视台昨夜预报了今日雪雨的坏天气；有时突然间一身颜色深灰，样式笔挺的西服（只可惜里面的肚子总也鼓不出来），那又证明他将有一项为数不多的外事活动，如宴会外国的宾客，如接驾昔日的友朋，如参加本社的节庆。

除此而外，春秋一件泥巴色的立领夹克衫，冬天一件泥巴色的连帽驼绒袄，能叫你怀疑他家夫人克扣了他的活动经费，致使他的整个大衣柜中只有那两样至宝。唯有两个方面吴公却不节俭，一是喂养孩子，二是购买典籍。吴公有孩儿名唤广汉，乃不惑之年所生，自然是爱若掌珠。孩儿每日放罢早学，必来局食堂吃餐中饭，吴公便将慈父的爱，一丝一丝倾进食堂最贵（未必最好）的菜中，肝尖便肝尖，腔骨便腔骨，块把两块便块把两块，只希望孩儿吃了快快成龙。吴公的书斋我至今无缘一赏，不知可否如解学士一般家藏万卷，然吴公买线装书不惜重金，六百八十元一箱的、非金学家莫属的、张竹坡先生评点的、崇祯版善本木刻影印的《金瓶梅》，我费尽心机从北大扛回二箱，吴公坚持要得其一。在公元1988年，那笔款子相当于他老人家半年的工资，如按正经人的打算置成衣服，本可以把他浑身上下一年四季都打扮鲜艳，但他的泥巴色却仍是泥巴色，似乎书中自有金缕衣。

终有两次，我听到了吴公那千金难买的歌喉，那是在我主持的文艺联欢会上，一次是公元1988年的国庆节，吴公作为编辑部合唱团的领班，引吭高歌“妹妹你大胆地往前走”，声若洪钟，气壮山河，就好像真的喝了人家的二两高粱酒。一次是公元1998年的中秋节，吴公在台中金鸡独立，又唱了一个“什么开花棒棒敲”，声情并茂，满堂爆彩，台下齐夸好个阿牛哥。至此我越发有了根据展开想象，眼前推出几个蒙太奇的镜头，二十来岁的青年吴善祥，风流倜傥如他的广汉公子，能歌善舞，吹拉弹唱，十八般武艺件件皆精。此后我并陆续地观察了吴公拔河，力气不大却肯卧地不起；观摩了吴公舞剑，姿式不美却能神情倾注；及至观摩了吴公打太极拳，有点儿像练气功的走火入魔；观摩了吴公玩呼啦圈，慌慌张张地只转上两三圈儿，就让那圆家伙落到了脚脖子上的时候，崇拜之心一下子没了，我们敬爱的吴公怎么变得这样不中用了呢？莫非这些旁门左道比文章学问还难不成？

而事实上，吴公的薄弱环节还是很多的，听我的同事悄悄地对我讲，在他儿子还小的时候，有一次竟在他的眼皮底下溜走，滚进邻居家的热水锅里烫坏了屁股。夫人生病需要住院，他这个教授级的高级知识分子兼处长级的编辑部主任却四下无门，便全赖了在医院供职的小姨，要不然后果真是难以想象。还有，他的书桌之乱，胜似凤雏先生庞士元做县令时卷宗如山的案头，墙上的挂历常常保留着上月的那一页。偶尔还会有一匹旁若无人的蟑螂，在他的文章上面健步如飞，气得吴公奋勇追杀，一杂志将它打翻在地，再踏上一只脚。数学也不好，编辑部夏天买个西瓜，还得起用善于理财的郭君在电子计算器上进行一番四则运算。而且要是说到记性，那简直更不行了，有时严重到将部下百把块钱的工资锁在自己的抽屉里好几天忘了发放，幸亏部下都知道他可能读书时就有些偏课，所以从来也不以为他有贪污的嫌疑。

阿贵的故事

阿贵的故事颇多，至少有五个人向我建议，给阿贵编一本故事集，名字都取好了，就叫《阿贵的故事》。我觉得这件事情是可以做的，不过鉴于目前中国的出版业不大景气，虽然像某某故事集这样的书可能会是畅销书，但可惜阿贵一不是伟大的领袖，二不是灿烂的诸星，说他是一个屁股上坐出寸把厚茧子的诗歌老编辑，恐怕读者们也没有兴趣去进行检查。故而，想必此书难以出版，于是对上述建议也便一笑了之。只是所得素材，牢记在心，现在择几条意思大的，草列如下：

其一，给作者写信，大作如何不错，我刊何时译发，写罢入封，再写地址姓名，交收发室付邮。眼巴巴等几日，不见回复，眼巴巴再等几日，复信来了，信封上却是自己写给自己的字：北京阜外百万庄路24号，中国文学出版社，徐慎贵先生收。阿贵大惊，跳起脚曰：怎么回事？怎么回事？惊动了编辑部诸位同仁，齐心协力，帮助分析，事故终于查出，原来是他一心扑在美丽的爱情诗上，误将自己当成了作者。

其二，发表了诗歌，寄来了稿费，手边却没携带身份之证。听说在某栏加盖公章一枚即可替代，便讨来盖了，骑车飞奔邮局。不料付款小姐低头看看稿费单，又举头望望身穿蓝色干部服，连脖子上的风领扣都扣得规范的阿贵，蓦地杏眼圆睁：你盖的什么章子？是你的稿费么？吱儿一声，单子从窗孔扔出来，阿贵定睛一看，原来上面盖的是藏书章。

其三，有前辈逝去，阿贵随送葬队伍上八宝山寄托哀思，自告奋勇，协助扎系死者生前友好敬送的花圈纸带，却将左右两边系反，致使死者复生，而让一个活着的名人永垂不朽。

其四，带幼子小虎来社玩耍，逢同事亦带一小女，活泼可爱，同事皆来参观，且一一吻之。小虎见状，跑过去也亲一口，众人大笑，阿贵羞红了脸，觉得对不起女孩以及她的妈妈，辕门斩子一般，以手拧耳，严肃追究：说！谁主动？

其五，——唯这一条，是我的亲身体验，编辑部有电话机二部，黑色主外，绿色主内，某日武汉正给我打来一个长途，阿贵同时接一本市来电，接罢话筒一挂，转身去上厕所。挂话筒也好，上厕所也好，这都是他的自由，但是把他的绿色话筒挂在我的黑色话机上，这就不对了！我急得大叫，觉醒了走出门外的阿贵，急步奔回，抓起那早已断气的话筒亡羊补牢地塞入我手，嘴里连称对不起啊，你接着打吧！用两根手指敲脑袋若干下，然后心安理得转身走了，好像犯了错误改正了就好。

至于倒了开水，常常记不住要塞瓶塞；喝了药忘了，过一会儿反而问别人他刚才喝了没有；屉子因放钱而加锁，常常锁的是没钱的一只，有钱的一只却逍遥法外。诸如等等，不及细数。尤其还有精彩的，说是第一次提了礼物去见岳母娘，因为如何所以如何，后来的岳母娘于是换了另外的一个。这属于隐私，不能披露。

阿贵是知道自己糊涂的，因此吃穿洗用，都极审慎。吃饭时若没了票证，求助他人，害怕犯了健忘毛病，日后对声誉造成影响，便坚持一手接票一手付钱的原则；穿衣上班，起坐行动，必上下检查一遍可有什么漏洞；根据本局一三五洗女、二四六洗男的综合性澡堂规定，阿贵于每次洗澡之前，一定再三向人落实，今天不会是逢单吧？担心一不小心会洗出作风问题。

有立志于性格分析的人，将阿贵的糊涂之因归于他是一个诗人，这一点起码我是不同意的。当代的诗人已经不再是阮籍、嵇康之辈了，当代的诗人往往能在裤腰的正前方别一个黑皮夹，右侧方别一个BP机，五湖四海去赚大钱，其神通大得非一百二十个阿贵可比。更有一些据说是青年诗人的人，可以举着一本自费出版的诗集，浪迹天涯，大学里作演讲，沙龙里谈心得，树林子里培养文学女青年。这样的活动我们的阿贵搞不来。阿贵在我们本社举办的节日联欢会上，被逼不过出来念一首小诗，还红脸出汗，坐得近的人隐约可闻他腿肚与裤筒的摩擦之声，念罢便仓皇归位。

阿贵在当诗歌编辑的同时，自己也写过十几年的诗。他的诗从来没有获过什么奖，从来没有出过什么集，但是这不能说明他的诗写得不好。他的好多首诗我都是喜欢读的，比如说他的《流光集》。这些陆续发表于全国各种报刊上的短诗，有很多属于寓言诗，他的写法和别的诗人不同，他这样写："鱼在鸬鹚把它抛向空中（为了弄顺鱼头）的一刹那想道/鱼鹰是捉我玩儿呢/现在又把我放了。"多么单纯、多么可悲的鱼呵，我不知道阿贵的眼前怎么会出现这样一幅惨不忍睹的生活画面，我不知道阿贵曾经是不是那条鱼。他还写道："塑料花嘲笑纸花/你也算花/你经得起风雨吗/可是真正的鲜花/却欢笑在窗外的风雨中。"可以看出，阿贵的敬重是倾向于真花的，然而在生活中，那些真性情爱凋零的真花，不是常常让位于永远立于不败之地的塑料花吗？

阿贵写得更多的却是哲理诗，像警句，像思想火花，他对一切司空见惯的琐碎事物都要苦恼一番，他情愿让自己被一些不成问题的问题死死纠缠："开花就是为了结果吗？"开花就是为了开花吗？"古往今来，吟花的诗人无数，唐宗宋祖姑且不论，林妹妹肩扛小锄头凄然而唱："花落花飞飞满天，红断香销有谁怜？"革命处于低潮的毛泽东鼓腹高歌："花落自有花开日，蓄芳待来年。"他们都是以花自喻，是比兴的诗歌手法，移情言志。唯有阿贵却把一颗诗心倾注于花的本体，赋予花以独立的精神品格，探讨她的生命的价值、意义和目的，她的生命运动的全过程以致最后形式的完成。这样的诗老实得快要不像是诗了，但是诗的价值，却在于它使我们面对人到底为什么而活着的革命理论进行了大胆的审思。阿贵竟又是狂妄的：“我匍匐在大地上/我是属于大地的/我站在高山上/大地是属于我的。”

读罢此诗，我不觉大惊，诗中的这个人，是我们言词木讷一脸忠厚的阿贵吗？真是人不可貌相，海水不可斗量，想不到他竟有如此的境界，如此的胸怀！

不过我最喜欢的，是阿贵发表于《星星》诗刊公元1991年12月号的这一首诗，诗名《弄潮儿》：

只差咫尺之遥了
你就无力游上海岸
是浪潮把你推上了海滩
你趴在海滩上一动不动

与其说是一首英雄的赞歌，还不如说是一篇失败者的悼词，诗中的那个主人公，他已经用尽了生命的全力，但最终仍没有游到彼岸。这个差点儿葬身大海的奋斗者是谁？是阿贵吗？我认为阿贵是没有失败的。年轻时代的阿贵很可能在某个高兴的夜晚曾做过一回大诗人的辉煌之梦，次日清早他走向梦境，雄心勃勃，但是命运给他安排了一个角色，却偏是一个终生的裁缝，整天价手持刀剪皮尺，为明天就要走向世界的诗人们做着嫁衣。多少个无名诗人由此成名，多少个中国诗人走出国界，上海的张烨、天津的伊蕾、北京的邹静之、西藏的马丽华，在他们的方块字演变成英文字母之前，只有很少人才会看见，在茫茫诗海边有一个忠实而沉默的淘盐工，他在苦苦寻找，缪斯钟爱的人在哪里？

但有一只小蟹

斗胆爬进你的耳轮
迅速地扒出耳轮里的沙
你会让它寄居于你吗

你会。你的大诗人之梦已经粉碎，在铺天盖地向你而来的诗刊诗集中，在一方六人同顶的楼板下，在此起彼伏的电话声里，在一张质地粗糙的编辑桌上，你找到了自己永恒的位置。你瞒着老婆（阿贵家是老婆当家），用自己写诗挣得的稿费，去邮购陌生诗人的诗集，一本一本，一首一首，一行一行，选出来送给我们的翻译，让别人成名，让自己名落孙山。你敬重闻一多，编过英、法文版的《闻一多诗文选》，闻一多有一首著名的诗叫作《红烛》，你由那支红烛想到了自己。

作为编辑的阿贵的执着，社人皆知。他所看重的诗文，由于气候的缘故，送审一时受挫，他决不会善罢甘休，过一段日子还会出现在总编辑的终审台上。后来深爱英籍作家韩素音女士盛赞的西藏作家扎西达娃的小说《系在皮绳扣上的魂》就是这样走出国门的。

遗憾的是在当代浩瀚的诗歌海洋中，阿贵自己的诗被淹没了，他的《流光集》在诗空如流光一泻的小彗星，没有引起众多善观星象的诗评家的注视，只有一个细心的柯蓝，在《中国哲理散文诗面面观》一文（载《文艺报》）中说了一句："徐慎贵的《流光集》，这是连贯的共约几百首的哲理散文诗。其中一部分在散文诗报上发表，获得了读者的好评。……都是从社会、从自然得到启示，上升为哲理，并且用形象和诗的语言表达出来，都是对时代和社会的思考。"也许，在家乡的泥土上长大的阿贵，他的诗是太有点儿老实巴交了，但是老实巴交的人不写老实巴交的诗，而应该去写油头滑脑的诗么？难道我们今天的诗坛还油滑得不够么？

诗人是由两个部分组成的，一部分是诗，一部分是人。两相对比，我一向认为关于人的那一部分更加真实，也更有意思。这样认为可能因为我不是诗评家，我觉得评诗远没有评人过瘾，更何况作为阿贵这样编创一体的诗人，其人的意义实在是超过了其诗。五年以来，阿贵就雷打不动地坐在我的右边，这是上帝的安排，为的是给我大大提供观察阿贵研究阿贵的方便。日复一日，我果然为在阿贵身上得到的信息嗟叹不已。首先我发现，那种站在历史的参照线上俨然已看透一切的当代人，微笑着弃于脚下的崇拜和信仰，仍顽强地留守在阿贵的心中。

但事实上，他毕竟是一个江北农民的儿子，他的理性和情感是失重的、脱节的，但是他自有平衡与连接的办法，当两者发生矛盾的时候，他不允许自己独立思考，原因是比他伟大一百倍的伟人已经思考过了，那一定是有道理的，于是他毫不犹豫地把后者作了牺牲。“大跃进”过去了，“文化大革命”也过去了，父老乡亲受尽磨难，哑巴哥哥死里逃生，每当人们从人文的角度，讨论起一幕幕中国悲剧的撰稿人，阿贵往往会从正在赏读的诗行间抬起头来，并且蓦然回首，激动地与人辩论，说那一切都是历史的必然。人们便只好笑了说，阿贵你永远相信铅字。

偶尔间阿贵也会想不通的，比方说当他那坚持社会主义会计制度的夫人揭发她的顶头上司私分公物，却遭到打击的时候；比方说当他那交钱学习汽车驾驶的儿子小虎，突然间名额被人顶替的时候。这时候，我们的诗人愤怒了，他四外奔走，但是八方碰壁，他用诗歌的语言起草告状信，他的普希金式的大声疾呼受到的却是权力的蔑视，他又气又累，差点儿赔了夫人又折兵，最后，长叹一声，还得花钱请人从中求情。曾经与他辩论过的人端来一张还散发着油墨清香的报纸，问阿贵说，贪官污吏不是打倒了么？不正之风不是扫除了么？阿贵记起自己的立场，红了脸道，这毕竟是极少数的，非主流的。

阿贵是以他存在的另一方式，赢得了人们的谅解，甚至喜欢，甚至尊重。有作者来编辑部里谈稿，谈到中午他自己掏钱请人吃饭，但作者走后托人捎给他的礼物，他却红着脸在屋里急得团团转，心里背诵着八项注意和党章，狠斗私字一闪念，坚决要向组织上缴。灾区人民需要救济，他上街去买新衣支援人家，觉得穿过的东西拿不出手。他的自编诗集，出版社换了一家又一家，时间压了一年又一年，如果找人协助卖一些书，抑或自己集一点资，恐怕早也出了，但是他要人没有，要钱也没有，他人穷志不短，宁可不要那个虚名。他还五讲四美，尊老爱幼，为离退在家的老同事送信送钱带吃带喝，帮刚来的大学生查资查料找书找刊。

受《吉尼斯世界纪录》的启示，可以总结出阿贵有几个全社之最。除了阿贵的故事最多之外，还有阿贵的字写得最好，不过好看却不好认，属于纯艺术的，他的稿笺常常需要大家传阅，考古一番，最后能研究出一个大概其然，就算是一项集体成果。阿贵的信件最多，鸿雁每日为他传书数封，可谓旱涝保收，不过绝大部分都是谈诗的，情调浪漫的恐怕没有，因为对方都知道阿贵是个严肃的人，分寸掌握不好怕挨批评。阿贵每年的贺年卡也最多——又是不过——不过大家都不知道那些花花绿绿的纸片儿里面到底贺了一些什么，只发现他从半开的抽屉里看一眼，抿嘴儿一笑，接着又精神倍增地开始工作。今年的春节，大家正炫耀着各自的贺年卡，万没料到实在憋不住了的阿贵突然爆出一个冷门儿，拿出大明星李谷一寄他的一张粉红色的贺年卡，同志们立刻傻了眼，一连三天，对阿贵刮目相看。

疯狂图书李阳

遇见李阳，是武警作家温亚军的功劳。亚军说，不是疯狂英语李阳，而是疯狂图书李阳，这个李阳在图书上的疯狂比那个李阳在英语上的疯狂还要疯狂，不信你可见识。俄顷，疯狂图书李阳就给我打电话了，说他在编一套小说家的丛书，每辑四人，每人一本，第一辑四本已经出版，目前正物色第二辑的人选，初步决定两男两女，问我是否愿意加盟。我说女的是谁我就不打听了，男的除了我还有谁呢？他说有衣向东，当今很红的武警作家。

我为我的那本收有三个大中篇的小说集命名《人活一世》，直到版式有些特别的样书递到我的手上，我也没有见到本书的责任编辑疯狂图书李阳。

接着他又编了我的散文随笔集《墨客》，同时利用我在文坛富饶而肥沃的朋友资源，请我为他所在的出版社主编一套大型系列图书，这套图书的名字有点浩浩荡荡，叫作“中国当代长篇小说评点绘图本”。至此我方得知，他那时的身份仅仅是一个出版社的编辑室主任，当然这也是亚军对我说的。亚军说此人作战勇猛，奋不顾身，也顾不得居功争官，不然早就是副总编辑了。

我忽然喜欢上了这个水泊梁山籍地的好汉，十年前的自己就是这样。

我为他的疯狂所动，在他为我开辟的阵地上，给他带来了这样一支雄赳赳的队伍：贾平凹、韩少功、张炜、史铁生、格非、周大新、刘醒龙、关仁山、毕淑敏、林白、朱秀海、何立伟、聂鑫森、谈歌、张宝瑞、陈泽、曹鹏、彭学明、何向阳、刘益善、谭湘、何子英……

战士们著的著，评的评，画的画，有的又著又画，有的又画又评，有的又评又著，还有的“三绝诗书画，一官归去来”。全国图书订货会上，新颖别致的“当代长篇小说评点绘图本”系列在展台上一字儿展开，天南地北的订货人看花了眼。

但这只是李阳的九牛一毛，比疯狂英语李阳更加疯狂的疯狂编辑李阳，一年的编书总量是几百部以上，不然他不会马失前蹄，摔掉头上的紫金冠。

我花五年的时间，横参史书，纵考方志，融家乡古庸国土地三千年故事于五卷，定性为前所未有的系列方志小说，取名《庸国》，以五倍于前两本书的郑重交付给他。出自对狡猾或曰聪明的小说家的百般狐疑，李阳似乎不大确认这一百四十万个字都发生在那片不为他知的土地上，我说这个好办得很，有机会我带你去走上一遭。

机会一听这话立刻就来了，老家竹溪的县委宣传部长夏良胜委托我组织一干作家前往采风，我想今朝竹溪的地盘，便是昔日庸国的遗址，正好让李阳去实地作一次考察，总说作家要深入地体验生活，手里捏着作家半条性命的编辑，难道不也要深入地体验生活吗？因此当我正式邀请韩少功、方方、阿成、聂鑫森、刘益善等作家好友到我老家的时候，我在名单中毅然地加上了李阳。

竹溪之行，李阳在我的口头和文字鼓吹之外，又从当地官方和民间增补了关于庸国的知识，翌年，五卷本《庸国》披挂问世。

我们的友谊从作者与编者，逐渐成长为朋友和兄弟，在我家乔迁、年节、老父大寿，以及外地作家朋友登门看望的隆重日子里，他都会或驾私车，或乘地铁赶来助兴。平日里送书取稿，我们则发明了一种经济适用的办法，即提前以发手机短信为号，约定几点几分，于地铁何站何口相见。隔着一道需要刷卡才能出入的站口，如同台湾余光中的那两句名诗，“一个在这头，一个在那头”，说了要说的话，交了要交的货物，两人都不花钱买票，也不去找个馆子坐下来吃饭喝茶，说声再见，扬长而去。

李阳吉人天相，家住一个风水宝宅，又名双胞胎楼，据统计自本世纪起，这里已诞生了六对双胞胎，有关方面的专家正对这一现象进行研究。消息从小道走漏出去，异地求双心切的新婚夫妇，愿意出很高的价格求租此楼的住房，哪怕是一间地下室都行，有人租住成功，居然真的怀上了双胞胎。李阳的双胞胎长得非常可爱，高兴的时候，他就和歌王王洛宾说的差不多，带着他的妻子，带着他的儿子，驾着那汽车出去兜风。

这年春节，我早年的一位朋友，在武警部队当首长的陈染君忘了我住在四环城里，禁放区中，而且还是二十一层塔楼上，派他的小战士给我送年货时，顺便还抱来一箱一米多高的烟花爆竹。我把它干看着不敢燃放，摆在家里又怕吓着了邻居，就打电话让李阳驾了车来，把这箱宝贝运到他那神奇的双胞胎楼，点的时候别忘了告诉他的两个儿子，这是写书的野伯伯送他们的。

我喜欢他送我书，他每年都要编出一些好书，有时他忘了送，我就提醒他，再要是忘了，我就“亲自”到他储藏图书的房间去取，进门前在走廊里看好备用的纸箱和绳子，怎么着也得把打车的钱找回来。有一次我在他的一只大书架上，发现一本书叫《书人书语》，刚抄到手就被他扑过来想一把夺走，盖因这本书的封面印着他和一位女作者的名字。就从这本他极不情愿送我的书里，我初次见识了他的学问、才华、见地，为他作序的作家朱小平说：“李阳、洪梅两位，如果抛开繁杂的编辑出版业务，都是可以成家的。”

这个洪梅是谁呢？哦，原来是他妻子，他们是大学读研时的同学，毕业后又做了同行，两人分别在两家出版社任职。据说同行是冤家，不好，但是冤家成了一家，反倒又好了，譬如书稿一旦落入疯狂图书李阳之手，这一家不适合出版他就转给那一家，有句话叫东方不亮西方亮，这一招深受作者的拥护。至于还有一句话叫肥水不流外人田，李阳不同意，他认为肥水也分有机和无机，何况流给自己的老婆，那田又不属于外人。

他的手下一色年轻漂亮的女生，文学硕士毕业经过考试来做图书编辑，为了培养和稳定这支红色娘子军，防止跳槽，他采取的措施是帮她们找男朋友，目标最好是他这方面的人，以便进行有效的控制，比方两人买房子就买在他的双胞胎楼旁边，买车就每天往他的出版社开。他发愤图强地练习着做媒，还央求我们也替他眼观六路，但是结果，女孩儿背着他把事情都做完了，发他喜糖时还听他打电话问哪里有合适的男孩儿。剩下的两个受了感动，就对他说："李老师别忙乎了，我们不走了还不行吗？我们要等你的双胞胎长大了，一人来挑一个呢。"

有了好妻子，好儿子，好同事，还得有好朋友，一个人没有好朋友怎么行呢？而且要好得如兄弟一般，人活一世，好朋友太重要了。

话说六年前，我在城南买了小院，计划住在那里安生写书，然而恰又因为写书一直挤不出来时间装修。有天晚上我下决心来要看一会儿电视，是想在电视广告里寻找一个信得过的装修集团，把我的小院交给它做。我看见一位演过皇上的人在荧屏上大喊大叫："装房子，买家具，我只到居然之家!"一个"只"字喊得荡气回肠，让人想到孟夫子的"舍我其谁"，我就按照这个伪皇帝的说法去了一座名叫居然之家的商城，在那里选了一个名叫亚光亚的家装公司。

我和一名姓王的设计师谈完价格，正要举行签字仪式的时候，李阳的电话突然打来，他说我听你手机里乱哄哄的，你是不是在外面找人装房子？我说正是，合同一签就动工了，三个月后就 OK 了，今年过年你就可以带着你的双胞胎到我新居来拜年了！他一听急了，说你赶快别签了，赶快到洗手间去接一个电话！

我放下笔往洗手间走，还没到达目的地手机声就大作，里面一人声若豺虎，叫我哥哥，说他是李阳的兄弟，他的李阳哥哥说我要搞装修，料定我一个迂腐书生必然吃亏上当，特地派他来为我把关。我说那就快来，我在大厅等你。二十分钟不到，一条形似鲁智深的大汉闯进厅来，手里玩耍着一把汽车钥匙，旁若无人地高声喊叫，谁是我要装房子的哥哥？我说我是，走过去带他到亚光亚公司，拿起那份差点签字的合同给他过目。

大汉在王设计师的对面坐下，接过小姐递来的水，居然变成一个认真负责的总编辑，在合同上字斟句酌地审查。又忽然这里一指，那里一点，嘴里说着扯鸡巴蛋，什么进口材料要那多钱，嘁哩咔嚓，一口气砍下去了三万多块钱。接着他还要往下砍，我说别砍了，你让他一分钱都赚不到，不是逼他给你偷工减料，净用甲醛超标的化合物，害你一住进去就得白血病吗？

周围的顾客都瞪大眼睛听他演讲，王设计师慌了说："朋友，你想做这个生意你接过去做就是了，何苦当着这么多人毁坏我们亚光亚的形象？"大汉说："你错了，我是做电子产品的，不做家装。这是我朋友的哥哥，也是我的哥哥，他一个文化人装房子什么都不懂，你们想欺负他可不行！这样吧，我们交个朋友，价格方面不再砍了，你们保证质量给我哥哥装好，以后我给你们揽活儿！"

就李阳这一个电话，省了我三万多块钱的成本。大汉请我坐上他的汽车，他要把我送回家后再去做事。他说他姓任，叫任惠明，河北人，目前在京做事，对首都装修行业的机关暗道了如指掌，烂熟于心，所以李阳哥哥就把我装修院子的事交给他了，受本人之托，忠人之事，他才在关键时刻驾着汽车飞奔而来。我想起这对兄弟的籍贯，一个山东，梁山好汉，一个河北，燕赵豪杰，凡事都是有道理的啊。开工当日，惠明又驾车赶到，手里玩耍着汽车钥匙，对着工头将我身价大力抬高三倍以上，吓唬他们如果搞豆腐渣工程，他用竹棍儿一敲就能知道，到时让他们整个公司玩儿完，全部玩儿完！

我为这兄弟二人的义气感动，同时好奇，他们两个站在一起，李阳短小精悍，惠明高大威猛，后者何以这样服从前者的调遣，一口一个我李阳哥哥。后来我知道了，河北惠明刚来北京打拼之时，山东李阳已经扎桩多年，对他帮助甚大，惠明是个知恩图报的人，就把这份情义牢记在了心里，俯首帖耳，言听计从，处处唯李阳哥哥的马首是瞻。

同是因为装房，我与妻子发生过一次论争，这自然是一种文人的修辞，说破了就是吵架。如依她的，本次装修得从一百个公司里面进行海选，我就掀翻桌子，致使她的笔记本电脑翻身落马，再开机时久久不能启动。此时惠明打电话来，说要买一辆宝马车，请嫂子给他介绍一家有关系的专卖店。我的怒气消了，愧意上来，说是嫂子正急得哭，回家路上不小心把电脑摔了，里面有几个重要文件。惠明听了，高兴得来了喜事一般大喊："找我哇！怎么不找我哇？哥哥忘了我是做电子的？等着，十分钟到！"

估计也就是十分钟，惠明在楼下打电话："哥哥你把嫂子电脑提下来，我不上去了，买车的事不急！"我听他的把电脑提下去，交给他时小声地说："我干的，你得快些，修好直接送到嫂子单位！"惠明说："没问题，明天一早！"

但是，第二天一早没动静，一午也没动静，到了一晚，惠明到底来电话了，说嫂子电脑昨夜就修好了，小毛病，由于他跟一家外国公司谈判，一天都没送成，明天一早吧！我说好的，谢兄弟了。次日晚上妻子回家，对我说你这兄弟太过分了，给我换了一个硬盘，价值一千多元！我说，他不说是小毛病吗？妻子说，小毛病第二天一早他不送来？他不这么说他怎么说？你干了坏事让你兄弟替你埋单？

从此妻子觉得欠了他的，听说他要买宝马，四处给他联系专卖店，忽然他却自己买了。又听说他要续弦，又四处给他张罗女友，忽然他又自己找了。这个鲁智深，真是急性子，下次见面我就称他为花和尚。他却又向我提出一个要求，结婚那天要我带嫂子一道去，并且要我担任他的婚礼主持人。我为难说，恐怕两个都做不到，嫂子那天要去商务部开会，我也不适合主持你的婚礼，你的朋友多在商界而非文圈，应该请你顶头上司主持为宜。惠明不高兴了，在电话里大声嚷嚷，我说你不听我的，你听你李阳哥哥的吧，他说让我主持我就主持。

接着我给李阳打电话求饶，李阳说我言之有理，不过惠明情之难却，那这样吧，由他来主持惠明婚礼，我作重点嘉宾讲话。我说好，我不仅要把话讲好，我还要送新郎新娘一样好礼物。当天晚上我和妻子开始研究婚礼品类，妻子说一样太少，得送三样。最后我们确定送一箱子好酒，一只喜鹊登枝的大梅瓶，另外再请我的好友聂鑫森画一对鸳鸯鸟，配上我的诗联，装裱做框，婚礼那天展示在台上，好让我届时看图讲话，对鸟念诗。

新娘叫王棋，与新郎任惠明相配，我就想了两句，把二位的姓名各嵌一字进去，打电话请聂夫子题在他画的鸳鸯之侧。联曰：“一盘妙棋任君举，两只好鸟随尔游”，我是想让那天的嘉宾暴一个满堂彩，相当于中国民间的闹洞房。聂夫子只过一天就画好了，又过一天给我快递了来，展开一看，一对鸳鸯交颈而凫，只可惜把我的下联给改了。他怕我生气，用狼毫在宣纸套红十行笺上写了一封信对我解释，说北方骂人，就骂对方不是什么好鸟，如今你说新郎新娘是两只那东西，岂不是骂他们？何况你让任君举棋，一个“举”字已经含有双关的意思了！

我有苦难言，老夫子且不知道，这么一改雅倒是雅，只是夺了我嘉宾讲话中的彩头。幸亏新郎的李阳哥哥婚礼主持得不错，为他的兄弟和弟媳赢来了一阵又一阵的掌声、笑声、起哄声。

旧的一年过去之后，这对有情有义的兄弟的生活和事业又有了新的发展，疯狂图书李阳到底当上了早就应该当上的副总编辑，并且还搭一个分社的社长。与此同时，任君惠明的新娘王棋，身体上也明显地有了起色。我建议李阳夫妇马上把房子腾出来给这一对鸳鸯鸟，李阳困惑地问为什么，惠明也跟着困惑地问为什么，我说双胞胎啊。两人恍然大悟。惠明一拍粗腿说："晚啦，八个月啦，哥哥要早提醒就好啦!"李阳也一拍细腿说："嗨!"

不过，李阳并不是没有问题的，干工作顾头不顾尾，出版了我写的五本书，或者说九本书，还有我主编的十一本书，加起来总共二十本书，从来没有一次按时付我稿费。最长的能拖欠一年多，其中有一本还给我忘了，幸亏我自己记着，不然不就没了吗？当了副总编辑和分社的社长，这个问题还是应该重视起来的好。

沧桑的童心

萧岛泉先生，祖籍郧阳，我的乡亲。虚岁八十，我的前辈。沉湎写作，我的同志。不过他写的东西我不会写，我写的东西他不会写，彼此之间正在努力地学习着，因此又可以叫作同学。他写过七本书，一部电影，但他只选近期出版的送了我两本，一本是哲学，一本是诗。在我的印象中，哲学家兼诗人的似乎不是太多，尼采是其中一个。屈原曾经想进入哲学，他以诗的形式向天发问，却至死也没弄清这个世界的真相。

老先生送我的书，一本是杨献珍的评传，一本是他自己的诗选。杨献珍先生也祖籍郧阳，而且跟他同一个郧县，是更亲的乡亲，如果活着，今年正好一百岁，又是他的前辈。萧岛泉先生是杨献珍先生生前的秘书，他对那位一生都在痛苦地追求真理，中国当代居然还能有幸产生的哲学家充满的感情和敬意，不仅是一个乡亲的，更是一个中国人的。

在他这本《岛泉诗作选》里，仍然可以看见杨献珍先生的哲学思想对他的影响之深，可以看见他对中国极左政治的厌恶和批判。同时他也像屈原，以分行的诗句探讨着国家的问题，历史的，现实的。他的诗自然没有《离骚》那么古奥，他的诗通俗得简直就是打油，想怎么写，就怎么写，根本不讲究旧体诗词里规定的平仄和对仗。有时他还不顾一切地跳出韵律和字数的限制，如李白高喊危乎高哉的《蜀道难》，席上呼朋唤友的《将进酒》。在诗歌里，老先生绝对是自由的，潇洒的。

甚至在应该押韵的七字句中，偶或还能发现他很长句子的道白，又如目前国内演艺界最时髦的通俗歌手，唱上几句歌词之后，再穿插着说一段散文化的快板。最有代表性的是那一首悲愤交集的《文字狱》，“文字之狱古今多，奇冤沉沉耐消磨”，他以这种类似民间鼓书的唱词开头，接下去历数古今文字之狱制造的冤假错案，以及对当事人精神与肉体的摧残。结尾处，竟让“文革”中的红卫兵振臂高呼一段造反语录，把读者带到那个血腥年代的批斗现场，异常的可笑，而又逼真得异常。

我最欣赏他全书七个板块中的一个，《狱中开悟》。这是一组九首纪录那些荒诞岁月的诗，这一组诗的价值不在于它的比兴手段有多么的高超，而在于它是几页时代的档案，虽然残缺，虽然琐碎，但它比起狡辩，比起回避，比起一个所谓最聪明的民族的集体遗忘，毕竟是负责的。他不但用心记着，并且还用笔记了下来。那个时代国家曾经发生的事，尽管是他的亲目所睹，亲身所历，只因超出了山鲁佐德小姐对国王讲的一千零一个故事，倘若他不如实地记下，年轻的今人以及我们的后人，或许是不会相信的。

譬如在他的《死去活来》里，他写到“文革”中他被打成“现行反革命”，抓去坐牢的非人生活。“春吃烂洋芋，冬吃白菜帮，更是气死人，还有事一桩。”哪一桩呢？“一天开晚饭，难友忽大喊：‘降落伞，降落伞，碗里出了降落伞！’”怎么回事呢？“什么降落伞，大家凑近看，原是避孕套，跑到碗里面！”这只碗是一只《红楼梦》里的风月宝鉴，一方面要把一些人变成骷髅，另一面又让一些人趁此贪欢。我们没有兴趣去追究他，这首诗为什么要中途换韵，因为我们的眼光已经转到了难友们的碗里。此前那个时代的受难者留给我们的印象，只是戴高帽子，打锣游街，画阴阳脸，架喷汽式飞机，大字报糊在人体的前胸后背，等等。碗里还有“降落伞”，这是闻所未闻的。

然而这是大难不死的老先生的狱中纪事，如果他跟他的那些狱友一样觉得写了白写，或者写了还不如不写，因此就不把它写出来，那么二十年后，有人就会不承认历史上有过这样的事！因此他以自己的良心和勇气，能够将它付之笔墨，正是为巴金先生所倡导建立的那个博物馆中，又提供了一件肮脏的博物。于是我有理由认为，相比那位曾经与鲁迅先生齐名的大诗人，与其看他“迎东风革命展红旗乾坤赤”，还不如嚼一嚼萧岛泉先生的烂洋芋和白菜帮，要知道这些好吃的东西是那个年代中国人民救命的主粮。而据说能用革命红旗把全世界都搞赤的东风，其实与只能喝的西北风是一样的。赤的本意有二，一是红色，一是精光，我怀疑那人是想把全地球都搞成当时的中国，一贫如洗。

由于至今未曾与老先生谋面，我给郧县籍的梅洁女士打了电话，咨询她的这位比我更亲的乡亲，1944 年加入中共地下党的革命老干部，被极左政治打伤过的骨头里面，是否也残留有左的成分。梅洁一秒钟也不犹豫，旋即给我打了个保票，她说这个老人率真极了，一点儿左的东西都没有，真是非常可爱，读了他写的东西你就知道！我就接着再读他的诗选，读到雅兴之旅这个板块，在《海南感怀》这一篇里，果然听他非常可爱地讲了一个三亚神鹿的故事。他的语气像乐府诗，又像古诗十九首。

“猎人紧紧追，挽弓欲下手。神鹿猛回头，化作彩云图。云中一靓妹，临风亭亭立。款款走下地，眉眼传情意。”然后与很多爱情神话一样，二人结为连理，繁衍生息，成为当地黎族人的祖先。靓妹既然站在云中，当然她就是一个仙女，仙女下凡配猎人，演出了一幕三亚版的《天仙配》，只不过媒人由老槐树变成了神鹿。黎族人至今视鹿为亲戚，典故即出于此。我读此诗，却能读出老先生善良的心地，从“文革”中一身伤痕艰难走过的老人，他希望猎人放下弓箭，小鹿不再受害，世界归于和谐，一切生灵平安。

还有一些文如其人的打油诗，率性挚情，我也喜欢。一位名叫厉有为的先生曾在郧阳任职，调走后写诗发表在报刊上，老先生见了视为知己。同年厉先生进京开会，他竟专程驱车前去看望。并且“冬夜归来，感奋不已”，灯下也赋诗二首，寄给这位黄鹤楼边的江城人：“黄鹤高楼览胜景，勿忘红薯苞谷糁。”红薯苞谷是郧阳的三宝之二，他希望天下人都能记住我们的家乡，记住我们家乡种红薯和苞谷的勤劳朴实的人民。同时，趁机把“谁知盘中餐，粒粒皆辛苦”的唐诗的内容又宣传一遍。

再往下读，老先生就更有了可爱之处。上世纪末，他与他的老伴移居美国的田纳西州孟菲斯西比尔郡，吃完西餐，他又开始写诗了。他以长达八十四行的打油诗向留在北京的孙女汇报，汇报那个地方处于世界领先地位的科学技术和人才管理，嘱咐孙女从小好好学习，长大以后也去那里。当然，去那里不是为了享受诸般优越的生活，而是去学本领，“本领到手就回家，回来为国添砖瓦。”学了本领干什么呢？报效祖国！并且一刻都不能耽误，这个性急的老头儿，他让孙女本领一到手当天就登上回国的飞机，趁热打铁，不然忘了！

我家老父亲比萧岛泉先生年长一春，也是上世纪四十年代参加的革命，革命成功以后，两人有着共同的经历。不过一个在前，一个在后，当萧岛泉先生在难友碗里发现“降落伞”的时候，我家老父已经提前戴上十年的“右派”帽子了。还是极右，就是说那顶帽子极其地向一边歪扭着，简直快成反方向，成一个“反动派”、“反革命”了。事实上“右派”与“反革命”的确也是差不多的，五类分子中一个排行老三，一个排行老五。

家父活过来后，也爱写诗，甚至大有一发而不可收的趋势。我想起萧岛泉先生讲述的三亚神鹿，有一天忽然起了媒人之心，愿意他们成为诗友，遥相唱和，一个写五七年，一个写六六年，反顾国灾人祸，珍视劫后余生，不亦乐乎？电话里对老先生一说，老先生高兴极了，立刻又寄我一本诗选，签好名字，托我面交家父。

此后我就开始了兴奋的期待，期待读到他们唱和的新作。

汉水一样多的泪水

“一只苹果的忧伤。”念完这个忧伤的诗句，翻过面来是一小段关于梅洁的文字。她的小传在提醒我，二十六年前我们就应该相识，因为那一年我们已经分别走上了文坛。或者十九年前我们也应该相见，因为那一年我到了北京，与全国很多的作家义结金兰。

然而没有，因为命运，还因为性格。我们的命运和性格居然相似，还差一年就是半个世纪过去，在一个黑暗的夜晚我们不谋而合地成了“右派”的儿女。此后在那条据说叫作社会主义还有金光的大道上，我们只能走在贴近野草和狗屎的右侧，大道上的孩子有理由用他们遗传的目光蔑视我们，而我们为了长大则要训练着仰脸看人。要么俯首，像大人一样认罪，给他们以更加骄傲的信心和勇气。为了逃避伤害，我们不敢与人合群，并且从小就学会了自尊和自重。

又将半个世纪过去，公元2002年的冬天我才首先去了她家，还有两个老家的同行者程光和叶子。事情的缘起是家乡有一份广播电视报，要把我们的平凡事迹写成文章，登在报纸的一个专栏，这个专栏的名字叫“天南地北十堰人”，我们都上了黑名单。他们大约兵分两路，程光受命的是地之北，他便独自轻车北上，先找到我，然后请我联系梅洁和王家新。我和家新是乡党兼校友，都居北京，很快就在三联书店见上了面，而要约见石家庄的梅洁，这事却稍许地麻烦一些，我得跟他出一趟差。

程光对我和梅洁至今尚不认识表示惊讶，怎么会呢？他的眼里充满狐疑，妄图从我的脸上捉住一点文人相轻的蛛丝马迹，或者是乡党不睦，窝里斗。我说你不用多想了，这次我陪你去。叶子征求我的意见说，见了梅洁我该叫她什么？我想了想说，不叫梅洁，叫梅姐，第三声。

她早早地就大开房门，像是要迎接李闯王，简直高兴成了一个乡下的少女。过大年了，来远客了，又说又笑，一派活泼烂漫的样子，甚至还有点儿童言无忌，只差没有拍着手儿一蹦一跳。她拉着我去参观她自己觉得重要的所有宝藏，从一间屋到另一间屋，其中唯一只漏掉了洗手间。一间多角的小阁室，里面陈列着她所有的金杯银匾，奇石陶艺，那是她的卢浮宫，在那里她驻足良久，脸上堆满了丰收的喜悦。一张可画水墨丹青的案台上码足了一摞一摞的书刊，像是房地产大老板的微型楼盘，她从中扒一个坑儿，人就趴在那个坑儿里读书写作。

阅读她的《一只苹果的忧伤》，一阵忧伤的气息穿透绿色书封和扉页，弥漫了我的视野和心灵，它正如书中的那一只苹果，每咬一口都会心酸。我原本是一个快乐的书生，评书论人，高呼狂笑，然而对于这本书我无法调侃，它的忧伤使我忧伤，它的诉说让我流泪。

除却忧伤，还有忧怨、忧思、忧愤。她同时在用泪水还原着她心中那一条古老的汉江，那条从远古流来的大江湮灭了她童年的幸福，吞噬了诞生她的千年古城，又一路流出那么多英勇壮烈的故事，悲怆凄惨的故事，崇高美丽的故事，平庸凡俗的故事……如今，这条给予了她聪颖灵秀、也给予了她忧伤和苦难的南国江水，又将带着未竟的使命远离故乡，逶逶迤迤流向北方的土地。

逆着江水她要去追问过去，顺着江水她要去打听将来，最后她就孤身一人坐在了江边，忧心忡忡地思考着鄂西北故乡的事，中国西部的事，淡水危机的事，资源与环境的事，道德与体制的事。这些男人想着都麻头的人类的大事情，她一个女人家却要犟着去想，还背上行囊，一脚一脚地走起来，特别不忘记带上擦泪的纸巾。

她饱满的泪腺过于灵敏，太重的泪水坠弯了她长长的眼梢，眼下是一双忧伤的目光。一个失学孩子的倾诉霎时就让她哭红焦虑的眼睛，她会想起自己的童年，因为父亲，她也险些在校外流浪。现在贫困地区的孩子虽然不再接受政审，与政治一样严酷的经济却依然锁住了他们朗朗的读书声。

图书与网络市场的竞相开放，使中国迅速成为盛产女作家的大国，走红的女作家们繁花似锦，粉红的写少女，桃红的写情人，大红的写小蜜，紫红的写自身，芙蓉姐姐，天仙妹妹，木子美，金子丑之类，在一阵一阵的掌声与口水中，隐私女作家的玉脖上挂满了窥视者单腿献上的花环。而在红花丛外，汉江之畔，干干净净地站着一树白梅，她牢记着自己是从苦寒中来，孕于南方，绽在北国，满脸正气，一身高洁，“从这高洁的花开花落中体验生存、忧伤、孤傲以及生命和爱”，并且要以独立的姿势谢别冬季，将自身的暗香洒满中华一园。

听乡亲用乡音说起乡情，说起家乡现在的辖区称谓，我们面对面地唉声叹气，我们非常热爱家乡却非常不热爱家乡现在这个来历不明的名字。在书中小传提到籍贯的时候，她会依依不舍地仍然称它郧阳，我则会直接写出竹溪小县。仅仅是为着地市合并后彼此地位的主次，一个著名的古名一夜失踪，一个无名的新名不期而立，这使人想起“文革”，想起被革的文化，知情者心里无限哀婉，局外人听了觉得可疑。新的名字割裂了郧阳悠远的历史，让无数美丽的传说像游魂一样无所皈依。然而它恰恰是合法的，那个神秘的“郧”字却将被迫在新版辞书中做出修订。这又是一件令人忧伤的事。

她的忧伤果然又来，岂止忧伤，这次不啻是灭顶之灾。秋天总是多事，两年前的秋天江西新余举办一次散文笔会，一位年轻的女作家在名单中发现了她，想去拜访又觉贸然，就打电话来请我引荐。扶掖新人是积德行善，胜造一级浮屠，我给梅姐发去一条短信，要她务必接见，并且还替我抱一抱慕名者。年轻的女作家兴高采烈，然而一去却给我发来一条噩耗，说是她的丈夫突然病逝，这次笔会因此缺席。我不禁大吃了一惊，慌忙去信要她节哀，不料乱中将手机按错了键，一分钟后对方来电大怒，我又火速道歉，骂我自己真是急昏了头。

那天是阴历八月十五，中国人阖家团圆的日子，在她后来那篇用泪水写成的文章，《我的丈夫走在那片青山绿水间》中这样记着："我丈夫离去的时间是公元2004年9月22日下午3时30分，他是在回家的列车上离我而去的。……我不知道我的丈夫是否还能找到回家的路……"我查了万年历，那一天是甲申年八月初九，熬过六天，他们一家就能在石家庄一个名叫玉城的美丽小区团圆了。

她的丈夫不搞文学，是她的读者和帮手，情形像毕淑敏的丈夫，舒婷的丈夫，很多成功女作家背后的好男人，也一如我家中的贤妻。他们有三十四年的恩爱，他是她心中完美的偶像。然而人不能太完美，这会让上帝也感到妒忌，提前把他召回天堂。

我把电话打到石家庄，正好是她接着，好像她一直就守在电话机边，随时要安抚亲友的安抚。听到我的声音她哭起来，她把事情的经过对我讲着，断断续续，泣不成声，后来她说她会把这些写成文字，在丈夫的灵前念给他听。

挚爱的亲人离她而去，这已成为她心中永远的悲苦，据说这种悲苦能用人们谣传中的时间化解，但她不能。我对她说，你有两个跟父亲一样优秀的儿子，还有一只不死的键盘，这是你继续骄傲的理由！六个月后，公元2005年3月，有人看见这个坚强不屈的女人，走出住了四十五天的医院，在京西安葬了丈夫的骨灰，然后背上行囊，迎着北国的寒风又出发了。她的心里还有一件事情割舍不下，就是那条她命运中的永远的汉江。

很久没有见到梅姐，思念中收到她寄来的新书，随手翻开就看到她怀念丈夫的文章，伤心，疼痛，爱有多深，她就有多深的伤痛溢出文外。《一只苹果的忧伤》，一本忧伤的书却印得如此漂亮，色彩、装帧、图片、纸张，无处不泄露出编者对作者的深刻理解。这套名为“容华”的丛书，收入了舒婷等六位中国文坛的奇女子，策划与责编谭湘，是一位能够创造奇迹同样也让上帝妒忌的女人。我感叹命运和追求让七个非凡的女人在此相遇，制造出读者理应感到惊喜的读本。收到书后我立刻给她回了短信，我说：梅姐幸福！

肯定幸福。今秋 10 月 1 日是她第二个儿子的新婚大典，他们选择了北京一家酒店的露天草坪。她说这也是丈夫的一个遗愿，为此她邀请我一家三口参加典礼，说那天到场的只会有好亲戚和好朋友，权作是一次好人的聚会。我就又想起了她的儿子，在我的儿子还小的时候，有一天她派她的儿子到我家来，也是送一本书，我的儿子却只允许他从保险门窗里探进一只右手，因为那一年北京连续发生中小学生的绑架凶杀案，学校规定家长不在的时候，学生不许让陌生人入室。

儿子回家对母亲讲述了送书的故事，把个母亲笑得不行，笑完又忧伤了，为这个人心不古动荡不安的社会。

俗话说，时间一晃就过去了，转眼孩子们都长大了。她的儿子，那个只能把一只右手伸进我家铁窗的送书的小儿子，已经博士生毕业，忽然想起来要结婚了！

我没有告诉她那一天也是我的生日，我却告诉她说，一定，三个人。

饿年饿事饿书饿人

1

书是神农架人岳啸写的，读者却打电话投诉于我，说这个作者的名字凶恶。我说，大凡那里的人都是这等名字，比方说野莽，就是一头奔豕的形象，相比之下岳啸还是比较富有诗意的一个，脚踏武当之岳，十年一啸惊人，属言志派。本来是复姓文豪欧阳修和侠客欧阳春的欧阳，双名学忠。其实斯人本还忠厚，再学，则有若奸之嫌了。

卷分上下二册，洋洋六十七万言的《饿》，是他愿与生命相易的巨著，列入我主编的新世纪长篇小说丛书，且为首部。人说十月怀胎，一朝分娩，岳啸这一胎则怀了十月，分娩时之巨痛、之狂喜、之强烈的人间百味，自然相当于天下一般妊妇的十倍。况且产下的是一具“饿”胎，写中国改革的一段空白，神农之乡的诸多奇闻，既畸形瘦瘪，横叉斜枝，且妖冶狐迷，万种风情，可想面壁而孕、咬牙而生的艰苦卓绝了。

此人曾有与我共事半载的趣史，他为长官，我为下属。文人无形，无官，无礼，有时且无法无天。公元1985年夏，我弃职而逃，去省城做合同作家兼读大学，岳啸者奉命追捕，却被我巧言劝回，演了一场捉放曹的好戏。由此我决定今生报答他一次。公元1987年的春天，全国第三届青创会召开，我为省作协代表赴京参会，此时毕业在即，我的户口档案等一应要物均锁在他的保险柜中，我又欲巧言取走，他却与我私下订了一个君子协定，我为乙方，他为甲方，说是乙方若通过武大校友青年作家刘亚洲，找到他的岳父，曾率大军在郧阳山中打过游击的李先念主席，为甲方地区要一笔可观的文化经费，甲方则可以发放乙方的户口；乙方若找到冯牧等一干文坛泰斗，为甲方正在筹办的《武当》杂志题写祝词，甲方则还可以发放乙方的档案。

青创会设于京丰宾馆，大会期间我找到汪曾祺、冯牧、刘绍棠、姚雪垠等，众元老立刻替我把词题了（想不到四位老人上世纪末全已作古）。后一项马到成功，只是前一项无从下手。《人民日报》载文曰：李主席已去上海过年（不去上海也见不上面）；又载，先念的女婿刘亚洲也随中国作家代表团去法访问（不去法国也做不了主）。如此，就断了请武大校友兼与会代表刘作家引见李主席这唯一的线索。出于非乙方自身造成的原因，君子协定仅实现了一半，不过岳啸居然还凭一点良心，内心嘀咕一阵，好歹将我放走。

写作《饿》书，运思恰在斯时。三千六百余日，岳啸饿其体肤，白其毛发，空乏其身，大著乃成。因为不会电脑，增删改誊，数易其稿，寄来的抄件重达六斤。为他的浩然正气所感，汪洋文笔所动，使其问世，责无旁贷。冬季得稿，春天出书，从目前书市低迷之严峻形势看来，不可谓不神速。闻听编排出样，岳啸挥车北上，寄身京城海洋宾馆，亲笔又改了一遍文字，使其锦上添花。功德圆满，打马还乡，我掏出单位饭卡，请他吃了一顿一荤一素的工作午餐。不想他吃罢却顺手将饭卡装入西服兜中，带回十堰，使我下半个月里每日中午只好出门买零食吃，电话打到十堰，说他到底是写《饿》书的人，此生刻骨铭心，死死记着饿的厉害，却忘了北京的饭卡，在十堰是吃不上饭的。

为写此书，岳啸七上武当山，八进神农架，结交了大量的传奇人物，登记了无数的荒诞世事，总结了悠久的地方野史，遂使本书汪洋恣肆，十面逢缘。书中有美丽的或不美丽的传说，可使民间文学家读到民间文学；有动听的或不动听的顺口溜，可使语言学家学到民间语言；有好看的或不好看的风情画，可使民俗学家读到民间风俗；有古老的和不古老的年代，可使历史学家读到历史；有重大或不重大的政治经济改革，可使政治经济学家读到中国农村活生生的政治经济学。尤其最可读的是丰富的人情，复杂的人性，是人世之间那些男人和女人，家人和野人，乡里人和城里人，饥饿的人和半饥半饿的人以及使别人饿死而使自己饱得难受的人的故事，任何一类读者读了，都会唏嘘感叹，从而大开人生的眼界。

四十年前是中国的饥饿之年，二十年前是旨在征服饥饿的改革之年，无论要记住哪一个年代，目前肚子吃饱了的中国人，买本神农架人岳啸写的《饿》书读读，至少是可以不忘本的。

2

此后，此人又写了一部《1958：皇天后土》，写的是公元1958年中国的一页丑史。马年春节，我在十堰每天与朋友相聚之后回家，都要翻开杂志，在灯下读上一章。从初一到初十，断断续续读完，此间生出无限的悲哀，有时长夜难眠，弄得我这个年都没过好。盛宴刚毕，又随作者进入饿年，犹自温泉入冰窟，晴日忆鬼，实在心惊肉跳得很。同时又隐隐地自疚着，一个出生于1958年前的中国人，怎么竟会淡忘了那一个真正要命的时代？

岳啸善写传奇，早年有写武当山、神农架以及鄂西北义军领袖熊光文的数部长篇传奇闻于世。上世纪末一部六十七万字的《饿》，写尽人间饥寒，红尘悲苦，遂成大名，人称“饿林高手”，或“文坛饿夫”。新世纪这一部《1958：皇天后土》，在力度上乃是他对“饿史”的深入，而在时代上却又是他对“饿史”的前推，推前到新中国的第五年，那个百姓闻之丧胆，作家视若禁区，举世叹为观止的年代。这是中国历史上必将记下的一页，不管何年何月填写，最终它必将会出现的。

如果空白，那么它的原因应该是有良心的、尚未失去记忆的作家仍在思索等待，一任时光沉淀，浮萍散去，风静无忧，水落石出。当然还有另类的作家和读者，他们是不愿或不屑于写和读的，因为自己或自己的父辈，居然侥幸拱出饿殍，得以成活，新生活的幸福和精彩，使之有足够的理由遗忘过去，并且确实有太多的“文学庙会”要去奔赴。更何况若是真正去写这页历史，政治的风险，思想的障碍，艺术的功力，纷纷都会成为电脑前的“斯芬克斯”。实可敬鄂西此人老作家岳啸，文若其名，倚山一吼，率先捧出了这部新著。

诚如作者后记所言，此书记载了一个非常的年代，讲述了一个荒唐的故事，塑造了一个鲜活的人物。其实何止一个，除了那位烈士的遗孀，刚正屈死的刘大娘以及她两死一存的可怜孩子，奋起抗争的农民小叔刘银魁，良心未泯的干部姜士航外，还有不沾人气的县委书记黄玉亭，丧尽天良的公社书记刘志远。岳啸对这两类人物分别以同情，以愤怒，以哀悼，以谴责，以歌泣，以诅咒，以眼泪，以唾沫，将他们从皮肉写进骨头，扒出心魂昭之日月。书中有许多个章节令人过目不忘，如砸铁炼钢，大放卫星，浮报麦产，虚码粮仓，吃垮食堂，人犬相食，饿妇夺厨，南瓜充肉，等等，这都是天下才子极尽想象也难得之的人间奇事。金盆寺瞑目坐化的老和尚仅寥寥数笔，他的“人劫无解”的偈语已成为永世的哲言。

十万言的《1958：皇天后土》于不景气的当今文坛，是容易为来自两渠的文潮所覆没的。一是情爱小说会夺去少男少女，乃至老夫老妇；二是另类文学会带走与传统文学诀别的新青年。然而本书的作者既有志于首开写此年代之先河，自不会因上述读者的流失而痛心疾首。太史公的千秋文笔足以为鉴，这类文学上可记史，使荒诞故事书碑相传，不忘国耻，下可警世，令后代苍生不步后尘，死灰复燃。倘能达此目的，作者当挥泪大笑，登岳而长啸了。

岳啸是我三十年的朋友，当初雄姿英发，而今皓首白眉，岁月无情，悄然于他伏案间逝去人生之半。我一向称其老师、主席、兄长、岳公，至今仍不改初谓，照叫如斯。彼此无论何时，都有着十分的真诚。我们在一起纵谈人生，知无不言。于是，读罢雄文，畅谈心得，论及小说的结局即第十章，我认为如谋传世，可仿俄罗斯果戈理，焚之重写，盖因为在那个非常年代，乃至在这个亦非正常的年代，刘志远之流的撤职入狱并非必然，姜雨舣的胜利亦本是一种现实主义中的理想，那一副苍白的镣铐，乃是作者的小狡猾，为了人文的安全而在书斋之中，青灯之下，连夜打造的。而在惨淡的现实中，君不见即以近年本土为例，刘志远的阴魂仍在附体，金盆公社的悲剧又有续集。真正现实主义文学的作家如何把握，这是一个严肃的问题。

总而言之，我佩服着岳啸的记忆、见识和勇气，公元1958年他恰逢少年，极左时代的双重饥饿，已形象地浸入他的骨髓，以至而今锦衣玉食饱吃痛饮也无法抹去，成为一件无价之宝，支持着他写出今日的《1958：皇天后土》。这是他的少年不幸壮年之大幸，上天对大饿不死者的赏赐。人间天晓贵在雄鸡初啼，或许后来者其声更亮，环震宇宙，但那清清脆脆的第一声，却是最可爱，最重要，最能让昏睡者警醒并奋进的。如此说来，《1958：皇天后土》应是这样的一部小说。

憨夫的故事

憨夫是刘书平用过的笔名，但他有时憨，有时不憨。最初他不是写小说的，最初他学的是书法，他的字已经参加书法展了，突然他觉得写字没意思，又改学画画。他的画又参加画展了，突然他又觉得画画也没意思，又改学写小说。他学写小说拜的第一个老师姓丁，写了一年，他觉得丁老师写的小说还不如他，又拜第二个姓肖的老师，写了一年，他觉得肖老师写的小说也不比他强，这才拜到我的门下。几乎每个星期，他都要骑着一辆凤凰牌的自行车，来去五十里路，给我送一篇小说稿子，我在家就当面给我，笑眯眯的，不在家就吱溜一下从门缝里塞进来，塞的时候可能也是笑眯眯的，晚上我一开门就看见了。

他刚写小说就差点儿吃了官司，他说是有一个名叫敖继先的人，当大队党支部书记的时候，到处都有人请他赴宴，请去了就坐上席。久而久之，这人养成了一个习惯，附近一有婚丧嫁娶的好事，不等人家来请，他就主动去往上席坐，他认为这是为人家着想，给人家省事，免得人家跑路，是党的优良作风。后来他的支书掉了，但是赴宴的习惯却没有掉，附近一有好事他还是主动去，去了就坐上席。这次他刚坐上去，端起盅子正要喝酒，主人来了，把他从上席拉下来，说那位置是给新书记留着的。刘书平嘴唇太宽，讲故事不行，用笔写出来却有点儿意思。不料有意思倒是有意思，小说刚发表，一个人气冲冲地来告状了，这人就是敖继先，他说他自从下台以后，一直就很自觉，没有再到人家那里赴宴坐上席了哇。

公元1984年的秋天，我主编一本报告文学专辑，当地宣传部选了十个最有名的企业家，要派十个最有名的作者去写他们，有点儿名人写名人的意思，这本专辑要在国庆节隆重出版。此时的刘书平在当地已经是个名人了，在创作界不说数一数二，也是数五数六吧，我就给他也分了一个指标。谁知他写出来的企业家跟敖继先差不多，一稿不行我让他写二稿，二稿不行我让他写三稿，三稿还不行，刘书平坚决不肯再写了。他没有勇气当面对我进行抵制，就托他的启蒙丁老师给我带话说，行就行，不行就算球了！我一听生了气，也托丁老师给他回话说，不行就是要改，想算球了你都算球不了！

后来这篇文章他还是改好了，赶在国庆节印在了专号上。刘书平怪我不该逼他，跟我记了一阵子仇，但是没过多久又好了，见了面依然笑眯眯的，一如既往地从门缝里吱溜吱溜给我塞小说稿子。他知道我是为他好的，知道有人打破脑壳想写我还不让人家写呢，我丢下自己的东西来改他的东西，写信把他的东西到处推荐，还不能证明我的真诚吗？不过通过这件事情，我发现了两个重要的问题，一个是表面上笑眯眯的刘书平，骨子里其实很犟，跟牛一样；一个是刘书平不会写报告文学，写报告文学要会吹牛，会诈唬，会把一个萝卜大的事情往联合国扯，而他只会捕捉生活中有趣的故事，会写敖继先赴宴式的乡土小说。

有一件事，刘书平闷在心里恨了我好几年。公元1984年的冬天，我所在的城市成立文联，要把我调去创办杂志，我提出要去就再带两个兄弟去，文联说行，但是除了我是正式的编制外，带的另外两个都是合同工。那年刘书平刚调到文化馆，好歹是个正式工作，还有时间写小说，我就带了另外两个业余作者，这是两个亟待搭救的朋友，一个是纺织品公司的仓库保管员，一个是为了写作早就脱离了生资公司的失业者，两人都有妻子儿女，年纪上一个比我大两岁，一个比我大一岁。刘书平不知道此中内情，以为我抛弃了他，于是他卧薪尝胆，发愤图强，立誓要超过被我率先带走的两位兄弟。

就像他委屈了我的想法一样，我当时也无法想到他的委屈，后来我用另一种方式弥补了对他的冷落。在我的好友邹海岗任鲁迅文学院教务主任的时候，我要了一个指标给刘书平，让他马上来住鲁院，我说要当作家，读书和学习比什么都重要。这回他连文联主席都不当了，很快就坐小飞机来到北京，解放军总后的朋友开着首长的轿车，跟我到南苑机场去接他，一别多年，此地相逢，他对我的误解立刻冰消雪融。

十年以后，颇似喜剧，壮志已酬的刘书平不仅调到了市文联，并且当了市文联的主席，一鼓作气地出版了五本书。而十年前被我带走的两位兄弟早已离开了这里，一个隐姓埋名，流落他乡，一个成了穷困潦倒的发明家，整天饿着肚子想去天外历险，都已经不会写文章了。我知道刘书平在回忆这段历史的时候，他的心里一定是得意的，他的两片红而宽的嘴唇会像午夜的百合花瓣，独自静静悄悄地展开，最后绽放出一个灿烂的微笑。

飘香的冬夜

公元1989年，有很多事终生难忘。春天一颗种子的播种，夏天一条生命的萌动，秋天，沉默，冬天，另一条具体的生命诞生了。他是我的儿子，我为他取了十三个名字之多，最后确定梦非，是想记住一次没有成功的想象。

我请朋友预先把我父母送到北京，迎接他们的孙儿或孙女，然后就此住下，享受三世同堂的天伦之乐。那时我没想到，接下来我会有一场麻烦，我开始后悔不该接父母来，不该此时，如果真有意外，与其让他们在我身边亲自看到，还不如在遥远的大山里听我妻子报告经过修饰、尽量推迟的消息，甚至干脆是伪造的消息。

已经有人误传我被流放到了河北沧州，林冲雪夜上梁山处，在一个文化馆里接受改造。还有人居然也误信了，家乡的旧友肖建森辗转乘车到了该地，那么聪明的人，对着一栋破楼放声呐喊我的名字。

忽然有一个离开北京的机会，单位接到上级指示，要派人到西藏去，别人都听了害怕，我却暗地里蠢蠢欲动。去的人要用中文写一本关于藏民的书，然后译成英、法以及其他外文，向全世界广为发行。我觉得我写没有问题，进藏的身体可能也行，那年我才三十六岁。至于用我的思维和文风写完之后是否能够通过终审，我且不管，只要能够离开一个阶段，等把这件事情做完，那件事情也该过去了吧。

我第一个报了名，第二个是储福军，也就是继海子和骆一禾之后第三位早夭诗人戈麦，北大毕业刚分配到我所在的编辑部。“我要成为众尸中最年轻的一个”是他伟大的抱负和翌年的绝句，如果不是从拉萨打来的那个电话，藏红花可能会医治这位天才的厌世，而我，也会在雪山聆听儿子光临人间的啼哭。但是电话里说，藏北高原的积雪要到明年五月才能融化，冰川塞路，此前要来连藏羚羊都不能看到。

延伸的故事就这样从腰部斩断，重新折回起点。11 月 1 日下午 1 点 1 刻，儿子降生在北京第四医院，父母在一套四十九平方米的蜗居里一边心不在焉地打着麻将，一边等候捷报飞传。报喜的来了，是我自己，我说他们母子平安，不过按照医院规定，三天之后才能把他们接回家来。

也是在这一年，我以回乡为保姆上坟的联想写的一篇名叫《临街的坟》的小说，被《小说月报》转载，让老家一个声名狼藉的县委书记发生误会，以为我在攻击他坟里的八辈子祖宗。他组织手下四个秀才撰写告发材料寄到我的单位，以及主管文化部，还有《小说月报》编辑部，要求对我进行全方位的惩处。

在家乡衙门当差为吏的故交们，除去极少几个不知死活的朋友，都及时与我停止了往来。当然也许是暂时的，一边中断，一边想着有朝一日恢复，如何向我诉说当时的忧心忡忡。老家的人，我知道的。

只有冬天还如约而至。我深刻体会到了这个冬天的冷，它穿过皮肉和胸骨，冷进我的心里。尤其是在更深夜静的时候。

一天夜里有人敲门，已经很久没人敲我的门了，过去老家人来北京，友好或打算友好的，抽空总会到我家来看看。我去把门打开，门外站着一位可以说是英俊的小生，我在一秒钟内就认定他是家乡竹溪的人，那时他还没有开口说话。我说你找，他说出了我的名字，原来是我姐夫的同事，到京办事受我姐夫之托，给我提来一桶香油。这时我才发现他手里提着一只油桶，白塑料的，黑色的香油透过那一层白，把它变成水泥的灰色。

他又说出他的名字，叫杨启国。这个名字我回老家曾经听说，是和才子连在一起，在组织部里工作。组织部直属县委领导，组织部的干部前程无量，我听说他已是组织部的干事，而且组织部副部长的香艳职位正在向他极具诱惑地招手。他一定知道他的顶头上司，那个声名狼藉的县委书记误以为我骂了自己的八辈子祖宗，组织四个秀才对我进行告发的事。但是，这个冬夜，他还要来。

他什么都知道，还要接受我的倒霉姐夫的委托。

而从极少几个不知死活的朋友信中得知，我的姐夫直接受到我的株连，副部长和类似的职务频频搁浅。

还有一个最不知死活的朋友，政府办公室主任陈东明，因拒绝加入告发我的秀才班子被列为我的死党，几年后清出政府，削职为民。

那桶香油，重约十斤，正好相当于国家给我的一百年的供应。

公元1987年，我在文化部报完了到，户口落在属下的外文局，忘了是国庆还是元旦还是春节，单位的行政工作人员通知我去机关食堂领取节日补助。我去了，发现那里排着长队，一人手里握着两只油瓶，我加入其中，随波逐流地跟着队伍移至窗口，原来但凡是集体户口的单身职工，可以享受四两豆油、一两香油的节日优待。

我没有准备瓶子，提出向食堂买，瓶子钱和油算在一起。打油的大师傅料定我是新来的大学生，找来找去只找到一个，说不要钱，不过还差一个怎么办呢？我说那就打在一起吧，反正不都是油么。窗口外整个的打油队伍都为我的傻啦巴唧大笑不止，眼看着大师傅把四两豆油和一两香油注入一个免费的小瓶子里，由我一手握着，昂首走出机关食堂。

现在，北京，满大街都是卖香油的了。

但是那年那个寒冷的冬夜，那桶香油的香气足足香了二十三年，至今仍在我的心中阴魂不散。家乡的香油，家乡朋友送来的香油，黑色而不透明的香油。

我至今也没问他是怎么找到的我家。那年，一场风波之后，北京城里受伤的桥梁初复，道路补修，很多市民居住区都没有公交线路，公共汽车极其稀少，即便繁华如王府井和西单和长安大街，也绝难见到一辆出租车。我所住的丰台郑王坟，当年的公交车只有两路，一路是324，通往公主坟，一路351，通往丰台镇。

而且，间隔很久才来一趟，站牌下永远挤满伸长脖子的人，像便宜坊待卖的烤鸭。收班又早，晚上十点就没车了。

在记忆中，杨启国出现在我门外的时候已过了十点，父母妻儿一部分睡了，一部分正准备睡。他是乘什么车来，从哪一站，住在哪个宾馆或招待所，这些问题我都没问，只是遵照老家对待远客的规定，留他在家里住，明天吃了早饭再走。他一边不同意着，一边就迅速地起身，我才发现，这么挽留的效果其实是逐客，倒还不如坐着说说家乡的事。

我送他到门外，也没问他乘什么车走，到哪一站，回到哪个宾馆或招待所。家乡的香油很香，但它并没把我醺醉，我是本身糊涂，也不会关心人。很多的话，只会在心里说，只会埋藏于心永久。

从此一别八年，我们中断了联系。家乡还是那位声名狼藉的县委书记，杨启国还在他手下的组织部，这可能是原因之一种。因为那一座临街的坟，我的朋友已被赶出政府，我的姐夫凶吉未卜，我不想再有人拖进坟里。

那桶难忘的家乡的香油，数我命好的儿子享用得多，那个冬天他才一个多月，或不到三个月，吃得屁股都是香的。儿子长到八岁，我携他们母子还乡，让他去参观他没见过的猪和牛，腾出我和他的妈妈一道，受一位写诗女子的邀请，去看家乡最著名的楚长城。这女子身在政府，与我那被赶出政府的朋友陈东明异姓同名，叫柏东明，说起来是我表妹，本想当李清照的，不幸却做了竹溪的上官婉儿。她也秘密地约了人来陪我，见面绝没想到，居然是失踪八年的杨启国。

柏东明说，杨启国已是县委宣传部的副部长，而她自己，则是人事局的局长。那日小雨，大男人们也被迫举了花布伞，登城时翼翼小心，步步为营。我琢磨这是女诗人昨晚听了天气预报，继而想起戴望舒和那条雨巷，再继而去买油纸伞时，才承认那道民国的风景已远去了。站在雨中的烽火台上，我却在替祖先忧思，两千年前英勇的秦兵雨雪来犯，智慧的楚人能燃起烽火狼烟否？

再逢杨启国，我还是没有问那夜他是怎么走的，只说吃香油的儿子长大了，回老家了，到乡下去看猪去了。

又过了十二年，又一次回老家，忽然听说杨启国当了市文联的主席，往返我都会经过的那一座城市。我便计划着第三次的见面，本来打算从安康走，这次宁可多坐四小时的汽车，改从十堰。他在一家酒店迎候着我，穿一套白色的绸裤绸褂，上身对襟盘扣，下身粗腿肥裆，我奇怪一个做了文官的人，何以改穿练功的武服。

席间只是喝酒，我还是没问以往的事。

母亲意外去世，也是冬天，我闻讯归心似箭，这次只能从安康走了。本不想惊动异地的朋友，又是这个时隐时现的杨启国，他从哪里得知消息，托人为我的母亲送来花圈和葬礼，又打给我节哀的电话。若说二十多年前的那一个冬天是情，这一个冬天就是恩了，我视每一个送别我的母亲的人为恩人，包括当时同样在异地的我的表妹柏东明。不久她也调去了市文联，与杨启国像当年在楚长城上举着花伞陪我一样，手挽手地站在了一起。

在滕家龙主编的杂志上，我读到了杨启国的文章，狂放；接着在阮家国主编的杂志上，我见到了杨启国的书法，潇洒；再接着，我在那两本杂志上得知杨启国出版了摄影集，取材于他曾为官的上津古城，图外还配有相称的美文。我让人带信，请他赠我一册，寄到北京我刚迁居的南城新寓。我是想系统地了解他的才华，写篇文字，好好说出我的感觉，为了纪念，也为了报答。

然而一等也不来，两等也不来，等了很多日子我才知道，等不来了。世界上有一种人，他不给人这样的机会，这种人多半生在魏晋，当今少了。

又过了两年，又到了冬天，吃香油的儿子已是美国的在读博士，圣诞节回家告诉我说，美国的超市也能买到香油，但不是我们老家那样的。

这么说了，一股香气立刻穿过二十三年的时光，又弥满了一个寒冬的夜晚。

中秋月下的思念

很久以前，我们真是童言无忌，劝酒时要嘴皮子。我说我要是喝死了，你得给我写四个字；他说他要是喝死了，我得给他写四千个字。为什么呢，他的大字比我的小字值钱，他给人家宾馆酒店门头上写的招牌，真是一个顶我一千个。于是满桌大笑，他觉得他很幽默，笑声最响，细皮嫩肉的红脸蛋笑得有些走形，“当”的碰一个杯，意思是一言为定。

谁能想到，这样的玩笑开不得呀，现在该我给他写了，做人得讲信用!

是老家阿英突然给我打来的电话。七月底我在竹溪，阿英为她姐姐的酒店操心，请我作一篇文字，是命题作文，叫《秦楚人家赋》，作好了找一位书法家写出来，装裱挂在一楼大厅的主壁上。我问，她想找谁写？她说，杜明亮行吗？杜明亮当然是行，在此之前，他已经为我写过两次了。

第一次是二十年前。我的少安伯父写了一首七律，诗中用了“南冠”一典，他怪他的儿子，我的润波哥没有看懂，寄到北京，考我一考。我看出他是将坐过牢的自己比作被虏五帝城的钦徽二帝，和了他一首又寄回去，安慰他说他比那两人的命要好得多。伯父高兴地夸我竟能读懂他的诗了，这一夸我也高兴起来，托人把诗交给明亮，请他写成两个条幅。

明亮把事做了，却打电话对我发了一通牢骚，说是字好球多，两首诗各自还有一个小序，加起来一百多个字，把他都累死了。又问怎么交到我的手里，我说不要交我，索性你给我装裱一下，直接从邮局里寄到竹溪去吧。他一听又发了一通牢骚，说是好球麻烦。但发罢了，隔几天又打电话来，说是条幅已经按我说的寄走，这下他该对得起我了！

真是可惜，那两幅字至今我也没有见到，听说老伯父去世之前，一直是挂在客厅里的，后来被润波哥作为遗物收藏了起来。

第二次是去年，我们共同的朋友东明乔迁，我在北京，没送鲜花也没送红包，送了他一首诗，把他们夫妻二人的名字含了进去，自然又是明亮的书法。几个月后，我回老家路过十堰，专门去看了一眼，很别致地嵌在一只玻璃橱窗里，效果相当的不错。东明说，他的确是用力写的，写时自己就在旁边亲眼看着，见他扭着个脖子，鼻子里挣得吭吭的响。

东明曾经写过小说，这个细节刻画得好。这的确是明亮写字的特征，为了显示下笔有力，鼻孔里要不断发出短促而巨大的响声，让人承认书法家也是劳动人民，而且是重体力劳动者。

有一年我去九歌，他铺开一幅刚刚写完的字让我参观，问怎么样，我严肃地点头，说是遒劲！他一得意鼻孔里又响亮地发出吭声，我却接着又说，遒劲就是球的个劲！大家一哄就笑起来，他也笑，笑得比别人还响，甚至嘴里还淌出了口水。忽然间觉得我是在攻击他的字没有力量，立刻板起脸说，那你莫说噢，我这几个字还是蛮有力的噢！

他没有怄我的气，他要怄气应该是有理由的，因为对于一个书法家来说，批评他的字没有力量，这个打击远远大于批评他不会给老婆做饭。况且他的字恰恰以从鼻孔发出响声而著称，说他遒劲是名副其实，说他球的个劲，简直是污蔑。

胡云是他妻子的名字，我说这不就是胡说的意思吗，以后我就管她叫八道夫人，一家人又大笑不止。其实我们在一起时，总是我胡说的多。很年轻时，他与一个尾字是玉的青年同时向县城一个美女发动进攻，我便笑他，既生玉（瑜），何生亮！他竟笑得比我还响，完全不像是当事人。后来玉和亮都败下阵来，美女嫁给一个长得像庞统的第三者，二位战友又化干戈为酒杯，一边喝一边笑说那段如烟的往事。他是一个襟怀宽阔的书生，有气量，好脾气，德行不错。

现在回忆起来，将近三十年中，我竟没有正式夸过一句他的字写得好，虽然从我请他为我与我的伯父录诗开始，我的心里早已经这样地认为了。每次我去他家，或他的办公室，他并不像别人一样先把茶奉上来，而是慌慌张张地去搬火砖。那是一些火砖厚的书画集和名人词典，他快速而又准确地翻开，指出哪一幅是他的书法，哪一篇是他的小传。还有一些获奖证书，第几届第几届的，国的还是省的，金的还是银的。这时候他原本桃色的脸在红皮证书的映照下显得更红，也更明亮，让人想到熠熠生辉，光彩照人。但我依然残酷地保持沉默，一来因为我是外行；二来我总是暗暗地指望着，我的朋友，不要满足于在当地取得一些小的虚名，应该在各自喜欢做的事情上登峰造极。我也不许他夸我的文章，我知道我们离我们的目标，都还很远，远得永远都不可企及。

然而现在，我想夸他一句早该夸的，他却不可能再听到了！

另有一年，夏天我回老家，十堰的朋友请我在竹山人冒名开的竹溪餐馆吃饭，陪我的人里有他一名。话题说到我老家的一个文化干部，苦巴巴花了三年工夫，在最边远的乡下搜集整理了一本民歌集，出版时书封和版权页上竟没他的名字，主编一栏从天上降下两个林妹妹。那二人正好是明亮的同事和朋友。听我说是岂有此理，荒唐之甚，他竟努力地与我争辩，我脸红了，我发了火，我说你还有个原则是非没有，我搞了二十年的出版的未必连个版权法也不懂了！那一天他破例地没有笑，低着头去夹菜，很久也没有夹起一片。大家见势不妙，便纷纷以中国式的聪明举杯劝酒。

我们是朋友，我们在一起喝酒吃肉，但我们不是酒肉朋友。我们总会在吃喝间讨论一些酒肉以外的问题，发生这样的争辩，并不是第一次。

他仍然没怄我气，不仅没怄，还嫌我身上的棉布汗衫不能为我衬出文人的风采，硬把一个香港朋友送他的一件他穿不出去的，花里胡哨的真丝 T 恤逼我穿上，骗我说是多么的高级和多么的昂贵。他有男人世界罕见的美颜，穿戴与居住同样爱美，同时希望朋友们都向他看齐。二十四年前，我从竹溪调到十堰，租住在现今位于北京路的老体委二楼，室内除了一张木床，还有一张木桌。明亮莅临视察一番，次日派车给我送来一套家具，把我这暂且栖身的小屋打扮成了一间洞房。

可惜我辜负了他，只住几个月我就弃职而去，钥匙丢给一位朋友，走时竟没与他握别。洞房里的一应家具，还得他再次派车来把它运走。

冒名的竹溪餐馆之争以后，回到北京隔了一段日子，他又给我打电话来，说他当了书画院的院长，正在筹建一座书画大楼。我这人真是，居然一句祝贺的话都没说，劈头一句又是责备，我说那你为什么不帮一帮东明，你们都是明，可你们一个明了一个还没明，亏你良心上也过得去！他愣一下，反问我说，你还想让我怎么帮他？我说你就不能把你的大楼工程包给他的公司？我听到他在电话里焦急地吭着鼻子，过一阵说，你不是骂我没有原则是非吗，这大一个工程我能随便包出去，出了问题你负责呀？

这次我知道是我没理，事后结合上次发生的争论，我一反思，不禁困惑。原则和是非到底是个什么东西，假如有人当面攻击我的朋友，假如朋友的确是在错的一方，我真会当一个大义灭亲的国际裁判吗？而我责备他不把工程包给朋友，我的原则是非又在哪里？曹雪芹说，“假作真时真亦假，无为有处有还无”，那么又将怎样去研究是与非的辩证关系？世上的事啊，说不清，不说了吧。

二十年前，我带新婚的妻子回老家去见公婆，返京时他要我们住在他家。那天夜里可吃了他的大亏，他不许我们睡觉，桌子一搬，安排打牌，并且还要来钱。半夜饿了，我要求他去做点吃的，他赢钱心切，却打开冰箱拿出一筐苹果，就着汽水让我们吃，结果越吃越饿。我们夫妻二人都打不过他，返京的路费被他赢了个精光。他仍不罢休，接着还打，输了的让与我们同行的小戴垫付，回去以后再还人家。起初我并不懂得十堰的规矩，以为这只是个娱乐的形式，走时他会把钱如数还我，起码让我们在火车上能买两份盒饭。可是我想错了，天亮时分，他终于宣布战斗结束，将桌上的钱一把抓起来，塞进自己的裤子兜里。我才知道，原来十堰打牌是动真格儿的呀！

不过我在他的工作室里，抱走了他一个两尺多高的玉人，是一家厂子按照他的石膏模型雕塑成的。我怕在火车上打碎了，发现屋角还有一只精美的箱子，便把玉人放进里面，连箱提走。他目送我拎着他的宝贝扬长而去，瞪着个眼，撮着个嘴，看样子心都疼了。我回头又吓唬他，我说这一个是女的，下次我来还要一个男的，配成一对儿！

第二年他带儿子来北京，住在我家。儿子叫杜彧，我故意地念成杜或，还故意地写出一句话让他儿子来念：杜或者明亮之子也。儿子果然上当，念成了杜或者，明亮就大笑，嘴里又一次淌出口水。他们父子早出晚归，白天他带杜彧去天安门，回来时路过全聚德烤鸭店，买了一只烤鸭，隆重地交到我的手里，嘱咐我把它片成全聚德里伙计片的那样，晚饭大家一起来吃。我可没有那多的闲心，也没有那样的能力，晚饭的时候到了，他看见我把他的烤鸭剁成了八大块，气得噘着个嘴直嚷，你这是咋搞的呀，太可惜了！儿子杜彧鹦鹉学舌，也跟着嚷，太可惜了！太可惜了！那只没有片好的烤鸭，害他那顿晚饭都没吃好。

临走他也学我，潜入我的书房四下打量，到底看中了一样东西。那年我冒充金学家的身份，拿着盖有单位公章的证明从人文社买来的，郑振铎在日本找回两个残页的，一字不删的崇祯本《金瓶梅》，宣纸，竖版，影印，四只锦匣，一尺多高，他给我一下子提走了。

我不知道，现在他走了，这套书会流落到谁的手里。

记忆中，那年是林徽因说的人间四月天，他带杜彧离开北京，回十堰不久就出了问题。因为会写毛笔字，很多人都请他写标语，写旗子，写过街红。他觉得展示书法的时候到了，来者不拒，把一手好毛笔字慷慨地写在人家的头上、手上、横幅上，他要借此举办一次流动性的书法大展。哪晓得呀，没有写好，几个月后，他的预备党员没了，副馆长也没了。

现在我得回过头来，再说我们的第三次合作，也就是他用他的大字来写我的小字。那天我对阿英说，我说既然你请明亮写，那我就要写长一点，累死他！我一气呵成地写完了一大篇，一点字数，连标点共计三百九十四个。我觉得尾数应该是六，又不能到四百整，就在落款处添了“受命”二字。隔日阿英打来电话，说他接到任务一个劲儿地叫苦，太球多了，太球多了！挂在大厅的字又不能写得太小，能否把标点去掉，标点去掉还有三百三十四个！我说那就去吧，古时的赋里本来就是不断句的。

我提出写完以后，用数码相机拍一张图片，发到我的邮箱看看。阿英答应，过了两天，她打响了我的手机，声音异样，说是报告你两件事，一件是好事，一件是不好的事。我要她先报告好的，她说赋写好了，正在裱着，我的眼前立刻出现了明亮写字的神情，一边鼻孔里挣得吭吭地响着，一边唠叨说字太球多了。我问不好的事是不是他写错了，书法又不能打补，写错一个字整个都得重写！阿英低了声说，他是不会再写了！他已经……了！

我听清了那个字，大叫一声，手机里下面的话就变成一片轰鸣。我让她快打我家电话，然后我直奔书房。电话打来，他是死了，已经死了，据说是写完了字出去赴宴，饮酒间脑内出血。这幅《秦楚人家赋》的书法是他死前最后的作品，他的绝笔。如同前面两次的合作，在他一生的最后，我们的名字又连在了一起。

当夜我找出一张多少年前，我们六个朋友坐在一张沙发上的合影，我在正中，穿着他认没有文人风度的大粗毛衣。他在边上，西装、领带、革履；微侧、微醺、微笑。脸皮又红又白，眼睛又明又亮。看他气色，他是可以活一百岁的，那是一个书法家应有的年龄。

我夜不能寐，遥对千里以外明日就将化为灰烬的老友，万种惋惜，无以为祭，拔笔写了一首诗，《吊明亮》：

英年何必弃黑缨，怒替书家索寿星。
昨羡红颜明并亮，今哭玉面丧无生。
不该秦楚成绝笔，应把日月作吊灯。
此去九天可携砚，云中听我念诗声。

第六句的第四字应是平韵，“月”字却是仄韵，然而我已江郎才尽，仓皇中一时找不到工整可替的字。再想，“日月”二字与他名字关系甚大，不工也罢，人都弃缨而去了，工有何益！

我还是夜不能寐，继而连白天也总想着这个爱笑的人，手里写到中途的文章迟迟不能往下进展。我忽然知道了原因所在，记起我们当初的约定，我是应该给他写一篇四千字的文章，不然便是我的负约，我将于心不安。很久，以至永久。

今夜是一个万家团圆的良宵，我们还在月亮之下，他却到了月亮之上。隔着一轮明亮的圆月，我与明亮互道一声，如果今生相交无悔，那么来世再相逢吧！

银氏金奖

银老兄是个落打落实的人，不会花言巧语。四月下旬，我随采风团应邀去安徽合肥，事毕后不回京城，却绕道武汉，再经十堰，赶回老家竹溪过端午节，吃我七十八岁老娘买的粽子。银老兄得知信息，嗖的一下，给我发来一条短信说，你到十堰不告诉我，我会生气的！

话说得相当严重，跟别个的虚情假意不一样，我想这人是下决心要接见我了，就只好把行踪告诉了他。他率文联全体官兵，在堰丰宾馆为我接风，席上他笑得合不拢嘴，说幸亏你听了我的，不然从今往后我不理你。

其实银老兄是我学兄，三七二十一年前，我们师兄弟在珞珈山上修行，我住桂园，他住湖滨，之间大约隔了一里多路，各吃各的食堂。除了周末看露天电影，一人手里拎一只小板凳，偶或能在路上碰一个面，一般时候是见不着的。听人谣传，只有在夜间他才不背照相机，平时行走都把它挎在右肩，像敌后武工队挎的盒子炮，见到好看的东西就掏出来，咔嚓一声，又装进去，口袋里不晓得有多少胶卷子。

但他好像不大搞人体摄影，主攻对象是神农架和武当山。上世纪末，我在岳啸的书中发现了他给作者拍的特写，那个仰天长啸壮怀激烈的样子，不由得让人产生欲望。正想请他给我也拍一张，不料一个消息传来，银道禄的摄影作品一张要卖一万美元，我暗自摸了摸瘪裤兜，把蠢动的欲望控制了下去。

再说二十一年前，由我们班发起，在武大成立了一个文学社，推选我做社长，省文联捐赠我们四千块钱，办了个刊物叫《白校徽》，主要发表大家的探索和争议之作。该刊首期的封底用了银道禄一幅摄影，是我的学弟熊振宇拿给我的，用完了也没给他稿费，他也不说索取的话，是个厚道人。两年后我们各奔南北，作鸟兽散，从此在相当长的一个历史阶段，基本上没有什么走动。

也并非庄子说的那样相忘于江湖，也并非老子说的那样老死不相往来，而是彼此都在瞎忙，心里不可能忘了世上还有这么个人。证据是每回他的摄影集子出来，都要送我一本，扉页用银笔写一句客套话。我一收到此物，若是正吃着饭，立马儿就会放下钵子，起身去洗个手，展卷先翻一遍，然后晚上坐在灯下，沏杯好茶仔细地观瞧。

台湾人拿一百万块钱，要买断他的这些名叫摄影作品的劳什子，他不答应。不是嫌少，二百万，二百五十万他也不卖，卖了不就是个二百五吗？他叫银道禄，前方的道路上铺满了银子。他用的是金胶卷，拍摄着地理人文生命世界金色的价值，无价的价值。要是还嫌少，他就不干这个受罪的行当了。

他拍得实在是好。他拍的山似山非山，有人的风姿人的神韵，水也像是美人的香魂，每一朵小花每一株野草都是有生命和灵性的。天上东来的紫气和山间缭绕的白雾，那是人的呼吸吐纳，能够让平静的人心随之旌动。他拍的金丝猴使人想起老人、妇女和儿童，那一面面悲凄忧愤哀怜乞求的情容，猎人看了会轻轻摇头，然后丢下手里的火枪。

为什么他镜下的金丝猴如此动人？我想啊想，后来总算是想明白了，因为那是他的亲戚，银道禄姓银，金丝猴姓金，它还高他一个辈分。

又传说他花一个半钟头学会了开车，随后独自驾着一辆军用吉普，钻进神农架里去拍林海雪原，为拍日出之前的雪光和天色，他能在雪窝里从后半夜趴到天亮。这个半侉子的司机，开车只会进，不会退，一阵铺天盖地的大雾涌来，车子回不去了，连人都不见了，过了三天，山民像发现野人一样发现了他，还是个活的。

他跟我的另一个老朋友，一个不要老婆只要《黑暗传》的胡崇峻，正好是天生的一对地生的一双。一个疯子，一个痴人，一个寻找汉民族史诗，一个拍摄神农架奇景，一个连老婆都被人拐卖了，一个差点儿把命都丢在了山上。

还有武当山，紫霄殿，他硬是拍得精妙绝伦。在金顶上翩然练功的老道，看久了能发现身子会动，刷的一道白光飞来，剑梢就指到了你的鼻子尖上。道人炼丹，又得了武当真气，脸上的颜色红似赤子，银老兄镜下道人渐多，近朱者赤，那面色竟如老道，红堂堂，亮光光，混在一群小白脸中，朝阳一般灿烂夺目。有人见了一时语误，不叫银道禄，而脱口叫成银道人了。

童颜跟鹤发是配套的，然而银老兄的头发并不白，无非是根数少了一些，给人的猜测是操心着急，用脑过度。朋友们都十分地想不通，你还着个哪门子急呢？亚洲太平洋的奖都挣过了，就还差一个诺贝尔了，可是那个爱好和平的老头儿不喜欢照相，死后没设那项奖啊。

深入地研究下去，就研究出市文联是个鬼剃头的地方，人一进去就哗哗掉头发，如萧萧直下的无边落木。前任主席刘书平早年间跟我学写小说，一头黑发葳蕤如我，后来去文联做了寨主，也没招谁惹谁，莫名其妙头发脱落了五分之二，吓得他按住残部，火速移师省城。银老兄这一继位，头发又掉了五分之四。

他怕我误会了，以为他一生下地来就是这个样子，为了证明自己也曾有过帅呆酷毙的青春史，他特意带上一张身份证，驱车赶到我的朋友东明府上，从裤兜子里掏出来指给我看。你看看我年轻的时候！你看看我年轻的时候！只见他红脸放光，两眼含泪，语气中露出无限的伤感和怀恋。果不其然，身份证上的人一脑壳好头发如乌云遮日，样子也似曾相识，我突然想起上世纪初的无声电影，片中的俊男一人头上一顶黑锅盖。

我奋力地安抚他，我说杜工部也脱发，却是一个乐观的脱发者，写完他的名句“白头搔更短”后，又去江边独步寻花，作七绝曰：“繁花容易纷纷落，嫩蕊商量细细开。”可爱的老“诗圣”充满信念，等着它们在头上商量长嫩芽子呢，哪怕细一点也行啊。

我递给他一块西瓜，银老兄吃了人的嘴软，瓜皮一扔，讲他的罗曼史作为报答。总共有三个，他居然再一次地激动起来，一个是首长的女儿，一个是部队的女兵，还有一个是娘包办的。他第一喜欢女兵，首长的女儿也在犹豫之列，可是关键时刻，娘的一封家书把他召回去了。儿呀，你要是不娶这个女娃做堂客，我就一脑壳撞死在你面前！银老兄是个好兵，银老兄还是个孝子，为了保住他娘的一条残命，他在黑夜里转过脸去，朝着部队的方向敬了两个军礼：首长，女兵，小银同志对不住你们啦！

这些年，这个红脸稀发的摄影家，这个忙碌的文联主席兼摄协主席，这个无数金杯银杯的光荣得主，摄了那么多的美女之影，正面侧峰，全身局部，立正稍息，运动卧倒，然而在他的心里，比过来又比过去，比过去又比过来，最后谁都比不过他家里的那一个，我们鄂西北叫媳妇儿，他们湖南叫堂客。四十年前他娘用一条老命向儿子力荐的继承人，是他这辈子永远的糟糠之妻啊。

我同情与理解重组的新侣，一如我敬重与祝福长远的老伴。

想给他写篇文章，此念已久，这回我要他把邮箱告诉我。银老兄一听慌了饺子，说是他目前的英雄事迹还不太多。我说不要等着去救落水儿童了，你有邮箱不告诉我，我会生气的。

幸会久仰的书友

知道《书友》，是老家十堰的作者李振斌出小说集，我曾撰文助威，文章发表在《作家文摘》的同时，振斌也拿去登在了《书友》上。样报寄来，令我大骇，窃以为车城仅出好车，孰料还出好报。打听何人所为，说是叫黄成勇，书店总经理，本人也写得一手好文章。从此三不知的，就总收到寄赠的报纸，每来必读，听惯了农民获奖紫红作家的故事会，报页里有一袭湖笔徽墨的淡淡香息，甚是久违。

乙酉年初，云南人民社出版我的新书，豪华得很，定价于是不菲，一本达四十元人民币。过去我出新书，一般从稿费中扣出一些买书送人，尤其家乡的文友，若是不送，在回乡探亲的日子里就会没有酒喝。然而这一次我却突然地小气起来，掐指一算，若以七折买书，百册就将扣款近三千元。我遂想出一个妙法，从十册样书中挤出一本，寄给未曾谋面的黄成勇，附信一帧，请他将此书作适当的引进，让我家乡的朋友自己发现，想看的就去买，瞧不起就拉倒，这样可以节省下来我的资金。

我跟成勇就有了交往，当然也仅限于书上。他回赠我一本他刚出的新书，《幸会幸会，久仰久仰》。这个稀奇古怪的书名令我兴趣盎然，展卷拜读，觉得书中有绝好的文字。成勇信中披露了一件此前我并不知晓的事，原来二十五年前，我们乃是同一地区银行的跨县同行。我就立刻开始汗颜，想起那一年的夏天，如果我们坐在一个会场，他可能会听到一位县级行长对我的攻击，说我不好生地写金融文章，却去写什么子小说，并且还转载在《小说月报》上。

同时我又怀念起了郧阳地区中心支行的老行长，姓吕名品，浑身长满了嘴，一听此言，他的两眼放出金光，散会后把我叫到他的私寓，要调我到中心支行去办一份名叫《金融研究》的杂志。吓得我屁滚尿流，回到县里就找县委书记，副总理陈永贵的同名者，要求从有钱有势的银行，调到了又穷又贱的文化馆，这事一度被我过去的同事讥笑为“从米箩跳到糠箩”。

编《书友》的成勇晚我一个年代，那年我才二十郎当岁，他一个十多岁的少年，是怎么到了银行的呢？这是个谜，我就从他的书中去找谜底。我从他的书中首先读出他对七月派的一往情深，心中暗自替他感动。

这年5月，全国图书订货会移师天津，天津有一个年龄最小的胡风分子，当年的神童诗人侯红鹅，今日的著名作家林希，老爷子是我的文坛好友，忘年之交。他赠我的一本《白色花劫》，与成勇赠我的一本《幸会幸会，久仰久仰》，二书异曲同工，前者以悲愤之笔，后者以仰慕之情，记录着阿垅等一代蒙冤的才子。老爷子是亲历者，幸存人，腹中有尚未泄尽的块垒。

我想引荐成勇也与他幸会，以便来日好写续书，那老爷子近些年在中美之间，飞来飞去，一旦离开天津，脚板皮就摸不着了。正好《都市小说》的主编芦伶俐请我赴津，帮她召集一个天津作家的聚会，因为他们几乎都是我的朋友。我把这个消息告知林希，老爷子遂请我在西子湖畔吃饭，尝他从美国带回的好酒，请他的小老弟肖克凡作陪。我给成勇发去短信，希望我们能在天津初晤，可惜他去是要去的，日子与我却有阳错，去津之时，我已返京十日，于是这事只好作罢。

成勇是我真正的老乡，我们的家乡遥远而又偏僻，所出产的作家却一个比一个清高自尊，与有些地域的文坛同志其实不同。成勇书中提到的梅洁，后来被我改正一个字音，呼作梅姐，十多年前她就听说了我，她有汉江一样不绝的泪水与乡情，到京却不肯见我这个小弟的面，唯恐人说她想让自己作品以八种语言走向世界，进而去荣获诺贝尔奖。坚持到了最后，还是我专程到石头庄，朝见这位老姐尊驾。

还有一个木匠作家叫老茇，一棵不死的野草，与我同科，实名制存款折上写作江达。他送我两本书、一盒茶，托二位在京的房陵妹子转交于我。房陵二妹仗着她们美丽的家园一千年前住过庐陵王，何曾把野老乡放在眼里，说声这人有什么了不起的，毅然将茶喝了，将书扣下。直到翌年之春，老茇木匠二次抵京，方才将见面的仪式改成交书的典礼。开启书扉，验明正身，题赠的日子已愈周年。一声笑叹，我想起了苏小妹揶揄长脸东坡哥哥的诗：去年一滴相思泪，至今才流到腮边。

四十年前，一位天府木匠的临阵变脸，破灭了我今生要做木匠的理想，由此我对有幸做过木匠的老茇心存一种特别的景仰，并且望尘莫及。见他又会著书，还会写字，私心已将他圈为文朋。然而时过两年，丙戌年的端午节前，我应安徽合肥市政府之邀去古城采风，完事后绕路回乡，经十堰时发一短信，约他相见，他却断不肯回。我排列了一张不小心曾经得罪的人物名单，其中似乎没有此公，一月后回京再经十堰，市文联设宴款待，我心不死，托人再探，这次他竟踉跄到了，见面就扒胸口，说是医生在那里面搭了座桥。

原来如此，我想起了比干，人太聪明，其心就该受到天人的妒忌。再一核算，我们的野草已葳然长到耳顺之年，春风吹过六十遍，如今已经移交给了秋风，是得要好好地环保珍重了。次日凌晨我尚在梦中，他又把我的手机弄响，发短信要亲自来下榻处，送我两本才出的新书。

这本是一件篇外的事，人却仍是书友，算不得太跑题。何况我一想到家乡，就看见一群大山里的一群痴人，相约垒起了一个不大的文坛，心无旁骛，兴致勃勃，我便油然地生出敬意，心里似有很多的话说。

成勇升迁省店以后，主编一本名叫《崇文》的刊物，白白净净的封皮，看着清心养脾。约我写文，遵命给了，是为家乡作者明扬长篇小说所作的序。文章不日就登了出来，我把刊物转寄明扬，嘱他遵照规矩，给文章的责编寄一本书。成勇收到书后发短信来，说是轮流坐庄的图书年会今夏轮到了新疆，问我要不要去，若去这回就能见着。我回信说正在老家竹溪补充写书的原材料，恐怕又是去不成了。他一听说声你等着啊，让竹溪书店代我请你。言毕约十分钟，铃声大作，开门一看，一俊男自称书店的彭副经理，说县店苏正经理奉省店黄总经理命，请我赴宴。

随车去了，吃喝一通，归来又得赠两提兜绝好香茗。

长江集团总领航周百义，上月抵京，打来电话，我向他问起至今仍没谋面的黄成勇，我说文章写得不错，人品尚可？他说不是尚可，我吃一惊，百义又说，而是也不错的。乡党享此殊荣，简直令我兴高采烈，随着一张老脸逐渐萌生出些许的苍须，我是越发地挑剔作家的人品了。我有一个交友秘籍，愿无偿捐献给至今或许仍在迷途的沙龙诸君，曰：文人之上上品者为人文俱佳，次者文略拙而人甚美，再次者文虽华则性本恶，再再次者，人文俱失也。

后二种可做《书友》的聊资，却断不能做书友的。

生母与养父

闫公进忠，寄来《小城记石》，成勇作序，家龙作评，岳啸再评，隆重如脂砚斋重评石头记。有诸多可信任的朋友联袂担保，想必这应是一块好的石头。却因刘禹锡所哂笑的“案牍之劳形”，许久未曾舍得展卷，今收吾兄岳啸怀念碧野的文章，复信问及作者，方才迟读为憾。果然书中有真性情的文字，率直如书扉人物黑脸上的憨笑，尤其书中写到的父母，几度令我目光缓移，读毕抬眼望向窗外的天色，心事浩茫。

丁亥年初，我主编了一套中国现当代作家写父母的大书，上下二卷，冀教社版，如早些时候见到这些文章，是可以选一篇入书的。此书我初定的名字有一点长，叫《天大地大，爹亲娘亲》，年届不惑以上的中国人民不会不记得一首红色歌曲，天大地大不如什么，爹亲娘亲不如什么。我是想给这种说法提个逻辑上的意见，天地之大，爹娘之亲，不可以偷换概念与别的相比，世上的事一门归一门。幼时见过祖宗祠堂，供案上一尊竖版的檀香木牌，依循孔子的排行榜，写着“天地君亲师位”，后读孟子，竟勇敢地将君去除，双亲往前挪了一位，并且首次铿锵喊出“天地父母”的口号。我由此喜欢上了这个凭良心的古人，于是有一阵子对孔圣人的膜拜，竟自还亚于孟亚圣。我又最喜欢他一句朱元璋先生最不喜欢的话，是谓“民为重，社稷次之，君为轻”。《孟子》一书在明朝遭至禁毁，视其为淫书《金瓶梅》类，其害尤甚，问题就出在父母和人民与其他项目的排行榜上。

两千年前的孟子，被我们今天社会主义社会的人称作封建时代的思想家，他的天地父母和民重君轻的封建旧思想，我们今天的新新人类达到了吗？三十年前卢新华的《伤痕》至今未能忘却，盖因四十年前的伤痕已先期刻在了我年少的骨上，那种伤痕是指“文革”中的亲人背离，大义灭亲。但是今天，超越政治而属于道德范畴的亲人反目，认钱不认亲，却又给多少被物质与精神遗弃的父母留下身心的创伤。去岁猪年，河南政府将孝不孝顺父母列为考核公务员的一条硬道理，我便唏嘘，这岂不正是封建时代取士的举孝廉，时光绕地球两千年后，又重新回到曾经被打倒踏烂的“四旧”？足可见世风日下的程度，确乎使孔融让梨成为儿童的神话，遑论怀橘遗亲，扇枕温席！

读闫公《小城记石》中的《认识母亲》，我想起二十四孝中宋朝朱寿昌的弃官寻母，它让我读出了泪水。我本不想承认这件糟糕的事，人上一百，有情有义、薄情寡义与无情无义的人，若以除法进行运算，应各占百分之三十三点三，我担心遇上另类，会笑我不是个大男人。但当我读到这样的句子，“那年冬天，我携妻女返乡探母，一进村口，便见一个裹着头巾的老妪，翘首站立在风雪之中，我已察觉到了什么，冲上去扑进她的怀中。‘妈！’我失声地叫着。‘儿啊！’她泪水长流地拥着我，迅速地把我的双手拉进她的怀里……”这时候我已成了风雪中翘首望儿的老妪，泪水长流。

《养父》一篇让我生出别样的酸楚。“养父急得给医生下跪，这不是我的亲子，救不过来我无法交代！”接着，“我因有朋友要看，常常回得很晚，而每当半夜返回，总发现门前空无一人的球场看台上，有忽明忽暗的火星，我知道，那是养父在等我，待我走到他的跟前，总能看到一摊烟头。”我忍不住又要做女人了，我的泪不顾一切地想要出来。在我做狗崽子的少年时代，我的“右派”父亲就是这样，可惜那时我尚懵懂未知。真正懂得父亲，是我做了父亲，那一堆烟头，那一个跪，那忽明忽暗的火星，那是一颗悬着的心在向苍天祈求。

而书中这个哺育儿子长大，后来长成县长的老水利工人，他还只是一个没有文化，性情刚直，“文革”时期被红卫兵们称作“伪兵”的养父。养子的生身父亲，书中说是为革命而牺牲，这背后一定有很多的内情，作者都没有写，他为什么不写呢?

最动人的一笔，还不是养父对养子的爱，却是他对所谓三年自然灾害的精辟见地，“什么天灾，就是人祸!”这是一句光芒万丈的话，一个准文盲，他的水平显然高出了身为知识分子和政府官员，心灵不幸为文件和会议扭曲压抑，“只怕惹祸，嘱他千万不要说出去”的养子！看来真正光辉的思想，并非因为善于把本来简单事物弄得过于复杂的文化，而恰恰是出于最原始最本能，所以才最真实最可贵的人的直感。发现裸体的真理，往往得靠无知的赤子，以及那位说出皇帝没穿衣服的丹麦儿童。真理往往在人民一边，而我们自己则往往是幼稚可笑的，其实毛主席自己他也知道。

我曾少不更事，早期的作品中一旦涉及那个时代，每每因偷懒和幼稚而人云亦云，用自然二字来做灾害的修辞，组出一个四字成语，潦草不负责任地昭告天下，以此换得稿费和虚名。很多年后，我总算是明白了被人掩盖的历史真相，作品结集时宁可少挣一角钱，也要决绝地一键将那二字删去。从封勒的文字上，我知道作者现已可喜地告别文件和会议，挂冠卸印，归去来兮，回到民间去与养父的忠魂站在一列。因此我想，在他往后的口中笔下，若再翻开十二岁的那一页，也可只保留下灾害一词了。同时，说起那些制造灾害的人物，实事求是，又何必要为难没有文化的养父，让他刚直过后又苦思冥想，为那页黑暗的历史自圆其说?

回到《天大地大，爹亲娘亲》，或许是因书的名字涉嫌辩论，后被删简为《天地父母》出版。如此也好，合孟子意，亦合我意，只要父母前面没有别人我都高兴。至于还有天地二字，那本应该，天地是万物之父母，自然也是父母之父母。我有一位朋友，两耳仅懂中国话，一心只读外国书，同时也日夜挣扎着写些假装外国的小说，总希望我能助他石破天惊。我也确曾热心助过。此书编成之际二人邂逅，我抬举他，命其赶写一篇添加进去。原以为胸有父母，倚马可待，不料他却一脸的惆怅，说是这样的文章既不好用乔伊斯的意识流，又不便学劳伦斯写性，博尔赫斯和卡尔维诺的艺术手法一个都用不上，叫我如何来写它？我忽然大惊失色，后退数步，从兹不敢继续为伍，窃以为不肯为父母付出一个夜晚的人，朋友于他算个老几。转而又想，这人是否受了外国的影响，但一听说小布什往老布什的碗里夹鱼，再看电视里三个中国儿子正在用抓阄的办法赡养老母，便觉得实在是没话可说了。

真正优秀的作家似乎不是这样，这两卷讲述父亲和母亲的书，分别是以鲁迅和胡适打头。“父亲的喘气颇长久，连我也听得很吃力，然而谁也不能帮助他。……我很爱我的父亲，便是现在，也还是这样想。”这是鲁迅写他父亲。“听说眼翳可以用舌头舔去，有一夜她把我叫醒，她真用舌头舔我的病眼。”这是胡适写他母亲。当代很受外国人器重的贾平凹，给我打电话说他有三篇写父亲的文章，还有一篇写母亲的，希望统统都收进来。他写喝酒的父亲死了：“我流着眼泪把那瓶茅台放在棺内，让我的父亲在另一个世界上再喝吧。如今，我的文章还在不断发表出版，但我再也享受不到那一份特殊的祝贺了。”

越南文学远逊拉美，以及欧洲，综合国力更不用说了，然而某些女作家的观念居然超前。近读阮氏秋惠的代表作，获越南作家协会奖的《天堂的眼泪》，读至“她来到这个世界也是如此，那天我们只顾自己的快乐……她是肉欲的产品”，我就赶紧暗自祈祷，中国的不孝之子女最好不要看见这段文字，否则又将找到不孝的理由。既然自己是父母快乐和肉欲的产品，那么理所当然，产品们反而要得到快乐肉欲者们永远无偿的保养和包修。否则，告你。

喜欢孟子，喜欢热爱父母的人，由此也喜欢怀念生母与养父的闫进忠公。这个可爱的七品官，跟我那位满嘴巴斯斯拉拉的朋友不同，放下惊堂木了以后，还能放下一些好吃好喝的场合，寂寞地趴在灯下，“噙着泪”回忆自己的亲人和恩人。虽然，文章字句犹如这位山中大汉的皮肤，显得稍微的有点儿粗糙，但是他的心是细的，真的和善的。那是良心，因而也是美的。比起纯粹技术化了的美丽谎言，我情愿听一个打着赤膊的儿子面对九泉下的父母，跪地诉说着石头一样没有抛光打磨的话，落打落实。

书中的养父我也喜欢，除了喜欢还有一个谜语我想请他替我解开，假如他能够活过来。我很好奇，一个挂黑牌挨批斗的国民党老兵，一个被看作极其右倾的人，临终的一刻为什么会喊出那样一句滑稽的口号，而且连呼数声！为什么，他的心里究竟怎么想的，是想用他特殊有效的方式，最后再爱一次、再保护一次在政府工作的养子吗？这个谜底，闫公应该猜得出来！

卖花翁的好梦

二十世纪的最后一年，夏季的一个中午，吃罢中饭我正在沙发上躺着，忽听敲门声响，我说进来，敲门者就进来了，是位老先生，头戴一顶巴拿马式小凉帽，身穿一件灰色短袖衬衣，手里提着一只黑皮提包，人很瘦小，满头是汗，进门就说要找野莽先生。我说我就是，边说边起坐，请问他有什么事。老先生不答话，“嘶”地拉开提包拉链，从里面取出一封信来，交给我说，这是李德先生写给你的。李德是我朋友，改革出版社的总编室主任，让人带信给我必是有事相托。我打开信一看，果不其然，他要我帮这位老先生出一本书，说这书他出不了，只好转托于我。我收了信，问老先生叫什么名字，多大年纪，哪里的人。老者说叫曹树厚，今年七十，湖北十堰人。我一听就笑了说，我们不是老乡吗？老先生听说我们是老乡，高兴极了，当即就把一摞书稿掏出来，交到我手里。

书稿是他请人打印的，装订成上、下两册，总共一百万字，书名叫《好梦成真记》，是他的自传体长篇小说。老先生说他从四十岁动笔写的，写到七十岁，整整写了三十年。儿子从上小学三年级时开始给他抄稿，现在都当副区长了，他是以开爱心鲜花公司的收入，来养活着自己的创作。我听了大为感动，看着打印件上的书名说，好吧，先让编辑看看，争取帮你圆了这个好梦。当时编辑部聘了一个年轻编辑，是个蒙古族女孩儿，名叫乌力斯。我转手把书稿交给她，要她尽快看出来，从明天起别上班了，看完写上详细意见，交给我再审读。而老先生就先回家去，听候我们的审稿通知。

乌力斯足足花了一个多月时间，才把这部百万巨著看完，期间不断地打电话来，向我叫苦连天，说是稿子写得如何的没有规矩，如何的不成体统，把她都累病了。接着她的男朋友，在《北京文学》做编辑的张英也给我打电话，说是野莽老师，我问句话您别见怪，这个老家伙给了您什么好处，为什么一定要出他的这本破书？

我说我告诉你，他老人家给我的好处是，他把家乡人民这种崇高的精神追求带给了我，我为之而高兴，而激动，而振奋，一个七十高龄的老人居然写出百万巨著，一个有良心的编辑出版人能不为之动心动容，为之鼎力相助吗？请告诉你的女朋友，这本书写得好要出，写得不好要改好了出，她改不好你帮她改，不改好别来上班了！

听我态度如此坚决，他们两人就努力修改，规范文字，删去枝蔓，把一百万字改得只剩六十万字，改毕拿给我看，我觉得再略动一下就可以了。我为本书定了一个基调，这是一部圆梦之作，不能以对一位作家的要求，来要求这位卖鲜花的老先生，社会意义只要积极，经济效益只要不赔，就行了。

小说出版之时，老先生二次来京，要我为他写篇文章，在京城报界发表。我又写了文章，把他介绍给《中华读书报》的魏琦，《中国文化报》的高昌，《北京晚报》的高立林等朋友，一直等到文章发表，他才拿着报纸登上回家的列车。谁知回家以后，老先生又来了劲，要我为他申报诺贝尔文学奖。我说我都写了二十本书，还有比我更好的作家，都还没往那上面想，您这回的好梦恐怕不能成真了。他说你不给我报我自己找人报，作家就是要自信，就是要狂，你看人家台湾的李敖，大喊大叫地要得诺贝尔文学奖。就在老先生为诺贝尔文学奖而四处奔走的时候，消息传来，这年的这个奖被高行健得了，老先生很不服气。

泪水与土地与爱得深不深沉

1

在《武当文学》上看到一篇回忆七十年代的文章，觉得有误，恰逢家龙兄约我写几千个字，因是老友，顺口就答应了，并且说趁此也回一个忆。那篇文章中说，公元1978年夏，郧阳地区文化局创作组在竹溪举办小说创作学习班，某人去了，某地去的人多。竹溪是我老家，本人恰是去者，印象犹存。文章中说参会的张扬斌，正确写法是张扬威，竹溪还有一个叫沈耀武的，圈内人士将二位包办成一个雄赳赳的词，叫耀武扬威。实则张扬威一米八几，沈耀武才一米五多，此雄赳之词的真实性只占百分之五十。张扬威并没参会，原因是他写曲艺，不写小说。同时文章中说的刘正汉，也没参会，原因是他写戏剧，也不写小说。

萧建森的正确写法是肖建森，《现汉》说“萧俗作肖”，目前国内二姓并存。肖建森从俗，我们也就只好依他。现代作家萧军、萧红是萧，萧乾也是萧，但是当代作家中我的朋友肖克凡、肖建国、肖亦农等，却都是肖。公元1978年的肖建森是整个鄂西北唯一在省级文学刊物上发表过小说的作者，非常的牛，那次小说创作学习班如果他来，应是讲课，而非学习。参加学习班的倒还有一个姓肖的青年，均县人氏，叫肖培鑫。

刘书平当时的理想是当一个画家，为我的小说插图，几年以后才跟丁大玉学写小说，接着师从肖建森，再接着开始请我看他写的习作。肖建森和刘书平并没参会，二位如果出现在学习班上，前者肯定是打着找我玩儿的幌子亮一个相，顺便拍拍大家肩膀；后者则肯不定是来偷师学艺。张扬威和刘正汉虽说没有参会，偶尔也露一下峥嵘，二位在县文化局拿工资，地区文化局来了欧阳学忠和金宏达，可视为两个准顶头上司，合并起来相当于一个。

竹溪参加学习班的只有孙世武，以及我。我之所以成为代表，是县文化馆的创作干部孙世武想借此改善一下我的伙食。在我“右派”父亲平反以前，我是龙王垭茶场的资深知青，每顿用膳基本上是一个半斤面的馒头加一碗乌窑碗装的南瓜汤，油星点点，而在学习班上，天天都有肉吃。此外，不排除我写过一部长篇小说的因素，固然没有出版，但是作为反面典型，臭名已远扬了，至少在鄂西北。

文章中说的地区创作组的李锡贵也没有来，原因与刘正汉同，也写戏剧而不写小说。地区创作组的前身或者后身，叫戏工室，全称为戏剧工作室。如果那次李锡贵来了，我是不会来的，为什么呢？我跟这位名叫李锡贵的同志有一段因缘，这事需得细说从头。

在我十九岁的那一年，我写了一部名叫《绿水青山》的长篇小说，用现在的话说，那时我还是个 90 后。我用自己蜡版刻印的稿纸，誊抄好了复写一份，分别寄给湖北人民出版社和郧阳地区创作组，希望得到他们的援助。湖北人民出版社的编辑写来长信，对我进行鼓励，当然也指出了这部作品的幼稚。写信者署名钱宏山，“山”字的中间一竖拐了个弧，被我错认成“卫”。从此我便与“钱宏卫”先生鱼雁往复，他居然并不怨我非礼，还给我寄稿纸，寄一种名叫《革命文艺》的白皮出版物，以出版社的名义给我所在的竹溪县中峰区三合公社的领导写信，请他们为一个不满二十岁的青年创造一定的写作条件。

公元 1973 年的冬天，收到湖北人民出版社公函的公社书记薛立君，带了通讯干事刘克旺等三人来到我家，见我正在一方山墙上画着巨大的鲁迅像，说我能写会画，就把我要到农业学大寨的工地上去搞宣传。一个山顶平原还没造好，又要我到一所名叫东方红的学校教书，用襄阳话调侃我说：“先将就（差强之意）教着，以后再当教叟（授）！”我受宠若惊，知道这都是“钱宏卫”先生暗中救助的结果，内心充满深深的感激。

十二年后，我在武汉大学读书兼做湖北作协合同制作家的时候，长江文艺出版社准备出版我的第一本小说集，副总编周季胜带信要我到家吃饭，特意把钱宏山也请了来，席间钱宏山主动提出给我写序。此时原湖北人民出版社已划分为七个出版社，文艺编辑钱宏山自然分到长江文艺出版社，成为周季胜的同事。周季胜写小说，夫人吴江也写小说，在日本留学的女儿周昕也写小说。钱宏山夸我小说写得好了，周小姐说：“要我写我就不那么写！”周季胜一边得意地呵斥着女儿，一边举杯向钱宏山敬酒。那次是我跟钱宏山第二次见面，也是最后一次见面，后来书没出成，他却因胃癌去世。我在北京听到这个噩耗，难过很久。

与湖北人民出版社给我回信同时，郧阳地区创作组也给我回信了，不过没有署名，也没有寄我，而是采取那个年头流行的组织形式，隆重地寄给竹溪文化局，连同那部半尺厚的《绿水青山》。信上以文艺旗手江青“三突出”的创作原则，对我的小说提出了严厉的批评，共计六条，最重的一条是作者有“成名成家”的资产阶级思想，最后警告我说：“要写革命文，先做革命人！”

这其实是一封告全县文艺工作者的公开信，因为寄给中共竹溪县委宣传部属下的县文化局，就等于建议官方为我定一个不“革命”的调子。一时间我成为家乡人民口中的一只资产阶级癞蛤蟆，主管宣传的县委领导在全县通讯报道大会上说笑话：“蒋家堰有一个十多岁的娃子，还没学会爬就学会跑，瞧不起豆腐干儿（通讯报道），一开始就写个啥家伙长篇小说……”台下几百块革命的豆腐干轰隆一声，笑成一片。

我觉得这封信上的“要写革命文，先做革命人”是有明确指向的，写信人经过调查，知道了我的父亲是个“右派”，并且是个“极右”，“极右”在当时被列在“右派”与“反革命”之间，所以，准“反革命”之子写的文章不会是“革命文”，人也不会是“革命人”。我猝然受到如此重创，无故加之而怒，设法打听此人姓甚名谁。当我得知他的名字叫李锡贵时，眼前出现了一副金属面孔，心想：你是物以稀为贵，难道我就比你贱吗？

公元1979年3月，我父亲平反后的第一个春天，我被招工到县人民银行。有一天张扬威打电话通知我去文化馆开会，说是郧阳地区创作组的李锡贵来了，要跟县里的作者见一个面，我拒绝了。不料这天中午我从银行大铁门里出来，正巧遇上在门外逛街的张扬威，他的身边走着一位红光满面的小矮胖子。我立刻猜中了那人是谁，扭身欲走，张扬威身高腿长，一个箭步上前将我抓住，另一只手同时抓住那人，用武汉话强行为我们做了介绍，还逼着我们握了个手。

当天晚上，最后死在酒上的张扬威又喝了酒，跑到银行来找我，对我说李锡贵是个好冷（人）。我说，好人怎么会有那么歹毒的心肠？说我人不是革命人，文不是革命文，把我的《绿水青山》退给我，或者烧了扔了也就罢了，为什么要连信带稿寄给县里？张扬威说，你不晓得，李锡贵的出身比你还差，你爸爸是“右派”，五类分子中排名第五，他老爹是地举（主），五类分子中排名第一，是头版头条，他这样做有他的苦衷呀！

他的苦衷并没成为我原谅他的理由，在我受人侧目的日子里我曾经想过把他杀了，塞入他的衣服兜里一张纸条，上面写着：“目睹者切勿再伤二十岁以下的无辜青年！”但是三十年后，今天重新回首这段往事的时候，我原谅他了。我想起了那个时代同样也被扭曲的郭沫若、茅盾，以及等等，不知他心灵的矛盾比之茅盾与沫若们若何。我听说了另一个地主儿子的故事，写戏剧的刘正汉早年斗争他的地主父亲，以证真实，纵身上台打过亲爹一个耳光，晚上回家却关起门来号啕大哭。

上世纪末，竹溪首屈二指的文艺战士张扬威和夏德森先后辞世，原因一是酒，二是烈酒，三是劣酒，四是困难时期常常只有一碟辣椒下酒，逝年仅逾天命。张扬威每饮必醉，同席者始而劝饮，继而劝停，最后夺杯，他却起身逐一相敬，都敬完了再敬自己夫人一杯，滋儿的一口把自己的喝了，又滋儿的一口把夫人的喝了，嘴里说声我给你代杯啊。其时夫人正在家中喂猪，并未到场。夏德森以直径两厘米的墨水瓶盖为酒具，把红薯藤子酒举到唇边一点一点地咂。逝后有人劝他儿子，买一瓶酒放在他的坟前祭奠，让他在彼岸世界也有酒喝。其子从之，小县城人视为孝子，一时传为美谈。

竹溪另一位文坛名流，郑板桥式人物张大国有幸跨过了二十世纪，盖因同嗜阿堵物，享年也才六旬。临行前一年在张武成家陪我喝酒，还红眼圆睁地对我说，退了休他也要写书。不料一退休就倒下了，在十堰病逝时泪水横流，嘴里已说不出话来。刘正汉烟酒不尝，坚持到最后看见了新世纪的曙光，但是去得仍然太年轻了。他们带着黑夜累积的暗伤倒在黎明，是刚刚过去的艰难时世坑苦了他们，一代文人饱蘸激情献身革命的文艺事业，以曲艺与戏剧等群众喜闻乐见的艺术形式热烈歌颂的那个据说伟大的时代，应该为他们填命。

李锡贵如果健在，大约已到从心所欲之年。人的确是一种神秘动物，任何时候只要一听到有关七十年代郧阳文艺的话语，任何时候只要一看到有关七十年代郧阳文艺的文章，我就会想起“革命人”和“革命文”，接着眼前兀地跳出一个红脸小胖子来。甚至，我还会莫名其妙地幻想着在回老家的时候，与他在一家小馆子的门口邂逅，这一次不须张扬威动手，我会跟他真诚相握，两个“牛鬼蛇神”的儿子，站在柳暗花明的街头，笑说山重水复的如烟往事。

当然，我不能专门跑去找他，那样又会被人骂作矫情，装腔作势。

2

七十年代，郧阳地区创作组办了一份内部刊物，名叫《郧阳文艺》，主编是创作组长欧阳学忠。我从来没在上面发表过作品，肖建森也没有，竹溪屡上此刊的当红作者是张扬威、夏德森、刘正汉等。此外还有风光无限的丁大玉，他步凡尔纳之后尘，所著长篇科学幻想小说《天外历险记》在此连载。民间有人谣传他是欧阳学忠的大弟子，将成为郧阳文坛的第二代掌门人。

丁大玉当时在竹溪的名气比肖建森大，不过他的作品我一篇也看不上。他喜欢把昨夜新写的小说清早念给我听，却一次又一次地被我贬得一无是处，包括《天外历险记》。他气愤得发出冷笑，说我莫非是出于嫉妒，故意地打击他，希望他急流勇退，我便正好一枝独秀。有天清早他又赶来给我念小说，两片吃过油条的嘴唇闪闪发亮，这一次我震惊了，夸他有了突破性的进步。他的眼泪流了下来，紧紧握住我的手说："进步个球喔！你晓得吧，刚才我念的是王蒙的新作，我专门抄下来试你的，这下子我坚决相信你了！"

我帮他修改过一篇小说，名叫《看相》，改后推荐给《长江文艺》，发表在"新人第一篇"的栏目，那个栏目是文学处女的园地。同期发表的还有我一个名叫《黄色锈斑即将消失》的短篇，本期二题。丁大玉沉不住气，旧病复发，当天晚上他找到我，关了门小声把我感谢一通，接着威胁我不许说出这篇小说与我有关。第二天他举着刊物对人吹牛，把他的"新人第一篇"说成是本期第一篇，我的才是第二篇，而且还即将消失。于是他在小县城里名声大噪，进公共厕所都能听人谈论丁大玉和他的《看相》。

这是一位可爱的朋友，他能流着泪水勇敢地承认自己的错误，然后再犯。遗憾的是他未能成为武当文学的第二代掌门人，由小说到科学，到幻想，与人间的轨道越来越远，海底两万里的凡尔纳渐渐地被他弃于足下，他要成为海面上的瓦特，引领人类进入履水如平地的鸭蹼时代。

公元1984年的冬天，郧阳地区成立文联，同时筹办一份名叫《武当》的文学季刊，即《武当风》和《武当文学》的前身。《武当》当时是公开发行，一边申办统一刊号，一边用长江文艺出版社的书号以书代刊，印行几期，赚了很多的钱。后来一度停办，继而复燃，每隔几年加一个字，未来还有可能叫《武当文学家》。希望它重塑金顶，再现二十四年前的公开和繁荣。

那年冬天我受洪湖文化局的邀请，去给当地作者“讲课”，我在湖北作协文讲所的同学张法德是组织者。途经十堰，从十堰市文联借调到郧阳地区文联的诗人杨世运身穿一件米黄色风衣，站在寒风中的三堰车站出口处等候着我。他说地区文联要把我调来，打电话给竹溪文化局，文化局说我今早动身去往洪湖，他们料定会在十堰转乘火车，就派他在这里把我截住。

杨世运让我别去洪湖了，跟他一起创办刊物吧，当晚我还在优柔寡断，怕洪湖的朋友骂我失信，他却替我给那边打了道歉电话，这样我就留下来了。我连被子和第二件内衣也没有带，先住客房，再请人从竹溪给我往十堰托运行装。新成立的地区文联租了地区群艺馆家属楼一层的一套房间，对面住着辅导群众文化的孙解凤，我们开会一没有了水喝，就积极地到她家里去倒。

《武当》创刊号诞生在郧县印刷厂的一个木板楼上，那个木板楼的顶头是一间客房，杨世运和我就住在里面，一人一张靠墙的木板床。床三尺许，床间距也三尺许，坐床而谈正好促膝。那个冬天相当的冷，木板楼又是个破的，前檐是门缝，后檐是窗缝，上面是瓦缝，下面是楼板缝，实可谓四面来风，我们二人酷似月子中的产妇，把下半身偎在被子里编校稿件，时而举手到嘴前呵口热气。我抱怨杨世运，郧阳报社有印刷厂，何苦跑这么远来到郧县？杨世运回答说郧县便宜，为了早日盖成文联大楼，我们省一分钱，是一分钱。

后来我才明白事情真相，杨世运是郧县人，热爱故乡，宁可自己坐月子挨冻，也要把这一小块肥肉送给郧县的父老乡亲。

草创期的《武当》编辑部，真正编辑只有我们两人，心雄万夫的主席兼主编欧阳学忠，那个阶段变成了贝聿铭，用写小说的笔在稿纸上绘制蓝图，要用办刊赚得的钱把文联大楼盖起来。图纸上的楼型一会儿八层，一会儿十层，一会儿大门朝南，一会儿大门朝北，其投入的情状可以说是夜以继日，废寝忘餐。任何人到他家去串门，他都一把拉住，请人给他的乌托邦城堡提提意见。我想起他的长篇小说《义旗雄风》，担心再这么设计下去，一座雄伟的天安门城楼会无法无天地屹立在柳林沟里，高高举起的一面大旗在楼顶的蓝天下迎风飘扬，上面绣着张三丰体“武当”二字。

刊物要赚钱就得扩大发行，我向文联举荐，《天外历险记》的作者竹溪丁大玉堪当此任。欧阳学忠立召丁大玉来。果不其然，丁大玉筚路蓝缕，黑色旅行包里装着一张十堰画家苏维贤设计的《武当》封面，以及几篇小说的内容提要，三周跑了半个中国，历险归来，带回订单一百多万份。欧阳大喜，拍肩，竖大拇指，慷慨封他为文联的弼马温。

而此时的刊物还在郧县印刷厂里，连一期稿子都没有凑够，杨世运自己赶写长篇《女野人的罗曼史》，要我也赶写一个中篇填进去，我就在那间一走嘎吱叫的木板楼上连夜写了一篇《三浪人》。因为删改史新义和岑家兴合著的一部关于太平天国的电影剧本，杨世运与史新义开始了长达经年的内战，其况犹如史、岑剧中太平天国晚期自相残杀的悲情诸王。

编、改、写、校，并不是我工作的全部，我还得竖着耳朵，随时听从印刷厂排字车间青年女工的呼唤。二十世纪八十年代，郧县印刷厂采用的还是毕昇的活字印刷术，四大发明的光辉有二分之一越过千年历史和万重大山，照耀着鄂西北一间破败的厂房，无非是把宋朝的泥模变成了铅字。此前，这个印刷厂只受理过信封、信纸、烟盒和酒瓶子上的商标，最高级别的印刷品是八开对折的《郧县报》。由于爱乡诗人杨世运的介入，现在它要印刷文学刊物《武当》，字架上的常用字就不够了，比方说太平军要推翻的清朝的皇帝、亲王、郡王，那些取得古里怪气怕跟人民重复的名字，青年女工们到哪里去找呢？

找不到文章里的字，她们就跑到木楼下面，仰起脸来大声呼喊我的名字，要求把那个“没球得”的字“改球一个”。我说皇帝的名字不能改的，她们说我们的皇帝不是毛主席吗，改了怕他咋的？我怕她们不知天高地厚，擅自下手，就只好赶到车间去想办法。我教她们把半边相同的铅字从中锯开，选有用的半边重新拼拢，试试看行不行。姑娘们试着锯了几个，用麻绳一捆怪合适的，佩服得用郧县话表扬我说：“鬼鬼（乖乖），你咋恁村民洒（聪明啥）？”

现在想来，这办法有点儿像目前的电脑造字，没什么了不起的，比仓颉差远了。因为下车间指导排字女工们造字有功，从工人到厂长都对我很好，杨世运的眼睛雪亮，看出来了，又给我布置一项新的任务。印刷厂里有个中专毕业的女孩儿，爱好文学，自愿做我们的义务校对，杨世运想把她调到地区文联。他自己不对厂长开口，却每次都要我出面，厂长对我产生了莫大的误解，等我再次来到排字车间，女工们就跟我嬉笑，说我要把某某调去做我的媳妇儿。下次杨世运又催我去要人，我死活也不去了，他问为什么，我如实地向他作了汇报，他说：“为了《武当》的发展壮大，你就承认是这回事嘛！”他的意思是让我学习白求恩，但我没有，我是一个毫不否认利己也不专门利人的人。

被我推荐来的丁大玉成功拿回一百多万份订单以后，我又向欧阳学忠推荐，把竹溪的赵功清也要了来，平时在家协助我们做些编务工作，欧主席若有外出，就跟随欧主席长一个征。欧阳学忠不愧是个忠厚的学长，求贤若渴，言听计从，不出数日，五堰柳林沟里就早晚出没着三位身穿灰色西装的竹溪青年，白天在地区行政公署的食堂排队买饭，晚上分别下榻在从地区体委租来的三间小房子里，读书，写作，做梦。

《武当》创刊号即将出版之际，我前后收到了两份来自省城的信函。一份是徐迟签字的湖北作协文学院首届合同制作家通知书，一份是刘道玉盖印的武汉大学入学通知书。都是好事，我拿不准哪个更好，是专业写作，还是专业读书，就首先把这两件事都告诉了杨世运。身穿米黄色风衣在寒风中的三堰车站截下我来的诗人沉默了，不发一语，他的表情让我自责。我又告诉了欧阳学忠，这位《义旗雄风》的作者却忧心忡忡地望着我说："现在是要举《武当》文学大旗的非常时期，你恐怕是走球不成！"

他错误地理解我上武大是为了一纸文凭，就给地委组织和人事机关打报告，干部学历表上给我填写一个大学，工资也随之涨将上去，每月由四十七块加到五十六块，以为这样可以把我留住。很快他就遭到上级的嘲笑与批评，说是你欧阳好大的本事，能把某某的初中写成大学，你以为你是写小说呀？

文联党组书记兼副主席屈申，是我"右派"父亲读书时结拜的三十六友之一，据说杀鸡饮过血酒，以领导兼叔叔的身份劝我留下，要发展我入党，说文联主席早晚也是你的。我无意于他说的这些，依然要走，就以出差需要粮票的名义，从办公室的同志手里借来集体户口簿，拿着武大入学通知书到柳林路派出所，要取走我的户口和粮油关系。头戴大盖帽的女户警祝贺了我，接着让我一周以后再来，我问为什么，她说市里要枪毙一个人，本周户口都冻结了。

我觉得天要灭我，那个人也真该枪毙，此时武大已经开学两周，未来的同班同学给我写鸡毛信，要再不去校方就把我除名了。当天晚上我喝了一瓶啤酒借以壮胆，然后收拾行装，仓皇登上去往武昌的火车。汽笛一响，我在心里抓紧念道：别了，《武当》。

3

乌山六怪出于我的一篇同名小说，同时是我与竹溪老家五个朋友的戏称。二十世纪八十年代，鄂西北除去一度公开发行的《武当》，还有几个内部印行的文学刊物。1981 年的冬天，我参加湖北作协在襄樊召开的一次创作会，其间有一个参观与采风的活动，从襄阳古隆中到十堰汽车城。看了二汽的东风汽车爬上 45 度陡坡之后，回到宾馆，《汽车城》的编辑挨家挨户敲门，请我们每位代表各写一篇短文，临行前交给会议组。

我写了一首诗，只有四句，题目忘了，内容也忘了，反正是赞美二汽的。第二年的 3 月，我成了湖北作协首届文学讲习所二十名青年学员之一，在武昌阅马场听讲学习，为期半年。在那里我写了一篇小说，名叫《乌山六怪》，毕业前我们又要参观采风一次，队伍经过十堰准备去往神农架、三峡、四川巫溪的时候，我把稿子给了《汽车城》首发。

从此，《乌山六怪》中的六个作者、五个妻子、一个身穿黑牡丹衬衣的漂亮女孩儿，就在我的家乡被人一个一个地对上了号。我们当时的友情非常纯洁，我是六怪之首，也是唯一的单身，在竹溪的时候因为我打了文化馆的人，冲冠一怒为吃饭，他们一度断绝了我的伙食供应，我就到其他五怪家里轮流就餐，情形如当年的驻队干部。

二汽的杨育基、王一武也从此成了我的朋友。公元 1984 年的冬天我调到郧阳地区文联，杨、王两人找到我临时下榻的体委二楼，三人一字儿坐在床上，他们问我能不能把《人民文学》的编辑请来讲课，最好把主编王蒙也请来，二汽有的是钱，可以给足够的讲课费。东北人杨育基是二汽的名嘴，襄阳人王一武中途上了三次厕所，回来还插不上话。正好我刚在《人民文学》发表小说《写在崩山上的脚印》，我就答应给责任编辑向前写信，请她把这意思转告王蒙。

向前很快给我回信说行，不过王蒙有事来不了，副主编崔道怡可以来，编辑部主任朱伟可以来，她可以来，如果实在要听王蒙的声音，可以带上王蒙的录音讲话。二汽的作者闻讯欢天喜地，做梦都想跨进的文坛大门，跨了多年跨不进去，现在这扇大门竟然要被里面的人背来，竖在他们面前请君入内。我把这事告诉了二汽以外的朋友，乌山六怪、杨世运、高霜木等，让他们到时也来跟《人民文学》的编辑见一个面。我认为这没问题，半点儿问题都没有，二汽出钱，十堰市出地盘，我代表郧阳地区出力，鄂西北鼎足三家各尽其能，让人民都来闻一鼻子文学的气息，天经地义。

不料意外的事情发生了，二汽的人把崔、朱、向三位名编软禁在东风轮胎厂的一家宾馆，门口站岗，外界只许我一个人进去，其余作者谢绝来访。我很生气，觉得对不起地区和市里的朋友，他们有的已经在西服兜里揣好了一篇小说稿子，普通话也练习好了，听说王蒙的成名作《组织部新来的年轻人》是崔道怡发现的，打算也念给崔道怡听，争取组织部又来几个年轻人。这下可好，被有钱能使鬼推磨的二汽拦在碾房之外，真是太他妈的小家子气了！

《人民文学》的编辑拿了讲课费后，立刻开始讲课，他们让《汽车城》的编辑抱出创办以来的全部刊物，铺在宽阔的会议桌上进行地毯式搜索，找出里面稍微有点儿基础的篇什，再把作者叫来，耳提面命，亲聆教诲，改得面目半非，然后带回北京。公元1985年，二汽文学史上揭开了最灿烂的一页，七个作者的七篇小说分为七期发表于《人民文学》，七颗新星眨着笑眼骤然升起在张湾的上空。

只有我一个人心中有数，马达声中的灿烂过后会是怎样，但我除去对他们的站岗放哨表示了一阵子的不满，其他友好依旧。十年过去，又有五位作者以我与我所任职的出版社的名义，出版了五部著作，老天爷呀，我要看过一字就不是人，五口黑锅就这样背在了我的身上。更有一绝，二汽教育界的朋友继续以我与我所任职的出版社的名义，举办了一次征文，有缴费应征的作者写信问我，能否把他的作品翻译成英、法文字介绍到国外，此时我才知道，我的半边脸都被抹黑了。

又过了十年，又过了五年，当漫漫兮兮的二十五年过去之后，原郧阳地区与今十堰市的作者大批成才，作品不绝于缕地发表在含《人民文学》在内的各大刊物上，我就心想，这个结果是应该的和当然的。这是真的结果，结的真果，结果是真，果真会结。

十堰市文联的机关内刊名叫《东风》，主席兼主编龙光华是一个面慈心善的好老头儿。1984 年夏，鄂西北三家笔会的会址选在了偏僻遥远的竹溪，散会后他想把我调到市文联，未遂。接着又指使他当台长的儿子龙化成把我调到市电台，亦未遂。我已如约去电台面见，那里有两个写小说的朋友做我卧底，一个叫李玉庆，一个叫李世俊，他们都特别希望我去加盟。二十年后，本世纪初，《十堰广播电视报》的副主编於川成了我的朋友，据他回忆，我当时来势凶猛，提出一个人不去，要去就去八个人。等我走后他们就向台长愤怒建言，那样一来，不是把十堰广播电台变成了竹溪广播电台，还要他们做个什么？

于是他们成功地抵制了我。经过回忆，我认为有这回事，那八个人除了乌山六怪，还有我的朋友万克兴和程度宝，后者就是后来真的调到此台的程光。接下来在几年之内，八个人陆陆续续都来了十堰，其中二人又去了武汉。於川的老泰山黎同竞是我父亲的好友，多少年后听我说起这个故事，替我直骂他的乘龙快婿。

《东风》的编辑何鸿，原是《长江文艺》的编辑，属于天公抖擞着不拘一格降下的人才，写诗兼写书法，帮我编辑的刊物题写过“山泉”二字。高霜木是《东风》的主力，杨世运在借调《武当》以前也是，那个时候，两人分别都与我有过真诚的友谊，差点儿情同手和脚了。

在我濒临绝境的日子里，我以为我的朋友会七手八脚地帮助我，但是出人意料，有的一边与人打牌，一边笑谈我的尴尬风流。我忍着痛，将爱一刀割去，二十四年不复相见。我非政客，不必为了利害假装心胸比天空还要宽阔，事成之后再来下手。鲁子活着，大抵亦当若是，甚而至于还会写出漂亮的杂文。

同时我也承认，我读古书中毒很深，交朋友总想着什么春秋，什么魏晋，什么托妻寄子，搜孤救孤，却不愿直面与时俱进的惨淡现实。朋心不古，未把朋友的遗孤搜走卖钱，已经可以告慰在天的朋友了。

4

十堰、二汽、郧阳地区三支创作队伍开到竹溪的那天，天上飞着广东人说的毛毛雨，《长江文艺》负责郧阳地区作者的编辑，我的同龄好友刘耀仑也赶来凑热闹。群英会上我以茶充酒，与几十位代表各饮一杯，这样做倒也图了一时快活，弊病是以后的日子难过。饮者无不咂舌，以为我有海量，从此每有聚会，就逼着我一杯一杯地喝。

那次来得最多的是十堰市的作者，高霜木前方探路，龙光华御驾亲征，杨世运理所当然做大会的主持。印象中的其他成员有报社的喻苏青，电台的李玉庆和李世俊，还有一所中学里的三个老师，王志林、高越和郑梅。男老师高越粉面含羞，甚得女老师郑梅青睐；另一个男老师王志林嘴尖毛长，一口郧县话说得行云流水。听我把高越颠倒过来叫作越高，他用郧语大叫："巴儿闷哪，剪子四丝（简直是诗）！"我请教什么叫"巴儿闷"，哪几个字，出自何典，三个老师都说不出来，最后还是王老师为郧语加注，郧县人说"巴儿闷"表示惊叹，相当于竹溪人说的"哈了哇"。

王志林的书法了得，翌年我去武大，还与他通过数封信函，同室陈应松见到王志林写的信封，一声惊呼，抢过去要把它收藏起来。高越也去珞珈山找过我一次，是以河北省《企业家报》副刊编辑的身份，我给他写了一个千字小说，名叫《高价总统》。再后来我到北京，有一天我无意中在电视里看见了王志林，水中裸体，身上的肉比脸上洁白多了。好像是一个展示天下绝活的栏目，二汽出了一位奇人，能四肢摊开，纹丝不动地漂在水面上，很多人闻讯都去参观。王志林不服气，嘴里喊着“他能漂我也能漂”，四肢摊开往水面上一仰，咕咚一声沉了下去。我在电视前面高兴地说：“巴儿闷哪，剪子四摧（简直是吹)!”

二汽的王一武身高马大，胆子却成反比，联欢会上临到他出来表演节目，大家发现他的裤筒猎猎飘动，室内无风，定睛一看原来两腿抖得厉害。有人蹲身相助，一手扶住他一只腿肚子，好歹止住。笔会期间他们一车开到我家，喝酒时改行酒令，王一武频频对不上，只会挥动筷子喊老虎吃鸡子，杠子打老虎，也仍不能取胜。二汽还有一个作者叫董吉安，说话时要孜孜不倦地推眼镜，我无端地觉得他像《钢铁是怎样炼成的》中的阿廖沙。他对我说他在北京人大念书，暑期放假，专程赶到竹溪参加这次盛会。

十堰的滕家龙没有去，很多人都对我念起这个名字，抑扬顿挫，重音铿锵落在第三个字上，一致认为此人的文艺理论水平最高。我便由龙想起《易经》中的“潜龙勿用，阳在下也”，眼前出现隐者许由与巢父的背影，并且望文生义，误以为是龙年生人。本世纪相逢十堰，我才知道他生肖是马，齿序被我给序反了。滕家龙的胡子和身材容易让人想到鲁迅先生，区别在于他的脸上“还有微笑”。去年我回竹溪路经十堰，他来陪我吃饭，我因一位朋友的被捕说到中国的新闻，以新闻做餐具多年的滕家龙脸上的微笑慢慢消失，终而至于，忍无可忍地与我争执起来。但是喝罢了酒，他送我步行到下榻之处，夜灯下的观点与我是一致的。

第二天上午是梅洁《大江北去》的十堰区首发式，原已说定，我要在新华书店的门前陪我劳苦功高的乡姊站上一会儿，可是安全局里有我一个昔日的学生，名尹绪松，夜间访我，从公元 1973 年毛主席还活着的时候开始说起，说二十岁的小彭老师一到学校就撤了他的班长，还要他做值日。扫完了地，凳子四脚朝天地码在课桌上他忘记放下来，次日上课，我用粉笔在黑板上赋诗一首，题目是《观满屋仰板凳有感》。

我为他刻骨铭心的记忆感到恐怖，三十五年前的四句顺口溜，他像背诵唐诗一样背了下来。我对自己进行反思，弗洛伊德发现的潜意识里，是否真有一种名叫阶级报复的东西，他的父亲是当红的公社主任，而我则是因为写了长篇小说得到湖北人民出版社的说情，才被公社书记破例安排教书的“右派”之子。这夜师生二人挑灯怀旧，几乎凌晨方散，一觉醒来已是 8 点多了。后来据说，市委宣传部副部长向长志念到我的名字，四顾无人，小乔妹子遂将这事怪罪在十堰的鲁迅先生身上，说我大老远地赶回来，他却为一个什么破新闻惹我生气。

熊振宇是我重情重义的小兄弟，很多年前，他请我为他想一个笔名，我不必想就说了一个熊熊，是希望他在文学创作上燃烧起来。不久我回老家，忽然他以十堰市宣传部副部长的身份接见我，又介绍我与另一位副部长柳长毅相识。在歌厅里，柳长毅问我唱不唱歌，我说肠肚与喉咙都是直的，唱出来不大好听。他便接麦克风于白嫩手中，嘿嘿哩啦嘿嘿哩啦地唱了一首《乌苏里船歌》，他的歌声令我大吃一惊，以为那个四方脑袋的郭颂来了。

那年熊振宇芳龄三十，却因聪明，开始绝顶，未来仕途的光明犹如头部正中那一小块闪亮的领域。但是不久，十堰市与郧阳地区合并，又是一个忽然，忽然他弃官不做，乘特快列车去武汉当了无冕之王。在美丽的珞珈山上他住的湖滨宿舍，读的新闻专业，于是熊熊山火，燃烧到了东湖之滨。

地市合并以后，我在电视里看到的那个“他能漂我也能漂”的裸体书法家王志林，当了市委宣传部的副部长，这一次他漂起来了。十堰市为南水北调而北上宣传，政协副主席明邦庆带队赴京，让我召集京城二十余家媒体的男女记者和翻译，听他用“北京普通话的老祖宗竹溪丰坝腔”致演讲词，随队官员王志林扑将过来，与我握了一个亲切的手。

宣传部长蒋显福，辞赋豪情万丈，让人记起长短不齐的《红旗歌谣》。他想自己印一本书，让文联主席刘书平写信给我，说我们是早年的朋友，能否给他搞一个国家级的书号。他说的是“搞”，我反感这个无所不能的淫乱动词，回信拒绝了他。我对刘书平说他要么本版，要么自费，无论怎么都得通过出版社来出版，书号流传出去后患无穷，前些年武汉有人把我给坑苦了。心里想的却是，既然还记得是朋友，就请暂且把宣传部长丢进垃圾箱里，有事可以直接找我，何苦要让部下转告？

刘书平理应圆满完成的任务，完成得甚是瘪残，无颜交差，动员我回信客气地编个假话，给他也给蒋部长下一个台。信我回了，却没按他教的那样。刘书平知道我的臭毛病又犯了，暗自叫苦，不敢劝我，眼睁睁地看着我得罪他的顶头上司。后来因为这个，他们的关系给搞僵了，也叫作“搞”，这个中国式的无所不能的淫乱动词。

南水北调的北上宣传成效卓著，《人民日报》等国内新闻媒体纷纷发表文章，《今日中国》等外文刊物也写了专稿，同时翻译成英、法、德、意、日、俄、西、葡、蒙、越、朝鲜、印尼、阿拉伯、斯瓦希里、世界语等十五种文字广为传播。家乡南方的一江春水，不仅调到北方，也调到了东方加西方的整个世界。

5

三家笔会召开以后，《东风》带走了我的一篇小说，名叫《天麻益寿酒》，写一个乌山土民酿酒益寿，却把自己喝短寿了。这篇小说在《东风》内刊首发，《奔流》正式发表，1987 年我到了北京，《人民文学》的编辑打电话告诉我，《天麻益寿酒》入选《人民文学》与贵州茅台酒厂合设的茅台文学奖，获奖名单不日将登载在《文艺报》上。我开始关注报上的消息，甚至浅薄地对人说了我要获奖，有一天名单登出来了，可惜没有我的，却有一位《人民文学》的副主编，茅台文学奖的资深评委。我始一愣，随即笑了，从此一听到什么奖我就会笑，就会想起天津沙嗓笑星马三立的“逗你玩儿”。

郧阳地区的六县一区，半数有自己的内部刊物。竹溪的开始叫《竹溪文艺》，创办于二十世纪七十年代初，孙世武编，编辑部设在位于县城十字街的工会大楼的木板楼上。七十年代末改为《山泉》，这个名字是孙世武让我取的，我记得当时我还写了四条何以要叫山泉的道理。他以对待民主人士李鼎铭先生的态度对我，只要我说得对，就照我说的办。八十年代末，此刊改为《绿野》，这个名字改得饶有意味，老作家碧野来了一趟竹溪，竟将碧绿的名字遗失在此。竹溪大山，而非旷野，绿野其名，印在林业战线的宣传画报上可能有点儿合适。

后来才听说是这么回事，竹溪智叟刘正汉任文联主席兼刊物主编，反过来想让经济搭台，文化唱戏，听说湖北省林业厅有一位厅长，名李玉英，写了一部关于林业的长篇小说，遂托人把它要来在刊物上隆重推出，以此为冠冕由头，请李厅长拨款扶植。为向林业界昭示此本文学之刊，愿同林业之志，“绿野”二字足可乱真。果不其然，改名后的《绿野》期期连载李厅长的长篇，也年年得到林业厅的施舍。现在，李厅长挂冠卸印，长篇小说连载完毕，三代归宗，深山里一缕汩汩的清泉还能够再流回来吗?

竹山的叫《堵河文艺》，罗维扬编。公元 1982 至 1984 年我办《山泉》，两刊隔山跨河，互赠桃李。《堵河文艺》刊登过我一组小诗，四首，各四句，写的是四样山果：核桃、板栗、橘子、猕猴桃。至今记得最清楚的是写橘子的一首，诗中出现心碎、腹酸、破裂、掩藏以及包装完整一类的词语，有人猜想该诗人可能失恋，寄意此物，属移情说。竹山兄弟黄成勇在《竹山的文脉》一文中误记成了我的小说，时间也提早了若干年，其实《这车好炭》的确是我的处女作，之前就是那部“要写革命文，先做革命人”的长篇《绿水青山》。挨打以后，很长时间我夹着尾巴，不敢在家乡一带转悠，没给任何一家刊物寄过任何稿子。

神农架的叫《神农架》，胡崇峻编，民间传说他一心扑在汉民族史诗《黑暗传》上，家有仙妻被人拐走，卖到河南，为一家父子三人共享。我在欧阳学忠家里见过这位异人，穿一身蓝布中山服，像个教中学语文的乡村老师。他鼓励我什么文体都写。我把在《长江文艺》发表的小说《赵家卯转正》的续篇寄给了他，取名《赵家卯高升》。那时候我装模作样，学二十世纪三十年代的雅舍作家，用毛笔把小楷写在稿纸格中，想为后世人类留下一些珍贵的手迹。正在写着，乌山六怪推门进来，夺下我的手中毛笔，嘲笑说胡崇峻连老婆都不要了，还会要你这些破字吗？

本世纪初，我在《人民日报》海外版上看到胡崇峻与《黑暗传》的故事，感觉可以出版一本好书。隔日我的武大同学周百义来京，谈起图书策划，我不慎泄了天机，周百义两眼放光，要我把这选题让给他。他是长江文艺出版社的社长，此前请我主编过四卷本的《中国当代才子书》，四卷本的《贾平凹长篇名作评点本》。我认为长江社出也好，就送他一个人情，回去他就带着编辑，进神农架找到胡崇峻。书出版后他寄了我一本，还解释说只敢印5000册，我说能出就好，只是比《伊利亚特》和《奥德修纪》要薄，以后再出一个全本就更好了。我给《中国旅游报》的读书版写了一篇文章，顺手牵羊地把这人这书宣传了一下。迄今七年，胡崇峻并不知晓这个内情，我们也有二十多年未通音讯了。

郧县没有刊物，只有《郧县报》，王太国编。1985 年农历五月五日，端午节，吃罢粽子，我去郧县看龙舟竞赛，王太国要我留篇文章给他。我看见古老的汉水淹没了古老的郧城，水上只露出海明威所谓的冰山一角，写了一首诗叫《美人岛》，当天登在《郧县报》上。我记得是竖排的，位于本版底部，插了一个秀气的小题花。

《郧阳报》是郧阳地区的党报，唯一公开印行的新闻报纸，彭明任副刊编辑时约我写过一篇很短的小说，名叫《夜投孙家店》，也在《这车好炭》之后。我们曾是朋友，还几乎做了亲戚。公元 1982 年的冬天，他写过一篇关于我的小说评论，识见独到，文采斐然，我放在书桌的抽屉里，准备首先在我编辑的《山泉》上发表。翌年之春我去省作协住为期半年的文讲所，乌山六怪为我饯行，要我把房门钥匙留下，他们好在这里进行一些与文学有关的活动，即白天的沙龙和夜间的通铺。

我把钥匙留给了他们，中途我从武汉回来一次，发现抽屉里的这篇评论没有了，我不知道是怎么回事，也无从追究。当时我应该向彭明解释一下，但我觉得事情之微，不足以道，因此简直提都没提。现在想来是我错了，朋友的错误也是我的，我得认账，那是评论者的知识产权，尤其是为我而写，我应负有双重的责任。

彭明的父亲彭合林是竹溪宣传部的副部长，“极左”政治结束以后的八十年代初，还有一个文化运动叫清理精神污染，竹溪有人想拿我开刀，在我的作品中找碴儿。彭合林以长者的身份，暗中教我怎样学会保护自己，我感激他。

还有一个我要终生感激的人物，与那位头缠白羊肚子毛巾的副总理同名同姓的竹溪县委书记，以后做了郧阳地区行署专员的陈永贵。在竹溪的时候我遭单位虐待，怒而打人，文化局要向派出所报案，希望把我逮去关上个把星期。我是陈永贵从银行要到文化馆的，局长遂恶狠狠地向陈永贵汇报这事，陈永贵倒背双手，在屋子里转了一圈，最后站住表了个态：“打人是不对的，不对怎么办？不对以后不许再打了！”

公元1998年的春节，我带北京的妻子回十堰与父母团聚，专门去看望了陈永贵。他把几位竹溪乡党请到家里，已经退休的原地委宣传部长李名权也来了。席间提起十多年前珞珈山逃亡一事，李名权喝着酒说：“最后我劝文联的欧阳学忠，上学是好事嘛，让这个娃子去！”我听傻了，用传统的话说，有些不相信自己的耳朵。与我十多年前知道的完全不同，那次我听欧阳学忠说的是另一个版本：“你们派人去把这个娃子给我捉回来，弄到润（郧）西！”

彭明离开《郧阳报》回到竹溪，后来子袭父职，也做了竹溪宣传部的部长，还是正的，青胜于蓝。此时我已在北京安营扎寨，由于《小说月报》转载了我一篇名叫《临街的坟》的暴露小说，被当时的县委书记认为作者要挖他的祖坟，组织一个写作班子撰写对我的检举材料。写作班子的四大笔吏之中，除却一名未曾相识的小城押司，另三人不幸都是我的朋友和同志，受命之日，磨刀霍霍。

那是举世闻名的公元1989年，刚刚过去的天安门事件余温尚存，同在第6期《小说月报》上王蒙的《坚硬的稀粥》，被人诬陷为攻击邓小平的老人政治，这期杂志在北京遭到查禁。而在竹溪，该贪官派人把邮局零售的《小说月报》统统买去，县委领导和写作班子人手一册，从我《临街的坟》中寻找影射现实的蛛丝马迹。写作班子的检举材料寄给中宣部、文化部、《小说月报》编辑部的同时，也寄给文化部属下我所在的单位。曾经在胡耀邦身边工作的英文翻译家、中国文学出版社的总编辑殷书训，董必武的女儿、中国文学出版社的副社长董良翚拆阅一笑，把信转给我说：“以后写小说可得注意点儿啊！”

检举材料的用力之大，能扭回中国历史的车轮一寸之多，不仅把我受“右派”父亲的影响在农村和农场困居十年，污辱为表现不好的“老知青”，还把我父亲被打成“右派”的政治迫害，歪曲成犯了错误受过处分。这是粉碎四个坏人的第十三年，平反五十五万好人的第十一年，我的惊讶大于愤怒。想起京剧里的县太爷，喝令衙役杖责一名人犯，原判是打一百棍，衙役与人犯本是旧交，却吐口唾沫，甩开膀子，不吝发狠打了一百八十多下，除了屁股这个指定区域，还有几棍落在人犯要命的肾部。

如同恨李锡贵，我也恨过这三位朋友，但是伤痛过去，又如同后来不恨李锡贵了，我把对他们的憎恨与不屑化为对人性的思考，以及对中国这个特定社会的研究。与生者相逢一笑，泯了恩仇，而对逝者，我反而替他责备苍天的不公。

6

离开地区文联来到武大，文联扣下了我的工资、粮票、户口、档案，想用这个逼我回去，就像史新义与岑家兴发表在《武当》创刊号上的历史剧本，清廷欲将翼王石达开逼死在天险乌江。地委常委宣传部长李名权，向文联主席欧阳学忠拍着木板桌子，那真的叫作拍板："你们派人去把这个娃子给我捉回来，弄到润（郧）西!"

那段日子我可以说是粮尽弹绝，工资没了，人要吃饭，就到省作协文学院去找徐迟，说他既然通知了我做首届合同制的作家，发我工资，那就发呀。郧阳话说这叫撒赖，没想到这么一赖还真的赖上了，我在作协拿了两年工资，每月比在地区文联还多二十多块，正好拿到武大毕业，连每年寒暑两个假期的往返车票和住宿费都给我报销了，还按出差标准发我补助。与我同享首届合同制作家待遇的，同班还有陈应松。熊召政是另一个班，王家新已迁北京，生活困难，湖北作协破例纳他入合同制作家。那一届是二十人，自第二届起，作协就不发工资了。

家乡的朋友害怕把我活活饿死，都要赠我钱粮，被我逐一谢绝。我不想让人知道我落魄到这般地步，死要面子，当然也没受到什么活罪。事实上我不但有比在地区文联更高的工资，我还有比在地区文联更多的稿费，所有的同情者都不明真相，郧县的王太国给我寄来五十斤全国粮票，写信要我“咬咬牙就过去了”。他的赠予我潇洒领受，当时的粮票高价才能买到，本省粮票一角五一斤，全国粮票两角钱一斤，因为里面带的有油。还有一条好处，除台湾和香港澳门之外，含西藏在内的二十九个省市自治区都能通用。

我得到的却更多是精神援助，因袭一句陆游谓诗之“功夫在诗外”的话，太国施粮，意义不在五谷之中。此人像臧天朔唱的朋友，如果你有了新的彼岸，请你忘记我。但我尚在未达彼岸的渡口，他便转身向背，决定沫濡之后相忘于江湖。既然如此，我便只好寄存五十斤粮票于心中五十年，岂止是无限升值，它已成为情感世界珍稀的文物。

乌山六怪侠肝义胆，肖建森在武大为我严守机密，说我没有户口和档案的原因乃是本单位爱贤，希望我毕了业再回去效力；丁大玉和赵功清身在曹营，及时为我通风报信，包括地委宣传部要把我“捉回来贬到润（郧）西”的话，嘱我千万别被捉回来了；陈东明和刘书平在竹溪给我制造了一份档案，他们从印刷厂里找了个牛皮纸做的档案袋，到我曾经劳动和工作过的东方红学校、龙王垭茶场、县人民银行、县文化馆，让他们各写一张鉴定，盖上公章，塞进档案袋里，用皮纸蘸米汤水糊好封条。

前几家单位的鉴定都搞掂了，工作进展到文化馆的时候受到阻碍，陈东明就自己写了一张，让刘书平把刚刚提拔为文化馆长的夏德森接到家里，吩咐书平媳妇儿小傅做一桌菜，请这爱酒如命的曲艺作家喝酒。喝得半醉，二人将他扶回文化馆，哄他把章子拿出来盖在我的鉴定上面。那上面写的全都是我的好话，估计比真档案里的要好很多，现在万事俱备，只等珞珈山上何时来信，他们立刻把这东西寄到校方。

我做贼心虚，担心万一事情败露，将我押赴刑场活该，朋友们为我受到株连，那我可就罪莫大焉。想不到事情会出现转机，公元

1986 年底，全国第三届青创会将在北京召开，每省选出十名青年作家代表赴京开会，我当选为湖北代表，同时当选的还有郧阳诗人王家新，武大同学熊召政，侠女方方与英年早逝的姜天民等，大都是在珞珈山上修炼的人。临行前我骑着一辆自行车去省作协报到，与在省文联开会的欧阳学忠不期而遇，他知道了我要参加青创会的消息，我也希望他能知道，以证明我不仅没被“捉回来贬到润（郧）西”，反而前程不可限量。我就再次向他提出，把我的档案和户口给我寄来，这是我的东西，应该物归原主。

欧阳学忠决定演一出《捉放曹》，他告诉我，屈副主席已经退休，文联调来一个名叫林盛固的党组书记，要放我走，他必须征得林盛固的同意，而要说通林盛固，我又必须为文联做两件事。他说这叫立功，我却认为这叫赎身，相当于冯梦龙书中的花魁和杜十娘。我问哪两件事，他说第一，请几个文坛泰斗给《武当》题词；第二，设法找到国家主席李先念，为《武当》拨一点经费，李主席在郧阳打过游击，对这片土地爱得深沉。我说第一件事好办，第二件事我连门都没有，一个野民怎么能够见到李主席呢？他说你能见到，青年作家刘亚洲是李先念的女婿，也是你的武大校友，刘亚洲肯定也会参加青创会，你找到他，请他带你去见他的岳父大人。

跟欧阳学忠一起去开会的，还有一个郧县的王文俊，天知道写过什么戏和剧的戏剧家，他认为他的伙伴跟我啰唆纯粹是浪费口舌，大声召唤着欧阳学忠快走：“梭（说）个鸡巴萨（啥）子哟，要开会老（了）!”欧阳学忠于心不忍，仍然坚持站着跟我谈判，把身子的重心换在另一只脚上。最后我们两人达成协议，只要文联给我户口和档案，泰斗题词有我包了，不过李主席拨钱的事我只能尽力而为。当时我的想法是，即便这事的难度不亚于嫦娥奔月，我也得厚着脸皮向刘亚洲讨一枚灵丹，奔不奔得上去，到时再说。

全国第三次青创会的会址选在京丰宾馆，元月一日的《人民日报》帮了我的大忙，头版的大红标题写着李先念主席在上海与文艺工作者共度新年，四版下面又有一条消息，刘亚洲率中国作家代表团访问法国。这就说明，欧阳学忠派我找的翁婿二人，我根本就不可能在北京找到。但是他要的题词我几乎没费口舌就到手了，青创会的开幕典礼上，泰斗们离我的座位不是太远，我用传递纸条的方式向冯牧、汪曾祺、姚雪垠、刘绍棠、邓友梅等表达了家乡之请。在接下来的几个日子里，我就相继收到了他们的赠言，其中汪老风流飘逸的墨宝，还是用毛笔写在宣纸上的。

不知道这些应该珍藏的东西，二十二年之后尚在与否？

那时候中国文学界的风气真好，不喝青稞酒，不打酥油茶，也不献哈达，红包笔润之类的玩意儿一概从免，不像现在那些吃红了眼的文坛恶棍。那次青创会上的形势很紧张，北大要派出三百个学生代表，与三百个青年作家代表进行一对一的交流，讨论中国的现状与未来，被中国作协拒绝了。大会规定会议期间不接待外访，也不擅自外出，而我冒着1987年春天的大雪，跑到丰台邮局，把几幅题词挂号寄回郧阳文联。附信一页，让欧阳学忠看看元月一日的《人民日报》，体谅我为何没有完成他布置的第二个任务，请他理解，请他记着君子一言。

欧阳学忠还真是个君子，青创会结束，返回珞珈山，我到武大教务处去一问，一份来自十堰的档案，缓期两年已经寄到！从这日起，在我心中，我与欧阳学忠的关系由敌人转为朋友，而且是真诚的。现在想来，这几乎算得上是一个奇迹。

上世纪末，他寒暑五载发愤而成的六十七万字鸿篇巨制《宝地》，杀青于柳林沟中。我在京城为他鼓呼，将其转交给他心向往之的人民文学出版社。此社《新文学史料》的主编胡德培与我友好，我来京前，胡公还有心把我要去，初阅此稿，携资深女编辑前来十堰与作者作一席谈。上武当山，赴神农架，尝灵芝草，可惜回去不久就退休了，无力将此书的出版工作进行到底。

我的眼前出现了老作家失望的神情和疲倦的身影，义不容辞，乘车从胡府将书稿取回，改名为《饿》，将它列为我主编的二十一世纪长篇小说丛书的首卷，上下二册，安排比人文社更资深的男编辑，由中国文学出版社盛装推出。

在此之前，这个笔名岳啸的汉子已是二十世纪八十年代鄂西北的文学英雄，几部长篇传奇小说的印刷总量，超出了三十年来同一地区所有作家的全部长篇小说之和。传奇有什么不好，人生何处没有传奇，问题只是世间有奇怎生来传。不要说他通俗，滚滚红尘都是俗人；不要说他陈旧，儿子打老子的新潮并不是好东西；不要说他过气，柳青浩然之流都过气了，能留下那个时代只能留下的字，也绝非易事一桩。再过三十年蓦然回首，灯火阑珊处的不过气者，必然不是一门心思攻击别人过气的人。

他有两篇名作，爽朗的长眉和磊落的大笑，让人读之赏心悦目。二十一世纪的鄂西北大山深处，这类文人的批量过气是家乡的不幸。有的时候，我还有些怀念那个我被狼狈追捕的时代。

也怀念那个名叫柳林沟的地方，地方的人，人的故事。除夕之夜，鞭炮声中，我在写给《长江文艺》的散文《怀念紫阳路 215 号》中说：“记忆是一种能力，更是一种品质。”我为我有这样的能力和品质，以及表现它们的心境和激情，而不仅是欣慰，还有庆幸。

梦回珞珈山

1

时隔二十三年回忆起来，当初我上武大是个偶然。那年春天我去省作协开会，会上认识了青年评论家於可训，听他说起武汉大学招收插班生的事，又听说作家祖慰写了一篇采访武大校长刘道玉的文章，发表在《中国青年报》上，文章说的也是这件事情。于是就在会上，我对於可训说，我也想去上个大学。现在我得承认，那是我说的一句笑话，因为我知道在当时的教育体制下，我是不可能上大学的。我实际上只读过一年初中，不知道什么是物理和化学，数学只上到一元一次方程，俄语刚刚学会发出那个名字叫“得儿”的弹音，据老师说那个弹音连苏联的弗拉基米尔·伊里奇·乌里扬诺夫同志都不会，我却费了老鼻子的劲把它学会了。然而就在这个时候，伟大领袖毛主席身穿草绿色的军装，出现在天安门城楼上，他搞了一个史无前例的无产阶级“文化大革命”，这场革命使一个十五岁的少年在锣鼓口号声中泪水盈眶地离开了校园。

几年以后，同学中有的参军，有的招工，偶尔也有极个别走狗屎运的被保送上了工农兵大学，而我的父亲是当地一个“极右”的“右派”，中国历史上被称为“极右分子”的人，所有的阳光都照耀不到他可怜的儿子身上。有一次母亲要我去学木匠，师傅是一个没有当地户口的四川佬，当我去拜师的时候他突然变卦了，他听说了我的阶级出身，害怕收了我做徒弟公社会把他驱逐出境。我只好老老实实地陪伴我的“极右”父亲劳动改造，始终保持着狗崽子的政治身份和初中一年级的文化水平。这样的一个半文盲，想上武汉大学，而且还要加塞儿插进大学三年级，可不就是笑话。

问题是只有一面之缘的於可训，他把这句笑话当了真。公元1985年3月，於可训利用武汉大学教务处副处长的职务之便，居然真的给我报了一个名，然后写信催我，赶快把自己发表的作品寄到校方，参加插班生入校前的资格审查。他说如果通过第一关，下面还有第二关，第二关是正式考试，考上就没有第三关了。信中他说报名费三块五角钱，他已经替我结了账。

我回信感谢他，说要把钱寄还他，他说不用还了，还不抓紧复习功课？我突然地激动起来，并不是因为沾了於副处长三块五角钱的便宜，而是我从这三块五角钱的背后看到了一线隐约的亮光，我甚至认为文学评论家兼教务处副处长的於可训莫非通过我已经发表的大量作品，对我产生了一种应该走进武大的信心，不然他这三块五角钱岂不是白交了？

“极右”父亲平反以后，我们父子两个先后有了工作，我叫参加，他叫恢复。我先是在银行，发表几篇小说以后调到文化馆，武大招收中国首届插班生的前一年冬天，又从县文化馆调到地区文联。说是调动，其实是拦截，在我被邀请去为外地作者讲课的途中，刚成立的地区文联派诗人杨世运在火车站把我拦截了下来。第二天我就在新的单位走马上任，领导和同志们希望我在那里安营扎寨，同生共死，却没想到人心是那么的不古，无非去省作协开一个会，回来人就发生了变化。

同年5月，命中注定，文联安排我到武汉出一趟公差，时间跟参加武大考试正好吻合，我不动声色，一到武昌就乘坐12路汽车直奔珞珈山，当晚住在一个位于半山腰上的招待所里。

2

珞珈山招待所里，已经提前住着不少从全国各地赶来应考的举子，红花丛中，绿树荫下，青石墩上，白泥路旁，早晚诵读之声不绝于耳。我无意中听到了一个小道消息，这个消息让我大为振奋，此次招生全国报名者有两万多人众，取得考试资格的一千多，仅中文系就是一百九十八个，如此说来我竟是百里挑一的人才了。接着再往下想我的振奋就渐渐地小下去，考试之后，中文系的插班生只会留下二十个人，我不相信我能成为千里挑一。

有一个问题，我没想出解决的办法，於可训写信要我抓紧复习，但是要考的那些东西我从来都没学过，对于别人叫复习，对我应该叫从头学习才对，我却根本没有从头学习的工夫。文联派人把我拦截下来，给我的工作是创办一份杂志，创刊号是我与诗人杨世运住在一家印刷厂的木板楼上编出来的，连编带改，还带校对，干到中途稿子不够了，还要我赶写一个三万字的中篇小说填补页码，那篇小说的名字叫《三浪人》。而这时候，准备赶考的举子们正把功课复习得如火如荼。

在我下榻珞珈山招待所的第二天，又来了一个赶考的举子，是我过去的一位朋友。他去登记房间时女服务员说没有了，急得他团团打转。我要他先在我的房里歇着，我去对女孩儿讲解安排他住下来的重要意义。女孩儿破例答应了我，把留给别人的一间客房让出来，我掏钱替他交的房费。

我的隔壁住着一个名叫曾静平的青年女诗人，我向她借了几本她复习罢了的书，我记得其中有一本是《文学概论》，还有一本是《古代汉语》。女诗人心地特别善良，听说了我是“文革”中的初中一年级生，就从中学语文开始，对我进行耐心的辅导，举例说那个“孕”字，最初的意思是十年乃子。我非常地感谢她，把她的教导牢记心中。

三个月后我们成了同班同学，我对她的报答方式是骑着一辆凤凰牌的自行车，把别人写给她的恋爱信安全及时地送达她的手里。因为很厚很重，只有爱情是沉甸甸的，我就知道里面装的是那个玩意儿，所以才会如此负责。二十世纪八十年代，手机短信和网上邮件一类还没问世，异性恋爱的手段主要还是鱼雁传书。大学校园里经常有人丢失信件，那是一条唯一的红线，一旦中断后果不堪设想。我担心碰上责任心不强的书生柳毅，把我们曾静平的红线给传断了。

两年以后，两位通信者在北京著名的东交民巷举行了婚礼，并且把那个“孕”字落实在一人身上，有了一个宝贵的结晶。新娘后来成了《中国共青团》杂志的总编辑，偶尔我们说起珞珈山上的这段往事，她的脸上还会现出中国共青团员的红色笑容。

3

在我住进珞珈山招待所的那几个日子里，我跟全国各地赶来的考生并不一样，我只能晚上看一会儿书，白天还得出去为我的单位文联办事。因为是出公差，身负使命，考试是我的假公济私，就像是搞地下工作，一切只能在秘密中进行。

很快到了考期，我记得那次考试是在武汉大学的一间教室里举行的，试卷一发下来我就急切地寻找我满心希望的两道考题，一道是解析那个“孕”字，一道是写一个我本来就会的短篇小说。可惜我的拿手戏一个都用不上，因此我对这次秘密活动的结果表示忧虑。考试结束的当天夜晚我就打道回府，那晚我在火车的咣当声中终于睡了半个好觉，剩下的半个被邻铺的人给破坏了，他使劲地敲着板壁，把我敲醒以后才愤怒地指出，他说我的呼噜声大得整个车厢都能听到。我赶快道歉，说我已经好几天没睡一个囫囵觉了。

自从来到珞珈山后，我就再也不能忘记这里，这座美丽的仙山点燃了我心里的欲望，我惊讶地发现我原来也是一个有欲望的人。我开始夜里做梦，梦中出现奇迹，在两万多人报名，一百九十八人参加的考试中，我不仅榜上有名，而且还名列榜首。与最初的一句笑话和接下来的不作指望相比，我意识到现在的情况完全不同了。

我接受不了一个名叫等待的词语，我必须提前知道自己的消息，于是我给於可训写信，问他我的成绩到底怎样。跟考前的情况大不相同，於可训根本就不理我，也不提他替我交的三块五角钱，看来他已得知了我的糟糕成绩，自认这笔钱他垫亏了。我不甘心，听说中文系插班生的考试和录取是由校长刘道玉亲自坐镇，五名资深教授和文学批评家组成评委，进行综合分析和评定，五人小组里有一个是著名文学批评家陈美兰。我又给陈美兰写了一封信，继续打听我的情况，陈美兰给我回信了，只有一句话：“请你相信我们会做出公正的决定。”这封信回了等于没回，因为有我也是公正的决定，没有我同样也是公正的决定。

我还不甘心，又给方方写信，请她想办法打入内部，务必把我的情况打听清楚。方方是一个文坛女侠，人如其名，从来没有半点圆滑世故，在我发表处女作《这车好炭》的第二年，她的处女作《大篷车上》产生了更大的轰动，当时我是银行的信贷员，她是武汉大学的在读本科生。武汉大学一直把写《大篷车上》的方方和写《女大学生宿舍》的喻杉视为武大的文学双骄。我们的关系不错，我觉得她一出马，有可能会把我的事情搞个水落石出。

果不其然，几天后我收到方方欣喜的回信，她化装成回母校看望老师的样子，把我的情况打探清楚了，她说我是前五名种子选手之一，这次肯定是跑不了的。不过她叫我千万不许告诉别人，这事只有五个评委知道，一说出去老师就知道是她泄的密，以后就不再信任她，她就不能再打入内部探听情报了。

我大喜若狂，这才明白我亲爱的朋友於可训为什么不理我，我尊敬的老师陈美兰为什么回我那样的信，原来他们是要严守机密，不能敞气，一定要等到开饭的时候再揭锅盖。但是他们没有想到，这个锅盖却被方方给提前揭了。我立刻出门买了一根绳子，回来插上房门，练习把铺盖打成红军那样的井字形被包。接下来我要做的工作，就是怎样取得我新的单位领导的同意。

地区文联主席是个老作家，一听这个消息他就慌了，他说文联好不容易派人把我拦截下来，只管了半年时间就走，地委宣传部会向他要人怎么办，能不能过两年后再说？我说不能，双方僵持了一个多月，我说我情愿辞职，请他把我的档案户口和粮油关系还给我。二十世纪八十年代，这是我们中国绑架人才的三件法宝，这一次临到他说不能了，他说一件也不能给，辞职也不给。

就这样眼看要开学了，眼看开学两个多星期了，武大学生科让我们班的同学给我传信，本周以前再不能来，校方就要除名了。我做出一个大胆的计划，谎称要取一点粮票作出差之用，从掌管集体户口的办公人员手里骗来了户口簿，然后带上武汉大学寄来的入学通知书，到街道派出所去转户口和粮油关系，至于档案，只能等到下一步再说。我记得那天值班的是一个漂亮的女户警，她首先对我表示了祝贺，接着告诉了我一句要命的话，她说因为要枪毙一个犯人，本区所有的户籍关系冻结一周，请我等到一周以后再去找她。

我觉得这是有人站在天上故意地要弄我，一周以后我已经被校方除名了。我一天也不能等，离开女警，当天晚上我独自喝了一瓶啤酒，一不做二不休，别的什么都不要了，只背着一床被子和一捆书，仓皇登上了去往武汉的火车。

4

第二次来到珞珈山上，这次我是以学子的身份，果然是插班生，一来就上三年级。我谢过了对我隐瞒真情的陈美兰和於可训，知道五人小组除了他们两人，还有中文系副主任白嶷岐，系党总支副书记郑传寅，中文系主任、教授和博导王文生。本班最后录取的十七人中，我名列第三，第一名是个天外来客，以后我会提到他，第二名周百义，第四名龚绍东，第五名陈应松，这大概就是方方信中偷偷告诉我的五名种子选手。以下还有我过去在作协文讲所时的同学，周元镐、张法德、王伟举、宋骥弘，此前都已在湖北文坛头角峥嵘。

宋骥弘是一个彪形女汉，全班总共有五名女生，被集中分配在桂园二舍，但是宿舍门上只贴着四个芳名，单单少了宋骥弘的，原因是她威烈雄壮的名字使行管处误以为是一匹高大的儿马，安排宿舍的时候把她和男生分在一室。报到以后，入睡之前，她忽然发现下铺是男生王伟举，于是火速找人更换。宋骥弘习惯拍着我的肩膀喊我哥们儿，发音粗壮，蠕动的上唇好像还有些许淡黑色的小茸毛，我曾经怀疑行管处并没有错，她的确是一匹儿马。但她毕竟是个女性，偶尔也撒一撒娇，有一年她来北京考博，我没顾得去看她，临走时她给我打电话说，我只要求你到火车站来送一送我，这个要求不过分吧？

我只是觉得那位来自武汉的头名状元有些可疑，此人的名字过去我从没听说过，直到毕业前夕，这位神秘人物方才遭到知情人的举报，原来他是一个杰出的魔术师，当初采用了一种高科技的手法，把很多人的桃子都摘下来拴在自己树上，把自己的枝头压得沉甸甸的。查证落实以后，校方将他一举开除。周百义排在他后，此前已出版了一本小说集，而我则在《人民文学》等期刊上发表了三十多万字的作品，有的并被转载和获得省刊奖，加上考得也还不错，伪状元被开除以后，我俩当时应该是全班最好的成绩。

由于迟到了近二十天，我的各门选修课都不得不从半途而始，同学们见义勇为，争着要我照抄他们的听课笔记。班上有一个笔名叫石川的小女孩儿，本名吕新琼，女生都昵称她琼琼，我也跟着如此称呼。这是一位天分很高的童星，十七岁发表获奖小说《我长大了》，其实她接着又长了几年，还是没有长大，虽说考取的是中国首届插班生，但比同年级年龄最小的普通女生还小一岁。她还会一种名叫吹画的艺术，把七彩颜料洒在一张铜版纸上，用嘴给人设计杂志的封面。她的眼睛有点近视，不过我喜欢近视的女孩儿，原因是她们的眼睛里永远充满求知的渴望，由此容易忽视对方的缺点。

小琼琼负责教我英语，甚至还替我做过几次英语作业。她的英语自然是不错的，毕业以后她在北京外语学院教外国留学生汉语，我去看她，她送我一本她的教材，中文版《圣经》，然后留我吃饭，却提出用AA制，就是自己付自己的钱。我很生气，责备她跟她的老外学生学坏了，吃完饭一分钱也没有付。有一年，她带着一个俄罗斯学生到我家过年，那个学生可以做俄罗斯总统普京的特型，会打麻将，老赢我爸妈的人民币，自己的卢布一个没动。走的时候我送他们出门，我说了一句“达斯尼达亚”，还故意把舌尖抵着上颚玩儿了一个弹音，把师生二人愣在了马路上。小琼琼睁大求知的眼睛望着我，她不知道我学过俄语。

她向她的学生学习法文，在巴黎待了几年，后来是法国航空公司的总裁助理，在太平洋的上空飞来飞去。本世纪初，我在法国一家出版社出版了三本小说，样书寄来，我一个字也不认识，书上又没印上我的照片。我送给这位飞来飞去的人儿一本，问她这本书是不是我的，女飞人回答的话吓我一跳，她说这样的书她也能够翻译。以后她在网上给我写信，我的回信她却老收不到，原因是法航公司注册的邮箱不识别中文，她埋怨我为什么不用英文给她回信，她教我的英文都忘了吗？或者用法文也行呀！最后我用附件的形式给她回了一封信说，在这个问题上我俩也是一个在天上，一个在地下呀。

曾静平继续为我补课。那年有一个名叫张行的歌手，唱了一首名叫《迟到》的歌，她也很喜欢唱，这首歌子的最后一句是“噢，他比你先到”，男生们听到这里就起哄，说她是唱给我听的。我不熟悉歌词的内容，傻啦巴唧以为是说我迟到了两周半，差点儿被学校除名的事。还有一个比吕新琼大，名字也叫琼的女生洪琼，是一位长江轮船上的女作家，她觉得对我没有别的什么可教，就只好努力地教我跳舞，舞姿像一只小船儿在长江的风浪中航行。在这方面我表现得很笨，总踩她脚。

洪琼长得漂亮，二十世纪九十年代，我带她去见住在中央民族学院的冰心奶奶，冰心奶奶一见面就喜欢上了她。临走时冰心的女婿陈恕给我们拍照，一般来讲，设计这幅照片无非只有两种方案，A. 冰心坐在中间，我和洪琼分坐两边；B. 冰心坐在前面，我和洪琼站在背后。然而冰心太喜欢她了，而且存心气我，我已经在她身边摆好了姿势，她却把我推起去说："不行，到我这儿来的人都是女尊男卑，我跟她两个人坐在前面，你一个人站在后面！"于是她把洪琼搂在自己身边坐下，让我像卫兵一样在后面笔直地站着。

这可能是洪琼今辈子最得意的一次，出门后笑得像一只小母鸡下完了蛋，说我过去太嚣张了，这下子总算是受到了挫折。后来她担任着一家杂志的主编，我们有很多年没有见面，据说她已经长得比较富态，又据说她已经福态得跳不动舞了。

第五位女生名叫华姿，性情安娴，貌似修女。但她偶尔也有激动的时候，有一次她跟洪琼争论小说家、散文家以及诗人谁更了不起的问题，两人相持不下。我们都坐山观虎斗，看这两只可爱的雌虎谁胜谁负，没人给她俩做裁判，因为我们全班分别属于那三个品种，于是争论的结果是没有结果。

这引起了我拜读华姿散文的强烈渴望，她的散文写得宁静而又圣洁，闪耀着一种宗教的光辉，使人想起泰戈尔的诗句和纪伯伦的哲言，我认为她是中国当代最超然的美文家，在散文领域无人替代，相当的令人景仰。

5

男生住在桂园四舍，我最初的同室是陈应松和简兆麟，还有那位神奇的魔术师，一个个都身怀绝技。陈应松在写作之前要打开他的破收录机，然后在摇滚乐中用左手写短篇小说，这时候他完全沉浸在了欢乐之中。不过他常常会在半夜里突然忧伤起来，说他的弟弟在前线跟越南人作战，担心会有伤亡。我就安慰他说不会，预言他英雄的弟弟不久就会活着回家。他高兴极了，光着身子跳到地上，黑灯瞎火地跑过来跟我握手。

其实我在安慰他的时候，我的心里比他痛苦得多，事情竟是这样的巧，我也有一个弟弟在外面生死不知，那是极左时代遗下的罪孽，我心中永远的伤痕。父亲被打成“右派”之后，母亲怕我的小弟弟跟我一样也沦为狗崽子，就把他送给了一个贫下中农。二十年后父亲平反，贫下中农也有了自己的儿子，又完璧归赵地送他回来，可他哪里还是一块完璧，他的性格已经彻底扭曲，他恨母亲，离家出走，后来精神分裂，最终浪迹天涯死在异乡。我没把这事告诉班上的任何一位同学，直到今天他们谁都不知道，因为不用告诉别人，只要自己何时想起，心里都会立刻开始流血。在桂园四舍的每一个夜晚，我的灵魂都在遥远的地方寻找着他。

简兆麟相貌奇异，瘦骨嶙峋，以指关节重叩其背，室人疑似有来客敲门，接着会油然想起李贺的诗：“向前敲瘦骨，犹自作铜声。”我无端地觉得凤雏先生庞统可能就是这个模样。相书上说此类人能通鬼神，果不其然，他讲起土家文化、巴文化、巫文化和易经以及中医等等，那是相当的滔滔不绝。他还会唱京剧，在一次联欢会上，文体委员小琼琼嫌我五音不全，不许我大声发力，而要老简唱主打，那是京剧《智取威虎山》里杨子荣的一个精彩唱段，高潮部分是那句著名的“甘洒热血写春秋”，唱完就是一阵仰天大笑。

我们都盲目地迷信老简，满以为他会镇别人一下，谁知道那天晚上发生了意外，老简抖擞精神，唱到“甘洒热血”的时候，伸着一根细脖子上不去了，小声嘀咕了一句“我不行了”，后面练了几天的仰天大笑也就从免。晚会结束我们都很失落，从此老简在班上威信大减，好一段日子都抬不起头来。

周百义是一个刘皇叔式的英雄，早期的玄德公，他不参加任何一场激烈的辩论，笑看群雄逐鹿，战争风云，心里早已打好了自己的算盘。这种人物太可怕了，具备中国历史上所有成功人士的先天涵养，以及历经磨砺之后炉火纯青的处世艺术。他送了我一本他写的研究《忍经》的书，令我大加佩服，决心好生修炼。

公元1986年的暑假期间，我去湖南张家界参加一次小说笔会，在山下买了一块刻着“忍”字的石头，带回来供在桌上，天天对着它看。但是有一天，有人当着我面污辱我的一位朋友，我终于忍无可忍了，拿起这块石头差点砸破了他的脑袋。百义永远不会这样，他又并不是胆小怕事，一旦大权在握他的胆子大得要命。他后来是长江出版集团的总指挥，一次又一次在长江水面卷起惊涛骇浪，自己却坐在一只小舢板上一颠一簸，始终也没有栽进江里。

我们这间宿舍被人称作小说作坊，每天一下课我们就面对面地坐着写小说，抽烟，喝红星牌奶粉。陈应松后来因为深入神农架的生活而写了一批神奇的小说，简兆麟则沿着他的杂家轨迹一路飙行，天文地理无所不知，经常也会抛出一部砖头子厚的长篇大论，向世人昭示着他思维的怪诞与诡谲。

在这间小说作坊里，我总共写了六部中篇，短篇不计其数。那些作品二十多年以后偶尔回眸，有一些依然能够感动自己。中篇《父亲》是为了纪念我与“右派”父亲以沫相濡的苦难岁月，离开武大以后才发表出来，在那期刊物的卷首语里编者这样写道：“野莽的《父亲》使我们激动不已。它在淡淡的苦味中让人体会到一种乐观、坚忍、刚毅、遒劲的人生格调。几年来很少读到这种在拂尘见珠式的审美经历中产生的展示民族心灵的作品了。”

6

《大学生三重唱》是我的另一部中篇，在《长江文艺》上发的头题。那是我第一次写大学校园，小说里写了几个真实的事件。在讲台上，一位年轻的讲师突然倒下，几天以后传来死讯；同样在讲台上，一位老教授讲乐府民歌，讲到“揽裙脱丝履，举身赴清池”这一句时，痛哭流涕，说是我讲不下去了，下课。小说发表以后有人反映到学生科，说我是想暴露青年教师生活境遇的恶劣，嘲讽老教授的迂腐可笑。并且对号查证，指出那位当堂痛哭的老教授是教先秦文学的蔡守湘，把小说拿给蔡教授看。

没想到蔡教授非常喜欢这篇小说，也非常喜欢我这个学生。到校以后我选修了他的先秦文学，每节课都坐在最前排，第一次考试我得了一百分，比全班所有同学都高，有人不服气，说语文是不可能得满分的，肯定是蔡教授老眼昏花给打错了。蔡教授看完我的小说，闭上眼睛想了一想，眼前出现了我虚心正直的音容笑貌，于是他喘着气，用抑扬顿挫的湘音表了一个态说：“他是说我的好话的，这我还看不出来?”

我在这里还写过一个中篇叫《水仙子》，是池莉在《芳草》杂志做编辑时向我要去的，发的也是头题。那是公元1986年的春天，说是春天，中国文坛的气候比冬天还要寒冷。小说发表以后遭到武汉市文联一帮左派的攻击，说《水仙子》是武汉版的《亮出你的舌苔或空空荡荡》，要追究组稿人池莉和主编杨书案的责任。《亮出你的舌苔或空空荡荡》是一篇遭到查禁的小说，刊发它的《人民文学》杂志因此身受重创，主编刘心武检讨，编辑部主任朱伟离去。

池莉是我在省作协文讲所时的同学，杨书案是我的朋友，为了我和一个名叫水仙子的漂亮寡妇，他们二位蒙冤负屈，我的心中老大不忍。池莉在文讲所的时候遭受打击，一度处境非常艰难，她相信我是一个明辨是非的正人君子，分别时给我的留言是“我敬重和信任你”。此时她的境况刚刚好了一点，却又被我这个被敬重和信任的人给害了。很长一段时间我都心怀不安，唯恐她又会因此陷入泥淖，要是那样我真是罪莫大焉。

后来摆平此事的方式，是主编杨书案离开《芳草》杂志，白手起家，去创办了一个武汉文创所。这件事情反而成全了杨书案，从此他再也不理那些攻击我们的“左派”了，他关起门来专跟圣贤对话。老子、孔子、庄子、孙子、韩非子，他笔下的百家诸子一个一个以全新的神采走向海内外。二十世纪末，经我推荐，他的《老子》和《孔子》二书被翻译成英、法两种文字，出版发行到欧美二十多个国家，大受欢迎。我们成了忘年交的文学知己，以后无论他走到哪里，新加坡、海南、武汉、北京，他都要给我打来电话，我还会主动提起我的《水仙子》。

龚绍东是我的第二轮同室，英姿勃发的军队作家，两年以前发表了获奖小说《他，就这样走了》，那时他没想到两年以后，他自己的情况是把小说的题目改一个字。这是一位有领袖气质的通才，缜密的逻辑思维和清晰理性的表述让人无懈可击，在小说创作上他要么出手不凡一枪中的，要么酷似一心要获取巨兽的猎人，宁可作长年孤寂的蹲守，未来应该是梅里美式的作家。他还会唱歌、打球，其白嫩细腻的皮肤让全班所有的女生望尘莫及。

而且他还会包饺子。有一年我去他家，他在外面买了荠菜回来给我包饺子吃，那晚我要坐车返京，眼看时间就要到了，他却不许我吃快，吃慢点吃慢点，他一次又一次地叮嘱我说。我知道他是要我好好品尝他的手艺，就咬着牙，宁可误车也要吃慢，不然对不起他。吃完饺子赶到车站，进站口已经开始检票，再慢一点火车就开走了。隔着车窗我看见他站在台上，脸上露出幸福的笑容，因为我是吃了他亲手包的荠菜饺子才登上的这列火车。

毕业以后他分配到某省社会科学院文学研究所。让我颇觉意外的是，他后来竟然反串角色，从文学研究所的副所长摇身一变，成为工业经济研究所的所长，还兼任多家大企业的顾问，给许多企业都做过成功的策划，在当地是被称道的企业战略专家，俗称企业军师。去年他送了我一件用黄豆做的衣服，那是高科技企业对他的谢礼。不过从狗年起，他决定把发福的身子再摇一下，把远去的角色变一半回来，来它一个双重奏。我认为他最终还会是梅里美。

另一个小同室叫李云贵，训诂学与《诗经》的醉心研究者，我们叫他阿贵，他的娃娃脸像一只上了釉彩的紫色陶罐，日夜闪放着迷人的光芒，我常常看着他如醉如痴。每天晚上熄灯以后，小阿贵要给我讲一分钟的训诂学，他必须在黑灯瞎火的前提下才能演讲，不然他紫色的釉脸还会变红。他曾经在训诂学上帮我挣了两个学分，这件事差点儿被我忘了，可他死死地记着，听说我要参加这次征文，他打了一个很长的长途电话过来，再三要求我把它写进去，我答应了。

我记得更清楚的是另一件事，临到要毕业了，小阿贵的夫人给他生了一个儿子，捷报传来，把他激动得语不成声，强烈要求我和绍东给他儿子起一个好、好、好听的名字。我说你是珞珈之子，你儿子是珞珈之孙，他的名字就叫李珞珈吧，后来他的儿子就叫了李珞珈。

小阿贵后来成了训诂学与《诗经》研究领域的一匹黑马，发表了大量的考证文章，只要有人提到相关话题，他一向谦恭羞涩的语调顿时会变得激昂起来。有一次他给我打电话来，我们谈到《诗经》中的那个“且”字，我说李敖考证它在这里是鸡巴的意思，完全是想语惊四座，哗众取宠，其实它就是一个语助。阿贵听了沉思良久，后来表扬我说，你的进步很快。

7

我得承认我在学分的问题上不够严谨，课也听得自由散漫，当时我有这么一个观念，觉得我们既然是一个特殊的班，学习方法当然就可以特殊。因此有的选修课我只听过两次，觉得不能给我带来心理上的快感我就会不高兴，有一位讲《红楼梦》的教授，自始至终两只眼睛望着天上，好像随时等着又掉下一个林妹妹，还有一位讲古代文论的教授，他的锯木头一样的发音让我跟他一道备受折磨，这样的课后来我就不再听了。可是相关的考试我还得参加，不然学分不够，我们当时是学分制，刘道玉教学改革的内容之一。

我记得有一次考古代文论，本课主讲发现考场上坐着一个似乎未曾谋面的人，强烈的自尊心受到刺激，当场就与我发生争执。他用锯木头的声音向我发难，我的解释却是，我考的是古代文论，而不是某位教授的古代文论，我完全可以采取读书以及参考他人笔记的方式。这事在当时几乎成了一桩大案要案，一直闹到了中文系，最后由我的导师陈美兰、白嶷岐副主任从中调解，方才大事化小，继而化了。

易中天应该是春秋战国时期的一位辩士，苏秦张仪者流。他创造的演讲艺术是把最古老的文化用最时髦的术语，最神圣的事件以最滑稽的论调表述出来，达到一种陌生化的效果，并且冷面不笑。这是一位喜剧作家的天生资质，同时是一个思想者、怀疑家、教唆犯，他对历史、史书和历史名著中的人物的分析，使人下决心对整个世界都重新思考一遍。我为武大中文系有这样杰出的讲师而不是教授感到骄傲。二十年后的某个中午，我无意中在电视“百家讲坛”中发现了易中天，心中为母校的骄傲再一次油然升起，但是当字幕打出他的头衔的时候，我愣住了，他成了厦门大学的著名教授。

我心中的骄傲早就走了，不知道易中天是哪一年跳的槽，为什么他要离开那座仙山。他是二十世纪七十年代中国恢复高考制度以后考取的武汉大学首届研究生，毕业应该分回发他工资的新疆，是刘道玉用五个本科生与新疆进行交换，把他留下任教。如果刘道玉仍然是武大的校长，他的才华还会受到漠视，还会长期是一个讲得好的讲师吗？

李敬一和刘晨峰也是两位优秀的教师，同时是两位美男子，区别在一个面若重枣，一个白脸无须。前者在我进入武大之前就写过我的小说评论，我那篇小说的名字叫《尖尖儿棉靴》，所以在课堂上一见面，他就视我为比别人更亲近的朋友。在“百家讲坛”发现易中天的前后，我也发现了他，讲的是神形枯槁的屈原，自己的脸色却依然像关羽一样鲜艳，字幕上打出的是武汉大学教授、博士生导师。刘晨峰只是一位青年助教，他主讲外国文学史时竟然“孟母三迁”，最后迁到全校最大的一间教室，门窗外面还是站满了他的粉丝。可惜离校以后我们再也没见过了，后来听说他去了美国，有一次我在书店里看到了这个名字，不知道是不是同名者。

还有一位讲古希腊哲学的邓晓芒，残雪的哥哥，他的课堂风格是面无表情，波澜不惊，站在那里像一尊穿衣裳的古希腊雕塑，也是瘦骨伶仃的。但是顷刻之间，从他嘴里噝噝啦啦地吐出一个又一个古希腊哲学家的漫长的名字，这些名字互相近似，一不小心就串帮了。后来我认识了现代派女作家残雪，才知道她受了她哥哥的诸多影响。邓晓芒那时也是讲师，多年以后他成了教授博导，忽然有一天，我在报上看到一个震惊全国的新闻，这个雕塑一样安静的人，他的六个优秀的博士生因为没把论文发表在国家指定的杂志上，因而不能取得博士学位，他疯狂了，以古希腊英雄决斗的方式发表了一个声明，然后愤然弃剑，辞去了博导身份。

当时我在千里之外的北京想到，如果刘道玉还是校长，那六个博士的头上会不会戴上有穗儿的帽子，那尊古希腊的雕塑的胸前会不会也佩上一枚奖章呢？

最令我感动的是蔡守湘，那节课他讲《孔雀东南飞》，讲到焦仲卿妻之死，当时的情况跟我小说中写的一模一样。老教授为那个汉代的弃妇哭得一塌糊涂，他把肥胖的身子趴倒在讲台上，喘着粗气，哽着喉咙，他说：“呼哧，我讲不下去了，呼哧，下课……”那次下课提前了十分钟，老人家的确讲不下去了。

很晚我才知道蔡教授去世的消息，我很难过。我的眼前又出现了一位曾经给我打一百分的，肥胖而又善良的老人，他趴在讲台上流着泪，喘着气说，我讲不下去了……

白嶷岐儒雅的风度给我留下不灭的印象，他是整个武大中文系里唯一能把普通话说得如此之好的学者，我们都喜欢听他对现代文学的精彩演讲，如果穿上袍子，搭上围巾，他应该是二十世纪三十年代的创造社和太阳社的成员。惊考事件发生以后，他带信让我到他的家里，跟我有过一席长谈，我才知道他是在暗中关注着我的，北京《新文学史料》杂志的主编胡德培跟他在通信中还谈到我，谈了一些什么我不知道。胡德培是一位资深编辑和文学评论家，创刊不久的《小说选刊》的特约荐稿人，曾经推荐过我发表的小说《醒悟在哀乐声中》，我们互相并不认识，后来我被分配到中国文学出版社，到了北京他才对我说，那时他很想让我去他所在的人民文学出版社。

郑传寅的风格与白嶷岐截然不同，激烈、尖刻、犀利，因为我们班上的一个同学犯了不可饶恕的错误，在全系大会上他用杂文的语言批评了我们全班，引起其他班级的大笑大叫和雷鸣般的拍桌声。当时我们都很愤怒，我差点儿要站起来与他辩驳，是坐在我身边的龚绍东按住了我。回来后我们要召开记者招待会，发布这条集体受辱的新闻。但是最终，冷静以后我们还是理解了他，因为理解，所以原谅。的确是我们的同学做得不对，不是不对，是太不对了，他作为系里的党总支副书记，是要代为受过，要对此事负责任的。

我们师生之间保持了两天沉默，接着又恢复了往日的气氛，他可能听说了我那天要拍案而起，对我的态度并无异常，反而在一次课堂上极其欣赏地讲到我在一篇小说里对中国传统服装的描写：“裤裆很散漫，领口却很保密。”那篇小说的名字有一点长，叫作《市长和总统和疯女人和死男孩以及六十万朵纸花》。堂下又是一片大笑。

我明白了笑声的起源，他其实也是一个喜欢幽默的人，幽默的同桌却是讽刺，是我们的同学伤害了学校，把他给气昏了头，匆忙中他才拿起竹竿扫了我们一船。后来我们的关系一直友好，我到北京以后还给他写过一封信，忘了是否谈到领口和裤裆的问题。

8

我跟全班的男生和女生关系也非常友好，二十多年前我是一个帅哥，生性鲁莽，憨态可掬，同学们都乐意跟我交往，那时候我们还成立了一个白校徽文学社，大家推选我当社长。省文联赞助了我们两千块钱的活动基金，大约相当于目前的四万元，由我亲自掌管着，大家按期聚在一起讨论创作，讨论完了一齐动身，去找一家馆子吃饭。

武汉大学的门口有一个名叫闻香下马的馆子，我们多半把饭局设在那里。而在四月樱花开放的时候，我们就把沙龙搬到了万紫千红的樱花园中，便于大口呼吸新鲜的空气。

校园的气氛一直是宽松的、开放的、自由的，五十二岁的校长刘道玉向我们呼唤着，要把武汉大学办成一所快乐学院。我们是这个号召最坚决的响应者，在过去的日子里我们失去了太多的快乐，因此我们比别人更加热爱快乐，也正因此，我们比别人更加热爱我们的校长。

然而很快我就快乐不起来了，我从原单位仓皇出逃时，随身携带的钱和粮票都用完了，马上就没有了吃饭的资本，白校徽文学社的两千元基金在我手里，那是公款，我一分都不能动。原单位自从我走那月就扣发了我的工资和粮油，他们的战略战术是逼得我粮尽弹绝以后，为了活命不得不回去向他们检讨认错，承认自己是一个无政府主义者，然后根据我的表现再做出决定，是否给我重新工作的机会。

我决定不让自己落到那个地步，这时候我想起了一件事，在我考上武大之前，省作协给我寄来一封打印盖章的信，通知我已成为省作协第一届合同制的专业作家，从本月起在作协领取工资，信上的落款是省作协文学院，签字是院长徐迟。当时我选择了武大，放弃了作协，现在为了吃饭，我就忽发奇想，能不能又在武大又在作协，又当学生又当作家，把作家的工资领来，在学生食堂里吃饭，问题不就解决了吗?

我又骑着那辆凤凰牌自行车，从珞珈山到水果湖，去作协找给我写信的老诗人徐迟，把我的想法提了出来。徐迟对我不去文学院是有意见的，他说当时要你来你不来，现在上了学你又来，你来了只怕学也上不好，作也写不好，专业作家是有任务的，每年至少要在省市以上刊物发表十万字的作品。为了生存，我对徐迟吹牛说，你先让我当着试试，完得成我就当，完不成我把工资全部退给你。徐迟是个浪漫的诗人，他对吹牛有一种本能的好奇，于是他就答应了我，并且对我拭目以待。

从此作协发工资的日子，就成了我的自行车越野赛，沿着从珞珈山到水果湖的小道一路飙奔。我终于又有饭吃了，但我没有欺骗徐迟，领取作协工资的第一年，上课之余，我在省市以上刊物发表了十七万字的作品，超额七万，比其他不上学的作家还多，其中一篇小说被选刊转载，另一篇小说获了一个青年作家奖。徐迟的眼睛笑得看不见了，让我接着再当一年。

这是一个难忘的好老头儿，几年后我在北京听到他坠楼自杀的消息，眼前立刻浮现出那双笑得看不见的眼睛，那是一种真正的笑。他应该一直这么笑下去，不应该选择另一种表情。

9

在武大读书期间，我们可以自由地参加校外的文学活动，只要有人邀请，给系里打个招呼就行了。有一次湖北作协组织了一支小股部队，从武汉到长沙，跟湖南作家会过了晤，然后拨转马头，直奔湘西，经猛洞河、索溪峪、王村、天子山、张家界、金鞭溪、狮子寨、奇梁洞，开往沈从文的老家凤凰，去瞻仰他笔下的那座不朽的边城。那次我们班上去了三个人，於可训也去了。我们专门不坐火车，而租了一辆小面包，沿着一条山间公路向前挺进。

驾驶小面包车的是一个十八岁的湘西女孩儿，个体户，刚学开车，技术实在是差，胆子却大得要命，一路上把车开得风驰电掣，东倒西歪，吓死个人。一天晚上，车子开进一座大山里熄了火，动都不能动了，四面漆黑，能够发光的只有两个黄车灯。我们问十八岁的女个体户这是什么地方，她用湘西话回答说，乌龙山你们为么事都不晓得？车上的人大惊失色，因为是解放初土匪出没的地方。

黑暗的空谷里真的传来了跑步声，几根黄光在眼前上下左右地晃动，是从附近跑来的一些打手电筒的汉子，把我们连人带车包围起来，也不说话，只是观看。大家都很恐慌，表面上却有说有笑地虚张声势，嘴里偶尔露出一句湘西公安局长之类的话。汉子们一听就笑起来，原来他们不是土匪，他们是专程赶来看城里人笑话的。二十世纪八十年代，湘西乌龙山一带人民的文化生活还很不丰富，尤其是在没有电视的夜晚，有一群活生生的城市男女被困在大山里，就正好供他们当作动物来参观了。确认不是土匪以后，车上的两个女作家憋不住了，可能是紧张的心理突然放松，提出要上厕所。问题是这里根本没有这个设施，我们就护送二位下车，帮她们寻找灌木，又退到远处站岗放哨。这二位的名字我就免提了吧，不然看了文章，她们会不好意思。

那次远行，虽然在乌龙山没有遇险，但一路上仍是惊心动魄。回到学校以后，才听说在我们走后的这几天里，班上发生了一个重大事件，就是后面我要提到的，我们全班因此受到系党总支副书记郑传寅批评的事。

接着我又参加了一个《长江文艺》组织的笔会，这次很近，在武昌县。《长江文艺》是我的母刊，七年前我在这里发表了处女作，带队的是诗人刘益善，他跟我处女作的责任编辑刘耀仑一样，都是我的朋友，还有一位给我写过评论的前辈刘岱，被人称作“长江三刘”。那次会上我是悲喜交加，喜的是吃到了真正的武昌鱼，而且是天天吃；悲的是笔会结束的那一天，临上车前我喝了八瓶啤酒，与所有的与会者每人一杯，一口见底，坐进车里就不行了，吐出来的东西是暗红色的，像咖啡一样。

车子直接开到珞珈山上，停在桂园四舍，醉眼中我还能够认出，把我架下车来的是以下三个人的胳膊，一个是龚绍东，一个是周百义，一个是王伟举。他们是我们班上的三个共产党员，这次没去参加武昌笔会，但是他们一听说我有难，就雷厉风行地赶来相救。三个共产党员齐心协力把我架往医院，路上我还挣扎着问今晚是什么课，龚绍东说你还想上课，住院去吧！到医院一检查，医生果然说我胃壁黏膜大面积出血，先住院观察治疗一周，不行再做手术。同学们都吓一大跳，要给我送住院用品，我根本就不信那一套，一天院也没住，连药都不吃，回去睡了一觉，第二天就夹着本子去听课了。

不过在以后相当长的一个历史阶段，我都不敢吃我最喜欢的辣椒，酒也尽量少喝，能不喝就不喝。

我至今还感激这三个共产党员，这些年我也算见多识广了，党内很多人都把自己喝成了胃出血，但是甘心情愿去侍候别一个胃出血者，那人又不是他的顶头上司，这样的人却不是很普遍的。因此，我觉得他们应该是共产党员的楷模。

10

公元1987年元月，全国第三次青创会在北京召开，每省推选十名青年作家赴京参加代表大会，我被选为全省十名代表之一，也是我们班唯一的代表。在那次的十名代表中，出自武大的学生有方方、王家新、田天，在校的有我、熊召政，还有一个董宏量是武大夜读班毕业，武大的学生占了十分之六，代表团的另一个名字叫“武大帮”。

另外的十分之四里还有一个姜天民，好不容易跟武大没有关系，但他跟武大校长有关系。他是刘道玉缔造的作家插班生班在教育界产生重大影响，北京大学、西北大学、复旦大学、南开大学、南京大学等国内一流大学纷纷奋起仿效的时候，考取的北京大学首届作家班的学员。可惜毕业不久就英年早逝了，他的全国获奖小说是《第九个售货亭》，成也在九，败也在九，死时只有三十九岁。

我跟熊召政都是省作协文讲所的学员，那个文讲所也是首届，又都是省作协文学院的合同制专业作家，那个文学院也是首届，现在又都是武大中文系的作家插班生，又是首届。我们有幸共同经历了三个首届。在首届文讲所时我们不仅同学，而且同室，不过从来没操过戈。那时他是一个热血澎湃的诗人，刚刚写罢《请举起森林般的手，制止》，他对我说他也想写小说，还把他写的小说拿给我看，见我看他小说的时候精力老不集中，就凑过一张白色的大脸亲自念给我听，念完问我写得像不像小说，我当他面只能说像。二十年后他写了一个三卷本的《张居正》，却不念给我听了。

第三个同室是效耘，他跟熊召政都住在武汉，每天晚饭后按时回家，把三人房变成我的总统间，成全我一人住在里面写了大量的小说。进武大后熊召政分在另一个作家班，在校时我一直很纳闷儿，不明白这两个班是如何个分法，直到去年秋天，在网上读了广州作家文新国回忆校长刘道玉的文章，才明白当时是以中国作家协会会员为分界线。其实那条线是人划的，对于我上述的那类魔术大师不起作用。

临到快毕业的时候，他们那个班突然明白了我们班的好处，不少人后悔了，有的要求转到我们这个班上，重新参加全国分配。但是后悔已经来不及了，眼睁睁地看着我们集体跳槽，他们全都回到了自己过去那些未必理想的岗位。

那次在火车上分配铺位，工作人员给我分了一个上铺，下铺是一个文化单位的什么头目。方方一看大怒，指责他们太不公平。工作人员解释说不是，是因为我的年龄最小。方方认为此言有诈，要当场拿出十位代表的登记册来进行核查。方方比我小两岁，又是个姑娘家，我一个大老爷们儿让一个小姑娘为我打抱不平，心里的羞愧不亚于世俗的分铺者。那一年我的身材相当苗条，手脚异常灵便，一个纵身就爬上卧铺顶层，蒙头装睡。但是从被子外传来各种各样的响声，按顺序是，一只皮包从行李架上搬下来，打开拉链，在里面翻查我们的生辰八字。

我觉得没脸见人，同时也觉得真正地认识了方方。她岂止是要打开这只皮包的拉链，她要打开的是这个世俗社会的秘密，把里面一切虚伪丑恶的东西统统都掏出来，无论大小都亮给人看。她的做人跟她的做文完全一致，一点圆的东西都没有，她是方的。

第三届全国青创会开罢以后，睡在下铺的什么头目就消失了，睡在上铺的这一个还在写着。

11

北京之行，还有一个意外的收获，它使我和我原单位的关系出现了戏剧性的变化。

那次出逃以后，地委宣传部的部长怒火万丈，勒令文联派人带上地委宣传部的公函，前往武大去把人抓回来，然后下放到一个名叫郧西的偏僻县城。持函而来的两个人一个叫冀林祥，文联办公室主任；一个叫张发明，小办事员。二人乘车来到珞珈山上，问路找到武大教务处，不幸见到的正好是副处长於可训。於可训收下公函，对二人说：“你们可以回去了，这个人却是回不去的。”当天晚上我就听说了这件事，心中再一次对於可训充满了感激，不过我欠他的三块五角钱仍然没有还他。

在校两年，於可训像我的兄长，为我遮风挡雨，也挡去来自山外的明枪与暗箭。毕业的时候我和他照了一张合影，在教学楼前的绿茵场上，我穿着红格子衬衫，他穿着绿格子衬衫，那天是雨过天晴，他的手里还拿着一把伞。照片印出来后，我忽然想起一首流行歌曲，里面有一句“你就像那一把火”，我就在照片的背面题了一行字：“你就像那一把伞”。照片上的於可训手里拿的是一把折叠式的小黑伞，我题字时想了一下，没写他像一把黑伞。

保住不让人把我要回去，可是却不能把我的档案、户口和粮油关系要过来，这事还得我自己想办法。赴京以前，我到省作协去领工资，正好碰见我原单位的文联主席，我再一次给他做思想工作，请他把我的东西寄给我。主席已经听说了我要去北京开青创会，就对我说，这次进京我要是能为文联完成两个任务，他就回去给地委宣传部汇报，争取给我东西。我问哪两件事，他说第一是找几个文坛泰斗，一人给杂志题几句词；第二是通过我的武大校友刘亚洲，找到他的岳父李先念，请国家主席给家乡拨一笔文化经费，因为他当年在这块英雄的土地上打过游击。

刘亚洲毕业于武汉大学外语系，写过几本历史小说，虽然把陈胜写成中国秦朝的斯巴达克斯，但毕竟是有影响的青年作家。加之又是李先念的女婿，所以我们的主席断定他必是这次青创会上的代表无疑。我知道这件事的难度，相当于逼我到月亮上去向嫦娥要不死药，但我也得硬着头皮答应，心想两个任务我至少能完成一个，到时我也至少要他一样东西，剩下的再一样一样地要过来。我们双方在水果湖边达成口头协议，握手而别，然后我就去了北京。

全国第三届青创会开得非常失败，三百名北大学生要求与三百名青年作家会晤，一对一地讨论中国的现状，研究未来的出路，呼唤民主与自由，在官方的警告下遭到中国作协的拒绝。会议宣布我们不许出门，在大雪封锁的京丰宾馆里我们度过了一个嬉皮笑脸的元旦。这倒正好成全我完成原单位领导交给的任务，也是我换得档案的合同内容，有一天报告会上我专门坐在冯牧的背后，会间休息时就请冯牧把词题了。此外题词的还有汪曾祺、刘绍棠、邓友梅、姚雪垠。

下一个任务我实在没法完成，我要不到嫦娥的药，一到北京我就从《人民日报》上看到一条消息，国家主席李先念这一年跑到上海过年，他的女婿刘亚洲也没有参加青创会，却领着一个作家代表团去了法国。我把冯牧等人的题词挂号寄给主席，附信说了刘亚洲和李先念的情况，请他念在我主观上已经竭尽全力的分上，君子以诚信为本，把我的东西寄给我吧。

奇迹出现了，他一定是受了感动，几天后我回武大收到他的回信，说是我的三样东西已挂号寄给校方。我骑车去人事处一查，谢天谢地，真的到了，此时距离毕业分配只有几个月了。

12

我的磨难并没有完。由于档案迟迟不到，临近毕业突然寄来，有人对此产生了莫大的怀疑，怀疑我的档案出于自己的伪造。一天下午龚绍东从系里回来，通知我到导师陈美兰家里去一下，我以为陈老师要祝贺我排除万难，终于争取到了胜利，但是进门以后我看见她脸上的表情比较沉重。她叫我坐下，给我倒水，递给我一个苹果，却一直没有表示祝贺的迹象。

这使我感觉情况不妙，问陈老师是不是我的单位因为恨我，在我档案里多装了不好的东西？陈老师这才正式开始跟我谈话，她说你档案里的东西不是多了，而是少了，你的履历表上有参加共青团的记载，档案里却没有入团申请书、入团介绍人以及其他相关材料。我一听就愣了，我说我从来没写过申请书，也从来没有人介绍我。陈老师问，那你是怎么入进去的？我就如实给她讲了我入团的故事。

公元1974年冬至1977年春，我在做知青时还教过两年多书，寒假期间地方上要搞文艺宣传，党团组织听说我十多岁就写过长篇小说，安排我编写一批群众喜闻乐见的节目，带着我的学生去农业学大寨的工地慰问演出，学生中有表现好的，还要我发展他们入团。我集编剧、导演和文艺宣传队队长于一身，偶尔还拉一拉二胡，算得上是个权威。这一年我在我的学生中发展了几个共青团员。在我宣布入团典礼鸣炮奏乐的时候，有一位共青团女教师对我进行了弹劾，她说我自己都不是团里的人，哪里有资格发展团员，并且还主持团的会议？

我这才知道自己违背了她们的组织原则，从此甩手不干了。党团组织的负责人问为什么，我把女教师的话转告了他。负责人说："这事还不好办，给你也搞个团员不就是了！"第二天他雷厉风行地塞给我一个小红本，叫我每月交他五分钱的团费。我对陈老师说，直到今天我才明白，原来我这个团员还是他封的弼马温呀，每月交他的五分钱，肯定他拿去买大公鸡牌的纸烟抽了。

如果是一个狐疑诡诈的政工干部，对方绝对会淡然一笑，夸奖我即兴编了一篇荒诞小说。但是陈美兰没有，她是一位正直的学者，一年前她写给我的回信就说明了一切，她的睿智表现在她放弃追问一件不可调查的尘封往事，而通过当事者的人品和人格进行理性的分析和判断，同时参照那个令人哭笑不得的、什么奇情怪事都可以发生的荒诞年代。

因此当我一讲完这个故事，她立刻就相信了我。她责备我为什么这样糊涂。她还告诉我说，我的档案里有整整十年的历史没有记载，这在档案学里叫作断档现象，有人怀疑是我的伪造，这在理论上说得过去。

这件事成了一个死谜，只有陈美兰一如既往地坚信着我。她对校方进行推理式解释，如果这份档案是我伪造，我恰恰会在里面装上需要证明的那些东西；如果我造不出来，我恰恰不会把它填写在履历表上。档案到得太迟完全是因为我过去的单位想以狭隘的办法挽留人才，校方可以派人去我过去单位以及原籍进行调查。但此时已临近毕业分配，这些工作都来不及了。

倒霉的事一个接着一个，我的那辆一直伴随着我，两年来为我立下汗马功劳的自行车，在一个夜晚突然失踪，再去作协取工资我就没有了坐骑。我去报案，派出所反而要罚我款，指责我为什么不打钢印。我自己查出了它的下落，一个自杀的哲学系大学生，死前把它偷去卖钱，下馆子买酒买肉吃了个饱。有人分析他是受了西方某种颓废派哲学的影响，我说哲学个屁，没那么复杂，他就是一个贼，拉斯可尼科夫式的，事情暴露又好面子，就一头栽进河里淹死了。

我为档案的事情气急败坏，一天到晚都想打人。我知道我将在很长一个历史阶段，都会是伪造档案的嫌疑犯，心里怨恨单位文联把我害得好惨，连我的老师陈美兰和於可训都替我受累。

这件事到底对我造成了影响，最初我的分配单位是国防科工委，因为那里涉及军事情报和核武器，政治上的要求很高，既然我的档案问题真假难辨，学校只好又给我换了一个文化单位。

13

如同刘道玉是我心中永远的校长，陈美兰是我心中永远的老师，不仅学问，而且道德。我越来越发现他们所给予我的我今生没有办法回报，告别武大的那一天我想得太简单了，无非是多写、写好，但是当别人认为我已经如愿以偿的时候，我却依然惶恐，依然胆怯。

陈老师是中国当代著名的文学批评家，她温情善意的眼睛一旦进入文学，刹那间就会变得无比的锋利，我害怕她因看到我的依然幼稚而依然失望。我已经写了一千多万字的所谓小说，出版了四十多本所谓著作，包括在国内获奖的部分，以英、法、日、俄等文字翻译到国外的部分，以及在国外出版的书，我一本也没有寄给她，一本也没有寄给我的校长刘道玉，一本也没有寄给我兄长般的於可训。还有，对我要求最苛刻的同学龚绍东，我知道他对我的所有作品都不满意，因此我连一个字都没让他看到。

我是不敢，书很便宜，面子却是很贵的。有天晚上我偶尔打开影集，又看见了我和陈老师的合影，看见了我和於老师的合影，看见了我和刘校长的合影，我突然明白了一道算术，我欠他们的不止三块五角钱。

但在另一方面，我又为自己感到骄傲，我是一个真正的自由作家，二十多年，我的一千多万个字里每一个都是干净清白的，我没有用它向任何强权谄媚，以换取那些肮脏但却有用的东西。这一点并不是每一个中国作家都能做到的，包括二十世纪三十年代苟存下来的某些大文豪。

我们的校长是化学家、教育家，但是他的骨气远远超过那些被误以为是中国脊梁的作家和文人。在我们的校长坚定执着的眼里，共青团总书记、武汉市市长和教育部部长之类的官员，统统都不能与一个有所作为的大学校长相比。而当今更多的中国作家，在领受一个握手，一个弼马温式虚衔或一个豆腐渣工程奖时，泪水会顿作倾盆雨。

清高与正直，我认为也是对恩师美德的相报，而对于曾经的怨者，我却要学会宽怀。子路问孔子：“以德报怨，何如?”子曰：“何以报德？以直报怨，以德报德。”孔子并不主张以德报怨，当然也不主张以怨报怨，他认为以公正的态度对待私怨也就是了。可是我对我原来的单位最终还是报之以德，虽然他们扣压了我的关系将近两年，还派人来捉拿我，还没收了我两年的工资和粮票，一心要把我像伯夷叔齐一样饿死在珞珈山上。并且因为扣留我的档案，给我造下的后遗症至今还没有个完。

甚至我有些像阿 Q 一样得意地想着，正是由于我被逼上绝境，为了生存我才不得不一边读书一边写作，练出了一身过硬的功夫，这实在是塞翁失马，实在是应该感谢他们才对的呀。二十世纪的最后一年，我担任中国文学出版社的总编室主任兼中文图书总策划，原单位的文联主席寄给我一部长篇小说，六十七万字，上下两卷，是他面壁五载的心血之作，是他的命。我想起当年水果湖边的协议和珞珈山上的档案，力排众议，不顾一切地帮他出版问世。在后记中，他第一次对我表示了真诚的谢意，从此我们成为最好的朋友。

他叫岳啸，十多年后，我在一篇名叫《公元1985年的逃跑事件》的小说中，记载了这个现在看来如此幽默，在当时却是那么要命的故事。小说中的文联主席叫高山吼，那个漂亮的女户警叫姜红儿，第一主人公叫我。

14

魔术师在被开除以前，是我们班年纪最大的一个，我和他同班而且同室，按照同船过渡前五百年所修的理论，我计算我们前世的修行应该有七百五十年，居于同船与同眠之间。全班我与他的关系最为亲密，我视他为兄长，希望他的创作能成正比，推荐他的作品发表，为他撰写评论文章，并擅自在作协拿了一张表格，力荐他做了省会的会员。

这的确是一个难得的人才，像李白一样日试万言，倚马可待，能快速地博览西学，智慧地融汇中用，还会诗词歌赋、金石书法，其奇特的思维与诡辩的口才居于老简之上。临别时他为我作了一首踏歌，是深情的，“我羡野莽君，人文两飘逸”。开除他的那天，天上下起雨来，校方采取的是无言的仪式，从十七本毕业证书中抽去了一本。

那天我流泪了，小琼琼惊异莫名，低声问我是不是也干了什么坏事。我说也许我们都没干坏事，是急躁而莽撞的人仍然在为过去那个罪恶的时代付出牺牲。小琼琼出生于六十年代中期，这样的话她未必能懂，但是很快，全班同学都同仇敌忾，对魔术师表示了异常的鄙视与愤怒。

李惠芳教授研究的是民间文学，是钟敬文的女弟子，我的毕业论文的指导老师。她担心我会干出为他打抱不平的蠢事，就把我叫到她的家里，对我讲了一些我闻所未闻的事情，她觉得她应该重点保护一个义气而又单纯的莽汉。原来全班对他的鄙视与愤怒出于他对全班的疯狂大揭发，令我难以置信的是，伪造档案的说法是出自他口。

我沉默了，我对同学们说，即便这样我也能理解他，他未必是想加害于我，我是这个班他最应该感戴的一个人。是他自造的绝境使他的思维已趋于病态和畸形，沦为陀思妥耶夫斯基笔下的人物，他想把一锅粥搅得越烂越好，寄望以全军覆没的结局证明覆没的并非他一人，然后再以覆没制造者的身份跳出局外，沉舟侧畔，成为一个笑傲江湖的英雄。为了实现这种证明，亲兄弟在船上他也不惜如此。

事情正是这样，我的关于档案的磨难仍在继续。公元 1993 年，武汉有一个姓周的老作家模仿比他小十一岁的贾平凹写了一本长篇小说，四处退稿之后求到了我，情愿免去稿费，只要百册样书。身边走红作家的蔑视使他一日长于百年，他们背后都叫他“老作假”，他发誓要卧薪尝胆，就是倒贴钱也要出一本书给他们瞧瞧。老作假的频频来信感动了我，我有求必应地帮助了他，不料书一出来他幡然变脸，说是封面不好，又说一书二版，把我告上法庭，要求赔他十万块钱。这件事使当地的小报记者激动不已，一心想跟他共同走上一夜成名的红地毯，在报纸上登出我的鼎鼎大名，然后留出一块豆腐大的版面，继续登载我被逮捕的喜讯。

我出其不意地向法庭提交了一个纸袋，那里面装着他两年来写给我的十三封情意绵绵的信，他的愿望于是落空，一口气没地方出，听人讲了我的档案故事，就去采访我班那位被开除的魔术师，为我写踏歌的江湖英雄，来到京城以后我仍然在帮助他重新站立起来的变态者。出师未捷的老作假这次又模仿福尔摩斯，乘坐火车前往我的老家探案，找到我过去的上级岳啸，满怀希望打听我的档案孰真孰假。

这次仍没取得理想的效果，岳啸如实地告诉他说："我寄的时候还是真的，路上有没有人换成假的，这我就不清楚了。"

15

在校的时候我们跟校长见面并不多，大家只是对他怀着深深的崇敬，重重的感激。我们成立文学社的时候，陈应松用怪笔书法函邀了校长，正好那天他要接受一位外国记者的采访。王文生教授用他娟秀的笔迹写了一幅字送给我们，写的是"江山代有才人出"，这幅字被我带到京城，迄今还收藏在我的书柜里，与它相伴的还有那枚魔术师刻的石印。那晚陈美兰、於可训、白嶷岐、郑传寅等老师都来了。我们用基金买了大量的糖果，龚绍东主持会议，我讲了话。我记得我开头讲的一句话就是今天这篇文章的题目，我说我们站在梦中的珞珈山上。

倒是在我们离开武大几个月后，突然听到一个关于武大的消息，说是刘道玉任期未满，却被撤销校长职务，谁也不知道他犯了什么错，媒体也不公布他犯了什么错。我们先是百思不得其解，后来突然一下子解了，是想起了一心要"驾长车踏破贺兰山缺"的岳飞，他的罪名是莫须有。武汉大学的教育改革引起了世人的瞩目，插班生制度迅速普及到全国诸多一流大学，五十四的刘道玉正高唱义勇军进行曲，兴高采烈地阔步向前，一面金牌却朝着他的后脑勺子砸了下来。

这个没有武功的岳飞，他不明白那个黄龙府是不能捣的，教育改革如同国内任何一条战线的改革，只要国家的政体不改，所有的勇士冲到那道铁门槛前都会被迫却步。据说历史的车轮滚滚向前，不可阻挡，但是有一种肉眼看不见的东西，它挡一天是一天，挡一年是一年，挡一代人是一代人。

中国当代教育史上出现了插班生制，我迄今认定那是一个偶然。假如这个世界没有始作俑者刘道玉，没有四十年前一个名叫大刘坡的山坡上的放牛娃，抑或，假如这个放牛娃长大了是个官迷，他戴着一顶任何人戴都合乎尺寸的帽子，一天到晚只说鬼话不做人事，此后十多年来走进全中国各大名校的，数以千计的插班生们，都只能插在自己原本的狗屎堆上。

真理说，地球没有谁都照样地转。但这是一句真理的前半部分，后半部分还应该是，旋转的地球上因为有了一种人，才会使他的同类在不公平的历史走过以后，重新在现实中找到公平，找到更好的生存和工作的方式。而且，因为地球上有了另一种人，真理有时候是不敢站出来的，比方说地球正好转到公元1976年的10月，有谁胆敢说出这句真理，立刻他就会从旋转的地球上提前消失。

地球上绝大多数的生灵，专心于自己的身体在地球上挪来挪去，只有极少数人在担负着挪动和改变他人的重任。后一种人里有我们的校长，奇怪的是他们往往瘦弱、单薄，手无缚鸡之力，体重是贪官污吏的二分之一。

历史的进步是必然的，这句话也只是真理的一半，这是泛指人类漫长历史的全过程，历史在某个阶段的进步的确是偶然的。我还要比方公元1976年，在中国古堡里发生的一次历史长足的进步，我一直坚定地认为它完全取决于两个老人的寿命。而人的寿命的孰长孰短，死亡的孰先孰后，它里面埋伏着太多的偶然。

历史在猴年马月进步，进多大的一步，在进这一步的时候有没有阁下的双足，这不是必然。中国的教育改革，中国高校的插班生制度，或者类似这么的一个玩意，假如再晚二十年诞生，走上珞珈山的不是这一批中国首届插班生，桂园四舍里顶多只会住进我们的孩子。

而且，二十年风车一样地过去了，没有了刘道玉的中国教苑似乎也没开出什么新的奇葩。

取代刘道玉校长的人，取代的也只是他名字后面的那个两字符号。

但是当年我们风华正茂的校长，二十年后却已经是一位多病的老人。一架古老的、巨大的、慢慢吞吞吱吱扭扭的牛车，只允许他推动了一箭之地，就迅速地更换了与老牛相匹配的驽手。

一天深夜，在校长的自传里，我读到了二十三年前我们走进珞珈山的秘密。有一句话决定了我们后来的命运：“三上高教部，情动上苍”。原来我们的上苍是用情打动的，不然还是没这回事情。因此我越发认定了那是一个偶然，我猜想那一天上苍喝醉了酒，糊里糊涂地被刘道玉打动了，一觉醒来发觉上当，于是赶快变卦。要么事情正好相反，上苍本来是清醒着的，点罢了头，接着又糊涂了。

当我从武大的女博士李为那里，知道校长是那么喜欢弗洛姆，喜欢他的《人的呼唤》，喜欢他说的那些人话的时候，我就基本上可以断定，我的前一种推测是英明的。因为他所喜欢的弗洛姆说：“我们生产着像人一样的机器，同时生产着像机器一样的人”，“人从他自身中异化出来，并在他双手创造的领导者面前俯首称臣”，“人应当抛弃套在他身上的锁链，抛弃虚幻和空想，使自己变成一个能创造性地运用自己感情和思想力量的人。”

所以，上苍及时地发现了再让他来驾车，他会带着他的三千弟子砸碎套在身上的锁链，重新变回到人，把车子驾驶到一个理想国里，用自己的感情和思想去创造一片新的天地。他把那里称作快乐学院，但是可惜，我们中国自古以来就有些人，一看到别人快乐，自己立刻就不快乐了。

我才到底知道了校长是一个什么样的人。我对为我背诵校长语录的女博士说，见为恨晚，识玉犹迟。

一颗赤诚圣洁的心灵，像墩布一样去奋力打扫一个很脏的世界，它感到的疼痛可想而知。

16

《一个大学校长的自白》的新书发布会，以武大校友会的形式在北京召开，我的同班同学、长江出版集团的总编辑周百义主持会议，龚绍东等人从异地专程赶来，熊召政则以保镖的角色伴随校长从武汉起飞。到会的将军、作家、文化学者、教授、编辑家、出版家、记者、金融家、经济学家、实业家以及各界官员，几百人众全都是武大的骄子，这次盛会使我十八年后能与校长在京城重逢。我看见校长老了，但我看见他翩然的风度依旧，演讲的音容也依旧。

我读完了这一本书，早已过去的很多事情居然现在我才知道。上个世纪的中国首届插班生们，毕业以后天各一方，有的互相之间都少有联络，校长的目光却一直跟踪着我们，遥望着我们怎样开花和结果。这本书是他用病后颤抖的右手，一天写一千个字写出来的。黑色的封面，沧桑的面容，忧思的眼睛，这是现实中的校长的写生。此前读过太多的传记，写过太多的文章，读这本传记写这篇文章的时候，我的心情是万般的复杂。一不小心，我把书评写了人评，名字叫作《夜色下的凝思》，发表在两个月后的《中国图书商报》上。我把黑色写成夜色，我认为那就是夜，有蝙蝠在他的身后悄然飞行。

他用颤抖的右手给我写来颤抖的信，他称我为“兴国爱生”，反而要感激我的才华和良知。

事情还真不幸被我的文章言中，这本书居然成了禁书，出版不久就率先在武汉地区遭到封杀。当然是暗杀，他们害怕有人听到一个大学校长的自白，又不能公然割断自白者的咽喉，最好的办法在黑暗中迅速销声。

鸡年过去，又临到狗。由禁养到限养再到任意可养，狗类似乎比人类生活得更好，原因是它没有异端的思想，只有忠诚的投靠。在与狗为伍的京城大街上我听到了久违的鞭炮声，耀武扬威的狗年到了。

我从搜狐网上，给校长发去一首代为贺岁的诗：

昨夜梦里返珞珈，白楼叩访饮新茶。
天公曾信何拘格，人世尤哀多锁枷。
一念菩心垂柳露，千愁浪子看樱花。
大功岂须青铜塑，桃李满园是史家。

收到校长的贺年卡后，接着我又写了一首：

塞翁今日又失牛，持杖九宫看淡秋。
楚帝不识绝世璧，杜鹃枉泣普天忧。
仙山高士原真隐，末路雄才总出头。
我劝卞公惜双脚，记铭史事且登楼。

17

台湾有一个并不美丽的女星，她的歌声却一遍一遍地打动着我。她说我拿什么奉献给你，我的朋友，我的爱人，我的爹娘。然后她说，我一次次地问，一次次地想，一次次地想啊。

每一次听了她唱，我也在问着和想着。我把她的歌词篡改成我拿什么奉献给你，我的武大，我的老师，我的校长。

我要奉献的东西，当然只能是我的作品。但是当我刚到北京，二十世纪八十年代的最后一年，我亲眼看见了世界的狰狞，权力的凶残，文学的苍白，作家的可哀。文坛四分五裂，战士作鸟兽散，逃了，藏了，弃暗投明了。我加入了沉默的队伍，此后的五年没有写出一个字来。

二十世纪八十年代的最后一个冬天，我报名到西藏去，并且是藏北高原，想写一本关于自然和畜生的书，我自知是惹不起人了。事情差不多快要办成，春节以前就可以动身，拉萨却打来一个电话，说是藏北高原的冰雪第二年五月才能消融。我就又留下来，第二年的情况起了变化，藏北再也没有去成。从公元 1993 年开始，我重新找出那杆秃笔，写了一些据说叫作文学的东西。

我的老少哥们儿称我是文坛双枪将，因为我除了自己写作，还主编有各种规模宏大的丛书，字达几千万计。但我承认我是一个极其自卑的人，觉得已有的这些目前都献不出手，我非常害怕我的武大、我的老师、我的校长，他们一眼就能认出这是一些不成器的南瓜和茄子，我好心好意地献给他们，却使他们本来轻松的心情突然一下子沉重起来。

去年秋天，中国社科院外国文学研究所研究员，武汉大学中国首届插班生，我的异系同学翻译家许金龙先生，在他主持的一场华宴上庄严号召，要建立一个以校长刘道玉的名字命名的图书典藏室，并且以身作则献出了他的数部译著。

我想响应，却犹豫了。

我计算着自己的时间，我知道有些事情可能我是做不到的，不过我还在做着。

我要奉献给我梦中的珞珈山的，是我永远在做的事情。

我们的老校长要的是这个，他本人也是。

飘叶是秋风知己的译卷

1

迄今已逾二十五年，武汉大学前校长刘道玉英姿焕发要改变中国教育之现状的时候，许金龙仰仗他一篇获得中日联合大赛翻译奖的，日本岛崎藤村的《千曲川旅情》译文，我则抱着在《人民文学》《小说月报》等杂志发表和转载以及在省刊获奖的，共计三十多万字的作品报考武大，得逞后金龙被分在外语系，我被分在中文系，一道加塞儿成为三年级的插班生，仅两年便以本科毕业获学士学位。此后我们又都来了北京，他到外国文学研究所，我到中国文学出版社，两家单位的名称相反，性质却相近，一个是把外国文学翻译进来，一个是把中国文学翻译出去，进出皆为中国与世界文化的交流。外国文学所的上级是中国社会科学院，中国文学社的上级在公元 1989 年以前是中国文化部，后来因故，转属中央外宣办与国务院新闻办双重看管。这些单位在当时，唯有大学名校的优等生才能进入。

我们且都是校长列入特殊学子名单要进行追踪调查的人，校长的用意，无非想看他试验栽种的这一批怪树离开珞珈山后成活与否，能长多大，结果如何。我与金龙所在的单位说南辕北辙不确，应该叫东拉西扯，因为一个在东城区建国门，一个在西城区百万庄，距离和交通条件决定，相互往来并不十分勤奋。倒是五年前校长的自传《一个大学校长的自白》出版，在北京的首发式上数百名武大学子欢聚一堂，我们才得重温故日的同学之谊而知新情，金龙此时已是一位在中国和日本均有名气的日文翻译家，翌年就以诺奖得主大江健三郎长篇小说《别了，我的书》的中译本，获得第四届鲁迅奖唯一的翻译奖，此奖第五届居然给空缺了。

首发式后，金龙又举行了一个小型宴会，席间提出在珞珈山捐设一间刘道玉图书陈列室，室中图书均为校长学生自己的著译。第一个响应号召的是我，我以自己出版的不算最多也不算最少的三十多部拙著，推测毕业于武大的作家和学者的著书总量，此室陈书万卷当无问题。但我接着却提出这个陈列室不宜设在武大，因为公元1988年3月，被《中国青年报》头版发表“58岁的数学教授接替54岁的化学教授担任校长，武汉大学顺利完成新老交替”的恶搞新闻时，同学们要在美丽的武大校园给刘道玉塑一尊铜像，遭到了武大新政的阻止。陈列室的事就因此搁置下来，金龙也没想出好的办法。

从此我与金龙的往复渐多，二十一世纪初，我参加了他组织的四次国际文学交流会，一次是获得诺贝尔文学奖的日本作家大江健三郎（おおえ けんざぶろう）访华，二次是获得诺贝尔文学奖的法国作家勒·克莱齐奥（J. M. G. Le. Clézio）来京，三次是研究大江健三郎作品的日本东京大学教授小森阳一、日本女子美术大学教授岛村辉访问外文所并介绍大江健三郎的新作《水死》，四次是中日两国的青年作家召开作品研讨会。还有一次，同样获得诺贝尔文学奖的土耳其作家，我比较喜欢的奥尔罕·帕慕克（Orhan. Pamuk）来到中国，除了读过他扑朔迷离的文化案情小说《我的名字叫红》之外，我还读了他曾经惹出麻烦的政治小说《雪》与自传体小说《伊斯坦布尔》，只可惜这时我恰好回了老家，不然金龙也得请了我去。

第四次，原定要做主持的金龙因嗓炎发作临时让人替补，铁凝致辞，莫言发言，外地的中国作家有的闻讯乘飞机赶来，在观众席和走廊上或坐或站，听讲，提问，拍照，我则被安排在对号入座的嘉宾圆桌前喝茶，吃水果，听翻译们转述，会毕共进晚餐，接受金龙嘶着喉咙踉跄过来的敬酒，然后提走一袋精美的赠品。其间当然可以发言，但我深知无话可说，我的作品只有一篇散文被译成了日文，据通知书说是做日本东京大学的中国语教材，译成法文的也仅是三本书，发行量如开本一样非常之小，此外就是一些鸡零狗碎的文章。我觉得在这些获得诺奖的世界级大师面前不仅是我，我们中国的所有作家都没有面子，别看有些人端坐在那里装模作样。

金龙却把我拼命地往前推，要我向拼命往前挤的某些中国作家学习，好像我是一个皮肉作痒恨不得今夜就要嫁出去的急婆娘。他越往前推我越往后缩，最后一次我甚至感到了后悔，一位与我同桌的日本共产党《赤旗报》驻北京站长，长着一张赖不拉叽脸相的日本人的说话令我心生不悦，竟然以上洗手间为名提前离席。然而参加这些活动的意义，是我亲耳听到了获得诺奖的外国作家诚实无欺的创作谈，那些话应该让某些因为虚荣和浅薄而误导读者的，满嘴斯斯拉拉的中国作家和评论家们感到脸红，它们是那样的老实巴交，一就是一，二就是二。而在二十世纪八十年代以后的中国文坛，几乎每一次外国作家获得诺贝尔奖，都会掀起一个购读此人全部著作的狂飙，其实那些著作或许是写于很早之前，或许是本人的随意之作，或许是因某种政治的原因歪打正着。

更为可笑的是，有的书早在上个世纪八十年代就已有了中文译本，因为那时尚未获得重要奖项而无人问津，现在换个开本、版式、封面，书眉上烫印一行获得诺奖的字样就一版再版。在迫切追求进步的急婆娘式中国作家这里，有人努力把它们往深奥玄秘之处误读，曲解，神话，同时快速作为模仿的榜样，以此证明自己是多么与时俱进，多么与国际接轨，并且以还没来得及脱去包谷和红薯味道的土腔土调，自称是什么先锋索超派。

我们崇拜着大江健三郎，大江健三郎反过来又崇拜着我们的鲁迅，他的文学追求起始于日本侵华时期偷偷阅读母亲私藏的鲁迅作品。而鲁迅活在中国几乎任何一家书店，任何一位作家的书房，近些年还不乏几个二百五式的英雄故作惊人之语，趁着这具七十年前的死尸不能说话，试着发起一些零打碎敲的攻击。同样，写作《诉讼笔录》《金鱼》的勒·克莱齐奥称自己一直保留了学习中国文化和中国文学的兴趣，“对我来说，它代表了东方思想的摇篮。阅读中国的古典文学，鉴赏中国的京戏和国画对我产生了很深远的影响。我尤其喜欢中国现代小说，比如鲁迅和巴金的小说，特别是北京小说家老舍的小说。我发现老舍的小说中的深度、激情和幽默都是世界性的，超越国界的。”

勒·克莱齐奥三次来访中国，前两次未获诺奖，没有多少人搭理他，虽然后来获奖的作品此时已经出版并且译介中国，但只有等到诺奖评委人云之后，中国人民才会跟在屁股后面群起而亦云之，其状悲夫。

2

最后一次的闭幕式我本不打算去了，金龙说必须要去，因为在国际饭店举行的价格很是昂贵的告别晚宴已经摆好了名字标牌，这是一顿最后的晚餐，每人还有一箱价值数百元的图书相赠。于是我为此而去，我的第二收获却是在同桌发现了外交官、翻译家、诗人与《世界文学》副主编高兴的名字，此人曾是中国驻布加勒斯特总领事，翻译过亨利·詹姆斯和米兰·昆德拉的小说以及大量罗马尼亚诗歌，曾经赠送我一年的《世界文学》杂志，并约我写关于外国作家的读书随笔。胖乎乎的高兴先生高兴地叫我名字，我也高兴地叫他名字，我问他是念高兴（新）还是念高兴（幸），他说前者。我向他解释几年前我主编的一套上、下两卷的《天地父母》，本来分别选了他写父亲和母亲的两篇美文，后来在责任编辑寄来的样书中发现不知何故只收了一篇。高兴仍然高兴，他说剩下的那篇已在哪里发表。

我还很想见到“在二十世纪那些描述男性女性关系的作品中，是开创性的”《金色笔记本》的作者，获得诺奖的英国女作家多丽丝·莱辛（Doris. Lessing），以及“以诗歌的凝练和散文的率直，描写了失业人群的生活”的《我所拥有的我都带着》《光年之外》的作者，获得诺奖的德国女作家赫塔·缪勒（Herta. Muller）。我对金龙说，这二位女作家何时来京，何时再给我发一封请柬，我要听她们亲口说出一些未经误读、曲解、神话的话。金龙沉重地告诉我，因为那件中国打死也不肯承认的事，她们拒绝来访中国。

春节过后，金龙突然打响我的手机，气急败坏，大声指责说校长找了我三天，邮件没人回，电话没人接，手机说没有这个号，质问我在搞什么名堂。我说我刚搬新家，旧居的网线断了，电话停了，手机也丢了，再买一个用的是儿子淘汰的号码，这个号码发短信包月省钱。我问他说校长找我是好事还是坏事，是不是我写的言论文章给校长惹祸了？金龙说电话里听不出是好是坏，要问你自己去问校长，我就立刻一个电话打到校长家里。师母高伟接的电话，她说校长正在洗澡，让我过一阵子再打。再次打去果然是个男声，正是校长，刚洗完澡身清气爽，他说上次在京召开《一个大学校长的自白》的新闻发布会后，很多同学对他说起我的那篇评论《夜色下的凝思》，最近又有同学旧事重提，有一次他去湖南一所大学演讲还被学生问到。我说至今我也没有收到那一期的《中国图书商报》，倒是在网上看见不少转载。接着他问我最近在写什么，我说在写一部历史小说，名叫《神鸟》，春秋时代一个强大的君子之国被邻邦联手所灭的故事。

电话刚挂上，立刻又响了，我以为校长还有什么没说完的话，一接还是金龙，这次不气急败坏了，却换成小声的诡笑，问我找到校长没有，校长对我说些什么。我突然对他产生怀疑，结合他前前后后的表现，觉得他可能在校长和我之间搞了一个什么名堂，经我一诈，果然他就招了，原来他和武大毕业的女博士李为，还有当年的插班生如今的发改委官员杨向群一起，背着我对校长说我在写一部关于武汉大学的长篇小说，主人公可能会是校长。校长怕我把不该写的也写了进去，就打电话来对我进行试探，听说我写的是春秋，这才放心。

接下来金龙终于向我坦白，他和同学们真的希望我写一本校长的书，同学们主张写长篇小说，他却认为应该是传记。我问他这本传记怎么个写法，他在那头又小声地诡笑，说你怎么写都要挨骂，放开写校长的对立面会骂你，缩着写校长的弟子们会骂你，写得不像样校长会骂你，而且能不能够完整地出版还是个问题。我说那怎么办，他说挨骂也要写，出版后还要买书分送同学，顺便请大家吃一个饭，虚心听取宝贵的批评意见。

我答应了挨骂也写，《神鸟》写完我就动手。从此我把金龙叫鱼，金龙鱼是北京地区的一种食用油，他叫金龙，又像鱼一样滑头。这件事在北京的同学们中迅速传开，体裁上除了小说和传记，还有的主张写评传，内容和思想上大家却相当一致，主张完全放开，出版如有障碍，就先出一个删节本，形势好转再出全书。我要校长把他所有的著作都送给我，他竟用特快专递很快给我寄来一箱，是他写的九部有关教育的论文、随笔、自述，另有一本是武大插班生与老师共同撰写的回忆录。

此后校长又陆续寄我他新出版的书，总共达十五本之多，此外，还有他近期发表的大量文章的电子文本。在过去的邮件里，校长一直称我“爱生”，此时看见校长一场大病过后每天只能写几百个字的手，在每本书的扉页上一颤一抖地写着“兴国先生指正”，这些字像是儿童的笔迹，我的眼泪流了下来。

深秋一日，经我介绍到《北京文学·中篇小说月报》去做编辑的青年作家黑丰，转来我的学弟野夫从云南寄赠我的新著《尘世·

挽歌》，这本由禁书作者张诒和作序的书一经出版就成了禁书，恰如书名令红尘哀挽，读完一篇我已再次下泪。1989 年野夫遭人陷害锒铛入狱，妻离子散，家破人亡，校长带着博士去狱中探望，书中的博士被我认出是侠肝义胆的李为，书中的时间被我认出是校长下野的第二年。同是天涯沦落人，昔日的校长无力解救今朝的囚徒，唯能在铁窗之内互赠诗句，其情其景，想来令人心疼！我给李为发去短信，请她为我提供当时的细节以备写传之用，李为称我莽哥，她说同意采访，不过得按标准收材料费。当然这是戏言，历史上屡次共同吃饭，都是她解的女式衣囊，证券会的官员也确乎要比秀才贵几十块钱。野夫的书中写到，他出狱后易中天对他的慷慨相助，以及校长当年对易中天的破格礼遇，让人唏嘘感叹其一脉相承的惺惺惜惺惺，还有当代势利者已近绝迹的正义、节操、胆识与真情。

鱼一样油滑的金龙却不失乌鸦一样的反哺恩报，校长的六十大寿，他组织了 60 多位学子前往珞珈山宾馆庆贺，海外的校友也飞雪一般寄去贺卡与贺礼，从美国，从法国，其中一张来自美国俄亥俄哥伦布的特大生日贺卡，有武大、北大、清华、北外、复旦等 31 名中国留学生的签名，高 61 公分，宽 84 公分，上面用中国的毛笔写着："恭祝刘道玉校长六十大寿，衷心祝您健康长寿！"校长的七十大寿，他的《创造教育新论》出版堪当重贺，海内外的弟子又纷纷致信，阔别珞珈山一十八年的北京诗人陈松叶的贺诗写道："给校长祝寿，是天下桃李的心愿，您是冬天的梅，春天的柳，珞珈山上最硬的石头！"是啊，最硬的石头！这真是最好的诗！不过何止是珞珈山上！校长的八十大寿，最好的寿礼将是他的爱生用两年心血写成的传，它的名字或许叫《愤怒的雪》，校长因故被免职的那年春节过后，大雪覆盖了珞珈山，把新操场右边一棵 300 年的老樟树都压倒了。

我要让金龙把这部传记翻译成日本文字，在东京出版，送两册给校长的朋友，选择了中国的北大、复旦、武大三所大学为姊妹大学的，旨在办成“人类教育最高学府”的日本创价大学名誉会长池田大作、校长高松和男两位先生。否则的话，同学们也会骂他。

3

安博兰每次来京都下榻在侣松园宾馆。这座门口大红灯笼高高挂的宾馆是由一座旧式四合院改造而成，幽静安宁，古色古香，深藏在北京东城一条名叫板厂的小胡同里。此馆只供外国人居住，每人每日的住宿费是三百元人民币。出胡同口右拐，前行，过斑马线，路侧有一家名叫白魁的酒楼，门口也是大红灯笼高高挂。2003 年北京可怕的萨斯过去，翌年夏天我请安博兰在这里吃过一餐饭，吕华作陪。那次安博兰说，巴黎也热死了三千多人，我不解活人为何会被热死，她说法国人出于环保，不像中国人日夜都开空调。

请外国人吃饭很是便宜。虽然是法国的汉学家、翻译家、出版家，花费比请一位中国最小级别的土官儿还小得多。我们一人点两个菜，安博兰点了鱼香肉丝、宫爆鸡丁，吕华点了鱼香茄子、芫爆肚丝，最后我再点一个八块钱一盘的酸溜土豆丝，一个六块钱一盘的凉拌萝卜皮，就齐活了。她一不喝酒，二不吸各种颜色的饮料，只是眼巴巴地看着穿旗袍的供餐小姐问可不可以抽一支烟，旗袍小姐笑而不语，她也就只好打消了这个念头。时隔六年，这次再来，依然在侣松园下榻，依然在白魁酒楼吃饭，不过是刘醒龙请，我作陪。

我当时选择白魁酒楼，一是这里离侣松园最近，二是吕华翻译过贾平凹的《五魁》，其中有个“魁”字。安博兰又看中了《五魁》作者的禁书《废都》，费两年之功翻译完毕，出版后在法国获了费米娜奖以及此后的法国政府奖，这本书又是吕华的合稿与总校。在这之前，吕华翻译了我的三本小说，以及由我推荐的方方的《落日》，周大新的《向上的台阶》，均由安博兰在法国出版。安博兰说她非常喜欢我的《开电梯的女人》，一看名字就喜欢，因为法国的女人不开电梯。我告诉她无论什么事她都会好奇地问“真的呀”，明显是学中国人的口头禅，不同之处在于那个“真”字不是第一声平韵，而是第四声仄韵，我怀疑她接触过山、陕二西的中国作家。

她搞不懂姥姥是什么职务，我解释是妈妈的妈妈，她便恍然大悟，哦，我的女儿刚生了女儿，那我也是姥姥了！但她立刻又困惑起来，为什么中国作家的小说里经常有人骂“操他姥姥的”。我说中国有个鲁迅你该知道，鲁迅写了个阿Q，阿Q骂人是“妈妈的”，后来有人立志改革，为了超过阿Q的水平，顺藤摸瓜找到对方妈妈的妈妈，骂出来就有双倍的力度了。她又问打头的那个字，我说那是动词，不是做广播体操，它与性有关。她想了想好奇地说：“真（正）的呀?”

第二次与安博兰见面是受贾平凹之托，一天夜里平凹突然打我手机，要我帮他联系上安博兰，说中国政府给《秦腔》拨了一笔对外翻译补贴，大约是八九万块钱，安博兰如能出版此书这笔款子便是她的。我回忆这些年里一直是我请平凹做事，如某出版社想出他的选本，某朋友想要他的字画，某组织想让他参加某个活动，我迁城南新居他还给我写了院名“竹影居”和斋号“蘸溪坊”，画了一幅马头谦称“马头为瞻”，他却好像从来没有请过我。我唯一帮过他的就是那次《废都》获了费米娜奖，法国方面通过驻华使馆和中国作协都找不到他，吕华急得找我，我提供了他的西安好友孙见喜的电话，孙见喜骑着一辆自行车跑到乡下才把他逮住。原来他到一个农民家里买罐子去了，据说是汉妃赵飞燕的古董，后来得知是个普通的尿罐。平凹接到通知赶紧准备西装，学打领带，办理签证，写获奖感言请吕华译成法文，然后坐飞机到法国，把那个女评委给他的奖领了回来。

我立刻拨打吕华的手机号，一个女音说是关机。我才想起今年元旦，吕华与西班牙语翻译赵崇星等好友来我家时，说他8月要去法国，手机虽说是全球通，但是他嫌越洋通话太贵就给关了。我又立刻上网发他邮件，请他设法找到安博兰，过了一天他回信来，以为我想把自己的某部作品介绍出去，我说这次是为贾平凹，此人是中国当前最优秀的作家，而我顶多是个良好，良心没坏的写作爱好者，等我写出伟大作品再说自己。又过一天他又回信，说若不看在我如此舍己为人的分上，他决不再找安博兰了，因为她居然说她很忙！不过再过一天，他主动告诉了我一个消息，安博兰不久将到中国学习汉语口语，建议届时我们在北京见面。到了吕华所说的那个时间安博兰并没有来，迟些日子终于来了，却不是来学口语，而是一个为期十天的国际文化活动。我与安博兰在网上通了个信，相约在京见面的时间，然后我将情况告知平凹。

在我六年前的印象与推测中，身材娇小的老太太安博兰妙龄时光应该是一个法国美人，我打侣松园宾馆房间电话，负责转接的前台小姐也以法国老太太相称。孰料六年后，年纪更老的安博兰吃得兴起，忽然自爆芳龄，原来她还小我一岁，与吕华同大。这一下我吃惊不小，方才发现她的嘴唇上面涂了鲜艳的口红，看似随意的衣装其实都很考究，于是说起在法国吕华给她打电话她说很忙，吕华为此十分生气的事，安博兰立刻满脸怨忿，声音比刚才大了一倍，说是有一次她来北京，给吕华打电话他说很忙！她模仿吕华说“很忙”的时候，从声音到表情都是恶狠狠的，我就明白了，她的“很忙”乃是为了报复吕华的“很忙”。

我于心不忍，觉得有责任为这两个同龄好友消除误会，便对安博兰说，吕华目前在中央编译局的本职工作是给国家首脑翻译报告，外国的翻进来，中国的翻出去，两会期间防止泄密，连夫人也不能见，你那次来必定是碰上了两会。安博兰睁大一双好奇的眼睛，问我什么是两会，哪两个人相会？我对翻译出版过许多中国古典文学作品的安博兰说，这个两会不是牛郎与织女两人相会，也不是张君瑞与崔莺莺两人相会，是我们中国一年一个周期的人民代表大会、政治协商大会，这两个大会每次都是一起召开，所以简称两会，相会的不止两人，而是好几万人！安博兰说："真（正）的呀？"

几天后吕华从法国回来，全球通这才开通，我把这个秘密告诉给他，我说你这个书呆子，你不知道安博兰爱着你的呀，她到中国想要找你你说很忙，你到法国想要找她她当然也说很忙了！吕华的呼吸有点儿急促，似乎被我一语道破，说是你们作家真会想象！"你这个书呆子"是我借用英文翻译家凌原对我的称呼，凌原是继对外翻译《红楼梦》的杨宪益、对内翻译《安徒生童话》的叶君健、对内对外一起翻译了大量文学作品的殷书训之后，中国文学社的第数任英文负责人，同时任副社长，党内职务是支部书记，二十一世纪初，独自翻译出版了一部两块砖厚的《英汉大辞典》。与他任职同时，刚从法国归来的吕华任副总编辑，审读中文书稿方面的副总编辑暂时空缺，许多工作由我这个正处级的总编室主任代理。凌原有心让我官升一级，但是因为这个单位是由中央外宣办管辖，副厅局级以上职务必须是共产党员，于是他就发展我入党。

凌原找我的谈话不同于《红岩》里的革命先烈，非常简单，只有三句。他说第一，你此生当不了托尔斯泰；第二，共产党目前还垮不了；第三，我对面的这个位子你不来坐有人要坐。我为他这罕见的真诚与率直所感动，只有把我当亲兄弟的人才会说出如此掏心窝子的话，他想断了我写作的路，让我一心去走那个别人奋不顾身争着抢着要走的所谓仕途。但是我也真诚率直地回答他说，在你任职的这两年里我会全力帮你，别的就不说了。凌原悲哀地看我良久，突然起身："你这个书呆子！你这个书呆子！"

不过直到他卸职我们都是朋友，君子重信，我实践了全力帮他两年的诺言。当时我说两年的原因，是我本已与北京作协说定去做签约作家，我怕升官之后"有人要坐"的那个座位上所有的事情都是我的，那时我带着级别再走人家会骂我不是东西。加之当官对我素无诱惑，每月工资虽多一点，无休无止的会议将让我失去更多的稿费；看病医院虽高一级，无穷无尽的矛盾将为我提供更高的发病率，又累又烦并且完全还有可能又气，弄些怪病出来恐怕三〇二医院都治不好。而且正当此时，我带开发部主任高维民去萧耘家里，商量出版她与丈夫王建中提前退休在家整理的，三十卷本的《萧军五十年文集》，一边吃萧耘做的炸酱面，一边听她讲萧军入党的故事，正要去入，却为下级服从上级少数服从多数的问题给难住了，他认为应该错误服从正确才对，于是对发展他的彭真说，让他回去再想一想。这一回去，“文化大革命”就开始了。

这件轶事，我曾在《北京晚报》上见过萧耘继母写的回忆文章，听他女儿再次亲述，有声有色，我就越发觉得萧军童贞可爱，到底是鲁迅的大弟子，八辈子没当过官儿的当代作家里面怎么就没有这样的人呢？因此，刚刚上任的凌原一边打电话给北京作协秘书长李青，请她把我的事推迟两年再办，一边想法把我拴住的时候，我答应作为党外人士，努力再做两年的工作。

4

我与吕华有事就到地铁的出口会合，因为双方的住宅都离地铁不远，隔着刷卡机一个在出口内，一个在出口外，这样不仅省时，而且还能省下一笔返程的车钱。递过了书，说完了话，两人迅速地分道扬镳，也不找地方喝茶喝酒什么的。吕华告诉我说，罗新璋看了我的《墨客》很有意见，怪我把苏珊娜与他的跨国之恋硬栽在燕汉生的身上，让老燕占了很大一个便宜！罗新璋是著名的法文翻译家，夫人是著名的日文翻译家，很早以前，我曾读过他翻译的法国批判现实主义作家司汤达的《红与黑》，并且能够大段背诵于连与德瑞那夫人偷情时的美妙译文。当时未曾想到，有朝一日我会与译者同在一个单位，不过并非同时，在我后脚来时他已前脚去了中国社科院、南开大学与台湾大学。也没想到我们会相识于共同的同事法文翻译曹大可的追悼会上，随后他又在燕京饭店用新台币请我们喝茶。在那里我俩一见如故，大谈法国的巴尔扎克、雨果、莫泊桑以及我最喜欢的莫泊桑的老师福楼拜，大谈日本的芥川龙之介。

关于罗新璋与苏珊娜的爱情故事，是我们的同事将男主人公误说成了燕汉生，我也才误写在了那本书中。苏珊娜是在华工作的法国专家女郎，青春貌美，多情风流，为中国才子罗新璋的风度气质所吸引，芳心暗动。那是二十世纪的六十年代，含私生活在内的一切都要向党组织交代，外国人、外国女人、外国专家女人也概莫能外。于是苏珊娜向社长兼党支部书记、《暴风骤雨》作者周立波的前夫人何路递交了一份申请书，强烈要求与罗新璋结为夫妻。然而罗新璋已结秦晋，何路代表党组织未予批准，苏珊娜一气之下回了法国，不仅与中国不复往来，与她心中的中国王子也恩断义绝。回国以后终身独居，痴心著书，将这一段没齿不忘的未了情缘也著进了书里。

八十年代末我到中国文学社时，燕汉生替代罗新璋做了法文部的主任，同事们也让他替代了这个爱情悲剧的男主角，我信以为真，借着给他看手相的机会，糊弄说他的爱情线已伸到了大洋彼岸，他的微笑让我充满自信，也在本单位有了手相大师的美名。老燕是我的郧阳老乡，此前曾经担任中国驻法大使馆的一等秘书，九十年代末中国作家代表团出访法国，中国作协副主席陆文夫任团长，中国文学社副总编吴旸任副团长，他又担任秘书一路随行。英文翻译家老殷退休之后，法文翻译家老燕差点儿做了总编辑，忽然任命下来，接替老殷的是一位法文与中文均不如他的同事，他却被派往法国。

在法国他也没有忘了中国文学，给我寄来一封信说，中国当代作家不通外文，无异于双翼断其一只，故而很难飞得起来。我回信说他言之有理，但是知道断了却也不能安上，那玩意儿是胎里长的，如林语堂，如梁实秋，中国的知青作家有幸生长在伟大的毛泽东时代，个个先天不足，长大又吃狼奶，从天天读的老三篇里能够学到一个愚公移山的故事，知道“中国古代有个名叫司马迁的说过”几句鸿毛与泰山的话，已经是中华民族的高级知识分子了。

此后，老燕回国，上班，退休，返聘，再退休。我把本来与老罗恋爱的苏珊娜写给了老燕，引发老罗一肚子牢骚，老燕却似乎并无感激之意。“三讲”的时候他被请回单位，听说副总编吕华受我自由言论影响甚大，他在会上批评吕华党性不强，因我在野，关于我的批评词就只能是骄傲、霸道。有好一阵子我们在走廊里狭路相逢，要么互不说话，要么两相挑战，我说“廉颇老矣”，他说“尚能饭”。吕华却与他友好如故，他是吕华的入党介绍人，自然要把对吕华的负责进行到底。

直到曹大可之死，罗新璋与我等燕京饭店之聚，此时“三讲”早已过去，北京气温降至往常，从台湾回来的老罗言论比我更加自由，老燕听着哈哈地笑，谁也不批评了。他翻译的《狼图腾》在法国一炮走红，接着还要翻译贾平凹的《秦腔》。平凹问我如何谢他，我说给他写幅字吧，得知他是一只长着双翼的鸟，平凹寄我转交他的字是“骐骥出绝域，鹰隼本高翔”。此诗原出韩愈“骐骥生绝域，自矜无匹俦”，后被人联为“鸾凤本高翔”，平凹今又将它易之“鹰隼”，实为大的恭敬。

在我终生要感激的人里，有一个就是殷书训，他死之后我才知道他是舒迅，阿瑟·黑利的《最后诊断》，约翰·厄普代克的《鸟人》，哈浓·李的《百舌鸟之死》，秦家骢的《宗族之恋》，韩素英的《凋谢的花朵》与《迷人的城市》等，都出自他的精彩译笔。此前我误以为他一心扑在总编辑上，从不染指自己的私活。他曾在时任共青团中央总书记的胡耀邦手下工作，后来成了“右派”，后来又成了中国文学社的总编辑，高，瘦，近视，笔直，走路昂首小步，目不下视，像一只江边独行的鹤，却终日沉默不发一声戾鸣。岂料在我主持的联欢会上，他站起来唱了一段京剧，我站在城楼上看风啊景，四座哗然，接着又唱了一首英文歌，接着又搂了年轻女翻译的小腰跳华尔兹，那功力深厚的翩翩舞姿非一般暴发户土、包子们可比，让我第一次感觉到他的不凡来历。

我曾是单位主管宣传的工会干部，每逢节日都要在中文编辑部的大屋子里举行联欢，有时还参加文化部的活动。联欢会上外国专家也来参加，各自献出他们的拿手节目。有一年我还主持了一次模特儿表演，把三等奖颁给了一个穿着披肩上场的法国小黑女。大家见殷书训唱歌跳舞样样皆精，得寸进尺要他再走一个猫步，他说那得穿一件燕尾服才好看哪，众人大笑不禁。

继续了解此人来历，始知这位雅士当年还曾是学生运动的领袖。1946 年圣诞节之夜，北大女生沈崇遭美国大兵皮尔逊的奸污，沈从文、冯至、任继愈、朱光潜等北大 48 位教授致抗议书于美国驻华大使，殷书训时为燕京大学学生自治会三位负责人之一，率领燕大学生声援北大，此案之轰动曾被写入《毛泽东选集》。沈崇改名沈峻，崇山依然峻岭之意，出身名门，祖父为清朝“同光中兴”名臣沈葆桢，外祖父更是虎门销烟的林则徐。后来她嫁给漫画家钻石王老五丁聪，“文革”中备受凌辱，上世纪末皈依佛门，强奸案又有新说。八十年代中晚期她在与我一墙相邻的外文出版社任职，我向她要过一本英文版小小说选，里面收有武汉作家绍六的一篇小小说，绍六请我找到寄他。

外文出版社与中国文学出版社原是一家，国内翻译界的一流高手风云际会，这座古堡式大楼幽深结实，正常时候，杨宪益、戴乃迭在此翻译过《红楼梦》，非常时期，钱锺书、叶君健也在此翻译过《毛泽东诗词》，夫妻合璧，友朋携手，政敌过招，轶事颇多。据说出版毛选五卷，外文印刷厂立功大焉，他们从监狱押出死刑囚犯，在十余次校对之后尚能找出错讹者，一字减刑一年。翻译毛选，最好的翻译家们出足力气却不讨好，想尽办法而遭祸殃，毛选里说：“我这个人是秃子打伞，无法（发）无天。”翻译家们开会研究，既不能让外国人认为毛主席是个秃子，也不能让外国人攻击毛主席横行无忌，于是译成“一个孤独的老人打着一把布伞在黄昏的细雨中慢慢地走着”，如此求雅而不顾信达，译者还因此差点儿身陷囹圄。

殷书训任总编辑的八十年代末至九十年代初，是我来京后的金色时光，单位给我分在府右大街光明胡同一个四合院里的单身宿舍我不去住，宁可夜间蜷躯于编辑部的一架钢丝床上，因为可以继续坐享机关食堂的晚餐，也免挤一日两次的无轨电车，至少能够省下三个小时用于写作。还有一个不宜公开的秘密，住四合院夜晚得上门外大街上的公厕，而在这里通宵达旦整座大楼都是我的。殷书训可能并不知道这个内情，如同我误以为他心无旁骛，他也误以为我是在夜以继日地伏案工作。或者他是知情的，却以翻译家的知心觉得写作是一件崇高的事业，于是在党内会上号召同志们要向我学习。这下激起一些落后党员的不满，有一天我在厕所里听人忿忿地议论：“这个官僚主义，这个近视眼，连自己的人都没看清楚!”忿忿者的意思是说，党员怎么能向非党员学习！他这个党支部书记连我的政治身份都没搞清楚，莫非是认错了人，看见我也坐在这里过他们的组织生活会不成?

事实上曾在胡耀邦手下工作的殷书训并没有错，对外介绍中国作家的人本身也是一个中国作家，这没什么不好，比起那些只会说三道四自己什么都不会写的人，至少要拿得出手许多。我到此社，翌年初夏便独赴湖南，为湘军办了一个自沈从文至韩少功三代作家的专号，秋天又带英、法两部的翻译，再去山西完成晋军专辑，那些年头，不仅出外，偶有外地作家来访，社里也会把我推到前线，殷书训认为共产党应该重用这样的人才。他的眼睛是很近视，对有些银样镴枪头的资历深厚者不知曾否“步兵白眼把人斜”，然而对我这个新人的确是青眼有加，先后三次我惹出麻烦，他都坚定地保护了我。一次是王蒙下野之后，文化部长贺敬之的弟弟贺茂之经我之手，出版了一本于本社是史无前例的中文繁体书；一次是《小说月报》转载我一篇写鬼的小说，惹得家乡的鬼人写信告我；另一次的性质比这两次加在一起还要严重两百倍不止，他阴沉着脸找我谈话，一关上门，立刻就笑了，以他做过“右派”的丰富经验小声地教导我，如何对付这些可笑然而麻烦的事。

5

在殷书训执事期间，发生的意外之事真是不少，也真是不小，一些是本人的事，一些却是本国的事。前者有英国翻译斯蒂芬在外国专家公寓里的同性恋，青年诗人戈麦的地下刊物以及万泉河的自溺，后者有把在香港发表宣言的大翻译家杨宪益，还有著名的法文女翻译家刘芳开除出党，开始是本人要退，后来不知怎么就变被动为主动了。这些事都大抵与他无涉，然而因为是总编辑，无涉也能牵涉得上，于是他把刚刚教我的方法用于自己，放下正翻译着的爱情小说，转而在稿纸上写出一些很多年前就写过的枯燥句子，一遍一遍的，不厌其烦的，心里知道若是怕烦，那么麻烦就更大了。

直到他退下岗位，我才送了他五本我写的书，同时请他把另五本带给另一位与他同楼的我尊敬的老翻译家沈苏儒。沈苏儒是著名的七君子领头人沈钧儒的堂弟，曾任今日中国出版社的前身、宋庆龄创办的《中国建设》杂志副总编辑，翻译有《宋庆龄——二十世纪的伟大女性》《突破封锁访延安》《见证中国——爱泼斯坦回忆录》等著作。此刊总编辑是任过《京津泰晤士报》、美国联合社记者的波兰人伊斯雷尔·爱泼斯坦（Israel. Epstein），又名艾培。这二人一瘦一胖，一中一外，将一个中国杂志建设得中外闻名。作为元老，沈苏儒还兼任外文干部培训学校的教授之职，我本是此校的第二期学员，但在第一期上，他把我的作品当成范文讲解给学员们听。等到我去受训之时，竟然成了班上的明星人物，时而他会走下讲台与我说句把话，让人觉得这是一种西式的教学。

沈苏儒的故事，段连成的故事，叶君健的故事，杨宪益与戴乃迭夫妇的故事，我在《墨客》里都已讲过一些，有认识他们的朋友读了之后打电话来，说是看到单位不给叶君健分房，他在用自己稿费买的房子里接待丹麦国王派来的大臣，看到戴乃迭与杨宪益分别被关进两间监狱，互相思念又互相担心的时候他们都要哭了。但是也有人说我写错了细节，七十四岁被开除出党的杨宪益，有一个九十一岁入党的姐姐杨敏如，在上海《文汇报》发表文章，措辞激烈地批评我为自己主编的一套中英对照古典诗歌丛书所写的总序，其中一句“我有几个朋友除了不会写研究原子弹的书别的什么都会”，这话本来是我对白话诗译者连玩带笑地夸奖与感激，因为这套丛书包括《诗经》《楚辞》《唐诗》《宋词》《乐府》，也因为书的英文译者包括杨宪益和戴乃迭，研究了一辈子李清照的杨宪益姐姐北师大宋词专家老教授不高兴了，认为古诗词不是谁都可以翻译的，文章里说她连她的弟弟也一道指责，这套书里既然有他们夫妇的译作，为何却能对我如此宽容。

后来我才提高觉悟，承认她有指责的道理，原子弹与李清照是两回事，这种完全可能被误会是在吹牛的玩笑以后还是少开为好，哪怕是夸别人。同时我还忽然想到，五卷书的所有译者都没有付稿费，有的甚至连名字也没有署，原因是当时我让编辑从英文版的《中国文学》杂志中收集整理的古典诗词译文，大多都没印上译者的名字。而杨宪益是总编辑，戴乃迭是英文专家，按照版权法的规定，他们的译文应被视为职务作品，不许署名也无须付费。然而再想却也不对，总编辑和外籍专家负有审稿和改稿的职责，岗位之外的译作还是享有著作权的。但这时候，戴乃迭已死去多年，杨宪益也不在人世了。

我还想起与一些年轻的翻译，尤其是战斗在中国对外宣传战线的白求恩们，一起工作的时候甚是有趣。我说的有趣不是指斯蒂芬那个级别不高的趣味，而是某件时过多少年后，偶尔回忆起来依然还能忍俊不禁的事，比方说他翻译张承志的《北方的河》，翻着翻着翻不下去了，恨得扔在地上用脚狠踏，踏罢了还得捡起来再翻，这是他的工作之故。他不懂中国作家写的应声虫是什么虫，查遍辞典的昆虫类也查不出来，又不像卡夫卡《变形记》中的葛里高里，对马屁精终究何物也不知晓，一问中国翻译方才明白，原来是两种人格蜕变的人。听说我在集邮，他悄悄来到我的身后，高举双手把从信封撕下的外国邮票撒在我的办公桌上，让我享受从天而降的快乐。

还有一位名叫伊丽莎白的英国女翻译，被中国小说里的一顶帐篷蒙得云天雾地，小说里的男主人公睡着了搭帐篷，惹得别人耻笑，她想来想去也想不通，人睡着了为何还能劳动，从事劳动有什么可笑的，理当受到尊重才对！她的同事中国翻译就连比带画向她解释，不是真的帐篷，而是裤子的中心部位，那个男人很年轻，身体很好，一切都很正常，唯一没有女朋友，睡着以后那里撑了起来，像顶帐篷一样！伊丽莎白终于想通了，蓝眼睛里放出金色的光芒，白脸也变得红艳艳的，嘴里说着明白，接着再去翻译，一翻就把味道翻出来了。

安博兰对我说，《废都》她翻译了两年，这本《秦腔》比《废都》复杂得多，她想找一个好的中国翻译合作。我知道《秦腔》里有无数的帐篷，以及比帐篷更加深奥的中国文化，同时也知道她心里想的是谁，就说帮她去动员一下吕华。她用涂了口红的嘴唇说："真（正）的呀!"但是太遗憾了，五十多万字的《秦腔》超长，文学翻译吕华此时越位而成中央编译局的要人，安博兰全职翻译需得两年，业余翻译他还不得花上四年？陪同中外首脑去了福建的吕华，这次向她推荐北大的董强，并且把董强的手机电话一并给她。安博兰深感失意，这次来京两人连面也没见上，她又怅然登上了回国的飞机。

按照国外翻译出版异国作品的程序，需要有人首先写出三千字的内容提要，然后译成他国的语言，再然后还要译出样章以便审读，出版人在此基础上做出决定。作家出版社《秦腔》的责任编辑无法为译者提供合格的材料，后来只好让贾平凹自己写了，我帮他略微调整了一下，由吕华转请燕汉生译成法文，传到法国安博兰的信箱里。

法国人最终还是放弃了这部他们实在感到困难的书，但是他们并没有放弃贾平凹，差不多一年之后，安博兰突然给我写信，问贾平凹有没有新的作品。我把贾平凹刚刚出版的《古炉》告诉了她，并且代贾平凹表示你们看中哪一本，你们就出那一本，我知道这是他的真实想法。我如实地对安博兰说，《古炉》比《秦腔》还长，不过是写四十年前中国那个“文化大革命”的。安博兰一听“文化大革命”更来劲儿了，立刻要书，还要我替她找最好的中国翻译。

这事就又落在吕华和燕汉生的身上。中国作协第八次作代会期间，我让吕华和贾平凹，还有人民文学出版社《古炉》的责任编辑孔令燕，在北京饭店贵宾楼见了个面，要他们一个负责给中文样书，一个负责给法文材料，配合安博兰搞好后勤工作。

6

本世纪第四位造访中国的诺奖得主，是有着秘鲁与西班牙双重国籍的作家和诗人，被人称为结构写实主义大师的马里奥·巴尔加斯·略萨（Mario Vargas Llosa）。台湾的翻译家叫他尤萨或罗萨，我们则叫他略萨，其实这些名字都是不该略的，巴尔加斯是父亲的姓，略萨是母亲的姓，巴里奥才是他的名，即便要略也应该叫他马里奥。在他获得诺奖之前，少量的中国读者只是零星读到他的《城市与狗》、《潘达雷昂上尉与劳军女郎》、《胡利娅姨妈与作家》等几部小说，也多是对书中的狗、劳军女郎、姨妈和作家的夫妻关系等有着某些暗示的词字心生好奇。

对作家本人的兴趣大于其作品的中国读者，能从《城市与狗》中认出他就是里面的“诗人”，接着还能从《胡利娅姨妈与作家》

中认出他就是里面的“作家”。十九岁的略萨与他舅妈的妹妹，一个大他十岁的，名叫胡莉娅·乌尔吉蒂·伊利亚内斯的，秘鲁和西班牙人称作姨妈的女人如何过性生活，这让信奉格言“男大十岁不为大，女大一岁为干妈”的中国读者过了一次好奇的足瘾。而且，略萨的父亲在婚爱上都是非凡的，在他出生之前父母就离异了，原因是父亲在母亲之外还有一个德国籍的女人，不得已还要去跟那一个结婚，这就是略萨还有两个异母兄弟的由来。祖父接过儿子的重担，带着失去男人的儿媳和没有爹的孙子移居玻利维亚，像类似的中国家庭一样编造故事，对小孙子说他的爹已经死了。

在加西亚·马尔克斯在中国刮起魔幻现实主义风暴的时候，中国读者顺便知道后来者马里奥·巴尔加斯·略萨以研究他的博士论文《加西亚·马尔克斯：弑神者的历史》而获得西班牙马德里大学的文学哲学博士学位，接着两人关系亲密，再接着疏远以至恶化。不过马里奥·巴尔加斯·略萨对加西亚·马尔克斯的作品始终推崇，这一点与很多中国作家是不同的。

此次他受中国社会科学院外国文学研究所、北京塞万提斯学院、中国人民大学文学院三家联合邀请而来，北京塞万提斯学院的院长易玛女士一定要说，她是在他获得诺奖之前向他发出的邀请，他当时同意了，但他去年得奖之后她以为他会变卦，他却没有，这一点又与很多中国作家不同。

我收到中国社科院外国文学研究所的请柬，去社科院参加与马里奥·巴尔加斯·略萨的见面会，正好那天我的民营出版家朋友尚振山到家里来，也想去看看这位世界级的结构写实主义大师。我就把请柬给了他，自己站在门口打许金龙的手机，谎称忘记带请柬了，金龙里应外合，让人放我进去并且借领一副同步翻译的耳机。

马里奥·巴尔加斯·略萨的小说我只在上个世纪的八十年代读过一本《城市与狗》，当时不知道是他的成名作，也不知道他是国外什么级别的作家，更不知道他会是三十年后的诺奖获得者。像读古今中外所有的书一样，我只是完全凭着自己的兴趣，不习惯受一些导师的指引，因此感觉比不上杰克·伦敦的小说。他写的是莱昂西奥·普拉多军事学校的事，原文出版后因宣传暴力遭到禁毁。

他在北京演讲的题目本来是“一个写作者的证词”，这是西班牙语翻译的原文，到了中国被改成“一个作家的证词”。我觉得原文是准确的，因为写作者同时还可以是其他的社会工作者，西方的写作者多是这样。作家却只能从事这一种工作，中国当代作家绝大多数都不能，或不够以自己的创作收入养己和养家，而实际是政府以工资形式包养的文学公务员。

有人提问他是不是像中国这些政府包养的专业作家时，马里奥·巴尔加斯·略萨说自己为了养家糊口，曾经同时干过七份工作。他也想用百分之百的时间来写作，但他觉得这不可能，不能靠这个吃饭。“如果一个作家老被别人夸赞，老得到政府的补贴，我觉得很危险，他会丧失面对环境时战胜困难的勇气，这种困难的存在让他的创造精神发展出来，这是个非常好的也非常大的力量。当然，我不是说所有作家都必须要为生活的事情烦恼，但他必须要有一些激励自己前进的动力。”

中国作家很少有这种困难，因此，也很少有到西班牙和秘鲁演讲的机会。如果说这段话是对中国作家讲的，那么下一段话则应该是对中国的评论家和评奖家讲的。有人问他一个中国人最关心的问题，关于诺贝尔文学奖，马里奥·巴尔加斯·略萨诚实地回答说，诺奖有时候很准确，给了应给的人，像托马斯·曼，威廉·福克纳，海明威，也有时会看走眼。“比方第一个文学奖得主，你知道是谁么？我觉得不值得读的，叫苏利·普吕多姆，是个三流作家，托尔斯泰和他竞争，居然他得奖了，我觉得你们根本不会听过他。”他说还有那么伟大的博尔赫斯都没有得奖，他得这个奖真有点难为情。

大学时代的马里奥·巴尔加斯·略萨受法国文化的影响很大，其中存在主义作家萨特的书对他来说就是《圣经》。萨特告诉他文学应该具有政治意义，不应该脱离社会现实，这一观点对略萨的文学创作产生了深远的影响。其次是美国文学对他的影响，福克纳告诉他文学还应该有丰富的形式。“福克纳的语汇狂野奔放，叙述充满激情，对时空顺序的组织、对人物出现方式的规划都有着很强的功能性。他教会我作为一个现代作家，该如何像建筑师那样构建自己的作品。”

他在回忆录《水中鱼》中写到自己的三次访台，“受到最精彩的接待是在台湾”，“国立政治大学”教授陈长房称他为《胸怀八荒的想象：语言魔术师瓦加斯·尤萨》。但这次在北京，他一句也没有讲“想象”和“语言”，也没有讲“结构现实主义”里的“结构”，讲的却多是这个词中的“现实”二字。现场的年轻记者神速地敲击键盘，把耳机中听到的中文译音传送给场外的朋友，讲台两侧的字幕上也不断滚动着场外的反应。

我能感到，这是一次令许多一直以为和希望他是什么主义或者什么流派的青年作家多少有些失望的演讲。马里奥·巴尔加斯·略萨其实是一个热衷于政治的写作者，读大学时就参加秘鲁共产主义读书会，支持古巴革命，组建民主阵线新党，担任政党主席，反对当时的总统阿兰·加西亚，并且在后来的总统选举中一度成为票数最高的候选人。但他认为文学不能直接表现政治观点，后者可以写政论文章，但是写作者一定要写出真正的现实。

民营出版家尚振山亲眼见到世界级的文学大师和亲耳听到大师的文学主张之后，就在会场上对我提出一个要求，要我帮助他出版一套世界级的文学大师作品丛书。同时，再出版一套国内优秀作家直接反映社会现实的随笔集。他重申不是小说，也不是散文，而是随笔，有思想和文化的性情短文。

我答应了他，建议前者从本世纪来中国演讲过的获得诺奖的作家开始，如日本的大江健三郎，法国的勒·克莱齐奥，土耳其的奥尔罕·帕慕克，加上这个西班牙和秘鲁的马里奥·巴尔加斯·略萨，加在一起已经有了先期的四位。我让他通过我的同学许金龙，在社科院外国文学研究所里组织各种语言的精英翻译，与我共同建成与此相关的编译委员会，同时负责版权代理。后者并无须我做什么主编，只做一个幕后的提名人就行了。

振山是个雷厉风行的优秀出版家，这次谈话是6月17日的马里奥·巴尔加斯·略萨演讲会上，按照中国的国情，接下来要反复召开会议，然后要么在七手八脚中推翻，要么在七嘴八舌中修订，要么在猴年马月终于开始进行，那时候黄花菜都凉了。但是只过了半年零八天，中国作家协会第八次全国代表大会的闭幕式前，一套印制精良的“名家随笔”丛书在北京饭店举行了沙龙式的新闻发布会。六位小说家和诗人这次以首辑随笔作家的身份聚于一厅，向北京媒体回答了文学与现实的关系，以及随笔在文学中的地位和自然形成。

几乎同日，第二辑的作家也在选拔之中。与国内那些用左手从国家新闻出版总署领来免费的书号，转到右手就卖成钱，只有这样做才能让自己苟延残喘的出版社相比，此种作风和能力，已经成为未来新的出版机制即将诞生的榜样和启示。

这套书是请六位作者共同的朋友，中国目前最大的官方出版家聂震宁作的总序。震宁在古巴和巴西的访问途中接到振山的第三次短信催稿，当夜睡在异国宾馆开始琢磨着从哪里下笔。我没有告诉他这事与马里奥·巴尔加斯·略萨有点关系，当然，告诉了他，他也会认为风马牛不相及。

将军的小名

我的朋友虽多文士，却也未尝没有武将，其中有个老乡，大名郭德华，小名老实娃子，少将衔。他称我作家，我并不称他将军，见面即以大哥呼之，他可能觉得不理想，担心被酒店的人误以为是黑社会老大。但他自己不提出来，只是呵呵地笑，我也就假装糊涂，非但不亲自尊称，见有漂亮的女孩子两手捏着一只小酒盅，起身说敬将军一个酒，我还往往进行纠正，叫伯伯。凡是能与将军同桌的女孩子都是经过选举的，立刻眼珠一转说，好，敬将军伯伯一个。于是大家都高兴了，我的意见得到了采纳，女孩子显示了冰雪聪明，将军兼伯伯一举两得，滋儿的一口把酒喝得一滴不剩，并不检查对方的杯子。

他有一个姐姐叫郭桂珍，半个世纪之前与我母亲同在南山工作，小时候我叫过郭阿姨，他们家兄弟姐妹多，郭德华偏小，辈分也就降了下来。我这人多年养成一个不良习惯，与人往来一回生，二回熟，第三回自我感觉有了深化，就不称官衔而直呼其名，后者的好处在于，能够保持当面和背后的一致性，省事，也科学，免得有一次鬼使神差把事情弄反了，背后叫人将军，当面则叫人老实娃子，被叫者再老实也会感到尴尬。这是其一。

其二，我认为官衔是依附于官员本身的，如果这个官员因故降了，免了，人到退龄归隐山林了，还叫那个官衔就不合适了，这等于拿着一张过期的戏票去看戏，即便混将进去坐下，万一有人拿着当天的戏票来对号怎么办呢？就说对方的官职不是降了，而是升了，经常改变称呼也是一件挺麻烦的事，我的手机换号就曾遭到朋友的谴责。然而，不称官衔的弊病是有人会认为他的崇高地位遭到蔑视，便把一口气憋在心里，坐在一桌喝酒都不痛快。

郭德华没这个臭毛病，叫德华的牛人不少，比方说那个夹着舌头唱歌的刘天王，再比方说他们的战神彭大将军。彭德怀原名彭德华，后来怕毛主席多心，怀疑有人想跟自己争夺中国，就改名叫彭德怀了。所以，郭德华对于直呼其名者，似乎并不存在什么成见。

本世纪初，家乡广播电视报的一位记者，也是我的朋友程光先生来京采访我们几个流浪者，访罢了我又访王家新，访罢了王家新又访梅洁。访到郭德华的时候，程光先生心里有点儿打鼓，此前只和文人往来，这次要到武将家去，拿不准门口的警卫让不让进。不料炮兵出身的郭德华不等记者上门，自己骑着一辆自行车跑到人家下榻的招待所，反过来问程光先生，你想问些啥呀？等人家把提纲上的话都问完了，创始又主动地说了一大堆，免得人家回去以后又打电话来补问。

龙年三月，听说我的老爹被我接到北京，今年恰好是本命年，他就在家里翻箱倒柜，找出一条镀金的将军腰带，要亲手送给我的老爹。我说妻子按照北京风俗已经给老人家买了一条红腰带，他说一条红腰带哪够哇，再用金腰带捆上一道，阎王爷派十个武装小鬼都拽不走了。我觉得他言之有理，就依了他，以为他来还会像上次一样骑自行车来，但是这日清晨，刚一起床就听到门外有汽车之声，出去一看，一位老军人雄赳赳地站在门外，原来是刘秀奎开车送他来的。他把将军腰带授予我的老父以后，接着立正，啪地行了一个军礼。我问他为什么没骑车，他说这次路程太远，骑车要两到三个小时，而他也是六十八岁的人了。我又问他怎么不派他的司机送他，他说到我家来是私人的事，私人的事不能动用公家的车。我还想问他革命成功以后还有几个这样的将军，忽然想起他的小名，就不问了。

我们同在北京二十多年，每次见面，他首先便是向我要书，我竟一本也未曾送过他，这是为什么呢？因为我写的都是文学，而非武学。有天晚上我暗下决心，想以小时候跟人打架的生活为基础，写一部鬼谷子或者姜太公那样的兵书献给我们的武将乡贤，可是刚刚起一个头，回忆我那时连低年级的同学都打不过，从无一次成功的战例，兵书实在无从写起。不给他书的原因另外还有，我提防他和某些人一样是出于恭维，见别人要只好也要，要回去扔给正在拖地的保姆，过些日子网上就多了一个拍卖本，故意把扉页亮出来，那上面写着一行野体：郭德华同志惠存。

上世纪末我在劫难逃，不幸犯下这么一个错误，全国人大有一个官员要了我的书去，后来我在网上看见了它，扉页写着“少平指正”，拍卖价翻了几番。这本书至今还没有落锤，失败的原因可能在于著作者的名声小于拍卖者的期望。我嫌它吊在网上丢人现眼，多次想按拍卖价把它赎回来，甚至再加点儿送货费也行，但我这方面的知识甚少，完全不懂得如何跟卖主取得联系，时间一长也就罢了。

几天前，家乡的县委书记余春存来京住中央党校，约我在枫林酒店一聚，我不知道郭德华将军也将驾到，翻检刚出版的新书两种，随身带了送给余春存的、夏良胜的、刘秀奎的。这一次他亲眼看见我把新书送给各位，唯独没有他的，脸色有点不对劲儿了，一反常态不再开口向我索要，估计心灵受了重伤。我实在是过意不去，当晚饭毕，我坐他司机的车回到家中，这才第一次送了他书。第二天清早他给我打来一个电话，说是昨夜就想打没我的手机号，今早问了三人才搞到手。我们在手机里长谈一小时许，中途休息了一小会儿，那是他的手机没电了，换了一块电池他接着又打过来。电话中他引用了很多思想家、哲学家、教育家的话，我一愣说，我还以为你只读毛主席一个人的书呢。

在这天的晚宴上，当着余春存和我的面，郭德华再次骄傲地说起他的小名，我承认他是名副其实。我说如果有一个小学生，完成老师布置的一道作业，在老实的同义词里填上愚钝、蠢笨、呆傻，那他就是后种意义的老实娃子了，连中学也考不上。真正的老实应该与真诚、诚实、守信是同义词，而诚实守信的人又是世上最聪明的人。君不见但凡在人间吃过亏的都会吸取教训，杀鸡盟誓，后半辈子切切要与诚信君子往来，而在接收一个滑而不实的人的礼物时，即便那盒蛋糕偶尔不是假货，也会先掰一块给猫子吃，然后花半个小时的工夫观察它的四肢是否抽搐。

顺便我还要说一句，余春存也是一个诚实守信的人，一咪子扎进我那偏僻落后的家乡，说是扎多少年，真的扎多少年，扎得连长相都变成了当地的土著，黑得放亮。提起我那家乡的三山六水、茶园桑田，他比我这个世代居住者都要熟悉。他跟郭德华都是当过兵的，豪爽粗犷，直率坦诚，彼此有着诸多的相似。我们在两次相见之后，同样就改以兄弟相称了，因为母亲冤逝于家乡医院的责任事故，院方对我的问责进行疯狂反扑，有人竟敢冒余春存之名骂我文痞，要颁发我一枚一吨重的大奖章，又谎称他把那个推诿责任的局长兼院长提拔为副县长，委任状都在网上贴了出来。特别好玩儿的是，还援引毛词《西江月》，喻十万网友为困他之敌："山上旌旗在望，山下鼓角相闻，敌军围困万千重，我自岿然不动。"

我把这些不老实的故事讲给以上二位听了，二位都咧嘴笑着，什么内容都在这一笑里。他们都是我的支持者，郭德华坚决主张代理院长责无旁贷地接过前任的遗债，告慰我母亲的在天亡灵；余春存则早在一年前就下令摘下了这家医院欺世盗名的招牌，为此曾引来网上匿名的谩骂。他以新世纪一方土地的主政与时俱进的开放襟怀，利用网络这种国际最先进的信息工具，洞悉民情，聆听民意，关怀民生，与一县人民共同探索解决问题的渠道和方法。这种心胸和智慧，并不是中国的每一个县委书记都能有的，与十五年前压制和封禁民言的地方官吏相比判若云泥。也正因此，他已赢得了我的家乡人民的爱戴。

而家乡的这个所谓的人民医院，至今仍然是不老实的，因为事故迭出，冤魂不断，全国百姓放心医院的牌子被余春存下令摘了，却仍在报纸上诡称是全国百姓放心医院，年终总结大会也在主席台上如此朗读，惹得全国网友一片打假之声，余音绕梁，经年不绝。尤其最近又出一个笑话，鉴于该院前两任院长命丧不惑，此届代理院长掐指一算，自己也到临界点了，心慌腿颤，遂请民间风水先生把罗盘当作B超，来给医院做一个诊断，得出结论是大门的朝向不利，犯了白虎煞星，青龙之年只需把门楼子一改，从此再不会冤死人了，鬼魂也再不能从新的大门进来。于是龙年正月十五，此院于鞭炮声中大兴土木，日前竣工在即。

我说这又是一个不老实的人，做的一件不老实的事，当晚我便写了文章一篇，名叫《改门，不如改过从新》。我把文章的思想在电话里口述给郭德华听，电话里传来他军号般的嚷叫声，他说我的小名叫老实娃子，所以我要说老实话，应该用改门楼子的钱给老师盖几栋好房子，让他们住在里面好好教育学生，将来要当医生，就当一个好医生，要当院长，就当一个好院长，做错了事要承认，要悔过，要改正，千万别再做那些冤杀人娘反而还骂儿子的短阳寿的事了！

嘹亮的拜年声

远在回家的前几个月，我就想在火车到达终点站十堰时，去看望一下十多年前的竹溪县委书记。但是帮我订票的老乡兼朋友运用比较数学，极其负责地计算了一下从十堰到竹溪，和从安康到竹溪的公路里程，料定我在北京出生的妻儿势必对坐汽车爬山感到可怕，甚而至于晕眩呕吐，就为我做主订了北京至重庆的9次特快，要我在中途安康下站，可以少走一半的山路。这样一来，车过十堰不能下了，我只好把看望永贵的计划从牛年推迟到虎年，记住过完春节回京时务必从十堰上车，再怎么也得去看他老人家一眼，他如今在干什么？他今年该有六十多岁了吧？他还喜欢下象棋吗？

公元1981年冬，我在竹溪县人民银行工作，那时我已经开始在省市刊物发表小说，有的还在更高一级的刊物转载，由于在顶头上司眼里银行工作和文学创作之间好比水火，不能相容，我决定离开有钱的银行，而宁可到很穷的文化单位，为的是赚点时间来写小说。其年永贵刚任县委书记，正好亲管文化，县委宣传部的一位朋友建议我找一找他，我就写了一封信请那位朋友代转。

时隔不久，有一天我的顶头上司突然严肃地找我谈话，说目前有三条道路摆在我的面前，何去何从，让我自己从中选择。一条是郧阳地区中心支行的吕品行长要调我到中支，一条是县支行要留我委以重任，一条是县委书记陈永贵点名要我。上司用一双闪闪发亮的眼睛把我望着，眼里充满祝贺之光，他是想看我这个二十多岁的年轻人在人生的三岔路口如何踌躇，因为在他看来无论哪一条都很辉煌。

吕品行长要调我的事我早有预感，事情发生在当年夏天，地区中心支行召开了一次全区六县的通讯报道工作会议，因为和写有关，通知我也去了。各县支行兼任这项工作的大多都是办公室主任，会上各位主任以 1958 年“大跃进”的作风，竞相报告本行一年写了多少多少。竹溪的主任姓陆，是个雄伟肥大粗壮有力的红脸女人，为了炫耀自己，打败别人，同时在上峰面前把我巧妙地挖苦一下，她报出一个比谁都大的数字之后接着又说，我行有个写小说的青年作家，可惜他瞧不起写通讯报道，不然的话我行成绩更为可观。

吕品一听这话，手里正做的笔记就停了下来，问她这人叫什么名字，来了没有？她一指我，说就是那个坐在角落里的，说完就等着吕品在会上对我展开批评。然而会上没有，会下也没有，散会后这个和气老头儿却把我叫到他的办公室里，问我写的小说发表在哪些刊物上，他要到图书馆里借来读读，又问我会不会写金融方面的小说，和法国的巴尔扎克一样？我立刻感觉到了此人身上的文学气息，他的名字叫作吕品，横直都是嘴，总共五张口，他还知道巴尔扎克，我想这老头儿是不会与我为难的了。

县人行要对我委以重任的事我也看得出来，大约是要给我个股长儿当当，然而在我心中，即便是个行长也不能与我醉心的文学相比。我从做知青时就开始写小说，到银行来本是慌不择路，因为下乡十年不能上学也不能招工，直到粉碎“四人帮”后父亲平反，县里一下子有三处抢着要我，第一家是当时的县委副书记陈维高，要我跟他到一个他蹲点的工厂，我死不肯去，维高大发雷霆，认为我是狗子坐轿不识抬举，他从来不轻易要人，他要的人也从来都是前程远大。他就亲自骑车跑到劳动局长家里，说是此人若不到我这里来，任何单位都不许要他！

我心里毕竟有点害怕，想着好不容易粉碎了“四人帮”，我可以工作了是件好事，好事一下来得太多，又变成了坏事，真是福兮祸之所伏，这下得罪了县太爷可算完了。却没想到祸兮福之所依，县人民银行的女行长倪静华偏敢要我，她是永贵的前任当时的县委书记王锦魁的夫人，副书记陈维高自然惹不下她，只能把怨气忍在心中。为此我很感激倪静华行长，老觉得欠了她一笔情，纵然心里一直想着写小说，也不好开口转行，正好这一年倪静华行长随她丈夫一道调了地区，她这一走谁的情我也不欠了，因此才给永贵写信。

顶头上司得知永贵要调我走，以为是把我要到他的身边，搞个秘书什么的，那可是升官的捷径，天大的美事，见我在三条路中独选此条，义无反顾，越发认定我要走官运了，嘴里竟说出以后还请多多关照一类的客气话来。唯我自己心里明白，嘴上却不能说出真相，利用上司的神秘和误会只图把事情快快办成。直到正式办理调动手续的那一天，上司才一下愣住了，来的是文化局的一位女干部，文化局和人民银行是一个级别，而我调去后的具体单位又是文化局下面的文化馆，文化馆下面的创作组，组长是一个小学教师出身五十年代以写三句半而成名的老作者，这么一算我不仅没升，反而还降了好几级。女干部前脚一走，上司后脚就没劲了，说，喔哟嘿，搞球一包子劲，还是那个穷地方哇！我用对不起的神态向他笑笑，心想地方穷点我不在乎，写出好作品来就不穷了，银行倒是有钱，但不是我的。

我调去不久，永贵到我住处来看过我一次，当时我正和几个业余作者聊天，永贵问哪个是写小说的小彭。我说我就是。他走过来和我握个手说，你的小说有的我看了，有的我没有看，以后发表了都给我看看。这是我们的第一次见面，此前他曾在县人民大会堂作过几次报告，我不喜欢开会没有去听。在我眼里圆头大脑的永贵像个和尚，比小和尚胖大一些，像个寺院的方丈或者住持，有一定的功夫，笑起来还有点弥勒佛的模样。

他送了我一套《竹溪县志》，扉页签上他的名字，我理解他的用意，是想让我多了解一些生我养我的竹溪土地。这套十六开本黑色封面的县志，以后跟随着我从竹溪到十堰，又从十堰到武汉，再从武汉到北京，现在就完好地陈列于我北京书斋听风楼的大书柜中。于是以后我一发表小说，就记着给永贵留一本杂志，请他身边的工作人员带去。永贵读了我的大量小说之后，有一次竟在大会上发表评论，说县里出一个作家不容易，能当县委书记的人可以用把抓，而作家你到哪里去给我抓一个？

这话大大鼓舞了做作家梦的文学青年，全县的业余作者高峰期多达一百余人。永贵不会写小说，但他会写诗，他以汇湾电站为题所写的七言绝句，在我们主办的一份名叫《山泉》的内部刊物上发表之后，不少人为他的壮怀激烈所打动。县里还有一名副县长名叫曾孔生，曾任竹溪最高学府县城一中的校长，也是我的文学朋友，我发表在《人民文学》和《青年作家》上的两篇带有写意风格的小说，一篇叫《写在崩山上的脚印》，一篇叫《黄幺爷家的九节紫竹棍》，时有争议，曾孔生毅然拔笔写评，以正视听。

我们县创作组那时仅由三人组成，一人写戏，一人写曲艺，一人写小说，共同兼办《山泉》和辅导业余作者，见我的小说一篇接一篇地发表，稿费一笔又一笔地寄来，省作协又要我去开会、参观、住讲习所，尤其是得到了永贵的重视，写小说的便占了百分之八十以上，其中最优秀者有五个人，都是县城里的年轻干部，二十郎当岁。他们几乎每天都要在我这里聚一次会，简直是个文学沙龙。我写了一部中篇小说，名叫《乌山六怪》，半真半假、连玩带笑、轻松自如地描写了当时我们六人对文学的迷醉和对友谊的赤诚。后来全地区甚至省里都知道了竹溪有野猪，有魔芋，还有乌山六怪。省里来了老作家，比如写《丹凤朝阳》的碧野，写《平原枪声》的李晓明，和写五十年代的全国劳动模范竹溪侯廷仁的楚奇等，都要和乌山六怪见一见面。

1983 年元月，湖北省作家协会召开了一次全省青年作家代表大会，会址设在武汉的湖滨饭店，我是大会代表。年将八十的碧野在讲话中动了感情，他说我省有个热情支持文学创作的县委书记叫陈永贵，不是大寨的陈永贵，而是竹溪的陈永贵。我在心里作了一句补充说，这个永贵比那个头戴白羊肚手巾装模作样接见外宾的副总理可强多了。

银行这头认为我到文化局是五马换六羊，是从米箩跳到糠箩，是弃明投暗，是喔哟嘿，文化局那头却并不领我这个情，不仅不领情，甚至还有点谁请你来的意思。幸亏请我来的是永贵，不然就没有我的饭吃，因为全县的文学爱好者们跨过一楼的文化局，跳过二楼的文化馆，直奔三楼的创作组，纷纷跑进我的房里。这些热爱文学的青年心里只有创作，公然不把那些与文学和创作无关的头头脑脑放在眼里，这自然引起了局长的愤怒。

文化局有两个局长，一个姓李的文化不多，但他是个正的，一个姓张的文化多些，但他是个副的，两人对文化的态度相差甚远，对创作的看法也大相径庭，在局里形成张三李四对抗之势。张三当然抗不过李四，因为权力上张三还没占到三，而李四却占四以上，文化多的张三很快就被文化少的李四挤出文化局。张三一走，创作组就觉得大事不妙，赶快去找永贵，要求从文化馆里分出来，单独建制，永贵一口答应，事情居然成了。

但是我们都没有想到，文化馆明里无奈，却在暗中使法，那时全局只有一个食堂，操持在文化馆手里。创作组归文化馆时，我们都在一起吃饭，现在创作组不归文化馆了，他们便暗中决定不许我们吃他们的饭，就连开水也不准打。也怪我埋头写作，不知内情，一日中午，我去吃饭，忽然发现冷锅冰灶，原来他们已经提前吃了，专门等我来闹笑话。我转身找到做饭的，要他给我一人补做。做饭的是一个子顶父职的愣小子，居然对我发出冷笑，说他没有义务给搞创作的做饭。那年我才二十多岁，血气方刚，见他出言不逊并且脸带冷笑，不禁大怒，挥起一个耳光打在他的脸上。不做饭的愣小子抱着脑袋跑上大街，大叫快来看哪，作家打人哪！

事情一下子闹大了，挨了我一耳光的愣小子在医院开了一张假证明，声称他被我打成了脑震荡，在文化馆长的支持下跑去公安局报案，要求抓我。与此同时，县城里不知从哪里流传出一种谣言，说我打人是为了体验生活，以便写小说用。文化局长也火速报告了永贵，请示他对我如何发落。永贵把事情的前因后果问了一个详细，接着就背着双手在屋里转，转了一圈儿又一圈儿，最后停下来说，不给人家饭吃是不对的，不吃饭怎么写小说？当然打人也是不对的，不对怎么办？今后要给人家饭吃，今后也不许再打人。“土改”的时候我也打过人的，队长批评了我，从此我永远不打人了。

这件事情已经过去十五年了，十五年中我曾经无数次地想起，每次都为自己的粗野鲁莽感到可笑。我设想永贵当年如果不对问题进行详细的调查和分析，如果不做出辩证的、合理的、公道的判断，如果糊里糊涂听信了我是为了体验生活而故意打人的鬼话，我很可能要吃一个哑巴亏。

打人风波虽然平息，创作组和文化馆的矛盾，我和有关人士的矛盾依然存在，不过鉴于永贵的表态，对方由明里转为暗里，危机随时还会爆发，无非变换一种方式而已。那年春节，县委宣传部分给我们的任务本来是撰写春联，创作歌词，配合春节文化活动。但是文化局却突然分派我们加入文化馆玩船灯的队伍，其中让写戏的组长扮演媒婆，耳朵上吊两个红辣椒，手里摇一把破蒲扇，插在太公和丫环中间屁股乱扭；让写曲艺的组员打锣鼓响器，适当的时候还自编自唱几句四平调儿，喜连天哪笑连天，我给××拜个年什么的。因为我既不肯扭也不肯唱，就让我跟在彩船后面给太公丫环和媒婆抱棉裤棉袄，他们一演起来就把身上的衣裳脱下扔到我的怀里，轻装上阵，一演罢我就把怀里的衣裳披在他们身上，防止感冒。

这样干了一天，我发现里面潜在着一个问题，一架彩船太公丫环媒婆加起来至少六人，六人六套棉衣棉裤，我一个人未必抱得下，万一路上掉了一件岂不还要我赔？就是相互穿错了，慌忙中男的穿了女的，女的穿了男的，也会扯皮闹绊不得利索，因此我坚决不再抱了。馆长得知报告局长。局长一听很是恼火，打人的事本来已经便宜了我，这次一定要给我点颜色看了，正策划着如何在我头上开刀，一天早上，永贵来了，还在局门口就大着嗓子向人问道，小彭在不在？人说正在楼上写呢，永贵说，他真是个忙人，我今天给他拜年来了！我开始一愣，接着就明白了，永贵他是故意喊给别人听的，意思是让别人不要整我。果不其然消息传到局里，大家都在暗中嘀咕，摸不透县太爷和我到底是什么关系，局长为了安全起见，只好放弃了整我的打算。

公元 1983 年 3 月，我接到湖北省作家协会寄来的通知，作为省作协文学讲习所的首届学员，作协要我去省委第二招待所，武昌龟山脚下一个名叫阅马场的地方学习半年。那年春节我们家里恰好出了一件事，在文讲所学习期间，我一直心神不定，一天到晚都往省委二招的收发室跑，虽然不是烽火连三月，却苦苦盼着抵万金的家书。突然有一天，讲习所的所长告诉我说，楼下有人找你，听口音是你们老家来的。我吓了一跳，以为有什么祸事临头，提心吊胆下楼一看，却是永贵，原来他也在武汉住省委党校，临走之前特意到我这里来看看。我很感谢，如同见到亲人，请他上楼在我们三人一间的宿舍坐了一会儿，水也没喝一口，他要我在这里安心学习，当晚他就乘车走了。

从作协学习回来的第二年 11 月，我接到洪湖县文化馆寄来的邀请信，请我到洪湖为当地的业余作者讲课，组织者是我文讲所的同学，我自然应当答应。不料坐车赶到十堰，刚刚成立的郧阳地区文联派人在车站截住了我，说地区文联决心要举起武当文学的大旗，那里还缺一个人，要把我借去使用，上午打电话到文化局，听说人已动身去了洪湖，一分析时间和路线，料定下午必在十堰转车，便在这里候我，说是举旗要紧，不要到洪湖去讲什么课了。当晚我给洪湖的同学打电话致歉，次日就留下开始举旗。文联一边把我借着，一边着一名副主席到竹溪正式办理我的调动，正好地区宣传部的部长李名权也去竹溪，他原本是竹溪的县委副书记，现在却管着文联的工作，担心调我受阻，就陪着永贵在水坪乡的一个塑料厂转了一天，趁他高兴时提出让县里把我支援给地区。永贵听了半天不语，最后说，乌山六怪你搞走一个，还剩五个了，下不为例。

永贵把我放走大约不久，他也调到十堰任了郧阳地区的专员，眼看着我们又可以相会一城，可惜我很快又离开了这里，上武汉大学，同时兼做省作协文学院的合同制专业作家了。武大毕业我到北京，其间回过两次十堰，决意要看永贵，但他一次去省里开会，一次到房县调查一件什么事情，无从相见。这次回家又走了安康的路线，要了夙愿只能是在返京时了。

正月十六晚我达十堰，住在从延安开车赶回相见的同学凌受举家，当晚设宴，不许外出，次日就开始了磨盘会。首先是乌山六怪之一，在十堰开公司的陈东明；继之是乌山六怪之二，在十堰当局长的刘书平；接下来还有一个老怪，市文联主席我的老上级欧阳学忠。每到一处，朋友群之，看看又到晚上，返京时刻已到，十多个好友壮汉押我进站，想不到心中念了十五年的永贵，这次又见不上了，真是遗憾！

清官之死

公元1998年的元月24日，中国农历还是上一年的腊月二十六，这年的最后一月只有二十九天，距离春节还剩三天的时候，我带着妻子和八岁的儿子以及六岁的侄儿，从北京赶回老家竹溪，为的是和父母弟妹团聚，过上一个好年。妻子还是九年前作为新娘随我回来过一次，儿子却正好是那次回家的播种，返京后生于当年初冬，原计划为他取名溪怀的，后来觉得像是那位最受中国人民敬重的大元帅的名字，终于放弃。火车途经十堰直达安康，我们在火车站侧一家名叫银河不夜城的宾馆住过一夜，次日一早，儿子的大姑父亲自开来一辆吉普，接我们回到县城。

吉普在连接秦楚的山道上蜿蜒奔走，我的心里一直装着一个人，一个重病的好人，还未到达竹溪的边境，我就急不可耐地问询开车的儿子姑父，彭县长怎么样了？

家乡竹溪解放后一共出了三个彭县长，七十年代是彭国荣，八十年代是彭世元，九十年代是彭勇。我问的是第二个彭县长，老百姓都叫他世元，他是第一个真正由老百姓自己选上的县长。此前他不过是一个不起眼的计委主任，关于他在竞选中居然把一个一心要当县长的县委第一副书记竞掉的故事，竹溪人民已经津津乐道了十八年，至今仍在民间广为传颂。那是老百姓们觉得最开心的一件事情，他们生动而又幽默地描述着当初选举的经过，小心而又狡猾地选择着评价另一个人物的词语，好像对后人演说一段古代颂忠扬善的故事。

真是好可惜，这样一位深得民心的好县长得了一种叫作类风湿的顽症。

很久没有回答。当车子开过一个急弯之后，我听见儿子的姑父低了声说，不知道能不能够坚持到过年。

我吃了一惊。1996 年的春末夏初，世元的小儿子彭军给我写信，首次谈到他的父亲得了类风湿，随函并且附了一张从报纸上剪下的千字文章，文章的开头讲了一位患过此病的空中小姐，经过一位神医的治疗现已重上蓝天的故事。神医名叫黄宏植，北京香山医院中医科主任，类风湿研治中心主任，著名医师，报上说除了那位空姐之外，还治好过此类病人无数。彭军视那则消息为救父的福音，托我一定与神医取得联系，请他答应治疗父亲。我很快打通了黄医师的电话，告诉他说我读到了报上的那篇文章，正好老家有位老县长身患此病，他若治好，我将为他写一本比那篇文章长两百倍的书，让他名扬天下。黄医师大喜，要我马上通知病人来京，破例住在他的医院接受治疗，两个月内，必好无疑。

公元 1996 年 6 月 17 日晚 12 时，由重庆开往北京的 190 次列车晚点 40 分到站，我在车厢下接到了世元。我几乎已认不出他来，夜灯下他的脸上红一片白一片的，两腋被两个年轻人架着，正向出站口艰难地迈步。我叫来一辆出租车，当晚安排他们在城内一家招待所住下，天亮就送他上香山医院。黄医师看过患者，口气依然很硬，保证两月就好，只是要他去协和医院拍张片子，再来住院治疗。还拿出一把名片和一个小本，让我认识上面一些中央军政领导和文化要人的名字，说都是他的手下病人，然后转脸看墙，墙上挂满了红光闪闪的锦旗，用金粉烫着华佗扁鹊的字样。

世元看了锦旗又看黄医师，两眼发起亮来，里面充满由衷的感激和康复的希望。次日我遵医嘱带他去协和医院拍片，忽然记起明天是阴历五月初五，要他到家来过端午节，说北京的粽子和老家不一样，里面包有大枣果脯之类，吃时不蘸红糖，吃罢粽子再上香山。

世元和两个年轻人果然按时来了，但他却一个粽子也不敢吃，说糯米这东西是发物，皮肤有病不能吃。我提出照一张相，他更不肯，说目前瘦得没有人形，等两个月后病治好了，再来好好地照几张。他相信了黄医师的话，相信自己会好起来的。

在香山医院，他试探着问有没有最便宜的病房，而且可以三人住的，最好还能自己做饭吃，这样可以省下一笔伙食费，因为他知道北京不比竹溪，食堂吃饭很贵。黄医师一只眼睛奇怪地看着他，另一只眼睛质询地看着我，那样子显然是对他的县长身份产生了莫大怀疑。不过经我一番哭笑不得的解释，终于好像明白过来，摇一摇头，完全是看在我将为他写书的分上，安排他住在三楼的一间设有三床的大病房里，每天只交三十八元钱，比竹溪的病房还便宜得多。世元放心了，招呼两个年轻人速即进去，防心医院变卦。

那天我们四人一道，在一家小餐馆里吃了中饭，总共只花了五十七元，平均一人十四元二角五分。世元他一个劲儿地抱怨贵了，一个菜一个菜地计算成本，说是要在竹溪，要是自己做绝对值不了这么多钱。他双手握着那种一次性的木片筷子，用力地掰，一边掰又一边嘟哝，说是这样的筷子竹溪也可以做，竹溪有的是树木，木材厂做家具的边角废料，为什么想不到做成一次性的木筷，运到北京来卖？他说他病好了，回去就这样干。

我注意地看他脸上的表情，如果是吃稀饭馒头，如果是在吃手抓羊肉的蒙古包里，他会把这四双筷子退还给小餐馆的老板，以便省出四角钱来。他在想他们五十年代的县里干部到省市和专区开会，一路是自己背着干粮和开水，现在他还不是为公家开会，而是为私人看病。他可能很后悔，虽然如今出门不兴背干粮开水了，但也可以想着一人带双筷子。见他心都疼了，这餐饭我要买单，他却一把将我按住，说我上香山是因为他，这餐饭也是因为他才吃的。我看他从兜里小心地掏着零钱，好像一个初次进城的农民。

送他来京的两个年轻人一个是财务科长，一个是单位汽车被人偷了暂时没有事做的小司机，三人就住在那一间每天三十八元的病房里。过了两天，县里打来一个电话，财务科长下楼接了，回来后脸色忧郁，世元问是不是为发工资的事。科长点头，却说我要走了你这里怎么办呢。世元说你不回去别人怎么能够拿到工资？你今晚就走，这里不是还有一个人吗？

小司机一人照看了他一个多月，主要是帮他打饭、抹澡、扶上卫生间和传唤护士，早晚还按他的要求，架着他去楼道散一散步。他咬着牙坚持锻炼身体，为的是早日病愈，回到县里。不久小司机也接到一个电话，这次却什么也不对他说了，当晚只打电话告诉我说，他丢的那辆汽车案子已经破了，要他回去检修一下，另外再派一个人来。我问他世元知不知道这事。小司机说他实在不忍心离开他，因此就没敢透露。我想了想，料定这位一生都在体谅别人的老县长知道这事后会怎么做，便对小司机说，你回去修车吧，其他的事情不必管了，也不要县里再派人来。

这些年从老家出外打工的人不少，有位辞职下海的年轻人曾经来京找我，在我这里干了半年，以后因故转行，现又没事做了。我忽然想起此人，于是给世元打电话说，小司机的汽车已经找着了，县里想让他回去检修，再派一个人来替他，我觉得与其这样，还不如我就在北京找一个老乡，到香山医院来照看你，顺便还可以替我收集一些黄宏植医师的材料，以作我将来写书之用，每月的工资就由我付给他。世元听了，很久没有说话，后来却断然拒绝了我的安排，他说为他这病县里又是花钱又是花人，他坚决不许再来人了，也不要我派人去，身边没人不行，就让他自己的小儿子彭军来，这样他的心里好受一些。我说彭军本来就是一个病人，怎么能让一个病人侍候另一个病人？如果一个病人病不能好，一个病人又病上加病怎么办？他似乎已经想好如何向我对答，他说，正是因为彭军有病，我才专门要他来的，他来了还可以也看看他的病。

这是他的荒唐逻辑，也可以说是无理强辩，竹溪县有三十六万人口，这位身患重病的老县长却不肯为自己白白付出一个，荒唐也罢，无理也罢，事情就这么定下来了。

我第二次去香山医院，他要我给他找个更便宜的房间，说是彭军来了，他们父子二人可以睡一张床。我笑，说全世界我没有打听过，只知道北京没有比三十八元更便宜的房了，再便宜只能是睡在走廊上，不过那样有利有弊，钱是省了，但是女病人会贴大字报，消息传回县里，势必影响老县长的声誉，若是罚款，说不定比省下的那点还多一些。他就也笑，不再要求。我把小司机叫到门外，给他两千元钱，要他把这两个月的住院费交了。小司机犹豫着不敢接，推让声惊动了世元，他急得赤脚要从床上往下跳，我说，这笔钱本来就是你的，你不得病，黄宏植不会给你治病；黄宏植不给你治病，我给他写书干吗？一本书的稿费万把块钱，给你两千算是分红。

小司机和彭军很快办好了移交，好像哨兵换岗。彭军的病是极度贫血，几乎到了白血病的边缘。一家报纸报道，本世纪一位身患此症的西方国家的总统在他无数国民中取到同型的骨髓之后，最后仍未免于一死。尚是中学少年的彭军，门门成绩优秀的彭军，和县长父亲一样人格正派，在学校一样受人尊重的学生干部彭军，青春华年英姿焕发的身躯不幸被从天而降的病魔击中。他面容苍白，日渐消瘦，不能读书，无力工作，每月必须痛苦地更换一次血液，以此方能维持年轻的生命。

从那部曾令万人垂泪的日本电视剧《血疑》中，彭军明白了自己的体内可能会发生什么。但是这位坚强的、懂事的、与病魔长期的斗争中已长到二十多岁的青年，他爱自己的父亲，因为理解，190次列车载着他孱弱的病体星夜赶到了北京，在香山医院，这对重病的父子紧紧地拥抱在一起，以沫相濡，共度酷暑。

世元一家，是多灾多难的一家。五几年，他正在县里抗洪救险，远离县城三十五里的一场洪水却冲倒了他家中的房屋，卷走了他从田里收工回家的父亲和弟弟，他家的地名没有取好，河口就是洪水口上；六几年，河口不发洪水了，但是全国大饥荒，家乡多少叔伯亲人死于岸上；七几年，车祸夺去了他刚参加工作不久，也刚结婚不久的长子彭森，接着终日思念儿子的老伴左手致残；八几年，小儿子彭军的病被确诊了。撕心裂魂的晴天霹雳，十年在他的头上炸响一次，每一次他都打个踉跄又顶住了，他肩头挑着全县的重担，一步一步昂首向前。

又够一个十年了，现在是九几年了，再翻两本挂历就跳过去了，老天千万不要再打炸雷了呵。但是不行，头上终于又响了，这次临到他自己了，他咬牙坚持着，不想在此时倒下。肖洛霍夫有篇世人皆知的名作《一个人的遭遇》，英雄安德烈 ·索科洛夫的坚强无与伦比，世元这个人的遭遇真像是他。

神医黄宏植的口气一天比一天软，由两个月保证治好，后来变成三个月争取治好，再后来有一天的晚上，电话中他非常歉意地和我商量，能不能再住几个月看看。但是再住一段时间过后，情况依然不如报上所写以及本人所说。黄医师怕我对他的神术和美名产生怀疑，最后一次通话他竟然对我说，彭作家呵，现在我有点儿担心你们这位老县长不是类风湿，而是红斑狼疮，要是类风湿早就在我手上治好了！

我听出他是在打退堂鼓的意思，心里有火，决定不写他的书了，但是嘴上还给他戴高帽子，坚持说相信他会妙手回春。时日渐长，世元的信心与身体并下，他决定出院，带上黄医师开的一箱中药回县熬服。

一年过去，其间他给我写过一封信，长达两页，一字不苟的工整笔迹，好似他的为人。信上说他的病还没有好，还在一边吃药治疗，一边自己锻炼，比方说到屋后散散步，打打门球。我没从信中看出什么凶兆，无非只感到黄医师的中药疗效不佳。直到世元死后，过完春节我回北京，才从在京的老乡李胜华口中得知，那时他已经由类风湿引起肾功能衰竭，家人要送他到十堰医院治疗，他拒绝了，说不要再花县上的钱了，死总是早一天晚一天的事，花钱又救不活人，这是何苦！

胜华第二天就要去美国一所大学做访问学者，临行前给我打电话辞别，提到世元，电话里他的声音哽咽，说他年前办好签证，还赶回家和世元见了一面。那时世元的眼睛已认不出人了，拉着他手问他是谁，一听是胜华眼泪就流下来，说自己不行了，要他告诉在县政府工作的弟弟李胜国，好好工作。

开车的儿子姑父的声调令我吃惊，他说不知道世元能不能坚持到过年，我在车上算了一下，今年腊月二十九就是除夕，距离过年只有三天了！我不再说话，想着回家后的第一件大事，就是赶快去看看他。

吉普在路上行了三个小时，到家已是下午。由于儿子八岁不曾回家，妻子九年没回，父母弟妹聚在一起，总共十五口人，在弟弟家吃了一顿几乎相当于团年的晚饭。吃完饭我刚要起身，父亲忽然低着头对我说，现在吃了饭，我才给你说一件事情，有一个人今天早晨7点去世了，死前一直念着见你一面。

我立刻断定那人是谁了。那天早上7点，我已到了安康，如果我早一天启程，是可以赶回来为他送别的。我们还是前年在香山见过，他怪香山餐馆四人一顿吃了五十七元太贵，还想回县组织生产一次性的筷子，又嫌香山医院一天三十八元的住院费太高，恨不得睡上走廊省几个钱。在我家过端午节他害怕糯米发物，不敢吃包了大枣的北京粽子，也不肯和我合拍一张留作纪念的照片，说是要等病好了再照。

现在却再也不能照了！

晚上我带着妻子赶到他家，看到的只是挂在墙上的他的黑白遗像，一个皮肤黑黑的、精瘦的小老头，双目直视，凝望着眼前的朋友和亲人。过去这方墙上贴的是我送他的挂历，他舍不得花钱买年画，就发明了一个好办法，把我每年送他的新挂历拆成十二张，每间屋里贴两张，还剩下几张贴在门上，来客摸不着他的底细，进门直夸世元家里好漂亮，满墙的江山，一屋的美人，但是顺着美人往下看，马脚就露出来了，正月二月在客厅里面认日子，到了冬月腊月，想看周几就要往睡觉的房屋跑了。

还是小城北街那条弯弯的坡路，还是路边那套门前搭着吊桥的楼房，但屋子里已没有了他在世时的欢笑，那时他们一家三代围着一台九寸的黑白电视机，电视画面小，他们全家老小分成三排，坐得近近的好像上课，电视没有颜色，但是演员的表情动作却是看得清的。他死不喜欢看那些怪里怪气的现代歌星，他说你唱就好好地唱就是，为啥把脑壳扯起往后一甩。他说还是我们的彭丽媛好，你听人家唱的都是父老乡亲。

此时的屋里一片沉寂，一片悲哀，病中的彭军比那年更瘦，更白，一种沉浸在巨大痛苦中的失去血色的苍白。他说，爸爸知道你今年要回家，别人送他的一只野鸡他舍不得吃，说是北京什么都有，但是没有野鸡，那只野鸡要留到你回来。直到前三天他才发现坚持不住了，要我给你消息，我说不用了，可能人已上火车了……

追悼会定在次日晚上 8 点。白天我让弟弟替我去订做了一只花圈，我原本想题上这样一句挽词，将他的名字写进里面："清廉一世，一县之元。"然而我又希望全县的干部都能和他一样清廉，希望以后的县长甚至比他更好，于是想了想我又改为"带走两袖清风，留下一个好名。"卖花圈的师傅不认识我，嫌我的挽词题得没有文气，建议改为电视里常见的那类成语。弟弟说一个字也不能改，全世界没有比这句更好的了，人死了能留下一个好名的人并不多，多少当官的死了挨百姓的骂呵。

这一天花圈铺里的生意好极了，晚上 8 点的追悼会上，三百多个花圈环墙而立，好像一瞬之间开放了一山的素花。会场外的花圈还在陆续来着，送的人有种田的庄稼佬，街上的手艺人，卖菜的老婆子。虽然已是世纪末了，但在我的家乡竹溪，丧事还依循着土葬的古风，一副漆得黑亮的棺材中，世元他穿了一套铁灰色的西服，他一辈子都没穿过的西服，西服显得空空洞洞，里面的身子小得可怜，一张被疾病榨干血肉的瘦脸露在西服领外，仰对着含泪与他告别的亲友。

一个石磙一样矮粗的汉子主持着追悼会，高音喇叭里传出他的悲切之声：世元同志临死前说，他死后一个花圈也不要送，可是竹溪人民要送给他呀……

传说他累死了一头牛

主持世元追悼会的是县委书记明邦庆，一个石磙一样矮粗的汉子，高音喇叭里传出他的悲切之声："世元同志临死前说，他死后一个花圈也不要送，可是竹溪人民要送给他呀……"这是真的，卖菜的老婆子在墙边放好了花圈，还扶在老县长的棺木上泪水涟涟，扯都扯不开。

这次我回老家，本不想惊动邦庆，他是县太爷，每天要想着全县三十六万人，不应该为一个人分他的心。我原打算正月十五过罢，回京前给他打个电话，谈谈我对新县城的看法，然后约他在京再见。却没想到一天晚上，我正在弟弟家听刘欢唱"大河向东流"，忽然一个电话打来，我去接了，我问你找谁。电话里的声音慢吞吞的，粗格格的，他问你是谁。我又问你是不是找彭建国，他说我不找彭建国，我找的就是你彭兴国！他听出了我的声音，我自然也听出了他的声音，竹溪丰坝腔，百分之五十像北京的普通话，还有一半的字音是往上翘的，听起来有点抑扬顿挫，平仄平仄平平仄，如果念古诗，想必味道是特别足。

他责备我，竹溪的作家回到竹溪，为什么不首先向竹溪的县官报到，我只好道歉连声。次日是文化局设宴接我，年轻的局长郭卫东是初次相识，但他去世的父亲却是我曾就读的一所山区小学的校长，语文课讲得非常生动，也很赞赏我的学习。另外三位年轻的副局长，分别都是我昔日的熟人。十五年前，我曾经在这个局下面的一个馆，馆下面的一个组里干过工作，虽然房易人非，一听起文化这两个字来却依然振奋。县里正开人大会议，据说本届县长将在这次会上正式产生。邦庆趁大会歇息的空隙过来看我，同来的还有目前的代县长，白白净净，一脸书生气的张光新。

其实我们只是第二次见面，第一次是1995年。那年春天，正是电视里播放《北京人在纽约》的时候，两个在北京读书的竹溪大学生大概心有所感，他们给县委写信，提出在北京成立一个同乡会，以便彼此加强联系，也为家乡做点什么。邦庆非常高兴，坐飞机赶到北京，和同行的副县长戢胡子一起筹备成立竹溪在京同乡会的事。那天正好是中秋节，天上一轮圆月，地上一群老乡，我们在京城一家宾馆里欢聚一堂，上至八十岁的老高工，下至十八岁的大学生，大家都改用乡音，为家乡的建设出谋划策。

邦庆站起来，用他字音往上翘的丰坝腔冒充正宗的普通话，向我们讲述竹溪近年的县情，从路讲到桥，从人讲到猪，从森林讲到亩产，从成绩讲到问题，讲得脑壳直冒白烟。他把衣裳扣子解了，把两只胳膊捋起来，接着又讲。我没想到这尊矮粗矮粗的石磙有那样好的口才，我只听人说他过去犁过田，还累死过一头牛，为此差点吃了官司，那件事发生在七十年代。

我记得那时县里每年春节都要搞一次文艺调演，相当于现在的春节联欢晚会，云集县城的农村各地业余宣传队几乎都有一个同样的拿手节目，四个老头儿一人手杵一根旱烟袋，撅着屁股齐声高唱："耕牛是个宝，生产少不了，我们队里没耕牛，生产怎么搞？"邦庆把队里的宝累死了，你说怎么搞？

幸亏遇上清官断案，看罢现场，说耕牛是累死的，又不是害死的，证明这小伙子做活路舍得出力气，要人人都是"累死牛"，生产不是早就搞上去了吗？也幸亏他人老三代都是贫农，不然就是黄泥巴糊在裤裆里，现场看了也说不清楚。我还听说他当过小队会计，改田制地，各种各样的土坡形状都有，高一截矮一矬，鼓起来凹下去，工地指挥长算不准土方的体积，和挖方人打了起来，几乎造成罢工。邦庆放下扁担土筐，说声我来试试看，他把几个人的裤腰带结起来，量量最高处，量量最低处，又在不高不低的地方作个记号，捡块石头片子在地上划几划，嘴里报出一个数字，打架的人立刻不打了，说这人算的他服。

以上都是传说，但是认识这个人后，这些传说我都相信，除了用裤腰带结起来量土方可能是属于幽默。山区再怎么落后，一卷量方的皮尺总会有吧，当地的老百姓喜欢他，愿意编他的玩笑。

参加同乡会的基本上有三种人，一种是在北京工作的竹溪人，比如我们；一种是在竹溪工作的外地人，比如房县籍贯的副县长大胡子戢逢建；一种是在竹溪工作的竹溪人，比如土生土长的县委书记明邦庆。只有一个人是个例外，那个人既不是在北京的竹溪人，也不是在竹溪的外地人，更不是在竹溪的竹溪人，他长着一张四方大脸，一老一实地坐在那里，谁都不认识他，他也不认识谁，只有邦庆一个人和他有说有笑。我以为他是邦庆的一个什么远方亲戚，听说开同乡会赶来喝两口的，也不怎么理他。谁知一经邦庆介绍，把我乐了一跳。

此人姓张，名张军华，父亲原在中共中央办公厅工作，经常和毛主席在一起，他本人是河北省政府的一名干部，组织上曾想派他下基层锻炼，去张北县任副县长。张军华在竹溪有个亲戚，住在离城关五里的廖家河。那年春节他坐车来竹溪亲戚家玩，从城关往廖家河走，路上遇着一个打鱼的，两人沿路拉呱起来，从风俗到风气，从百姓到县官。打鱼的看他穿得土素，说的像普通话又不是普通话，口音和电视里演小品的赵本山差不多，人也长得有点儿挂相，就猜想他是从河北来竹溪做买卖的，全无防心，他问什么，打鱼的说什么，高兴就笑，不高兴就开口骂人。

打鱼的说，我们这个书记呀，可是一个落打落实的人，不弄虚作假，不讨好卖功，一就是一，二就是二，和有的扯白撩谎只图升官的不一样。

张军华问，你说他怎么个不一样法？

打鱼的说，他向上面报的产值产量，你可以随便到下面去查，他本身就是种过田的。

张军华问，你是在说彭德怀吧？

打鱼的说，你再到石庙子电站去访一访，晓得不？竹溪的三峡工程！

张军华问，那个竹溪的三峡工程离这儿多远？

打鱼的说，南山泉溪镇，今天你到不了。

拉着呱着，廖家河到了，张军华和打鱼的分了手，到亲戚家住了一天，因为心里有事，坐立不安，次日吃罢早饭又逛进县城，要见见那个名叫明邦庆的人，心想自己马上也要下去当县官了，何不先看看人家那个县官是怎么当的。第二天是大年三十，张军华在县城里打听好了邦庆的住址，就直奔他家。邦庆恰好不在，他的爱人认出这人不像是县城的干部，以为又是乡里来反映问题的，因为他家常有乡下人来，不是上访就是告状，再不就是提出一个什么要求，他爱人总是客气地将人留住，等邦庆回来替他解决。不过今天团年，这人专选这个日子来，该不是来闹事的吧？邦庆爱人给他端把椅子，又给他泡杯茶，让他坐下等着。然而这个河北佬不像竹溪人一样能等，他是个急性子，说既然明书记不在我过会儿再来，转身出门又去县城逛遛。

大约过了两个小时，邦庆从外面回来了，家里摆酒上菜，准备团年。爱人想起刚才来了这么个人，就对邦庆说了。邦庆心里正犯嘀咕，听得有人敲门，起身把门打开，迎面进来一条大汉。爱人一见说就是他。邦庆打量着他说，我怎么没见过你呀？那人说我也没见过你，不过我一见就知道你是竹溪的县委书记。邦庆说：你吃饭没有？没吃就在这里吃吧，团年添人是件喜事。那人也不客气，真就在团年桌边坐下来了，一边喝酒一边吃菜，一边把路上打鱼人的话说了出来，把邦庆听得哈哈大笑，问他是哪儿来的。他这才坦白了自己的来历。

以后他俩就成了好朋友，一个湖北一个河北，一个山区一个平原，隔着几座大山，一条黄河，千把公里的路，时不时地互相打个电话，刺探一下对方那里的情报，多久不见还怪想念的。张军华觉得自己真是有缘，还没上任就遇上了一个好官，这不是老天给他安排的模子吗？只是后悔那年春节时间短了，没来得及到竹溪的三峡看看，忽然听说有人要在北京搞一个竹溪老乡的聚会活动，邦庆来了，张军华心里直痒，石家庄离北京不是很远，他坐上火车就走，不是同乡也要参加这个同乡会。

同乡会上我听了不少邦庆的故事，我觉得他的故事要用他的腔调、他的语言方式讲出来才会更有味道，于是发动同来的竹溪干部一人讲他一个，讲得好，讲得像，一句喝一杯酒。有人就讲他为修石庙子电站到省里去争取项目的事，说那是公元 1991 年 7 月，大雨过后，天气寡热，他坐汽车往武汉赶，经过孝感，公路泡在水里不让他走，根本不为他的孝心感动，趟水到东西湖，周围真的成了一片烂泥湖，一身泥水奔进水利厅，姓童的厅长却不见人毛，问下属都不知去了哪里。随行的人一听慌了，邦庆说别慌，先找家便宜点的旅社住下，吃饱肚子再说，上午不在下午该在，今天不在明天该在，我就不相信这个厅长从今往后不回来了。

他身穿一件和尚领的汗衫，每天清早屁颠颠地往水利厅跑，人家上班他也上班，说早上好；人家下班他也下班，说明儿见。来早了就在门口等着，中午也不回旅社，饿着肚子一个人蹲在树荫下面，等人家吃了午饭睡了午觉，他再跟进去继续等。武汉号称中国的三大火炉之首，树也没有竹溪的大，巴掌大的荫凉顾了他的头顾不了他的尾，硬把他从后颈脖子到肩膀头子晒脱了一层皮。终于有一天把童厅长等回来了，但是人家没有时间听他汇报，说明天广州军区有个司令员要来看堤防。邦庆厚着脸凑过来说，我们县也有一条河堤，我也想看看你们是怎么防的，明天我就跟着你去，你的好车在前面，我的破车在后面，路上停的时候你多少听我说几句，我尽量说快些。

他像一截石磙一样，栽在厅长面前不走了，憨朴的脸上汗珠子直滚。厅长望着他坚决的、不可后退的表情，听着他好听的、有点像北京普通话的竹溪丰坝腔，突然一眼发现了他脖子后面晒死的一层皮，像农用的塑料薄膜，被电风扇吹得一飘一飘。厅长一低头说，好，我一定听你的汇报。所谓的“竹溪的三峡工程”，就是这样立下项目的。

又有人讲他公元1996年7月8日亲率县委干部抢险抗洪的事。那次的一场特大暴雨，在以后有关竹溪灾情的纪录文档中，无一不用了“六十年不遇”这个可怕的词。龙坝、城关、中峰、洛河、水坪、天宝、龙滩、瓦沧、桃源等大半个县的乡镇接连惨遭洗劫。当天上午邦庆正在县宾馆向上面来的人汇报工作，一听暴雨来临他工作也不汇报了，下令停止县内所有会议，科局以上干部统统到乡镇包片防洪，而他却抢了一双深统胶鞋穿在脚上，直奔八里以外的竹溪河水库。竹溪河水库蓄水二千三百万立方米，水位比县城高五十米，人说县城头顶一碗水，那碗水一倒整个县城都没有了。

黄滚滚的上游洪水直泻入库，库里水位每十分钟涨六寸，再涨一顿饭久那只碗可就要弥沿了。这时候邦庆和新县长彭勇赶到库区，决定先停止泄洪，等洪峰通过县城之后，马上开闸放水，这样才能既保县城又保水库。这是一着险棋，下得不好两头都没有了，包括站在水库脚下的自己。邦庆的衣裳冰凉透湿，外面是一层冷雨，里面是一身冷汗，他是麻着胆子这么干的。那次抗洪县里出了两名英雄，天宝乡蒿坝村的农民黄阳明，为抢救两名五保老人，自己家的房屋被泥石流冲毁，把妻子和两个女儿塌死在里面。另一个青年农民李志贵，为抢救六名落水儿童，自己淹死在水中。邦庆翻山越岭八里山路，蹚过齐腰深的河，流着眼泪去慰问烈士的老父老母，号召全县人民向两位英雄学习。

接着又有人讲他人好脾气也大，对手下不称职的科局长们发火，一气撤了四个，免了一百三十五个，降了二十个。石庙子工程表彰有功之臣，指挥部也给邦庆发了两千元奖金。邦庆说，我的奖已经发了，大家刚才肯定了我的工作，这个奖比你们手里的要高一百倍。有个干部申请邦庆解决他家里的特殊困难，信里也夹了两千元钱，邦庆把他的困难解决了，却把钱还给他，还把他教育一顿：记住，你的困难解决了是因为它应该得到解决，而不是因为行贿。

还有人讲他的故事和县委书记没有关系，只说他是个孝子，小时父亲瘫痪在床，下肢冰冷，晚上他就将父亲的双脚抱在自己怀里睡觉；白天上学之前，又把火砖烤热，包上布放在父亲的腿子下面。在我们中国过去某个丧失人性的革命时代，孝敬自己的父母曾经被人视为封建资产阶级的血亲之情，那时国人似乎从来不敢深思，如果父亲不是一个坏人，孝敬父亲的儿子难道不是一个好人吗？一个连起码的好人都不是的人，难道能是一个好的县委书记吗？

何况他现在已经不是一个孝子对一个父亲，而是一个县官对一县父老乡亲了。他从 1987 年开始，负责帮助兵营乡伍家村一个贫困户脱贫：那家的户主叫方孝兵，一家四口，衣食不保。邦庆每月从自己工资里挤出一点钱来给他，一年上门五六次，看了房前又看屋后，看了猪圈又看鸡笼，扳着指头算账，急巴巴地为他想挣钱的门路。公元 1991 年，这家人到底摆脱了贫穷，四年后全家人均收入达到了两千元。这一年全县有三万一千人摘下了贫帽子，把个邦庆硬是喜欢足了。

又讲天宝乡白鸡冶铁沟村二组，有个有心计的妹子名叫贾方丽，1995 年到河北一家地毯厂打工，她把人家编织地毯的手艺学到手后，带着打工攒下的一万五千元钱回家，雄心勃勃自己来办地毯厂，但是戏未开场她就快了，没有厂房编什么地毯？算这乡妹子福大命好，这事让邦庆知道了，心想这真是一只冶铁锻钢的小白鸡。他坐车赶到天宝，让乡上把葛洞粮管所三间空房借给她，还拨给她一万元钱买设备。

宝华地毯厂挂牌的那一天，乡妹子一手放着鞭炮，一手擦着泪水。当这个厂拥有二十多个乡下妹子之后，邦庆怕她们家大业大吃不消，又让财政调剂她们两万元资金，还派一名乡干部住进厂里，像《红色娘子军》里的党代表洪常青一样，协助二十多个妹子抓好生产。听说家乡还有这好的事，又有二十多个出门在外的打工仔炒了他们老板的鱿鱼，回县办起了皮鞋厂、型煤厂、瓷砖厂。

你听他的名字是怎么取的：明邦庆，明明白白，一邦之庆呵！在京的同乡齐夸这话说得实在是好，抢着抓起杯说，我们也来庆一庆吧，喝，喝酒！

遗憾的是那次北京同乡会上，新县长彭勇没有来，据说在那前后不久，他在武汉也成立了一个同乡会。以后每到新年，我们在京在汉的同乡会员都会收到一张寄自家乡的贺岁片，贺词下面署着邦庆的彭勇的名字。邦庆对属马的彭勇很是赏识，说他名副其实是一匹勇敢的好马，年纪又轻，水平又高，将来一定能背负重任跑到自己的前面，语气真挚而又深情，没有半点官场上常见的那种复杂微妙的意味。

新县长彭勇我一直还不认识，同乡会成立的第二年，也就是老县长世元离开香山医院回县的那年夏天，他到北京来过一趟，那次我们本已约好当晚 8 点去他住处见面，不想快 7 点时我家突然来了一对写小说的年轻夫妇，背着一大包打印的作品请我看，也是老家的作者，因此误了彭勇那头。果然我这次回乡，就听说彭勇调到神农架林区任了区长，行政级别比邦庆要高，但是邦庆高兴，认为自己眼睛有水，是个识马的伯乐。

正月十五的前一天，正好竹溪县人大闭幕，代理县长张光新，那个 1968 年上山下乡从省城到竹溪来安家落户的老三届知识青年，在这次会上几乎以全票正式当选为县长。邦庆满心喜悦，当天下午接我和妻子做客，说是县委县政府的一片心意，勒令我务必要去。

知道我深爱我的父亲，他特意把我那在黑暗中度过了二十年“右派”生涯，今年七十岁的离休老父亲接去坐在上席，还要后天派车送我们返京。

我说不必了，我有一个最要好的老同学听说我春节回家，正开着一辆雪铁龙从延安日夜兼程往回赶，估计今晚就到，十五过罢，他自然要开车送我们的。谁知同学回来，我的八岁儿子却坚决不坐他的雪铁龙，闹着要坐吉普，我只好打电话给邦庆，他专门从交通局里给我调了一辆，儿子坐着才高兴了。

我非常感谢这辆吉普，原因我若不说，全世界谁也想不到，开车的师傅听说我是个写书的，一路上尽跟我讲邦庆的事，讲得来劲，把车开得飞快。

虎年割须

春节回去我住在弟弟家，是我父母弟妹提前商量好的，因为弟弟的家在县城中心，刚刚装修不久，又是二层，上下出进都很方便。我住下后想起他原和副县长戢逢建在一起工作，便问起那个从房县调来的大胡子。他一指窗外，说就住在对面一幢楼里。我说我还很想念这个人的，晚上请他过来玩吧。谁知晚饭刚罢，他就闻讯来了，哎哟连天地叫着，用带儿话韵的房县口音喊着老兄。我看他脸上的红光一瓢水似的从额顶上直泼下来，隐入一座大下巴，又从扎撒着的胡子根里漫出，继续染红一截粗脖子，咧起一张嘴笑，风采依旧。

我说的依旧，是依然如公元1995年我们在北京的初见。那年他带着我弟弟的信，坐车找到我的住宅，看罢信我方知道这条长满络腮胡子的红脸汉是竹溪新来的副县长，主管工业，姓得怪怪的：戢。他见我抬头看了他脸，低头又看他姓，就对我讲了一系列关于此姓的笑话，说他刚到我们老家县时，有人叫他哉县长，还有人叫他戳县长，总而言之这些音听起来都有些可怕。我笑起来，说只要你县长当得好，老百姓是不会宰你，也不会戳你的。

接着又开他的玩笑，说他的戢姓其实好记，上面一个小嘴巴，是要自己少说；下面一个大耳朵，是要多听别人的；右边一个长戈，是要甩开膀子大干；原名逢建，乃是逢山建路，逢水建桥。他说去年生过一场病后，他已改名逢健了，从此果然恢复健康。我见他风尘仆仆，却想起一句易经，"天行健，君子以自强不息"，于是一见如故，视为自强不息的朋友。

千把里路赶来，他没有别的东西送我，从一只黑皮提包里摸出一块麻不曲溜的石头，庄严地送给我说，这是四亿三千万年以前的古生物化石，南山的农民从屋后挖出来的。石头里面有些花花点点，也许是那个什么三叶虫，如果被古生物学家证实是这回子事，竹溪的就会受到有关方面的刮目相待，他此行的目的之一也是想来投石问路。可惜我不懂古生物，对化石也少有研究，干着急帮不上他和家乡的忙，只把这块里面有三叶虫的石头作为来自家乡的礼物收藏了起来，说他这是千里送石头，礼重情意更重。

这个人的脑壳是不按比例长的，它比一般人的要大，而且越到下面越宽，是中央美术学院的实习生背着画夹满世界寻找的那种典型的由字脸，落打落实地夯在肩膀头上。早在中央电视台拍《水浒传》之前，山东电视台拍本省的打虎英雄武松，到处物色与武松一道上二龙山的好汉，那个三拳打死镇关西的提辖鲁智深，他对着镜子照了一夜，次日差一点儿去济南抢那个角色了。人们都知道他想当花和尚，却不知道他想不想当沙和尚，其实他那样子更像到西天取经的唐僧那个挑担的三徒弟，不信大家去翻翻有关连环画。但是不管他像什么，他最不像的还是县长，尤其是那一脸胡子，无论如何与中国人心目中约定俗成的那种公式化、概念化、抽象化的县长不配套。果然不出三年，许多好笑的麻烦事真的落在了他的脸上。

同乡会开过之后，有一天我正在编辑部忙事，突然一个小老乡敲门进来，脸上激动得不得了，大气喘喘地叫了我一声，就把手里一份报纸递到我的手里。小老乡是北京科技大学毕业后留校的宣传部长，名叫王斌，二十四岁，竹溪县龙坝乡人，递给我的是一份《中国青年报》，上面登了整整一版文章，一个满脸胡子的头像下横着一条夺目的标题，叫做《一个县长和两个大学生》。王斌说你知道吗，这人就是我们县里的副县长。我一眼就认出那是戢逢建，但我却装作不认识的样子，坐在那里一气读完文章之后，问他说你看过了吗。王斌说我就是看过之后，才专门坐车赶来给你看的。他从科技大学到我这里，要辗转换三次公汽，来去历时三个钟头，就为给我送这一张报纸，送这张报纸上的一篇文章，让我看这篇文章里的一个人物，把他都累坏了。

《中国青年报》上讲的故事像是一篇小说，但它却是作为一则实实在在的新闻，还有一颗胡子巴叉的人头作证。公元1990年，这位目前竹溪县的副县长还是房县一个远乡的书记，那是全县最西端的一个出了名的穷乡，吃饭是杂粮，炒菜没有盐。是这个胡子书记，每次从县里开会回来，总记着把盐给乡亲们背一口袋。乡上订的有份《郧阳报》，没有五年后将要整版登他的《中国青年报》影响大，然而它却是郧阳地区的《人民日报》，覆盖了郧阳境内的每一个县乡村。

有一天，《郧阳报》登出了一个消息，说是房乡堵河杉树梁子村，有一个十七岁的初中生名叫李英冰，也许是国家未来的精英，但目前还贫寒得像块冰呵，中考考了全县第一、全地区第三。他没有像中举的范进那样狂笑，他却伤心伤意地哭了，因为他就是考中了全国第一也没用，为他上学家里已经卖掉一条牛了，圈里还剩下最后的一条，再卖可就没有犁地的了。耕牛是个宝，生产少不了，人重要，牛也重要，哪个更重要呢？吃饭更重要，从这个意义上说，牛就是人，竹溪县委书记明邦庆当年因为犁地累死了一条牛，惹了多大的一场麻烦呵，这东西千万不能卖。这个胡子乡长前七后八地想，最后派人带信说，让那个家里要卖牛的孩子来一趟吧。

英冰当晚就睡在了书记的床上，那床只有三尺宽，乡长又粗，两人睡有点挤，但是半夜挤掉在地上孩子也高兴，书记要出钱供他上高中啦。这是两个未来大学生中的第一个，第二个名叫戢太坤，太感动乾坤了，实际上第二个是第一个给发展来的。这一日英冰又去乡长家吃饭，吃得脖子一哽一哽的。乡长说你慌个啥呢，英冰说，我得快些吃完好去医院给同学补课，我们班的戢太坤腿子被汽车轧断了，上不成学了。太坤也是这个乡的。书记一听就说，吃完饭我俩一道去吧。

这年冬天，两个孩子都成了他家的人。两个孩子都争气，吃戢书记的饭，花戢书记的钱，听戢书记的话，做戢书记的好孩子。又是一次扭转命运的大考，太坤考上了武汉大学，英冰考上了武汉测绘科技大学，一文一理，还真按戢书记的设计来的。这一年堵河的河水倒流，竹山的竹子开花，世世代代的土老帽终于出了第一代大学生，而且不出就不出，一出就成双！戢书记把这一双穷孩子领到街上，一人买套新衣服，基本上打扮成两个大学生的模样，亲自送他们登上开往武汉的列车，掏出九百六十元钱给英冰交了第一笔学费，然后每人每月寄五十，五十不够了寄八十，八十又不够了寄一百，这都是因为飞涨的物价。

关于这事本市记者有个说法，叫作一个穷光蛋帮助两个穷光蛋。那一个穷光蛋该年的工资是每月二百多一点，从乡长到县长，从房县到竹溪，工资眼看要拿七百了，可是竹溪穷，每月实际只能拿到四百零三元。除了被帮助的那两个穷光蛋，他自己也有两个孩子，一儿一女正读中学，他每月交家里一百五十，身上只留几十块钱打零用，抽烟太花钱，他把那可恨的白棍棍儿戒了，不抽烟还不得肺气肿，得亏没钱，他戒烟戒得难受就想阿 Q 的精神胜利法，把它灵活地运用到没钱的实践中。

洗脸毛巾洗破了，他不买新的，却又找出一条破毛巾，两条各自剪去一半，优化组合把它们接成一条，洗脸时中间一道棱坎，有点摁肉，不要紧，男人本来就是一张糙脸巴子，糙对糙还能增强血液循环，美国的女人不是时兴打耳光美容法吗？床单睡得尽是窟眼儿，他也不买新的，劈中间一撕，两边合拢再一缝，中间一条分水岭，正好和老婆各占半边，白天太累晚上免得她过来打扰。皮带系断了，环掉了，他还是不买新的，走到街上看看四周没人，从裤腰上一把抽下来，请补鞋的师傅用机器踏一下，再找根橡皮筋，把翘起来的皮带头子勒在里面。

他的生活简单得很，可以和死去的老县长世元相比。初到竹溪时家属没来，他几乎顿顿吃方便面，菜是豆腐乳、酸白菜。大夏天热得抵不住火了，狠个心买了一台吊扇。有人要借给他一台电视，他说算了，没时间看。同他一道出外的人都喊吃不消，因为那次到鄂西一带考察，六人十七天跑了十三个省市，人吃饭住店，车修理加油，在北京尽找三十年前挖了准备打仗的地洞改做的旅社落脚，总共才花了六千元钱。给他开车的师傅也喊吃不消，说这人精力过剩，不管白天夜晚，周六周日，屁股一抬说走就走。

戢太坤就读的武汉大学有四个大学生，暑假到竹溪县做社会调查，觉得亲爱的戢叔叔生活很苦，回校前在市场买了几斤猪肉和小菜，要给戢叔叔做顿好的吃，男生剁肉女生下锅，那晚停电点的是一根蜡烛，女生把戢叔叔的墨水瓶当成酱油瓶，半瓶墨水煮出了一锅黑肉，原来这位供养两个大学生的县长叔叔的宿舍里只有一张桌子，写字吃饭放东西都是它。四个大学生感动了，他们凑钱给房主人买了一张桌子，要他今后不要一桌三用。

中央电视台的《焦点访谈》也访问他了。世界太小了，事情太巧了，《焦点访谈》上期的《走近好人》，访的是老爹戢传逊，退了休要当神仙，当珍奇树种的保护神，收集濒临绝迹的树种一百例，“红豆生南国”的红豆古树，“一树生两木”的雌雄两性树，主干胸围21.6米的樟树王，分别为它们挂牌子，建档案。接着下期的《再说好人》，访的又是儿子戢逢建，省吃戒抽不喝酒，供养两个山里穷人娃娃上大学。观众越看越觉得这前后两个好人长得有点挂相，脸红脖子粗，鼻宽下巴大，只是上次那个老的嘴上不蓄毛，这次这个少的却满脸黑乎乎，忽听记者一访，主持人一谈，顿时愣了，全国只有一个《焦点访谈》，《焦点访谈》只访了两个好人，而这两个长得挂相的好人竟是爷儿俩，真是世代家风，一脉相承，好人都出在山里面呵！

公元1996年5月9日，英冰就读的武汉测绘科技大学把这位副县长请到校园，给不需资助的莘莘学子作报告。一个满脸胡子的山里的副县长走上台来，掌声响起来了，他开始用带儿话韵的方言讲，他说我讲的是地道的房县话，我讲慢一点，因为怕来自全国的老师们、同学们听不懂。万一听不懂的时候请反映一下，我憋一下普通话，作为一县之长应该讲普通话。

掌声又响起来，因为他朴实，还因为他幽默。他咳了一嗓又讲，今天大家见到我以后很可能感到失望，一则是我这个形象，大家一看，长得蛮凶狠，不可能有一颗慈善的心，其实，人还是不可貌相；二是让我谈人生，对我还是一个新的课题，所以说谈不出多少名堂。掌声一阵接着一阵，台上这个貌似凶狠的人，自称谈不出名堂其实他谈的就是名堂。他说有人编了一个顺口溜：雷锋叔叔不见了，张思德不烧炭了，白求恩不在医院了，老三篇不念了。其实不见得，社会上还是好人多，我资助大学生，让他们学习，实际上是我大脑的延续，生命的延长。掌声延续了又延长，掌声中有青春期的大学生站起来喊，戢叔叔讲得好！

戢叔叔还想讲，他还有一肚子的话没有讲出来，但是时间太有限了，他还要连夜赶回县里，肚子里的话留着下次再讲吧。下次他要讲讲他的故事：小的时候他家和英冰、太坤一样穷，爹妈要干活，没人看管他，有一次一条狼窜进村子，一口叼了他就走。他拚命地哭，他娘听到了，扛起一把锄头就撵，硬把他撵了下来。多么勇敢多么伟大的山里母亲呵，从狼嘴里夺下了一个人民的好县长。他还要讲，他上小学是在一间牛圈里，他上中学就开始砍柴卖，第一挑柴卖了只买回两支铅笔。他上大学，那是二十年前，武汉体育学院来了一位正长身体最能吃饭的、十八岁的山里娃，未来的体育运动员，全院数他肚子最大，但是全院数他吃得最省，家乡穷啊，人均一天只有六两毛粮，别人带的是熟肉和鸡蛋，还有饿了可下馆子吃一餐的粮票和钱，他带的却是老娘平时攒下的洋芋粉。那东西的来源有两处，一是家里炒洋芋片做菜时用水漂下的，一是小得不能刮皮的洋芋蛋子磨碎的，晚上饿了就用开水冲一碗。

他尤其要对英冰讲，山里娃是知道山里娃的，他从小山路走惯了，一迈步两脚跷起尺把高，体育学院的主课是体育基础课，他一出马全班就像看小品，女同学捂着嘴巴笑，男同学笑得滚一团，一百米短跑他跑不过女生；下河游泳咕咚一响，河里像掉下一个大秤砣；跳远他屁股能落到沙坑就算很不错；跳高他差点把胳膊都摔断了；但是接着又是万米长跑，他把这条不结实的胳膊用雪白的绷带吊在一截结实的粗脖子上，虽然远远地跑在人家后面，可他坚定地跑到了终点。从此这个体育简直不行的体育大学生，晚上吃碗洋芋粉就往外跑，五更半夜地练出了十八般武艺，项项都达到三级运动员的标准，鄂西北大山里的铁秤砣飘起来了，他四次“万里长江横渡，极目楚天舒”。

当然还有些事，打死他他也不会讲的。不过他不讲有人讲，山里人亲眼见到的，一辈子也忘不了。寒冬腊月年边上，他冒雪到老乡家去看危房，看人家的屋梁有多粗，房顶会不会被雪压塌下。他把住在城里的老婆孩子带到山里去过年，组织人运来瓦片，给一家一家乡亲补房子，从二十三补到二十九。一个老干部得了癌，无儿又无女，孤苦又伶仃，大年三十躺在医院，他去给人家当儿女，两人共吃团年饭，过完年老人死了，脸上挂的是笑。

一个老师人耿直，遇上坏事当课讲，退休了住回农村，高压线从他屋脊过，人家就不许他搭；他家田里要栽秧，人家又不供他水；有了水撒了化肥，人家却把他田缺子扒开，让他肥水流进外人田。退休老师想骂人又骂不出口，想打架也打不赢人，他气得给中共中央写信，信封写着邓小平大人收。山太大了，事太小了，这封信小平同志收不到，戢逢建却闻讯上门去，那年他是这个乡的书记，他得去给写信人的电灯安起来，田缺堵起来，还教这个耿直的老师，以后既要有正义感，还要会联络人。

他要走了，公元 1987 年，一个下雨天，从沙河乡调到中坝乡，农民从十几里外赶来，泪水雨水流一脸。六十多岁的罗永祥拽住他说，戢书记你来了还不够两年，不能走哇！接他上任的是中坝乡的书记丁光举，见此场面问戢逢建，将来有一天你再从中坝走时，会不会还有这多人送？公元1990年，他果然又要走了，这回是到县里，老天没下雨，有人头天晚上就得知了消息，送他的人更多。特困户邓大兴手里捏着给人帮工挣的十几元钱，跑到供销社要买一块匾；另一个特困户邓大云，手里牵着孩子娃，怀里抱只大公鸡，肩上背袋糯米面，找到乡上来了。戢书记，你说过年时到我们屋里吃一顿饭的，现在你调走了，请你收下这点东西，只当到屋里去了一趟。

要走的书记眼圈红了，泪水从他宽鼻子的两边滚过，笔直地流到大下巴，藏进一丛大胡子中，他拿出一个信封，从邓大云的口袋里抓把糯米面装在里面，嘴里道一声谢谢了。今天他还不能走，还有一个特困户名叫桂流涛，家里还没谷种，第二天清早他一气跑了几里山路，把五斤“仙优63号”送到桂家，天太早，这家人还没起床，他把谷种放在桂家门口，说声我走了。

两个记者一心要找到他，亲眼看看他长的是个什么样儿，但是他一会儿武汉，一会儿北京，到处都找不着。一个名叫张泽茂的台湾商人要在竹溪投资合作办纸厂，他是竹方谈判代表，这下该要捉个死的，两个记者火速赶去，一见面愣住了，这哪里像个县长哟，拉里拉垮的旧衣服，橡皮筋勒着的牛皮带，红脸粗脖，胡子巴叉，整个儿一个拳打脚踢的搬运工，拦住问话，没答三句就要走，说是去给台竹纸厂筹资，他已筹了十九笔了，少的两千元，多的十五万。拦不住他就拦别人，才知他为办厂脚都跑肿了，肿得皮鞋脱不下来，搬机器买配件，自己扛个人卸，小车装不下搭班车，班车开走了坐三轮，突突突突把屁股簸起老高，但一双手把配件抱得梆梆紧。三轮车夫埋头开车不认路，也不认得他是县长，直说装箱上货还数这个家伙扛得多，跑得快，这家伙看长相吧，像个黑社会的老大；看扛活吧，又像个码头上的老幺。

过罢三天年，十五年前的老朋友接我到家玩，把他也接了去。老家县城二次碰面，他的满脸胡子不见了，一墩红堂堂的大下巴无遮无拦地亮在外面，透明度太强，猛一看反而有点别扭。我问他这是怎么回事，他直摇头，用房县的儿话韵说，不瞒老兄啊，这胡子给我惹的麻烦实在是太多了，出门见人打架我去拉，人家以为我是来打架的，伸手就是一拳；在外开会晚上跳舞，我也想去找个舞伴，人家以为我是来捉人的，吓得直说自己是在规规矩矩跳；和台商一道下去考察纸厂，人家以为我是他的保镖，你看这是啥话？就凭这点我受不住了，去他个球呵，剃了算球了！他说着咧起个嘴巴嘿嘿地笑，我看他笑得有点尴尬，有点无奈，有点想不通和说不出口，总而言之怪不是个滋味。我就也笑，想这就是家乡可爱的人们，喜欢把胡子作为检验县长的标准，丑八怪钟馗就是这么气死的，当然也有人占了相貌的便宜。

他们没有见过公元 1996 年轰动全世界的中国京都府尹王宝森，那个把自己一枪打死的贪官长得是多么的端正，多么的像个比县长还大的市长呵。

《坟》的风波

永贵走后，邦庆之前，家乡还有一位县委书记，粉碎“四人帮”后竹溪历届的县官，唯有他不认识我，也唯有他和我闹了一场轰轰烈烈的笑话，事情出于一座临街的坟。

公元1987年底，正好是我从北京回到竹溪，也正好是春节过罢的正月十五夜晚，依照家乡古老的风俗，我托人从西关买了一些火纸，到我保姆的坟上去烧。据父母口头记载，在我出生以后，父母因忙于“土改”，曾有一段把我寄养在城中小十字的何家老奶奶家，何家老奶奶名余向贤，是竹溪县著名的烈士家属，丈夫何恐解放前在汉口从事革命活动被捕，在狱中组织“八一”暴动，被国民党杀。在何家老奶奶家寄养的时间不长，我的保姆就开始带我了。

保姆的娘家在城关东城角，她叫周见仙，带我的那一年大约三十岁，从此她就住在我们家里，带大了我又带弟弟，带大了弟弟又带妹妹，在我家住了将近十年。其间我父亲被打成“右派”，仅剩我母亲一人工作，每月工资三十七元五角，再也付不起她的保姆费了，很多人都劝她离开我家，说她图名吧是个“右派”的名，图钱吧哪里来的钱，说不定哪一天还会惨遭株连。我母亲也流泪劝她，可是我保姆却坚定不移地摇头，她平生最喜欢看京剧，特别是《搜孤救孤》一类的冤情苦戏，她一口咬定我的父亲是被奸贼所害，因此她不仅不能离开我们，还要帮我母亲把我们兄妹一个个抚养成人。

以后她不要我母亲每月十五元的保姆费了，反把丈夫寄她的一点钱放在我家一起使用。记忆中的保姆是个心软好哭的女人，她常常把我望着望着一双眼睛突然就红了。那是一个夜晚连煤油也点不上的时代，保姆的泪光是黑暗中闪亮的小星星，它照着我度过了沉默的童年。保姆后来贫病交加，死于1969年的阴历正月，1989年的阴历正月是她去世的二十周年。

正是“文化大革命”的第三个年头，贫穷再加“破旧立新”，保姆被草草埋葬在她娘家东城角外的一块荒草地中。二十年后的正月十五之夜，我去寻找我那情同亲娘的保姆，那晚无星无月，天上飞着毛毛小雨，我的一个好朋友，在文联工作也写小说的万克兴打着一支电筒，陪着我越过乱石，穿过泥地，在一条田埂下找到了她的坟墓。四周散乱零星的坟头闪烁着飘摇的火光，黄色的纸屑和黑色的纸灰在坟前已被小雨浇湿，我是跪着等待火纸燃尽才离去的。那一夜我有万千的感慨，久久不眠，关于亲情，关于家乡，关于社会，也关于譬如朝露匆促短暂的人生。

回京后我写了一个短篇小说，名叫《临街的坟》，先是发表在《作品》杂志，接着又被《小说月报》第6期转载。《作品》的国内发行量只有几千册，竹溪邮局没订，《小说月报》却是一百多万册，仅老家小小县城就有近百个订户，家乡读者发现有家乡作家的作品，开卷读之，四下传之，不知怎么惹得新来的县委书记不高兴了。听说我的小说里有个县委书记姓白，他立刻想到他的颜色深点的姓，遂一边派人没收杂志，一边组织写作班子，撰写批判文章，盖上大红公章，寄给《小说月报》等文学杂志，要求它们不再发表我的小说。同时也寄给我的单位以及主管部门文化部，有关组织作家协会等，要它们对我进行处分。批判文章是当时竹溪四个公文写作水平最高的秀才共同研究之后，以公函的形式联合写的，题目是《根据野莽同志小说〈临街的坟〉致有关单位领导的一封信》。

打印的公函不久就有三份相继转到我的手里，《小说月报》自从1980年转载我的处女作《这车好炭》以后，十年来一直是我的好朋友，编辑部副主任，《坟》的责任编辑余小惠女士也是一位作家，她与丈夫孙力先生合著的长篇小说《都市风流》曾获第三届茅盾文学奖。收到此信她淡然一笑，以同行的理解首先来信向我表示慰问，并且表明对这一对号入座事件的幽默态度，不仅不按竹溪发来的公函办事，而且就在同年第9期的《小说月报》上，又转载了我发表在《湖南文学》的小说《中国气功》。《气功》讲的是中国国民性的绝招之一，无中生有变是为非的舆论将一个气功大师活活气死的故事，不知道老家的县官和那四个秀才看到没有，看到之后又有何打算。

四个秀才都曾经是我的朋友和同行，文学之路难于青天蜀道，于是先后用笔敲开了另一扇门后，反而在暗中拔箭对准了我前进的背影。公函的措词之烈、之劣、之孽，胜于陈琳骂曹，骆宾王声讨则天武后。四个秀才不是奉莫老爷之命与刘三姐对歌，讨论文学艺术和现实生活的问题，而是想把阿牛一掌推进河里淹死。他们甚至歪曲和嫁接中国历史，把我父亲三十年前被错划“右派”巧妙地说成是受到处分，和某个绝不相干的人物联系起来，以此指出三十年后作者的动机。

寄到我单位的一封，是我们当时的总编辑、著名英文翻译家殷书训先生交给我的：结实的牛皮纸信封，保险的挂号条，神秘的词汇，熟悉的字迹，左上角写着“重要信件”，字下面是四个圆圈，正中心是“负责同志”，后面还有一个“亲收”。老秀才真是呕心沥血，万无一失，担心北京的邮局觉得竹溪的信件不重要，又担心被不负责的同志收了，因此写好了又添一笔，寄出了又取回来，恨不得骑上一匹快马亲自送到京城。未曾想负责同志殷总编辑当年也是“右派”，很负责地和我同读了这一封信，要我以后好生把握虚构的分寸，不要犯他年轻时的错误，并且授我一计，让我最好自己放风回去，说是已挨组织处分，让人家得到心灵的安慰，以后就不再写信来了。

公元1989年6月，是一个震惊世界的月份，北京发生了太大的事件，与此相比似乎什么都不足挂齿。然而文化界却时起微波，转载我的小说《坟》的那期《小说月报》，以重要位置转载了我们的名誉总编，原文化部部长王蒙的小说《坚硬的稀粥》，有人说他以《稀粥》影射政治，报上展开了一场辩论。那期《月报》在判为禁刊的同时，却成了真正的俏刊，很多朋友请我帮他搞一册，却不知道我的一篇小说也在里面，无非是北京不批家乡批，内行不批外行批而已。我觉得生活真有意思，这事本身就是小说中的一个幽默情节，每寄一册都触景生情，哭笑不得。

王蒙很快辞去了部长职务，接着又不再担任我们的名誉总编，我们单位也很快从文化部脱离出来，改由中共中央对外宣传小组和国务院新闻办公室直接而又双重领导。家乡朋友纷纷来信，向我打听北京的事情，打听王蒙的事情，也提心吊胆地试着打听我的事情。不怪朋友的胆子太小，只因竹溪的风声太大呵，满城都知道有一个写小说的，这一回可是把一个当县委书记的得罪狠了。

可以凭良心说，我并不认识这位新来的县委书记，就像他不认识我。我也不知道他姓什么叫什么，就像他不知道我的笔名，我只是觉得永贵走了，我也走了，一个县委书记和一个没饭吃打人的家伙之间完成了一段佳话之后，我们的故事告一段落了，以后的县委书记是谁和我没有一点关系，他爱是谁就是谁，他愿姓什么就姓什么。小说里的姓白的县委书记是我随便安的，意思是他那个书记当得不球行，白当了，和另一种黄颜色的书记毫无关系。

我经常随便给小说里的人物取名取姓，比方说张狗娃、李苕货，以及我马上就要动笔写的我的朋友周大鳖。因为它是我的小说，他也是我的人，我有权这样做，这是作家的权力。倒是这个书记把自己看得没有谱了，总觉得全世界包括原始部落的摩尔人，都应该通过卫星转播知道他姓什么。其实竹溪的拖拉机只要一开出丰坝乡的县河铺以外，就可以彻底地把他忘掉，不开过去也可以忘，只要没有喝酒轧死人。而我显然属于县河铺那一边的人，我没有必然知道他的姓。

书记对我的误会大约出于以下三个方面，也就是说当时全县广为流传的有三件事情令他心存忧虑，疑为我知。一、用省里拨给的扶贫款，为省里一位领导在远离县城百里的高山林场建了一座宾馆，人说那是贫困县的避暑山庄；二、把本县的叫花子集合起来，每人每天发三块钱，一个火烧馍，用汽车运到陕西平利，不让省里那位领导看见；三、一位姓马的女士在十字街揪住他的领口，叭叭打了他两个耳光，打因不详。县城百姓的嘴好像风靡农业学大寨时代的那种原始却最好使的铁皮广播，见了合适的人就哇啦一段，遇上不合适的人就收起来，或者摇头直夸这样的书记真是世上少有。

我回老家的那段日子，恰逢满城广播的高峰，就像电视里正在进行《焦点访谈》。这位据说读过大学的县委书记便用亚里士多德的三段论来论证我：一、文学作品是反映现实生活的；二、现实生活中的百姓对他不满；三、因此作家就会写出对他不满的反映现实生活的小说。他越看越想，越想越像，坚决认为就是这回事情，一个一个地调查当年曾和我一起搞过创作，而今还留在竹溪的文学朋友，查他们谁是乌山六怪，谁从内部给我提供了素材，谁的手中还有公元 1989 年 6 月号的《小说月报》。被怀疑的几位文学朋友都因此事受到程度不同的株连，他们泰然视之，不与舌辩，在政府的离开了政府，在文联的离开了文联。当我再一次回到家乡的时候，乌山六怪已经一个也没有了。

我听从了我们殷总的聪明提示，决定给写信者以心灵的安慰了。这年夏天算是过去，秋末冬初的一日，精确的时间是金色 10 月的 31 日上午 9 点，我正在单位参加一个会议，岳母家突然打来一个电话，说我妻子已被送进北京第四医院，很快就要临产，要我速即赶去。此前半月妻子一直住在她的娘家，因为那里比我家离医院近，交通也便，而且还有岳母侍候。我一放电话马上准备出发，恰在此时门敲开了，一个瘦瘦黑黑的高个子青年走进来，嘴里问了一声我的名字。还不等我的同事告诉他，我就认出他是竹溪县桃源乡的一个中学老师，名叫黄文永，也醉心于写小说，我在县城时他曾专程出来找过我。我走过去将他一把拉到走廊上，对他说你是来找我的吧，可惜我一分钟也不能陪你，我得赶到医院，我妻子正在那里生孩子。黄文永站着发愣，觉得事情才怪，怎么早不生晚不生，而他这个老乡一来我的妻子就生孩子，可莫是不愿接见他想赶他走？我一眼看出他的意思，就把他拉了出门，说是你跟我一道去吧，我们利用路上的时间可以说一说话。黄文永就半信半疑地跟了我走。

我不知道北京第四医院在哪里，一路打听，乘车转站，赶到那里已经10点过了。我在门口住院登记处查到妻子的名字，又拉着他飞奔上了三楼，在一间住有三个孕妇的预产房里找到了她。她正挺着一个大肚子，坐也不是睡也不是地歪在那里，用一双痛苦的、期待的、求救的眼睛含泪仰望着终于赶到的丈夫。我的儿子是第二天的11点15分生下来的，距离此刻还有28个小时。随同而来的黄文永这才相信我没骗他，不好意思在这里多站，提出要走。我就送他到楼梯口，把心里编好了的一句话对他说了，我说我写小说写出了麻烦，已经被下遣到河北省沧州市文化馆了，今天回原单位是来拿被子的。

我像一个天才的演员，语调沉重，悔恨不已，难过得差点就要流下泪来，其实我的心里是在为妻子难过，因为她此刻正在为了我们后代的诞生独自拼搏，而我竟连一点忙也帮不上。黄文永站在那里又发愣了，由于有了刚才的经历，他不相信这回是假，问我沧州在哪里。我说离北京有一天多的路程，就是林冲被发配的那个沧州，那次他不是在那里火烧了草料场红缨枪上挑着一个酒葫芦雪夜上梁山了吗？说了又要他回去不要对人讲，防止家里老人担心。

此后我一直觉得对不起这位千里迢迢从家乡赶来的醉心于文学的兄弟，曾经好几次想给他写一封信，如实告诉他事情的真相，说我在北京第四医院的楼梯口对他讲的是一个自编的喜剧故事，目的是想他带回去让写信人的心灵得到安慰。但是我又怕走漏风声，前功尽弃，便决定还是以后见面再说，那时向他道歉不迟。不想十年过去，我再也没有见过黄文永了，其间只听人说他去往深圳寻求发展，又回到桃源重操教鞭，小说却似乎没有再写，大概是害怕和我一样被发配到沧州吧。若是这样，我当是有罪的了，阿弥陀佛。不过我又听说，那次他从北京回去，首先到的就是县文联，想必对头儿说了见到我的事，于是不久县里都传我已经不在北京了，“负责同志亲启”的，挽有四个圆圈的“重要信件”就不再寄来。而在老家那头，老秀才有次遇见我的一位写小说的朋友，故意问起我的近况。朋友按我口径沉痛地对他说了，老秀才抑制着心头喜悦，连连叹息说，教训呵，你们往后可要吸取！

这任书记很快就调离了我的老家，快得令老家的百姓想不起来他究竟做了哪些值得怀念的事情。倒是在他走后，人们从戏台上拉开两页沉甸甸的、红鲜鲜的、天衣无缝密不透风的、金丝绒制成的辉煌大幕，才慢慢看清藏在后面的一堆人造的道具，于是八十多人联名上书，披露一个神奇谜语的谜底，信上签着一串串知情者的真名，百姓，党员，知识分子，各级干部，包括带走两袖清风留下一个好名的、当年的老县长世元。我又要犯职业病了，又要联想了，我想有一天，他能像世元一样收到三百多个百姓哭着送来的花圈吗？那个在十字街叭叭打他两个耳光的姓马的女士会送他一幅什么样的挽联？

坟，其实是埋在人的心中的，埋多高，埋多厚，坟头的碑上刻些什么字，人的心中自然有数。到了一定的日子，该扫墓的自然有人扫墓，该祭奠的自然有人祭奠，会写文章的他会写你，不会写文章的他会说你。连话都不会说的哑巴他会哇啦哇啦地指你，或者朝你背影扔一块石头，除非你把他的手爪子给剁了，可是他还会朝你跺脚，以示愤怒，最后除非你又采取消灭叫花子的老办法，一天发三块钱，一个火烧馍，用车子把他运到陕西平利。说到智运叫花子过县境，我一想起来就要好笑，美国是当今世界经济最发达的国家，人家的地铁口也有讨钱的乞丐，竹溪是一个贫困山县，应该说有几个叫花子是真实的。一个叫花子都没有那恰恰证明是在演戏，蒙人家不知民情的特邀观众。

有意思得很，芝麻官告老百姓，老百姓也告芝麻官，但是他的心态肯定没有我的坦然，因为至今我还没有看见他发表证明自己坦然的文章。而他和他的四个秀才无法想到，他们那封带有陷害性质的公函所起的作用却恰恰相反，我正好将它作为天上掉下的馅饼，地上捡来的核桃，同年我以轻松幽默的态度在《青年文学》上发表了《小心别人告你》，次年又在《小说林》上发表了《壁画》。

壁画是画在墙上的故事，而我却把它画在了纸上，而且是二十五幅连环画，一个人物一幅。其实若说我揭露了现实生活，《坟》完全是一个冤案，《壁画》才真正有那么一点揭露的意思，但它仍然是虚构的人、编造的事。小说结尾时出现了一个农业技术员出身的县长，他姓盼，这自然是我的盼望，也是我的家乡的盼望，更是我们整个中国的盼望。若干年后的这一个春节，我重新踏上面貌一新的家乡的土地，果然看到了那位盼县长的影子。

吾师送吾葫芦画

回珞珈山，於可训是我第二个要拜见的人，第一个是陈美兰，这是我的制度。公元 1985 年，二位同是我们这帮特别学子的鉴宝师，而於可训，让我打进山门的门票是他替我买的，二十八年以后我依然记得是三块五，官称叫报名费。当时我不在武汉，也不会为此专来，如果他有半点儿担心将来我会赖账不还，因而不替我做这件有风险的事，这辈子我可能成不了武大郎。他是武汉大学教务处的副处长，楼台近水，很方便把水中的月亮送给他认为可以得到的人。

那时候他很年轻，但他记性不好，终于还是把这三块五角钱给忘了。也忘了在校园流行的歌曲《迟到》声中，我是全班最后一名到校的人，却把迟到者误写成其他同学。我所在的单位以仇恨的方式对我进行爱惜，扣发我的档案、户口、粮油关系以及工资，开学两周我才弃职裸奔，这让我后来的两年吃尽了苦头。在我写陈美兰老师，写刘道玉校长，写珞珈山岁月的文章中都曾有过痛苦的描述，此处我就不再写了。

这是那一年的春天。夏天过去，他就成了我的老师、兄长、朋友。

另外我们还都是湖北省作家协会的主力队员。进校第二年的秋天，我们各自身穿一件当年最时髦的米黄色的风衣，去与风头正劲的湘军会师，坐在一个十八岁的个体户女孩儿的小面包车上，颠颠簸簸从长沙开到沈从文的故乡凤凰边城，一路吃狗肉，说荤话，不成体统地从事口头文学创作，老师不像老师，学生也不像学生。

毕业前按规定我们每人要写一篇论文，需请一位导师打分通过，陈美兰和於可训是武汉大学现成的两名文学批评家，全班同学一窝蜂在要拥到他们门下，我第一是爱护他们的身子骨，第二是避嫌疑，谁也想不到地竟投奔了钟敬文先生的女弟子，研究民间文学的李惠芳。我得了很高的分，这件事我至今认为没有做错。

不过说错也有，错过了作品被批评的机会，这么近水的楼台，离校以后依然如故。直到第二十七年，我写了长篇传记《刘道玉传》，出版社希望有合适的批评家出来发言，我在一秒钟内确定了他们。因为熟悉传主、熟悉作者、熟悉武汉大学、熟悉那个教育改革年代，同时又为我所熟悉的，不会由于利益或相反的因素伪称受某国总统邀请出国讲学的真正的文学批评家，全世界非这二位莫属。其实他们早已是国内著名的文学批评家，博士生导师，理论家协会的主席和作家协会的副主席，鲁迅文学奖和茅盾文学奖的评委，评书论人，每天都在忙着。

刘道玉八十大寿的前夜，我携此传奔赴武汉，下榻在离武大校园最近的宾馆，当日带着我的朋友尚振山第一个去拜见了陈美兰，第二个去拜见了於可训，传主刘道玉反而被排在第三。因为在明晚的寿宴上，我是继现任校长李晓红之后登台致辞的首位学生代表，我有充分的时间和老寿星拥抱，而抢在此前，我要安安静静地去看一眼那个二十七年前替我交了三块五角钱的人。

这是我离校后第四次见到他。第一次是他刚从天涯归来，周同学带我去看他的时候，兀然出现在眼前的这个人物把我吓傻了，斗大的脑袋，脸上的肉白得不同寻常，令人想到漫画，昔日的珞珈小生安在。经过一番问寒问暖，方知他曾经下过了海，却严重的水土不服，险乎儿将一条中命丢在异乡，于是归去来兮，重返仙山将养。

接着是第七次全国作代会，他的脑袋小了，肉虽然白，却已有了融融的光辉，基本上又回到珞珈小生的模样。我们戴着胸卡在大会即将开幕的人民大会堂前拍了一张久别重逢的合影，快门按动的那一瞬间，两人不谋而合地笑了起来。

再接着在北京的八大处，他来评茅盾文学奖，他的学生陈世旭也是，师徒二人分别被囚禁在两间小屋子里。我又是带了尚振山去会世旭，为一套随笔丛书的事，当天本届茅奖的候选作品正进入神秘的第三轮投票，此处不是久留之地，匆匆打个招呼我们就惜别了。

最后一次我去了他家，此时他的家已迁徙到陈美兰老师的单元之侧，刘道玉校长的楼层之上，次日要献给老人家的贺寿对联他已预先撰好，上联是："做上下级，先生在上我在下，朝夕共事，何曾见半点威严；"下联是："住上下楼，先生在下我在上，早晚相见，总归是一派平和"，倒是一副天然妙对。听我在登楼时气喘喘地发表政府应该给大学教授安装电梯的高论，他迫不及待地在室内讽刺我说，一听就是个应该当武汉市长的角色。

进屋我赠他《刘道玉传》，他赠我《王蒙传论》，振山为我们奋勇拍照，指导我们端坐在一方主壁之下，因为壁上的两幅国画构成全室亮点，左葡萄，右葫芦，中间一只镜框，镜框里镶嵌着他与夫人的青年时代。我以为左右二画是某位大师的笔墨，弓身细看，他却仰卧沙发一脸狡狯地让我上足了当，然后笑说是老伴儿画的。

不过他这话可没说好，我强烈要求师母给我也画一幅，他却依然镇定，问我要葫芦还是要葡萄，我说葫芦，师母画，你题诗，收到此物我将回赠真葫芦一个。我说我在京城，自种葫芦数百，分大、中、小以及长柄异型，今年八月陈美兰老师来京，我曾赠她一个小的，上面烙诗一首，明晚还将送刘道玉校长一个大葫芦，除了仿贾岛的五言诗，还有一个长长的寿字。

他发现我动真格儿的，于是也不敢权当戏言，今春一日忽然发来短信，说是我要的葫芦已画好了，要我写一地址即可邮来。我闻讯大喜，立刻遵嘱，过几日果然来了一个寄自武汉的特快专递，拆封一看，宣纸上闪出黄亮亮六个大葫芦，数根曲藤缭绕其间，十几片墨叶欲盖弥彰，右侧空白处补字二行：“葫芦装药又装酒，酒是浪漫药苦口，名士爱与药酒伴，种得葫芦二三亩。癸巳年黄中凡画於可训题赠兴国一哂”。

这个调皮捣蛋的老师，当年我还没有离开珞珈山的时候，他就开始赠我一哂了。有一回在我的毕业留言簿上，他故意篡改曹丕的名句，把蒋经国的名字改成我说：“文章乃兴国之大业”。

记着在他家签订的合同，我从三百多个自种的葫芦中选出一对珍稀的并蒂葫，烙诗一首回赠于他：“吾师送吾葫芦画，吾送吾师真葫芦，葫芦并蒂福双降，降给吾师与师母。癸巳年兴国种兴国诗兴国烙赠可训吾师中凡师母两哂”，然后择一吉日，寄往珞珈仙山。

葫芦谐音福禄，系中国民间的吉祥之物，我索葫芦而非葡萄，除去它的吉祥，它的美貌，还因它的坚固和可靠，据说葫芦的种子在腹中存上百年，种进地里还能长出新的葫芦。它的壳远比它的亲戚南瓜要薄得多，但它外物莫浸，内物不流，所以张果老拿它装药，林教头拿它装酒，却英雄所见略同的统统不用南瓜做药酒的盛器。

后　记

林小云要我为本书写个后记，我说画蛇添足，她说书不是蛇，按规矩应该从头到脚。我想了想，觉得借画足而顺手写几句本书的成因，亦未尝不可。

真的读者会发现书中的秘密，这本书根本不是一气呵成，它大抵写了二十五个年头，写第一篇时我还是个年轻的编辑，目前已成了老作家。以昏花的老眼来读年少的轻狂，的确有一些不大入目，然而它所记下的人与事，我却希望得到理应的尊重。因此，明知道有人不喜欢我写在纸上的字，犹如我对有人只能写在网上的字连不喜欢也说不上，我们却都不会把对方的喜与不喜放在眼里。

这些文字，一些是为自己任职的杂志写的人物印象，一些是为他人开办的专栏写的人文随笔，全都是先有相识而后才有回顾，并无一人是为了写去追踪寻访，自然也不曾想到未来会结集成这么的一本书。

如杨宪益，他本就是我所在单位的老人；如叶君健，我用的桌子就是他用过的；如戴乃迭，她八十岁的生日贺词就是我的一篇短文；如汪曾祺，我的第一本短篇小说集序的作者就是他，他说我是《野人的执着》，还说我火气大以林则徐的“制怒”二字题而赠之。

如是有心作名人传，在我居京办刊的二十世纪八十年代，沈从文、钱锺书等都还活在我的身边，到上海去找巴金也只需坐一日的火车，他们都是我因职业的需要可以和应该去找的前辈。我把沈从文早年的小说选了两篇译载在英、法文版的杂志上，随便找个由头都能见到那位笑眯眯的老头儿。

鲁迅最忠实的弟子萧军，是我最爱的性情中人，但迟至他逝后多年，我才吃到他的女儿萧耘和姑爷王建中做的炸酱面。还有相对年轻的名作家，我住光明胡同，昔日文坛神童刘绍棠也住光明胡同，盖因没在一条胡同里面不期而遇，我也就从未走进过他家的四合院。

书中另有一批人物，则更是我的校长、老师、同学、朋友、责任编辑、作品翻译，以及我曾给予帮助的青年作家，有的甚至与文坛风马牛不相及，纵马驰骋在更为辽阔的疆域。写下他们，抑或是因往事回首，旧地重游，故乡欢聚，异地相逢，兴致所至方以文字而纪念之。这样慢慢写来，待林小云两次带人到家来时，居然就有了很大的一堆，我问她能否编成一书，与我写武大前校长刘道玉的书一道问世，在今年冬天的一日献给我的恩师和朋友，小云说，能。

我以曾经有过的经历认为，好的编辑必须是从头到脚都能动的动物，有思想，会行走，即业内行话所谓的集策划、组稿、联络、编辑为一体，能让一个个应该响亮的名字在自己的手里响亮起来，而非佝偻着腰，背着一只粪筐跟在一个个已经响亮的名字后面捡拾一些被人遗弃的东西。前者习惯于先看字，再看写字的人，再把这人的字像变魔术一样变成整齐的方版、漂亮的书。后者完全相反，他们几乎没有在茫茫人海中发现爱人的能力，只会在别人的怀抱中奋勇地争夺，努力地盗窃，后来才被他们紧紧尾随的名家当初的处女作，只会从他们手边滑过而决不会问世在他们的手里。

出于这样的思考，我把我的第一篇作品的编辑，第一部外文作品的翻译，满怀深情地都写进了这本书里。虽然他们在后者眼里还没有名得像一棵茁壮的摇钱树，然而，我要写他们，要把他们收入本书。相反对于一些与我毫无关联的名流，我则根本没有闲情逸致倒卖给出版社，用以换取一点可怜的版税。

李商隐的“此情可待成追忆，只是当时已惘然”，对我而言“追忆”二字略嫌吃力了些，换作“回忆”似乎更为恰当。而且当时我也并不惘然，我是一个记性不错的人，人生中的很多遭遇从一开始我就没有打算将它忘掉。

以上文字，原本是2012年8月28日写给当时的一家出版社的，不幸被当时的一名编辑疑为讥讽，似乎极其不乐意为后人留下拾粪的印象，故努力地欲使此部书稿藏于名山。这样做的后果是时过半年，却让它进了尚书房，并有幸结缘一位名叫蒋椆嫒的才女，经她一番咬文嚼字，未经再版便纠出多处含误写在内的错讹，适时地挽救了作者，这让我不得不心生感激。

2013年4月20日补写于北京竹影居